忏悔录

Les Confessions

［法］让—雅克·卢梭◎著

诗雨◎译

中国华侨出版社

北京

图书在版编目（CIP）数据

忏悔录／（法）让－雅克·卢梭著；诗雨译. —北京：中国华侨出版社，2017. 12

ISBN 978-7-5113-7213-0

Ⅰ.①忏… Ⅱ.①让… ②诗… Ⅲ.①自传体小说—法国—近代 Ⅳ.①I565. 44

中国版本图书馆 CIP 数据核字（2017）第 277592 号

忏悔录

著　者／（法）让－雅克·卢梭	
译　者／诗　雨	
策划编辑／周耿茜	
责任编辑／高文喆　王　嘉	
责任校对／王京燕	
封面设计／胡椒设计	
经　销／新华书店	
开　本／710 毫米×1000 毫米　1/16　印张／32　字数／557 千字	
印　刷／香河利华文化发展有限公司	
版　次／2018 年 6 月第 1 版　2018 年 6 月第 1 次印刷	
书　号／ISBN 978-7-5113-7213-0	
定　价／65.00 元	

中国华侨出版社　北京市朝阳区静安里 26 号通成达大厦 3 层　邮编：100028

法律顾问：陈鹰律师事务所

编辑部：（010）64443056　64443979

发行部：（010）64443051　传真：（010）64439708

网　址：www.oveaschin.com

E - mail：oveaschin@ sina.com

出版说明

　　这是一部无可比拟的自传,卢梭开篇就提到,这部作品是独一无二的。不过之后,有很多作家都追随他的脚步,追忆过往,追溯自己的思想和历程。

　　这部著作之所以独特,不但是因为卢梭的坦诚,也因为它对欧洲思想造成的巨大影响。从这本书中,读者可以看到卢梭对过往的懊悔,因为一系列错误的选择,他远离了农村生活,跳出了自己的阶级,只能仰仗对权贵的依赖过活。当然,这本书中有很多细节并不准确,但是想要给过往的所有经历安上准确的日期也是很有难度的。

　　所有想要了解让-雅克·卢梭,想要了解他思想的人,都可以读一读这本书。从这本书中,我们可以看到一个真实的卢梭。

目　录

第一部

这应该是世上绝无仅有的，以后应该也不会再出现的一幅根据自身特点和所有事实描绘出来的自画像。无论你是因为我的命运还是我的信任而选择了这本书，成了它的裁决者，那么我将会依赖你可能会产生的同情心，替我的苦难，以全人类的名义恳求你，不要让这部独特的别具一格的著作消沉。它很有潜力可以成为第一部为关于人的研究提供些许助力的作品；这是仅剩的一部记录了我最真实的性格特点且未被敌人扭曲的著作，只要可以保全它，我身后的名声无须顾忌。最后，致那些将我视为不共戴天之仇人的敌人，我们既然都已不复存在，那些残酷无情的不公正的行为就到此为止吧，对我的遗骸依然怀有任何的敌意也就不再有任何意义了。我会对你仅有的一次高尚行为而感恩戴德，因为在原本可以肆意报复之时你选择了谅解；如果迫害一个从来没有也不愿伤害别人的人也可以算报复的话。

让-雅克·卢梭

第一章

Intus et in cute①

　　我即将进行的是一个从来没有人进行过，以后也不会有人像我一样做的艰苦工作。我要把最真实的自我毫无保留地公之于众。

　　只有我是这样独一无二的人。我不仅深谙自己的内心，也同样了解别人。自我生下来的那一刻，我就知道身边的人与我都是不同的。我甚至有这种自信，我和现在的任何人都不一样。我在大自然的模具中出现之后，那个模子便被拆得七零八落，这样到底好不好，只有读了这本书以后才能评定。

　　这本书可以让我在末日审判到来时，坚定且毫无畏惧地告诉最高审判者：请看！这里就是我全部的所思所想，我所有的所作所为，我就是那样的人！无论是好是坏，我都坦率地写了出来。我没有把坏事都隐藏着，更没有把好事添枝加叶；如果在一些地方出现了不合时宜的修饰，那也只是对记忆中空白的补充。不排除会把一些我认为是真实的东西当真的说了出来，但绝对不会有任何虚假的东西被写成了事实。在那个时间段我是一个什么样的人，笔下的我就是一个什么样的角色：那时我阴暗自私，那书中的我肯定是阴暗自私的；那时我朴实善良、品德高尚，书里的我自然也是朴实善良、品德高尚。无所不能的上帝啊！我将自己赤诚的心都奉献出来了，跟您亲眼看到的没有丝毫差距，请您将您的信徒都叫到我的面前，让他们听到我的忏悔，让他们叹息我的自甘堕落，让他们羞愧于我的各种恶行。再让他们像我一样在您的面前，同样赤诚地袒露自己的心灵，看谁还可以像我一样信誓旦旦："我比这个人好！"

---

　　① 拉丁文，意思是"深入肺腑和深入肌肤"，卢梭之所以要把这几个字放在本书第一部和第二部前面，就是表明他希望通过这本《忏悔录》揭露自己内心深处的隐私。

一七一二年,我在日内瓦出生,父亲是公民伊萨克·卢梭,母亲是女公民苏萨娜·贝纳尔。十五个子女平分了祖父留下的本就微薄的财产后,我父亲拿到手的简直就等于零了,幸好父亲钟表匠的活计还算拿手,可以勉强糊口。母亲是贝纳尔牧师的女儿①,家境还算富裕,再加上本人聪明美丽,父亲为了娶到她可算煞费苦心。他们两个人从小感情就好,算得上青梅竹马:八九岁时,每天傍晚都会一起在特莱依广场嬉戏;到了十岁,已经很难把他们分开了。两个人从小建立的惺惺相惜和情投意合,让两个人在一起的感情变成了一种习以为常。他们都是那样善良温和,善感又心思通透,都静静地等待着在对方心里感受到同一种心情的机会,或者说,这种机会也在等待着他们。两个人像商量好似的,谁都不肯先开口:她等着他,他也在等着她。命运似乎在阻拦着他们的热恋,却适得其反地让他们更加坚定和热情了。因为不能与情人厮守,这位多情的少年变得愁绪满怀,憔悴不已。她劝他出去走走,会更容易忘记她。于是他旅行去了,但是依然忘不掉她,回来后他们爱情的火焰燃烧得更旺了。因为他心爱的人哪,依旧那么忠诚而温柔。经历了这次波折,这对饱受煎熬的人终于相爱了。上天也默许了他们的海誓山盟。

我的舅舅嘉伯利·贝纳尔爱上了我的一个姑母,可是我姑母提出了娶她的条件:只要他的姐姐可以嫁给她的哥哥,她就嫁给他。爱情的力量让我们家同一天举办了两场婚礼。我的舅父便成了我的姑丈,我和他们的孩子成了表兄弟。我们在一起过了一年,直到两家各自又生了一个孩子后,我们便不得不因为一些事儿分开了。

贝纳尔舅舅是一位工程师:他应聘去了帝国和匈牙利,在欧仁亲王旗下任职,后来因为贝尔格莱德战役建立了显赫的战功。在我唯一的哥哥出生后,我的父亲应聘去君士坦丁堡当了宫廷钟表师。父亲不在家的时候,母亲的美貌、聪慧和才华②吸引了许多大献殷勤的男人,其中感情最炙热的莫过于法国公使

---

① 卢梭的母亲其实是贝纳尔牧师的侄女。

② 以我母亲的出身来说,她确实是极富才华。她的父亲是一个牧师,把她视为掌上明珠,颇费心思地教育她。她擅长绘画、唱歌,还能一边唱歌一边自己弹竖琴伴奏。她读过很多书,还能写一点诗。她的丈夫和哥哥不在家时,她曾经有一次和嫂子带着两家的孩子去散步,有人向她问起她们的丈夫,她脱口而出:

那两位先生虽然不在我们身边,
却让我们觉得十分可爱,十分可亲;
他们是我们的朋友,是我们的伴侣,
是我们的兄弟,是我们的夫君,
是这些孩子的父亲。

——作者原注。

克洛苏尔先生。他当时的感情是那般浓烈炙热，因为即使已经过了三十年，当他提起我母亲时依然非常激动。但母亲美好的品德，再加上对父亲的爱可以让她拒绝一切诱惑。母亲一直催促父亲赶紧回来，于是父亲不顾一切地回来了。于是，便有了我这颗不幸的果实。我的母亲拼命生下我之后便离世了，留下了我这个体弱多病的孩子。或许，我的不幸便从这一刻开始注定了吧。

我不知道父亲是如何忍受失去我母亲的痛苦的，我只知道他的痛苦一直延续着，从来不曾减轻。他认为我是已逝妻子的延续，但如果没有我，他的爱人依旧会站在他的面前微笑。每次从他的拥抱中，我都能感受到他的叹息，在他紧紧地接近痉挛的拥抱里，感受到他爱恨夹杂的情感：只有这样的时刻，他的感情才最真实。每次他都会说："让-雅克，我们来聊聊你的妈妈吧。"我就会说："好吧，爸爸，看来我们又要抱头痛哭了。"仅仅这一句就让他的眼泪流了出来。然后他会哽咽着说："唉！你能不能把她还给我！哪怕是安慰我一下都好啊，让我从失去她的痛苦里不再感到窒息吧！你就帮我把这个失去她后心里留下的大窟窿补起来吧！孩子！如果不是因为你是你死去的妈妈生下来的，你觉得我会这么疼爱你吗？"即便母亲已经逝去了四十多年，即便父亲最后在他第二任妻子的怀里去世，他的心里，他的嘴里，依然只有我母亲的形象和名字。

他们两个人仅仅给了我生命，在上天赐予他们的种种品德中，唯一留给我的只有一颗多情的心。就因为有了颗多情的心，他们认为将一切幸福的源头都给了我，可他们不知道，这对我来说，正是我不幸的开始。

我在呱呱坠地时已经濒临死亡，能否让我活下来都是个未知数。而且，我从娘胎里携带的病根会随着年龄的增长而加重，尽管现在有时不至于那么痛苦，那也只不过是在用另一种方式折磨我罢了。父亲的妹妹那时还是一位聪明亲切的姑娘，我在她的悉心照顾下，终于活了下来。在我写这本书的时候她已经八十高龄，但她依然精神矍铄，依然全心照顾着比她年轻却因酒伤身的丈夫。我亲爱的姑姑，你把我救回来我无从抱怨，相较之下最让我难过的是，在我年少无知时你尽心尽力地照顾着我，可我在你的晚年里又充当了什么样的角色呢？从来都没有为你做过什么。我那位亲爱的老乳母雅克琳娜也依旧健在，身体康健，精神焕发。我想在我出生时我的眼睛是因她的手而睁开，那么在我离开这个世界时或许也是她的手帮我闭上这双眼吧。

我和全人类一样，先有感觉然后才会思考。但这一点我又考虑得比其他人更深远。我记不起在五六岁之前做过什么，更无从知晓是怎么学会了阅读，唯一记得的是一开始就接触过的书以及它们对我的影响：正是因为它们，我开始有了要将对自己的认识不断记录下来的念头。我的母亲还留存了一些小说，我和父亲在吃过晚饭后都会拿起这些小说读一读。父亲的初衷是借这些有趣的读物激发我阅读的兴趣，可没过多久，我们就已经开始兴趣盎然地轮流读，从拿到书本的那一刻开始就很难停下来了，不读完是绝对不会放手的，常常是废寝忘食。有时父亲听到晨间的燕子叫了，才难为情地说："我们该去休息会儿了；我竟然比你更像个孩子。"

这种并不高明的方法，不只是以极短的时间让我积累了十分熟练的阅读理解能力，更让我拥有了在同龄人中谁都不可能拥有的有关情欲方面的知识。尽管没有接触任何实际情况，但内心实则已经看遍所有情感了。尽管我还什么都不懂，却好像感受过了一样。这种杂乱的毫无章法的情感我一直都深有体会，但我的理智依旧清醒，可能是因为那时还没有理智存在，但反而形成了一种特殊的理性情感，让我开始觉得人生是荒诞又奇特的，尽管在后来的生活中我有了实际的体验或自我反省，但这样的观念始终都没有从我脑海中剔除，更别说更正了。

在一七一九年的夏末，我们都读完了母亲留下的全部小说。那一年冬天又换了新的，母亲的藏书看完后，我们又找到了外祖父留给母亲的书，让人欣喜的是，好书不在少数。这并没有什么值得大惊小怪的，因为这些书原本是牧师收藏起来的，而牧师在当时可谓是博学多才的代名词，更别说他原本也是一个多才的有识之士。我将勒苏厄尔的《教会与帝国历史》、博叙埃的《世界通史讲话》、普卢塔克的《名人传》、那尼的《威尼斯历史》、奥维德的《变形计》、拉勃吕耶尔的著作、封特奈尔的《宇宙万象解说》《已故者对话录》，还有莫里哀的几部著作如数搬到了父亲的工作室。当父亲忙于工作时，我会在旁边将我看的书读给他听。我对这些书有一种偏执的兴趣，在我这样的年纪就抱有这样一种少有的情感实属罕见，恐怕只有我一个人吧。尤其是普卢塔克，他成了我最爱的作者，对于他的作品我已经到了手不释卷的程度。我不厌其烦地重复读着他的作品，这份乐趣总算让我对小说的兴趣有些许转移；不久之后，我对阿格西拉斯、布鲁图斯、阿里斯提德①的喜爱多过了爱欧隆达特、阿泰门和攸巴②。因为这些有趣的读物，以及在读这些书时和父亲之间的谈话，我形成了爱自由、爱共和的思想；同时也形成了固执傲慢、无拘无束却甘受奴役的性格；以至在后面的人生中，每当这种性格无法发挥时，我便苦恼不已。我不断地想着罗马与雅典，说我是同罗马和希腊的伟人一起生活都毫不夸张。我自己是共和国的公民，我的父

---

① 阿格西拉斯、布鲁图斯、阿里斯提德都是古希腊、罗马时期的人物。
② 欧隆达特、阿泰门和攸巴，当时三部流行小说里的人物。

亲对祖国满腔赤诚，我便以他为榜样也开始热爱祖国了。每当读到一本英雄传记，我就像是传记中描写的那个人物，竟会觉得自己也变成了希腊人或罗马人。每当读到那些让我感动的忠诚真挚、坚强不屈的义士，我就会不自觉地两眼泛泪光，满腔皆是激情与力量。有一回，我在吃饭时为大家讲西伏拉①的英勇事迹，为了更具感染力，我也像他一样将手放在火盆上，这个动作让大家伙吓坏了。

我还有一个哥哥，比我大七岁。那时，他正跟着我的父亲学手艺。因为家里人十分宠爱我，在他身上花的心思明显就少得多，虽然我并不赞成这样的偏爱。疏于管教的哥哥在教养方面就有所欠缺了。还不到叛逆的年龄，他就已经变得放荡不羁了。尽管他被送到了别的师傅那里学手艺，他依旧肆无忌惮地偷跑。我能看到他的机会少得可怜，用几乎不认识来形容都毫不夸张；但这并不影响我对他的爱，他也像爱其他人一样爱着我。记得有一次，父亲因为生气狠狠地打着他，我急忙跑到他们中间，扑到哥哥身上，用我的身子保护着他，防着父亲的棍棒再次打在他身上，尽管我的身上也被棍子招呼了几下。我一动不动地抱着他，父亲没有办法，只好饶了他；也许是因为我的哭喊让父亲无计可施，也许是不想让我因为哥哥平白挨打。从这以后，哥哥越来越消沉直至堕落，后来终于从家里逃走了，了无踪迹。过了一段时间，我们才听说他去了德国，可是他从未给家里写信。我们从来没有得到过他的确切消息，于是，我变成了父亲唯一的孩子。

我那可怜的哥哥从小就被忽略了，但他的弟弟与他的生活完全相反。即使是王子，也不会像我小时候一样被无微不至地关怀，享受周围人时刻给予的关爱；像我这样只会被疼爱却没有被溺爱的孩子，应该很少见吧。在我离开家之前，从来不会独自一人像其他孩子那样在街边疯跑，我那些古怪的脾气也没人约束或任由它放纵，这些古怪的脾气，有人说是与生俱来的，只有我自己知道那是教育的产物。在那个年龄的孩子有的缺点我也有；我多话，嘴馋，有时还喜欢说谎话。我偷偷地吃过水果、糖果或其他的一些零食。但伤害别人，损坏东西，给别人增添不必要的麻烦，虐待小动物以此取乐等事我从未做过。但我依稀记得有一回，在我的邻居克罗特老太太去教堂时，我溜进她家里并在她做饭的锅里撒了一泡尿。毫不掩饰地说，到今天为止，我想起当时的场景依然会情不自

---

① 西伏拉，罗马英雄。传说伊特拉斯坎人于公元前五○七年包围罗马时，西伏拉去刺杀侵略者的国王波森纳，可是他误杀了国王的助手。被逮捕后，他当着审讯的人的面将手放在炭火上烧，一声不响表明罗马人坚决抵抗侵略的决心。

禁笑出声。那位克罗特太太是个善良的女人，可她实在是太啰唆了，比我见过的任何一个女人都要啰唆。这是我小时候做过的各种坏事中简单而真实的事例。

我遇见的人都是最好的人，都为我树立了善良的榜样，这样的环境下我怎么可能变坏呢？我的父亲，我的姑姑，我的乳母，朋友，邻居……所有跟我关系亲近的人，并不是完全纵容我，而是发自内心地爱我，而我也同样爱他们。我的思绪不会被刺激或被武断地批判，这让我觉得自己根本没有什么所谓的思想。我敢保证，在没有老师的教育之前，我压根儿不知道幻想是什么。我不是在父亲跟前读书，就是跟着乳母散步，其他时间总和姑姑在一起，我十分快活地看着她绣花，听她唱歌或是在她身边站着或坐着什么都不做。姑姑为人和善，又温柔，长得也很讨人喜爱，给我留下了十分深刻的印象，至今，她的音容笑貌都在我的脑海中，她对我说的那些让人欢喜的话我也记忆深刻。对于她的穿着打扮我也可以脱口而出，更不能忘怀的是她两鬓上卷起的两个黑发小鬟，都是当时流行的式样。

至于发现自己喜爱音乐，再具体点说，很久以后才发掘出来的音乐癖，也离不开姑姑的潜移默化。她会用她那唱起歌来十分美妙的清细嗓音唱许多动听的小调和歌曲。她的爽朗可以带动身边每个人的情绪，为他们扫去阴郁和愁思。她的歌声对我的影响深远，她唱的所有歌曲我都如数家珍，即便现在的我记忆已经衰退了，那些儿童时代就已经逐渐忘却的歌曲，随着年龄的增长又重现于脑海中，这种乐趣难以言明。多么难以置信，像我这样一个被生活折磨得面目全非的老糊涂，在用自己已经破败的嗓音哼唱这些欢快的小调时，有时竟会发现自己哭得像个小孩子。其中有一支歌的调子我还记得十分清楚，前半段的词记得十分完整，后半段尽管大致的韵脚还有些许印象，可歌词却怎么也想不起来了。这支歌的前半段和我能想起的零零碎碎的几句是这样的：

我不敢啊，狄西！
到那小榆树下，
听你吹牧笛；
因为在我们的小村里，
早已有人私下议论
……
……一个牧童，
……一往情深；
……无所畏惧，

玫瑰花儿哪有不带刺的。

我怎么会在一想起这支歌时，就产生了一种缱绻柔情呢？这种奇特的情趣让我始终找不到源头。可我又没有办法在唱这支歌时不被眼泪打断，坚持唱下去。我也一直想写封信寄到巴黎，看有没有人记得这支歌，可以帮我把词填完整。但我又十分肯定，如果这支歌除了我那可怜的苏森姑以外还有其他人唱过，那么我再追忆这支歌曲的乐趣就不会这么强烈了。

这是我在人世间收获的第一份情感，至此，我开始养成或表现出了一种傲慢与温柔并存的矛盾情感，一种优柔寡断又不愿被束缚的性格，这样的性格让我自己始终在软弱与勇敢、犹豫与坚定中摇摆不定，最后我自己终于也变成了一个矛盾综合体，克制与享受、快活与谨慎每一个都和我无关。

后来一次意外的变故将我从这种教育的桎梏中拉出来，并对我的一生产生了深远的影响。我父亲和一个名叫高济先生的陆军上尉发生了冲突，他将对方的鼻子打出血了，这位蛮横无理又胆小如鼠的高济先生和议会里的人有亲属关系，他便借此报复，诬告我的父亲在城里拿着剑意欲对他图谋不轨。他们以此为由叫嚷着要让我的父亲遭受牢狱之灾，依照当时的法律规定，我的父亲是可以提出原告和他一同入狱的要求的；可这个要求怎么可能被允准呢？于是我的父亲不得不背井离乡，离开了日内瓦，在异乡度过了自己的余生。他宁愿让自己活在阴影中也不愿后退一步，他认为只要退缩了，荣耀与自由肯定就和自己没有任何干系了。

父亲离开了家乡之后，我的监护人变成了贝纳尔，他是我的舅父。当时舅父正在日内瓦的防御工事里就职，他的家里有一个和我年龄相当的儿子，本来他还有一个女儿，但不幸身亡了。于是，我和他的儿子一起被送到包塞，在牧师朗拜尔西埃家中寄宿，这样跟他学起拉丁文就极其方便了。除此之外，我还顺带学习了一些糟糕的打着教育名义的五花八门的课程。

罗马人根深蒂固的严谨性格因为这两年的乡村生活被消磨了不少，我也有了一些童心童趣。在日内瓦，无人监督之下的我并没有因此变得自由散漫，因为我对学习满腔热情，又对书籍十分喜爱，我一直偏爱这唯一的娱乐休闲方式；在包塞生活了一段时间后，在功课的影响下我开始对游戏产生了兴趣，劳逸结合的合理调节让我的生活变得更有趣味。我沉醉在乡村生活给予我的新鲜与奇特中，不知疲倦。以至在往后的岁月里，我这种对乡村生活的浓厚兴趣从来都不曾减弱。那些日子，即便只是离开了乡村一会儿，我的脑海里马上就会浮现之前在那里生活的美好与快乐，我就会变得怅然若失，魂不守舍，只有再次身临其中我才能再次体会到幸福。朗拜尔西埃先生是个很通情达理的人，他对我们该完成的课业十分严苛且一丝不苟,却从来不会给我们增加额外的负担。其中有两点可以证明他在这方面安排得尽如人意:我打心眼儿里排斥老师的管束,但我对记忆中的求学生涯并没有丝毫的厌烦;尽管从他那里能学到的东西寥寥无几,可我学会那些知识完全不费吹灰之力,且记忆深刻。

没有浮华与喧嚣的农村生活让我的心在那一刻变得豁达,也让我懂得了珍贵的友谊,这都是那段生活带给我的难以比拟的好处。而在此之前的我,空有一些不落俗套却不切实际的情感。每天的朝夕相处让我和我的表兄贝纳尔的关系日渐亲密。在很短的时间里,我对亲哥哥的感情慢慢消失,对他的感情日渐深刻,历久弥新。他的身材虽然高大,却瘦得皮包骨、一点儿也不强壮。可能是因为身体并不健壮的原因,他的性格也十分温和。他不会以监护人儿子的身份自居,并以此利用家里的偏爱对我耀武扬威。每个人的生活都离不开同伴,而我们年龄差不多,都只有彼此,功课、游戏和爱好也完全契合,这是多么的难能可贵;如果一定要将我们分开,那将是一场足以毁灭我们的灾难。虽然我们很少将这份浓厚的情谊公之于众,但是在内心深处,这份感情的确如陈年美酒般香醇浓厚。我们不愿和对方分开一分一秒,即便是假设我们会离开对方的情景都未曾出现过。我们都属于会因为对方的温言细语而不计前嫌的人,只要人们不将他们的想法强加于我们,不要热情得让人害怕,那么在任何情况下,我们的意见都不会相左。可能我的表兄在监护我们的长辈那里可以得到更多的疼爱,这样看来他的价值是比我略胜一筹,可当我和他独处时,我却比他要高出一筹,也算勉为其难地打为平手。如果上课他背诵课文时犯了难,我会小声地给他提示;做习题时我会最先做完再帮他做;我对游戏的兴趣更为浓厚,于是一起玩时可以指导他。总而言之,我们意气相投,性情相契,友谊坚如磐石。不管是在包塞还是在日内瓦,我和他就像是彼此的影子,密不可分。虽然我们也免不了会打架,但从来不会凶神恶煞到需要旁人来解围,而且就算打得再凶,不出片刻我们又会和好如初,向老师告状这种事也根本不会发生在我们身上。或许会有人觉得这些小孩子之间的事不足挂齿,但自从这世间开始有了小孩,我们的经历不算一个特例吗?

我觉得自己十分适合在包塞生活,以温和、亲密、平易近人为基调的生活方式就像是为我量身定制的一样。如果我还能在那里多待一段儿时间,我想我的性格肯定会变得十分可爱且不易变化。我自以为,世界上再没有比我的虚荣心更小的生物了。尽管有时我的情绪难免会变得激动亢奋,但很快我就又回到了萎靡不振的状态里。当时,我最强烈的愿望就是但凡与我关系亲近的人都会爱我。那时,管束我们的人性情温软柔和,我和表兄的性情也很柔和。在那整整两年里，谁都没有凶神恶煞地发脾气，所有人都温柔以待。这一切的一切，都让我与生俱来的素养得到了升华。我十分开心地看着所有人都喜欢我，我也喜欢周围的一切。我常常会回忆起当我在礼拜堂里对教理提出的问题一时语塞时，朗拜尔西埃小姐的脸上会出现一种伤心与不安交杂的情绪，这会让我心乱如麻。尽管在公众面前回答不出问题，我并不会觉得羞耻和难过到无以复加，可是朗拜尔西埃小姐露出的这种表情是唯一会让我心绪波动的，这让我比羞愧更加难受。表扬我并不能让我觉得兴奋，但对羞耻的敏感度哪怕只有一毫厘也会让我无地自容。我宁愿朗拜尔西埃小姐狠狠地责备我，也不愿看到她为我那样难过。

虽然有时她和她兄长一样，在需要严厉的时候也会变得严厉，但总是合情合理的，并不会让人喘不过气，所以尽管我会感到苦闷，却没有反抗之心。我宁愿自己被责罚也不愿看到别人难受，别人在我面前露出不开心的脸色让我觉得是比自己受到体罚还要残忍的酷刑，会让我十分难堪。尽管要把我的心情毫无遗漏地说清楚是很困难的，但这是必须要做的。如果人们可以清楚地意识到，他们对年轻人的态度往往一概而论，经常莽撞使用和实践的那种方法产生的后果会影响深远，但愿他们会有所改变！这是我从这个常见却十分不幸的事件中总结的十分重要的经验教训，所以在这里做出了解释。

朗拜尔西埃小姐不仅给了我们母亲般细腻的关爱，也拥有母亲才能行使的权利，在我们理应接受惩罚时，她也会像惩罚子女那样惩罚我们。尽管有很长一段时间，她都只是用惩罚来吓唬我们，可我还是被这种新鲜的吓唬手段吓到了，我觉得这种惩罚手段实在可怕；可接受了惩罚之后，我才发现并没有在茫然地等待时想象的那样令人恐惧；更匪夷所思的是，在这种处罚方式下我竟然越发喜爱处罚者朗拜尔西埃小姐。当我在承受处罚带给我的肉体上的疼痛及精神上的羞辱时，我还触摸到了其中夹杂的一丝隐藏的快感，这让我不仅不害怕被处罚，反而开始期待可以被她的纤纤细手多打几次；可我善良的本性以及内心对她的那份真挚的喜爱让我明白，我不应该犯同样的错误，也不能让自己因为同一种错误再受到她的惩罚。毋庸置疑的，这里面确实包含了性早熟时的本能，如果是她的哥哥用同样的方式来惩罚我，我可不会品尝到那些许的快感。可我摸透了她哥哥的脾气，即便是他想代他妹妹动手，我也不怕他。我之所以控制着自己不去犯错，避免被惩罚，仅仅是因为顾虑着朗拜尔西埃小姐的情绪，我怕她生气；这就是被好感全权支配的我，它在我身上将它的威力发挥到极致，毫不夸张地说，肉体产生了好感，但好感的影响力十足，它总是在我的心中操控着肉感。

我虽然不害怕之前犯过的错再犯一次，虽然一直谨言慎行地避免着，可错误依旧发生了。可我也百口莫辩，我不是故意而为之，只是在机会到来时我牢牢地抓住了而已。可在第二次犯错后，朗拜尔西埃小姐说她再也不会用这种让自己累极的办法了，这竟是最后一次用这种方式受罚了，她应该也是从某些蛛丝马迹中发现了一些端倪，因为这种惩罚压根儿达不到她预想的结果。在此之前，我们一直都睡在她的房间，即使冬天偶尔睡到她的床上也不足为奇。但两天后，我们被她安排到了另外的一个房间去睡觉。从那以后，我是唯一一个被她当作大孩子的男生，可我并不稀罕这样的殊荣。

　　一个三十多岁的年轻女人，在用双手惩罚孩童时就已经决定了我终其一生的兴趣、欲望、嗜好，甚至改变了我整个人，这有谁能预料到呢？这种不符合自然规律的做法让人琢磨不透。当我体内的肉感开始滋生，我的欲望也随之改变，使得我总是在已逝的过往中徘徊不前，完全不会有去发现新事物的念头。虽然我的血液里燃烧的肉体上的欲火与生俱来，但我在所有其他迟钝缓慢的身体素质都成熟以前，一直都是守身如玉的。让我想不明白的是，在很长的一段时间里，一看到美女我的眼睛就充满了贪婪的欲望。我总是会在脑海里回忆她们的模样，我期盼她们能像我想象的那样变得鲜活生动，继而变成一个个我熟悉的朗拜尔西埃小姐的模样。

　　即便是到了法定结婚的年龄，这个怪异的癖好也一直用一种顽强的方式如影随形，最后甚至到了一种近乎堕落、如痴如狂的地步，即便如此，我也没有丢弃我的纯洁，这种高尚的品性一直在我的身体里，我的心里，虽然它早就不该存在了。如果这世上真的存在朴实无华且如白莲花般纯洁高尚的教育，那么我接受的无疑就是这种了。我的三位姑姑不仅是贤良淑德的典范，别的女人身上没有的庄重典雅在她们身上却体现得淋漓尽致。我的父亲也爱玩乐，可他的情趣招数却有些落伍了，即便是在他深爱的女人面前，他也不会说任何露骨的话让纯洁的女性害羞；在其他任何地方，也几乎不会见到长辈会给一个孩子充分的尊重，但在我家里就是这样，他们会充分尊重我这个孩子的感受和想法。朗拜尔西埃先生也很注重这个问题：一个性情温和的女仆，只是在我们面前说了一句并不怎么放肆的话，就被先生毫不留情地辞退了。我在成年前对于两性关系没有十分完整且清楚的概念，仅存的一点模糊记忆浮现在我脑海中时也是丑陋且让人恶心的，这使得我对妓女也有一种深恶痛绝、刻骨铭心的憎恨。只要一遇到淫棍，我就掩饰不了自己对他们的轻视，会觉得他们是邪恶的化身，让人觉得可怕，因为在我去小萨果内克斯的时候，路过了一条坑坑洼洼的小路，正奇怪两边土洞的作用，就有人告诉我，那些淫荡无边的家伙就在这里苟合，从那时起我对这种荒淫无度的行为感到深恶痛绝。我一想到这种人,就会想到狗不分场合的交媾,心里会觉得恶心至极。

但先入为主的性教育会让天性欲火的初次迸发推迟些时日,我在前面提到过,我的肉欲在初次崭露头角时,这种教育的规避作用对我的帮助极大。即使沸腾的热血会让我激动,不过我的想象仅仅来源于以往的感触,所以我只能在已知的快感中托付这新一轮的欲望,即使这样也绝对不会想起人们谈论的那种让我恶心的快乐,或许那种快乐和我的快感近乎相同,我也丝毫不在意。我会有一些愚蠢的想象、会对色情有一些偏执的狂热,这些想象与狂热会让我控制不住地做出一些荒谬的事情,我想象自己向异性求助,她们是可以让我获得想象中的快乐,可异性还有什么别的作用吗?

我的青春期就是在这样一种异常热情、极端淫靡和早熟过度的气质中度过的。这期间只有朗拜尔西埃小姐让我在无意间对肉体上的快感有了一点认识,此外便再也没有任何一次有关的联想,更没有别的肉体欢愉。即便是随着年龄的增长,及至成年,依旧一成不变,保全我的还是原来那些足以毁灭我的事物。我那些曾经年少时的癖好不但没消失,它竟然和另外的那种欲望结合了,我想尽办法也不能把它从感官引起的欲望里剔除干净。这种奇怪的癖好,碰上我拘束羞涩的性格,从没有让我在女人面前有冲动的想法;我明白了自认为的享受其实是我期盼享受的结局,可我喜爱的享受,心里想着却无法夺来,女方可以给我这种享受,可她们不会读心术;既然在面对女人时什么都不敢直言,不敢有所行动,最后就只能有一个垂头丧气的结局了。我的这一辈子就是这样灰溜溜的,深爱的女人就站在我面前,心里已经垂涎三尺,却不敢有丝毫表露,既然不能将我的想法说出来,便只能依赖一些可以让我联想到这种怪癖的男女关系来安慰自己。我跪在一个美艳泼辣的情妇膝下,俯首称臣,或祈求她的宽恕,我觉得这是一种极美的体验。众所周知,恋爱时期的进展不会很迅速,不会危及被爱者的贞操。所以,我实际得到的微乎其微,但因为我运用了独有的想象力,所以享受的时候并没有打折扣。我那害羞的性情及浪漫的内心,融合了我的情欲,最大限度地保证了我的那份纯洁的情感以及高尚端正的情操;如果我可以再无耻一点,我可能会变成让我恶心的那一类,变得荒淫无度。

情欲这座暗无天日又满是泥沼的城池,我终于抵制住了它,并在此刻将我的心境毫无遗漏地坦白,走出了这艰难的第一步之后我轻松了不少。罪大恶极的事不难说出口,可那些啼笑皆非又无耻的事却让人难以启齿。我现在的心情变得平和,我已经毫不畏惧地将这些话说出来了,剩下的还有什么好担心的呢?人们可以依据我叙述的实际来断定,终吾一生,即使面前站着的是我深爱的女人，满身充斥的情欲让我兴奋不已，即便眼睛看不见别的一切，耳朵听不到任何声响，身心痴迷没有方向，全身激动到发抖，我也不会将我的癖好告知她们，亲密无间时我也不会祈求她们给我仅有的恩宠，即便我的内心已经极度渴望。这样的事除了在我童年时期和一个同龄的女孩间发生过，其他的时间再也没有出现过，而且还是那个小女孩的主意。

回忆起我感情经历的最初事件，我发现其中的一些因素相当矛盾，它们紧紧相连，相互影响着产生了一个个相同的，很有力量的却十分单纯的结果；我还发现有些因素的表面看起来并无二致，再加上一些外在的影响让它们发生了些许变化而形成我们常说的巧合，常导致人们无法分辨它们最初的关系。我想谁都不会相信我的灵魂中存在的那股最坚韧的力量，竟是来源于我那柔弱与嗜欲杂糅的血液里，它从这同一源流中被历练了出来。接下来我要讲述的事情与这个主题无关，但人们可以在里面得到完全不同的印象。

一天，我独自坐在厨房隔壁的一间屋子里读书，砂石板上是女仆放着的朗拜尔西埃小姐的几把待烤干的拢梳。可是，等她再次进来想把梳子取回时，发现其中一把拢梳一边的齿子竟然断了。除了我，这个房间一直都没人进来，会是谁弄坏的呢？他们首先就怀疑我，我肯定要说自己没有动过那把梳子。朗拜尔西埃先生和小姐一起来斥责我，对我咄咄相逼，有时还出言恐吓，我始终坚持自己的观点。可我的力量终究弱小，无谓的挣扎毫无意义，他们武断地判定我就是罪魁祸首，即使他们从没见过我会撒下这样的大谎。他们认为这件事情的性质极其恶劣，也确实该这样认为。将东西损坏、撒谎、抵死不认错，这都是该被罚的。这回可不是我最喜欢的朗拜尔西埃小姐惩罚我。他们将我的所作所为写信告知了舅父贝纳尔，于是我的舅父来了。我那有难同当的表兄也担负着与我一样性质严重的罪名，我们要一起接受同样残酷的惩罚。舅父的惩罚可是动真格的。为了以暴制暴，将我那已经堕落的欲望彻底拯救出来，这无疑是最好的办法。以至在后来很长的一段时间里，我都没有再被这些欲望叨扰过。

他们用尽所有办法都没能让我亲口说出他们想要的答案，后来又逼问了我很多次，让我觉得不胜其烦，十分狼狈，可我并没有妥协，我宁愿选择去死，甚至下定了决心。最后，强制的力量不得不屈服于一个孩子"魔鬼似的执拗"（他们对我的顽强抵抗毫无办法，于是想出了这个形容词）。当我好不容易逃出这个如地狱般的折磨时，已经不成人形了，幸好最终是我赢了。

这件事已经过去五十年了，如今我也不用因为怕受到惩罚而担惊受怕了。所以，我一定要当着上帝为我自己辩护：在这件事上我是无辜的，那把拢子不是我弄坏的，我甚至都没动过它，更别说挨近那块石板了，这种想法都未曾有过。

我也不知道它到底是如何弄坏的,你们问我我也无从知晓。我唯一知道并确定的是,此事与我无关,我是无罪的。

可以想象,一个少年在平时的生活中性格内向、腼腆、温顺,但情绪激昂时他会变得易怒、高不可攀又桀骜不驯。他的理智可以支配他的一切行为,人们待他温柔、公平、亲和,在他的心里都是一些美好的念头,可现在他却受到了所有他爱着的尊敬着的人给予的有失公平的责难。那一刻,他的思绪该是多么凌乱! 他的情感又该是多么杂乱! 就在那一刻,他的内心,他的脑海,在他那个小小的精神和理智的世界里发生了多么难以捉摸的变化! 所以恳请所有的读者们,如果允许,请自行想象一下当时我的心境,因为当时我自己是一种怎样的心态,我完全无据可循,更难以清晰地一字不落地表述出来。

那时我的能力有限,根本不能理解为何只是一个表面现象就让我深陷其中,我更不会站在别人的立场上为他人考虑。我只能站在我自身的角度来思考这个问题:我没有犯错,可仅仅因为他们单方面的判断让我受到了如此严厉的惩处,他们怎么可以这么残忍? 肉体上的疼痛我还不在意,可在我心灵留下的创伤却再也难以弥补,生气、愤怒和失望席卷了我。我的表兄也经历了和我差不多的遭遇,本是一件无心之失,可人们认为他是蓄谋已久并以此为由惩罚了他,他也和我一样委屈、愤怒到难以抑制,他和我选择了同样的方式发泄。我们一起瘫倒在床上,委屈让我们全身止不住地颤抖,我们紧紧相拥,差点窒息。等到我们受创的幼小心灵有所平复之后,已经足以宣泄出我们的愤怒时,我们如苍松一般直挺挺地坐起来,用尽全身力气不间断地喊着:刽子手! 刽子手! 刽子手!

即便现在是在回忆这件事,我的心情依旧难以平复,脉搏跳动的频率依旧那么强烈;即便是我可以活到十万岁,回忆起这件事依然会愤慨如初。这是自我出生开始第一次经历的不公正待遇和对暴力的感受,这份感受会让我永生难忘,但凡一点与这种感受相关的经历都会激起我的愤慨;这样的感受最初由我自己引起,可后来它变得独立坚强,与个人利益毫无关联。无论是谁受到何种不公平待遇,无论发生在哪里,一旦被我目睹或有所耳闻,我会立刻变得激昂愤怒,一如自己又经历了一次。当我读书时碰到一位残暴的君主,或是看到僧侣满肚子坏水时,如果可以将这种邪恶无耻之徒千刀万剐,我万死不辞。如果偶尔被我碰到一只公鸡、一头母牛、一只狗或是别的任何牲畜欺负别的动物,我便会跑去赶走那些为非作歹的畜生,尽管我会因此跑得汗流浃背、气喘吁吁。我会用石头扔向它们,因为它们只会欺负弱小。这种情绪或许自出生以来就存在于我的身体里,我坚信这是与生俱来的。但因为我第一次经历的不公平待遇给我留下的回忆太过悲痛,太过刻骨铭心,与我的天性又相生相融太久,使得这种天性越发凸显了。

让我酣畅淋漓的童年生活就这样离我远去了。我再也无法尽情享受单纯无害的幸福了。即便今天回忆起往昔,我也觉得幸福时光是到此为止了。后来我们依旧在包塞度日,在那期间的生活,该如何描述?就像亚当那样,虽然生活在乐土中,可其中的乐趣却与我们相隔甚远:看起来没有什么不同,可实际上却完全不一样了。学生不再对老师充满崇敬、依赖、信任、热爱,再也不会将他们视为会明察秋毫的神灵!现在我们做了坏事后,可不会再像原来那样满心愧疚,而是会更加恐惧别人会揭穿我们:于是我们开始了撒谎、犟嘴、逃避、隐瞒。在那个年纪内心深处隐藏的邪恶开始作怪,将我们的天真吞噬,将我们的娱乐丑化。原本让我们觉得舒适的田园生活也不再质朴和安宁,就像在一瞬间变得萧条沉闷了;它的美好就像被有心人刻意掩盖了一样,毫不起眼了。小花园因为缺少我们的管理,变得杂草丛生,慢慢辍耕了。我们不会再满心期待地将泥土翻开,不会在看到亲手撒下的种子发芽了而欢呼雀跃。我们厌恶这种生活,就像人们也讨厌我们一样。后来舅父来接我们,我们便毫不留恋地与朗拜尔西埃先生和小姐告别了,毕竟彼此之间也没有什么深厚的感情,分别是很容易的。

离开包塞将近三十年的时间里,我的脑海里想起的与之有关的回忆基本都是让我不快乐的,那里的一切都不值得我留恋。可是当我的壮年时期要离我而去,迟暮之年已悄悄来临时,其他的回忆都慢慢消散了,唯有那段过往日渐清晰,在脑海中挥之不去,并越来越美好,越来越强有力地吸引着我。就像已经感受到了生命的稍纵即逝,想用尽办法把它抓回来,然后从头来过。之所以那时的芝麻大点的小事都可以让我开怀,是因为它是我年轻时的光阴,是我年少时的过往。我回忆起了那段时光里具体的时间、人物、地点:女仆或男仆在房间里忙碌着,一只燕子从窗户俯冲了进来;我读着书,苍蝇嗡嗡地停在了我的手背上;各种情景在我的眼前上演着,如此逼真清晰。我牢牢地记得我们住过的那个房间是如何布置的:朗拜尔西埃先生的书房在右边,墙上挂着往届教皇的画报、一只晴雨表和一本大日历。房子的后面有一座地势很高的花园,生长着许多的覆盆子树,树枝洒下的阴凉盖住了整个屋子,有时还会看到个别的枝丫通过窗户钻进了房间。我知道读者对这些并不感兴趣,可我还是要说清楚。在那段岁月里所有的幸福轶事,一丁点的回忆都足以让我雀跃许久,我怎么可以藏私呢?其中有五六件事特别值得一提。我们打个商量吧。我删去五件,只讲其中一件;并请允许我把这件事叙述得完善详尽一些,这样我的快乐会伴随我更久一点。

如果我只是为了哄你们开心，我会告诉你们朗拜尔西埃小姐把屁股露出来的事情，这件事是这样的：她不小心在草地的边缘摔了一跤，裙子翻了上来，恰好撒丁王路过那里，一不小心就看到了她的整个屁股。但比起土台上胡桃树的经历，这件事简直太乏味了。因为我是胡桃林趣事的主人公，但在她被看光的趣事里我只不过是个旁观者；再者，不谈那件事本身的笑点，那时她还是我意识里认定的母亲，我对她的爱甚至超过了母亲，所以那件事除了让我感到猝不及防以外，并不觉得有什么值得开怀大笑的。

啊！我亲爱的读者们，你们如果愿意知晓有关土台上胡桃林经历的话，请你们耐心地听听那让人惊叹的惨剧吧，如果它不小心让您的心灵为之颤抖，请原谅我！

院门外边进口处的左边，有一个土台，可那里一点阴凉都没有，我很奇怪为什么人们都愿意去那里坐着。后来为了可以有点阴凉让我们避暑，朗拜尔西埃先生吩咐人在那里栽了一棵胡桃树。我和表兄两个寄宿生还为它举办了一个相当隆重的仪式，并担任了它的教父。在人们填土的时候，我们就在旁边扶着树枝高歌。甚至在树旁边还挖了个池子，只是为了浇水更便利。每天看着人们为胡杨树浇水是最让我们兴奋的事情，我们单纯而执着地相信：在这个土台上成功栽下一棵树的荣光远胜在敌人堡垒的墙孔上竖上一面旗帜；我们决定要捍卫这种光荣感，拒绝分享给任何人。

于是，我们去砍了一根嫩柳树的树枝，把它栽到了距离那棵高大的胡桃树大概十来英尺的土台上。当然，小树旁的池子我们也挖出来了，可是里面怎么盛水成了大问题，因为水源距离我们太遥远，大人也不许我们去提水。可我们的小柳树怎么能缺水呢？所以那几天，我们想出了各种偷偷摸摸的办法来给它浇水，果然颇有成效，我们看着它发芽，长出了嫩叶。我们还会经常去量一量叶子的长度，看看它长了多少。尽管一整棵树不过一英尺高，但我们有足够的信心，坚信它一定会长成参天大树，为我们提供阴凉。

我们的全部心思都被这棵小树占据了，我们像失心疯似的，做什么事都开始变得三心二意，更别谈念书了。人们不知道我们怎么了，是在跟谁置气，只好对我们更严加管教。我们的小树苗已经到了缺水的临界点，再不补给它就会渴死了。要让我们眼睁睁地看着它死去，简直太残忍了。于是我们计上心头，想出了一个绝妙的主意，只要这个办法成功实施，我们和小树都会逃过这场灾难。我们决定在地底挖一个暗渠，从胡桃树旁的池子里给小柳树引一点水过来。我们当即行动了，可刚开始并没成功。因为沟的斜坡坡度不够，水流不下去，反而使泥土坍塌，还把刚挖好的小沟堵死了，一些乱七八糟的东西塞在入口处，所有的一切都在给我们添堵。但我们并没有因此放弃："Omnia vincit labor impro-bus"①。我们将小沟和柳树旁的小水池继续加深，让水可以更容易流过来，又把小箱子劈成窄小的木板，然后一条接着一条地将它们在沟里铺平整，把剩下的斜放在沟的两边，一个三角形的水道就做好了。接着在入口处插上一排小木棍，每根棍之间的缝隙分布均匀，就像澡盆里或铁篦子上装的放水孔，它们可以帮助阻挡泥沙，让水流畅通无阻。最后，我们小心翼翼地用土将这项伟大的工程掩盖好，再将土踩平压实。我们伟大工程竣工的那一天，我们满心期待又分外紧张，期盼着又害怕浇水时刻的来临。我们觉得似乎等了漫长的一个世纪，他们终于来了。朗拜尔西埃先生也像往常一样加入了浇水的团队；当开始给胡桃树浇水时，为了掩护我们的小柳树，我们紧紧跟在朗拜尔西埃先生身后，碰巧的是，他一直背对着我们，并没有像我们担心的那样转过身来。

他们刚把第一桶水浇下去，我们就发现水流到了我们的小池子里。我们兴奋得忘乎所以，大声欢呼起来。朗拜尔西埃先生在此时竟然回过头来，我们心里一咯噔，这下糟了！他原本看到给胡桃树新培的泥土吸收了大量水分，正高兴这土质好；可现在他才发现原来水被分流了，这让他十分惊讶，让他不得不大叫起来。他定睛一看，瞬间识破了计谋，他叫人拿来一把大镐头，一镐下去，那些细窄的木板瞬间四分五裂，他大声叫道："一条地下水道！有一条地下水道！"他不留情面地将各个地方都刨了个遍，每一次都好像刨在了我们的心里。在那一刹那，板子、水沟、小水池、小柳树，瞬间被销尸灭迹。在这让人心惊胆战的可怕的破坏事件里，他除了一直在叫着"地下水道"就再也没说过别的话。他一边喊着："地下水道！地下水道！"一边将我们所有的努力销毁得一干二净。

或许有人会认为，这件事难道不会给小建筑师带来惩罚吗？这次并没有，一切都到此为止。朗拜尔西埃先生不仅没有责罚我们，没有摆脸色，甚至连这件事都未曾提起过。过了一会儿，我们还听见了他和他妹妹聊天时传得老远的哈哈大笑声。更奇怪的是我们自己，除了刚被发现时有点惊慌失措，可后来竟也没有太难过。我们又在其他地方重新栽了一棵小树，第一棵树的悲剧时常会被我们玩笑似的提起，每当说起来时，我们就机械似的重复："一条地下水道！一条地下水道！"在这之前，我以阿里斯提德或布鲁图斯自居的时候，也会偶尔出现一种自豪感。这是我的虚荣心第一次显露出来。我们竟然能够亲手将地下水道建成，可以让一棵弱不禁风的小柳树和一棵高大健壮的胡桃树竞争，还有比这更荣光的事吗？我敢说在十岁时我对事物的看法比恺撒三十岁的见解

---

① 拉丁文，意思是顽强努力战胜万难。——引自古罗马诗人维吉尔的《耕耘颂》。

还要独特高深。

这棵胡桃树以及与它有关的回忆都存在于我的脑海中，并会不时浮现。所以当我于一七五四年我准备去日内瓦时，就有一个最舒适的计划——去包塞再重温一次儿时游戏的纪念物，特别是那棵最难忘的胡桃树，它的寿命应该已经有一个世纪的三分之一了。遗憾的是，那时的我俗事缠身，完全无法自主抽身，这个愿望最终不了了之。或许这样的机会再也难碰到了，可我依旧满心期待地等待下一次机会。我可以确定，如果我可以回到梦寐以求的地方，看到那棵亲爱的胡桃树依旧健在，我的眼泪也足够让它喝个饱了。

我在日内瓦的舅父家住了两三年的时间，等待人们给我安排前程。舅父期盼着自己的儿子成为一名工程师，于是他教了我的表兄一些制图学，并教他学欧几里得的《几何学原理》。我在他旁边跟着学，竟也激发了学习兴趣，不过我最感兴趣的还是制图学。可大家却更赞同我去做钟表匠、律师或牧师。我喜爱牧师这个职业，传道说教别有趣味。可我母亲留下的遗产所得收入在平分给了我和哥哥后，就不够供我读书了。因为我那时的年龄并不着急确定职业，就待在舅父家里一直等着，这完全是在浪费时间，而且还要支付看起来公平合理，实际数额巨大的膳宿费。

我的舅父和父亲都是喜欢风花雪月之人，不会用责任束缚自己，对我们的关心少得可怜。舅母是一个虔诚的信教徒，其实算不上多么信奉，可她就是宁愿去朝圣，也不愿花一点心思关注我们的学习。在他们的无视下，我们几乎是无拘无束，但我们知晓分寸，从不会过于放纵。我们是彼此的影子，互帮互助，不会祈求他人，我们也从来不想和我们同龄的顽童一道惹是生非，所以那些终日游手好闲养出的放纵不羁的气质我们未沾染分毫。其实，用散漫来形容我们实在错得离谱，因为我们一辈子也与散漫没有关联。幸运的是，我们总是有那么多趣味十足又层出不穷的游戏，让我们足不出户就可以脚不沾地地玩上一整天。我们只想待在家里，因为不用出门就可以做出鸟笼子、笛子、毽子、鼓，还可以盖小房子，做水枪再来一决高下，或做一个弩弓，做出的玩具类目十分齐全。有时我们会学我的外祖父制造钟表，但难免会弄坏他的工具，可是他从来不会生气，因为他是那样的慈祥友善。我们最喜欢的其中一项爱好就是在纸上起画稿，随意涂抹，用墨渲染，再加上颜料，颜色重叠的魔力让我们玩得不亦乐乎。后来，有一个名叫刚巴高尔达的意大利江湖艺人到日内瓦卖艺，我们看过一次便觉得兴趣索然了。可是他手里的木偶引起了我们的兴趣，我们就关在家里做起了木偶；他的木偶会演一些喜剧，我们也为自己的木偶编了喜剧剧情。没有用来变音的哨子，我们就捏着嗓子模仿小丑的语调，将我们编写的喜剧活灵活现地表演出来，那些和善的长辈们倒也捧场，总是耐心地看着我们演，认真地听着。一直到舅父贝纳尔聚集家人，为他们绘声绘色地朗诵了一篇自己撰写的演讲稿，我们又眼馋了，撇开了之前挚爱的喜剧，又开始自己动手写稿子。我明白这些零碎的小事有多么无趣，可也正是因为这些小事才能证明，我们的启蒙时期多么需要专业的指教，才可以在无人管制的情况下依旧自我约束。呼朋唤友我们不需要，即便有这样的机会我们也不在意。出去散步时，看到孩子们在奔跑嬉闹我们也不眼馋，更别谈加入他们了。我们珍惜彼此的友谊，且知足拥有彼此，即使我们在一起只能玩一些单调的游戏，可只要我们一直在一起，便别无他求了。

由于我们的关系总是这般亲密，人们开始关注我们了，表兄像个瘦竹竿，而我像个矮冬瓜，这样的一对走在一起确实很滑稽。有时表兄的脸皱得像个蔫苹果，时常虚弱无力，步伐拖沓，孩子们总是因此嘲笑他。

人们用当地语言给他取了一个外号"笨驴"，我们一走出门，身后"笨驴，笨驴"的声音此起彼伏。这些声音对他没有丝毫影响，我却不能听之任之，时间久了，就想找他们干一架来泄愤，这正对了那些小流氓的胃口。我哪里是他们的对手，反倒被他们揍得鼻青脸肿。最无辜的是那个表兄，他在旁边用尽所能帮助我，可他手无缚鸡之力，结果也被揍了。我气得失去了理智。落在我脑袋上、肩膀上的拳头可是一点都不轻松，可他们要打的是"笨驴"并不是我。我这莫名其妙执拗的怒火反而把局面搅得一团乱，后来我们两个像过街的老鼠，等到那些小混混都上学去了我们才敢出门，生怕出来又会碰到他们的谩骂和追逐。

我现在是行侠仗义的骑士了。为了成为一个称职的骑士，我得找一位情人；我曾经有过两位。我的父亲现定居尼翁，尼翁是伏沃州的一个小镇，我经常去那里看他。父亲很有人缘，我也跟着沾了不少光。至少住在那里为数不多的时刻，那里的人们看在他的面子上，都对我十分友善。有一位叫菲尔松太太的女士更是对我疼爱有加，更甚者，她的女儿把我视为情人。一个二十二岁的姑娘把一个十一岁的男孩子当作情人，人们理所当然会理解。因为这些机灵聪慧的姑娘总是会把小洋娃娃摆出来吸引眼球，以掩饰她们心爱的大洋娃娃，她们将这些小手段运用得得心应手，制造的假象就像一层迷雾，用来诱惑她们的大洋娃娃。从我的角度来说，我和她极为相称，因此我极其用心，我用尽全部心神，再准确一点说，不惜耗费所有精力，挖空心思地对她。我很爱她，接近痴狂，我的亢奋、激情、愉悦做出了许多让人大跌眼镜的趣事，但爱她的这个心思也只是局限于我的脑袋里而已。

我所知道的有两种爱情，它们截然相反但非常真实，尽管它们之间没有共同点，和常说的友情也不尽相同。这两种八竿子打不着的爱情各占据了我生命的一半，甚至有一段时间我就体验了两种。在刚刚那个时期，就是堂而皇之地将德·菲尔松小姐占为己有，丝毫不能容忍其他男性靠近她，如此霸道专横之时，我还和另一位叫戈登小姐的姑娘秘密幽会过几次，她把我当作学生一样看待。这些全部经历不过如此，可对我来说，这就是我的全部，是我最好的幸福了。当时我就知道秘密是多么隐秘的一件事，虽然在使用秘密时我并不得心应手，稍显稚嫩，但当我发觉德·菲尔松小姐跟我幽会不过是为其他风流韵事做掩护，我便以其人之道还治其人之身报答了她的心意，这是她意料之外的事情。可着实可惜的是，我的秘密很快就被发现了。这位小老师并没有像我一样守口如瓶，于是别人把我们分开了。过了几天，在我回日内瓦路过库当斯时，听到几个小姑娘在议论："戈登跟卢闹翻了。"

　　她们说的戈登小姐并非等闲之辈。她长得并不算如花似玉，但见过她脸蛋的人都会过目难忘；现如今我还能想到她，我这样一个垂垂老矣的疯子或许是太过于癫狂。她的体态、妍姿，尤其是那双眼睛跟她的年龄极不搭调。与她扮演的角色最相配的就是她那不怒自威又骄傲的小神态，这种神态给了我们角色扮演的启发。让人费解的就是，张扬与端庄在她身上融合得恰到好处。她可以对我任性妄为，可我对她就得遵规守矩。在她眼里我就像一个小孩，所以我十分坚信，或许她已经不再是一个孩子，又或者她本来自己就还是一个没长大的孩子，看不清即将面临的危险，还当作儿戏。

　　我一心一意地爱着她们，对她们也是真心实意的，至少在与其中一个待在一起时，我是不会朝三暮四的。尽管如此，我对她们的爱却完全不一样。哪怕是要我和德·菲尔松小姐过一生一世我也愿意，不愿离开她一分钟；可当我与她相处时，我的内心十分平静，不会掀起一丝波澜。我最爱她的时候是在人群中与众人谈笑风生时，互相嬉笑打闹，眉来眼去，即便是争风吃醋也乐此不疲，深陷其中。

　　每当我发现那些比我年长的情敌似乎被冷淡搁置在一旁了，可我依旧盛宠不衰，我就格外骄傲，一副意得志满的模样。虽然我曾经也被调笑得怅然若失，愁绪满腹，可我甘之如饴。我也有所怯场，可一获得来自人们的夸赞、鼓舞和快乐的情绪，我就重新充满了力量与勇气。在交际场上，我脾气古怪，有时发脾气，有时又婉转周旋，只因我爱她爱得如痴如狂。可单独与她在一起，我会变得拘束，心神不宁，冷淡漠然，甚至变得厌烦。可我对她又相当关心，她生病时，我恨不得代她承受病痛，只要她能快点康复。需要提醒大家的是，因为我自身常被病痛折磨，我比谁都清楚生病有多么痛苦，一个健康的身体有多么难得。我不能和她分开，哪怕只有一秒钟，我就会思念入骨，觉得这一生非她不可；和她在一起时，她的爱抚让我的心灵像浸了蜜一样甜，我和她在一起很舒适，很平和，我不贪心，只想要她给我的东西。可我要是看见她对别人也像对我一样时，那我实在忍受不了。我像爱护妹妹一样爱着她，当妒火攻心时就似情郎了。

可我只要一想到戈登小姐对我的态度和对其他人的态度一样，就嫉妒得发狂，就像豹子、老虎、精神病患者一样。因为她的一切，我即便是跪下哀求也是无法得到的。我与德·菲尔松小姐亲密接触时，我内心十分开心，虽然亲昵但没有脸红心跳的情愫，更不用说肆无忌惮了。可一旦戈登小姐出现在我的视线范围内，我的眼里便只有她了，她让我魂不守舍，即便我们已经十分熟悉彼此，可与她在一起时我还是会心跳加速，心神不宁。如果跟她单独相处的时间太久，我肯定命都得断送掉，因为心脏的极速跳动会让我喘不过气。我害怕失去她们任何一个人的宠爱，虽然我对其中一个是疼到骨子里，对另一个却是百依百顺。如果用全世界的财宝诱惑我去惹德·菲尔松小姐生气，我是怎么都不会做的；但戈登小姐让我去上刀山下火海，我也是在所不惜的。

戈登小姐与我之间的那些桃色事件，说得更准确一点，那些私底下的幽会并没有持续很久，这对我们来说也算一件好事。我与德·菲尔松小姐之间的交往一直都是平淡如水的，可是也磨不过时间，最后以悲剧告终。这些桃色事件本身的结局总是浪漫悱恻的，让人回味，让人感叹。我和德·菲尔松小姐的情爱因为一直平淡如水，最后反而更加难舍难分。每次分别我们都是眼含泪光，更让我奇怪的是，分手之后我竟然感到一种让人羞耻的孤寂。我一开口就会说到她，一思考，满脑子都是她，伤痛来得那么真实。我还是相信，我的泪并非全为她而流，其中很大一部分是留恋，是对以她为中心肆意玩乐的舍不得，只是我没有细细分析罢了。为了减轻我们的分别愁绪，我们还通了一段时间的情书，即便是冷若冰霜的人看到也会为之动容、心碎。我在这场无言的对战中获胜了，她终于忍受不了了，来到了日内瓦。我被这幸福的光环砸晕了，在短短两天的时间里，我就像在做梦，神魂颠倒也不过如此。她要离开时，我想只要她一走我便投水自尽。难舍难分的哀号声响彻云霄，久久不散。又过了一个星期，我收到了她寄来的一些糖果和手套。我多希望这是她依旧放不下我的多情表示，可我知道此时的她已为人妻，上次不过是为了办嫁妆才顺道来看我。在得知这个消息时，我怒不可遏，不用做具体描述，你们应该就能明白。我用满腔的怒火许下坚定的誓言，永远不见这等负心的女子，我自认为这是对她最严苛的惩罚。可她依旧好好地活在这世上。我在二十年后再次去见我父亲，当我们在湖上泛舟时，看见不远处的游艇上坐着几个女人，我好奇地问父亲她们是谁。我父亲打趣地说："这就不认识啦？想不起来？这可是你当年的情人啊，原来的德·菲尔松小姐，现在叫克里斯丹夫人。"听到这个久远的名字，我情不自禁地瑟缩了一下。我很快反应过来，吩咐船夫迅速将船划走。尽管这个报复的机会难得，但是我可不想因和一个四十岁的老女人去翻二十年前的旧账而违背自己的誓言。

在前途一片渺茫时，我就是在这些毫无意义的琐碎小事中耗费了大量光阴。人们依据我的本性，斟酌再三，最后敲定了一个并不能让我称心的职业。我被送到了本城法院书记官马斯隆那里，跟着他学"承揽诉讼人"的门道。贝纳尔先生说这是种有用的职业，可我对"承揽诉讼人"这个别致的雅称厌烦极了。高尚的人格不允许我发这些肮脏之财。每天重复同样的工作乏味不说，更让人难以接受的是工作时间冗长，还要像奴才一样任人差遣，我不开心的情绪到了一个临界点。每天我都怀着一种厌恶至极的心情走进事务所大门，这样的情绪日日堆积成了一座大山，压在我的心头。马斯隆先生也对我不满，总是用一种轻视的眼神看着我，总是骂我又蠢又懒，他每天都会在我耳边一遍又一遍地说："你舅舅说你这个也会，那个也做得很好，可你会什么？你什么都不会。他许诺的是给我一个聪明伶俐的小伙子，竟给我送了一头蠢驴过来。"最终的结果就是给我安上了一个"扶不起的阿斗"名号，毫不留情地将我驱逐出了事务所；事务所里其他办事员说我除了能使用钟表匠的锉刀外，一无是处。

自己的天资被这样否定后，我只有去做学徒了。但不是要我去找钟表匠学手艺，而是去学零件镂刻。书记官的轻视将我的所有傲气打入尘埃，我毫无怨言地遵从了他们的安排。我的师傅是杜康曼先生，他的脾气相当暴躁，仅仅用了少许时间就将我孩提时代的一切童真全部摧残了，温和感性、天真烂漫的童真消失殆尽，让我从身体到精神，从理想世界到现实生活，变成了一个实实在在的学徒。我学过的拉丁文、古典文学、历史都被我长期抛诸脑后，连这个世界上存在着罗马人的事实都被我忽略了。连我最亲爱的父亲都差点认不出他的宝贝了。在那些太太小姐的心里，我失去了风流倜傥的光环，也不再是她们熟悉的让-雅克了。我敢保证，朗拜尔西埃兄妹也肯定认不出他们曾经的学生了，我羞于见他们，至此，他们就从我的人生中永远脱离了。当年可爱的娱乐活动现如今被一些低俗的、下流的习惯替代，慢慢地，那些曾经让我欢喜的娱乐活动在我的记忆里变得毫无踪迹。我想，我可能自身就携带着一种堕落因子，尽管受过良好的教育，可我还是轻易就堕落了，一发不可收拾，我想早熟的恺撒变成拉里东①的过程也没有这么迅速吧。

我并不讨厌自己所学的手艺。相反，我喜欢这种制图的艺术，挥舞刻刀可以将一幅幅画面变得栩栩如生，这是一件趣味盎然的事情。而且，在钟表制造业对于镂刻零件的技术要求并不高，我踌躇满志，要在这一行业做出自己的高度。如果我的师傅不是这么跋扈残暴，我没有因被他束缚而开始厌恶这个行业，我的目标应该会达成的。我还趁他不注意时刻了一些属性差不多，但更吸引我不羁个性的骑士勋章，我和伙伴们平时就戴着它。后来师傅发现我竟然偷偷干这种违法的活儿，狠狠地揍了我一顿，还说我在试图造伪币，只因那徽章上刻有共和国的国徽。我心可鉴，伪币是什么我都不知道，即便是真币，我认识的都少得可怜。要说起罗马"阿斯"②的铸造技术我可能会比三苏辅币更精通。

这个师傅的专制残暴，让我苦不堪言，最终使我开始对原本喜爱的工作怨声载道，一些最深恶痛绝的恶习也开始包围我，例如说谎、懒惰、盗窃……后来回忆起这一时期我的转变，我不得不感叹在父母身边和在外为奴的天差地别。我性格害羞而懦弱，身上或许还有千千万万个缺点，但无论怎样都不会沦落至此，变成这样一个恬不知耻的人。之前，我可以光明正大地享受的自由的范围只是在减少，可现在已经化为乌有了。和父亲在一起，我是个不知天高地厚的小子；寄宿在朗拜尔西埃先生家里时，我是个自由自在的门生；在舅父家里，我开始三思而后行；最后跟着师傅时，我变得畏首畏尾。我从那时起就已经开始如行尸走肉一般了。与长辈们一起生活时，我在他们的生活中如鱼得水：我可以和他们一起参加各种娱乐活动，任何美味佳肴都会有我的一份，我可以袒露心里的任何想法。可在我师傅那里呢？大家应该可以想得到的，在那里我变成什么样了呢？我不敢开口说话，饭只能吃到三分之一就要立刻离开并走出去，还要没日没夜地劳作。看着别人玩乐，我只有眼馋的份儿；每天看着主人与他的酒肉朋友花天酒地，越发显得被人欺压的我多么悲惨。即便听到别人讨论我最热衷的事情，我也不敢发表言论。看到的一切事物，都是我羡慕的。为什么会这样？因为我已经没有了任何权利。我和曾经惬意的生活、活泼快乐的性子诀别了。原来犯了错，我会投机取巧地说些好话躲避责罚，如今也不能再说了。有一件让我一想起来就忍俊不禁的事：某天晚上在父亲家里，我太淘气，惹父亲生气了，他就罚我不许吃晚饭并要求我直接睡觉；后来当我拿着一小块面包走出厨房时，空气里弥漫着一股烤肉的香味，接着我看见铁叉子上烤着一大块肉，

---

① 拉里东，拉封丹的寓言中的一只狗。
② 阿斯，古罗马青铜币名。

大家都围在炉灶旁,我经过那里时,不情不愿地向他们一一道了晚安。我正准备离去时,我的眼神不由自主地又飘向了那块烤肉。天哪,它的颜色多么诱人,单闻着味道就已经叫人流口水了!我灵机一动,面对着它深深地鞠了一躬,并略带哀戚地说了一句:"永别了,烤肉!"这句脱口而出的稚嫩语句毫不意外地逗乐了所有人,他们还是把我留下来一起吃烤肉了。而在我师傅家里,我如果可以这样做,效果肯定会是一样的;可我的古灵精怪在那里是怎么都发挥不出来的,就算可以,我也没有胆量。

我很轻易就学会了贪婪、虚假、欺上瞒下、说谎,甚至连偷东西都学会了,原来的我可不敢有这种想法,现在却越发不可收拾了。心有余力不足,结局注定悲哀,我只能在这条邪恶的道路上越走越远。这就很好地解释了奴仆会偷骗成性,学徒也是连偷带骗的了。如果后者的生活环境一直都是平等公平、没有烦恼的,他们的愿望可以被满足,那么,一路阳光雨露的洗礼,那些见不得光的肮脏也就不能附身了。可不幸的我不能生活在那样美好的环境里,所以我的结局注定是破败的。

儿童迈入人生的第一步就误入歧途,大多是因为引路者将他原本美好的性格带入了错误的道路。在师傅家生活的一年多的时间里,我的手头经常不宽裕,也常常被外界各种事物迷了双眼,但我从来没有要去偷东西的念头。说起来,我的第一次偷东西不过是为了给别人帮忙,是出于好心,却也为这次之后的几次偷窃做了铺垫,让另外几次变得顺理成章了,这几次偷盗的目的便没有那么高尚了。

我的师傅有位结伙共事的店员,叫维拉,住在我们旁边,离他家不远处有个菜园子,里面种着最宝贵的龙须菜。维拉的手头有些拮据,他把主意打到了这些龙须菜上。刚长出来的龙须菜又嫩又鲜,如果可以背着母亲偷几棵去卖掉,就可以吃上几顿大餐了。可他自己去很担风险,再加上他的腿脚不方便,于是他怂恿我去。他先给我戴了几顶高帽,我当时还傻乎乎地觉得他是真心在夸我,一时得意就跳进了陷阱。接着,他像是突然想出了一个办法似的,建议我去做。我肯定不同意啊,便一直拒绝着他;可他一直像个狗皮膏药,还在我身边溜须拍马,我终于沦陷在了这糖衣炮弹里。此后的每一天早上,我都会去割一些最新鲜的龙须菜,再拿到茂拉尔市场去卖;市场上有位精明的老太婆,她看出我这些龙须菜来路不明,就威胁我,以便用最低的价钱买最好的货。我生怕她到处张扬,只得默默忍受了她的低价,再将卖的钱一分不剩地交给维拉。这钱还没捂热就变成了一顿大餐,出力的是我,享受的却是维拉和他的伙伴。我并不羡慕,他们的酒杯我从没碰过,因为有他给我的小费我就知足了。

我一连好几天都重复着这件事，没有动过别的念头，也从来没想过从卖龙须菜的钱里提前抽成。我真心实意地卖力做着这种行当，我的动力就是让主人开心。我从没想过如果我被抓到了，我会经受怎样的折磨啊，挨打、辱骂……各种苦头都该我吞下，如果将实话说出，那个家伙肯定不会承认，我还会背上诬陷他人的罪名，因为众人肯定是会相信他的，那么我的罪责将会加倍。这一切都只因他是合伙人，而我只是一个卑微的学徒！有权有势者可以背着罪恶逍遥法外，受罪的永远都是清白的无辜者，普天之下无一例外。

可这件事之后，我明白了偷盗原来这么容易。我对这门学问的掌握很快就得心应手，只要是我想要的，只要是我可以拿到的，就别想还能好好待在原位了。师傅家里的伙食并不算坏，可我还是难以控制自己的食欲。因为每次看见师傅吃东西时实在太铺张浪费了，而且每当美味佳肴上桌时，青年人便没有权利再待在桌上。这难道不是培养懒虫和馋虫的最佳环境吗？不久之后，这两种角色我都扮演得极其到位；一般情况下我都是游刃有余，除了少有的几次会被捉住痛揍一顿。

让我付出惨痛代价的是有一次偷苹果，一回想起这件事我就胆寒，又觉得十分可笑。那些苹果被放在储藏室最不起眼的角落，储藏室上面有一个特别高的格子窗，厨房里的阳光透过窗户可以照进角落里。在一个天时地利人和的日子，他们都出门去了，留了我一人在家。我踏上案板，踮起脚张望"赫斯珀里得斯①苹果园"里让我垂涎却不能沾染的禁果。我拿来一把铁叉子，可它太短了，根本够不着。我又拿来一个师傅专门烤野味的小叉子（幸好师傅喜欢打猎，专门有准备），绑在铁叉上面，长度终于够了。可我叉了好几次都没有叉到苹果，我咬牙坚持着，功夫不负有心人，终于让我叉到了一个，我乐得想尖叫一声，可我还是丝毫不敢松懈，慢慢地挪动着铁叉，近了近了，接近格子窗户了，我迫不及待地伸出手去接苹果。我预料到了很多种意外，万万没想到的是苹果太大了，从格子窗户根本取不出来。我不能半途而废啊，又开始绞尽脑汁想办法，我现在要去找刀子将苹果切开再拿出来，可这样铁叉会掉下去，于是要先把铁叉固定好。找的刀子要够长，切的时候还要有一个托板。万事俱备了，我开始切苹果了，我准备将苹果一分两半，那样就很容易拿出来了。可我的刀刚离开苹果，切好的苹果就掉下去了，只听到了"啪啪"落地的声音。我知道这情节很好笑，但请各位仁厚的读者想想当时的我多么可怜，给予我一点同情心吧！

我并没有因此气馁，可我已经浪费了太多时间了，再耗下去我担心会被发

---

① 赫斯珀里得斯，希腊神话里守卫金苹果园的女神。

现,于是我保存着我的勇气等待下一次更幸运的机会。于是,我若无其事地去做自己的工作了。至于储藏室地下那两个有力的证据会对我多么不利,我压根儿没放在心上。

要想成功就要不断尝试。于是第二天,我又找了个合适的机会进行了新的挑战,我再次按原路爬上案板,伸出铁叉,瞄准苹果,证要接近目标……这次就没有那么幸运了,守卫者并没有休息,他听到动静,"吧嗒"一声推开门……师傅走近了,双手叉腰,双眼怒瞪着我,咬牙切齿地说:"好哇!"……回忆到这里,我浑身又止不住地颤了一下,手中的笔都要握不住了。

挨打的次数多了,我也就变得无所谓了。反正偷完后免不了挨打,既然挨打能抵消我的罪行,那我的偷窃行为就是可以被原谅的,这是我该行使的权利吧!我不会去看我被打得如何伤痕累累,我只会想着该如何报仇雪恨。我觉得,既然把我当小偷一样来处罚,那就相当于肯定我做小偷。我意识到,偷东西和挨打这两件事是相辅相成的,所以形成了一种交易,我作为交易的一方,只需要把我要完成的任务完成好就行了,而对方的义务,就交给我师傅吧。正是基于这种思想,以后我偷东西时,就更加问心无愧了。我告诉自己:"会有什么样的结果呢?挨打吗?那有什么!我就是为挨打而生的。"

我喜欢食物却不贪吃,好色而不淫荡:因为有太多其他的欲望,所以这两种欲望就显得不那么重要了。除非心闲时,我才会想起各种美味,而我素来又忙得要命,所以极少有时间去思考美味。正因为如此,我的偷窃技术才从食物扩散到了其他东西上——所有我渴望拥有的东西。后来也只是因为我不喜欢钱,才没有变成职业小偷。我师傅在作坊的一端还有一间私室,门上一直挂着一把大锁,我想了一个招数把它给打开了,之后再偷偷把它锁好。我进到那个房间以后,拿走了所有我喜欢的、我师傅故意不让我看见的东西,像师傅得心应手的工具、精致图案和产品模型。说实在的,这种偷盗很冤枉,因为师傅让我干活时,那些偷来的东西都会派上用场。可是,因为我对那些小东西有主导权,我会觉得特别兴奋。我觉得,在我把师傅的产品偷过来时,我似乎也把他的技术一并偷过来了。此外,我还在一些小匣里看到了碎金块、碎银块、小宝石、价值连城的物品和钱币。我只要口袋里装着四五个苏,我就很知足了,所以我不仅没有去碰匣子里的东西,甚至连看都没有看一眼,我印象中是没有。当那些东西呈现在我眼前时,我并不觉得欢喜,我只是觉得害怕。我之所以害怕偷窃珍贵的物品和因此而造成的后果,我相信很大程度上都是因为教育。还有一部分原因是我害怕会因此脸面无存、蹲监狱、受处罚、上绞刑架等,只要我想去偷盗,这些想法都会让我胆战心惊。因此,我一直认为,我的那些恶作剧行为都只是顽皮而已,事实上也确实是这样。我觉得,最差的结果也就是被师傅狠狠地打一顿,这是我一早就预料到的。

可是,我还要重申一遍,我想要得到的那点儿东西实在是太微不足道了,根本够不上什么浪子回头,我根本不觉得要打消什么不好的念头。于我而言,相比买一令纸的金钱,一张优质的图画纸更会让我挪不动脚。我这种奇怪的嗜好来源于我自己的一种特殊性格,因为我的行为曾经深受这种性格的影响,所以我必须在这说清楚。

我的欲望极其强烈,只要它被激发,我的那种亢奋就举世无双:我会抛弃所有东西,变成一个厚颜无耻、胆大妄为的人,什么谨慎、恭敬、害怕、礼仪都会被我抛诸脑后,羞耻心也不会成为我的拦路虎,危险不会让我停滞不前,我眼里只有我痴迷的那件东西,我觉得尽管天地很大,可是却似乎什么都没有。可是,这只是一刹那的事,这一刹那过去以后,我又重回到虚无的境界了。

安静下来的时候,我会被懒散和懦弱团团包围。我会害怕所有东西,对所有东西都感到失望。头顶飞过一只苍蝇,我都会吓一大跳,我一句话都不想说,也不想做一个手势,害怕和羞耻心让我动弹不得,我真想躲到一个没人能看到我的地方。当我不得不动时,我不清楚应该如何动;当我必须要说话时,我也不清楚应该如何说;如果有人对我投以关注的目光,我就会不知所措。在我激情澎湃时,我也可以说几句很动听的话,可是,我却不知道应该在平常的交谈中说什么,甚至说不出一句话,而我又必须得说。因此一碰到平常交谈,我就只想往后退。

更何况,我的任何一种想要拥有主导权的欲念,用金钱都是买不到的。纯洁的玩乐才是我所追求的东西,而一旦染上金钱,这些东西都会被玷污。譬如,我喜欢美味,可是有太多宾客在场的话,我会觉得很受约束。如果是在小酒馆里,我又会觉得不够严谨,我只能和一个知己一起共享美味,并乐在其中。我不能一个人独享美味,我会浮想联翩,然后就会食而无味。假如我心里燃烧起情欲之火,需要有女人相伴的话,我这颗亢奋的心就会对爱情非常向往。只要是用金钱可以得到的女人,我都觉得她们失去了所有美好的地方,我甚至怀疑我是不是要和这样的女人分手。对于轻而易举得到的享受,我都是这样。假如它们需要用钱买,我就会觉得兴致全无。我只喜欢那些我一个人首先品尝到的东西。

我不仅和常人不同,对金钱并不太看重,甚至也压根儿不觉得金钱是个多么便利的东西。金钱本身一点意义都没有,只有先把它转换成其他的东西才能享受它。一定要购买,在价格上反复争论,经常上当才行。尽管花了很多钱出去,却很难达成所愿。我原本想得到一件质地优良的货色,可是如果掏钱去买,得到的一定是一件品质低劣的货色。我花很高的价钱去买鲜蛋,结果到手的是臭蛋;我花很高的价钱去买成熟的水果,结果到手的是一个青涩的水果;我付出很大的代价去找个纯洁的少女,可是却换来一个放荡不羁的。我喜欢美酒,可是我要去哪里找呢?去酒肆找吗?不管我采取了什么样的预防措施,最后得到的依然是低劣的酒。假如我一定要找个满意的,我得浪费多少精力,惹多少烦心事啊!我得去结交很多朋友、找代理人、付佣金、写信、四处奔忙,静候佳音,可最后还是被骗了。金钱真是烦恼之源!我害怕金钱的程度甚至超过我爱美酒的程度。

在我学徒期间和这之后的时期,我曾经无数次想要出去买点好吃的东西。我来到一家点心铺前,看到有几个女人站在柜台前面,我心想她们这么开心,肯定是在说:"你看那个小馋鬼。"我又来到一家水果店门口,看着鲜翠欲滴的梨,口水都要流一地了。可是,我看到旁边有两三个小伙子,目光正聚焦在我的身上,店铺门口站着我的一个熟人,我又看到从远处走过来一个姑娘,便觉得她就是这家的女仆。因为我的视力不太好,我会产生各种幻觉,我将所有过路人都看作是我的熟人。总的来说,无论在哪里我都觉得害怕,都会退避三舍。我越是觉得害羞,就越眼馋那些东西。到最后,我只好像一个笨蛋一样地吞咽着口水往回走。尽管我口袋里的钱足够我买一顿很好吃的美味,可是我却不敢买任何东西。

当我的金钱被我自己或别人使用的时候,我时常会有羞愧、讨厌、难堪以及各种不愉快的情绪,假如我得把它们全部列举出来,就会记录得很单调乏味。可是,读者在对我的生活慢慢有所了解的时候,肯定就会对我的性格慢慢熟悉起来,所以,不需要我多说,他们便会对前面我所说的一切非常了解了。

只要人们对我有了这些了解,就会对我所具有的一个矛盾很容易了解,那就是我既非常吝啬金钱,又非常看不起金钱。我觉得金钱并不是多么可爱的东西,当我手里没有它时,我压根儿不想拥有它;当我拥有它时,我只会把它一直保存起来,因为我不知道如何使用才能让我心满意足。可是,只要遇到合适的时机,我就会随手把它给花掉,即便花光了我都不知道。可是不要觉得我是一个守财奴,并从中找到一些相应的特点——为了显摆而肆无忌惮地花钱,相反,我总是偷偷摸摸地花钱,就是为了让自己快乐。我绝不会用挥霍浪费来显摆自己,而是尽可能隐藏起来。我深深觉得,金钱不应该由我这样的人来使用。我会因为手里有几文钱而觉得羞耻,更别提去花它了。如果我手里有一笔很可观的收入,可以让我过上美好生活,说实在话,我绝对不会把钱都保存起来。我一定会把这笔钱都花掉,并不用它来生利息。可是我很害怕我的居无定所。我热爱自由,讨厌苦恼、不堪、依赖别人。只有我有钱,我才可以不依附别人,不用挖空心思去额外找钱。我生平觉得最棘手的一件事就是贫穷逼迫我四处去找钱。我害怕手里一文钱都没有,所以我非常吝啬金钱。我们手里的金钱是用来保持自由的,我们所追求的金钱是用来让自己变成奴隶的。正因为如此,我才对自己所拥有的金钱一刻也不放松,对于没有得到的金钱则没有贪念。

因此,我的无欲无求只是因为懒而已。我觉得求财的痛苦要远大于有钱的乐趣。我之所以大手大脚地花钱也是因为懒惰,因为既然有机会肆无忌惮地花钱,为什么还要对一些利害得失那么在意呢?于我而言,金钱对我的诱惑力比不上物品对我的诱惑力,因为在金钱和所渴望拥有的物品之间,一直有一个媒介物横亘其中,而物品本身和拥有之间却是没有任何阻隔的。我看到一件物品的时候,它可以对我产生很大的吸引力,可当我只看到取得该物品的方式的时候,我就不觉得它会对我产生很大的吸引力。正因为如此,我才去做小偷,直到现在我还时不时偷一些我所钟爱的小东西,相比向人家讨要,我宁愿自己去拿。可是,在我这一生中,不管是儿童时期还是长大成人以后,别人家的一个铜板我都没拿过。只有十五年前的一次属于例外,我偷过七个利勿尔零十个苏。这件事必须要提一下,因为它是卑鄙和愚昧的巧合。如果当事人不是我,而是其他人,我肯定不会相信这是真的。

那件事情是在巴黎发生的,大概是下午五点钟,我和德·弗兰格耶一起在"王宫"散步。他把怀表掏出来看了看,对我说:"我们去歌剧院吧!"我欣然应允,于是我们就去了。他买了两张池座,递给我一张,之后他拿着他自己那张票在我前面走,我在他后面跟着。他先进去了,我往里面走的时候看到门口已经人满为患,我看了看里面,发现大家都站着。我心想这里这么多人,我很容易就会被弄丢了,我想德·弗兰格耶肯定也是这样想的。于是,我交了副票,取了钱,从那里离开了。可是我没想到的是,我才刚刚走到大门口,观众就都坐下来了,德·弗兰格耶很清楚地看到我离开了剧场。

这种行为太不符合我的天性了,因此我把它记录在这里,是为了说明人们有时精神会不太正常,在这种情况下,我们不能以他们的行动为依据来判定他们的善恶。我并不是要偷金钱本身,而是金钱所派上的用场。可是我越说自己不是小偷,就越觉得没有廉耻心。

假如要完整讲述一遍我是如何从学徒时代高尚的英雄主义腐化为最可耻的市井无赖的,那就要一直讲下去了。尽管我染上了学徒的各种恶习,可是我并不感兴趣于这些恶习。对于伙伴的那些娱乐,我也是避之唯恐不及。当我因为各种约束,连对工作都提不起兴趣时,我便对一切都感到厌倦。结果,我把丢弃了很久的读书癖再次捡了起来。我是利用工作时间去偷偷看书的,所以形成了一种新的罪过,带来了一些新的处罚。可是,越是有人限制我的读书癖,我越是觉得兴致盎然,很快就进入了痴迷的状态。有一个很有名的名叫拉·特里布的女租书商,我从她那里得到了很多书籍。我从来不加以选择,不管什么样的书我都是如饥似渴地读,好书也好,坏书也无所谓。各个场所都可以成为我看书的地方,干活的案子上、厕所里、出去办事的时候等,我时常连续几个小时沉浸在书的海洋里,读得头脑发晕,其他事儿都干不了了。我师傅偷偷观察我,抓住我打,把我的书抢走。不知道有多少本书惨遭他的毒手。拉·特里布的店铺里,不知道有多少部文集缺胳膊少腿了。我没钱支付的时候,就会把自己的衣服、领带都抵押给那位租书商。一到星期日,师傅给我的三个苏零花钱就会被送到她那里去。

说到这里,读者可能会说,金钱不还是必不可少的吗?说得没错。可是,这只限于我特别爱看书,无法从事其他活动的时候。我完全被新的爱好征服了,我只想读书,其他什么都不想做,也懒得偷东西了。这也是我的一大特点:当我的某种喜好变成习惯时,我极易受到一些小事的影响,我会因此变换目标,被改变,被引诱,最后沉醉其中。于是我把其他所有的东西都忘记了,心里只有我所爱好的新东西了。只要我手里有一本新书,我的心就会开始狂跳,就想一鼓作气把它看完。只要没有其他人在场,我立马就会把它拿出来,也不想着去师傅的私室里胡乱翻腾了。我相信,即便我的娱乐变成什么需要付出很高代价的东西,我也绝对不会去偷钱。我只看重眼前,不关心未来。我只需要付极少的押金,拉·特里布就愿意把书赊给我。只要我口袋里有书,其他的一切我就都可以忘记了。无论我得到多少钱,我都会一个子儿不少地给那位女老板。当她向我催债时,我就马上把自己的东西拿去抵债,这种办法最简单易行了。偷钱以未雨绸缪,这也太有远见了,偷钱还账也不会对我产生吸引力。

由于吵嘴、打架、由于偷阅选择不当的书,我变得沉默、不合群,我的精神也越来越坏,真正过上了孤家寡人的生活。尽管因为我非常爱看书,保不齐会读一些索然无味的东西,可是,幸亏我没有读那些淫荡的书。倒不是因为拉·特里布这个心思活络的女人觉得将这种书租给我良心上过不去,而是因为每次她把这些淫书推荐给我时,为了把租价抬高,会故意装作一副很神秘的样子。一方面,我觉得很羞愧,另一方面,我又觉得很讨厌,所以,每次我都果断拒绝了。原来我就是一个害羞的人,再加上机缘巧合,因此直到三十岁,我都没有看过任何一部包括上流社会的漂亮女人在内,读起来都会觉得不好意思的坏书,她们也只能偷偷摸摸地看这样的书。

一年时间不到，拉·特里布这家小书铺的书就都被我读完了。之后，每当我闲下来的时候，我就觉得特别郁闷。可是我那些天真无赖的恶习已经被读书给纠正过来了，尽管有时我会选择不合适的书籍，而且其中也经常有一些不好的东西，可是，只要是我读过的书籍，相比我的职业，它们都更能在我的心灵深处激发起更崇高的感情。我很讨厌那些轻而易举就可以得到的东西，对于那些也许会引诱到我的东西，我又觉得我离它们很远，于是我无法找到东西来叩响我的心门。我的感官早就按捺不住寂寞了，我无法想象，它所要求的享乐到底想要实现什么样的目标。对于这个真正的目标，我什么都不知道，我似乎是一个缺乏性欲的人。当我长大成人以后，按捺不住春情时，我时常会想到从前一些怪异的行为，可是，事情也只是这样而已。在这种奇特的情况下，忐忑不安的想象拯救了我，浇灭了我那越来越旺盛的欲火。事情经过是这样的：我安静地思考书中曾经让我觉得兴致勃勃的环境，我回想起那些环境，我对它们进行改变，并对它们进行整合，我要变成我想象中的一个人物，并让我想象中的那些海市蜃楼和我的身份刚好相符。我总是将自己放在我觉得最舒适的地方。到了最后，我已彻底置身于我所想象的环境中，甚至忘却了我非常讨厌的实际环境。因为我对这种海市蜃楼情有独钟，又极易堕入到那种环境中，所以，我开始对周围的一切都感到厌烦，形成了独处的性格。自此以后，我一直是一个喜欢独处的人。表面看上去，这种性格很明显是非常厌世、非常沉郁的，但其实，它来自一颗满怀激情、善良、温暖的心，而这颗心，因为没有找到和它相似的心，就只能沉浸在想象中了。现在，我只需要把这种嗜好的源头和一开始的原因指出来就行了。这种癖好把我所有的欲念都改变了，而且因为这种嗜好原本就涵盖有欲念，就让我对想象更加痴迷而不想行动。

就这样，我长到十六岁了。这时候，我整天心神不宁，不管是自己，还是周遭的一切，我都觉得不完美，我对自己的工作提不起一点兴趣，十六岁少年应该有的快乐，我都没有。我的心里满是怅然的欲念，我时常毫无征兆地落泪，不由自主地叹气。总的来说，就是我觉得自己周边没有什么东西可以让人念念不忘的，我就只好沉浸在想象中了。一到星期日，我的伙伴们做完礼拜以后，就会邀我和他们一块出去玩。在没去以前，假如有机会逃走的话，我是一定会逃走的。可是，只要我加入了他们的队伍，我就玩得比谁都疯，兴致比谁都高。要想推动我很难，让我停下来也是一样。我就是这样的秉性。当我们去郊外溜达时，跑在第一个的肯定是我，只有别人提醒我，我才想起来该回去了。有两次我都是在城外过夜的，因为城门已经在我回来前关上了。你可以想象，第二天，我会受到怎样的惩处。第二次，师傅告诫我，假如还有下一次，一定会严厉地处罚我，所以我暗暗下决心，一定不会再有下一次了。可是，我依然面临了这个极为可怕的第三次。米努托里队长这个家伙很可恶，轮到他来看守城门时，他总是比别人关城门的时间早半个小时。尽管我早就有所防备，可还是一点用都没有。那天，我和两个伙伴走在离城还有半里路的时候，听到了准备关城的号声，鼓声也响了起来，我快步朝前走，使出全身力气往前跑，跑得全身是汗，上气不接下气，心脏剧烈地跳动着。我老远就看到那些兵士还在自己的岗位上站着，我迅速跑上前，气喘吁吁地呼喊。可是还是晚了。我在和前卫相距二十步的地方，看到他们已经把第一号桥吊起来了。当我看到号兵吹起可怕的号角时，我全身止不住颤抖起来，因为这代表着我的厄运又要来了。从这一刻开始，我不可避免的经历就掀开了篇章。

我痛心疾首地倒在斜堤上，嘴不停地和地面亲密接触。对于我的悲剧遭遇，我的伙伴们只是幸灾乐祸，他们很快就决定了接下来的行动方案。我也把自己的行动方案确立了下来，可是，我的行动方案跟他们的行动方案南辕北辙。我当场立下誓言，自此以后，我不会再回到我师傅那去了。次日，城门打开以后，他们回城时，我就跟他们诀别了。只是希望他们偷偷跟我的表兄贝纳尔说一下我的决定，而且通知他在哪里可以和我再见一面。

自从我做学徒以后，因为表兄家和我住的地方相隔很远，我们之间见面的次数就不多了。一开始，我们每个星期日还会见一次面，可是后来，因为我们各自有了自己的喜好，就慢慢不再那么热络了。我相信，这种变化很大程度上是因为他的母亲。他是上城区的子弟，而我这个令人同情的学徒只是圣日尔维区的孩子。虽然我们是亲戚，可是我们的身份相差太大了。他时常和我打交道，自然会有损他的体面。可是，我们俩之间还是有一定联系的。表兄是个很实诚的人，虽然他母亲时常会告诫他应该怎么做，他有时做事还是会依照自己的意愿。他听说我准备离开以后，就跑来找我。他之所以跑来，不是要规劝我，或者和我一起逃走，而是给我送来了一点钱财，让我逃得顺利些。因为我手里根本没什么钱，我是走不了多远的。他还送了我一把短剑，我对它爱不释手，一直将它带到了都灵。在那里，因为实在吃不上饭了，我把它拿去换了一些食物。后来，我越是思考在这个关键时候表兄对我的态度，越是觉得是他的母亲让他这样做的，甚至还包括他父亲的态度。因为假如依照他自己的意思，他一定会劝我不要逃走，或者和我一起走。可是，他并没有这样做！看他对我的态度，更像是在鼓励我这样做，而不是试图阻止我。当他看到我主意已定时，他就跟我说再见，眼睛里几乎没什么泪花。自此以后，我们不仅没有书信往来，也没有再见过面。真是千古遗恨啊！原本他是一个脾气很好的人，我们俩天生就是一对可以交心的好朋友。

当我听之任之，决定远离这里时，让我想象一下，假如我碰到的师傅比较好，我会有什么样的前景呢？我觉得我特别适合在某些行业里，尤其在日内瓦镂刻行业中做一名心地仁慈的手艺人，过那种平静稳定、寂寂无闻的生活，会让我觉得很幸福。尽管这种职业不能让我大富大贵，可是解决温饱是完全没有问题的。它可以约束我今后不要有太强烈的虚荣心，它会给我提供一些空闲时间，来发展一些不会无所顾忌的爱好。这样，我就会对自己的小天地特别满足，不仅不想，也不能越过雷池半步。我的想象力是极其丰富的，任何生活都可以因此被想象得特别美好。我的想象力极其旺盛，它会让我在不同的幻想间驰骋，而我一点都不在意在现实生活中，我是处于什么样的位置。不管叫我做什么，我都能马上飞到我所想象的空中楼阁上去。我认为天底下最适合我的职业就是最不烦琐的职业、最不用耗费精力的职业、最可以保持精神自由的职业，而我的职业正好属于这一种。我原本可以从我自己的个性出发，在我的宗教、我的家乡、我的家庭和朋友间，以及我所热爱的工作中，在心满意足的交往中，安静地、满足地度过自己的一生。我会成为仁慈的基督教徒、公民、家长、朋友、劳动者，不管从哪个方面来说，我都是一个十足的好人。我原本可以对我的职业倾注一百分的热情，可能还会让本业获得荣耀，而且在经历过尽管卑微，可是却平静而快乐的一生后，可以死在家人的陪伴中。当然，我很快就会被大家忘记。可是，只要有人想到我，他就一定会非常怀念我。

可是，事情却难遂人愿……我给大家描绘了一幅什么样的场景呢？哎！先暂且不要提我身世中的那些悲惨经历吧，我以后只会更多地说到这种悲哀的事，而不会较少说到。

第二章

　　在我因为害怕而准备逃跑的那个时刻,心里别提多悲凉了,可是当我的计划开始实施时,心里反而觉得十分惬意。在我还是个孩子的时候,我就背井离乡,远离亲人,无依无靠,失去了生活来源;艺还没有学精,还不足以养活自己,让自己陷入没有一丝活路的悲惨境地。在不知天高地厚的年纪,面对失望和罪恶的各种迷惑,这比我之前觉得无法容忍的事情还要残酷一万倍,在这样的胁迫下,去到很远很远的地方经受苦难、错误和圈套,承受奴役和毁灭。这就是我那时要做的,也是我那时预想到的情况。但是这和我那时所想的境况是多么不一样啊!我曾为自己已经得到了自由而沾沾自喜。我认为拥有了自由,我就可以随意地安排自己的人生,做任何自己想做的事,所有只要是我想做的事,就一定可以成功,只要我一跃就能飞上云霄,在空中自由地飞翔。我能够安安稳稳地进入更宽阔的天地里,那儿会写满我的伟大成就,所走的每一步都会有无数的财富和盛大的宴会等着我,我会遇到很多贵人,他们在我成功的路上随时准备着为我奉献出一切。只要我一出现,整个宇宙都将在我的脚下,可是,我并不想拥有整个宇宙,我只想要一部分,我会丢弃一些。我只需要结识一些真诚的朋友就足矣,其他的事情我就不在乎了。我很懂得知足,我只需要一块小小的领地,一块经过精挑细选的领地,在那儿我就是王者,所以一切都在我的掌控之中。我最大的愿望就是有一处宅院,我可以做那里面的领主和领主夫人身边的红人,少爷的友人,小姐的恋人,左邻右舍的守护人,我就很知足了,我再无其他的奢望了。

　　对于这个简单的愿望我非常期许,我在郊外游荡了几天,在相熟的农人朋友那里住了几天,和城里人相比,他们热情多了。他们款待我,收留我,还为我做好吃的饭菜,他们真的对我太客气了,我不禁觉得愧不敢当。这也不应该等同于布施,因为他们在款待我的过程中从不曾有一丝一毫高高在上的傲气。

我四处晃荡,胡乱走动,然后到达了离日内瓦两法里①的萨瓦境内一个叫龚非浓的地方,德·彭维尔先生是那儿的教区神父。这个名字在共和国历史上声名显赫,极大地引发了我的好奇心,我非常想知道传说中"羹匙"贵族②的后人们究竟是何等人物。于是我到德·彭维尔先生家中去拜望他:他非常热忱地接见了我,跟我谈及日内瓦的其他教派和资深的圣母教会,然后留我一起用餐。对于谈论的这种结果,我又能说什么呢?所以我觉得,在他那儿的生活是很好的,和他一样的神父最起码和我们的牧师处在同样的水平。我认为我一定比德·彭维尔先生更有学识,就算他是一个贵族,可是那时的我只想做个美食家,就没有心思再去做一个优秀的神学家了。我喝了德·彭维尔先生的弗朗基葡萄酒,那酒的味道醇厚甘甜,足以让他在争论中获胜,我要是再把这样一个好主人逼到哑口无言的境地,我就觉得太难为情了。我退了一步,最起码我没有当面反对。以我说话形式的作风来看,有人会觉得我不够真诚,若真的这样想的话,你就大错特错了。我只是想忠诚待人,这是毋庸置疑的。阿谀奉承,或更为准确地说,迎合别人的想法不一定就是不好的习惯,我觉得尤其对于青年人,它恰恰是一种美好的品德。别人热情地招待我们,当然要懂得对别人的恩惠礼尚往来。对他让步并不见得是愚弄他,只不过是为了他的颜面,不让别人失望,不恩将仇报而已。德·彭维尔先生接见了我,并盛情款待了我,特意说服我,对他并没有什么益处。那时我笨拙的心的想法就是这样的。对这位和蔼的神父,我内心满是尊重和感激之意。我感觉我自身高人一等,可是我不想利用这样的优越感来让他觉得尴尬,我不想以这样的方式来回报他的招待。我这种行为的动机很善良,我一心只想维持我的信仰;我不想改变信仰的想法产生得如此快速,一想到这个我就会觉得厌烦,所以在很长的一段时间里,我对这样的想法总是讳莫如深。我不过是不希望那些刻意让我改变信仰却表示好感的人失望,我愿意用虚情假意的方式来辜负别人的好意,表现出一点不知所措的样子,也让他们拥有一点胜券在握的优越感。我在这个层面的谬误,就好比一些正派女人们故意做出妖媚的姿态,有些时候她们为了实现自己的目的,并不承诺给你什么,也不同意给你什么,却仍然会让你产生她们到时会给你很多你意想不到的东西的错觉。

　　毫无疑问,怜惜、理性和爱惜的习惯,会让人们不仅不认可我的幼稚行为,

---

　　① 指的是法国古里,一法里约等于四公里半。
　　② 萨瓦的一群天主教贵族,十六世纪宗教改革时期,他们想要掌控日内瓦,宣誓要"用勺子吃掉"日内瓦人,还在脖子上挂上羹匙。德·彭维尔家族引领着这群人。

还会有把我送回家里的冲动，好让我远离这条即将把我毁灭的道路。所有真正有德的人都会这样做的，或打算这样做的。可是，德·彭维尔先生固然是个好人，但肯定不是个有德之人；反之，他是一位只知有拜圣像和做祈祷德行的人。在传教士中他是这样一类人：为了维护信仰上的利益，他们只会写一些小册子诽谤日内瓦的牧师们。他没有一点要把我送回家的想法，甚至要借用我想离开家乡的想法，让我陷入即使想回家也束手无策的状态。总而言之，我能够确定：他指给我的道路是，在饥饿中丧命或成为一个地痞流氓，但他是不可能看得到这个层面的，在他的眼里，只有一个需要救赎的灵魂，要把他从其他的教派中拉回来，让他回到天主教会的怀抱。只要我去做弥撒，那么到底是做个流氓还是做个好人都无关紧要了。更何况，别以为这样的想法只有天主教徒才有，只要是讲求教义的宗教都会有这样的想法，在那里，信仰才是最本质的而不是行为。

德·彭维尔先生跟我说："你到安讷西去吧！上帝在呼唤你，那里有一位特别善良的夫人，因为她得到了国王的恩赐，不光自身挣脱了谬误，还能把其他人的灵魂从错误中解脱出来。"这位夫人就是近来投身于天主教的华伦夫人，事实上神父们逼迫她和所有背叛自己信仰的懦夫们瓜分撒丁王赐给她的一笔两千法郎的年金。我竟然需要这样一位善良的夫人向我伸出援助之手，这让我觉得羞愧万分。有人给我供应日常所需，我当然很愿意，可是并不代表我会接受别人的怜悯，而且我不会被一个忠诚的女信徒所吸引。不过，一方面因为德·彭维尔先生的督促和那饥饿的煎熬，另一方面我认为就当作是一次游历，能有一个确定的目的地也是很好的，所以，尽管我不太愿意，我也做了去安讷西的决定。原本一天的路程我慢慢悠悠地走了三天才到。只要是路过的庄园宅第，我都会去碰碰运气，就好像会遇到什么好事一样。因为我非常内向的性格，致使我不敢走入宅第，也不敢去敲门。可是我却站在最华丽的窗户下面唱歌，让我非常诧异的是，我唱了很久很久，唱得嗓子都哑了，就是没有得到一个贵妇人或者小姐的注意，我美妙的歌声或精妙的歌词丝毫没有诱惑到她们，我觉得我唱得很棒，这是我向我的小伙伴们学来的精彩绝伦的歌曲。

我总算来到了安讷西，也见到了华伦夫人。我的个性是在这个时间段里形成的，我无法随意忽略这一事实。我那个时候已经十六岁半，尽管算不上一个翩翩少年，但是那时我的身材比例已经非常好，腿脚纤细匀称、面容清秀、神态清新，有非常乌黑的眉毛和清澈的眼睛，散发着青春的气息和自信的光芒。但是非常可惜的是，那时的我并没有注意到，也从未想过我也有我的优点，只是从那之后我已不能利用它的时候才想到一点点。所以我不只因年龄问题而心生畏惧，还因与生俱来的多情而怯懦，时刻都害怕因为自己而让别人不高兴。另外，尽管我已经拥有了很渊博的学识，可是我缺少阅历，至于社交层面的礼数和习惯更是孤陋寡闻，我的学识不仅无法填补我的欠缺，反而更加让我意识到自己在这个层面的不足，所以越发地胆小了。

因为害怕自己的拜见无法获得华伦夫人的赏识，我就使用了其他更为有用的方式。我仿照演说家的文笔抒写了一封文辞华美的信，写信的时候，我把所有我见过的好词好句和小徒弟的平常用语融合在一起，为了获得华伦夫人的青睐，我发挥了我全部的才智。我将德·彭维尔先生的信也装在这封信里，之后怀着无比恐慌的心情开始了这不同寻常的会晤。那时华伦夫人刚好不在家，人们告诉我说她刚去了教堂。这是恰逢一七二八年圣枝仪式①举办的日子，我赶紧追上去，我看见她了，并追了上去，跟她交流了一番……我觉得那个地方让我一辈子都难以忘怀。在这之后我的泪水曾无数次浸染这个地方，我的热吻洒满了这片土地。哎！我多么想把这块充满爱和幸福的地方用华丽的围墙圈起来，让全宇宙的人们都来景仰它！任何人若想敬重人类获救的纪念物，就必须三跪九叩地来到该纪念物的面前。

有一条过道位于她所居住的房子后面，右边有一条小溪隔开了房屋和花园，左边院墙这边有一个小门，可以直接去往方济各会的教堂。华伦夫人正准备从这道小门经过时，我便叫住了她，她应声回过头来。就在这一瞬间，我惊讶得目瞪口呆！我原本以为她肯定是个垂垂老矣、丑态毕露的老太婆，在我看来，德·彭维尔先生所说的善良的太太就应该长那样。可是现在出现在我眼前的却是一张风姿绰约的脸，一双漂亮的大蓝眼睛柔情万种，肤色光彩照人，胸部轮廓动人心弦——我这新入教的年轻信徒，眨眼间就把她全身上下都看完了。我立刻臣服在了她的石榴裙下。毋庸置疑，用如此这般的传教士来传教，人们一定会趋之若鹜的。我颤抖着把信递给她，她一脸微笑地接过去拆开，看了一眼德·彭维尔先生的信后，她就开始看我的信，而且从头至尾看得很仔细，大有再看一遍的架势，假如不是她的仆人跟她说该进教堂了的话，她还不会停下来。她对我说："哎，孩子，"她的声音让我战栗，"你如此年轻就四海为家，真是太令人同情了。"没等我回复，她又继续说："你到家里等我吧，让他们给你把早饭准备好，我做完弥撒以后就过来找你。"

路易丝·爱丽欧诺尔·德·华伦生于伏沃州佛威市的古老贵族拉图尔·德·比勒家。年轻的时候，她就嫁给了洛桑市罗华家的威拉尔丹先生的大儿子华伦先生，婚后两人没有孩子。因为这桩婚姻不太和谐，存在很多家庭纠纷，在

---

① 也叫圣枝主日，在这一天要在教堂拿着树枝举行游堂礼，时间是在复活节前的一个星期日。

维克多-亚梅德王到艾维安来的时候，华伦夫人趁机过湖去跪倒在这位国王面前。就这样，因为一时的冲动，她就把她的丈夫、她的家庭和她的家乡都抛弃了。她的冲动和我很是类似，而且她还常常因此觉得后悔不已。这位喜欢假装是古道热肠的天主教的国王收留了华伦夫人，而且每年给她的年金高达一千五百皮埃蒙特银币。这位平时很节省的国王愿意拿出这样一笔款子给她，也算是令人感到欣慰的了。可是，当他听说有人觉得他收留华伦夫人是出于爱慕之情时，他就派了一支卫队，把她护送到安讷西来了。在这里，在日内瓦名誉主教米歇尔-加俾厄尔·德·贝尔奈的主持下，她在圣母访问会女修道院里立誓不再信仰新教，改为信仰天主教。

她在这里已经住了六年，直到我来安讷西。她出生于本世纪，当时二十八岁，她并不是因为长得美，而是因为有一股风韵，而且长年不衰，现在依然拥有当初少女时候的神采。她的态度很温和，目光柔和，笑起来就像一个天使，她的嘴和我的嘴差不多大，一头漂亮的灰发极为罕见，她把头发随便一拢就能让人沉醉在她的风韵中。她的个子不高，甚至可以说有点矮小，导致她看上去有点矮胖，尽管没有什么不和谐的地方，可是，像她那样美的头、那样美的胸部、那样美的手和那样美的胳膊，在世间是找不到的。

她受过各式各样的教育，和我一样一生下来就没有了母亲，所以学东西也没有目的性，逮到什么就学什么。从家庭女教师那里，从父亲那里，从学校老师那里，她都学了一点，而且从她的情人们那里，她还学到了很多东西，尤其是一位叫达维尔的先生。这位先生是一个非常有风度又具有渊博学识的人，他所喜爱的女人也被他的风度和常识所美化。可是，各种教育之间并不是相互融合的，而她又从来没有加以合理布局。所以，她所学的东西就不能把她那天赋的智慧正确地展现出来。尽管她懂得了一些哲学和物理学的原理，可是她又从父亲那里习得了对经验医学和炼金术的偏好。她研发过多种液体配剂、酊剂、芳香剂和所谓的灵丹妙药，还觉得自己掌握了一些诀窍。她的弱点被某些江湖术士加以利用，裹挟她、拉住她不放，让她分文不剩，在药炉和药剂中把她的才干、天赋和风采消耗殆尽。可是，因为她所具有的这种才干、天赋和风采，她可以在上层社会如鱼得水。

虽然她那不正规的教育被那些可耻的骗子流氓加以利用，她的理智因此受到蛊惑，可是她那崇高的心灵却依然如故，一点都没变。她那爱人而又亲切的个性、她对不幸者的怜悯、她那无穷的善良、她那快乐、随和而真诚的个性一点都没变。甚至在她快要迈入晚年生活时贫病交加，面临各种灾难时，她那优美的灵魂依然让她拥有最灿烂的笑容，直到她去世。

她之所以会出现一些错误，其根本原因就是她想从事各种各样的活动，把她那源源不断的精力派上用场。她乐意做的是举办和开展一些事业，而不是妇女们那些见不得光的艳事，她天生就是要干大事的。假如她和隆格威尔夫人①交换位置，她会去管理国家，而隆格威尔夫人则会变成一个引诱人的淫妇。她是个没有遇到伯乐的女人，假如她有机会站在更高的位置，她的那些才能会让她声名显赫，而她现在所处的位置却毁灭了她。她解决事情时，总是不从实际出发，沽名钓誉，所以，她所采用的方法都是难以做到的，最后因为别人的问题而无法获得成功。她的计划失败了，别人几乎毫发无损，可是却毁灭了她。尽管这种事业心让她受到了不少的伤害，可是最起码带给她一个很大的好处，那就是在她被劝导至女修道院隐居时，她无法安心地在修道院里度过余生。枯燥无味的修女生活，小客室中毫无新意的谈话，都无法让一个脑筋活络的人知足。因为她每天都在制订新计划，她渴望自由，从而去实现那些计划。尽管那位善良的贝尔奈主教比不上弗朗索瓦·德·撒勒那样拥有才华，却和德·撒勒有很多共同点。华伦夫人被他以女儿相称，而华伦夫人则有很多地方和尚达耳夫人很像。如果不是她的个性导致她无法在女修道院的闲散生活中生存，她就会和尚达耳夫人更像了。最近才信仰教会的女教徒，理应在主教的引领下做一些细致的忠诚修行的事情，可是这个活泼的妇人假如不这样做，也不能说她不够忠诚。无论她为什么改教，她都是对这个宗教很忠诚的。她可以懊悔自己犯过错，可是对这个错误却毫无弥补之心。不仅在快要离开人世时，她是一个很好的天主教徒，而且她这一生都是在真诚的信仰中度过的。我很明白她内心深处的想法，我可以肯定地说，她的信仰很牢固，不需要假装忠诚，她只是不喜欢假惺惺，才不把她是一位忠诚的女信徒的形象展现在众人面前。可是，在这里对她的信仰大肆探讨不太合适，以后有合适的机会再说。

　　如果那些不承认心灵感应的人可以的话，就请他们讲讲吧，我和华伦夫人初次见面、初次交谈、初次对视时，为什么我不仅会如此钟情于她，而且对她有一种永恒的充分的信任呢？如果我对她的感情是源自爱情——最起码看到我们交往史的人会觉得不可信，那么，为什么出现了这种爱情，随之而来的却是安静、平和、信任等和爱情全然没有关联的情绪呢？为什么我第一次和一位亲切、和蔼、让人晕眩的女人接触，和一位地位高于我，而且我从来没有接触过的贵妇人靠近，和一个我的命运可以由她对我的关心程度来决定的女人接近，总的来

① 隆格威尔夫人(1619~1679)，十七世纪法国统帅康德大公的姐姐，公爵夫人在投石党时期扮演过重要角色。

说，为什么我第一次和这样一个女人接近时，我马上便会觉得很开心、很舒适呢，就好像我有十足的信心能取悦她似的？为什么我全然没有觉得不好意思、难堪呢？我这个生来就害羞、遇事就不知如何是好、从没有什么阅历的人，为什么才和她第一次见面，就觉得好像已经和她认识了很久，而自然而然不受约束，可以自如交谈呢？我不说什么一点欲望都没有的爱情，因为我不否认我的欲望，世界上不可能存在毫无忧虑又无私的爱情。每个人都想知道自己所爱的人是不是也爱自己。可是我从来没有想过要问她这个问题，我只想问我自己爱不爱她。她对于我也是这样，在这件事情上，她的表现从来没有超出过我的关心程度。我对这位让人一见倾心的女人的情感中肯定掺杂有什么奇怪的东西，在后面的章节中，大家会看到一些出意料不到的事。

现在要说一说我的前途，为了有更充足的时间探讨这件事，她要我留下来一起吃午饭。这是我这辈子以来首次吃饭没什么胃口，连伺候我们吃饭的女仆都说，像我这样从那么远的地方赶过来，又如此年轻，体格又这么好的人，却不想吃饭，真是闻所未闻。这些话并没有让我的印象分在女主人那里大打折扣，倒好像让和我们一起吃饭的一个大胖子觉得很难为情，他一个人大口大口地吃，把足够六个人吃的饭都吃完了。我一直都是心神不宁的，对食物完全没有兴趣。一种新情绪牢牢占据了我的心灵，我无法再对其他任何事物进行思考了。

华伦夫人想了解我的过去，越详尽越好。为了把我那简短的历史讲给她听，我又恢复了在师傅家中已经全然消失了的那种热情。我越是让这个伟大的女人对我表示关心，她就越同情我很快要经历的不幸。她的眼神、她的举止、她的神情，都显示出对我深刻的同情。她没有勇气劝我回日内瓦，就她的身份来说，假如她这样说，那就是背叛天主教，她非常清楚她受到了怎样的监控，她所说的每一句话都在别人的掌控中。可是她依然用一种非常亲切的语气对我述说我父亲的痛苦，人们可以明显看出：她是支持我回去抚慰我的父亲的。她没有想过，她这样自然而然说出来的话，是多么不利于她自己。我不仅已经决定了不回日内瓦——这一点好像已经提过了，而且，我越觉得她擅长讲话，说话有理有据，我的心越是会受到触动，我就越想和她在一起。我觉得如果我回到了日内瓦，那么我和她之间就会有一道难以跨越的鸿沟，我肯定还会再逃跑一次，那还不如痛下决心坚持下来，而我也确实坚持下来了。华伦夫人看到自己的劝解完全没有意义，也就不再说了，以免让她自己受牵连，可是她用一种非常同情的眼神看着我说："我可怜的孩子，上帝呼唤你去哪，你就去哪吧，将来你会长大，就会记起我的。"我相信她自己也没有想到这句话竟然无情地变成了现实。

困难依然没有解决。像我年纪这么小，又背井离乡，如何才能活下去呢？学徒期才过了一半，那门手艺还远远没有达到精通的程度。而且即便我擅长那门手艺，也不能在萨瓦依靠自己的手艺生存下去，因为这个地方不是一般的穷，手艺人在这里根本活不下去。替我们把饭都吃了的那个大胖子，因为必须休息一会儿再吃，以便让他的腭骨也好好歇歇，于是说了一下自己的观点，他说这个观点是从天上来的。可是，从结果来分析，还不如说来自其反面。他的观点是让我去都灵，那里有一个教养院，是专门对准备行洗礼的新人进行训练的。他说如果我去了那里，不仅精神和身体都不用再发愁了，而且等我领到圣体以后，我还可以通过善男信女的悲天悯人，找到一个适合自己的位置。"而路费，"那个大胖子接着说，"只要夫人把这件善事告知给主教大人，他肯定会大发慈悲予以提供的，而且男爵夫人也非常具有慈悲心。"他一边在他菜碟上频频颔首，一边说，"也肯定会愿意资助你的。"

我觉得所有这些赠予都让我心里很不是滋味，觉得无地自容，所以我不发一言。对于这个计划，华伦夫人并不像提议人那么热衷，只是说，对于这件善事，每个人都应该在自己的能力范围内做，她可以和主教说说这件事。可是，我们这位人形魔鬼因为自己可以从这件事上获得一点利益，生怕华伦夫人不想遵照他的意思去说，便马上通知那些负责的神职人员，而且跟这些善良的神甫说好了。因此当华伦夫人担心我的旅行而要去跟主教说这件事时，她发现事情已经没有回转的余地了，主教当时就给了她一小笔我要用到的旅费。她没有再挽留我，因为就我当时的年龄来说，她这个年龄的女人把我留在身边明显不太合适。

既然照顾我的人已经给我安排好了行程，当然我只有听从的份儿，甚至我还是很平心静气地接受的。尽管都灵比日内瓦还远，可是我觉得：因为它是首都，相比一个国家不同、宗教不同的城市，它和安讷西的联系要紧密一些。更何况，我是听了华伦夫人的话才启程的，我觉得我的生活依然是在夫人的指引下，相比在她身边生活，这样还好一些。而且，这次长途旅行，非常契合我那已形成的漫游嗜好，我觉得像我这么大就可以翻越崇山峻岭，登上阿尔卑斯山的高峰，从高处俯视朋辈，这种滋味真是妙不可言。凡是日内瓦人，几乎都难以抵抗到各个地方去旅游的吸引力，因此我答应了。两天以后，那个大胖子就要和他妻子一起出发，所以我就被交给他们来照顾。华伦夫人又朝我的钱包里塞了很多钱，也一并交给了他。此外，华伦夫人还偷偷给我拿了一点钱和东西，而且事无巨细地叮嘱了我一番。复活节前的星期三，我们就出发了。

我从安讷西离开的第二天，我的父亲就和一位同行朋友里瓦尔先生一起来到了安讷西,他们此行的目的很明确,就是来找我的。里瓦尔先生是位有学识的人,甚至还是位非常有学识的人,他写的诗甚至超过拉莫特①所写的,他讲话也和拉莫特几乎一样好。他还是一个非常刚直的人,可是他的文才没有机会被人赏识,所以他的一个儿子最后只成了一名喜剧演员。

这两位先生找到了华伦夫人。他们如果想要追到我,骑马也好,步行也好,都很容易,可是他们并没有这样做,只是和华伦夫人一起悲叹了一番我的命运。我的舅父贝纳尔也是枉走了这一遭。他曾经到过龚非浓,了解到我在安讷西以后,又回到了日内瓦。我的亲属们似乎和我的司运星商量好了,要将我送到那个未知的命运中去。就是因为没有人关照,我的哥哥才自行离开的,从此以后一点消息都没有,直到现在都不知道他在哪里。

父亲不但是个很正派的人,也是个非常直爽的人,他的精神很刚强,可以形成弘毅之德。除此以外,尤其于我而言,他还是个好父亲。他对我非常宠爱,可是,他也没有荒废他自己的兴趣。自从我不在他身边以后,他的父爱就被他那点兴趣给抵消了。他在尼翁重新娶了妻,尽管他的妻子已过了生育的年龄,可是她有她的亲属,这让他拥有了另一个家庭,在另一种环境中生活,过另一种日子。因此,父亲想念我的次数就越来越少了。我父亲一天天老去,却没有任何老年生活的资本。我母亲给我和哥哥留了一点财产,当我和我哥哥都离开以后,这笔钱的收益当然就由我父亲享有了。他不是专门来策划这件事的,也不会因此就不履行他做父亲的责任,只是在无形中,这种想法影响了他,让他的热情不再那么高涨,如果这件事没有发生,他会做一个更好的父亲的。所以我觉得,他虽然一早就知道追到尚贝里就能追到我,可是他只追到安讷西就放弃了,就是这个原因。我离开以后,每次回去看他,他都只是尽到父亲的关照义务,却没有坚持要我留下来。

对于父亲的爱怜和美德,我是了然于心的,他的这种行为带动我自己反思,这种反思对于保持我心灵的健全是有很大帮助的。从这里,我悟出了一种道德上富有实际效用的教训,也许这是仅有的一个具有实际作用的教训:我们要尽可能不让我们的责任和我们的利益两相冲突,尽可能不要把自己的幸福建立在别人的痛苦上。我相信,假如一个人不尽力避免身处这种情况,那么无论他多么善良,多么不偏不倚,早晚会衰败下去,实际上会变得邪恶和有失公平的。

我的内心一直铭记着这种教训,尽管实行得有点晚,可是总归在我的言行举止中加以落实了。这种教训让我在大庭广众之下,特别是在亲朋好友面前,

---

① 拉莫特(1672~1731),法国诗人,剧作家。

显得非常怪异和愚昧。于是人们就指责我独树一帜，一言一行都和众人不同。事实上，我不仅没有想让自己的行为和众人一样，也没有想让我的行为有别于众人，我只是单纯地想要做好事而已。只要遇到我的利益和某人的利益发生冲突的情况，就会使我对那个人产生一种隐藏的，尽管不是故意的有看好戏的心，我总是尽可能摆脱这种情况。

两年前，元帅大人①要在他的遗嘱中加上我的名字，被我强力拒绝了。我跟他说，不管给我多少财富，我都不会让人把我的名字放在任何人的遗嘱上，更不愿意写在他的遗嘱上。他只好遵从我的意见。现在他要把一笔终身年金给我，我接受了。也许有人说这样一来，我其实得到了更大的利益，这也不是没有可能的。可是，我的恩人哪，我的尊长啊，假如我不幸在你后面死，我知道，你一死，我就什么都没有了，对于你的死，我是得不到任何一点好处的。

我觉得这才是好哲学，仅有的一个和人情相符的哲学。我越来越深刻地领会到这一哲理最深刻的地方。所以，在我近来的一些著作中，都通过不同的方式多次进行了说明。可是，那些鼠目寸光的人没有发现这一点。假如完成这部著作以后，我还有余力继续写一部的话，我会在《爱弥儿》的续篇②中写有关这种哲理的一个极其深刻的实例，让读者们一定要关注。可是一个旅行者已经反省够了，现在该出发了。

相比我的想象，我的旅程要快乐多了，那个大胖子其实并不讨人厌。他人到中年，花白的头发在脑后扎了个小短辫，模样跟个士兵一样，嗓门很大，非常活跃，走起路来不在话下，但论吃就更强了。他干过所有行业，每一行都没有做到精通的地步。我记得他曾经准备在安讷西建一个什么手工厂，华伦夫人也对这个计划表示认可。现在他去都灵，是为了获得大臣的批示，路上的支出基本上都是别人提供的。这个人很擅长投机取巧，时常混在神父们中间，装出忠心服务于神父们的样子。他曾经在神父的学校里学会了一种忠诚的信徒的语言，他就不停地使用这种语言，假装自己是一个杰出的神道家。他只对《圣经》中的一段拉丁文比较了解，却假装会一千段一样，因为他每天要反复说上一千遍。除此以外，但凡他知道别人的口袋里有钱，他就会有钱花。与其说他是个骗子，还不如说他是个灵活应变的人。他用一种诱募士兵的军官的语气来假装说教，似乎当年隐居的修士彼得腰间携带着剑，借以对十字军进行宣传一样。

---

① 乔治·吉斯（1693～1779），在本书第十二章还会详细介绍。

② 卢梭的教育小说《爱弥儿》于一七六二年出版。卢梭在这本书中给当时的封建教育制度和宗教教条以尖锐的批评，并提出自己的"自然教育"思想。这里所说的续篇卢梭并没有写，但他对这件事始终萦系于怀，在临死的前几天，还和他的医生谈到这个续篇。

他的妻子沙勃朗太太是一个非常友善的妇人,相比晚上,她白天要安静一些。因为我每天和他们在一个房间里睡觉,我时常会被他们那种无法睡着的声音给吵醒。我如果知道那些聒噪的声音是什么意思,我就更睡不着了。可是,我那时丝毫没有怀疑这种事情,我在这方面是特别无知的,只好任由本能来慢慢开解我。

我、我的向导,还有他的伴侣一道快乐前行。我们的行程没有遇到任何意外,我的身体和精神都一直处在最幸福的状态中。

当时,我年纪尚轻,充满活力,没什么忧愁,不管是对自己,还是对别人,我都信心十足,我正处于人生中最珍贵而又最短暂的那个时期,这个时期里充满了青春的朝气,我们的整个身心都得到了最大的舒展,而且我们眼前的景物也因为生活的乐趣而变得更美了。我那种独树一帜的惶恐不安的心绪有了目标,不那么动荡了,这个目标让我的想象固定了下来。我将我自己看作是华伦夫人的作品、她的学生、她的朋友,甚至是她的情人。旅途中,她温柔地对我说的话,对我关切地爱抚,对我那种关心而充满情愫的目光(我觉得,她那种目光满是爱情的色彩,因为它把我的爱情激发出来了),都滋润了我的思想,让我一直沉浸在美丽的梦幻中。我的梦想不会受到任何命运的害怕和不安的打扰。我觉得把我送到都灵去,就是让我可以生存下去,在那里让我有个安身立命的地方。我自己什么都不用操心了,因为有人给我安排。我没有什么压力,当然一路上都觉得很惬意了。我心里装着青春的愿景、美好的期待和光辉的前程。我所看到的一切,似乎都是为了保证我快要到来的幸福。我在幻想中看到每家每户都有田舍风味的宴会;草场上有人在快乐地嬉戏;河边一直有人洗澡、溜达和钓鱼;树枝上结的有果实;树荫下男女在约会;山间有很多牛乳和奶油,舒适的宁静、快乐和闲散的乐趣。总的来说,只要是我看到的东西,都让我心情愉悦。这种景致的宏伟、灿烂和现实的美都可以印证其这么吸引人是有充分的理由的。于是,我的虚荣心开始露出来了。在如此小的年纪就去了意大利,途经了那么多地方,翻越了一座座高山,随着汉尼拔①的脚印,于我而言,这种荣誉不是我这个年龄可以得到的。此外,我们还时常在非常好的驿站打尖,我的食欲很旺盛,又有相应的食物,因为,说真心话,我根本不用对那些食物客气,而且相比沙勃朗先生的一顿饭,我吃的东西太微不足道了。

我们一共在路上走了七八天的时间,我觉得这七八天是我这一生中最快乐的时光。我们的步子必须和沙勃朗太太的步调保持一致,所以这次旅行只是一

①　汉尼拔(公元前247～前183),迦太基著名将领。

次长途散步而已。所有和这次旅行相关事物的回忆,尤其是那些高山和徒步前进,都让我兴致盎然。我只是在这些快乐的日子徒步过,而且非常快乐。没过多久,因为各种事务缠身,再加上需要携带行李,我必须装作一副绅士的模样雇车出门,而因为让人忧愁的窘迫、烦琐也一直陪伴我左右,所以我不能再像以前旅行那样,只贪图旅行中的快乐,而是想尽快到达目的地。在巴黎时,我曾经找两个志同道合的人,每人出五十路易,用一年的时间一起进行一次周游意大利的徒步旅行,只带一个拿行李的随身僮仆,其他什么都不带。我找了好长时间,也有很多人来找过我,表面上看上去,他们对我的这个计划很是赞成,可事实是,他们所有人都觉得这根本无法实行,只是随便说说而已,没有行动的计划。印象中,我和狄德罗和格里姆都非常激动地聊过这个计划,他们也被我说动了。我原本以为这事就说定了,可是没过多久,它又变成了一次停留在想象层面的旅行。在这样的旅行中,格里姆只想让狄德罗去做一些违背宗教的事,让我替他关进宗教裁判所。

可惜的是,我这么快就到了都灵,因为这个大城市的景色很美,又因为自己脑子里有了不切实际的想法,希望自己早日混出个样子来,我这种心情才有所缓解。这时我已经觉得相比过去当学徒的身份,现在的身份不知道高了多少倍。我完全没有想到,用不了多长时间,我就要变得和学徒相差一大截了。

我刚刚说了一些很零散的事情,下面我还接着说一些读者觉得一点意思都没有的事。所以,在我接着讲述以前,我应该先恳请读者谅解,并在读者面前自我申辩一下。既然我愿意把我自己彻底展现在公众面前,就不应该对任何情节有所隐瞒,我必须一直站在读者面前,让读者可以对我心灵中的所有迷误都有非常充分的了解,让读者洞悉我的所有生活,让读者一直紧紧盯着我,否则,当读者在我的讲述中发现漏洞时,心里会想:“他那时做什么去了?”就会批评我好像有所隐瞒。我宁愿利用这些讲述来把人的邪念揭示出来,也不愿因为我的默不作声而发展了人的邪念。

我随身携带的所有钱和东西都没有了,因为聊天中,我把我的秘密泄露出去了,我太大意了,恰好让我的引路人有机可乘。沙勃朗太太想尽各种办法,甚至把华伦夫人在我短剑上系的一条银丝带都拿走了。在我失去的所有东西中,最珍贵的物件就是这个了。假如我再不极力争取的话,他们会把那柄短剑也拿走的。路上他们倒是帮我支付了所有费用,可是最后他们也让我手里分文不剩。我一到都灵就没钱了,也没有衣服,连换洗的衣服都没有,我只有通过自己的努力去找生财之道了。

我给收信人拿去了几封介绍信,就马上被送到志愿领洗者教养院去,我之所以去受这种宗教的教诲,完全是为了得到衣食。我一走到里面,就看到了一个大铁栅栏门,我前脚刚迈进去,后脚这个大铁门就被锁住了。这样的开始让我觉得压力很大,丝毫没觉得轻松。当有人将我带到一间非常宽广的房间里时,我开始思考。这个房间最里面有一个木制的祭台,一个大十字架搁在祭台上,周边还放着四五把木制的椅子。乍一看上去,那些椅子似乎上过蜡,事实上只是因为使用时间过长和反复摩擦所造成的发亮而已。房间里所有的家具都在这了。大厅内站着四五个长相特别难看的凶神恶煞的人,那就是我的学友,比起说他们是上帝儿女的后补教徒,说他们是魔鬼的守护者还要恰当些。有两个是克罗地亚人,他们自己说他们是犹太人和摩尔人。他们告诉我说,一直以来,他们都在西班牙和意大利过着流浪人的日子,无论在哪里,只要他们觉得可以钻营,就会接受天主教教义,接受洗礼。又打开了一个铁门,它位于院内大阳台的正中间。那些自愿接受洗礼的姊妹们从这个门走进来,她们得到重生的方式是改教的宣誓,而不是洗礼,就像我一样。她们都是最没有羞耻之心的卖身的女人和一些最丑陋不堪的淫妇,这可是头一次如此毁坏基督的羊圈①。我只注意到了其中一个,她长得很美,也很动人,和我差不多大,可能比我年长一两岁。她的一双眼睛乌溜溜地转,时不时对上我的目光,这就让我有了想要和她认识的想法。她是三个月以前到这来的,尽管之后她又在这里待了几乎两个月,可是我却完全无法接近她,因为我们那位已经上了年纪的女监管人一直守在她身边,一刻也不曾离开。那位神圣的教士也一直在她身边纠缠,这个一门心思想要让她改教的神圣教士对她太热情了,甚至超过了循循善诱的努力。应该这样来想象,她非常愚昧,尽管她看上去并不是这样,因为她是头一个需要这么长时间教诲的。那位神圣的教士总觉得她离宣誓的水平还很远。可是她过够了这种幽闭的生活,要求从这个避难所出去,入不入教她根本不在乎。因此,她的要求必须在她还想做一个天主教徒期间得到满足,否则,她一旦开始反抗,连天主教她都要舍弃了。

为了对我这个新来的人表示欢迎,这一批小规模的志愿领洗者都集合在一起,召开了一个小会,会上有人简短地说了一番,让我要感恩上帝赐予我的恩惠,让别人给我做祷告,并规劝他们给我做好表率。会后,我们的贞女们都回到她们的修道院去了,现在我才有空开始既惊讶又闲散地开始打量我所住的地方。

第二天早晨,我们又被聚集在一起,开始进行训诫,这时我才首次开始思考

---

① 基督的羊圈即教会的意思。

我马上要进行的环节,以及推动我这样做的所有情况。

之前我说过,现在我还要说,可能将来还会说到的一件事,我越来越相信的一件事,就是假如有个孩子受过优秀的教育,那就是我。我出生在一个风俗习惯有异于普通人民的家庭里,我所受到的教训,都来自我的尊亲长辈们;我所看到的表率,也来自我的尊亲长辈们。尽管我父亲是一个爱好嬉闹的人,可是他不仅非常正派,而且具有非常强的宗教观念。在社交界,他的名声很美,可是回到家他却变成了一个教徒。他从很早就开始给我灌输他的道德理念。我的三个姑姑都非常勤劳能干。大姑和二姑都非常忠诚于教义,三姑是个极为聪明又明事理的姑娘,可能和我的两个大姑相比,她还要更忠诚一些,尽管从表面上来看,她的忠诚不太明显。我从这样一个受人敬仰的家庭里,转移到了朗拜尔西埃先生那里。朗拜尔西埃先生不但身处教会中,还是个宣教士,他对上帝极为信仰,言行也基本一致。我心中的忠诚的宿根被他和他妹妹发现了,他们就开始理性地、亲切地教诲并培育我这宿根。这两位值得敬佩的人在这件事上所用的方法都非常小心、科学和坦诚,因此在他们说教讲道时,我从来没有觉得厌倦过,每次听完讲道以后,我总是会受到很大的触动,而且发誓要过合理的生活。而且因为我一直把他们的教导铭记于心,我极少毁坏过自己的誓言。可是我却有点厌烦贝纳尔舅母的忠诚,因为她似乎以忠诚为业。在我师傅家里,我差不多从来没有想过宗教方面的事,可是我的想法一直停留在那时候。我没有遇到把我带坏了的青年朋友,尽管我成了一个调皮的小孩,可是却是一个信教的人。

因此,我那时对宗教的信仰,完全符合我那个年龄段的孩子的信仰,甚至还超过一般的孩子。可是为什么,我如今要把我的思想隐藏起来呢?因为孩童时代的我根本不像个儿童,我的思考方式和感觉方式都类似于成年人。我天生就异于常人,只是随着年龄的增长,才越来越像一个普通人。看到我这样说,你肯定觉得我和神童有点像,肯定会忍不住耻笑我。你想笑就笑吧,可是,等你不想再笑了以后,请你再找一个这样的六岁孩子出来,可以沉醉在小说中,对小说感兴趣,甚至会激动得流泪。假如你能找出来,我才会觉得我这种自我标榜挺可笑的,我就承认我说得不对。

所以,我说,千万不要在孩子们面前说宗教,这样他们以后才能保持宗教信仰,像我们那样去了解上帝是不可取的。这话不是源于我自己的经验,而是源于我的观察,因为我非常明白,自己的经验在别人身上绝对不适用。找几个像让-雅克·卢梭那样年仅六岁的孩子来,我可以肯定地说,你绝对不会在他们七岁时就跟他们讲上帝,你不会冒这个险。

我想没有人不清楚，一个儿童，甚至一个成年人所具有的信仰，他出生在哪个宗教，他必然就会信仰哪个宗教。有时这种信仰会被削弱，可是增强的次数极为少见，因为教育，所以才会信仰教义。不仅因为这种普遍的道理，让我对我先辈的宗教极为热诚，我还非常讨厌天主教，我故乡的人们也独有这种讨厌的心情。人们经常跟我们说，天主教是非常偏激的偶像崇拜，而且天主教的教士们被描述成非常恐怖的人物。在我身上，这种感情表现得特别明显。一开始，我只要瞅见教堂的内部，看到穿小白衣的神父，听到迎神时的钟声，就会害怕得全身战栗。之后没过多长时间，我到了城里以后，这种情绪就消失了，可是一回到乡村教堂，这种感觉还时常会出现，因为这些教堂非常类似于我一开始对教堂的感觉。可是，想到日内瓦周边的神父们对城市的孩子极尽关怀，确实形成了非常奇特的对比。我当然会害怕送临终圣体的钟声，可是教堂里做弥撒和做晚祷的钟声又会让我想到午餐和丰富的午后甜点。彭维尔先生的盛大宴席又曾经强烈地影响了我。这些都让我极易麻痹自己。我原来对罗马旧教的认识，只是从消遣和美食方面，觉得这里的生活可以慢慢适应，而从来没有想过正式加入这个教会，就算想过，这个念头也只是转瞬即逝，我觉得这件事离我很远。现在只能接受现状了：我是怀着一种非常讨厌的心情来看待我自己的这种承诺及其所带来的无可规避的后果的。后来在我身边加入的新入教者又不能通过他们的表率来鼓励我，所以我没办法假惺惺，事实上我的神圣功业根本就是一种不齿的行径。尽管我年纪还不大，我却感知不到哪个宗教才是真正的宗教，我也要背叛自己的宗教了。即便我的选择没错，我也会在内心深处欺骗圣灵，并因此被人们看不起。我越是这样想，越是恨自己，而且埋怨命运的不公，让我落到这般田地，似乎沦落到这般田地不是我自找的一样。有时这些想法非常强烈，假如有那么一刻，我觉得大门是打开的，我一定会拔腿就跑。可是，这样的机会没被我遇上，因此我也没有一直保持我的决心。

我的心被太多秘密欲望的争斗而打败。此外，固执地不回日内瓦的原定计划、不好意思见人、跋山涉水的艰难，还有离开家乡、空空如也、孤身一人的窘迫，这所有一切都让我觉得斥责自己的良心是太晚才来的后悔。我假装对以前所做的事情大加指责，就是为了给今后要做的事情寻找推卸责任的理由。我把从前的错误无限夸大，这样我将来有什么罪过也就无可厚非了。我不是这样对自己说："你还没有犯什么大错，只要你愿意，还可以好好的。"却这样对自己说："对你犯过的和你必须要犯的错表示悲叹吧。"

事实上，处于我这个年龄段的人，要违背自己的承诺或别人对我的期许，只是为了挣脱自己加诸在自身的束缚，然后鼓起很大的勇气奋不顾身地表明我会一直坚守我祖先的信仰,这得要多么顽强的意志啊! 我这个年纪的人是不会有如此强大的决心的,碰巧胜利的可能性也是微乎其微的,事情的发展已经无法控制,我抵抗越猛烈,人们越会想尽一切方法来让我服从。

大部分人都会在需要力量的时候才想到自己缺乏这样的力量,但为时已晚。尽管这似乎是一种狡辩,可是我就是在这里失败的。只有当我们犯错时,勇气才是难能可贵的,如果我们从头至尾都保持严谨的行事作风,那么勇气对我们来说就几乎没有了用武之地。可是,各种各样轻易就能化解的意向对于我们来说,有不可抗拒的诱惑力,只不过我们没有重视诱惑的危害,才导致我们臣服于轻微的诱惑。我们常常都会毫无征兆地陷进原本很轻易就能摆脱的危机。但是当我们身处这种险境以后,只有具备超乎常人的意志力,才能摆脱险境。我们最终还是坠入了苦海,这个时候就会向上苍祈求:"为何你把我生得如此软弱?"无论我们有何种理由,上苍却只是对我们的良心回答说:"我是把你生得很软弱,致使你无法脱离苦海,因为我原先把你生得非常坚强,你原本就不会坠落到苦海。"

我还没有想好要做一个天主教徒。可是,我看到的时限还有很长,能够渐渐地适应这种改变教派的想法,在等待的时间里,我幻想也许会有什么突发状况可以帮我摆脱困境。为了赢得时间,我决定尽最大的努力来抵抗。没过多久,我想要做天主教徒的决心就被我的虚荣心吞噬了。自从我看到我有几次难住了那些想要劝导我的人以后,我就自以为是地认为我要想否定他们是轻而易举的事情。我甚至抱着一种无比可笑的热情来进行此类的工作,因为他们在劝导我时,我也对他们进行劝导。我深信只要我能劝服他们,他们也会改变信仰加入新的教派。

所以,他们察觉到不管是在意志还是在学识层面,我都没有他们预想的那样好对付。通常情况下,天主教徒的学识势必要低于新教徒,而且一定是这样。前者的教条只需遵从,而后者则需经过验证。天主教徒一定要接受别人的判定,而新教徒却必须自己学会判定。这一点他们是非常清楚的,只不过他们没有想到以我的年龄和阅历能够给那些探究宗教的学者制造什么难题。更何况还有我不曾拜领过圣体,更未曾接受过和它相关的教育,这也是他们很清楚的。可是,在另一层面,他们却不清楚我曾在朗拜尔西埃先生那儿学到了丰厚的知识。除此之外,我还拥有一间小仓库,这也是让他们非常恼火的,它就是《教会与帝国历史》,在父亲那儿我基本上背下了这部书,虽然年深日久已渐渐忘却,可是因为论辩逐渐地激烈,我又慢慢记了起来。

有一位身材矮小却十分严厉的老神父,他让我们聚集到一起,初次给我们讲道。对学友们来讲，这次的讲道会与其说是一次论辩，还不如说就是一场教理问答，这位老神父着重向他们教授知识，而不是回答他们的疑问。可是在我这儿就行不通了。当轮到我说的时候，我会问他所有问题，只要是我可以找出的难题，我一个都没有漏掉。因此就延长了那个讲道会的时间，在场的人都很厌烦。这位老神父讲了许多话，之后火气越来越大，开始是吞吞吐吐，然后实在无法回答的时候就以不懂法语为理由走掉了。第二天，因为担心我草率地提问会影响其他人，我被独自安排在其他房间，和一位神父住在一起。这位神父比较年轻，能言善辩，会说繁杂的句子，还相当自负。事实上，满腹经纶的学者从来都不会如此自负，可是，我并未被他这种冠冕堂皇的气势给吓倒，此外，我认为通过我的努力，我可以满怀信心地回答他的疑问，并能竭尽全力地从各个层面来让他哑口无言。他打算以圣奥古斯丁①、圣格里果利②和其他圣师来降服我，但是我阐述起这些圣师的著作来，和他相比，有过之而无不及，致使他大惊失色。我之前未曾读过他们的作品，他可能也未曾读过，可是我对勒苏厄尔的教会史中的许多章节记忆深刻，每当他说出一段，我就用同一圣师的另一段来反击他，并没有直接反对他的引证，这就很容易让他难堪。但是最终赢的人还是他，其中有两个原因：首先，他的势力强过我，我明白我在他的控制之内，无论我多么年少，却还知道不能欺人太甚，我已经非常清楚地看见，不管对我的学识还是对于我本人，那个身材矮小的老神父都没有什么好印象。其次，这个年轻的神父是专门做过研究，可我却没有。所以，他也有他的论述方式，他利用某种让我不明白的方式，只要他认为将会遭到意想不到的辩驳而让他处于尴尬的境地之时，他就会岔开话题，说我所说的不在本题的范畴之内，然后把问题拖到第二天。他还反驳说我的引文是原文没有的，还主动去帮我找原著，说我一定无法找出那些引文。他认为这样是比较安全的，因为他觉得仅仅靠我那点肤浅的学识，是不大可能会去查阅那些书籍的，况且我对拉丁语又知之甚少，就算我知道某本书里有那段引文，也很难把那一段在一本厚厚的书里找出来。我甚至开始质疑他是否也用过那种他指责牧师们的不实在的教学方式。我质疑他会为了让自己从尴尬的驳斥中挣脱出来，会不惜编撰一些引文出来。

这些毫无意义的争论没有停下来，日子也慢慢地在争论、诵经和百无聊赖中度过，此时我碰到了一件很小的并让人非常厌恶的丑陋之事，这件事几乎对我产生了极其不利的后果。

---

① 圣奥古斯丁(354~430)，罗马教会的大僧侣。
② 圣格里果利(328~390)，希腊教会的大僧侣。

无论是谁，无论他的灵魂何等卑劣，他的内心何等粗俗，某些时候也会产生某种爱慕之心。那两个说自己是摩尔人的歹徒中的一个人爱上了我。他喜欢和我亲热，无所顾忌地和我说着颠三倒四、不可思议的话，没事就讨好我，还把他吃的好吃的分一些给我，还常常很兴奋地吻我，我被吻得很不好意思。他那椒盐面包似的脸上有一道很明显的伤疤，他那双火热的眼睛里溢满了无限的狂热。尽管我一见到他就很恐惧，但还是没有拒绝他的亲吻，我心想："这个不幸的人这样友善地对我，我不应该拒绝他。"之后他更加大胆了，对我说的话越来越龌龊，甚至有时让我觉得他是个神经病。一天晚上，他想和我睡一张床，我找了个理由拒绝他，说我的床太小睡不下，然后他想要我睡到他的床上去，我也说不行，因为他太肮脏了，满身都是烟草的怪味，直让我作呕。

　　第二天清早，大厅里的人都走了，只剩下我们俩，他又跑过来抚摸我，但是这次的动作很剧烈，神色也愈加恐怖。最后，他竟然想要做最龌龊的事儿，他使劲抓着我的手，逼迫我干那样的事。我奋力挣脱了，然后大叫着往后退了一步，既没有表现出愤怒，也没有表现出恨意，因为我根本不知道这样的行为有什么意义。我非常坚定地跟他表明我的惊讶和厌烦，最终他放开了我。在他自己闹腾一阵之后，我看到了一种不知是什么糊状的白色东西射向壁炉的方向，落在了地上。我恶心极了，快速跑向阳台，我一辈子都从未像那时那样冲动，那样恐慌，那样不知所措，几乎昏厥了过去。

　　那个时候我还不是很明白那个坏蛋是怎么了，我以为他是疯掉了，或者是什么其他更厉害的病症。见到这样一种猥琐、龌龊的样子和这样一副兽性大发的恐怖面孔，对于所有淡定的人来说，或许还有更加丑陋的事情会发生。我未曾见过这种男人，若是我们在女人眼前做出如此荒谬的行为，必须蒙蔽她们的双眼，才不会让她们觉得我们是恐怖又丑陋的东西。

　　我一刻也等不及了，立刻把我的遭遇讲给大家听。我们的女总管让我不要宣扬，我看出来这件事让她很生气，我还听到她气愤地嘀咕着："该死的混账东西！粗鲁的畜生！"我不明就里，依然四处叫嚷。结果第二天一大早，一个管理员就找我谈话，严肃地训斥了我，谴责我太大惊小怪了，甚至对神圣道院的名誉造成了损坏。

　　他把我训斥了很长时间，还给我讲解了很多我不太懂的事情，可是，我不认为他是在教我所不知道的事，因为他认为我明白别人要对我做怎样的事，只不过我不愿意才会反抗。他严厉地跟我说，这样的举动和淫乱一样都是不被允许的，可是这种企图对于这种行为的当事人来说也不算太大的羞辱，人家会觉得你很可爱，没什么好生气的。他毫无遮掩地跟我讲他年轻的时候也遇到过这样的艳遇,因为来得猝不及防,来不及反抗,也不曾觉得那有什么痛苦可言。他不知羞耻,竟然直接描述那是何种感受。他还猜测我是由于怕疼才不愿意的,然后跟我信誓旦旦地说我不用害怕,根本不足为奇。

我听完这个不知廉耻的人的话,感到无比震惊,因为他几乎没为自己辩解,好像纯粹是为了劝慰我。在他眼里这根本不算事儿,因此无须和我私下来谈。我们旁边有一个被当作第三者的教士,他的观念也是一样的,他们这种气定神闲的气势完全震住了我,我只能坚信这是人类最平常的事情,只是以前未曾有领会的时机而已。因此,我听完他的话没有反感,但还是有些许憎恶的感觉。我的亲身经历,特别是我亲眼见过的情形,在我内心深处留下了太深的印象,因此我现在想起来还想作呕。我当时也不太清楚,为什么我厌恶那件事,会连带着对辩护者也开始厌恶。不管我如何控制自己,都必须让他看到他的教训所产生的严重后果。他用一种有点敌视的目光看了我一眼,从此以后,拜他所赐,我在教养院的日子越来越痛苦。他总算达成了自己的心愿,所以我发现,我要想离开教养院,只有一条路可走,过去我拖延时间,不愿意运用这个方法,现在我必须得用了。

这件事倒是给我打造了一层盔甲,让我一生都不会做出男子同性爱的行为。而且只要看到这样的人,我的头脑里马上就会出现那个让人望而生畏的摩尔人的样子和行为来,心里便会不由自主地产生一种厌恶之情。此外,相比较而言,我却更加看重女人了。我觉得应该温柔地对待她们,并对她们表示由衷的敬仰,以弥补她们所遭到的侮辱。所以,当我想到那个假非洲人时,我会觉得即便某个女人长得非常丑,也是值得敬仰的。

我不知道人们会如何看待那个假非洲人,在我看来,除了罗伦莎太太以外,人们对他的态度都不同于以前了。可是,他开始疏远我,也不和我说话了。一个星期以后,他就在肃穆的仪式中接受了洗礼,全身上下都穿着白色的衣服,这是代表他获得新生的灵魂的圣洁。次日,他就从教养院离开了。自此以后,我就没有再看到过他。

一个月以后,该轮到我了。我的指导者想获得让我这样一个冥顽不灵的人信仰正教的殊荣,必定不是一朝一夕的事。而且,为了让我归顺,又要我把所有信条都复习了一遍。

最后,我被踏踏实实地教育了一遍,我的教师们表示非常满意。于是在迎圣体的行列的一路相随下,我被送到了圣约翰总堂,方便在那里严肃地立誓,宣布离开新教,而且完成一些洗礼的辅助仪式,尽管他们事实上根本没有对我进行洗礼。仪式相当于真的洗礼,这样做,就是为了让人们相信新教徒和基督徒并不是一回事。我穿的是专门给这种仪式准备的带白花边的灰长袍。我一前一后分别站着一个人，他们手里拿着铜盘，还用钥匙在盘子上敲击。人们根据自己的心意或者对新改宗者的关心程度往盘子上布施。总的来说，把天主教各种夸张的仪式都进行了一遍，以便这种盛典可以更大程度地引诱公众，于我而言则耻辱占了大部分。只省略了一项规定，就是我特别需要的那身白衣服，他们给了摩尔人，却没有给我。他们的理由是我不是犹太人，不能享受这样的荣誉。

事情到这儿还没有结束。接下来，我还要去宗教裁判所去把异教徒的赦免证拿过来，举行亨利四世本人所遵从的相同仪式①，只是仪式的举行者是其钦差大臣，之后再回到天主教会。我初来这里时的害怕并没有因为那位令人尊敬的裁判神父的趾高气扬和言行举止而消除。他询问了我的信仰、我的身份以及我的家庭，之后他突然问了我这样一个问题，问我母亲是不是坠入了地狱。我一开始的气愤已经被当时的害怕给压制住了，我只是说：我期望她没有坠入地狱，她在临死前，也许看到了上帝的灵光。这个神父看着我，没有出声，可是，他朝我扮了个鬼脸，似乎一点儿都不认可一样。

所有的仪式都举行完了。我正在想也许终于可以给我安排一个合我心意的位置时，他们把我赶出去了，将收到的布施（大概有二十多个法郎的零钱）给了我。他们叮嘱我要做一个满怀善意的信徒，不要让上帝的恩赐落空，最后他们祝我好运，随后就把大门砰的一声关上了。于是，我眼前什么都没有了。

就在这一眨眼间，我所有崇高的期待都消失了，我刚采取的自私的行为，只让我自己沦落到一个背叛者和笨蛋的下场。可以想象我的梦的转变是多么猝不及防：之前我心中充满着美好的计划，突然之间如坠深渊。早上我还在想我要住在哪个宫殿，晚上竟然没地方可去。有人会觉得，我突然落入到如此悲惨的境地，一定会懊悔自己犯下的错误，而且会严厉地自我批评，抱怨这所有的不幸都是我自己造成的。事实上根本不是这样，长这么大以来，这是我头一次被关了两个多月的禁闭，因此我先是觉得快乐，一种再次获得自由的快乐。过了这么久的奴役生活以后，我又重新做回了自己的主人，行动上再也不受限制了。在这样一个繁荣的大城市，如果有人发现我的天赋和才能，马上就会招待我。此外，我完全可以再等一段时间，我觉得我身上的二十多个法郎实在是一笔巨大的财富，我可以不用听任何人的意见，只凭自己的心愿花钱。这还是我长这么大以来，头一次这么有钱。所以，我压根儿没有沮丧，更没有难过流泪。我只是对自

---

① 由于王位的关系，亨利四世在一五九三年宣誓放弃新教。

己的期待进行了更改,我的自尊心毫发无损。我从来没有像今天这样自信、从容。我似乎觉得我已经能够凭借自己的力量走得很远了,我为自己感到骄傲。

我第一件要做的事就是游遍整个城市,借以满足我的好奇心,就算只是为了庆祝我重获自由,我也要这样做。我要去看看哨兵上岗,因为我对军乐情有独钟。看到教会迎圣体的队伍,我也是会凑过去看看,因为神父的合唱很好听。我要看看王宫,要怀着畏惧的心情上前去,跟着别人的后面往里走,也没有人伸手不让我进去。这可能是因为我在胳膊底下夹了一个小包吧。无论如何,当我站在这个宫殿里的时候,我是很为自己感到自豪的。我差不多已经觉得自己就是这王宫里的人了。最后,因为我不停地走来走去,觉得身体太累了,肚子又空空如也,天气也闷热,我就来到一家乳食商店。我只用五六个苏就吃到了我有生以来最美味的一餐,有奶糕、奶酪和两片美味的皮埃蒙特棒形面包,都是我最喜欢的。

我还得找一个住的地方。我已经懂得了很多皮埃蒙特话,人们可以听懂我说的话,于是我没费什么周折就找到了住的地方。我选择的住地是非常小心地依据我手里的钱来找的,而不是由着我的兴趣。有人跟我说,在波河街住着一个当兵的妻子,家里留住的都是散下来的仆人,每夜只需要支付一个苏就行了。我在这里得到了一张破烂床,就住在了那里。这位女人年纪并不大,才刚结婚不久,尽管她已经是五六个孩子的母亲了。母亲、孩子和住宿的客人都在一个房间里睡觉。我住在她家时就是这样的。无论如何,她是一个好女人。她骂起人来口不择言,天天都披散着头发,袒胸露怀,可是她很善良,也很勤劳,对我也很好,甚至还帮了我一些忙。

一连几天时间,我都沉浸在这种自由自在和好奇的快乐中,我走遍了城里的各个角落,到处游览,找寻所有我觉得新奇的事物。对于一个没见过什么世面,更没看到过首都的年轻人来说,一切都是新奇的。我尤其喜欢到了一定的时间就去瞻仰王宫,每天早上都加入王家小教堂的弥撒中。我感觉非常好,因为可以和亲王及其侍从待在同一个小教堂。可是,我很快就把宫廷的奢华都看完了,而且它一成不变,慢慢也就吸引不了我了。这时,我开始对音乐感兴趣了。我之所以天天都到王宫里去,就是因为我爱上了音乐。当时欧洲最好的交响乐队就在撒丁王那里。索密士[1]、黛雅丹[2]以及贝佐斯[3]等大师都曾经在那里

---

[1] 索密士,王家音乐院院长。

[2] 黛雅丹,当时的大音乐家。

[3] 贝佐斯,当时的大音乐家。

大放异彩。事实上，要想让一个年轻人迈不动步子，不需要这么大的阵势，只需要把一种最简单的乐器演奏好，让听者心潮澎湃就足够了。再加上我只是像呆子一样地称赞眼前让人大吃一惊的富丽堂皇，而没有半点艳羡之心。在这多姿多彩的华美宫廷中，我只关心一件事，那就是能不能找到一个值得我尊敬的年轻公主，可以和她来一场风花雪月。

我差点就在奢华不及王宫的情况下来了一场风花雪月，假如我能够实现目标，我会觉得非常奇妙和愉快的。

尽管我一直过着很俭朴的生活，可是我的钱却不知不觉地快花完了。我并不是因为小心谨慎才过得节俭，而是因为我吃得很简单。就是今天，再美味的宴席也不会让我胃口变好。我之前不知道，现在依然不知道，还有比田舍风味的一顿饭更精致的食物了。只要是好的乳类食品、鸡蛋、蔬菜、奶饼、黑面包，以及平常的酒，就可以让我吃得很好。只要我吃饭时，身边没有围着侍膳长以及侍者，让我感受到他们的趾高气扬，我吃什么都觉得很美味。那时只需要五六个苏，我就可以吃得很好，可是后来即便花六七个法郎，吃得也没有从前好了。我在饮食上有所节制只是因为没有什么诱惑到我，可是，我说这一切都是饮食有节制是不合适的，因为我在吃上面，还是尽可能吃得好的。只要是我钟爱的梨、奶糕、奶饼、皮埃蒙特面包以及几杯掺兑合适的蒙斐拉葡萄酒，我这个醉心于饮食的人就会觉得很满足了。虽然这样，我那二十个法郎也所剩无几了。我越来越注意到这个问题，虽然我还处于少不更事的年龄，可是因为前途未卜而带来的忧虑很快就变成了可怕。我的所有幻想都落空了，只能开始找一个可以生存下去的职业了，可是这个想法也是难以实现的。我想到我从前学了一门手艺，可是还没有学到精通的地步，镂刻师傅是不会要我的，而且在都灵，从事这一行的师傅并不多。于是，在合适的机会到来以前，我就挨个到铺子里去毛遂自荐，愿意帮助他们在银器上镂刻符号或图记，工钱无所谓，一心想用低价让别人雇用我。可是这种权宜之计也没取得什么成绩。我差不多一路上遭受的都是拒绝，就算找到一点点活儿，挣的钱也少得可怜，只够吃几顿饭的。可是，有一天一大早，我经过公特拉诺瓦街时，看到一个年轻的女店主正站在商店的橱窗前。她长得很美，也很有气质，虽然我在女人面前一向很害羞，可是我还是毫不迟疑地走了进去，向她自荐我这小小的技能。她不仅没有拒绝我，而且让我坐下来，让我跟她讲述我过去的经历。她非常可怜我，激励我振作，还说她的基督徒是不会抛弃我的。后来，她派人到旁边的一家金银器皿店寻找我需要的工具时，她亲自到楼上的厨房里给我端来了早点。好像这个开头预示接下来会一切顺利，之后的事情发展也没有让我失望。看上去，我干的那点儿活，她还是挺满意的,而且更满意我稍微放宽心以后的高谈阔论。因为她很有风韵,打扮华丽,尽管她的态度很亲切,还是让我对她油然而生一股敬意。可是,她那热情的接待、怜悯的语气,还有她那柔和的气度,马上就把我的约束一扫而空了。我觉得我成功了,而且还会取得更好的成绩。虽然她是一个意大利女人,又长得那么美,难免从外表上会让人觉得有些放荡,可是,她却一点都不浮躁,再加上我天生害羞,事情要想进展神速是不可能的。我们没有足够的时间完成这次奇遇。事后我只要想到和她在一起的短暂时光,就会觉得很欣慰,而且可以说,在她那里,我品尝到了初恋一般的甜蜜和快乐。

她是个很幽默的棕发女子,她的可爱劲儿在她那张漂亮的脸蛋上所露出来的和蔼的神情的衬托下,越发迷人。她叫巴西勒太太,她丈夫比她年长,很喜欢吃醋。他在到其他地方去时,就把她交给一个性情沉郁、不会哄女人开心的伙计看管。这个伙计也并不安分,可是他只是通过发脾气来显示而已。他吹得一手好笛子,我也非常喜欢听他吹,可是他却对我没有一点好感。

从这个新的埃癸斯托斯①第一眼看到我进到他的女主人店里时,就气得骂骂咧咧的,他对我的态度很是鄙视,女主人也不带一丝客气地回敬他。她甚至为了自己高兴,还有意在他面前对我很好,让他抓狂。我非常喜欢这种报复方法,假如我跟她单独待在一起时,她也这样对待我,我就更高兴了。可是她却并没有这样做,或者最起码采取了不同的方式。可能是她觉得我太年轻,也可能是她不知道要如何主动,可能她的确想做一个贤良的女人,她对我的态度若即若离,尽管这种态度不是完全排斥,可是不知道为什么,我却只想往后退。对于她,我更多的是觉得害怕,而不是像对华伦夫人那种真情实意、情意缠绵的敬仰,也比不上华伦夫人那么亲昵。我又困窘又害怕,不敢直视她的目光,在她面前甚至连呼吸都停滞了。可是要让我离开她,我却觉得比要我死还难受。在她不注意的时候,我便贪心地打量她身体上的每一个部位,只要是我能看到的:衣服上的花、漂亮的小脚尖、手套和袖口间露出来的洁白的胳膊,还有从脖子和围巾之间露出来的一部分。她身上的任何部位都让我更加渴望其他部位。因为我一直专注地盯着我可以看到的部分,甚至还想看那些我看不到的部分,这时我觉得不知如何是好,心跳加速,连呼吸都变得困难。我只能在我们中间时常保持的缄默中偷偷发出一些叹息。幸好巴勒西太太正忙着,没空搭理这些,最起码我是这样认为的。可是我有时看到,因为她的某种怜悯和她披肩下面的胸

---

① 阿伽门侬去参加特洛亚战争时,把妻子托付给埃癸斯托斯照应,这里的埃癸斯托斯就指这个伙计。

腔上下起伏，我会更加沉醉到这种危险的情境中。当我的热情快要爆发时，她便非常冷静地跟我说几句话，我便立即清醒过来。

不止一次，我和她单独待着，她一直都这样，不说一句话，也没有一个动作，甚至连一个不平常的眼色都没有给过我，来表示我们之间有一点点相互倾心的地方。我很烦恼，可也觉得很美好。在我那单纯的心灵中，我也不明白我为什么会有这样的烦恼。表面看上去，她也不是不喜欢这种短暂的两人相处的时光，最起码很多这种机会都是她创造的。当然，站在她的立场来说，她并不是刻意为之，因为她并没有借机向我表示什么，也没有允许我表示什么。

有一天，她实在腻味了那个伙计单调乏味的谈话，就独自跑到自己的房间里，我赶紧做完我手里的活儿，然后去找她。她的房门只关了一半，我进去的时候她没有发现，她只是背对着门，面对着窗户绣花。她不仅无法看见我，而且因为街上车水马龙的声音太吵了，她也没有听到我进去。一直以来，她都特别注意穿着，那一天她的打扮差不多可以用魅惑来形容。她姿态优雅，头微微低着，雪白的脖子落入人的眼底，她那盘龙式的漂亮发髻上面有不少花朵。我凝视了她一会儿，被她那面容所散发出动人的魅力所折服了，已经控制不住我自己了。我一进门就跪了下来，兴奋地把手臂伸向她，我可以肯定她没有听到我的声音，但我没想到她可以看到我。因为壁炉上有一面镜子，她正是从镜子里发现了我。我不清楚在她看来，我这种亢奋的动作会有什么作用。她完全没看我，也没跟我说话，她只是转过来半张脸，用她的手随便一指，意思是叫我坐在她面前的垫子上。担心、战栗、跌跌撞撞跑至她指给我的位置上，这三件事几乎是同时进行。可是人们几乎难以置信在这样的情况下，我竟然没有采取下一步的行动。我不发言，也不敢抬头看她，甚至不敢借着这个难堪的场景在她身上靠一会儿。

我变成了一个哑巴，也变成了一个木偶，当然是有点冲动的木偶。我只是觉得兴奋、高兴、感激，还有被没有确切目标和一种担心她会生气的害怕心情所束缚住的渴望，我那单纯的心灵不确定她是不是真的会生我的气。

她的表现也比我好不到哪去，也不太冷静，也非常害怕。她看我来到她面前，后来又把我诱导至那里以后，马上就不知道该怎么办才好了，心里发慌。她开始发现那个手势所带来的后果，毫无疑问，这个手势是她一时冲动做出来的，没有经过深思熟虑。她既没有欢迎我也没有把我赶走，她一直专注于自己手里的活计，尽可能装出对我视而不见的样子。虽然我所知甚少，也可以肯定她的处境不仅和我一样难堪，可能还和我有一样的期待，只是也被那种和我一样的害羞心情给捆绑住了。可是这并没有给我力量，让我克服这种害羞。尽管我觉得她比我年长五六岁,她应该比我更有勇气一些。我想,既然她没有激励我胆子更大一点,那就是她不希望我有这样的胆量。就算在今天,我依然不认为我的判断有误,可以肯定的是:她很聪明,一定明白像我这样一个才刚出来见世面的孩子,不仅需要激励,而且需要加以引导。

如果不是有人上来打扰,我真不知道这个局面一直僵持下去会怎么样,也不清楚我会在这种荒谬又高兴的情况下做多长时间的木偶。正当我亢奋到极点时,隔壁的厨房门被人打开了。于是巴西勒太太一下子惊慌失措起来,赶紧冲我打手势,颤抖着说:"赶紧起来,罗吉娜来了。"我赶紧站起来,同时把她递给我的那只手抓住,并热情地吻了两下,在我吻第二下的时候,我觉得她那只可爱的手轻轻按了一下我的嘴唇。这是我一生中最快乐的时刻,可惜以后再没有这样的好机会了,我们这种青春的爱情也就戛然而止了。

可能就是因为这样,我才一直对这个可爱的女人念念不忘。之后我越是了解社会和女人,我越觉得她很漂亮。假如她略微有点经验的话,她肯定会用另一种态度来对一个少年进行鼓励。尽管她的心是不堪一击的,可却是质朴的,她会无形中向诱惑她的倾向让步。从所有现象来看,这是她不贞的开始,可是相比战胜我自己的害羞心情,我要打败她的害羞心情要难得多。我并没有做到这一点,却在她那里品尝到了无法言说的美好。在占有女人时所能感觉到的一切,都不如我在她眼前经历的那两分钟,尽管我都没有碰到她的衣裙。是的,没有什么快乐比得上一个心爱的正直女人所带来的快乐。在她眼前,一切都是恩赐。她稍微动一下手指,她的手轻微按在我的嘴唇上,我都觉得那是巴西勒太太给我的恩赐,直到现在回想起来,这种小小的恩赐都让我欲罢不能。

之后两天,我努力寻找能和她单独相处的机会,可是始终没能如愿。在她那一方面,我完全看不出来她有意创造这样的机会,并不是说和从前相比,她对我冷漠了很多,而是她比从前更小心了。我觉得她一直不和我的视线相对,就是担心她不能完全掌控自己的目光。那个令人讨厌的伙计现在让人烦透了,他甚至开始夹枪带棒,说我在女人跟前有光辉的前景。我担心一时大意会泄露了消息,我那点儿兴趣到此结束,原本不需要躲躲藏藏的,但现在我觉得我和巴西勒太太已经算是彼此倾心了,便想烘托出一种神秘的气氛。这使得我更小心地寻找满足这种兴趣的机会,我老想着寻找一个非常安全的机会,可是却始终未能如愿。

此外,直到现在,我都有一种没有治疗好的恋爱怪癖,这种怪癖和我天生的害怕合到一块,就对那个伙计的预言进行了完全的否定。我可以说,因为我爱得太真诚、太诚挚,反倒不容易成功了。我这么炽烈而纯洁的感情,这么温柔、真实又无私的爱情,恐怕找不到第二个了。我甘愿无数次以自己的幸福为代价,换得我所爱的人的幸福,相比我的生命,我觉得她的名誉更加宝贵。就算我能够享受所有快乐,也一定不愿意打扰她短暂的安静。所以我非常小心、隐蔽地行动,导致次次都失败了。就是因为我太爱她们了,所以我在女人面前时常一败涂地。

现在回过头来说说那个吹笛人埃癸斯托斯吧,让人觉得惊讶的是,尽管这个密探越来越让人无法容忍,可是他明显更热情了。他的女主人从第一天青睐我时,就想尽各种办法让我变成一个有用的人。因为我会一点儿算术,她曾经跟那个伙计沟通,叫他告诉我如何管账。可是,那个坏家伙坚决反对了这一提议,可能他是担心他的生存之道被我抢走了吧。所以,我只需要把镂刻的活做完以后,再抄写几张账目和账单,誊写几本账簿,然后把几封意大利文的商业信件翻译成法文就可以了。可是,忽然间,那个对我充满敌意的人却开始重新思考之前的提议了,而且他还说他愿意指导我如何记复式簿记,愿意让我在巴西勒先生回来时,自己有一技之长。我没法给读者们说清楚,他说话的那种腔调和他神情里的狡诈、嘲讽成分,总的来说,我不可能相信他。可是我还没说什么,巴西勒太太就非常冷淡地回复他,对于他热心提供帮助,我当然应该非常感激,可是她希望我的命运终有一天可以把我自己的才能发挥出来。她还说像我这样有才能的人,如果只是做一个伙计就太大材小用了。

她曾经不止一次跟我说,要给我介绍一个可以给我提供帮助的人。她的想法是非常周到的,她觉得我已经到了要离开她的时候了。我们相对无言,互相觉得倾心的那件事发生于周四。周末她请了很多客人到家里来,其中就包括我,还包括一位看上去很友善的多明我会的教士,她就把我引荐给他了。这位教士对我的态度很友好,祝贺我改教,而且问了很多我的个人经历。从这里我就知道,他从巴西勒太太那里知道了我的很多事情。接下来,他用手背轻轻拍了我的脸两下,然后说,要做一个满怀善意的人,要有胆量。他还让我去看他,以便能更好地交流。看到大家都如此恭敬地对待他,我可以肯定地说他这个人还是比较有地位的,再看他和巴西勒太太交谈时如此慈祥,我可以肯定地说,他是她的忏悔师。我也一直都有印象,在他那符合身份的慈祥中,包含有他对他的忏悔者的尊敬和佩服。可是当时,这种表现并没有给我留下很深的印象,还不如我现在回想起来的印象深。假如那时我更机灵些,就可以发现,一个受到忏悔师尊敬的年轻女人竟然会在我身上动情,我不知道要多么激动。

因为我们人太多,而桌子又太小了,必须再额外加一张小桌子,于是我就高兴地和那个伙计坐在了小桌子旁边。可是,从关心和菜肴的丰富程度来看,我坐在小桌子旁也没有受到什么损失。小桌子上摆满了菜，可以肯定地说，这些菜并不是送给那个伙计的。直到这时，一切都有条不紊地进行着：女人们快乐高兴，男人们热情风雅，巴西勒太太用她那和蔼可亲的态度招呼着客人。饭吃到一半时，门外响起了马蹄声，一个人上了楼，他就是巴西勒先生。直到现在，我都清晰地记得他走进来的样子，身穿一件大红上衣，扣子是金的，也就是从那一天开始，我特别讨厌这种颜色。巴西勒先生身材很高大，长得也很俊俏，也很有风度。他重重地走进屋，脸上的表情似乎要吓住大家一样，尽管在座的都是他的朋友。他的妻子跑过去，搂住他的脖子，把他的双手握在手里，表现得非常亲热，可是他却无动于衷。他向客人们简单示意了一下，就开始吃饭。人们说起他这次旅行的事，他看了小桌子几眼，然后一本正经地问，坐在那边的小孩子是谁。巴西勒太太直截了当地回答了他。他问我是不是住在他家里，有人跟他说不是。他接着粗鲁地反问："为什么不住在家里呢？既然白天他可以待在这里，晚上为什么不可以呢？"这时，那位教士说话了，他先真诚而严肃地赞扬了一番巴西勒太太，然后也夸奖了我几句。紧接着他说：他不仅不应该对他太太真诚的扶贫济弱的善心加以指责，而且也应该主动加入其中，因为这里没有任何越礼的事情发生。丈夫生气地反驳了一下，可能因为有教士在，这口气总算被压制了一半，可是这些足以让我明白他已经比较了解我的情况，而且我也非常清楚，那个伙计曾经如何以他自己的方式在我背后使绊子。

客人们才刚刚离开，这个伙计就根据他老板的指示，露出胜利的神气，他通知我马上离开这里，永远不允许再进来。他在完成这项任务时，还加了不少冷嘲热讽进去，让这个任务带有很强烈的羞辱性质，而且非常残酷。我什么都没说就离开了，可是心里的沉痛无以复加，我之所以难过不是因为我不能再待在这个可爱的女人身边了，而是因为由于我的缘故，让这个可爱的女人变成了她那粗鲁的丈夫的牺牲品。他不想让他的妻子失去贞操，这点没错。可是，虽然她很贤良，而且也是良家妇女，但她终归是个意大利女人，也就是说：多情而且好复仇。我觉得，他这样做极为不妥。因为他对她这样做，反倒会给自己带来很大的不幸。

我第一次奇遇的结局就是这样的。我曾经两三次有意从那条街经过，希望可以再看一眼那个我心心念念的女人，可是没能如愿，只看到了她的丈夫和那个忠诚做看守的伙计。那个伙计发现我，就用店铺里的大木尺向我做怪样子，那样子绝对不是欢迎我，而是在向我发出挑衅。既然我被这么严格地防备，我也就没有信心了，再也没到那条街上去过。我曾经想着最起码去拜会一次她帮我引见的那位传教士，遗憾的是，我连他的名字都不知道。我曾经有好几次守在修道院附近,希望能和他打个照面,可是也未能如愿。最后,我因为又遇到其他事情,就把对巴西勒太太的回忆先放到一边了。没过多久,我就彻底忘记她了。我甚至又和从前一样,变成一个单纯和质朴的人,连看到漂亮的女人都没有感觉了。

她的一些馈赠却让我那小小的行囊稍微充实了一下,尽管她赠送给我的东西并不多,可是却足以表现出一个智慧女人的周到。相比美丽,她更关注整洁,她希望我以后的生活可以顺遂,可是不让我去显摆。我从日内瓦带来的外衣还挺好,还能穿,她只是给我补充了一些内衣和一顶帽子。我想要套袖,因为我没有,可是,她不愿意给我,她觉得我不需要套袖,只需要保持干净就可以了。事实上,只要我待在她身边,我一定会做到这一点,不需要她的叮嘱。

这场灾难刚结束没几天,我之前提到过的那位心地善良的女房东就跟我说,她也许可以帮我找到一个合适的位置,她说有一位贵妇人想看看我。一听这话,我就觉得又会有什么奇妙的境遇发生,因为我总是对这样的事情充满向往。可是这位贵妇人远没有我想象中那么伟大,那位介绍我到贵妇人这来的仆人把我带到了贵妇人家里。她询问了我几句,认真打量了我一番,并不认为我是个令人讨厌的人,就马上把我留在她家了。当然,我的身份是她的仆人,而不是她宠爱的侍从。我穿的衣服的颜色和其他仆人一样,仅有的一个区别就是他们上衣的边缘上有花边,而我的没有。因为这种制服上没有花边,就类似于一个普通市民的衣服。我那些不切实际的幻想就这样猝不及防地结束了。

我就这样来到了维尔塞里斯伯爵夫人的家里。她是个寡妇,没有孩子。她的丈夫是皮埃蒙特人,而我一直觉得她是萨瓦人。因为她的法语说得很好,口音很纯正,我无法把她和一个皮埃蒙特人联系起来。她是个中年女人,气质高雅,才气十足,非常热爱且精通法国文学。她经常会写些东西,还写了不少,而且一直用法文写。她写的函札,有赛维尼夫人①函札的笔法,韵味极其类似。有几封信甚至难以分清出自于谁的手。我的主要工作,就是根据她的口述,把这些信札录下来。做这样的事情,我也很感兴趣。因为她的胸部长了个瘤子,让她极其痛苦,连亲自拿笔都不行。

维尔塞里斯夫人不仅才华横溢,而且具有崇高而坚强的心灵。直到她病死,我都在她身边。我曾经目睹她是如何和病痛、死亡抗争,她从来没有让别人看到她丝毫的怯懦,从来没有明显表示出自己在努力隐忍的样子,也从没有丢失她作为妇女应有的仪态。她压根儿没有想过这里面有什么深奥的哲学理论,

---

① 赛维尼夫人(1626~1696),法国女作家,著名的《赛维尼夫人书信集》的作者。

因为当时还不流行哲学这个词,而且哲学这个词在现代所具有的意义她甚至都不知道。这种坚强的性格,通常和冷酷很接近。我觉得无论是对别人,还是对她自己,她都不怎么触动感情那根神经。就算她帮助一些不幸的人,也不是因为从心底里真正同情他们,而主要是因为做这件事本身就是善举。我服侍了她三个月,我比较能体会到她这种冷漠的性格。对于一个时常在她眼前晃动,而且还比较有前景的年轻人,她给予一些帮助和鼓励,本应是一件极其平常的事。可是,可能是她觉得我不够资格被她额外照顾,也可能是因为一直不放过她的人们都把目光多聚焦在自己身上,让她只想到他们,而没有给她空间让她思考我的问题。不管怎么说,她没有给我安排什么。

可是我记得非常清楚,她曾经对我表示过好奇,想要对我有所了解。她也问过我几次,我把我写给华伦夫人的信拿给她看,她很是高兴。我跟她说我隐藏在我内心的事,她也很高兴。可是,很显然,她采取让我倾吐心事的办法并不太好,因为她一直不愿意把自己的心事讲出来。我很喜欢向别人讲述自己的心事,可是我也一定要感觉到别人听我讲也是很乐意的。可是她只是冷漠而单调地向我提问,对于我的回答不置可否,这就让我对她的信任大打折扣。在我不清楚我那热衷于说话的毛病到底是好还是坏时,我老是会觉得害怕,于是我就越来越不想讲我自己的心事,而只要想到不利于我自己的话,我就什么也不说。之后我才了解到,自以为自己学识渊博的女人都会具有这样一个毛病,那就是通过提问去了解别人的冷漠态度。她们不想袒露自己的任何心事,却想达到了解别人心事的目的。可是她们不知道的是,这样做会让别人不敢再向她们表露心事。只要有人向一个男人这样提问,他马上会小心谨慎起来。假如他觉得这并不是在真正关心他,而只是把他的话套出来,那么,他要么会说假话,要么会一声不吭,或者更加小心。他宁愿被别人当作笨蛋,也不愿意被好奇的人蒙骗。在隐藏自己心事的同时,又洞察了别人的心事,这始终不是个好办法。

我没有从维尔塞里斯夫人嘴里听到过一句好听的话,像同情、温和的话。她冷漠地向我提问,我也不会事无巨细都告诉她。我的回答很小心,她必然会觉得无趣而觉得厌烦。后来,她就不再向我提问了,只是要我帮她做事时,才会和我说话。她并不是把我当作我自己来对待我,而只是根据她想让我成为的样子来对待我。因为在她眼里,我只是一个仆人,结果就让我在她面前只能以仆人的身份出现了。

我觉得从这时开始,我就了解到一些为了隐藏的自私而使用的奸诈方式,会让我一生都陷在其中难以自拔,所以我本能地讨厌产生这种自私心态的事物。维尔塞里斯夫人没有孩子,她的财产将由她的外甥德·拉·罗克伯爵继承。罗克伯爵一直竭尽所能地讨好她。此外，她的那些亲信家仆看到她快死了，为了给自己争取到更多的利益，都非常努力地讨好她，让她几乎没时间想到我。她家的总管，人们叫他罗伦齐先生，是一个脑子很活络的人，他的妻子在这方面比他还厉害，非常得女主人的欢心。在夫人家里，说她是夫人花钱请来的女仆，还不如说她是夫人的一位女友更合适些。她把她的侄女朋塔尔小姐也介绍到这家来做了侍女，她的侄女是个非常奸诈的女人，假装自己是贵妇人的侍女，一副趾高气扬的样子，也和她的伯母一起，对女主人加以控制，导致女主人看人时只能通过这三个人，做事也只能通过这三个人。我没有让这三个人喜欢我，我听从他们，却不奉承他们，因为我难以想象我不仅要服侍我们共同的女主人，还要服侍这三个人。除此以外，他们觉得我这个人很难让人放心，他们心下了然，我不是做仆人的人，仆人的身份并不适合我。他们担心夫人的想法和他们一样，唯恐夫人会对我有另外的安排，以至他们所分得的利益会变少。他们这种人太贪心了，很难做到不偏不倚，他们觉得遗嘱上分给别人的财产，似乎都在割他们的肉。所以，他们串通一气，想办法让我远离夫人。她喜欢写信，对于她来说，这原本是为了疾病不那么难熬，可以略微放松一下，他们却想方设法让她摒弃这种爱好，还把医生叫过来劝她，说她现在不适合写信，身体会受不了。他们找了个我不会照顾人的理由，安排两个抬轿子的壮汉来顶替我。最后，她写遗书时，他们把一切都计划好了，整整一个星期，我都没能到她的房间里面去。一个星期以后，我又和原来一样能进出自如了，而且相比其他任何人，我都要勤快得多，因为我很同情这个女人，也非常敬仰和佩服她忍受痛苦的顽强精神。在她的房间里，我情不自禁地流下了眼泪，当然没有让她本人看见，也没有让其他任何人看见。

她终于离开了我们。我看着她停止呼吸。她学富五车、学识渊博，她的死是一位哲人的死。我可以说，看到她用恬淡的心态坚持不懈、真诚地完成天主教徒的所有义务，我由衷地觉得天主教是令人称道的。她原本是个特别严肃的人，可是她在快要死时，脸上竟然露出了灿烂的笑容，直到死，她都是这样，看不出来是假的。这纯粹是艰难的处境被理智打败了的表现。只在临终前两天，她才躺到床上。就在这两天，她也依然和大家温柔地讲着话。最后，她不讲话了，沉浸在死亡的痛苦中。她放了一个很响的屁。"好！"她活动了一下头说，"会放屁的女人还活着。"这是她留在人世间的最后一句话。

她在遗嘱中写明，给她的下等仆人们馈赠一年的工资。因为我的名字还没有登到她家的人口簿上，所以我什么也没有。可是，罗克伯爵给了我三十个利勿尔，还让我把那身新制服穿走。如果按照罗伦齐先生的意思，我连这身衣服都得不到。伯爵甚至答应帮我找个差事，而且要我去拜访他。我曾经去找过他两三次，可是没能和他有过交谈。我是一个没什么信心的人，一次碰壁之后就不会再继续了。我错了，没过多久，这个错就表现出来了。

　　我在维尔塞里斯夫人家做仆人期间所发生的事，其实不止于此。我从她家离开时，尽管表面上看上去，我还是和原来一样，可是心情已经截然不同于刚到这里来时的情景。在那里，我的心灵背负上了无法消除的罪恶的回忆，以及无法容忍的良心指责的重负。直到四十年以后，这个重负都没有消除，反倒随着岁月的流逝，这个重负所带来的痛苦与日俱增。任谁都会觉得难以相信吧，一个小孩子犯下的错会有如此不安的后果。就是因为这种几乎可以肯定的后果，我才一直觉得内心不安。一位可爱、忠诚，而且比我高尚一百倍的姑娘，可能因为我的过错，而被推入了贫穷和耻辱的深渊。

　　一个家庭分崩离析时，不可避免地会出现一些混乱的局面，也不可避免地会遗失一些东西。可是因为仆人们的忠诚，再加上罗伦齐夫妇的周密安排，家里的财产都在。只有朋塔尔小姐丢失了一条银色和玫瑰色相间的小丝带子，而且已经用旧了。事实上我要做小偷的话，我可以拿到更好的东西，可是不知道为什么，我就是喜欢这条小丝带，然后就偷过来了。我还没藏好这件东西，就有人发现是我拿的了。有人问我从哪里拿的，我马上不知道如何是好了，吞吞吐吐地连一句完整的话都说不出来。最后，我满脸通红地说是玛丽永给我的。玛丽永是个年纪不大的莫里昂讷姑娘，在维尔塞里斯夫人因为生病不再请客，而让原来的厨师离开以后，玛丽永就接替了厨师的岗位，这时伯爵夫人更需要美味的羹汤，而不是用心烹制的菜肴。玛丽永不仅人长得很美，而且还有一种山里人特有的健康肤色，尤其是她那温柔淳朴的态度，更是人见人爱。她也是一位友善、聪明和绝对不会撒谎的姑娘。所以我把她的名字说出来时，大家都惊讶极了。可是相比之下，人们更不信任我，因此一定要搞清楚小偷到底是我们俩中的谁。她被人们叫过来了，大家都聚拢过来，罗克伯爵也在那里。她来以后，有人把丝带拿到她面前，我恬不知耻地说是她偷的。她一下子呆住了，一个字也没说，看了我一眼，这一眼，即便是魔鬼也会缴械投降的。可是我那颗冥顽不灵的心还在抗争。最后，她非常果断地否认了，根本看不出来她的气愤。她斥责我，劝我反思一下自己，不要诬陷一个纯洁的和我无冤无仇的姑娘。可是我依然卑鄙无耻地说就是她偷的，而且还让大家都知道，这丝带子是她给我的。可怜的姑娘泣不成声地说："唉，卢梭啊！我还以为你是个心地善良的人，你把我害得好惨啊，我不可能像你这样的。"我们俩就是这样对质的。她继续用同样坚定和质朴的态度来表明自己的立场，可是自始至终没有骂我。她是如此安静柔和,我却说得非常干脆果断,相比之下,她明显被我压下去了。简直难以想象,一边是如魔鬼般的胆大,一边却是像天使一样的柔和。谁是谁非,当时好像难以判断。可是大家都好像站在我这一边。当时因为局面太混乱了,没有时间继续追查下去,罗克伯爵就把我们两人一起开除了,当时他只说了这样一句话:罪人的良心一定会替无罪者报仇的。他的预言成真了,它每天都在我身上应验。

那个被我诬陷的牺牲者后来的命运如何,我不清楚,可是,自此以后,她肯定很难再找到一个很好的职位了。她背负了本不属于她的罪名,不管从哪方面来说,这个罪名都会严重损害她的名誉。尽管偷的东西没什么价值,可终归是偷窃,而且更恶劣的是,她竟然用偷窃来引诱一个年轻的小孩。总的来说,不仅不诚实,而且还坚持错误,对于这样一个恶行昭著的女人,人们必然已经对她失去了信心。我甚至觉得,我污蔑她最严重的后果还不是贫穷和被抛弃,像她那样的年龄,因为被冤枉而受辱所感到的灰心失望,会让她落到什么田地呢?唉!当我后悔自己的所作所为给她带来的灾难时,我已经痛苦万分了。当我想到我会让她的处境更糟糕时,读者可以想象一下,我又会是什么样的心情。

我经常因为这种残忍的回忆而烦恼,在我烦恼得夜不成眠时,就会看到这个可怜的姑娘来痛斥我所犯下的罪行,好像这件事就发生在昨天。每当我的生活比较平稳时,这种回忆就不会给我带来多大的痛苦。如果我的生活比较难过,一想起这件事,我就无法再享受到那种自觉自己是无辜受害者的美好的安慰。它让我更深刻地领悟到我在自己某部著作中曾经说过的话:生活平顺时,良心的指责也跟着入睡了;生活遭遇坎坷时,良心的指责就会越来越严重。同时,在和朋友谈心时,我也从来没有提到过这件事,以让我心里的重负减轻一点。最亲密无间的友谊也没能让我向哪个人开诚布公地说出来,包括华伦夫人在内。我可以做的就是承认我做过一件理应被指责的残酷的事,可是我从来没有说过到底是一件什么事。这种重负一直让我的良心背负谴责,直到现在都是如此。我可以说,想要稍微摆脱一点这种良心上的重负,是推动我写这部忏悔录的动力。

上面的叙述是真诚而直白的,没有谁会觉得我在对我自己曾经所犯下的罪行进行包装。可是,假如我不同时叙述出我内心的意向,甚至因为害怕给自己申辩而不敢说当时的一些实际情况,那我撰写这部书的目的就无法实现了。在我污蔑那个可怜的姑娘的时候,我的确没有想过要害人。我之所以让这个不幸的姑娘帮我承担罪责,是因为我对她的友情。说来也奇怪,可是却是事实。我正在想她,所以就毫不迟疑地把她的名字说了出来。我自己做的事,却诬陷是她做的，说这条丝带是她给我的，也正是因为我想把这个东西送给她。后来当她来到我面前时，我心痛极了，可是，当时因为在场的人太多了，我没有把我悔恨的心情表露出来。对于处罚，我倒是不怎么害怕，我只是害怕丢脸。甚至相比怕死，怕犯罪，怕世界上其他的一切，我最怕的就是丢脸。当时我真想找个地缝钻进去，闷死自己都行。强大的羞耻心打败了一切，我之所以无耻，仅有的一个原因就是羞耻。我越觉得自己犯下了不可饶恕的罪过，因为担心认罪，我就会越不承认。我最怕的是当着众人的面被指责是个小偷，是个不诚实的人和诬陷别人的人。这么多人议论纷纷，只会让我觉得害怕。假如允许我冷静一下，我一定会把实情讲出来。假如罗克先生把我叫到一边，对我说："不要诬陷这个可怜的姑娘，假如你做错了的话，就一五一十地承认吧。"我马上就会跪在他面前。可是，当我需要有人激励我、支持我时，人们却只是威胁我。更何况，还要注意一下年龄的问题。我刚刚从童年迈入少年，甚至可以说还是个孩子。真正无耻的行为，相比成年人，年轻时所犯的要更恶劣些。可是，只是因为懦弱而干的坏事，倒更应该被原谅，而我所犯的错误，其实也不过如此。因此，当我回想起这件事情时，我之所以觉得痛苦，与其说是因为我做的坏事本身，倒不如说是因为我所做的坏事所可能引起的恶劣后果更合适些。甚至，这件事还给我带来了一个益处，那就是我仅有的这一次罪行让我的心里留下了阴影，让我今后无论如何都不会再做出任何一种会引发犯罪的行为。我觉得我之所以那么讨厌撒谎，很大程度上是因为我对曾经自己亲手制造过如此恶劣的谎言而悔恨不已。我可以勇敢地说，假如可以弥补这种罪行的话，那么我在晚年所经历的那么多悲惨遭遇和四十年来不管条件多么艰苦我都一直保持诚实和正直，就是对它进行的弥补。更何况，有这么多人帮可怜的玛丽永报仇，不管我把她害到了多么惨的境地，我都不害怕死后对我的处罚了。有关这件事我要说的就到此为止了。请允许我以后不再提了。

第三章

　　我刚到维尔塞里斯夫人家时是什么样,现在我离开时还是什么样,几乎一点都没变。我又到我的女房东家住了五六个星期。这段时间,我因为年轻气盛,又没什么事可做,心情一度非常郁闷。我每天神神道道,坐也不是,站也不是,就像在梦境中一样,时而哭,时而叹气,有时希望得到一种自己不清楚而又觉得自己没有的幸福。我难以把这种处境描绘出来,甚至也极少有人可以想象出来,因为对于这种不仅带给人忧愁又带给人幸福的丰富生活,在它还没有到来前,大多数人都已经陶醉其中,并提前品尝到了美味。我那汹涌的血液不停地给我注入很多姑娘和女人的形象,可是,我并不知道她们到底有什么意义,我只好让她们跟着我的怪异想法不停地活动。此外,我就不知道应该如何了。这些怪异的想法让我的官能一直处于亢奋的状态中,可是这种亢奋是让人痛苦的,可是多亏我这些怪异的想法没有告诉我如何摆脱这种难受的状态。只要能和一个像戈登小姐那样的姑娘相遇,并和她相处十五分钟,就算付出我的生命,我也在所不惜。可是,如今已经不是无忧无虑的儿童时代了。随着年龄的增长,羞耻,这个和恶意识形影不离的伙伴越来越强大,这就让我那与生俱来的腼腆越来越强烈了,甚至达到了难以抑制的程度。不管是当时还是以后,尽管我知道我所认识的女性并没有那么矜持,而且我几乎可以肯定地说,只要我开口,我绝对可以如愿。可是,除非对方先向我示好,采用某种方式强迫我,要不然我是不敢鲁莽上前的。

　　我的郁闷程度越来越重,已经快达到顶峰了。因为我自己的欲望得不到满足,我就采取极其荒谬的行为来挑拨。我经常跑到偏远的小路或隐蔽的角落里去,这样我就可以在异性面前远远地做出我本来想在她们面前表现出来的样子。我要让她们看到的不是淫荡的部分——我压根儿都没往这方面想过,而只是我的臀部。我要在女人面前,把我自己那种愚不可及的乐趣表现出来,这是极其可笑的。我觉得这样和我所向往的待遇近在咫尺，我非常肯定，只要我有勇气等下去，肯定会有个奔放的女人在经过我身边时，带给我这种乐趣。结果，这种愚不可及的行为所闯的祸差不多也一样荒谬，可是我并不是很高兴。

有一天，我到一个院落的尽头处去了，这个院子里的姑娘们时常要到这里的水井来打水。院子尽头有个小斜坡，有好几个过道可以直接从这里到地窖里去。我在幽闭的环境中观察了一下这些地下通道，我觉得它们长长的、黑黑的，便想当然觉得这些小道尽头是有出路的。于是我想，假如人们看到我或想要抓我时，我可以往那里面逃。我正是凭着这种自信，当有姑娘前来打水时，我就在她们面前恶作剧，做一些怪模怪样的动作，这其实和勾引一点都不像。那些最机智的姑娘视而不见，有一些人只是一笑而过，还有一些人则觉得受到了莫大的羞辱，竟然尖叫起来。有人朝我这边跑过来，于是我躲到了避难所。我听到有个男人在讲话，这是出乎我意料的，我一下子不知道如何是好了。我也不怕迷失方向，只是铆足了劲跑向地道里面。那个男人一直跟在我后面，喧闹声、吵闹声不绝于耳。我原本想借着黑暗可以藏起来，谁曾想到前面竟然有光了。我全身都忍不住开始颤抖，我又往前蹿了一会儿，到了一堵墙前面，无法再前行了，只好在原地待着。没多久，一个大汉就追上我了。那个大汉留着大胡子，头戴一顶大帽子，腰间挂着一把刀。四五个手拿笤帚把的老太婆跟在他后面，那个检举我的小坏丫头也在她们中间，她肯定是想亲眼看看我。

腰间挂着一把刀的那个男人一把把我的胳膊拽住，严厉地喝问我准备在那干什么。可以想象，我并没有回答他。可是，我冷静下来，在这种紧急关口，我突然想到了一个很神奇的脱身之计，取得了显著的成效。我可怜兮兮地请求他，请求他同情我的年轻和现状，我说我出身于一个有钱人家，是从外乡逃到这来的，可是有时会犯精神病，害怕家里人把我关起来，所以逃了出来。假如他把我抓了，我就无路可走了。他如果愿意放我一马，终有一天，我一定会报答他的大恩大德的。我的话和我的惨样产生了让人难以预料的效果：那个恐怖的大汉竟然心软了，只是呵斥了我一两句，没再多说什么，就让我走了。我走的时候，那个年轻的女孩子和那些老太婆还很不服气。我觉得，之前让我望而却步的男人竟然帮助了我，如果只有她们在场，我不可能这么轻易就走掉的。我不清楚她们小声嘀咕了什么，可是我并不在乎，因为只要那个男人和那把刀置身事外，像我这样健壮机敏的人，完全可以对付她们手中的武器和她们自己。

几天以后，我和我的邻居——一位年轻的神父正走在街上，迎面碰到了那个带刀的男人。他也把我认出来了，模仿我的语气讥笑我说："我是个亲王，我是个亲王；我也是个傻瓜，请您让殿下离开这儿吧。"此外，他没有再说其他的话。我低着头迅速离开了，对于他给我留的情面，我心里由衷地表示感激。我看得出来，那些恶老婆子一定会笑话他太容易相信人了。可是，虽然他是个皮埃蒙特人，还是一个很忠厚的人，只要我一想起他，就会觉得很感激。因为这件事太可笑了，除了他，无论是谁，就算只是为了嘲笑我，也会让我难堪的。这件风险性极大的事，尽管没有带来我所害怕的那些后果，却让我本分了很长一段时间。

住在维尔塞里斯夫人家期间，我结交了几个朋友，我时常和他们一起交谈，希望有一天，他们会帮助到我。其中一个是萨瓦神父，人称盖姆先生，我经常去拜访他。他担任麦拉赖德伯爵家的孩子们的老师。他年纪还不大，极少和别人往来，他是一个很理智的人，为人正派，而且卓有学识，是我结交的最高尚的一个好人。我之所以经常去他那里，并不是想要得到他的资助，以他现在的名声还不能帮我安排一个合适的位置。可是，我从他身上得到了我受用一生的极为珍贵的东西，那就是完善的道德训诫和科学的名言警句。在我的嗜好和思想转化过程中，要么太崇高，要么太无耻；要么是阿喀琉斯①，要么是忒耳西忒斯②；要么变成英雄，要么变成泼皮。盖姆神父反复劝说我做一个本分的人，让我形成科学的自我认知，既不骄纵我，也不让我失去信心。在谈话中，他非常尊重我的天性和才能，可是同时也给我指明了他所发现的，会对我的发展带来影响的桎梏。所以，他觉得，与其说我的天性和才能是让我通向富贵的台阶，倒不如说是让我不羡慕富贵的保证。我所拥有的人生理念都是错误的，他把人生的真实画卷展现在我的面前。他告诉我，贤德的人如何才能摆脱逆境，拥抱幸福，如何才能不惧逆风，奋勇向前，抵达幸福的港湾。他告诉我没有美德就没有真正的幸福的原因，还告诉我不管在什么境况中，一直都要做一个贤德的人的原因。他大大削弱了我对达官贵族的羡慕，而且向我证实，相比那些被统治的人，统治别人的人不一定就更贤明，也不一定就幸福一些。直到现在，我还能想起来他跟我说过的一句话，大概意思是，如果每个人都能看出来别人心里在想什么，那么他就会意识到，愿意后退的人肯定要比愿意往上爬的人多得多。这种真切感人并且实实在在的观察，带给了我特别大的帮助，让我一生之中，一直安然自若于自己的地位。他让我初步了解到了一些德行的概念，我之前那点浮于表面的趋势在对德行进行理解时，都只是从德行的极致的角度出发。他让我意识到，热爱高尚的美德在社会上几乎没什么用。他让我领悟到，过于亢奋则容易转入

①　阿喀琉斯，荷马史诗《伊利亚特》里的英雄。
②　忒耳西忒斯，《伊利亚特》中最卑鄙的人。

低沉;坚持不懈地履行自己的义务,所需要的恒心并不比完成英雄事业所需要的恒心少。他还让我明白:把小事情做好更容易得到幸福和荣耀,相比让别人夸奖多次,时常受到人们的尊敬要好得多。

要想对人类的各种义务加以确定,就必须寻根求源。更何况,因为我所采用的渠道,和我现在的处境,我们当然要对宗教问题进行一下探讨。人们已经知道,我在《萨瓦助理司铎》一文中提到的那个叫司铎的助理,最起码大部分是以这位品质超群的盖姆先生为代表的。可是,因为洁身自好的理念,他说话非常谨慎,因此在谈论某些具体问题时,他会有所保留。可是此外,他的教训、观念、建议都是一样的,甚至连规劝我再次回到家乡的话,都和我之后公之于众的意见一样。所以,他想说的内容人尽皆知,我就不需要再多费口舌了。我只声明一点:他的教训是贤明的,尽管一开始它并没有起到作用,可是却变成我心中道德和宗教的启蒙,这种启蒙一直都在,只待有一个更可爱的手来加以培养,就会生根发芽。

我当时的改教尽管不太牢固,可是我却有所触动。对于他的谈话,我一点都不厌恶,反而很喜欢,因为他的话很简洁,尤其是我感觉到他的语言中对我充满了真正的关心。我的心原本就是充满热切的,相比那些真真切切帮助了我的人,我更热爱那些希望好好待我的人。在这方面,我的反应很灵敏,不会出错。因此,我对盖姆先生是真心喜爱。可以说,我是他的第二弟子,即便在当时,这也给我带来了极大的益处。因为这一时期,我每天都浑浑噩噩地生活着,正滑向罪恶的深渊,是他把我拉了回来。

有一天,罗克伯爵出人意料地派人来喊我。因为之前我不止一次去找过他,可是都没有见到他,所以觉得很无趣,就没有再去。我觉得他要么把我忘了,要么对我没什么好印象。事实上我错了。他曾经多次看到我在他姑姑那里工作,而且工作得很开心,他甚至跟她提起过,自己是如何看待我的。这件事连我自己现在都忘记了,他却反复跟我说。他友好地接待了我,告诉我,过去,他不想用好听的承诺敷衍我,耍耍嘴皮子,而是一直在想办法帮我找工作,现在终于找到了。他给我开辟了一条康庄大道,至于以后的路怎么走,就取决于我自己了。他给我找的是一个有权有势的人家,还很有声誉,我不需要再另外找保护人就可以平步青云。尽管一开始,因为我的身份是仆人,我只能得到仆人的待遇,可是他说我根本不用担心,只要人家看到我的学识和行为比我的身份要高,就一定不会让我继续做仆人的。我一开始的美好希冀到了这段谈话的最后被冲淡了不少。我在心里自暴自弃地说:什么!一直当仆人!可是没过多长时间,我的一种自信心就打垮了这种想法。我觉得我这个人生来就不是为了做仆人的,不需要担心别人一直让我做仆人。

我被送到了德·古丰伯爵的家里。德·古丰伯爵是王后的第一侍臣,声名卓著的索拉尔家族的族长。相比这位令人尊敬的老人对我温和友善的接待,他的严肃态度更让我触动。他关心地询问了我几句,我也直截了当地回答了他。他对罗克伯爵说,我长得很可爱,肯定是个很有才华的人。他觉得我一定拥有很多才华,可是不能就这样对一切下定论,还得对其他方面进行了解。之后他又跟我说:"孩子,万事开头难,可是你的事,开头不会太难。要认真懂事,想方设法让大家都喜欢你,这就是你现在的工作,仅此一项。此外,你要有胆量和恒心,我们会关照你的。"他马上把我带到他的儿媳布莱耶侯爵夫人的房间里,而且对我进行了介绍,然后又在他儿子古丰神父面前介绍了我。我觉得这种开始是个好兆头。我已经可以充分判定:如果接受一个仆人,是不会有这样的礼节的。实际上,他们并没有把我看作仆人。我吃饭是和管事的人一起,我也没有被要求穿上仆人的衣服。年轻而鲁莽的德·法弗里亚伯爵要我站在他的马车后面,可是他的祖父不允许我跟在任何马车后面,不允许我和任何人一起出去。可是,我还是要服侍别人吃饭,做着和仆人几乎一样的事情。可是我比较自由,不需要专门伺候某一个人。我每天的工作就是记录下别人口述的信,有时给法弗里亚伯爵剪几张画纸,其他时间几乎都属于我自己。我并没有发现,在这样的条件下生活是极其危险的,甚至不符合常情。因为一直生活得这么悠闲,会让我沾染一些本不该有的坏习惯。

值得庆幸的是,这样的事情并没有发生。因为我一直牢牢地记着盖姆先生的教诲,而且我非常喜欢他对我的教诲,有时我会偷偷跑去他那里,聆听他的教诲。我相信,那些经常看到我跑出去的人们,绝对不会想到我会去他那里。他对我的行为所给出的指导,实在是再合适不过了。我一开始工作确实非常优秀,所有人都很满意我表现出的勤奋和热心。盖姆神父及时教育了我:一开始的热情不能太过分,要不然,等到后来稍微一松散,就非常明显了。"你刚来时的表现,"他跟我说,"人们会以此作为以后要求你的标准,你要合理利用你的力气,方便日后完成更多的工作,可是你要注意,做事一定不要半途而废。"

因为我那点小小的才能并没有被人注意到,大家只是觉得我有点天赋而已。因此,虽然伯爵曾在这方面跟我交流了不少,可是,看上去,如今他们还是不太想让我的长处派上用场。这时,又发生了不少麻烦事,我就几乎被人遗忘了。古丰伯爵的儿子德·布莱耶侯爵是宫廷派驻到维也纳的大使,当时宫廷里动荡不安,家庭也深受影响,一连几个星期,家里都是乱作一团,就更没有精力考虑我的事情了。在这以前,我对工作一直很上心。这时却发生了一件对我既有好处,也有坏处的事情。一方面它可以让我不受外面的诱惑,另一方面也让我开始懒怠自己的工作。

德·布莱耶小姐和我年纪差不多大。她肤白貌美,体态婀娜,头发黑黑的,尽管本质像棕发女郎,可是却可以从她的面庞上看出金发女神的柔和神态,这正是她吸引我的地方。和少女非常吻合的宫廷礼服,把她那婀娜的身材展现得淋漓尽致,她的胸部和两肩露了出来,尤其因为她当时正处于丧期,肤色看上去更加动人。有人说一个仆人是不应该关注到这些的。当然,这不是我应该关注的事情,可是,我还是注意到了,事实上远不止我一个人关注到这些。膳食总管和仆人们在用餐时,都会用特别粗俗的话来评论这件事,我听了不知道有多么难受。我并没有痴心妄想到马上和她发展成男女朋友,我时刻记得自己是什么身份,我老实本分,完全没有这方面的想法。我喜欢看布莱耶小姐,喜欢听她说一些有才华、有理想,而且可以表现出崇高品质的话。我的企图只限于服侍她时从中感受到的愉悦,只会在自己的职责范围内行事,从来不会越雷池半步。在吃饭的时候,我会尽可能履行这种职责。假如她的仆人暂时离开了她,我会马上跑过去接替他,如果这种情况没有出现,我就会跑到她对面站着,紧紧盯着她那双眼睛,看看她有什么需要,找机会给她换盘子。我太渴望她吩咐我做事了,给我递一个眼色,跟我说句话之类。可是,我什么也没有得到。最痛苦的就是我在她眼里几乎是透明的,她丝毫不关心我站在那里。可是她的兄弟在吃饭时有时还会和我交谈几句。有一次他对我说了一句有点粗鲁的话,我机智而委婉地回答了他,这时她抬头看了我一眼。尽管只是看了一眼,可是我却兴奋极了。次日,我又好好利用了一次这样的机会。那一天,举行盛大的宴会,我头一次看到膳食总管戴着礼帽,腰间还佩戴了短剑,这让我惊讶万分。话题意外转到了绣在带有贵族标志的一面壁锦上的索拉尔家族的一句铭文"Tel fiert qui ne tue pas"上。因为皮埃蒙特人对法文不太熟悉,有一个人觉得这句题词中出现了一个书法上的漏洞,说"fiert"这个字中的"t"字母是多余的。

古丰老伯爵刚准备回答,可是,当他看到我只是微笑着不发一言时,就点名让我说话。于是我说:"我觉得这个't'并不多余,理由是,'fiert'是一个古法文字,并不是来自名词'ferus'(敬重、威吓),而是来自动词'ferit'(他打击、他打伤)。因此我觉得这个题词并不是想表达'威而不杀'的意思,而是想表达'击而不杀'的意思。"

大家都看着我,明显被我的表现惊呆了。在我有限的一生中,从来没有人这么惊讶地看过我。可是,我最高兴的是布莱耶小姐的脸上也露出了赞许的表情。这位极其高傲的少女又看了我一眼,这一次最起码和第一次一样宝贵。接着她又看向她的祖父,似乎急切盼望着他表扬我。老伯爵以极为自豪的语气大力褒奖了我,导致所有在场的人都对我赞不绝口。尽管这一时刻极为短暂,可是不管从哪个方面来看,都是让人心旷神怡的。这个时刻真是太难得了,它让事物合情合理的秩序得以恢复,而且帮我那因为被命运欺负而被小看了的才能报了仇。没过几分钟,布莱耶小姐再次抬头看着我,用一种轻柔又委婉的声音叫我帮她倒点水。人们不难想象,我是不可能让她等太长时间的,可是,当我走到她身边时,我因为太激动了,全身竟然都开始颤抖,杯子里的水倒得太满了,洒落到盘子上,她的身上也被洒了一点。她的兄弟冒昧地问了我一句,你怎么全身抖动得这么厉害。他这一问,我更加紧张了,而布莱耶小姐的脸也红了,甚至白眼珠都在泛红。

到这里,这段故事就没有下文了。读者可以发现,这次的情况和之前巴西勒太太的情况没有区别,甚至和我以后的人生经历都没有区别,我的恋爱一直都是无疾而终。我满怀希望地站在布莱耶夫人的外间屋,可是她的女儿再没有表示出半点对我的注意。她不管是出去,还是进去,都对我视而不见,我也不敢抬头看她。我甚至蠢到极点:有一天,当她经过外屋时,不小心掉了一只手套,我不仅没有飞快跑向那只我渴望已久的手套,反倒待着一动不动,最后那只手套被一个我想要掐死的笨胖子给捡起来了。我觉察到,布莱耶夫人看我的眼光并没有和别人不一样,这让我更加胆小了。这位夫人不仅从来没有指派我做任何事,而且也从来没有接受过我给她提供的服务。有两次她看到我站在她的外间屋,曾经用非常冷漠的口气询问我,是不是无事可做,于是我就赶紧离开了这间令我不舍的外间屋。一开始,我还觉得很可惜。可是不久以后,因为又遇到了其他繁杂的事,这件事便被我忘到脑后了。

尽管布莱耶夫人瞧不起我,可是她的公公待我那么好,足以让我不那么烦恼,他终于意识到了我的存在。在我所说的那次宴会的当日,他找我谈了半个小时的话。看来他非常满意这次的谈话,我当然也很满意。这位和蔼可亲的老人也是个才华卓绝的人,虽然和维尔塞里斯夫人相比,他稍许逊色些,可是他却比维尔塞里斯夫人热诚。在他面前,我做什么事都比较顺利。他叫我去做他儿子古丰神父的仆人,说这位神父对我很满意,并说假如我可以把这种关心利用好,不仅会有利于我,而且还可以让我得到以后别人帮我安排工作所需要的条件。次日一早,我就飞速赶到这位神父先生那里去了。他完全没有把我当作仆人,而是让我坐在他的火炉边,用非常亲切的态度跟我说话。从我们的交谈中,他马上发现我过去学了不少东西,可是没有一门是精通的。他觉得我最差的就是拉丁文,于是准备做我的拉丁文老师。我们商量好我每天一早就去他那里,而且我从第二天就开始实行了。这是我一生中反复遇到的怪事:在同一时间,我既处在高于自己身份的位置,又处在低于自己身份的位置;在同一户人家,我有徒弟和仆人的双重身份。可是在我做仆人时,却会遇到一个名门家庭教师,而这样的殊荣只有君王之子才能享受到。

古丰神父是他家年纪最小的儿子,家里的目标是想让他做主教,因此相比一般的名门子弟,他所受到的教育还要高一些。他曾经去锡耶纳大学上过学,从那里学到了颇有造诣的有关修辞主义的学问,导致他在都灵的地位相当于之前且茹神父在巴黎的地位。因为他不喜欢神学,所以他就在文学上下功夫。对于在意大利进行圣职的人们来说,这样的事稀松平常。他读过不少诗,会写极好的拉丁文诗和意大利文诗。总之,他具备培养我兴趣的资格,也有相当的兴趣梳理我脑子里杂七杂八的东西。可是,也许是因为我太擅长讲话,导致他不知道我到底掌握了多少知识,我才在他的要求下翻译了几篇菲得洛斯①的寓言,他就开始指导我翻译维吉尔的作品,而我几乎一无所知。以后,大家会发现,这样我就不得不时常把拉丁文拿出来复习,而且我这一辈子也别想把拉丁文学好了。事实上,我还是很热心学习的,这位神父先生孜孜不倦教我的好意,我现在想起来还会非常感恩。早上的大部分时间,我都是和他待在一起,他给我上课用掉一半的时间,我给他干活用掉另一半时间。我给他干的活并不是侍奉他,他也不允许我帮他个人做什么事情,只是给他或在他口述下,我记录或抄录一些东西。做秘书工作所得到的好处,要远大于做学生所得到的好处。我不仅学到了最正宗的意大利语,而且也开始喜欢文学,而且还得到了一定的对好书进行分辨的能力,从特里布女租书商那里,我是不可能获得这种能力的,这极大地帮助了我后来单独进行写作。

在这期间,我不仅没有想一些不切实际的东西,还能够合理地对自己提出希望。这位神父先生很看好我,而且一见到人就说,他父亲对我的欣赏就更甚了。法弗里亚伯爵曾经跟我说,他已经在国王面前提到了我。布莱耶夫人这时也不再鄙视我了。最后,我在他家里终于开始得宠,所以也让别的仆人非常嫉妒我。他们看到我荣幸地接受主人的儿子的教育,当然就会觉得,终有一天,我的地位会高于他们。

我偶然间听到别人说了一些有关对我的安排,我认真进行判断以后又深思熟虑了一下,我发现想要担任大使而且期望将来出任大臣的索拉尔家族,想要提前培养一个卓有能力的人。因为这个人完全以他们为依靠,今后他家可以信

---

① 菲得洛斯,公元前一世纪的罗马寓言作家。

任他,而且他也可以忠诚地服务于他家。古丰伯爵的这个计划不仅崇高,而且伟大、英明,果然是一个和蔼而具有远见卓识的大贵族的计划。可是,我当时没有领悟到这个计划的伟大之处,用我的脑袋来想,这个道理有点太深奥了,而且需要服从很长的时间。我那不可遏制的企图只想通过奇遇表现出来,我看到这里面和女人无关,就觉得这种平步青云的方法是没有快乐可言的,也是漫长的。事实上,越是没有女人加入其中,我越应该觉得这方法更宝贵、更可靠。因为女人们所珍爱的才能,肯定不如我的才能。

所有一切都进行得非常顺利。差不多已经让所有人都关注到了,考验已经结束。这家里的人现在都觉得我是一个会有大出息,只是现在没有被派上用场的青年,人们正渴望我能获得一个合适的位置。可是,我合适的位置是通过截然不同的渠道获得的,而不是由人给我指定的。现在我要把我一个原有的缺点说出来了,这一点不需要经过审慎的思考,只需要给读者把事实陈述清楚就行。

尽管在都灵,像我一样想改变教派的人不少,可是我对他们没有好感,也不想和他们中的任何一个人产生交集。但是,我却遇到过几个没有信服天主教的日内瓦人,他们中间有一个外号叫作“歪嘴”的穆沙尔先生,是一位细工画匠,和我还有点沾亲带故。这位穆沙尔先生在古丰伯爵家中遇到我以后,就给我带来一个老朋友,我当学徒时一个叫作巴克勒的伙伴来看我,他是个日内瓦人。我这个伙伴是个很有情趣、非常好动、诙谐幽默的人,因为他是个年轻人,那些话听起来就特别悦耳。我很快就对他产生了好感,以至到了和他形影不离的地步,可是过不了多久他就要回到日内瓦去,这会严重损害到我。最起码在他走以前的这几天,我要好好把握住,我似乎无法和他分开了,或许更准确地说是他无法和我分开了,因为一开始我还未痴迷到没有请假就跑出去跟他玩儿一整天的地步。可是,没过多久人们就察觉到他每天都要来找我,而且是跟我无休无止地纠缠,因此门房都禁止他入内了。可是这样我就着急了,任何东西我都看不见了,我的眼里只有我的朋友巴克勒了,我不仅不去侍奉伯爵,也不去侍奉神父,家里就跟没有我存在一样。他们训斥我,我听不进去,然后他们就以要辞退我来要挟我,这样的要挟导致了我的沉沦。所以我心中有了一个打算:我不如借这个机会跟巴克勒一起离开。从这个时候开始,除去可以趁这个机会旅游之外,我无法再找到任何其他的意义。我只要想到这件事,便认为会有无尽的旅行的乐趣在等着我。更何况,这次旅行结束以后,我还能顺道去见见华伦夫人,尽管这很不切实际。我从来没有想过要回日内瓦。我眼前不断出现山川、田野、森林、河流、村庄等这所有各种新奇的美妙的形态,我所有的生命似乎都被这充满了幸福的旅程给带走了。我高兴地回忆着我来到这里时的同一旅程曾是那么迷人。更何况这次旅行，不仅有那种悠然自得的魔力，还有另外的魔力。有一个志趣相同、年龄相当的温柔的朋友结伴而行，并且没有任何牵绊、没有任何使命、自由自在，是去是留全凭自己的喜好，这该是多么惬意啊！一个人若是因为被那些艰难、不靠谱的企图所阻碍而放弃这样的幸福，实在是太愚昧了。就算这样的企图可以成功，不管多么璀璨，也无法和那年少时节无拘无束的快乐相媲美。

这种豪放的奇思妙想充盈了我的脑海，我最终想了个理由让他们把我赶出去。实际上，要让人把自己赶出去也挺难的。一天晚上，我从外面回来后，总管家告知我，伯爵已经下令把我的职务解除了。而这却是我梦寐以求的，因此无论如何我都清楚自己的做法是非常荒谬的。为了让自己心安理得，我又产生了一个以黑为白、恩将仇报的想法，觉得别人开除我，正好推己及人，对自己来说也就问心无愧了。有人跟我说，法弗里亚伯爵让我在第二天离开的时候去找一下他。他们觉得我已经丧失了心智，也许不会去，于是，总管家就跟我说，如果我不去就拿不到主人给我预备的钱，当然，我确实没有资格拿这个钱，因为主人没有准备让我做永久的仆人，也未给我确定工资。

法弗里亚伯爵固然是个非常轻狂和幼稚的年轻人，可是这次的谈话竟十分善解人意，我完全感觉到他对我所讲的话是出自于真心，因为他用十分温和的语气跟我细致地讲述了他伯父对我的关心，还有他祖父对我的殷切期望。之后，他非常精确地分析了我将会因为我的自甘毁灭而放弃的一切以后，主动跟我表示可以重归于好，但是要以和那个诱惑我的小恶棍不再往来作为前提条件。

很显然，他所说的肯定不是他自己的想法，尽管我迷迷糊糊的，但这时我仍然感受到了老主人的心意，所以极其感动。可是，那旅行的奇妙之感已经俘获了我的内心，无论什么力量也无法消除它的魔力。我所有的理智都丧失了，所以我更加顽固不化了，铁了心，我做出一副无所畏惧的样子，轻蔑地回答说："既然我已经被辞退了，说出的话哪有收回的道理，更何况，无论如何我也不希望在同一户人家被开除两次。"听完我的话，这个年轻人勃然大怒，这是肯定的。他骂了几句就把我推出了房间，然后关上了门。我就像赢得了一场战争一样，得意扬扬地离开了。我害怕再有人来说教，就未去跟古丰神父致谢，就卑劣地不辞而别了。

为了弄明白我在这个时期究竟有多么迷糊，一定要明白我的内心是如何因为最弱小的事物而亢奋的，还有如何竭力幻想那让我痴迷的事物的，就算某些事物有时候是虚无缥缈的。最奇异、最天真、最愚昧的规划都能蛊惑我那最骄傲的妄想,几乎让我真的以为我的计划会有实现的那一天。一个刚刚成年的年轻人,竟然把一个小小的玻璃瓶子当作自己今后的人生目标,谁会相信呢?可是请容我慢慢来讲吧。

古丰神父在前几个星期前赠送给我一个玩具,是一只十分精致的小号的埃龙喷水器,我非常喜欢。我跟聪慧的巴克勒经常一边谈论我们的旅行,一边玩这个玩具。突然有一天,我们想到这个喷水器也许会派上很大的用场,可以给我们之后的旅行增添更多的乐趣。世界上还有比埃龙喷水器更稀有的物件儿吗?我们所谓的美梦就是确立在这种不切实际的幻想的基础之上。之后我们每去一个村子,就会让老乡们来见识我们的喷水器。只要喷水器一亮相,各种美味佳肴都会延绵不断地不请自来,特别丰盛,因为我们深信那些农民是不会在乎那一点食物的,他们心地善良,会好好招待我们这些过客。我们认为,就凭我们喷水器里的水,我们只需要在哪家的盛宴或婚礼上稍稍表演一下,就可以身无分文地踏遍皮埃蒙特,踏遍萨瓦,踏遍法兰西,甚至踏遍全世界。我们制定了一个没有尽头的旅行方案,我们准备首先往北走,我们不只是为了寻找一个可以休息的地方,更是为了获取穿越阿尔卑斯山的快乐。

我最先实施的就是这个方案。我毅然决然地丢弃了我的保护人、我的老师、我的求学生涯还有我的未来,我也未曾等待那即将来临的幸福生活,就开始过起了真实流浪者的日子。别了,都城!别了,华丽的宫殿!别了,强大的野心!别了,偌大的虚荣心!别了,那动人的爱情和温柔的美人,还有我以往所期望的所有的奇遇!我和我的伙伴要带着喷水器离开了。尽管身上没有多少钱,内心却被欢喜充盈。我只管幻想着怎样去享用这次流浪生活的幸福,至于以前那些伟大的想法,我都暂时融入这种幸福里了。

此种荒谬绝伦的旅行的乐趣,确实和我所幻想的相差无几,可还是有些许不同。因为尽管我们的喷水器在旅店中偶尔也可以很讨女主人或女侍们的欢心,可是在离开的时候该付的账一分都不会少。我们没有觉得懊恼,只想在需要钱的时候再来好好地运用这个东西。一件意外的事情让我们放宽了心:喷水器在即将到达布拉芒的时候坏掉了,它坏得很及时,因为我们从内心来说已经对它失去了兴趣,只是没有表达出来。这样不好的遭遇却让我们更快乐了,我们大声地嘲笑我们的冲动,嘲笑我们丝毫都不在意我们那已经破旧无比的衣服和鞋子,却把所有的希望都寄托在那不靠谱的玩意儿身上。我们继续着我们的旅程,和刚开始启程时一样愉快,但是却一改往日的高调,静静地顺着最接近目标的道路前进,因为我们的腰包已经渐渐地干瘪了下来,我们必须直接抵达目的地。

到达尚贝里后我就开始冥思苦想了，但我并不是对我最近所做的傻事进行思考，因为不会有人可以如此快速、如此准确地对自己过去的行为分辨清楚，我想的是华伦夫人会用什么态度对待我，那时她的家被我当成父母的家。我最初来到古丰伯爵家的时候，还给她写过书信，她也知道我在那的境遇，因此在恭贺我的时候，还给我提了一些中肯的建议，指点我该怎样回报大家的恩惠。她觉得，我只要不做一些毁我前程的事，我将会永远红运当头。当她见到我的时候，又该做何感想呢？我确定她不会把我拒之门外，但是我担心她会很难过。我惧怕她的谴责，这比让我贫穷还要痛苦。我准备悄无声息地承受这一切，使尽浑身解数来让她心安。如今她是我在这世上唯一的依靠，要是她不喜欢我的话，我会活不下去的。

　　我的伙伴是最让我担忧的。我不想因为他再让华伦夫人烦心，我害怕我无法躲开他。分开的那天，我故意对他很冷淡。他虽然不太靠谱，可是不是傻子，很快就看出了我的意图。我起初觉得他肯定会很伤心，很失望，可是我错了，我的伙伴巴克勒很坦然。我们走进安讷西城门口的时候，他跟我说："你已经到家了。"他和我拥抱以后就跟我分别了，转眼间就没了踪影。之后我就从未有过他的音讯。我们的友谊仅仅维持了六个星期，可是带给我的影响却是终生的。

　　在我靠近华伦夫人的房子时，我的心急剧跳动着。我双腿打战，眼睛似乎也被什么东西挡住了。我无法看见，也无法听见任何声音，甚至于连人都无法分辨了，为了平息内心的暗涌，我渐渐放缓了脚步。是害怕无法得到我所希望的救济而心猿意马吗？在我那样的年龄，我会因为惧怕饥饿而这样慌张吗？不，肯定不会的。我敢用真挚和自豪的心情来说：在我的人生之路上，从未有过思虑贫富问题而让我兴高采烈或怅然若失的时候。在我那极其坎坷而又变幻莫测的一生中，我时常无处容身，挨饿受冻。可是我对荣华富贵和饥寒交迫的观点仍旧未变。在条件许可时，我有很大的可能会和其他人一样，或者沦为乞丐，或者去盗窃，可是却未曾如此仓皇失措过。鲜少有人像我一样扼腕叹息，像我这样流过那么多泪水的人也寥寥无几，但是这些泪水和叹息绝不是因为我所遭受的贫穷或对沉沦贫穷的惧怕。尽管我的灵魂不断经受命运的折磨，但是撇开那些与命运毫无关联的快乐和苦痛不谈，我根本不清楚那真正意义上的幸福和快乐为何物。因此，当我不再缺少那些必需品的时候，我才惊觉到自己是最不幸福的人。

　　当我站在华伦夫人眼前时，她的神色让我坦然了。当她的声音传入我的耳朵的时候，我便心潮澎湃。我猛地扑倒在她的脚下，在无比激动的狂喜中，我把嘴覆在她的手上。我不清楚华伦夫人是不是提前知晓了我的境况，我觉得她看上去一点都不惊讶。她用慈爱的眼光看着我说:"我不幸的孩子,很高兴你又回到了我身边。我想你太年轻了,这样的旅行不适合你。没事,最起码事情还没到无法挽回的局面。"然后她就让我讲讲我的状况,我没说很多话,可是讲的都是实话,尽管我漏了一部分,但是在我的叙述中,我不仅没为自己申辩,更没有纵容自己。

此时要安排我的住宿问题了。华伦夫人和仆人们商讨了一会儿。在她们谈话的时候我压制着自己的呼吸,可是我还是听到了让我住在这里的决定,我几乎要高兴得跳起来了,我看到用人把我的行李拿到指定的房间,我觉得几乎就像圣普乐见到自己的马车被带入沃尔马夫人①家的车棚时那样欢呼雀跃。最让我兴奋的是,这样的待遇是无限期的。在他们觉得我在想其他事情的时候,我听见华伦夫人在说:"无论别人怎么说,既然上帝让他回到我身边,我是万万不能对他弃之不顾的。"

我就这样住在了华伦夫人家里。但是这样的安排还不能算是我幸福生活的开始,只能被视为是给将来的幸福生活做铺垫。尽管这种让我们由衷体会到自己生命之光的内心感觉是大自然赐予我们的,而且可能还是来自人体机能本身,可是依然得有相应的环境才能加以发展。假如这种激发条件不存在,就算一个人天生感情多么丰富,他也感觉不到什么,体会不到自己的生命,就死于迷茫中了。在这以前,我基本上就是这样的人。而且,假如我从来没有和华伦夫人认识过,或者即便和她相识了,没有和她在一起生活这么长时间,没有感受到她对我的温柔体贴,也许我就会一直是这样的人了。我可以肯定地说:如果只是体会过爱情的人,还不能领悟到人生中最美好的东西。我还有一种感觉,可能这种感觉没有爱情那么炽烈,可是相比爱情,它却更美好得多,有时它和爱情合二为一,可是通常又无关爱情。这种感情并不是单纯的友情,相比友情,它要浓烈得多,也要温和得多。我并不觉得它可以在同性朋友间发生,最起码,尽管我是一个爱好结交朋友的人,我却从来没有在任何同性朋友身上有过这种感觉。这现在还是模糊的,可是今后会明白的,因为只有通过它的表现,情感才能讲明白。

她住的房子一看年代就很久远了,外客厅是其中一间美丽的空屋,现在我就被安排在这里。我在前文已经提到过,我们首次见面的过廊就在它的外面,从屋子里往外看,小河和花园那边的田野尽收眼底。住在这里的一个年轻人不可能对这种景色毫无触动。这是我从包塞离开以后首次看到自己的居室外有

---

① 圣普乐和朱丽·沃尔马夫人,《新爱洛伊丝》里的主人公。

如此美丽的田园风光。一直以来我住的环境都比较封闭,映入眼帘的不是屋顶就是灰色的街道。这种奇特的景色太美了,也太触动人心了!它让我更加倾心于柔情了。这种迷人的景色也被我视为我那亲爱的保护人的一种恩赐,我觉得这种景色是她专门给我安排的。我幻想着自己闲适地跟在她的身边,在姹紫嫣红间,随处都可以看到她。她的美和春天的美合二为一,让我大饱眼福。到了这样的环境,我那颗一直沉寂的心开始活跃,我的呼吸也变得更加自由了。

在华伦夫人家中,我没有见到像都灵那样的繁华,可是这里给我的感觉是干净、严肃,以及和奢华截然不同的古老世家的富裕。什么银质餐具、瓷器,在她这里都是看不到的。餐桌上也见不到野味,地窖里也没有储存外国酒。可是,不管在什么地方,都储存了很丰富的食物,可供大家享用。她给客人盛上等咖啡,用的只是陶制的杯子。不管何人来拜访她,她都会让别人留下来用餐,或是和她一块用餐,或者让他单独用餐。不管是什么身份的人,都是吃了喝了才走的。她的仆人中有个侍女叫麦尔赛莱是弗赖堡人,长得很美。有一个叫克洛德·阿奈的男仆和她来自同一个地方,我以后会再说到这个人的事。还有一个女厨子和她出门见客时会雇用的两个轿夫,她出门的机会很少。要支付这么多花费,两千利勿尔的年金真的是捉襟见肘,可是在一个货币值钱、土地肥美的地方,如果合理安排她这笔不高的收入,本来也是足够的。遗憾的是,她从来不把节俭当作好品质,她靠借债来支付所有费用,钱借过来了,随手就又用了,手里不会留下余钱。

她的理家方式,和我想要使用的方式刚好是一样的。人们可以相信,我正乐在其中。只是要让我长久地待在饭桌那里,我会很不愉快。华伦夫人对汤菜刚端来时的气味很是敏感,一闻到差点都要晕过去,而且这种不好的感觉会持续很长时间。她需要慢慢恢复过来,这时她不吃东西,只是说话。直到半小时过后,她才慢慢吃东西。而在这么长的时间内,我可以吃完三顿饭。一般情况下,她还在恢复状态中,我已经吃饱了。为了陪她一块吃,我必须再开始吃,相当于连续吃了两顿,可是我并没有觉得这样有什么不好。总的来说,待在她身边的感觉很幸福,我一分一秒都不舍得放过,尤其是在我毫不担心对这种幸福生活进行维持的经济状况时,这种感觉就更好了。一开始,我对她的家庭没有进行深入的了解,我还觉得她的家一直就是这样呢。就是在以后的一段时间里,我也这样觉得。可是,当我慢慢对她家的现实情况有所了解时,知道她已经提前动了自己的年金时,我的快乐就开始有愧了。我的享受会受到将来各种顾虑的阻挠。我预想到将来我什么也得不到,而于我是难以规避的。

从初次见面开始,我们之间就有了最为紧密的联系,在这之后漫长的一生中，我们之间的关系一直没变。她称呼我为"孩子"，我则称呼她为"妈妈"，甚至后来随着岁月的流逝，我们之间的年龄差异越来越小时，我们也依然维持着这种称呼。我觉得这两个称呼很好地表达出了我们彼此间交往的意义和我们彼此质朴的态度，尤其是我们彼此心灵上的关联。她待我就像一个最慈祥的母亲一样，从来只看重我的幸福，而无视自己的快乐。就算我对她的感情中糅合的有感官成分，感情的性质也不会因此被改变，而只会变得更加有滋有味，让我觉得我急切想要沉醉在有个年轻漂亮妈妈的关爱中。事实上，我是从"关爱"这个本意来说的，因为她总是极尽所能地给我亲吻和像母亲一般的关怀，我也从未想过肆无忌惮地使用这些关爱。也许有人说，到最后，我们的关系会不一样，我并不否认这一点，可是这要先放一放，因为我不能一下说完所有事情。

她真正让我动心的时刻只有我们初次见面的那一刻，即使这个时刻也是产生于惊奇中。我那冒犯的眼光也从来没有在她项中以下的部位搜寻过，虽然这个还可以遮盖得更严实的丰满的部位极易吸引我的关注。在她身边，我既没有难以遏制的激情，也没有什么热切的渴望，我只是觉得很安宁，享受着一种难以言表的快乐。我可以一直这样待在她身边，甚至想一生都这样，也不会觉得有一丝一毫的厌烦。和她单独待在一起时，我从来不会觉得单调乏味，不像和别人交谈时，时不时会觉得很枯燥，可是为了表现得体，还得继续交流下去，就像受刑一样。我们两个人单独在一起交流，与其说是在沟通什么事情，不如说一直在聊天更确切一些，倒是需要如何让我不讲话。因为她不停地思考自己的安排，通常会沉迷其中。好吧，就让她好好思考思考吧！我安安静静地看着她，觉得自己是人世间最幸福的人。我有一个很古怪的秉性，尽管我没有刻意去寻找这样的机会，可是却也没有放弃寻找，并尽可能享受其中。如果有个让人生厌的人过来打扰我，我会气得双眼通红。不管是谁来，我都嘀咕着让他赶紧走，我无法容忍我和她单独相处时还有另外一个人在场。我在她的外室数着时间过，无数次谩骂那些久留的客人，我无法想象他们为什么有那么多的话要说，因为我自己还有更多话要讲。

只有当我无法看到她时，我才会发现自己对她的爱恋有多么炽烈。当我可以看到她时，我只是觉得心里很高兴，可是当我看不到她时，我那忐忑不安的心会变得难受。因为想和她生活在一起，所以我的心里七上八下的，甚至常常忍不住流泪。我一直都没有忘记：在一个盛大的节日，她去教堂参加晚祷，我独自去城外散步，这时我迫切想要和她生活在一起，脑海里全部是她的形象。我心里非常清楚，现在这样的愿望是可望而不可即的，我所享有的幸福也只是暂时的。如此一来，我就更加忧伤了，可是这种忧伤并没有让我灰心丧气，因为一种让人备感欣慰的期望让它的程度减轻了不少。那一直以来让我心动的钟声,鸟儿欢快的歌唱,万里无云的天空,美丽的景色,那稀稀拉拉的田间房舍——在我的想象中,其中有一间属于我们——所有这一切美好而动人的印象,让我仿佛身处于美妙的梦境中。而在如此美好的地方和如此美好的时刻,既然我那颗心充满了它所渴望的幸福,那么就好好享受,甚至不要想到什么感官上的愉悦。在我印象中,这是我唯一一次那么用力地幻想未来。最让我惊讶的是,以后回想起来,这个梦想实现的场景和我当初的设想一模一样。如果清醒的人的梦想和先知的预想有点像,那肯定是说我的这个梦想。我的想象只有一个错误,那就是出现的时间长短上,因为在我想象中,这种平静的日子会持续很久,可事实上只持续了很短的一段时间。唉,我那最现实的幸福原本只是虚幻的,几乎在它刚要实现时,我马上就回到了现实。

如果我要仔细地描述,我最爱的母亲不在我身边的时候,我由于想念她而做过的各种蠢事,可能一直都说不完,看到我房间里的床,我就想到她也曾睡在上面,我就会不由自主地去亲吻它,当我想到她曾用她那温柔的手抚摸过我的窗帘以及我屋里全部的家具时,我更会情不自禁地无数次亲吻它们。就连我屋子里的地板,我一想到我亲爱的妈妈也曾在上面走来走去,我就会无数次地扑倒在上面。还有的时候,在她的面前,我也会做出某些不可理喻的事情,那样的行为只有在轰轰烈烈的爱情的魔力下才会产生。某天在吃饭时,她刚把一块肉放入嘴里,我大叫着说有脏东西,她便将肉吐了出来,我立马将它抓起来塞进了嘴里。总而言之,对比我和如胶似漆的情侣,只有一个区别了,同时也是最本质的区别。就是这样的区别,让我的状况从情理上来说,几乎是无法理解的。

我从意大利归来和我去意大利时的情形几乎截然相反,可是,处于我这个年龄的人几乎没有人能像我这样从那儿归来的。随我回到这里的是我那童贞的身体,而不是我那童贞的心灵。我感觉自己渐渐地成熟了,我那不安于现状的本性也逐渐显露了出来,这最早阶段的喷发几乎是下意识的,我不禁为自己的健康而忧虑,这比任何事都更确切地体现出我曾经非常单纯。没过多久,我内心的忧虑就消失了,我已经懂得了如何蒙骗本性,这种危险的方法救赎了和我一样脾性的年轻人,让他们避免了骄奢淫逸的生活,却不断损害着他们强健的身体和旺盛的精力,可能还会威胁到他们的生命。此种陋习,不仅适用于害羞和怯懦的人,也会深深迷惑那些拥有丰富想象力的人们。也就是说,他们能够无所顾忌地去抢占任何女性,能够不经许可就让自己心中痴迷的美丽女人成为自己的玩物。当我被这种不好的便利侵蚀以后,我就不断地在毁灭那自然赐予我的、很多年才保养好的强健的体魄。除去这种不好的倾向,就是我那时的生活环境:我的房东是一个非常漂亮的女人,她的美丽无时无刻不萦绕在我的脑海里,白天和她同处,晚上也在和她有关的东西里,还睡在她曾睡过的床上,诱惑我的东西太多了。读者的想象力若是朝这些方面发展,可能觉得我是个快要死的人了。可事实却正好反过来了,原本会摧毁我的,偏偏拯救了我,最起码目前是这样的。我沉醉在和她相处的欢喜中,真诚地祈祷一辈子陪伴在她的身边,无论她身在何处,我永远都把她当作一个和蔼可亲的妈妈、一个美丽大方的姐姐、一个让人心动的女友,除了这些,再也没有任何其他的想法。我一直这样对待她,无论在什么时候,我的世界都只有她的存在。她那诱人的模样无时无刻不占领我的内心,我的心中已容不下其他人。于我而言,世界上的女人只有她一个。她带给我的情感是异常柔软的,以至于我的欲望无法再被别的女人激发。对我而言,这样的情感保护了她和所有女性的安全。总之一句话,因为我深爱着她,所以我非常的忠诚。我对这些情形表述得不太清晰,以至我对她的迷恋到底该归为哪种本性,别人想怎样说就怎么说吧。站在我的立场,我可以表达的一点就是:若是这样的迷恋现在已经表现得非常诡异,那么我之后所讲的会更加不可思议。

我用非常愉快的情绪来打发我的时间,但是我平日里做的全是些我不喜欢的事情。要么是起草规划书、誊抄账本、誊写药方,要么是选择药草、捣碎药料、监管蒸馏器。除去这些纷繁的事情,还必须招呼很多路过的客人、乞讨者或各种各样的到访者。我需要同时应付教士、士兵、药剂师、贵妇人或修道院的杂役。我嘴里不断地咒骂着、嘀咕着、诅咒着,诅咒这些让人厌恶的家伙被阎王抓去。但是华伦夫人看到什么都是笑意盈盈的,看到我那气愤的表情,她竟然笑得眼泪都流出来了,好像我越气愤她就越开心似的,使得我也跟着笑了起来。我喜欢絮叨的时候也是妙趣横生的时刻。若是刚好在斗嘴时忽然来了一个厌烦的客人,她就会借这样的时机来增加新的笑点,那就是故意为了寻开心来拖延待客的时间,还不断地看我,惹得我特别想打她一顿。但是当她见到我因为礼貌的约束无法应对并用发怒的神情看着她时,她才会稍稍克制一下。尽管我非常生气,可是那时我的内心还是觉得这一切都是异常搞笑的。

这一切或许都不是我最钟爱的,可是因为这些事情组成了我所热爱的生活习惯,我便认为很有意思了。总而言之,我身边所呈现的任何事,还有别人让我做的事,哪一件都不合我的胃口,但却如我的意。若不是因为我不爱好医学,持续产生了一些让我们感到快乐的场景的话,我觉得我最终还是会钟爱医学的。这或许是这类技艺首次创造了愉悦的功效,我自信是不是医学书我一嗅就能分辨出来,并且很有意思的是,我弄错的机会少之又少。她常常让我试吃那些让人作呕的药剂,尽管我一见到就不想去尝或者想躲开,可是都徒劳无功。无论我如何抗拒或做出诡异的表情,无论我是如何的不愿而咬紧牙关,我一看见她用那漂亮的手指拿着药喂我吃的时候,我都会不由自主地张开嘴巴。在她把全套的制药器具都搬到我房里时,若是有人只在外面听见我们在房间里叫啊、跳啊、跑来跑去的声音,肯定觉得我们在演什么笑剧,不会觉得里面是在研制药剂。

我的时光不全都消耗在这样的打闹里。我在自己的房间里翻到了几本书,那些书有《旁观者》①、普芬道夫②的集子、圣埃弗尔蒙③集子以及《拉·亨利亚德》④。尽管我对书籍不像以往那样痴迷,不过闲下来的时候我还是会翻翻它们。《旁观者》是这中间我最喜爱的一本,我从中获得了很多启示。古丰神父以前教我读书时曾说,读书不在多,在于必须要常常思考,这样的方法让我受益匪浅。我非常注重语句的构造和精美的文体,对于辨识纯正的法语以及我的方言土语已十分精通。比如,我读了下面《拉·亨利亚德》中的两行诗以后,就纠正了我和所有日内瓦人通常会犯的一个书法上的误区:

Soit qu'un ancien respect pour le sang de leurs maîtres

Parlât encor pour lui dans le coeur de ces traîtres. ⑤

Parlât 这个字引起了我极大的关注,我从这里明白了得有一个"t"字存在于动词虚拟式的第三人称中。过去,不管是书写还是发音时,我都和直陈式的过去时一样,也是用的 Parla。

有时,我会在妈妈身边诵读我所读的书,有时会和她交谈,这让我很是开心。我尽可能更加声情并茂地读,这样也会有益于我。在前面,我说过,华伦夫人是一个素质很高的女人,而且当时正是她的才华最熠熠生辉的时刻,有几个文人争先恐后讨好她,告诉她如何对优秀的作品进行欣赏。假如这样说合适的话,我觉得她还带有一点新教徒的韵味,我时常会从她的口中听到皮埃尔·拜勒⑥,她还非常敬仰那位早就消失在法国历史长河中的圣埃弗尔蒙。可是这并没有妨碍她深刻地理解优秀的文学作品,还有对她产生影响的比较独特的看法。她成长于上层社会,年纪轻轻时就到了萨瓦。因为时常和当地的上层人物

---

① 《旁观者》,英国文学评论家艾迪生(1672~1719)的作品,一七一四年首次翻译成法文出版。

② 普芬道夫(1632~1694),德国史学家,法学家。

③ 圣埃弗尔蒙(1610~1703),法国作家。

④ 《拉·亨利亚德》,伏尔泰的长篇史诗。

⑤ 这两句诗的大概意思是:也许是因为长久以来的对主人后裔的尊重,此时这些叛徒还在心中为他说情。

⑥ 皮埃尔·拜勒(1647~1706),法国评论家,哲学家,他是十八世纪自由思想的先驱者。

打交道,很快她身上就不见了故乡伏沃那种刻意的情调。在她的故乡,女人们通常会觉得上层社会的特色就是说一些诙谐的话,所以只会讲一些格言。

　　尽管她只是匆忙扫了一眼宫廷,可是这也让她对宫廷有了一定的了解。她在宫廷一直都有一些朋友,虽然有人私底下里对她很是妒忌,虽然人们会议论她的作风和债务,可是她一直都拥有年金[①]。她懂得为人处世,又有擅长利用这种经验加以思考的大脑,这也是她最引以为傲的话题。对于我这种总是沉浸在幻想中的人来说,有必要多倾听一些她在这方面的心得。我们一起读拉勃吕耶的作品。相比拉罗什富科[②]的作品,她更加欣赏拉勃吕耶的作品。前者悲观主义更浓,读后会觉得落寞,尤其对于那些喜欢戴着假面具看人的年轻人,就更会有这种感觉了。当她开始长篇大论说道理时,有时一说起来就没完没了了,这时为了保持耐心,不讨厌她的长篇大论,我会时不时亲吻一下她的嘴唇或手。

　　如果这种生活可以一直继续下去,那实在是妙不可言。这一点我深有体会,可是因为我担心好景不长,花无百日红,所以我现在的幸福生活也因此大打折扣。妈妈在开我玩笑的同时,也在分析我、考察我、询问我,为我的前途做了多种规划。事实上,对于我来说,这些规划都是不必要的。值得庆幸的是,光是对我的爱好、倾向和小才干有所了解是不够的,还必须找到机会,对它们加以利用,这就需要漫长的时间才能做到了。我的才能被这位令人同情的女人所偏爱,也让它们可以派上用场的机会往后推迟了,因为这些成见让她可以果断地选择方式方法。总的来说,因为她特别欣赏我,我倒是很满足事情的发展,可是在进退两难的情况下,又必须不断地降低标准,如此一来,我无时无刻不处于躁动中。一天,有个叫奥博讷的亲戚来拜访她。奥博讷极其有才华,爱玩心机,而且和她一样,在做计划方面很有一手,可是他却一直生龙活虎——他属于冒险家一类。前不久,他才向德·弗勒里红衣主教提出过一项发行彩票的详尽计划,可是未获得红衣主教的认可。于是他又把建议提交给都灵的宫廷,这次获得了认可,并加以实行。他在安讷西停留了一段时间,对这里执政官的夫人生出了好感。这位夫人特别可爱,也深得我心,这么多到妈妈这来的女人中,我唯一愿意看到的就是她。奥博讷先生看到了我,华伦夫人就开始和他说起我。他许诺先考察我一番,看看有什么适合我做的。假如他觉得我确实有才干,就会想办法给我安排一个合适的位置。

　　这件事,华伦夫人事先没有向我透露一点风声,她只是找了个理由让我去

---

　　①　虽然卢梭一再肯定,实际上华伦夫人的年金间于一七四二年停发,一七四九年以后就被取消了。
　　②　拉罗什富科(1613～1680),法国文学家。

办事,连续三个上午都让我去奥博讷先生那里。他很是机智地套我的话,态度很是和蔼,尽可能让我放松。他不但跟我说了一些不重要的话,而且涉及了方方面面,这所有的一切,都不像是在对我进行考察,也没有一点装腔作势的样子,就好像他特别愿意和我待在一块,要和我畅所欲言。我非常仰慕他。最后他对我考察的结果是:虽然我的外表看起来不错,也很有精神,虽然不能把我完全定义为低能,可是,最起码来说,我并没有什么真才实学,思想也乏善可陈,总而言之,我就是一个不管从哪个方面来说,都没有什么潜力的青年。以后可以在乡村当一个本堂神父就已经要非常感激了,这就是我可以渴望的最大理想。他是这样在华伦夫人面前评价我的。我已经记不清这是第多少次得到这样的评语了,可是这也不是最后一次,因为人们曾多次认可马斯隆先生的评价。

我之所以会得到这样的评价,主要是源于我的个性,因此我需要在这里说明一下。说真心话,谁都明白,我不可能对这种评价心服口服,无论是马斯隆先生,还是奥博讷先生,还是其他很多别人,说句不偏不倚的话,我对他们是没有敬仰之心的。

我几乎无法想象这到底是怎么回事,有两种几乎水火不容的东西,竟然都可以在我身上找到;一方面是非同一般的热情气质,热烈而鲁莽的激情,另一方面却是混沌又迟缓的思想,几乎一定要事后才能明白。完全可以这样说,我的心和我的脑子是分属于两个人的。感情快过闪电,我的心马上就被填满了,可是它不但把我的心照亮了,反倒让我亢奋,让我头脑发晕。我可以感觉到所有东西,却看不到任何东西。我极度亢奋,动作却慢得多,我一定要镇静下来才能思索。让人讶异的是,只要时间足够,我也会谋略过人,不仅可以对一件事情进行深入探讨,甚至还可以做到事无巨细。在淡定的时候,我也能进行即兴表演。可是匆忙之间,我连一件合适的事情都没有做过,一句合适的话也没有说过。就如同人们所说的西班牙人要想想出好计策,只有在下棋的时候才行。我要想说出趣味十足的话,只有在写信时才能做到。当我读到和萨瓦大公有关的一个笑话,说这位大公正走在路上,忽然回过头大叫道:“巴黎商人,等着我取你的狗命。”我忍不住想:“我不就是这样的吗?”

只有在和别人交谈时,我才拥有敏锐的感情,迟钝的思想,甚至在我单独工作时也是如此。我的思想时常纠缠在一起,难以形成条理,这些思想都盘旋在脑袋里,不停地打转,让我亢奋、癫狂、心跳加速。处于这种亢奋的状态下时,任何东西在我眼里都是模糊的,我也写不出来一个字,我只能安心等待着。后来,这种如同海浪一样的翻滚逐渐风平浪静了,这种混成一团的局面也逐渐打开了一个缺口,所有一切都按照相关次序排列起来。可是这个过程极其漫长,而且要经历一段动荡不安又非常漫长的时期。大家应该都看过意大利的歌剧吧？在换场的时候，宽大的剧场会陷入长时间的让人不开心的混乱中，所有的道具布景都堆放在一块，无论哪里都是一片狼藉，让人烦躁不已，似乎一切都要推翻重建一样。之后，慢慢地一切都有了计划，所有东西都归位，出现在你眼前的场景会让你目瞪口呆，在经历了漫长的动荡以后，竟然会出现这么一个让人心情愉悦的场面。这种情况，几乎类似于我要写作时头脑里所出现的场景。假如我有耐心，我就能把我可以表现出来的事物的美统统描绘出来，恐怕没几个作者可以超过我。

所以，于我而言，写作是一件非常困难的事。我会反复多次增删手稿，弄得一片狼藉，无法分辨。这些都可以证实，为了写作，我付出的努力可见一斑。在发排以前，所有手稿都被誊写过四五遍。我坐在桌子前，握着笔，面对着纸，从来都是词穷的。我在脑袋里打草稿的时间通常是在散步的时候、在山林之间，或在晚上失眠时。大家可以想象，一个记不住任何东西，从来都没有背诵过六篇诗的人，写作起来该是多么慢了。因此，我要在我的头脑里反复过几遍腹稿中的段落，才有信心写在纸上。正是因为这个原因，相比那些只要即兴发挥就可以完成的信札一类的东西，那些需要深思熟虑的作品写起来要好得多。我一直没有把握好书信体的笔触，所以当我写这一类东西时，就相当于在受煎熬。我每次写信，就算是写一些无关痛痒的事情，也需要付出极大的努力。假如要我马上去写我头脑里出现的事情，那我对开头和结尾就都一无所知了。我写的信总是很长，而且没有条理，还有不少的废话，人家根本不知道我写的是什么。

我不仅在思想表述层面有不小的障碍，在领悟思想的层面也是这样的。我曾经观察过一些人，自诩是一个非常有洞察力的观察者，可是我对过去所发生的事情记忆犹新，却对眼前发生的事情视若无睹，我的睿智只能表现在对过去的记忆中。别人在我眼前的所作所为，还有发生在我眼前的所有事情，在发生的时候我是没有任何感想的，也无法理解。只是事物的表象对我有所触动。可是，之后所有这一切又重新浮现在我的脑海里：发生的时间、地点，以及所有相关的东西，我都记得清清楚楚。在这样的时候，我竟可以从那时人们的言谈举止中，窥见到他们的思想，并且基本上没什么差错。

当我孤身一人的时候，我都控制不了我的思考力，那么就更可以想象到，我和其他人说话的时候是什么样的了，因为在讲话的时候，必须大方得体，还需要随机应变延伸到很多层面。我要是想到在说话时要注意很多的礼数，自己一定会犯一些小错的时候，我就感到非常害怕。我实在无法明白那些人为何能如此从容地在公共场合发言，我觉得在那样的环境中，所讲的每一句话都必须照顾到现场所有人的情绪，为了防止对某个人出言不逊，必须了解所有到场的人的过往和他们的个性。在这个层面，那些在交际场合频繁活动的人们是有很大的优势的。他们非常了解什么时候该说什么话，因此对自己的言谈举止就会拿捏得很准确。就算是这样，他们也会有失误的时候，也会说出一些不合适的话。人们不难想象，一个没有任何生活经验，就像是外星球的人，来到这样的场合，想不说错话，那是完全没有可能的。若是两个人之间的对话，我会觉得更困难，因为这就代表要不间断地讲话，别人问你一句，你就必须回应别人。若是别人不说话了，你也得找个什么话题来打破尴尬。就凭这种无法容忍的状况，我就有理由不喜欢社交生活。在我看来，让我接连不断地说话就是对我的一种折磨。究竟为何会有这样的想法，我想可能是因为我十分厌恶约束，我喜欢自由自在的生活，反正非要让我没话找话，我就难免会说出一些傻话。

于我而言，比这种情况更恶劣的是，若是没什么话说的话，保持沉默也不失为一个好办法，而我却像个疯子似的，说得更多了。我慌慌张张、吞吞吐吐地说了些语无伦次的话，要是这些话没什么意思，那我就谢天谢地了。我原本是想掩饰或克制我的愚笨，没想到却毫无遗漏地把我的愚笨都表露了出来。在我能举出的若干例子中，我现在就说一个，那是我踏上社会很久之后的事情。那时，只要条件允许，我都会摆出一副镇定自若、气定神闲的样子。有一天晚上，我和一位先生、两位贵妇人在一起，我记得那位先生的名字是德·贡托公爵。房间里只有我们四个人，我特别想说上几句话。老天知道我究竟说了什么！在四个人的谈论里，他们三个让我几乎没有说话的机会。女主人让人送来一副鸦片剂，因为她的胃不太舒服，需要每天服用两次。另一位夫人看见她一直在哑巴嘴，就开玩笑说："这是特龙香先生的药吗？""我猜应该不是的。"女主人以相似的口吻回答道。"我觉得这个药也未必有什么效果！"这就是睿智的卢梭为了谄媚而插的话。屋里的人听后都一愣，既没说话也没笑，过了一阵儿就把话题岔开了。如此愚笨的话若是说给其他的女人听，顶多就是一个玩笑，可是对于屋子里的这位可爱到可能引起一些闲言碎语的女人来说，尽管我不是有意冒犯她，这样的话也是很有杀伤力的。我想，屋子里的另外两个人是极力地克制住了才没有笑的。这就是我在无话可说的时候所犯的无心之过。这句话让我记忆犹新，不光是因为这句话很让我难堪，更因为我觉得它常常会让我想起那件事和那些人。

我深信，看了上面的内容，人们肯定会明白，为何我原本不是一个笨蛋，却时常被当作笨蛋，就算是一些很有洞察力的人也会这样认为。而更加糟糕的是：我的模样和眼睛是那种看起来很聪明的，所以人们对我越发失望，也因此显得我的愚笨更显眼了。尽管这样的小事只会在特定的场合下发生,可是对于知道以后的事情还是很有好处的。可以以它为契机,了解我许多不可理喻的事情。人们见到那些怪异的事情时,常常会说是因为我的个性使然,事实上我的个性并不是这样的。我不是不喜欢交际,只是因为我知道自己不适合在社交场合周旋,那样不仅会让我处于不利位置,更会让我无法保持我的本性,因此我想我更适合隐退和写作。如果我站在众人眼前,没人会看到我的智慧,更无法猜到。杜宾夫人就遭遇过这样的窘况,尽管她是一个十分睿智的女人,我曾在她那儿住过几年。从那时起,她自己就曾无数次跟我说过这一点。不过也有一些特殊状况,以后我们再来讲。

就这样确定了我的才干,我的工作也这样被决定了,接下来就是该怎样去实现它。我的问题就出现了,由于我并未正式上过学,我所掌握的拉丁文就算当个神父都很勉强。华伦夫人准备让我去修道院学习一段时间,她去跟修道院的院长商谈。那里的院长名叫格罗,他个头不高、十分忠厚,有一只眼睛半瞎,很瘦小,满头白发,是一位遣使会神父。在我的记忆里,他应该算得上是我所见过的遣使会中最博学、最温和、最没有架子的神父。

他偶尔会来妈妈这儿,妈妈会细心地招待他、关爱他,也会戏弄他,他有一件很喜欢做的事情,就是帮妈妈系上衣后面的带子。在他完成这项任务的时候,妈妈会时而去干这,时而去干那,在房里不停地转来转去。那么我们的院长先生就会拉着带子跟着妈妈跑来跑去,还不停地叫喊着:"太太,您快点站好了我给您系上啊!"这个场景十分有趣。

格罗院长欣然接受了妈妈的意见,他承诺用最少的生活费留下我,他负责我的教育问题。然后就只需主教的首肯了,主教不光同意了,还要给我承担所有的费用,他甚至还准许:一直到我获得人们预想的成绩之前,我仍然能够穿平常的服饰。

这样的转变是巨大的,我必须遵从。我去了神学院,就像去受难一样的。我觉得神学院是个阴森森的地方,更何况我是出自一位可爱至极的女人家,更显得阴森无比。我曾向妈妈乞求,仅带了一本书到神学院,它带给我的是无尽的安慰。没有人会想到它是一本什么样的书:事实上就是一本乐谱。在她所研习的学问中,音乐也是其中一种。她有一副不错的歌喉,唱的歌很动听,她还会弹大钢丝琴。她非常用心地给我上了一些音乐课,我是从最基础的开始学的,因为我就连圣诗的歌谱都不懂。她陆陆续续给我上了八至十次课,可是我不仅没学会依谱唱歌,也没掌握音乐符号,而且连四分之一都没学会。可是我依然很喜欢这门艺术,就自己去学了。我带走的乐谱还是很有内涵的,它是克莱朗波①的合唱曲。我不仅不理解变调是什么,更不明白音节的长短。可是,我还是将《阿尔菲和阿蕾土斯》合唱曲的第一首咏叹调和宣叙调的乐谱给读出来了,并且还完全正确。人们不难想象,我一定下了很大的苦功,一定经过顽强的毅力才修炼成功。不可否定的是,这首曲子谱得是相当准确的,你只需依照歌词的节奏去读,必定会非常合拍。

有一个让人憎恨的遣使会神父老是在神学院找我的茬,所以我特别厌烦他教给我的拉丁文。他的头发平整、黑亮,脸色是面包色的,声音似水牛一般,眼睛像猫头鹰一样,胡子就像野猪鬃,常常是皮笑肉不笑的,动起来就像一个提线木偶。我连他的名字都不记得了,可是他那令人恐惧而又让人憎恶的脸孔却时常浮现在我的脑海里,一想起他我就毛骨悚然。那时我在走廊见到他的场景,还恍如昨日,他非常礼貌地用他那顶满是污渍的方帽对我示意,让我去他的房里,我感觉他的房间就是地狱。把他和曾做过我老师的宫廷神父做比较,他简直是我的噩梦。

假如任由这个怪物再领导我两个月,我肯定会发疯的。可是,慈爱的格罗先生发现了我的郁闷,那时我什么东西都吃不下,身体日渐清瘦,他很快就明白了个中缘由。这件事情解决起来并不难,他帮我逃离了那个旋涡。而且,再次来了一个更强烈的对比,他让一个最温柔的人来指导我。这是一个来自弗西尼地方的年轻教士,名叫加迪埃,他之所以到这个神学院来,是为了学习。这个教士之所以愿意帮助我,我想不外乎有这样两个原因,一是为了给格罗先生提供帮助,二是因为一颗慈爱的心。加迪埃先生是我所见过的所有人中,相貌最迷人的一个。他有一头金黄色的头发,胡须接近赤褐色,气质和他家乡的人没有区别,大智若愚。可是,敏锐、多情和热情是他身上真正杰出的地方。他那双蓝蓝的大眼睛充满了忧郁、亲切和柔和,让别人只想给予他关心和爱护。从这位年轻人的眼光和声音可以看出,完全可以说,他已经对自己的命运有所预知,而且觉察到自己之所以来到这个世界,就是为了受苦。

他的个性和相貌很是贴合,有耐心、谦卑,与其说他指导我读书,还不如说我们共同学习更合适些。我很快就对他有了好感,因为他的前任已经奠定了一个良好的基础。虽然他在我身上花费的时间不少,虽然我们双方都没有懈怠,而且他教得也相当到位,可是不管我付出了多么大的努力,依然只是取得了很小的进步。说起来也怪,尽管我理解力惊人,我却一直没办法从老师那里吸取

---

① 克莱朗波(1676～1749),法国作曲家。

知识,除了我父亲和朗拜尔西埃先生以外。我所掌握的其他知识,都是来自自我钻研,这个以后就会弄明白的。我那自由自在的思想不愿意受到时间的约束,害怕学不会的心情一直让我分心,害怕因为自己的不理解而让指导我的人跟着着急的心情让我不懂装懂,教的人不停地教我,可是我却一无所知。我想遵照自己的步骤采取行动,而不是跟从别人的脚步。

加迪埃先生要接受圣职了,必须回到本省去当助祭教士。临走时,我非常舍不得,也非常感谢他一直以来对我的教导。我衷心祝福他的话,就如同我祝福我自己一样,并没有变成现实。几年以后,传闻他在一个教区中担任副本堂神父时,和一个姑娘有了孩子。这是他爱上的第一个女人,他倾尽了所有的温柔。在一个管理甚为严格的教区里,这件事非同小可,让全区都为之震惊了。根据惯例,神父只能和已婚妇女生育小孩。现在他触犯了教规,被关到了监牢里,受尽了侮辱,还被流放了。他以后能否恢复职务,我不知道。可是,因为我对他的霉运深表同情,所以这件事在我心中留下了深刻的印象。在我创作《爱弥儿》一书时,这件事又浮现在我脑海中,所以我就把加迪埃先生和盖姆先生合二为一,"萨瓦助理司铎"的原型就是这两位令人敬仰的神父。我觉得知足的是,我这种描写并没有对我所选择的原型造成污辱。

我在神学院时,奥博讷先生不得已从安讷西离开了。原因是执政官先生觉得自己的妻子和奥博讷先生的产生爱情并不光彩。事实上,这只是"园丁之犬"①的风格。尽管古尔维奇太太是个讨人喜欢的女人,可是她的丈夫却对她非常不好。因为山外人②的古怪,他觉得她是没有价值的,而且很残暴地对待她,最后提出了分居。古尔维奇先生是一个穷凶极恶的人,狡诈、阴险,因为老是和别人过不去,最后,自己也被赶走了。传闻普罗旺斯人复仇的方式是歌曲,奥博讷先生用喜剧的方式复了仇。华伦夫人曾经收到过他的这出喜剧,我也因此看过。我对这个剧本很感兴趣,它让我也萌生了写一个喜剧的想法,让人看看我是不是真像这位作者所说的那样愚蠢。可是,一直等我到了尚贝里以后,这个计划才得以实现,名字叫《自恋的情人》。在那个剧本的序言中,我曾经说我写于十八岁,事实上我是谎报了。

几乎就在这时,发生了一件事,原本这件事也没什么大不了的,可是,却对我产生了一定的影响,而且在它已经消失在我的记忆中时,社会上的议论依然没有平息。我被许可一个星期可以出去一次,无须多说,我是如何利用出去的

---

① 这是一个谚语:园丁的狗负责看守菜园,它不吃蔬菜,还不让别人拿。
② 山外是指阿尔卑斯山外,法国人有时候会把意大利人称为"山外人"。

这段时间的。有个星期日，我正在妈妈家时，挨着我妈妈住宅的方济各会的一间房子起火了。这间房子里有个炉灶，而且还有很多干柴堆在里面。没过多久，就都燃起来了。妈妈的住宅极其危险，风吹来的火苗已经笼罩了这座房屋。人们必须赶紧跑到房子外边，将抢救出来的东西放在花园里。这个花园对面就是我以前所住的地方，就位于那条小河边。我当时都慌了，不管抓到什么，都毫不迟疑地扔出去，甚至连平时根本都拿不动的石臼也都扔了出去。如果没有人出手阻止的话，我可能把那面大镜子也扔出去了。那天，刚好来拜访妈妈的善良的主教也忙着把妈妈带到花园里，和所有人在一起做祷告。我来迟了一会儿，看到所有人都跪在那里，我也就跪下了。正当这位圣者做祷告时，风向突然变了，这一变化非常及时，正好转移了已经扑到房屋、很快就要扑进窗户的火焰的方向，所以房子得以保全。德·贝尔奈教主于两年后去世了，他的老会友们——安多尼会的修士们开始四处搜罗一些可以当作证据的材料，以此来给他办宣福礼。在布戴神父的恳求下，我在这些材料中夹杂了我刚才所说的事实，这一面我是做对了，可是有一面我却做错了，那就是我竟然用奇迹来形容这件事。我曾亲眼看到主教在那里祈祷，在祈祷的过程中，风向变了，甚至是第一时间变了，我能说的、能证明的就是这一点。而这两个事实中是否存在因果关系，这是我不应该证明的，因为这件事我怎么可能知道。可是，在我印象中，那时我是忠诚的天主教徒，是不能随便乱说的。我之所以会犯这个错误，是在三个因素的推动下，一是我非常喜欢奇迹，这也是人之常情，二是因为我很敬畏这位年高德劭的主教，三是因为我本人自以为对这个奇迹的出现，也有我的功劳而来自内心的自豪。总的来说，我可以肯定的是，假如这个奇迹的出现的确是因为忠诚，那么我也是功不可没的。

当我三十多年后发表《山中书简》的时候，我不清楚这个证明材料是如何被弗雷隆先生发现了，而且还在他的评论中把它引用过去了。应该承认很幸运有了这个发现，时机竟然掌握得这样好，我觉得挺有意思的。

我到哪儿都不顺，虽然加迪埃先生曾经尽量对我的进步给出了比较有利的报告，可是相比我的努力程度来说，我的进步实在是太微不足道了，我也就没有信心继续学习下去了。所以，主教和神学院院长都对我满心失望，又把我送到了华伦夫人那里，因为我还不够格当神父。可是，他们对我的优秀还是予以承认的，没有沾染什么坏习惯。正是因为这个原因，虽然大家对我的成见不少，华伦夫人却一直眷顾着我。

我带着那本乐谱，成功地回到了妈妈那里，这本书给我带来了很大的好处。我唱的《阿尔菲和阿蕾土斯》曲调，几乎就囊括了我在神学院里所学的一切。因为我特别喜欢艺术,所以她想要把我培养成一个音乐家。刚好有一个很好的机会,每周她都最起码要举办一次音乐会,这个小音乐会的指挥者是一位大教堂的乐师,他也经常来拜访妈妈。他叫勒·麦特尔,是一个非常杰出的作曲家,来自法国巴黎。他生性好动,也很年轻,外表俊俏,却没有多高的才气。可是,总的来说,他是一个心地善良的小伙子。妈妈介绍我们认识了,我对他很有好感,他对我也没有恶意。我们对膳宿费用进行了商量,很快就达成了一致意见。简而言之,我搬到他家去住了,而且一整个冬天都是在那里度过的。尤其让我感到高兴的是,那里和妈妈的住宅很近,一会工夫我就可以到她家里,和她共进晚餐。

可以想象,相比在神学院里每天和遣使会的神父们待在一起,整天和音乐学校里的音乐家、歌咏团的儿童们在一起,生活要快乐得多。尽管这种生活不会受到什么约束,可是和神学院相同的是,我在这里也要遵守相应的规章制度。我天生不喜欢受拘束,可是也不会天马行空。在长达半年的时间里,我几乎没怎么出过门,甚至也不想出去,只是到妈妈家或教堂去过。这是我一生中最平静,也是最愉悦的时期。直到现在想起来,脑海里还会出现我经历的各种情境中的幸福场景,这些时期就像还没有过去一样。时间、地点、人物,甚至周边的一些事物,像空气的香味、天空的湛蓝、气候的温度,还有只有在那个地方才能获得的印象,我似乎又被这种形象的记忆带回到那里。譬如,平日音乐学校里练习的所有曲目,合唱时的所有歌词,发生在那里的所有事情;教士漂亮又华美的法衣、神父的长袍、歌咏队员戴的四角帽、乐师的相貌;一位表演低音巴松管的老木匠,腿还是瘸的;一位表演小提琴的矮个修士,头发是金栗色的;勒·麦特尔先生把佩剑放下来以后,又罩了一件旧黑袍在他平常所穿的衣服外面,最外面再套上一件小白衣,到经楼上去了。我拿着一管长笛无比自豪地坐在乐台上,准备表演勒·麦特尔先生专门为我创作的一小段独奏曲,心里想着表演完以后的盛况,会餐时可以享受的美食。我的脑海里不断出现这种种事情,享受到了极大的快乐,甚至比当时所感受到的快乐还要多。我之所以一直对用动听的声音表演出的《美丽的繁星之神》乐曲中的某一曲调备感亲切,就是因为在降临节①的一个周日,天还是黑的,我还在睡觉,只听人们遵照当地教堂的仪式,开始演唱这首赞美歌。妈妈的贴身侍女麦尔赛莱小姐对音乐略知晓一点,勒·麦特尔先生让我和她一块唱的那首《请献礼》的合唱赞歌一直萦绕在我的脑海,当时她的女主人听得很高兴。总的来说,我记得所有事情,包括那位时常被歌咏

①　降临节,圣诞节前的四个星期日,在这期间做度圣诞节的准备工作。

团的儿童惹得直跳脚的心地善良的女仆佩琳娜在内。

我在安讷西居住了快一年的时间，所有人都对我很好，我没有受到一点指责。自从我离开都灵以后，我就没有再像个傻瓜一样了。只要和我的妈妈待在一块，我是不会像个傻瓜一样的。她一直做我的导师，而且非常尽职尽责。我仅有的一个欲望就是依从她，可是这种欲望并不疯狂，因为我的理智在心灵的驱使下越来越强。事实上，这仅有的一种情感把我的所有才能都吸收光了，弄得我一无所成，甚至连我拼尽了全力去学的音乐也以失败告终。可是，这责任不在于我，我学得非常认真，非常努力。然而，我总是无法专注，老是会开小差，会叹息，在这种情况下，我能怎么办呢？为了进步，我做了所有我能做的，可是，只要有人再诱导我一下，我就会再像个傻瓜一样了。这个人偶然间出现了，完全是出于巧合，从下面的文字中，读者会发现，我那猖狂的头脑再次攥住了它。

二月的一个寒冷的晚上，我们正围在炉子边取暖，听到街门被人敲响了。佩琳娜拿着手提灯去开门了，后来走进来一个年轻人。他非常淡定地来到我们面前，并和勒·麦特尔先生简单地客气了几句，他自称是一个法国音乐家，因为经济窘迫，想在教堂里做点杂事，以赚取一些路费。一听到法国音乐家这几个字，勒·麦特尔先生马上就心动了，因为他对自己的祖国和自己的艺术无比热爱。他热情招待了这位过路的年轻客人，还留他住了下来。很明显，客人正有此意，所以没怎么客气就留下来了。在他一边取暖一边和我们交谈准备吃饭时，我观察了他一番。他的个子不高，肩膀却很宽，尽管我没有发现他的身体有什么不对称的地方，可是却觉得哪里不对劲。可以说，他是一个平肩膀的佝偻人，一条腿走路不太利索。他身穿一件还算新的黑色上衣，可是却破烂不堪，几乎可以说已碎成片片了。他的内衣很是精良，袖口华美，还镶有花边，可是已经脏得不成样子了。腿肚上绑着腿套，每只腿套里几乎可以把两只腿都放进去，胳膊下面夹着一顶小帽子，是为了挡雪的。可是他这种让人忍俊不禁的装扮却透露出几分尊贵的气质，他的态度也会带给人这样的感觉。他面貌俊秀，舌灿莲花，可是却不太庄严。从这些都可以看出，他是接受过一定教育的不羁青年，更像是一个可笑的丑角，而不像一个乞讨者。他说自己叫汪杜尔·德·维尔诺夫，来自巴黎，找不到方向了，而且似乎也忘了自己是从事音乐的。他还说自己要到格勒诺布尔去，因为他有个亲戚在国会里。

共进晚餐时，大家聊到了音乐这个话题。他很懂音乐，所有的知名演奏家、名曲、演员、美女、大贵族，他都如数家珍。好像无论别人说什么，他都了然于心。可是，刚开始一个话题，他就开始转移话题，开玩笑，让人们沉浸在他的笑话中，马上就忘了刚才说的是什么了。那天是周六，第二天教堂里要表演音乐，勒·麦特尔请他也一块去,他欣然同意。问他要唱哪一个音部,他说:"男高音……"然后又转移了话题。在进教堂以前,有人让他先熟悉一下马上要唱的歌谱,可是他置若罔闻。勒·麦特尔震惊于他这种自大的态度,附在我耳边说:"等着看吧,他肯定什么都不会。"我回答说:"我也很为他担心。"我忐忑不安地和他们一同前往。音乐会开始了,我的心跳更快了,因为我真的很为他担心。

可是,我那颗悬着的心很快就放下来了,他表演了两个独唱,不仅节奏上没有出现丝毫差错,而且非常有韵味。此外,他的嗓音也很美。我头一次感到这么惊喜。弥撒后,很多教士和乐师们都在称赞汪杜尔先生,他幽默地感谢了大家,态度一直都很谦恭。勒·麦特尔先生也真诚地拥抱了他,我也一样。他看到我这么高兴,好像也很高兴。

大家一定会觉得,既然我会痴迷于像巴克勒先生那样,顶多只算一个粗人的人,那么我也一定会痴迷于这样一位不仅有学识,而且有素养,机灵又懂得待人接物的人。此外,这位汪杜尔先生还可以被视为一位讨人喜欢的浪子。事情确实如此。我想,换作任何一个青年,身处于我现在的位置,都会像我这样迷恋的,尤其是一个非常擅长看到别人优点的人,就更加会爱慕别人的才干,更加会采取和我一样的行动。毫无疑问,汪杜尔先生有这种优点,他有一种处于他这个年龄段的人鲜少有的特点,那就是不会急切地想把自己的学识彰显出来。的确,他大肆宣扬自己所不知道的事情,而对自己所了解的事情——他了解的事情还真多——却缄口不言。他在等一个合适的机会表现自己,因为他并不急于把自己表现出来,所以产生了更好的效果。因为不管对什么事情,他都只是说个开头就中止了,他到底什么时候才会把他的真实本领表现出来,人们也就不得而知了。在谈话中,他一直保持着幽默的语调,有时魅力无穷,有时精力无限。他时常面带笑容,可是不会捧腹大笑。即便再粗俗的事,他都能说得很优雅,不会让人反感。甚至那些最一本正经的女人,事后也觉得惊讶,为什么自己可以容忍他所说的话。她们明知应该恼怒,可是恼怒的力量却不知从何处来,想恼怒都恼怒不起来。他只需要一些放荡的女人,我觉得他本人不会把自己搅到一些艳事中,可是在交际场合,他天生就是逗乐那些有艳事的人的。既然他有那么多可爱的才能,又身处于一个了解并爱惜这种才能的地方,要他一直局限在音乐家的领域里,显然是不可能的。

我对汪杜尔先生很有好感,其动机是非常明智的,最后也没有做出一些不可理喻的事情,尽管相比上次对巴克勒先生的感情,我这次对他的感情来得更猛一些,持续的时间也更长一些。我愿意和他待在一起,听他说话。不管他做什么,我都觉得很讨人喜欢。不管他说什么,我都觉得是神谕。可是,我并没有爱慕到和他形影不离的地步。因为我身边有个很好的保护伞,不会让我做出不可理喻的事情来。更何况,尽管我觉得他的处世格言非常适合他,可是却不太适合我。我想要的是另一种他完全想象不到的志趣,可是我又没胆量告诉他,因为我明白,只要我说出来,他绝对会嘲笑我。可是,我却很乐意融合我对他的爱慕和另一种掌控我的激情。我会在妈妈面前对他赞赏有加,勒·麦特尔先生也非常看好他,所以妈妈答应我介绍他们俩认识。可是,这次见面却没有取得预想中的成果,他们互相看对方不顺眼。妈妈还担心我有这种不太遵守规矩的朋友,她不仅不同意我再带他过来,还不停地劝说我少和这个年轻人在一起。这样我才变得小心翼翼了一些,没有继续折腾下去。幸亏没过多久,我们就分开了。幸运的是,我的品质和思想没有受到什么影响。

勒·麦特尔先生很爱好艺术,也喜欢喝酒。尽管他很注意饮食,不会暴饮暴食。可是,如果他沉浸在工作中,就必须喝酒。他的女仆对他这种爱好了然于胸,只要他放好作曲的稿纸,拿好大提琴,女仆就会把酒杯和酒壶给他送过来,而且还不停地给他更换。尽管他从来没有大醉,可是却差不多都是醉醺醺的。说实话,真的很遗憾,因为从本质上来说,他是个不错的小伙子,又非常开朗,连妈妈都只叫他"小猫"。他爱好自己的艺术,整日将自己埋在工作中,可是,也喝了不少酒。这不仅对他的健康造成了极大的损害,而且还对他的脾性带来了很大的影响,有时他会怀疑这,怀疑那,而且很容易生气。不管对谁,他都是温文尔雅的,从来没有说过粗话,没有失礼过,即便是对歌咏团里的一个孩子,他也都是以礼相待。可是,他也不允许别人无礼地对待他。这当然是合理的、公正的。遗憾的是,他不太会看事,对别人的语调和性质分辨不清,导致会没有来由地生气。

曾经的日内瓦主教会非常辉煌,很多王公和主教都因为能够参与其悠久的历史而感到非常光荣,尽管在流亡中现在已经没有了从前的光鲜,可是肃穆感却一直都在。加入其中的人一定是一个贵族或索尔邦的博士。假如有什么自豪是情理之中的事,那就是因为个人所做出的突出成绩和出身所带来的骄傲。那些主教会的成员们也通常会这样对待令人同情的勒·麦特尔。特别是那位领唱的神父,名叫德·维栋讷。尽管一般情况下,他是非常注重礼节的,可是因为过于自负自己的身份尊贵,他不一定都会以勒·麦持尔的才能为依据,来给予他应有的尊敬,而对于他的这种鄙视,勒·麦特尔是无法容忍的。在这年的受难周期间,主教依照惯例邀请当地的会员,一直以来也没有少了勒·麦特尔。在席间,德·维栋讷和勒·麦特尔之间爆发了激烈的矛盾。那位领唱的神父对勒·麦特尔做出了不合规矩的行为,还说了几句让他难以忍受的不中听的话,勒·麦特尔当即决定次日晚上就离开这个地方。尽管他在向华伦夫人辞行时，华伦夫人再三劝阻了他，可是他却不为所动。复活节期间，他的地位非常重要，他这样突然离去，让那些蛮横粗鲁的人觉得很难办，他也不能放弃这种报复的快感。可是，他也遇到了难题，他想把自己的乐谱带走，这件事要办起来还是有不小的难度的。因为乐谱太多了，装了满满一箱子，极其沉重，想要搬走也实属不易。

如果我处在妈妈的位置，我也会和妈妈做一样的事情，哪怕到了现在，我也会那样做。她不辞辛苦地挽留他，看到实在没什么效果，他一定要走，便决定竭尽全力来帮助他。我敢说，她这样做是理所应当的，因为勒·麦特尔曾经不遗余力地服务于妈妈。不管是在他的艺术方面，还是在关照她本人方面，他都完全遵照妈妈的旨意，而且，他是非常乐意效劳于妈妈的，这更赋予他的服务新的意义。所以，她如今给他所提供的帮助，也只是在关键时刻回报一个朋友一直以来对自己的关照而已。可是，她的心是尊贵的，在履行这种责任的时候，她没必要去想她之所以这样做，是为了完成自己的一桩心愿。她叮嘱我，要我最起码送勒·麦特尔先生到里昂，还说，假如他还需要我帮忙的话，无论需要多长时间，我都不能拒绝。后来，她曾开诚布公地跟我说，她之所以这样安排，还有一个原因是她想让我离汪杜尔远一点。她和她忠诚的仆人克洛德·阿奈商量了一下如何搬运箱子。仆人建议，最好等到夜幕降临时，抬着箱子走一段路，之后在乡村里找一头驴子驮箱子，直到色赛尔。他们不赞成在安讷西雇一头驴子，因为这样会引起别人的注意。我们到色赛尔以后就会处于安全地带了，因为那里属于法国。大家都同意这个意见，当天晚上七点钟，我们就启程了。妈妈找理由说给我拿路费，又给"小猫"拿了一些钱。这真是帮了他大忙了。克洛德·阿奈和我拼尽全力，一起抬着箱子到了附近的一个村子，在那里雇了一头驴子替换下我们。当天晚上，我们就到了色赛尔。

我想我已经说过，我有时就像换了个人一样，大家完全可以把我当作另一个个性截然不同的人看待。这就是一个典型的事例。色赛尔的本堂神父雷德莱属于圣彼得修会，因此和勒·麦特尔也是熟人，所以，勒·麦特尔最应该闪躲的人中，他就是其中之一。可是我却有不同意见，我建议登门拜访，找个理由住下来，就好像是得到主教会的同意去那里的一样。勒·麦特尔对我这个意见赞赏有加，因为这样不仅可以让他的报复有嘲讽的意味，还会让人叹服。于是我们就大着胆子去见雷德莱先生了，他热情地款待了我们。勒·麦特尔跟他说，主教委托他到贝莱去指挥复活节的音乐演唱，还说过几天以后，还准备从这里经过。而我为了帮他圆这个谎，还编了很多瞎话，而且说得有条有理，导致雷德莱先生都认为我是个不错的孩子,对我赞赏有加,给予我无尽的疼爱。我们吃住都很好。雷德莱先生拿出了最好的食物来招待我们。离开的时候,就像最熟识的老朋友那样,说好了回来的时候还要多待几天。我们刚从那里离开,就马上笑成一团,因为我们的瞎话能说得那么好是出乎我意料的,而且这个恶作剧表演得非常精彩。如果勒·麦特尔先生没有不停地灌酒,而且胡说八道,还犯了两三次老毛病的话,这件事会一直被我们当作笑料的。后来,他那个老毛病时常发作,就像羊癫风一样。我被他吓坏了,不知如何是好,所以,我就想还是尽快离开他比较好。

我们确实如自己所编的瞎话一样,赶到贝莱去过复活节。尽管我们是不请自来,可是乐队指挥和所有人还是非常热烈地欢迎了我们。勒·麦特尔先生所从事的行业是非常受人尊敬的,他也当之无愧是个受人敬仰的人。贝莱的乐队指挥对于自己的好作品,当然是非常骄傲的,尽可能地想得到这位杰出的鉴赏家的夸赞。因为勒·麦特尔先生不但是行中翘楚,而且公平公正,不会对他人心生妒忌,也不会低声下气地讨好别人。相比那些外省的乐师,他要精明得多,他们自己也对这一点心知肚明,因此他们认为他是自己的指挥,而不觉得他是自己的同行。

我们在贝莱快乐地待了四五天以后,便又继续我们的旅程,其中只是发生了我上面所说的那种事情,没有其他意外。到了里昂以后,我们在圣母旅馆住下来,同时等我们的乐谱箱子运到,因为我们又编瞎话哄骗好心的保护人雷德莱神父派人将它运到了罗讷河的船上。这时,勒·麦特尔先生要拜访他的朋友,其中一个是方济各会的加东神父,以后我会说到和他有关的事,还有里昂的伯爵——多尔当神父,他受到了这两人友好的接待。可是,他们把他的谎言戳穿了。接下来我就会说到这件事,在雷德莱神父那里,他的好运算是被消耗光了。

我们在里昂待了两天以后,当我们正经过离我们所住的旅馆很近的一条胡同时,勒·麦特尔先生的病又发作了,这一次很严重,我都被吓得不知如何是好了。我大声喊救命,而且把他所住的旅馆名字说了出来,请求大家把他送回去。随后,当这个没有知觉、口吐白沫、倒在市中心的人被众多路人围观并给予急救时,他可以依靠的仅有的一个朋友却对他弃如敝屣。趁没有人发现我时,我溜到胡同口跑了。上帝保佑,我终于把这第三个一直压抑在心里的坦白写完了。如果我还要坦白很多像这样的事的话,我这本著作就写不下去了。

我前面所说的这一切,在我所住过的地方都多少留下了印记,可是,在接下来的一章里我所要说的,几乎都是人们从来没有听说过的事情了。那是我一生中所做的最荒谬的一些事情,万幸的是,并没有带来多么恶劣的后果。那时,我的脑子里似乎有一种外来乐器的曲调在盘旋,根本不在之前音调的范畴内。它是自发地回到正常状态的,于是我便没有再继续自己的荒谬行为,或者最起码只是做了一些和我的本性比较相符的荒谬行为。我回忆中最不清楚的时期,就是我青年时期的这一段时间。在这期间,因为时空变换的关系,时间或地点方面不可避免地出现了一些纰漏。我是完全根据脑子里留下的印象来写的,不仅没有可以对此进行证明的文件,也没有足以引发我回忆的材料。我一生所经历的事情,有一些似乎像才发生一样清楚,可是,也有一些纰漏,我只能用我不太清楚的回忆对它进行弥补。因此,我可能写错了一些地方,特别是那些无足轻重的小事,在我自己没有找到确实可信的材料以前,我也许还会写错。可是,对于确实关键的事情,我相信我是公正而科学地描述出来了,以后我还会努力做好这一点,读者们不用为我担心。

我刚从勒·麦特尔先生那里离开,就准备再回安讷西。一开始,我曾经非常担心我们的安全问题,因为我们启程的动机和秘密。有几天,我一直为这件事忧心不已,我都开始放弃回家这个想法了。可是,当我发现危险已经解除的时候,我那起到主导地位的感情就又恢复了,不管什么东西都不会让我兴致盎然,不管什么东西都吸引不了我,我现在只想回到妈妈身边。我是如此真诚而深情地依恋着她,所以我心里所有不切实际的想法和荒谬的野心都被冲走了。我的幸福就是在她身边生活,我只要离开她一步,我就会觉得自己远离幸福了。因此,只要有机会回去,我就会马上启程回安讷西。我这次回来太匆忙了,心思又是动荡不安的,尽管对于所有其他次旅行,我都有灿烂的回忆,可是对于这次回来的情况,我却没有留下任何记忆。我印象中只有从里昂起程到安讷西,此外,就什么都没有了。请大家想象一下,我是不是应该彻底忘记这最后一段时间的事情。我回到了安讷西,却没有如愿见到华伦夫人。她已经去了巴黎。

她这次旅行的秘密,我一直都不知情。我相信,假如我对她刨根问底的话,她是肯定会告诉我的。可是,我是最不愿意打听朋友的秘密的。我只对眼前的事情加以考虑,我这颗心只能容下眼前的事情,无法容纳过去的事情,除了可以变成我今天仅有的享受的那些过去的快乐以外。从她跟我透露的一点消息来推断,这是因为撒丁王的退位在都灵引起了动荡,她害怕这时她会泯然众人矣,于是想通过奥博讷先生私底下的活动从法国宫廷方面得到相同的利益。她有几次都告诉我,她更愿意接受法国宫廷方面的救济,因为法国宫廷的要事很多,她可以免受那些让人不愉快的监督。假如真是那样,那事情就更加扑朔迷离了。她回来以后,并没有因此坐冷板凳,而是一直在领取她的年金。有很多人都觉得,她是接受了秘密任务才去的。要么她是在主教的委托下,去做一件原本应该由主教出面去法国宫廷所办的事。要么她是受了比主教更加有权势的人的委托,因此她回来以后待遇才更好了。假如真是如此,毋庸置疑,选她当女使节委实不错,当时还年轻貌美的华伦夫人具有在谈判中获胜的所有才能。

第四章

　　虽然我已重回安讷西，但却并未看到她的身影。可想而知当时的我该有多惊讶，多难受！就在这时我逐渐感到悔恨，后悔那时不该由于懦弱而将勒·麦特尔先生抛弃；尤其是听闻他遭遇不幸后，我感到万般悔恨。为了抢救那个对他而言是所有家当的珍贵的乐谱箱子，我们曾耗费了很多精力，然而刚一抵达里昂，由于主教会将此看作是暗自携物叛逃，因此这只箱子便因他的举报而被多尔当伯爵下令扣留了。尽管勒·麦特尔先生再三请求将这只箱子归还于他，因为这对他来说相当于是他的财产，他的生活之道，他终生劳苦所得的结晶，然而最终却毫无结果。至于这只箱子的归属权理应通过法律途径加以解决，然而事实并非如此，强权者按照他们的律法对此事做出裁决。因此，不幸的勒·麦特尔先生眼中的这个艺术成果便离他而去，这是他早年呕心沥血的杰作，同时也是他晚年的财富所在。

　　我在那时遭受了前所未有的沉痛打击。然而没过多久我便想到了一套心理慰藉的方法，因此对当时的我来说，这并没有对我造成多大困扰。尽管我并不晓得华伦夫人住在什么地方，她同样也不晓得我已回来，但我却依然希望能在不久后了解她的动向。而对于我将勒·麦特尔抛弃一事，总体来说其实并没有太大的过错。我曾在勒·麦特尔先生逃亡之时给予了帮助，而这也是我唯一能为他做的。纵然是在法国与他一同居住，除了徒增花销以外，我既无法医好他，又无法保全他的那只箱子，总之是对他毫无帮助可言。这便是那个时候我对此事的看法，然而如今我却并不这样认为了。我们在刚犯下一件丑事时，内心并不会因此而有所愧疚，然而由于丑事是永远无法从记忆中抹除的，所以当我们在很久之后再次回想此事时，它依然会让你难受不已。

　　为了获知妈妈的动向，我唯一可以做的便是耐心等待。整个巴黎如此之大，要去什么地方寻找她呢？况且，用什么来充当路费呢？若想有一天能打探到她身在何处,安讷西这个地方是最为稳当的了。因此我便留在了此地。但是我在那时并没有表现得很好,我并未去探望那位主教,虽然他之前照应过我而且依然可以继续照应我,但是由于我的女监护人此时并未与他待在一起,所以我担心他会对我们暗自潜逃一事加以指责。我甚至都没有去修道院,原因是格罗先生早已离开。总而言之,我没有去探望任何一个旧相识。坦白讲,我其实非常想去探望那位执政官的太太,只不过我始终没有胆量。相比这些事,我做得更为不妥的是:我再次遇到了汪杜尔先生,尽管我非常青睐此人,然而我在离开以后一次都未想起他。久别之后再次相遇,他已变成安讷西远近闻名、炙手可热的角色了,贵族太太们全都争先恐后地想要博取他的欢心。那个时候我被他取得的成功所折服,以至我忘却了华伦夫人,脑海中只有汪杜尔先生。为了与他进行更加密切的交流,我建议与他一起居住,他也许可了。他在一个言谈举止非常幽默的鞋匠家中居住,这个鞋匠除了用土语称呼他的太太为"骚娘儿们"之外,并不会使用其他称谓,不过这个称呼对她而言倒也合适。他与自己的太太经常吵架,每每这时汪杜尔会在一旁旁观,看上去仿佛是在劝架,然而事实上只会让他们争吵得更久一点。他以自己的普罗旺斯口音对他们说些撩拨的话,往往会产生非常猛烈的反响:他们争吵得越加厉害,令人忍俊不禁。一上午便如此悄无声息地度过了,我们直到下午两三点才吃了一些食物;随后汪杜尔便去他之前常常出没的交际场所,同时在外面解决晚饭,而我则单独一人出去散步,心里不停思考着他那令人惊讶的才能,无比艳羡他那罕见的本事,与此同时咒骂着自己的不幸,为何不能让我也拥有如同他那样的快乐生活。我是何等不了解生活啊!倘若我并没有如此愚笨,同时晓得如何去享乐,那么我的生活必定会比现在快乐得多。

华伦夫人外出的时候只带了阿奈,却将我之前提到的那位名叫麦尔赛莱的贴身侍女留在家中,她依然在夫人的那间套房里住着。麦尔赛莱小姐是个丝毫没有恶意的弗赖堡人,年龄略微比我大一点,虽然长相并不是很漂亮,但却非常可爱。我并未在她身上找出其他缺陷,除了有时会不怎么听从女主人的命令。我时常回去看望她。我们称得上是旧相识了,因为她能让我回想起一个深爱的人,所以我便喜欢上她了。她的几位女性友人中有一位名叫吉萝的日内瓦女孩喜欢上了我,当真是我运气差,她总是逼迫麦尔赛莱将我带去她家。由于我对麦尔赛莱怀有好感,同时那个地方另有几位我非常中意的年轻女孩,便也任由她将我带去。虽然吉萝小姐千方百计地撩拨我,但我却始终对她感到厌烦至极,当她用那张被西班牙烟草熏黑的枯槁的嘴巴靠近我时,我差一点朝她脸上吐一口吐沫。然而我却竭力克制自己,除了这一点不愉快之外,我非常喜欢与这群女孩们待在一起。她们可能是为了博取吉萝小姐的欢心,也有可能是想讨好我,因此每个人都争先恐后地向我示好。我把这所有的一切仅仅视为友情。从那之后,偶尔我会这样想,倘若当时我想这么认为的话,完全能将这些视作是超越友情的表示。然而,那个时候的我根本不会有如此的顾虑,并且我也无法想到这些。

况且,我对女裁缝、侍女、小女贩全都毫无感觉。我想拥有的是贵族人家的小姐。每个人都有自己的幻想,我的幻想向来如此,对于这一点,我与贺拉斯之间存在截然不同的看法。只不过这并非是艳羡身世背景的虚荣心在捣鬼;我所青睐的是保养得非常柔嫩的肤色,非常漂亮的双手,非常雅观的着装,浑身上下给人一种轻快逸动、冰清玉洁的感觉,同时言行举止要非常优雅得体,衣裙要非常精致美丽,裁剪要非常娴熟得法,鞋要非常娇小精致,丝带、花边与发色要相称得非常好看。倘若一个女人可以拥有这所有的一切,即使长相稍差点,我也会倾慕于她。偶尔在我本人看来,如此的喜好是非常滑稽的,然而,我的内心却仍旧情不自禁地萌生了如此的喜好。

不曾想到的是,这样良好的机会竟然会再次出现,能不能把握则依然要看我本人了。偶尔能猛然倒回至青年时期的欢乐时刻,我是何等的欢欣鼓舞!那些时刻是何等的幸福!同时又是何等仓促、何等不易,但我却如此轻易地体验了啊!哦!一旦回忆起这些时刻,我便会发自内心地感到快乐,我恰好需要如此的快乐来重振我的胆量,以此抵御晚年的烦闷。

有一天早上,黎明的景色看起来非常漂亮,我便赶忙穿好衣服跑去户外观赏日出。时值圣约翰节过后的那个礼拜,我肆意地体验着如此的快乐。大地换上了华服,鲜花绿草布满整片土地,五彩缤纷;夜莺的啼叫已经接近尾声,似乎歌唱得更起劲了;百鸟以大合唱的方式与残春道别,同时欢迎绚丽夏日的到来。如此美妙的一天,是我这个年龄阶段所无法再见到的,同时也是目前与我一同在这片荒芜的大地上生活的人们,始终都未曾见过的一天。

不经意间我离开了城市,热浪持续不断地往上升腾,我顺着一个小山谷的荫蔽独自前行,一条小溪流在一旁流淌而过。突然,我身后传来了马儿的蹄声与少女的呼喊声,她们仿佛遭遇了困境,只不过那肆无忌惮的欢笑声却没有丝毫的遏制。我扭头听到她们正在呼喊我的姓名,走近一看,才发现是我认识的葛莱芬丽小姐与加蕾小姐。她们的驭马术不够高明,不知道该如何让马儿涉过小溪。葛莱芬丽小姐是一个非常可爱的伯尔尼女孩,由于在故乡干了些她这个年纪非常容易犯下的傻事而被驱逐,于是她便将华伦夫人作为自己的学习榜样。我曾在华伦夫人家与她见过几次面。她并未如同华伦夫人一般享有一份年金，然而她的命运总体来说也算可以，获得了加蕾小姐的喜欢。加蕾小姐与她非常投缘，便恳请母亲准许她作为自己还未找到工作之前的玩伴。葛莱芬丽小姐比加蕾小姐年长一岁，但加蕾小姐却比她漂亮一点，同时她的举手投足间都流露出一种无法言说的优雅得体，而且她的身形发育得非常完美，这便是一个少女所具备的最大魅力。她们含情脉脉地相互喜欢着，并且以两人柔和的性格来看，倘若没有情人的干扰，她们之间的这种密切的友情必然会持续很久。她们告诉我，她们想要去加蕾夫人位于托讷的一座古堡，只是她们不晓得如何驾驭马儿蹚过河流，因此想寻求我的帮助。我打算在后边用鞭子驱赶，然而她们既担心我被马踢，又害怕自己会摔落。因此我便采用了另外一种方式，我牵着加蕾小姐那匹马的缰绳引它过河，另外一匹马同样毫不费劲地追随而来，只不过我身上的衣服也因此被弄湿了。事情结束之后，我准备与这两位小姐道别，而后如同笨蛋一般离开。然而，她们两个人交头接耳了几句之后，葛莱芬丽小姐便对我说："不可以，不可以，我们可不能让你如此离开，为了帮助我们，你的衣服都湿透了，我们若是不将你的衣服烘干，实在是说不过去，此刻你已是我们的俘虏，请与我们一同前行吧。"我的心跳个不停，两只眼睛直直盯向加蕾小姐。她发现了我不知所措的模样，笑着解释道："没错啊，没错啊，我们的战俘，赶快上马坐在她身后，我们要对你有所交代。""不可以，小姐，我之前并没有荣幸结识您的母亲，她若看到我该怎么说呢？"葛莱芬丽小姐接过话茬补充道："她母亲并不在古堡，除了我们两个人之外，并无他人；今夜我们还会返回，到时你与我们一道出发吧。"

　　这番话在我身上所产生的效果甚至要比电更快。我兴奋得浑身抖动，一跃跨上葛莱芬丽小姐的马背。为维持骑行的稳定，我不得不将她的腰搂起来，就在那时我的心跳得非常猛烈，甚至连她都察觉了。她告诉我，由于担心会摔下去，她的心跳得也非常厉害。以当时我所处的位置而言，我几乎可以去触摸她的心脏以此来看看是否真的在跳，然而我自始至终都没有胆量如此行动。整个旅途中，我始终用自己的双臂一动不动地将她紧紧勒住，以此充当她的腰带。部分女性读到此处，出于常理或许会很想抽我几个耳光。

　　旅途中的欢快，两位少女滔滔不绝的交谈，极大地刺激了我喜欢讲话的癖好，所以直至晚上，一旦我们待在一块，便没有一刻停止过交谈。由于她们竭力想让我不受拘束，因此我的舌头与眼睛全都开始讲话了，尽管这两个部位所传达的意思并不相同。唯有那么一小会儿，当我与其中一位女孩单独相处时，交谈才显得有那么一丝不自然，然而缺席的另一位女孩很快便会出现，自始至终都未能让我们拥有充分的时间来弄清楚彼此感到窘迫的缘由。

抵达托讷之后,我首先将自己的衣服烘干,而后我们便享用了早餐。接下来的主要任务就是置办午饭。两个女孩在准备饭菜的时候,偶尔会撒下手中的活去亲吻佃户的小孩,而我这个不幸的帮手只能抱着难以忍耐的心情在一旁观看。食物是早前由城里送来的,用来准备一顿丰盛的午餐的食材一应俱全,特别是点心尤为繁多;不足之处是忘了带酒过来。这对不怎么饮酒的小姐们而言,原本没有什么稀奇之处,然而对原本打算借酒壮胆的我来说却颇感惋惜。可能是出于相同的缘由吧,她们对此同样感到非常不悦,只不过我并不这样认为。她们身上的那种天真可爱的兴奋劲儿,实在是纯朴、活泼的化身;况且,我与她们俩之间能发生什么事呢?她们差人去周边各地找酒,然而由于此地的农民都特别俭朴且贫穷,因此毫无收获。她们因此向我致歉;我劝说她们不要因此而感到抱歉,她们无须用酒便足以将我灌醉。这句话是我那日敢对她们说的唯一一句谄媚之词,只不过我觉得这两个顽皮的女孩必定了然于心,这并非是一句妄言。

我们在佃户家的厨房享用午餐,那两位小姐在长桌两侧的椅子上坐着,而我则在她们中间的一个三条腿的小圆椅子上坐着。这是一顿何其美妙的午饭啊!这又是一段何其迷人的回忆啊!一个人只需做出如此一点牺牲便可以享受那么圣洁、那么真实的欢乐,又何须去寻觅其他快乐呢?即使是在巴黎的任何一个角落也无法品尝到如此的午餐。我所说的这番话并不仅仅是指它所带来的快乐和幸福,同样还指肉体方面的享受。

结束午餐后,我们实行了一项节约举措:我们并未喝掉早餐时剩下的咖啡,而是将其与她们带过来的奶油以及点心一同留到下午茶时享用。为了增进胃口,我们甚至去果园采摘樱桃来作为午饭的最后一道点心。我爬上树,连同枝叶一起将樱桃往下扔去,她们便以樱桃核隔着树枝朝我扔了过来。有一次,加蕾小姐将她的围裙摊开,朝后仰起脑袋,摆好了等着接的姿势,而我瞄得非常精准,恰好将一束樱桃不偏不倚地扔到了她的胸部。那个时候我们是如何放声大笑的啊!我在心里暗想:"为何我的嘴唇不是那束樱桃!倘若我的两片唇部也能被扔到相同的位置,那该是多么美妙啊!"

这一天彻底是在自由自在的玩闹中度过的,只不过自始至终我们都非常中规中矩,并未有一句暧昧之词,也并未有一句莽撞的玩笑话,并且我们这样的中规中矩绝非牵强,而是非常自然的,我们心中是如何想的,便会如何呈现出来。总而言之,我非常收敛(其他人或许会觉得我显得非常愚笨),以至我所做出的最大限度的疯狂举动,也仅仅是因为情不自禁而亲吻了一下加蕾小姐的手。坦白讲,那个时候的情境恰好让这种小小的福利具备了某种独特的价值。唯有我们两人待在房中，我感到呼吸急迫，她也未将脑袋抬起，我没有开口说话便赶忙朝她手上亲吻了一下，她缓缓地将那只被我亲吻过的手收回，毫无一丝埋怨地看向我，那时我并不晓得该对她说些什么。然而，此时她的女性同伴走了进来，突然我觉得她变丑了。

最终，她们意识到无须等天黑后再启程返回，倘若此时出发的话，我们完全能够在夜色降临之前返回城中，因此我们便如同来时一般启程返回了。由于加蕾小姐的那一瞥猛烈地搅乱了我的内心，倘若我可以勇敢一点，必然会改变原本的位置，然而我却不敢讲一句话，况且又不能让她提出调换位置的想法。返程途中，我们觉得倘若这一天就如此结束实在是过于遗憾，但由于我们早已通过各种各样的嬉戏而充实地度过了这一天，同时我们早已懂得延长这一天的秘诀了，因此我们并未埋怨时间的短暂。

差不多是在相遇的那个位置，我与这两位小姐一一道别。我们分开的时候是何其恋恋不舍啊！我们又以何其欢愉的心情约定下一次的会面啊！我们一同度过的十二个钟头，在我们心中并不次于若干个世纪的亲密相处。对于这一天的幸福回忆绝不会为这两位动人的少女造成丝毫的损失；我们三人间的甜蜜友谊远远超出更为猛烈的肉体趣味，并且这两者是无法共同存在的。我们没有任何隐私、没有任何愧疚地彼此喜爱着，并且我们情愿如此长久地相爱下去。圣洁的德行中包含着其所独有的趣味，由于这种趣味并不会松懈，也不会中止，因此它并不次于另外一种肉体上的快乐。对我而言，相比我这一生所体验过的任何一种欢乐，如此美妙的一天回忆更加让我动容，让我沉醉，让我迷恋。虽然我并不晓得自己究竟对这两位动人的女孩有何渴求，但我却对她们尤为关心。只不过这并非等同于，倘若让我本人来分配，我的心对这两个女孩是相同的。我在感情方面略微有些偏爱；如果让葛莱芬丽小姐当我的爱人，那自然是我的荣幸，但是倘若让我自行挑选的话，我更乐意让她充当我的密友。无论如何，当我与她们俩分别时，我觉得缺少其中的任何一个都无法让我继续生活下去。然而那个时候又有谁可以告诉我，从今往后我再也无法与她们相见，并且我们之间的短短的爱情便这样画上了句号呢？

阅读了我这部著作的人们，当他们察觉我所遭遇的一切爱情际遇，在历经如此长久的序幕后，这之中最具希望的也仅仅是以亲吻一下手而告一段落，对此他们必然会放声大笑。噢！读者朋友们，务必请你们不要搞混。与你们在将亲吻手作为最低限度的爱情中所感受到的快乐相比，我在这种亲吻一下手便宣告结束的爱情中所获得的快乐要更多。

昨天晚上我回家后没过多久，汪杜尔便回来了，而且很晚才睡下。平时我只要一看到他，便会感到非常开心，然而这一次却有所不同。我加倍谨慎，并未向他提及我在这一天所经历的一切。当提及他的时候，那两位小姐是有些看不上他的，并且当她们得知我与如此的坏人有所接触时，便显得更加不悦了；正因如此他在我心中的尊崇地位有所下降，并且不管是何事，一旦能将我对两位小姐的钦慕之心加以分散，我都会感到厌恶。然而，当他对我谈及我现在的处境时，又会立即让我想起他，同时也想起我本人。我早已到了走投无路的境地。虽然花销并没有很多，但是我所仅有的那点钱早已花完，可以说我身无分文了。与此同时我并未得到妈妈的任何消息，我实在不晓得自己会沦落到何种地步，眼看着加蕾小姐的友人即将乞讨度日，我内心感到痛苦不已。

汪杜尔告诉我，他已经将我的情况告诉了首席法官先生，同时准备次日将我带至法官家享用午餐。根据汪杜尔所言，这个首席法官能够凭借他的部分友人来帮助我，更何况，与如此人物相结识也是好事一件，他不但聪颖过人，还非常博学多识，平易近人，他本人很有才能，同时也非常欣赏有才能的人。然后，如同往日喜欢将最为严肃的事情与最为乏味的事情混合起来加以讨论一般，汪杜尔将一首来自巴黎的叠句歌词递给我欣赏，同时为其谱上了那时正在演出的穆雷歌剧中的一个曲调。西蒙（那位首席法官的姓名）先生特别欣赏这首歌词，以至于打算仿照相同的曲调谱写一首。他想让汪杜尔也创作一首；而且这个想法狂妄的汪杜尔同样想让我创作一首，他说道，待明日让人们欣赏到这些歌词便会如同《滑稽小说》①中的马车一般接踵而至。

晚上，我无法安然入睡，于是竭尽全力来创作歌词。尽管这是我头一次创作这样的诗句，但终归还算写得不错，甚至称得上是非常不错，起码能这样讲，倘若让我在前一天晚上进行创作的话，便无法写得如此富于味道，这是由于歌词的主旨是围绕一个情意绵绵的场景展开，而此时我的内心正好沉浸其中。清晨起床后，我将创作好的歌词交给汪杜尔欣赏，他觉得词句写得非常优美，只不过他并未告诉我他本人的那首是否写完，便将我写的这首塞进口袋中。我们一起前往西蒙先生家享用午餐，他非常热情地款待了我们。两个饱读诗书且极富才能的人交谈起来，自然不会毫无趣味，因此他们之间的对话非常有趣。我循例扮演着我的角色，也就是沉默不语，唯有聆听他们的交谈。他们两个人中并没有谁提及歌词创作一事，我同样只字未提，况且据我所知，他们始终未曾讨论过我所创作的那首歌词。

---

① 这部小说第七章中有这样一个情节：一些演员想为受伤的伙伴找一辆马车，虽然马车接踵而至，可是上面都有人。

西蒙先生非常欣赏我的言谈举止：在此次会晤中，他差不多仅从我身上看到了这一点。虽然他曾在华伦夫人家中与我见过几次面，但却并未过多注意我。因此，可以说我们是通过此次共进午餐才得以彼此相识。尽管这次认识并未取得最初的目标，但却让我在日后获得其他的好处，所以，每当我回忆起他的时候，依然感到非常开心。

我不得不对他的外貌做一描述。因为他的法官职位与他不可一世的才能，倘若我只字不提，人们是无法设想出他的外貌的。这位首席法官西蒙先生的个头必然没有超过二尺。他的两条腿既笔直又纤细，以至有些过于纤长，当他笔直站立时，他的双腿必然会显得更加纤长；但他的双腿却是分开斜叉着的，如同一个最大限度打开的圆规。他不但身材矮小，同时还非常瘦弱，从任何一个角度来看都小得难以想象。倘若他身上一丝不挂，必定会如同一只蝗虫。只不过他的脑袋却与普通人的脑袋一般大，面容长得非常标致，极富上流人物的神态，两只眼睛也非常漂亮，整体看上去便如同是一颗假脑袋被安在树桩上一般。由于他头顶的那副偌大的假发将他从头到脚彻底遮掩起来，因此他在装束方面无须花费多少钱财。

他拥有两种截然不同的嗓音，交谈时会一直混杂在一起，并且会形成显著的对比，一开始听到的时候会觉得非常有趣，然而过不了多久便会让你厌恶至极。一种嗓音是庄严而又嘹亮的，倘若我可以如此讲的话，这便是发自他脑袋的响声，另外一种嗓音是清晰而又尖细的，便是发自他体内的响声。当他沉着且淡定地交谈时，呼吸平缓，他始终可以发出低沉的嗓音，然而倘若略有些亢奋，便会发出一种较为热情的嗓音，缓缓变成类似打口哨的尖细的嗓音，此时若想再次恢复到低沉的嗓音是极其吃力的。

我所描述的外形丝毫没有夸大之处，纵然这样，西蒙先生却仍是个风雅的角色，非常能言会道，着装非常讲究，以至到了轻浮的境地。西蒙先生非常喜欢在清晨还未起床时就会见申请诉讼的当事人，这是因为他想尽可能发挥自身的优势，同时当人们发现躺在枕头上的那颗好看的脑袋，根本没有人能料想他唯一好看的便是那颗脑袋罢了。然而这偶尔也会闹出笑话，我确信整个安讷西的人时至今日依然记忆犹新。

一天清晨，他躺在被中，更为准确地说，是躺在床上静候前来申请诉讼的当事人。他的头上戴着一顶搭配着两个粉红的丝结的相当华丽、洁净无瑕的睡帽。一个农村人前来并轻叩他的卧室门。这个时间女仆刚好外出了。这位首席法官听到持续不断的叩门声，便喊道"请进"，由于他的呼喊声略微过高，因此传出的便是他那尖细的声音。这个农村人走了进来，朝四处张望着，以寻觅这个女性嗓音来自何处，当他发现在床上躺着的人头戴女性睡帽与女性丝结的时候，便赶忙对这位夫人致歉，同时准备退出去。西蒙先生因此感到愤怒，嗓音越喊越尖细。这个农村人更加肯定躺在床上的是个女性，感觉自己遭受了欺辱，因此便顶嘴讥讽咒骂起那个女人，依照模样来看她仅是个破烂货，同时又说首席法官即使在家也无法树立优秀的榜样。这位首席法官愤怒到不能自已，由于手边并无其他物品，于是拿起夜壶，打算扔向那个不幸的农村人，就在此时，女仆出现了。

尽管这个身材矮小的人在身体方面遭受了大自然的冷落，但却在智慧方面获得了弥补。他一生下来就非常聪明，同时极其努力地让自己的智慧更加异彩纷呈。听闻他是个非常优秀的法学家，但是，他对自己的本专业并不感兴趣，反而将精力投注在文学领域，而且小有收获。他特意从文学中获取华美的外形与漂亮的词语，以此让自己的言谈趣味无穷，以至在女性面前同样备受瞩目。他将"文选"这一类书本中的全部名言警句都背诵得滚瓜烂熟，以至具备可以将这类东西使用得异常贴切的独特技能，可以将六十年前发生的一件事表述得如此悦耳，如此生动，如同昨日才发生一般。他通晓音乐，同时能以他那男性的嗓音唱出动听的歌声，总而言之，对一位法官而言，算得上是才艺非凡了。因为他不停地向安讷西的贵妇们献殷勤，因此他便成了她们之中的一个风云人物，一个不停阿谀奉承贵妇人的小猴子。他偶尔甚至会吹嘘自己曾有过如何的艳遇，这使得那群贵妇听得非常兴奋。埃巴涅夫人曾认为对如同他这样的人来说，让他亲吻女人的膝盖便是最大赏赐了。

由于他阅读过非常之多的伟大作品，同时喜欢探讨文学作品，因此他的言谈不但妙趣横生，而且还能让人大有收获。我在日后专心读书期间与他交往甚密，此事对我产生了非常多的好处。我在尚贝里居住的那段时间，偶尔会从尚贝里跑去探望他，他非常赞赏我孜孜不倦的精神，同时不停激励着我，在书籍选取方面同样给予我许多宝贵的意见。我从他所给出的这些意见中大受裨益。遗憾的是，这个孱弱的身躯拥有一颗极其敏感的心灵，若干年之后不晓得是何事致使他整日悲伤不已，并最终去世。实在是非常遗憾，他确实是一个矮小但却善良的好心人，一个人最初会认为他很滑稽，但最终会喜欢上他。尽管他这一辈子与我之间并无多么深厚的关系，但是由于我在他身上获得了一些裨益，为表示谢意，我觉得理应写下这段文字以此缅怀他。

一旦我时间比较充裕时，便会跑到加蕾小姐居住的那条街道上去，期望在那个地方观察从她家进进出出的人，即使是望望某扇打开的窗户也会感到非常开心。然而，我却连一只猫都未曾发现。我在那个地方静候了很长时间，那栋房屋的门窗一直紧紧关闭着，仿佛自始至终根本就没人居住一般。那条街道既狭窄又宁静，一旦有人在那个地方来回踟蹰，便极易引发人们的关注；即使偶尔会有人出现，也全是从位于左右两侧的邻居家中出入的人。我矗立在那个地方，感到极其窘迫：我觉得人们早已预料到我为何老是站在那个地方，越是这么想，我便越发感到难受。尽管我是在寻求快乐，但我却更加看重自己喜爱之人的名誉和安宁。

最终，我不想再扮演西班牙式的情人角色了，更何况我并没有一把吉他，因此便下定决心给葛莱芬丽小姐写封信。原本我打算直接将信寄给她的女性同伴，然而我却毫无胆量；由于我最先结识的是葛莱芬丽小姐，后经她引荐才得以结识另外一位小姐，况且我跟她更为熟悉，因此我便决定先给葛莱芬丽小姐写封信。信写好以后，我便送至吉萝小姐那里，通信方式是这两个小姐在我们分别之时想出来并约好的。吉萝小姐将刺绣作为谋生手段，偶尔会去加蕾夫人家中干活，因此拥有从她家出入的优势。只不过对于我所选中的这位信使，我并不觉得她是值得信赖的，然而我又害怕对人选若是过于苛刻，她们便无法找到其他人了。况且，我又不敢断言她对我依然抱有自身的幻想。倘若她竟然会如同那两位小姐一般将我当作对象，我会感到耻辱。最终，我觉得有这样一个传信人终归要比没有的好，因此我只好铤而走险撞撞运气了。

我方才开口，吉萝小姐便猜到了我的用意；实际上这并没有多难。暂且先不讨论拜托她帮我向一位少女传信一事本身便表明了问题，仅仅从我那愚笨与难堪的模样来看便将我的所有秘密暴露出来。你们能够想象得出，拜托她去完成此事并不会让她感到多么高兴，然而她答应了，并且诚恳地完成了这一任务。次日上午我去她家，收到了回信。我是多想立刻跑到外边去阅读这封信，而且肆无忌惮地亲吻这封信啊！这些全都无须多言了。理应多说几句的反而是吉萝小姐在那个时候的态度，在我看来她所呈现出的安静以及沉稳完全超出我的想象。她具备充分的理性来进行判定：以她三十七岁的年龄，两只兔儿眼，鑲鼻子，尖细的嗓音以及黝黑的脸颊，来与这两个娇艳如花的漂亮的少女进行比较，很明显是位于劣势的。她既不愿意毁了她们的事情，同时也不想为她们竭尽全力；她宁肯失去，也不想因为她们而将我留下。

麦尔赛莱由于无法获知她女主人的半点消息，不久前便想回到弗赖堡。如今在吉萝的催促之下，最终下定决心。吉萝不但劝说她回到弗赖堡，同时还示意她最好能找人送她回家，而且提议让我去送她。年纪尚轻的麦尔赛莱对我没有厌恶之感，愉快地接受了这个提议。她们俩当日便如同事情早已彻底决定好了一般来找我商量。我对如此随意指派我的行为没有感到丝毫的不悦，反而立即同意了;我觉得,走这一趟顶多是七八天的工夫。然而吉萝小姐却有她自己的一套规划,她将所有事宜都安排妥当了。我不得不对我的经济状况做一坦白。她们同样考虑到了这一点,麦尔赛莱同意承担我的路费;并且为了将承担我的费用省下来,她还遵循我的提议率先将她的小型行李寄走,而后我们便将旅途划分为若干段缓缓地徒步前进。之后我们便如此进行了。

我在此处提及有如此之多的少女倾慕于我,内心却感到非常抱歉。然而由于我无法妄谈自己从这些艳遇中获得了怎样的好处,因此我觉得可以无所顾忌地将这些事实讲出来。麦尔赛莱的年纪要比吉萝小,同时不如她那般无所不知,一直以来从未公开对我说些挑逗的话。然而她却效仿我的嗓音、我的声调,抑或是重复我所说的话,她对我展示了本应是我给予她的关心。同时因为她天生胆小,整个旅途中她最为关切的事便是入夜后我们务必要在同一间房里就寝,很明显,对一同旅行的一位二十岁的小青年与一位二十五岁的女孩而言,如此亲密的安排很少会止步于这一点。

只不过这一次恰好止步于这一点。尽管麦尔赛莱并不怎么让人厌恶,但却因为我太过于单纯,整个旅途中我内心不仅毫无做点风流韵事的想法,以至压根儿就没动过如此的心思;纵然是略有如此一丁点的想法,我也愚笨得不知所措。我无法想象出一位年纪轻轻的女孩与一个小青年为何会在一起入睡。我觉得如此提心吊胆的安排务必要用好几个世纪来加以准备。倘若不幸的麦尔赛莱打算通过为我承担路费的方式来谋取什么报答的话,她便打错算盘了。我们如同从安讷西启程时一样,中规中矩地抵达了弗赖堡。

途经日内瓦时,我并未去探望任何人,然而当我站在天桥上时,内心感到极其难过。每次当我看到这座幸福之城的城墙时,抑或是走进市区中时,没有一次不会因为内心过于亢奋而无法自控。当自由自在的高尚表征致使我的心灵上升至美好境地的同时,公平、团结、良好风气的表征同样让我为之动容而泪流满面,一种猛烈的悔恨之感自然而然地出现,悔恨自己本不该丧失诸如此类的幸福。我曾经坠入何其深重的失误之中啊,然而,像我这样的失误又是如何顺其自然的啊!由于我的内心之中总是惦记着这一切,因此我曾幻想可以在自己的祖国中欣赏到这一切。

尼翁是我们旅途中必须经过的一个地方。难道我会从家门口经过而不去拜见父亲吗?倘若我真有胆量这么做,那我日后必定会悔恨至极。我让麦尔赛莱待在旅馆里,毫无顾虑地去探望我的父亲。哎!我曾经的畏惧是多么的毫无道理啊!他刚一见到我,便将他心中满溢的爱子之情彻底宣泄出来。当我们彼此相拥时,流出了多少泪水啊!一开始,他觉得我会永远待在他身边。我向他讲述了我的处境与规划。他仅是略微劝说了我一下，对我指明了我所能遇到的风险，同时告诉我少年的叛逆阶段终归是越短越好。然而，他并无想要挽留我的示意，对于这一点我认为他做得没错。只不过能够断定的是，他并未竭尽全力地挽留我。这可能是因为他早已察觉我无法从自己所步入的道路上回头，也可能是因为他并不晓得究竟该如何应对像我这个年纪的孩子。之后我才明白，他对我的旅行伙伴抱有一种非常错误的、偏离事实的想法，不过这也是合理的。我的继母是一个心地善良且略有些世故的妇女，表现出想要挽留我享用晚餐的模样。我并没有吃；只是我告诉他们，返程时我准备与他们相处一段时间。由于我想轻装上路，因此我将一个通过水路运来的小型行李暂时放在他们这里。次日清晨我便起身出发了，由于我看望了自己的父亲，而且有胆量履行自己的责任，因此我感到发自内心的高兴。

我们顺利抵达了弗赖堡。在旅途马上就要结束之时，麦尔赛莱小姐慢慢地对我不再那样谄媚了，以至抵达目的地之后，她对我便表现得非常冷漠，更何况她父亲的生活条件不是很富足，于是便没有特意款待我，我只能去小旅店居住了。次日我去拜访他们，他们邀请我享用午餐，我也欣然答应。我们毫无留恋地彼此拜别。那天晚上我回到小旅店，次日便出发了，至于去往何处我本人并没有什么想法。

在我的这一生之中，这是上天再一次给予我的一个能够过上甜蜜生活的绝佳机遇。麦尔赛莱是个非常出色的女孩，尽管并没有过人的姿色，但却一点儿也不丑陋，虽不是非常活泼，但却非常灵活，偶尔也会使点小性子，但哭闹一阵儿也便结束了，始终不会由此而引发更多的风波。她确实对我抱有爱慕之情，我能轻而易举地娶她为妻，同时继承她父亲的工作。我对于音乐的热衷同样可以让我对他的工作抱有好感。如此一来，我便能够在弗赖堡成家立业；尽管这个小城镇不是特别美丽，但这里的居民全都非常和善。毋庸置疑，我必然可以拥有安稳的生活，只是我也会因此而丧失无数享乐的机会；与此同时我理应要比任何人都明白，这个交易之中并没有什么好犹豫的。

我不愿意重返尼翁，而是打算去洛桑。由于在洛桑那里观赏湖水能够一览无余，因此我打算去观赏那片漂亮的湖水。我心中用以控制我行动的动机大部分都不是非常坚定。对我而言，远大的目标总是如此缥缈，以至让我难以有所行动。因为我对未来毫无自信，所以我总是将那些需要长久执行的计划看作是骗人的把戏。正如其他人一样，我同样会怀有某种期望，只不过这必须是毫不费力便可以达成的期望。倘若需要长久的辛苦付出才能实现，我便做不到了。因此，相比天堂之中的长久的幸福，这种触手可及的一丝小满足更能吸引我。

然而由于我仅对纯粹的快乐抱有好感，倘若清楚晓得事后会感到后悔的话，那便称不上是纯粹的快乐，正因如此我并不会去寻求那种事后必定会感到难受的快乐，这样的快乐无法诱惑我。

无论是什么地方，我迫切需要找到一个落脚点，并且距离越近越好。因为迷路，我在晚上才抵达默东；在那个地方，除了保留十个克勒蔡尔①，我将仅存的一点钱全部用光了，而那十个克勒蔡尔也因次日要吃一顿饭而花完了。当天晚上，我抵达了距离洛桑不是很远的一所小村庄。虽然那个时候我身无分文，但我却依然朝一家小旅馆走了进去，至于进去以后的后果如何，我根本不知道。我饥饿至极，便佯装大方地如同完全能付得起钱的模样来享用晚餐。结束晚餐后，我毫无顾虑地上床入睡，睡得特别安详。次日清晨，在结束早餐后与店主结算账务，总共需要支付七个布兹②。我打算将我的短外套作为抵押，那位心地善良的店主谢绝了，他告诉我，感谢上天，他始终没有扒过他人的衣物，同时不愿因为七个布兹而将这一惯例打破，他让我保留自己的外套，待日后有钱时再来偿还账务。他的善意让我感动不已，然而，我当时所体会到的感动其实还不充分，同时也远远没有我在日后回想时所体会到的感动深厚。没过多久，我便委托一位值得信赖的人将钱送给他并向他表达谢意；然而，十五年过后，当我自意大利返回再次途经洛桑时，让我备感可惜的是，我居然将那间旅馆与店主的名字遗忘了。否则，我必定会去探望他，并用一种发自肺腑的真实的快乐向他提及当时他的善行，同时会向他表明他在那时的一番善意并未被忘却。毋庸置疑，相比于为实现自身的虚荣感而向他人施以援助，抑或是为之付出更多的，对我而言全都远不如这个老实人毫不夸张、纯朴且诚恳的举动更加令人感激。

即将抵达洛桑之时，我便开始在心中盘算自己目前的处境，开始想方设法地思考如何才能从贫困中逃脱出来，以免让我的继母发现我这个穷困潦倒的模样。我觉得自己在这次徒步旅途中所遭遇的一切，与我的那位名叫汪杜尔的友人初到安讷西时的遭遇完全类似。我因为这个念头而感到兴致盎然，所以并未顾及我既不像他那样能说会道，又不具备像他一样的才干，便非要在洛桑充当一个小汪杜尔，将我本人并不通晓的音乐传授给他人，自诩我来自巴黎，然而事实上我压根儿就未去过巴黎。在这个地方，并没有一间可以让我谋得一个下级职位的音乐院校，并且我也不想贸然混进专业艺人之中；为了实施我的完美计划，我只能先打探什么地方有既可以住宿又非常便宜的小旅馆。有个人对我

---

① 当时瑞士的钱币，约合三个法郎。
② 当时瑞士的钱币，约合三个法郎。

说，一位名叫佩罗太的人愿意让路过的旅客在家中借宿。这个佩罗太是全世界最善良的人，他极其热情地款待了我。我将提前备好的一番谎话告诉他，他同意帮我安排，为我招揽学生，同时告诉我，待我赚钱之后才会跟我讨钱。他所规定的食宿费用是五个埃居①。虽然这个数目原本算不上什么，但对我而言却非常可观。他向我提议最初先入半伙。这里所说的半伙是指午饭仅有一盘还算不错的浓菜汤，除此以外别无他物，等晚上便能饱餐一顿。我答应了。这个不幸的佩罗太怀着莫大的热心肠给予我百般关心，只要是对我有利的事情全都竭尽全力。

为何我在年轻时能够碰到如此之多的好人，但当我年岁变大时，这种好人却越加稀少了呢？难道是好人全都绝迹了吗？并非如此，这是因为如今我寻求好人时所处的社会阶级早已不同于往日。在普通民众之间，尽管只是不时地表露出热诚，但是自然表露的情感却到处可见。然而在上层社会之中，甚至就连这种自然情感也彻底消失了。他们以情感作为幌子，仅仅受制于利益或者虚荣心。

我从洛桑给父亲寄了封信，他将我的那件小行李寄了过来，同时附带了一封满是忠诚劝告的信。我本应从他的教导中获得非常不错的启示。我在前边早已提及，我的理智偶尔竟会处于一种无法想象的混乱状态，从而让我彻底变为另外一个人。以下又将会是一个显著的事例，若想了解我头晕眼花至何种地步，我让自己汪杜尔化（倘若能如此表述的话）到了何种地步，只需看看此时我做了多少件荒诞不经的事情便足够了。我甚至都看不懂歌谱，但却就这样当起了音乐老师。当然，我曾经与勒·麦特尔相处了六个月，我确实接受了部分教导，然而这短短六个月是全然不足以掌握的，况且我又是追随如此的一位大师进行学习，命中注定是无法学成功的。在我看来，对于我这个来自日内瓦的巴黎人，同时是新教国家中的天主教徒，务必要改名换姓，正如同我曾更改国籍与宗教一样。我始终在竭尽全力地让自己更加类似于我所仿效的那个人。他的名字是汪杜尔·德·维尔诺夫，因此我就将卢梭这个名字改写为福索尔，全称是福索尔·德·维尔诺夫。尽管汪杜尔会创作曲谱，但却从不会加以炫耀；我原本并不会创作曲谱，但却对每个人吹嘘自己会作曲。我甚至都不晓得最为简单的流行歌曲，但却自诩为作曲家。不仅如此，有人将我引荐给一位名叫特雷托伦的法学教授，他非常热衷于音乐，时常会在家中举办音乐会；我打算送他一个能够彰显我才能的样品，因此我居然贸然地佯装出懂得如何作曲的模样，为

---

① 当时法国的一种银币，每个埃居合三个法郎。

他筹办的音乐会创作起歌曲。我为完成这个出色的作品而整整工作了两个礼拜,誊清、标定音部、信心满满地划定乐章,仿佛这果真是一部杰出的音乐作品一般。最终,虽然说出来会让人无法相信,但却是千真万确的:为了完美地让这个出色的作品告一段落,我在尾部增添了一段动听的小步舞曲,这段曲调曾在街头巷尾风靡一时,或许此刻依然有很多人会记得以下这几句在当时极为盛行的歌词:

如此多变!

如此不公正!

为何! 你的克拉丽丝

玩弄了你的爱情! ……

这首配有低音的曲子是汪杜尔传授给我的,由于之前的歌词相当猥琐,我才得以将这个曲调铭记于心。我将之前的歌词删掉,将这段小步舞曲与配有低音的部分作为我的那部作品的尾声。我仿佛是在与月球上的居民谈话似的,非要说这首曲子是我本人创作的。

人们聚集在一起演奏我所创作的这部作品。我对每个人解释乐曲的演奏速度、风格、各个音部的重复等需要加以注意的事宜,实在是忙碌不堪。众人校对音准的那五六分钟,在我看来仿佛是经过了五六个世纪。最终,所有事宜都准备妥当,我将一个好看的纸卷在指挥台上击打了若干下,意为:请注意。所有人都变得安静起来。而后我便严谨地打起拍子,演奏随即开始……千真万确,从法国歌剧出现以来,没有人听到过如此难听的曲调。无论人们对我自认为卓越无比的艺术才华抱有怎样的看法,反正此次演奏要比人们所设想的效果更加糟糕。乐手们实在是禁不住想要大笑;听众们全都诧异地瞪大双眼,想要将两只耳朵堵起来,只可惜无法做到。我的那群顽劣的合奏乐手又成心搞起恶作剧,发出一些噪音,以至能将聋子的耳膜穿破。然而事关脸面,我没有胆量溜之大吉,唯能任由命运捉弄,自始至终坚持着,纵然是有大滴的汗水径直地往下流。我获得的抚慰,便是听见身旁的部分听众在轻声低语:"实在是无法忍受!如此丧心病狂的音乐!这简直是恶魔的集会啊!"不幸的让-雅克! 身处在如此残忍的时刻,你根本不会料想到,有朝一日你所创作的音乐会在法兰西国王以及整个王宫的盛装出席之下进行演奏,而且会引发热烈的欢呼与赞扬,那些美丽的坐在包厢中女人会交头接耳道:"何等悦耳的音乐啊! 何等动听的响声啊! 这简直是沁人心脾的旋律啊!"

然而,让在场的所有人都兴奋不已的是那段小步舞曲。方才演奏了若干个小节,便从四处爆发出人们的哈哈大笑声。人们全都对我这首歌曲所表达的韵味示以庆贺；他们认为这段小步舞曲必然会让我声名大噪，而我也必然会在各个地方受到人们的热烈追捧。我不必再对我的烦闷加以表述，也无须承认我是自讨苦吃了。

次日，一位名叫路托尔的乐队成员来探望我，他为人非常好，并未对我的成功表示道贺。我因为深刻地意识到自己的愚笨和惭愧，对自己竟然会沦落至如此境地而感到伤心与绝望，我无法再将所有的一切隐藏在心中了。因此我便将内心之中的一切难以忍耐的苦楚全都告诉了他，与此同时我也泪如雨下，我不但向他坦白自己对音乐的一窍不通，并且将事件的完整经过全部告诉他，我请求他为我保密，他也欣然应允了，至于他如何坚守承诺，那自然是能想象出来的。那天晚上，整个洛桑的人们全都晓得我是什么人了。然而让人感到诧异的是，居然并无一人向我展现出已经洞悉此事的模样，甚至是那位热心肠的佩罗太也并未因为了解真相而终止我的食宿。

我虽然持续生活着，但却极其烦闷，如此的一个开始，其所导致的结果并不能让我继续在洛桑开心地居住。我并没有招来多少学生，甚至没有一位女学生，同时也没有一个是本地人。仅有两三个愚笨的德国学生，他们的愚笨程度正如同我的无知一般；这几位学生实在是令我厌恶至极，他们在我的教导之下绝对无法变成大音乐家。唯有一户人邀请过我，他们家有个狡猾的小女孩，她有意地摆出很多乐谱让我观看，只是我连一个都看不明白，但她却在教师眼前奸诈地演唱起来，并让教师指导该如何演唱。面对一张乐谱，我无法做到只看一眼便能立即读出。这种情形便如同我之前所讲的那个荒诞的音乐会，我始终都无法跟上演奏，无法判定所演奏的是否与摆在我眼前的、我本人的乐谱相一致。

处于这样一种让人窘迫的生活环境中，我偶尔会从我的那两位迷人的女性友人的来信中获得些许慰藉。一直以来我都是在女性身上获取莫大的抚慰，当我运气不佳时，再也不会有比一位动人的女孩的关切更能降低我的苦楚了。然而，这样的通信方式在不久之后便结束了，之后再也未能恢复，那都是我的失误。我更换住址之后忘记向她们告知我的新地址，并且由于我务必要时时刻刻地思考自己的事，因此不久之后便将她们彻底遗忘了。

我有很长时间没有谈到我的那位不幸的妈妈了，然而，倘若有人因此以为我同样将她遗忘了，那便是大错特错的。我自始至终都惦记着她，而且渴望能再次寻找到她，这不只是为了自己的日子，更是因为自己内心的需求。无论我对她的迷恋有多么热烈，多么用情至深，却依然不会阻碍我去喜欢上其他人；只不过这是另外一种形式的爱。我对其他女性的喜爱仅仅是因为她们的姿色，只要她们的姿色随年岁逝去,那么我对她们的爱意也便结束了。虽然妈妈可能会慢慢变老变丑,然而我对她的喜爱之情并不会因此而减少。一开始我的这颗心所敬仰的是她的美貌,然而此刻早已彻底转变成对她个人的崇敬了。因此,无论她的容貌将会变得如何,只要她依然是她本人,我对她的情感自始至终便不会发生改变。我非常清楚我理应感谢她,然而事实上我却并未考虑到这些。不管她为我做了些什么,抑或是并未做什么,我对她从头到尾都是一成不变的。我对她的喜爱,既不是由于责任感,也不是出于个人利益,更不是因为便利的动机。我之所以喜爱她,那是由于我一生下来便是为了爱她。当我与其他女性相爱时,老实说,我的内心同样会分散一部分,于是想念她的时间便减少了,然而,自始至终我都怀着相同的欢乐的心情去想念她,并且,无论我是否正与其他女人相恋,只要我一想起她,便始终觉得只要没与她待在一起,我便毫无真正的幸福可言。

尽管我已好长时间没有获知她的动向,但我绝不会相信自己早已失去她,同时也不愿相信她会将我遗忘。我在心中暗想:"她早晚会得知我过着四处流浪的生活,到那个时候,她肯定会向我透露一点消息,毫无疑问,我肯定会与她再次相见。"此时能够在她的家乡居住,从她踩过的街道上走过,从她居住过的房屋前方经过,对我来说全都是非常快乐的事情。但是,所有的一切都仅是我的幻想,由于我具备一种非常奇怪的傻劲儿,除了迫不得已,不然我绝对没有胆量去打探她的消息,甚至于不敢提及她的姓名。我认为一旦提及她的姓名,便会将我对她所抱有的一片深情全部暴露,我的嘴巴便会将内心的隐秘泄露出来,这在某些层面对她而言难免会造成不利影响。以至我会认为这样的念头中隐藏着些许畏惧,我害怕有人会向我说些有关于她的恶言。对于她的背井离乡人们做了许多讨论,至于她的品性同样进行过部分讨论。与其听其他人讲些我并不乐意听到的言论,倒不如什么都不谈及。

我的学生并没有占用我太多的时间,加之她的诞生地距离洛桑并不是非常遥远,仅有四里约的距离,于是我便利用两三天的时间,怀着最为愉悦的心情去那个地方赏玩了一阵。日内瓦湖的美景与岸边秀丽的风景,始终在我心中形成一种无法言表的独特魅力,如此的魅力并不仅是因为美丽的景致,更是因为一种我本人也无法言明的、令我动容、令我亢奋的更加富有韵味的东西。每一次当我来到此处,都会勾起我无数的感慨,让我怀念到:这里是华伦夫人的诞生地,是我父亲曾经居住过的地方,是菲尔松小姐令我情窦初开的地方,更是我小时候有过很多次快乐旅行的地方;除了这些,我认为还存在一种比这全部的一切更加深邃更加猛烈的令我内心亢奋的原因。每次在我迫切地渴望享受我生而享有的但却总是无法获得的那种甜蜜安逸的生活,由此导致我出现幻想的时候,我的幻想始终会留恋于这片土地,留恋于这片湖水,以及这一块块风景迷人的田野中。我必须要在这个湖畔旁建起一片果园,而并非是其他地方;我要拥有一个可靠的友人,一个动人的太太,一间小屋,一头乳牛以及一艘小船。等未来我拥有这一切时,我才称得上获得了世间圆满的幸福。为了寻找这种幻想之中的幸福,我无数次曾经跑去那个地方,我本人对于如此幼稚的行为同样觉得滑稽。我在那个地方所诧异的是:居住在那个地方的人们的个性,特别是女性的个性,与我之前所想象的截然不同。依我看来,那是多么的不相匹配啊!我自始至终觉得那个地方与居住在那个地方的人们是极其不和谐的。

在我去往佛威的旅途中,我一边顺着优美的湖岸线缓慢前行,一边陷入最幸福的忧愁中去。我的这颗包含热忱的心渴求着无数朴实的幸福;我悲喜交加,长吁短叹,以至如同一个幼童一般放声大哭起来。我曾无数次止步坐在大岩石块上放声大哭,眼看着自己的泪水滴入水中。

我在佛威一家名为"拉克莱"的旅馆落脚,两天中并未去探访任何人;我对这座城市产生了情感,每一次旅行时我都情不自禁地心驰神往,最终使得我将自己小说中的主人公安置在这个地方。我确实想要对所有富有鉴赏能力与情感丰富的人说:"你们去佛威这个地方看看吧,欣赏一番那里的美景,在湖面上划船,请你们本人讲讲,大自然之所以打造出如此漂亮的地方,是否因某位朱丽叶、某位克莱尔或是某位圣普乐而造,然而,千万不要去那个地方寻觅他们。"此刻还是来说说我的事情吧。

既然我是一个天主教徒,同时又无所顾虑,因此我便光明正大、问心无愧地奉行我所信仰的宗教仪式。一到星期天,只要天色晴好,我便会前往距离洛桑仅有两里约远的亚森去参与弥撒。我往往是与别的天主教徒一同跑这一段路,尤其是一位以刺绣为生的巴黎人,我忘记他的姓名了。他并非是像我这样的巴黎人,而是一个货真价实的巴黎人,一个头等的巴黎人,他对天主感到敬重,为人处世十分敦厚,反而像是个来自香槟省的人。他过于热爱自己的家乡,甚至不愿对我的巴黎人身份做出质疑,恐怕一揭穿便会失去能够一起谈论巴黎的机会。名叫库罗扎的副司法行政官家有一位园丁同样是巴黎人,然而其为人便没有那么平易近人了,他觉得一个人原本就不具备成为巴黎人的幸运,竟然敢假扮巴黎人,这便有损他家乡的声誉。他时常会用深信掌握了我的把柄的神态质问我,而后展现出不怀好意的浅笑。有一次他向我询问新市场上都有些怎样的稀罕之物。那个时候我随意瞎编了一番,这是能够想象得到的。现在,我已在巴黎生活了二十年,理应对这座城市了如指掌,然而倘若今天有人问我相同的问题，我依然会如同当时一样难以作答，而当人们发现我如此窘迫，必然也会断定我始终都未去过巴黎，这是由于纵然是将事实摆在眼前，人们常常也会依照错误的原则去对事物横加断定。

至于到底在洛桑待了多长时间，我本人也无法说清楚。这座城市并未带给我深刻的印象，我仅仅晓得由于无法继续生活，我便前往讷沙泰尔了，并在那里度过了一个冬季。我在这座城市中过得相对顺畅；我在那里招收了若干个学生，收入足够还清我在那个名叫佩罗太的热心友人那里拖欠的债务。尽管我欠了他很多钱，但在我离开之后，他依然好心好意地将我的那个小包裹寄了过来。

在向他人教授音乐的过程中，我也潜移默化地学会了音乐。我的日子过得非常安逸，一个通情达理的人必定会对此感到心满意足；然而，我那颗不安分的内心却渴求着其他东西。礼拜日或是别的空闲时段，我往往会跑去户外和周边的树林中，在那个地方来回踟蹰，不停地冥思苦想，不停地唉声叹气。一旦走出城市，必定会到晚上才得以回来。有一天，我进入布德里的一间小酒馆吃午餐：我发现了一个拥有大胡须的人，他身上穿着一件希腊风格的紫色服饰，脑袋上顶着一个皮帽，从他的着装与仪表可以看出非常显贵。然而他所说的话却实在是无法让四周的人听明白，这是由于他讲的是一种非常难以理解的方言，除了与意大利语有些相似之外，和任何一种语言都全然不像。然而，我却几乎可以完全听懂他所说的话，并且只有我一个人能听明白。他偶尔不得不通过手势比画以让店主与本地人明白他想要表达的意思。我用意大利语和他讲了若干句，他竟然全都听懂了。他马上起身来到我面前，同时热情地将我拥入怀中。没过多久我们便成了好友，从这个时候开始，我便担任起他的翻译。尽管当时我身上所穿的那件新近购买的紫色小外套与我的新工作倒也还算匹配，然而，我的模样确实并不够显眼，因此他并不觉得我有多难争取。他完全没有猜错，此事不久便谈好了。我并无任何条件，但他却做出了很多承诺。既没有一位中间人，又没有什么担保，甚至没有一位熟人，我便心甘情愿地任由他指派。次日，我已踏上通往耶路撒冷的旅途了！

我们的旅途始于弗赖堡州，他在那个地方并未有太多收获。主教的职务既不容许他向其他人乞讨，又不容许他向私人寻求捐助；我们跟元老院说明了他的任务，元老院仅仅给他一笔少得可怜的钱。我们从弗赖堡来到伯尔尼，这个地方的手续非常烦琐，仅仅是审核他的那些证件便无法在一天之内完成。我们在当时名叫"大鹰旅社"的上等旅店投宿，住宿在此处的全都是些上层社会的角色，餐厅中有许多人在吃饭，饭菜同样是一流的。我已经很长时间没吃过好的饭菜了，恨不得好好补充下营养，现在既然有如此绝佳的机遇，我便要尽情地享用一番。这位主教本身便是一个爱好社交的上层人物，生性开朗欢愉，乐于在饭桌上与人交谈，与能听明白他的话的人交谈起来显得饶有兴致。他在各个领域都博学多识，每次在他显摆自己的那套深奥的希腊知识的时候，着实令人神往。有一天，在饭后享用点心时，他用钳子来夹取胡桃，一不小心在手指上扎出一个深深的破口，血液止不住地往外流，此时他将手指伸出来向在场的人展示，同时笑着说道："Mirate, signori, guesto è sangue pelasgo."①

　　我们在伯尔尼的时候，我向他提供了不少的帮助，我的功绩并没有我担忧的那般糟糕。我处理起事务既富有胆识又能说会道，这是我在替自己办事的时候从未出现过的情况。此处的事务并非如同在弗赖堡似的那样容易，务必要与本邦的头领们进行反复且冗长的讨论，并且对他证件的审核并非是一天就能办完的事情。最终，所有手续全部处理妥当了，元老院同意会见他。我以他的随身翻译的职务与他一起前往，同时人们还要求我发表演说。这确实出乎我的预料，原因是我根本不曾预想到在与元老们单独商议许久之后，还需要进行公开演说，这便如同刚才什么也没谈论一般。请试想一下，当时的我该有多窘迫啊！不光是要面对众人，并且是在伯尔尼的元老院中，甚至没有一分钟的准备时间便要立即发表讲话，对像我这种非常容易羞涩的人来说简直是要了命了。但是，那个时候我竟然没有感到丝毫的怯弱。我对这位希腊主教的工作进行了简洁明晰的说明。我向已经捐款的王公们的真诚表示赞赏。我称赞他们一直以来都是助人为乐的，所以便对他们抱有相同的期待，目的在于激发元老院诸位不愿落后于他人的心理，而后我甚至竭力表明此事对全部的基督教徒来说，无论是何种派别，都是一件善事，我在结尾说道，上天必定会向支持这件善事的人施以恩惠。我不可以认为是我的演说产生了效果，然而，这番话的确深受追捧，因此结束会见之后，我的这位主教获得了一笔数目庞大的捐款，同时他的秘书的才华也获得了赞赏。对我而言，将这些赞赏的言辞翻译出来自然是一件值得高兴的事，只是我却并未敢逐字逐句地翻译给他听。这是我有生以来在公众中间并且还是在最高权势者眼前进行的唯一一次演说，同时也是我所进行的唯一一次果敢且完美的演说。完全相同的一个人，他的才干在不同时期居然会有如此之大的区别：三年前，我曾前往伊弗东探望我的一位名叫罗甘的旧相识，因为我向这座城市的图书馆捐赠了一些书籍，他们便委派一支代表团前来向我致谢。瑞士人是最乐于夸夸其谈的，因此那群先生们对我说了一大堆表示谢意的话。我认为务必要有所回应，但是，我那个时候却感到异常窘迫，不知道该怎么

---

①　意大利文，意思是"大家请看，这就是真正的古希腊人的血"。

说。我的思绪十分混乱，情急之下我竟连一句话都讲不出来，最终颜面尽失。尽管我生性胆小，但在我年轻时却也有若干次算得上是英勇一点，成年之后我便再也没勇敢过。我的社会经历越是丰富，我的言谈举止便越是无法与它的步调相一致。

我们从伯尔尼启程前往索勒尔。主教打算重新选取途经德国的路线，经由匈牙利或是波兰回到本国。虽然这将会是一段遥远的旅途，然而这一路上他的钱包多进少出，因此他自然不会畏惧绕远路。至于我呢？无论是乘马或是步行，我都感到非常开心，倘若可以如此旅行一生，则是我梦寐以求的。只不过命中早已注定，我无法抵达如此遥远的地方。

参见法国大使便是我们抵达索勒尔的首要任务。我的这位主教实在是倒霉，这个法国大使便是那位名叫德·包纳克的曾担任过驻土耳其大使的侯爵，与圣墓相关的所有事宜他肯定了如指掌。主教的觐见为时只有一刻钟，由于这位大使听得懂法兰克语，并且他的意大利语起码与我相当，因此并未让我一起入内。那个希腊人走出来以后，我正打算追随他时，却被阻拦了。此刻该我去参见他了，既然我自诩为巴黎人，便会如同其他巴黎人那样来接受大使阁下的管理。大使询问我到底是何人，并劝说我对他坦白实情，我同意了，只不过我请求进行一次单独的会谈，他答应了这个请求并将我带至他的书房，同时将门锁上了。因此我便在那个地方跪倒在他脚下践行了我的承诺。纵然我并未许下任何承诺，但我同样不会少说一点，一直以来，我始终想要将自己的心事和盘托出，因此我想要表达的内容早已蠢蠢欲动，既然我早已对那个名叫路托尔的乐手坦白了一切，我便不打算在包纳克侯爵面前有所保留了。对于我所讲述的这段短暂的经历以及我说话时所表现出的兴奋之情，他感到十分满意，因此他便牵着我的手将我带进大使夫人的房中，向她介绍我，同时将我的遭遇做一简单说明。德·包纳克夫人热情地招待了我，并说理应不再让我追随那位希腊教士四处奔波了。当时做出的决断是：在还未将我安顿好以前，我暂时待在使馆里。原本我打算去与那位不幸的主教道别——我们之间的感情并不糟糕，然而却未被许可。他们通知他，我被扣留了，一刻钟以后，有人便将我的那件小包裹拿过来了。大使身边的那位名叫德·拉·马尔蒂尼埃的秘书看上去仿佛是在遵循命令照顾我似的，他将我带至那间为我准备的房中，告诉我："想当年，在德·吕克伯爵的保护之下，曾有一位与你拥有相同姓氏的名人①住过这间屋子，你理应在各个领域都可以与他相提并论，自然会有那样一天，当人们提起你们的时候，

---

① 指法国抒情诗人让-巴蒂斯特·卢梭（1671～1741）。

务必要用卢梭第一、卢梭第二来加以区分。"那个时候我丝毫没有与他所提及的那个人进行比较的想法，倘若我可以预料到接下来的每一日我会因此而付出多么巨大的代价，更不会对他的话感到动心。

我的求知欲被拉·马尔蒂尼埃先生的这几句话彻底激发出来了。我开始阅读之前在这间房中居住过的那个人所创作的作品。因为获得了其他人的几句赞美，我便同样觉得自己具备写诗的才华，作为练笔之作，我为包纳克夫人创作了一首颂诗。然而，我的这种兴趣很快就消失了。偶尔我也会创作出一些平淡无味的诗句，只不过这对使用优美的辞藻以及将散文创作得更加雅致来说，反倒不失为一种非常出色的练习。然而法国诗歌始终并没有对我产生多大的诱惑力，以至让我为它献身。

拉·马尔蒂尼埃先生想要观摩一下我的文采，于是便要求我将自己与大使之间的谈话内容写出来。我给他撰写了一封冗长的信件。听说，这封信之后被长久地保留在那位在包纳克侯爵手下做事的名叫德·马利扬纳的人手中，当德·古尔代叶先生担任大使之时，马利扬纳先生接替了拉·马尔蒂尼埃的工作。我曾经恳求德·马勒赛尔卜先生能够想方设法让我获得这封信的一个抄写件。倘若我可以从他或者其他人手中获得这封信，那么人们未来便能在我的这本《忏悔录》的附册的书信集中看到它。

当我慢慢汲取若干经验之后，我脑海中的浪漫念头也便随即变少了。打个比方吧，我不但没有喜欢上包纳克夫人，并且立即察觉自己在她丈夫这里根本不会有多大的发展。目前秘书一职由拉·马尔蒂尼埃先生担任，马利扬纳先生算是在静候填补他的空缺，而我可以期望的顶多只是担任助理秘书，对此我完全没有兴致。因此，当有人问我想要干什么时，我表示特别想去巴黎。大使非常赞同我的这个渴望，原因是一旦我离开，起码能够不再为他徒增麻烦。使馆的那位名叫梅尔维叶的翻译秘书对我说，他的友人高达尔先生是一位服役于法国军队的瑞士籍上校，这个上校此刻正打算为他的那个年纪轻轻便已服役的侄子寻找一个同伴，梅尔维叶先生觉得我非常合适。这个建议仅仅是不经意间提出的，但却被立即认可了，因此便决定让我即刻启程；对我而言，可以去巴黎旅游一番，自然会感到满心欢喜。他们给了我若干封信以及一百法郎的费用，并且对我说了很多忠告，之后我便出发了。

此次旅行是我在这一生之中度过的最为快乐的一段时光，总共花费了两个礼拜的时间。当时的我年纪尚轻身强力壮，同时充满了期待，手头的钱财又非常充实，而且还是独自一人所展开的徒步旅程。对我的个性有所不知的人，在看到我将后者都当作是一件乐事的时候，难免会感到诧异。我的那些幸福的幻想自始至终都追随着我，即使是我那热情似火的想象力也从未形成如此宏伟的幻想。倘若有人邀请我在他车上的一个空位子上就座，抑或是有人在旅途中与我攀谈，以此将我在徒步行进中所打造起来的空中楼阁打破，我必定会感到愤慨。此次我所幻想的是军营生活。我想隶属于一位军人，同时我本人也想要变成一位军人，原因是人们早已决定让我来担任军官的替补。我感觉自己早已穿上了一身军装，军帽上边有个非常好看的白色的羽毛装饰品。只要一想起如此的气势，我便感到兴奋不已。我对几何学与造城术略有所知；由于我的一位舅舅是工程师，因此我或多或少可以算作是出身于军官家庭。尽管我的近视眼会有所不便，但这却无法难倒我，我坚信自己的沉稳与果敢能够弥补这个缺点。我在一本书中了解到森贝尔格元帅①的眼睛近视得非常厉害，那么卢梭元帅为何就不可以近视呢？我越是这样浮想联翩，内心便越发觉得高兴，甚至出现在我眼前的仅有军队、城防工事、堡垒以及炮队，至于我则身处硝烟炮火之中，手持望远镜，镇定自若地站在那里调兵遣将。但是，当我步入美轮美奂的田野中，发现树丛与溪流时，如此精美绝伦的风景又让我情不自禁地感到忧愁且哀叹。因此，对我的丰功伟绩而言，我认为如此富于破坏性的混乱场景非常不相称于我的内心。所以，我便悄无声息地再次回到那个迷人的牧场，并且与战神的丰功伟绩永久隔绝了。

即将抵达巴黎近郊之时，我眼前所看到的场景与我所设想的相差甚远！我在都灵看见的那种宏伟的城市风貌、精美的大街、井然排列且对称的房屋，让我以为巴黎必然会别有风味。在我的预想之中，巴黎是一座精美壮丽的大都市，雄伟肃穆，四处遍布着熙攘的街道与金光灿烂的宫殿。然而当我经由圣玛尔索郊区走入城区时，我眼前所看到的是布满垃圾的小径，肮脏难看的房屋，四处呈现出一片污秽与贫困的景致，乞讨者、车夫、缝纫女以及沿着街巷喊卖药茶与旧帽子的妇女随处可见。眼前的这一切，最初便给予我如此猛烈的视觉冲击，以至我后来在巴黎发现的所有金碧辉煌的景象都无法将我脑海中最初的印象抹除，并且我心中自始至终潜藏着一种隐秘的厌恶之感，不想长时间居住在这座城市。从那之后，我在这个地方停留的一整个阶段，可以这样讲，其实只是想通过我的停留来寻找出如何远离这里而生存下去的方法罢了。太过跳跃的想象便会造成如此的结果：它将人们已经夸大的再次进行夸大，从而让自己所看见的始终要比其他人所表述的丰富。当人们向我肆意吹捧巴黎时，我确实将它幻想成远古时期的巴比伦——这是我凭借自己的幻想所描画出的巴比伦，如果我

_____

① 森贝尔格元帅，也就是森贝尔格公爵（1615～1690），是十七世纪极为有名的将领。

可以看到真实的巴比伦,只怕我同样会感到失望。我抵达巴黎的次日便去往歌剧院,对于这个地方我也抱有相同的感受;之后我又去游览了凡尔赛宫,也是相同的感受;紧接着我去观赏大海,又是如此。每一次当我本人亲自见到人们曾对我过度夸大的事物时,失望的感受完全一样:这是由于若想让自己所目睹的要比自己所幻想的更加繁多,这不但是人力无法达到的,即使是大自然本身同样无法胜任。

我带着引荐信前去拜访那些人,从他们对我所表现出的态度来看,我觉得自己必然是要走运了。收下那封极为诚恳的引荐信同时给予我最少安慰的人是苏贝克先生,他复员以后在巴涅享受着自由安逸的生活。我去那个地方探望过他很多次,但他却未曾请我喝过一杯水。使馆翻译秘书的弟媳,也就是梅尔维叶夫人,以及他的那个任职近卫军官的侄子相对热情地款待了我:母子两人不但热情地招待了我,甚至邀请我去他们家中吃饭,因此在我旅居巴黎的这段时间时常会去麻烦他们。根据我的观察,梅尔维叶夫人年轻时必然非常美丽,她拥有一头乌黑秀发,两个鬓角牢牢粘贴着旧式的发髻。她身上具备一种没有和娇容一同消失的极其让人喜爱的才情。能够看得出我的聪慧博取了她的欢心,与此同时她也竭尽全力地帮助我,只是并无一人赞同她,虽然一开始人们也曾向我示以关切,然而没过多久我便也从这种幻梦中逃离出来。然而,理应为法国人讲一句公道话,他们并非如同人们所形容的那样随意做出承诺,他们的承诺几乎都是诚恳的,只是他们常常会对你表现出一种关切的神态,这要比言谈更加容易欺瞒你。瑞士人所说的那些愚笨的客套话仅能哄骗笨蛋;之所以会觉得法国人的态度更具吸引力,便是由于相对单纯一点,常常会让你以为:法国人之所以不想对你说他们为你所做的事,旨在让你在未来能够收获意料之外的开心。我另有更深一层的想法:他们在表露情感之时,并无任何虚假的成分;无论其他人如何形容,他们全都生性乐善好施,待人敦厚热情,以至他们要比别的民族更加纯洁天真,只不过他们略有一点放荡不羁,略有一点变幻莫测。他们对你所表露的情感便是他们内心真实的情感,然而,这样的情感出现得快,消失得也很快。当你与他们面对面交谈时,他们对你表现得极其周到,然而只要你一走,他们便立即将你遗忘。他们的内心不会留存事物,所有的一切皆是昙花一现。

正因如此,我听到了无数溢美之词,然而实际获得的帮助却少之又少。我是被分配至高达尔上校的侄子身边的;这位上校是一个令人厌恶的老守财奴,尽管他非常富足,但却依然打算白白差遣当时穷困潦倒的我,他想让我在他那个侄子身边充当一个不拿工钱的仆人,而并非是一个真正的辅助者。担任他侄子的跟班虽然能躲过兵役，但我却仅有军官替补的薪水，换言之，便是我只能依赖士兵的薪水来生活。他非常牵强地为我缝制了一套制服，并要求我只穿军队分发给大兵的服饰。梅尔维叶夫人对他提出的要求感到非常愤怒，劝说我不要答应；她的儿子也持相同的看法。众人为我出谋划策寻找其他出路，只是毫无收获。我的情况逐渐变得有些窘迫了，经过这一路上的开支，我所拥有的那一百法郎旅费所剩无几，根本无法坚持太久。庆幸的是大使再次寄给我一些钱，帮我解决了一个大麻烦，我开始思考倘若当时可以再稍稍忍耐一阵便好了，他绝不会对我置之不理。然而烦闷、等待、乞求对我而言，是无法做到的事情。我坠入绝望之中，任何地方都不再抛头露面，因此这一切便随之结束。我并未忘记我那不幸的妈妈，只是该如何去寻找她呢？去什么地方寻找她呢？了解我情况的梅尔维叶夫人帮我打探了很长时间，但却毫无结果。最终她对我说，华伦夫人在两个多月之前便已离开，只不过并不晓得她是前往萨瓦还是都灵了；也有人说她是前往瑞士了。这些消息便足以让我下定决心去寻找她，原因是我坚信无论此刻她身在何处，我去外省寻找终归要比在巴黎四处打探更加容易一些。

出发以前，我以自己新近发现的写诗的才华向高达尔上校写了一封诗体信，酣畅淋漓地将他讥讽了一番。我让梅尔维叶夫人欣赏我的这篇戏谑的文章，她看完我那些犀利的嘲讽后，不但并未谴责我，反倒是放声大笑起来，她的儿子或许并不是很喜欢高达尔先生，同样哈哈大笑起来；坦白讲，这个家伙的确不讨人喜欢。我准备将我写的这封信寄给他，他们同样赞成我这么做，因此我便将信密封好，在上面写上他的地址。因为那个时候巴黎并不收取寄往本市的信件，因此我便将它塞到口袋中，准备从奥塞尔经过时才将它寄走。时至今日，我只要一想起当他在看这封将他表述得如此栩栩如生的颂词时会摆出如何的表情，我便感觉非常搞笑。这封颂词最开始的两句便是这样：

你这个老谋深算的家伙，你觉得你那狂妄的打算

会让我乐于辅导你的侄子。

坦白讲，这首诗并没有写得很好，但却真有几分韵味，同时展现了我的嘲讽才华；只不过这却是我所创作的唯一一部讽刺作品。我并不怎么记仇，因此便无法在这个领域有所成就。然而在我看来，便以我为了捍卫自己观点而创作的几篇战斗文章来说，人们能够由此判定，倘若我是个天生好斗的人，那么诋毁我的人几乎没有发笑的机会。

我这一生最为遗憾的一件事，便是没有撰写旅行日志，以至今日我无法记起生活中的很多细节。不管是什么时候，我都未能像我独自进行徒步旅行时展

开那么多的思考,活得那么富有意义,那般深刻地感受到自己的存在,倘若能够这样讲的话,如此彻底地呈现出我便是我。徒步行走的时候有某种东西在鼓舞与启发我的思想。但当我静坐时,便几乎无法进行思考,于是为了让我的精神处于兴奋状态,我便不得不使身体动起来。田野的景色,接二连三出现的壮丽景观,新鲜清澈的空气,因为徒步行走而产生的好胃口与精神抖擞,在小酒屋吃饭时所感受到的逍遥自在,远离那些让我苦苦依恋着的事物:所有的一切释放了我的灵魂,赐予我勇敢思考的胆量,让我置身于一片如同汪洋一般的事物之中,任由我肆意而又果敢地组合它们,筛选它们,拥有它们。我以主人翁的角色控制着大自然。我的心由这个事物延伸至那个事物,发现与我的心意相符合的事物便与之相互交融、合为一体,各种各样迷人的形象在我心灵的四周围绕,从而沉醉于甜美顺畅的情感中。倘若我能无忧无虑地将这些转瞬即逝的景观用我的幻想加以描绘,那便需要何其苍劲的笔触、何其瑰丽的色彩以及何其形象的言语才能呈现出来啊!尽管我的作品是年长之后创作的,但依然有人说可以从中发现这一切。若是可以看到年轻时候的我在旅途中所幻想与构思好的最终未能创作出来的作品,那该有多棒啊!……你们会质问我:为何不创作出来呢?我便回答道:为何要创作出来呢?为何我要因为告诉其他人而舍弃自己在那个时候所应享受的呢?当我心满意足地在空中翱翔时,读者,民众,以至全世界,对我而言又算得了什么呢?况且,我有可能随身携带纸张吗?笔吗?倘若我可以记得这些,那我便无法想出任何东西。而且我并不能提前感知我将会出现怎样的灵感,我的灵感何时出现完全取决于它们自身而并非是我,它们偶尔连一丝一毫都不出现,但偶尔却又会接踵而至,它们的数目与重量可以将我彻底击垮,即使每天写十本也都无法写完。我怎么会有时间来创作这些呢?抵达一个地方,我所渴望的只不过是尽情地饱餐一顿。动身出发的时候,我所考虑的只不过是一路平安。我感觉门外有一个崭新的乐园正在等我,我一门心思只想找到它。

唯独是在此刻我所表述的这一次返程之中,我才第一次对这一切有了非常明晰的感受。当我启程去往巴黎时,我心中所思考的仅仅是与此次巴黎之行相关的事宜。我朝着自己即将担任的职务飞奔而去,同时以非常自豪的心情结束了这段旅程。然而,我所奔赴的岗位并非是我内心所渴望的,同时现实之中的人物摧毁了幻想之中的人物。与像我这般的英雄做比较,高达尔上校以及他的侄子显得如此低微。承蒙上天庇佑,如今我总算是从这类阻碍之中得以逃脱,我又能够肆意沉浸于幻想之乡,这是由于我眼前除此以外别无他物。我便如此在幻想之乡来回踟蹰,以至竟然有很多次当真迷路了,只不过倘若我经过的全都是直路而并未走错路的话,我反倒会感到些许失望,原因是我认为抵达里昂便预示着要从梦境返回到现实之中,那个时候我真希望可以永远无法走到里昂。

有一次,为了去附近观赏一处似乎显得非常漂亮的地方,我故意绕开原路,由于我特别喜欢这个地方,于是便在那里绕来绕去不知道多少回,最终果然迷路了。我徒步了好几个钟头,疲惫不堪,饥渴难耐,实在无法坚持了,于是便走入一户农家。这位农人的房屋外观虽然并不怎么好看,但却是这周边仅有的一户人家。我以为此处也会如同日内瓦或者瑞士一般,所有富足的农人都过着不错的生活,足以招待过路人。我恳请那位农人按价计算让我享用一顿餐食。他为我端来了刮去奶皮的牛奶与糙实的大麦面包,同时告诉我,这些便是他家仅有的食物。我有滋有味地喝着牛奶,同时将面包吃得干干净净,一渣不剩,然而这么一点食物对一个疲惫不堪的人而言明显不足以果腹。这个农人不停地观察我,根据我的食欲判定我刚才所讲的话并不像是谎话。因此他告诉我,看得出我是一个为人正直的青年①,并不会背叛他;说完,这个农人朝左右两侧望了望,而后将厨房一旁的一个小地窖打开往下走去,没过多久,他便带着一条用上等小麦烤制的面包、一块虽然已被切开但却相当诱人的火腿、一瓶葡萄酒出现了。我刚一看到这瓶酒便感觉再也没有什么能够像它一般让人欣喜若狂了。除此之外他还增加了一大盘煎蛋,因此我便享用了这样一顿如果不是徒步便永远无法尝到的美味午餐。我支付饭钱时,他再次神情忐忑地畏惧起来。他不愿意收下我的钱,那副不知所措的神态极为少见。让我最为好奇的是我想不明白他为何感到恐惧。最终,他小心翼翼地说出了"税吏"与"酒耗子"等恐怖的词语。他告诉我,倘若他让其他人发现他还不会被饿死的话,他便算是完了,正因如此他才会将酒藏起来,以免被额外征税,而将面包藏起来,同样是由于害怕征收人头税。由于他告诉我的这类事是我脑海中之前从未有过的,所以立即给予我一种永远无法消除的记忆。从那以后,在我心中渐渐形成的对可怜的人民承受苦难的怜悯与对压榨他们的人所持有的无法抑制的憎恨,便是在这个时候产生的。这是一户家境殷实的人家,但却不敢享用凭借自己的血汗获得的面包,并且唯有假装与附近的人一样贫穷,才可以避免破产。我从他家离开,心中感到既愤怒又冲动,情不自禁地为这片沃土的不幸命运而哀叹,大自然恩赐的这一切竟然变成了残酷税吏的剥削目标。

在我此次旅行的种种遭遇之中,唯有这个经历是我时至今日依然历历在目

①　似乎我当时和后来人们给我画的肖像画的容貌并不一样。——作者原注。

的。除此之外，我仅仅记得即将抵达里昂时，为了参观里尼翁①河岸，我特地将自己的行程加以延长，这是由于在我与父亲一同看过的诸多小说之中，那部《阿丝特莱》是我自始至终无法忘记的，小说中的故事情节往往会在我的脑海中闪现。我询问了去往弗雷斯的路线，当我与一位女店主闲谈时，她对我说那个地方有很多铸铁场，所产出的铁器非常精致，因而是工人们谋生的绝佳场所。她的这番赞赏为我极富浪漫色彩的好奇心泼了盆凉水，由此我便取消了要去一个铸铁的地方寻找类似迪阿娜与西耳芳德尔②之类的美女与情郎的想法。这个热心的女人如此鼓舞我，毫无疑问是将我视作一位在锁匠铺学习手艺的人了。

　　我去里昂并非是无所事事的。刚一抵达里昂，我便立即前往沙佐特修会去看望夏特莱小姐。她是华伦夫人的女友之一；上一次，当我与勒·麦特尔先生一同来到这里时，我曾替华伦夫人向她转交一封信，由此便也称得上是老相识了。夏特莱小姐对我说，她的那位女性友人确实曾路过里昂，然而并不晓得她是否径直去往皮埃蒙特了，并且启程时华伦夫人本人也不确定是否会在萨瓦暂作停留。夏特莱小姐还告诉我，倘若我同意的话，她能帮我写封信打探一下，至于我则最好留在里昂静候佳音了。我虽采纳了她的这个提议，但我却未敢告诉夏特莱小姐我迫切想要收到回信，也未敢告诉她我钱包中所剩的这点钱根本无法让我久留。我之所以不敢开口向她说明自己的处境，并非是害怕她会因此而怠慢我。恰恰与之相反，她完全是用平等的态度接待我，十分热情，而我并不想让自己从一个非常得体的老相识降格变成不幸的乞丐，因此我毫无勇气向她坦白自己的真实处境。

　　对于我在这一章所表述的一切状况的前因后果，我全都记得一清二楚。与此同时我还记得，似乎便是在这期间我又去了一次里昂。我无法准确地指出是何时，总而言之，我在那个时候可以说已经到了弹尽粮绝的境地。因为发生了一件非常难以启齿的怪事，所以我永远无法将那一次旅行遗忘。有一天夜里，当我结束一顿非常简单的晚餐后，便独自一人坐在贝勒古尔广场，心想着如何才能从这样的窘境中摆脱出来，突然一个头戴无檐帽的男子在我身旁坐了下来，从外貌来看这个人似乎是个在丝织行业工作的织锦缎工人。他与我搭讪，我回应了他，于是我们便这样交谈了大概有十五分钟，然后他便用相同的冷淡与一成不变的语调提议我与他一同玩玩。我正在等待他解释到底要如何玩，他

---

　　① 里尼翁，法国的一条小河，由于作家奥诺莱·杜尔菲（1567～1625）的小说《阿丝特莱》一书而闻名。

　　② 西耳芳德尔是迪阿娜的追求者，两人都是《阿丝特莱》那部小说里的重要人物。

却一言不发地想要先为我展示一个示范动作。我们几乎要紧挨在一块了，暗沉的夜色尚且无法阻碍我观察他正打算做什么。他并无想要冒犯我的人身的倾向，至少他并未表现出一丁点这样的企图，况且这个位置对他而言并不是非常方便。他的本意完全与他刚刚告诉我的相一致：他玩他的，我玩我的，我们各自玩各自的。由于这种事对他而言极其平常，因此他便以为我必定也会像他那样将此事看得非常普通。我对他的这种丑陋的行为感到异常畏惧，没有讲一句话，便立即起身飞奔离开，内心始终害怕这个卑贱的家伙或许会追我。原本我理应从圣多明我街返回我的住所，但是由于当时的我确实被吓傻了，因此便朝着渡口方向跑了过去，径直地跑到木桥那里才停止，我浑身上下一阵哆嗦，仿佛刚刚闯下某件祸事似的。我自己原本也有这个恶习，然而与这件事相关的回忆致使我在很长一段时间里放弃了这个恶习。

在此次旅行中，还发生了另外一件性质相似的怪事，同时对我而言更具风险。由于我手里的钱马上要用完了，因此我便竭尽全力省下了一些。一开始我不再像之前那样常常去旅馆吃饭，没过多久我便彻底不去那里吃饭了，在小饭店只需要五六个苏便能吃一顿饭，但在旅馆却要花费二十五个苏才可以。既然已经不去旅馆吃饭了，我便不好再住在那里，这并不是由于我拖欠了女店主多少钱，而是由于我仅占了一间房从而无法让女店主赚更多钱，我的内心感到非常不好意思。此时正值好时节。有一天夜里，由于天气异常闷热，因此我打算在户外的广场上睡一宿，当我在一个长椅上躺下之后，从旁边走过的一位教士见状便上前问我是否没有住宿的地方。我将自己的处境告诉了他，他表现出非常怜悯的模样，于是就坐在了我身旁。我非常喜欢听他说话，所说的一切让我对他形成一个非常不错的印象。当他发现我早已被他拉拢之后，便告诉我他的住所虽仅有一间房，而且并没有多么奢华，但他绝不愿意让我这样露宿街头，由于当时再为我寻找住所为时已晚，他愿意将自己床铺的一半让给我睡。因为我已经打算结交像他这样的可能会对我有所帮助的朋友，所以我接受了他的善意。我们一起回到他的住处，他将灯点燃。在我看来他的屋子虽然狭小，但却很整洁，他非常客气地款待我。他从柜中取出一个装着酒浸的樱桃的玻璃瓶子，我们各自吃了两颗便就寝了。

与我们教养院的那个犹太人一样，虽然这个教士也拥有相同的爱好，但却并未显得那样粗犷。或许是害怕将我逼至反抗，因为他明白一旦我叫嚷起来便会让其他人听到，也或许是他的确对自己的行动并无太多把握，不敢贸然地对我提出那种请求，因此便在不惊扰我的状况下想方设法地撩拨我。由于这一次我不再如同上一次似的一无所知，我立即懂得了他的目的，同时因此而哆嗦起来;我既不晓得自己住在何处,也不晓得自己落入何人之手,我非常惧怕吵闹会葬送了自己的性命。虽然我佯装不明白他对我有何企图的模样,但却对他的抚摸表现出厌恶至极,以至决定不再让他的动作有进一步的发展。我在那个时候处理得非常不错,从而让他不得不对自己的举动有所节制。当时我竭尽全力地与他进行最温柔且坚定的交谈,并未对他表现出丝毫的质疑,我将之前所遭遇的种种怪事告诉了他,以此来对我刚才忐忑不安的表现做一解释。我以饱含嫌恶与怨恨的言辞与他交谈,我坚信他在听完我这样的表述之后同样会感到些许恶心,最终不得不彻底将他那猥琐的意图舍弃。接着我们便安稳地度过了这一晚,以至他还对我说了些有价值与道理的话。尽管他是个大无赖,但毫无疑问是个聪明的家伙。

次日清晨,这个教士不想表现出不开心的模样,提及早餐一事,他恳求女房东的女儿之———一个美丽的女孩送来一些食物,然而得到的答复却是没空。他再次请求这个女孩的姐姐,然而她却根本没有搭理他。我们始终在等待,但早餐却迟迟不来。最终我们来到这两个女孩的房中。她们对这个教士表现得非常不耐烦,对于我,则更不能吹嘘受到她们的礼遇了。那个姐姐转身时以尖细的鞋后跟踩了下我的脚尖——我脚上的这个位置刚好有个很疼的鸡眼,以至我曾经迫不得已在鞋子上开了个口。另一个女孩在我正准备入座时,突然从后边将椅子拖走了。她们的母亲仗着往窗外泼水的机会向我溅了一脸水。无论我位于何处,她们总是以找东西为借口让我闪开,我在这一生之中也未曾遭受过如此的待遇。我在她们那鄙视与嘲讽的眼神中看到了一种发自内心的愤恨,但我却愚笨得对此一无所知。当时的我既感到万分诧异,又感到疑惑不解,实在是觉得她们是被恶魔附了身,逐渐开始恐惧。然而那个教士却对此充耳不闻,最终发现无法吃到早餐了,便只能离开,我也赶忙追随着他走了出去,心里暗暗欢喜终于要和那三个泼妇分开了。在路上行走时,教士曾建议我去咖啡馆吃早饭,尽管我非常饥饿,但却没有同意他的邀约,只不过他同样并未坚持。我们拐了三四弯之后便分别了,我再也不用见到与那间可以被咒骂的房屋相关的所有事物,对此我感到非常兴奋;至于他呢,我心里想,看着我早已离那间房子非常遥远,无法再将它辨认出来,必定也会相当开心。不管是在巴黎或是其他城市,我从来没有遭遇过与这两件怪事相近似的事;因为经历过如此的遭遇,里昂人并未给予我多么美好的回忆与印象,我一直将里昂视作欧洲诸城之中最为淫乱的一座城市。

与此同时我所面临的窘境,同样无法让我对这座城市产生美好的印象。倘若我也能如同他人一般,拥有可以在旅馆赊账与欠债的本事,我同样可以非常轻松地从这种困境之中摆脱出来;然而这样的事情,我既不会做同时也不想做。若想了解如此的状况到了如何的程度,只需对这件事加以解释便已足够:尽管我几乎算是一生贫苦度日,以至往往没有饭吃,但是一旦债主跟我催债,我没有一次不是立即还钱的。我自始至终没有拖欠过被追讨的钱,我宁愿自己吃点苦也不想拖欠他人的钱。

我在里昂曾无数次因为身无分文而不得不露宿街头,如此的经历自然是非常遭罪的。由于不管怎样瞌睡致死的可行性终归要比饥饿致死的可能性低,因此我宁愿不睡旅馆也要攒下一些钱用来购买面包充饥。让人感到诧异的是:面对如此悲惨的处境,我既不会焦急,也不会烦闷,对将来并无一丝担忧,一门心思静候夏特莱小姐的回复。我在露天环境下过夜,躺在地面上或者长椅子上可以如同躺在暖和舒服的床上一般睡得安稳。我记得有一次是在郊区,具体不记得是尼罗河畔还是索纳河畔的一条迂回曲折的小径上度过了一个非常开心的夜晚。河对岸的那条路上全是一些高高垒起的小型花园。那天白天相当炎热,黄昏的景致却让人沉醉:露水浸润着枯萎的花草,丝毫没有风吹过,周围极其安静,空气清凉宜人;太阳下山之时,天空中的一朵暗红色云霭倒映在水上,将河水映染为蔷薇色;成群的夜莺停落在高台那里的树枝上,它们的歌唱声此起彼伏。我在那个地方独自漫步,仿佛置身于仙境一般,任由我的感官与内心肆意地享受这一切;令我略感可惜的是唯有我一人独自享受如此的乐趣。我沉醉于幸福的梦境之中,一直徒步至深夜也毫无倦意。只不过最终还是感觉疲惫了。我在高台花园墙壁的一个壁龛(那个地方有可能是高台围墙上凹陷进去的一个假门)的石板上边极其舒坦地躺了下去。茂密的树梢充当了我的床帐,有一只夜莺刚好位于我上方,我在它的歌声之中安然入睡。我睡得非常酣甜,醒来的时候更加觉得舒服。天色完全亮了,我睁开双眼一看,河流、草木全都尽收眼底,实在是一片美轮美奂的景致。我起身站立用手抖了抖衣服,感觉有些饥饿,于是我便开心地走向城中,决定用我所剩的两枚小银币好好吃顿早餐。我的心情很不错,沿途一直在歌唱,如今我依然记得我所歌唱的是巴蒂斯坦的那首名为《托梅利的温泉》的小曲,当时的我可以将这首歌的所有歌词背出来。理应对热心的巴迪斯坦以及他的那支动听的小曲表示诚恳的谢意,他不但让我品尝到了比我本来想吃的还要丰盛的一顿早餐,同时还让我享用了一顿我完全没有想到的精致的午餐。但我悠然自得地边走边唱时,我仿佛听到身后有人在呼喊,扭头一看,发现是一位安多尼会的教士跟随着我,显然他是在兴致勃勃地聆听我唱歌。他来到我面前并向我问好,然后便问我是否懂得音乐,我答复道:"懂一点。"弦外之音便是"懂不少"。他继续对我发问,于是我将自己的部分经历告诉了他。他问我有没有抄写过乐谱。我告诉他："常常抄写。"这同样是真话，我学习音乐的最佳方式便是抄写乐谱。因此他告诉我："行吧，那你跟随我来，我帮你找个活做些时日，你只需要向我保证不离开这间屋子，那么这段时间你将什么都不欠缺。"我相当开心，便追随他去了。

与我交谈的这个安多尼会的教士的名字是罗里松，他非常热爱音乐，自己也懂音乐，而且往往会在与朋友们一起筹办的音乐会上唱歌。这之中原本并无任何不好的或者不恰当的东西，然而，很明显他的这种喜爱早已演变成一种疯狂的怪癖，从而让他不得不略微加以遮掩。我追随他来到一间他要我抄写乐谱的小房间，在这里我发现他早已抄写了很多乐谱。他让我抄写的是其他乐谱，尤其是我刚刚演唱的那一段，原因是他本人再过几日便要演唱这一段歌曲。我在那间小屋子里待了三四天，除去吃饭以外，其余时间我都在拼命地抄写。我这一生之中从未感到如此饥饿，也从未吃得如此香甜。他本人亲手从厨房将我的饭菜端来；倘若他们平日里吃的便是此刻我所吃的这些，那么他们的饮食必然非常不错。我这一生之中从未对吃饭产生如此强烈的兴致，然而同样需要坦白，由于我早已饿得骨瘦如柴了，因此这样的白食出现得正巧。或许这样说会略有些夸大，但我办事几乎如同吃饭似的真心真意。实际上，我是勤奋有余，但却不够心细。几天以后，我在大街上遇见罗里松先生，他说我所抄写的乐谱导致他无法演唱，因为其中疏漏、重复、颠倒的地方实在太多。理应坦白，我所选的这个抄乐谱的工作，对我而言是最不适宜的。这并非是由于我写的音符难看，也并非是由于我写得不够清晰，而是由于我厌倦长时间地工作从而导致我无法集中思想，以至我拿小刀刮的时间远比我拿笔抄写的时间更多，倘若无法将全部注意力集中于每一个音符并认真抄写的话，那么最终抄写出来的乐谱自然是无法演奏的。那次我原本打算抄写得非常漂亮，但最终却抄写得极其糟糕，原本打算快速地抄写，但最终却抄写得杂乱不堪。即使这样，罗里松先生自始至终对我非常好，当我与他分别时，他还将一个埃居交给我，对此我实在是受之有愧。这枚银币再次让我精神抖擞起来。过了几天，我收到了有关妈妈的消息，得知她正待在尚贝里；并且我同时得到了一笔去她身边的路费，此时我兴奋至极。自那之后，尽管我依然会感到缺钱，但却总不至于落到挨饿的境地。我满怀感激地将这一段时间归为上天赐予我独特庇佑的阶段，这是我此生最后一次受穷挨饿。

由于妈妈向夏特莱小姐嘱托了若干件事，因此我继续在里昂停留了一个多礼拜。在这段时间，由于我乐于同她谈论她的女伴，因此我去看望夏特莱小姐的次数相较之前变多了，并且如今由于我无须再担忧会将自己的处境暴露出来,因此与她交谈时也便不再如同之前似的有所保留了。虽然夏特莱小姐年纪不轻且不美丽,但她身上却存在很多让人喜爱的地方;她平易近人,并且她的聪慧为这种和蔼更添一抹重彩。她乐于对一个人的精神层面进行观察,乐于研究人;我之所以会具备如此癖好,一开始便是受她熏陶。她喜欢看勒萨日①写的小说,尤其欣赏他所创作的那部《吉尔·布拉斯》;她曾与我探讨过这部小说,并且将这本书借给我品读。我兴致盎然地看完了这部小说,只不过当时的我还未成熟到能够消化这类作品,我所需的理应是描写火热感情的小说。如此一来我便在夏特莱小姐的会客室中欢快而又有所收获地打发我的时间;毋庸置疑,与一位有学识的女性进行趣味与智慧并存的交谈,要比书本中的所有陈腐的大道理更能为年轻人指明方向。在沙佐特修会我认识了几个寄宿修女以及她们的女伴;这之中有个年仅十四的名叫赛尔的少女,当时的我并未特别留意她,然而八九年之后我却疯狂地热爱上她,而这也不足为奇,原因是她的确是一个非常动人的女孩。

过不了多久我便可以与我那动人的妈妈重逢,我热切期盼着这一天来临,此时我的幻想暂时进入了休眠;现实的幸福已经摆在眼前,我便无须再从痴心妄想之中寻求幸福了。我不但马上便要与她重逢,并且她还为我就近谋求了一份称心的差事。她在书信中写道,她替我谋求了一个工作,她期望这份工作能适合我,同时能让我不再与她分离。我虽曾绞尽脑汁地猜想到底是一份什么样的工作,然而事实上也仅能想想罢了。我拥有了充足的路费,能够非常舒服地走完这段旅程。夏特莱小姐想让我骑马前往,我不赞成,而这并没有错,倘若我骑马,则会丧失我此生最后一次徒步旅行的乐趣了。尽管我在莫蒂埃居住的那段时间偶尔也会去周边一带转转,但如此的走动称不上是我眼中的徒步旅行。

唯有当我的处境最为不顺时,我脑海中的幻想才会非常惬意地显现,而当我四周的一切全都显得春风得意时,它却不再如此趣味盎然了,这实在是让人感到怪异。对于现实之中的事物,我这颗固执的脑袋无法适应。它对仅仅美化现实并不感到满意,它依然想去打造现实。现实之中的事物顶多只是依照原本的模样出现在我的脑海中;然而我的脑袋却非常擅长对幻想之中的事物进行装饰。我务必要在冬季才可以描述春季,务必要蜗居于自己的斗室才可以对漂亮的景致加以描述。我曾经无数次提及,倘若我被关在巴士底监狱,我必定会描绘出一幅自由之画。从里昂启程之时,我所看到的仅仅是让人备感满意的未来。当初从巴黎离开时我的内心是何其不悦,如今我的内心又是何其兴奋啊!

---

① 勒萨日(1668～1747),法国作家,以辛辣隽永的文笔著称。

并且这种兴奋完全是合理的。但是,我在此次旅途中并未出现上一次的那种幸福美满的幻想。这一次旅行,我的心情的确非常放松愉悦,但是也仅此而已。怀着无比激动的心情,我离自己最喜爱的女伴越来越近。虽然我提前感受到在她身边生活的欢乐,但由于这种欢乐始终在我预料之内,因此即使真的出现,也并没有丝毫的新鲜感,我也并没有多沉醉。即将面临新工作,我感到惶恐不安,这似乎是一件非常值得担忧的事。我的思想是宁静而又幸福的,但却并非是扑朔迷离、奇幻迷人的。沿途所发现的各种各样的事物,全都可以引起我的注意力,全部的景致都令我心神向往。我观察着树木、房屋、溪流;走到十字路口的时候,我反反复复地思考应该前进的方向,生怕走错路,然而我根本没有迷路。总而言之,我早已不同于上一次,一颗心漂浮在高空之上:我的心始终并未有一刻脱离现实,偶尔会在我所到之处,偶尔会在我将要抵达的地方。

由于对自己旅行的表述,便如同正处于旅途中一般,因此我并不想过早结束它。虽然马上就要见到我那动人的妈妈,我内心的喜悦无以言表,只是我并未因此而快速前进。我倾向于不慌不忙地行走,想要停下来时便随即停止。我所渴望的生活,恰好是流浪的生活。在风和日丽的一天,从容不迫地在风景如画的地方缓缓前行,最后用一件称心如意的事情为我的旅程画上句号,这是各种各样的生活方式之中我最喜欢的一种。此外,大家同样明白怎样的地方才算得上是我刚才所描绘的风景如画的地方。无论一处平原有多漂亮,在我眼中绝对不能算作是漂亮的地方。我想要的是湍急的溪流、陡峭的岩壁、葱郁的松杉、昏暗的树丛、高山、曲折的山路以及令我提心吊胆的深谷。当我进入尚贝里时,我尽情地感受了如此动人的景致,感到无比开心。有一个地方叫作夏耶,位于厄歇勒峡的悬崖峭壁周边,在山崖之中断裂出的一条大道下边,一湾涧水从令人恐惧的深谷中奔流而过,它仿佛是历经千万年之久的奋力开凿,最终得以为自己开辟出这样一条通路。为阻止悲剧发生,人们在路旁支起了栏杆。也正是因为这道栏杆的存在,我才可以放心大胆地往下看,以至让我感到头晕眼花。在我对悬崖峭壁的喜爱之情中,让我感到最为有趣的便是这种能让我头晕眼花的地方,只要我所处的位置是安全的,那么我便非常享受如此的眩晕感。我牢牢地趴在栏杆上往下看,便以如此的模样站了好几个小时,偶尔张望一下湛蓝的涧水与水中翻涌的泡沫,倾听着波澜壮阔的激流的怒吼声,位于我脚下一百土瓦兹①的位置,乌鸦与鸷鸟由山岩树林之间来回飞翔,它们的啼鸣的声音与水流的响声彼此融合在一起。我来到一个相对平缓、树丛相对稀疏的地方,找到

---

① 土瓦兹,法国以前的长度单位,一土瓦兹约合二米。

一些我可以搬起的大石块,将它们移至栏杆上,而后便一块接一块地推下去,我看着它们翻滚着、跳跃着坠入深谷底部,被撞碎的许多石片四处飞溅,我的内心感到极其欢快。

我有幸在尚贝里附近看到了一处与众不同但却同样有趣的奇特景观。这条道路从我此生所见的最为漂亮的一条瀑布脚下穿过,因为山势异常陡峻,湍急的溪流夺道而出,向下坠落时呈弓形,能让人充分地从岩石与瀑布间穿行而过,偶尔身上还能不被打湿。但是,倘若不小心,则非常容易受欺骗的,那一次我便上当了:由于水流是从非常高耸的位置奔流而下的,分散为毛毛细雨,倘若靠得太近,一开始并不会察觉自己已被淋湿,然而不久以后便会察觉浑身上下早已湿透。

最终我来到她所在的城市,再次与她相遇。那个时候她身边还有其他人。当我走进门时,我看到那位宫廷事务总管正好在她身边。她一言不发便牵着我的手,用她那无论是谁都会喜欢的和善的姿态对总管介绍道:"先生,这位便是我向您提及的那位不幸的青年,烦劳您多多照料吧,他值得您照料多长时间便照料多久吧,如此一来,我之后便无须再为他操劳了。"接着她便告诉我,"我的孩子,从今以后你便是国王的人了,总管先生帮你找到工作了,快来谢谢他吧。"当时的我呆若木鸡,无法说出一句话,不知如何是好。我的崭新的功名几乎已经令我头晕眼花,让我感觉自己早已变成国王的一个小事务官员了。尽管我的荣幸并没有一开始所设想的那样了不得;然而从当时的处境来看,也便足够生活下去了,并且这对我而言早已是相当不易的了。整件事的来龙去脉如下:

因为担心数次征战的硕果,以及世代继承下来的遗产迟早会落入他人之手,所以维克多-亚梅德王便一门心思想要伺机收敛钱财。由于按照不动产来课税的话,能够将税额分配得更加公正一点,因此若干年之前,国王便下令要求贵族缴纳税款,命令全国上下普遍展开一次土地登记。这一工作从老王时期开始,一直到太子登基之后才结束。这个工作动用了二三百人,有不知何故称之为几何学家的丈量员,同时还有称之为文书的记录员,妈妈便是在这文书之中为我谋求了一个职位。虽然这个职位的薪水不是很多,但却足够让我在那个国家过得宽裕一点。美中不足的是这个工作只是暂时性的,但我却依然可以凭借它找到其他工作,因此有等待的价值;妈妈是一个富有真知灼见的女人,她竭力恳请总管特别照料我,以便当这个工作结束之后能为我谋求另一个更加稳固的工作。

我到这个地方没过几天便去工作了。由于这个工作毫无难度,因此我很快便掌握了。当我从日内瓦出走,中间历经这四五年的漂流、荒诞以及苦痛之后,我便这样头一次堂而皇之地依靠自己挣钱糊口了。

我为自己刚步入青年时期的生活琐事而创作的长篇大论，必定会让人们感觉极其幼稚，对此我深表憾意。尽管我一生下来便在某些方面如同一个成年人，但却在很长一段时间内我自始至终只不过是个孩子；即使是现在，我在许多方面依然如同一个孩子。我并未对读者承诺要介绍一位大人物，我承诺的是依照我原本的样子来介绍我本人。况且，若想对我成年之后的经历有所了解，就不得不先了解我的青年时期。这是因为从通常意义上来说，各类事物在当下给我的印象，总是没有事后留给我的印象深远，加之我的所有观念全是些形象，所以在我脑海中保留的那些原初的形象自始至终存在着，之后进入我脑海的形象，与其说是覆盖了之前的形象，倒不如说是与之前的形象相互融合在一起。我的情感与思想之间存在某种衔接性，之前所有的思想情感能够对之后的思想情感产生影响，因此若想非常准确地对后者做出评判，便不得不先对前者做一了解。我竭尽全力在各个地方对一开始的起因做出解释，以此来对之后出现的结果做出解释。我想将自己的心毫无保留地展示在读者眼前，让读者不错过我的每一次心境动摇，让读者自己去对导致这类动摇的原因做一判定，正因如此，我务必要从各个角度进行叙述，通过事实真相加以阐明。

倘若我妄自做出定论，同时告诉读者："我的个性本就如此！"在读者看来，我虽然算不上欺诈，但起码是本人下错结论了。然而我诚诚恳恳地详细表述我遭遇的所有经历、干过的所有事情、思考过的所有念头以及体验到的所有感受，如此便不会让读者产生误会，除非我是有意为之；并且，即使我有意为之，也并不是那么轻易就能达成的。将各种各样的因素聚集在一起，确定由这类因素组成的是一个怎样的人，这些全部是读者所要做的：最终的定论理应让读者去做。如此一来，倘若读者做出了错误的定论，那么所有的错误便由他个人承担。然而想要得出正确的定论，只依赖忠实地表述是无法实现的，因此我的表述务必要翔实。评判哪件事重要与否并非是我的工作，我的任务是将全部的事情表述出来，剩下的交由读者去抉择。直至此刻，我依然是一鼓作气，不遗余力，日后我依然会如此坚定不移地做下去。然而不管怎样，与对青年时期的回想相比，对成年时期的回想远没有那般清晰生动。正因如此，我才会在一开始便尽可能地将自己对青年时期的些许记忆利用起来。倘若我成年阶段的回忆同样如此鲜活地闪现于脑海的话，尽管我本人并不会感到不满，但那些缺乏耐心的读者很可能会感到厌烦。唯一让我担忧的，并非是怕讲太多或者撒谎，反而是害怕未能将全部的事实讲出来。

第五章

就像之前所提到的，我在抵达尚贝里之后不久便在土地登记处为国王效力，这大约是在一七三二年的事了。那时候的我马上就要年满二十一岁了。从我的年龄来看，我的智商早已非常成熟，然而判断力却依然有所欠缺；我急需有个人来教会我如何去待人接物。即使这些年以来的生活阅历让我遭受了各种各样的困苦艰难，但这并未能让我将自己的一些荒诞不经的念头彻底抛弃，我对人情冷暖依然欠缺了解，似乎我并未从中获得些许启示。

我在自己家住着，换句话说便是住在妈妈家。然而，我无法再享受如同待在安讷西时的住宿条件了。这个地方既没有花园，又没有河流，更没有风景如画的田野。她所居住的这栋房子昏暗而萧条，至于我住的则是这之中最为昏暗萧条的一间房子。一面高耸的墙壁矗立在窗外，从窗户望下去是一条死胡同，房间里非常闭塞，而且日照稀少，空间同样非常狭小，此外还有蟋蟀与老鼠出没，木板全都已腐朽了，眼前这所有的景象无法让人舒舒服服地居住。然而，我终归是能在她这里住下来，能够待在她身边。由于我往往要么是坐在自己的办公桌前要么是待在她的屋中，因此也便不太在意我房间的狼狈不堪了，况且我也没有丝毫的精力去顾虑它。大家肯定会感到非常古怪，她为何要专门住在这栋位于尚贝里的破屋子，实际上这恰恰是她的过人之处，我不得不在此处做一解释。她不打算去都灵，这是由于她认为宫廷在历经近来的事变以后依然处于非常混乱的局面，此时去那个地方是非常不适宜的。然而，由于她的人事关系，她不得不在那个地方现身：她非常清楚那位名叫圣劳朗伯爵的财政总监平日里并不怎么帮助她，因此她担心自己的年金会因被人忽略以至取消。这个伯爵所拥有的一栋破房子位于尚贝里，由于房屋的建筑过于随意，加之位置过于偏远，因此始终空置着，于是妈妈便将它租赁下来，迁居至此处。如此一来，比亲自前往都灵的收效更大：她的年金不但未被取消，并且她与圣劳朗伯爵也因此成为了朋友。

　　她对房间的布置摆设，在我看来与之前相差无几，忠诚的克洛德·阿奈依然陪在她身边。我觉得我之前曾提到过他，他是一个来自蒙特勒地区的农民，很小的时候便通过在汝拉山中采摘的草本植物来烹制瑞士茶。由于妈妈要配置各种各样的药材，在她看来仆人之中有个通晓药材的人会更加省事，因此便聘用了他。他非常热衷于研究植物，并且她同时大力支持他的这个癖好，以让他变成一位真正的植物学家；倘若他没有那么早便去世，他必然会闻名于植物学界，就像是他身为一个忠厚的人早已获得的名气一般。他是个不苟言笑以至于非常严肃的人，加之他比我年长，因此他对我而言依然具有相当的威严，所以在他面前我不敢忘乎所以，与此同时他便如同是我的监护人之一，往往能让我少干些蠢事。以至他对自己的女主人同样产生了相当的影响力，她非常清楚他的真知灼见、他的刚正与一如既往的忠心，同时她也非常诚挚地回报了他。克洛德·阿奈的确能被称作是一个罕见的人，我并未见过第二个类似于他的人。他的行为镇定、沉稳、慎重，作风沉着，谈吐干练体面。他的情感虽然极其浓烈，但却从未表露于外，只是在悄无声息地啃咬着他的内心，从而让他做出他这一生仅有的一件恐怖的傻事：他在某一天喝下了毒药。这是在我抵达这里不久之后发生的悲剧，也正因此事我才知道他与女主人之间的密切关系，倘若不是她亲口对我说，我永远无法猜到这一点。没错，倘若倾慕、真挚与忠诚理应获得如此的回报，那么他获得这类回报是顺理成章的，他的举止可以充分证实他理应获得如此的回报，这是由于他从来不会挥霍这类回报。他们之间较少出现争执，即使偶然出现，最终也会和好如初。但是有一次争吵的结果并不是很好。他的女主人于愤怒之际说了句让他无法接受的辱骂，那个时候他正处于绝望中，发现一小瓶鸦片剂放在手边，于是一口吃下去，而后便默默地躺下，以为这一觉再也无法醒来了。庆幸的是由于心神不安，华伦夫人在房中走来走去时看到了那只小空瓶，至于那之后所发生的一切她便一目了然了。她一边跑过去挽救他，一边开始高声大喊，我同样跟随她跑了过去。她向我坦白了这一切，恳求我帮帮她，我费了九牛二虎之力才让他将那些鸦片吐出来。若不是她向我坦白他们之间的关系，加之我亲眼看到如此的情景，我在事前竟然连一点蛛丝马迹都未察觉，因此我对自己的愚笨深感诧异。然而回过头来看，克洛德·阿奈确实相当谨慎，纵然是眼神比我更犀利的人同样无法看出。他们如此自然而然地重归于好，让我无比动容。自那之后，除了对他怀有敬佩感，我更萌生了尊敬之情，或者说我变成了他的学徒。我并未觉得如此有何不好之处。

　　然而当我得知她与另外一个人之间的亲密度要远超我与她之间的关系时，

我的内心并不是感受不到苦楚。尽管我没有多么期望这个位置,然而当我发现有其他人霸占这个位置的时候,我终归无法做到置若罔闻,这同样是非常合理的。只不过我不但不会对这个将我的位置据为己有的人感到愤恨,反倒真切地感受到我将自己对她的爱意延伸至那个人身上。我将她的幸福放在首位,既然她因此需要阿奈的陪伴,那我便同样希望他可以获得幸福。从他的角度来看,他也充分尊重女主人的喜好,以真挚的情谊来接待她所挑选的友人。他虽从未使用地位带给他的权势,但他却在发挥理智方面远超于我。由于他对待坏事时是公正无私的,因此我不敢犯下丝毫可能会受他责备的失误。正因如此,于是我们和和睦睦地一起生活着,我们全都感到甜蜜,唯有死亡才可以将此摧毁。这个动人的女人可以让所有喜爱她的人同样可以相互喜欢,这便是她所具备高雅品质的凭证之一。面对她所召唤的高雅情感,忌妒以至竞相争宠的想法全都会远而避之,我从未察觉她身边的人会彼此抱有恶意。我期望各位读者在看到这番溢美之词时,可以稍作停顿并思考一番,倘若你们可以遇到另一个配得上如此赞美的女人,即使她是极为低贱的,但为让你们的日子归于宁静,理应也需爱护她。

我在尚贝里一直待到一七四一年,而后动身去往巴黎,这中间为期八九年的生活便如此展开了。由于这段时间的生活过得既简单又快乐,因此对于这一阶段并无太多可供谈论的事情,只不过像这种很少出现变动的单调生活恰好是对我的个性加以充分锤炼的必要条件之一,因为时常持续出现的干扰,导致我的个性始终没有定型。恰好是在这段珍贵的时间,我那混乱且毫无体系的教育逐渐具备了稳固的基础,我的个性也最终得以慢慢成形,从而让我在面对之后所遭遇的各种各样的风暴时,能够自始至终将我的本色维持住。这一变化是于无形之中逐渐形成的,并无太多值得回忆的事情。然而它终归值得进行详尽的表述。

最初,我几乎沉浸于我的工作之中;办事处的忙碌容不得我去思考其他事宜,唯一的闲暇时间便是在我那位善良的妈妈身边打发掉的,毫无一丝阅读的时间,以至未曾考虑过它。然而,当平时的工作慢慢熟练起来,同时不需要耗费太多脑力时,我便不晓得该做些什么才对,因而我再次萌生了读书的渴望。这样的喜好似乎总会在其难以获得满足之时被激发,倘若不是因为被别的喜好扰乱与转移,它必然会再次让我如同学徒时期一般变成读书狂了。

尽管我们的计算任务并不需要太过高超的运算能力,但是偶尔也能让我遭遇困境,为了攻克这类困境,我购置了若干本运算书进行自学,并且学得非常不错。实用运算并没有如同人们预想的那么容易,倘若想计算得极其准确的话,偶尔运算起来会烦琐至极,以至我曾好几次发现杰出的几何学家同样被整得昏头昏脑。当思考和实用结合在一起,便可以形成清晰的概念,也就可以发现一些简单的能够鼓舞自尊心的方法,同时这类方法的精确性也可以让智力获得满足,原本索然无味的工作拥有了简洁方便的处理方式,便会让人兴致盎然。因为我竭力钻研,那些需凭借数字来处理的问题便根本无法难倒我了。如今,当我所熟知的一切慢慢从记忆之中消退时,尽管我所掌握的那些运算知识早已荒废了三十年之久,却依然有一部分并未被遗忘。我在几天以前去达温浦造访,我房东的孩子当时正在做运算题,在让人感到不可思议的轻松愉悦之中,我将一个最为难解的习题准确地计算出来了。当我将运算结果写出来时,我似乎再次回到在尚贝里度过的那一段欢乐时光。这是很多年之前的事情了!

因看到丈量员们制图时所使用的色调,我再次对绘画产生了兴致。我购置了一些颜料,开始绘制鲜花与美景。遗憾的是,虽然我十分热衷于绘画,但我在这方面并不具备多少艺术禀赋。我甚至能在画笔与铅笔间持续好几个月闭门不出。因为这件事我确实深受困扰,务必要强行将它放下才可以。无论是什么喜好,一旦我为之着迷,往往都会如此,喜好慢慢变得深刻起来,以至最终演变为疯狂的热爱,过不了多久,除了我所着迷的,世上的其他事物我都无法看到了。我的这个症结并未伴随年龄的增长而出现些许变化,甚至丝毫没有减弱。即使是此刻我在撰写这本书时,尽管我早已是个老糊涂了,但却依然沉迷于另外一种毫无用处的东西。原本我对这种学问一无所知,即使是那些在青年时期便已开始进行此类研究的人,等到了我这个岁数同样也会迫不得已放手,然而我却要在此时开始研究。

研究那种学问的最好时机便是此时,我不愿就此错过。当我发现阿奈两眼闪露出兴奋的神情,拿着很多崭新的植物出现时,我有两三次差一点就与他一同前去采摘植物了。我能够断定,只需与他一起去一回,我便会被迷住,或许今日我早已变成一个杰出的植物学家了,原因在于我并不晓得还会存在比分析植物更契合我本性的其他学问。我所经历的十年乡村生活,实际上便是持续不停地采摘植物,只是坦白讲,我采摘植物时既毫无目的,又毫无成就。由于那个时候我对植物学一窍不通,因而我对它抱有一种蔑视,可以称之为厌恶它。我仅仅将它视作理应由药剂师进行研究的事。尽管妈妈非常喜欢植物,却也只是采摘那些常常会用到的植物来调配药品而已,并未将它用在其他地方。因此那个时候我在意识之中便将植物学、化学、解剖学混为一体,以为它们全都归属于医学,而这只能充当我时常逗趣的笑料,同时偶尔还会为自己惹来拍几下脸颊的嘉奖。然而,另一种与之截然不同的喜好正在慢慢形成,而且用不了多久便会将其他所有喜好压制下去。我所讲的便是音乐。由于我从幼年时期开始便喜欢上了这种艺术，并且我在这一生自始至终唯一喜欢的艺术便是音乐，因此我必然是为这类艺术而诞生的。让人感到疑惑的是，尽管可以说我是为这类艺术而诞生的，然而学习起来非常艰难，进展又如此迟缓，即使历经一生的练习，却也一直并未达到翻开乐谱便可以准确地演唱出来的地步。那个时候让我对这类喜好深感欢喜的是，我能够与妈妈一同进行练习。尽管我们的兴致存在非常大的差异，但音乐却可以让我们两个人朝夕相伴在一起，这确实是我非常喜欢加以利用的机会，至于她也从未对此感到反感。那个时候，我在音乐方面取得的进展，几乎早已赶上她；一首歌曲反复进行两三次练习，我们便可以识谱而且能够演唱出来。有几次她正在药炉旁忙东忙西，我告诉她："妈妈，我这里有一首十分有意思的二部合唱曲，我觉得你必定会因为它而将药煎煳了。""果真如此吗！"她对我说道，"倘若你害我把药煎煳了，我便让你把它吃下去。"我一面斗着嘴，一面将她拉至她的那架羽管键琴旁边。一到那里我们便将一切都抛之脑后了，药壶里的杜松子与茵陈全都变为黑炭，于是她便顺势朝我脸上抹满了炭末，全部的这一切都包含了无限趣味。

读者能够发现，尽管我的闲暇时间极其有限，但我却凭借这段极少的时间干了许多事。如今相比其他的娱乐方式，我再次拥有了一种崭新的更为有趣的娱乐方式。

由于我们居住的地方过于沉闷闭塞，因此往往不得不去外边吸收新鲜的空气。阿奈曾经劝说妈妈在郊区租下了一个用来种植植物的园子。这个园子里有一间非常漂亮的小房子，我们根据那里的实际情况摆设了必不可少的家具，同时摆放了一张床。我们往往会去那个地方吃饭，偶尔我也会在那里留宿过夜。我在无形之中对这间狭小的归隐之处产生了浓烈的感情。我利用一些空暇时间对这间小房子进行一番装点，同时做了些许新颖的摆放，以便当妈妈来这里放松的时候，让她收获一种出乎意料的欢乐，与此同时我也准备了若干本图书与版画。我之所以会刻意丢下她而独自一人跑来这个地方，目的在于给予她更多的关怀，同时以更为丰富的乐趣来想念她。这便是我的另外一个怪习，我既不打算加以辩解，也不愿做过多的说明，由于事实便是这样，因此我仅仅想将它表述出来。有一次，我依稀记得卢森堡公爵夫人曾向我开玩笑道，有一个人特意为了向自己的情妇写信，便由此从情妇身边离开。我告诉她，我极有可能也会如此，并且我理应做更深一层的说明，我早已这样做过好几次了。但是由于无论是我和妈妈待在一起，还是我独自一人的时候，都同样能感觉到自由自在，像这样的状况是我与其他人待在一起时所未曾感受过的，无论对方是男性还是女性，也无论我对其抱有如何的深厚情谊，因此与妈妈待在一起时，我从来没有感觉到有因为想更加爱护她而远离她的必要性。然而她常常会被某些我确实看不入眼的人团团围住，因此一种愤恨嫌恶的情绪逼迫着我躲藏到那间隐室，在那个地方我便能肆无忌惮地思念她，一点也无须担心那些让人厌恶的拜访者。

由于我井然有序地分配着自己的工作、娱乐以及学习，因此我的日子过得相当安稳，只不过那个时候的欧洲却并不安稳。法国对皇帝①发起挑战。撒丁国王同样加入了这场战争。为了抵达米兰省，法国军队需要穿过皮埃蒙特。这之中有一支纵队从尚贝里经过，特利姆耶公爵所率领的香槟团便属于这支纵队的一部分。经人引荐我结识了他，他对我承诺了很多事，毋庸置疑，他在事后同样会将我忘得干干净净。由于我们的那座小园子刚好位于郊区的高地，因此当部队从那里经过的时候，我尽情享受了亲眼看见军队从眼前而过的幸运。我十分关注这场战争的结果，便如同战争的胜利与我之间存在非常密切的联系似的。我在这之前并没有关注国家大事的习惯，如今我才头一次阅读报纸，我对法国怀有如此深刻的喜爱，它所获得的极其微小的胜利也可以让我感到兴奋不已，然而一旦得知失败，我便会深感担忧，仿佛这会对我本人造成损害一般。倘若这种妄自尊大的情感仅仅是过眼云烟，那我也便不会对它加以谈论了。怎知这种情感居然会在我心中坚不可摧，以至之后当我在巴黎变成专制君主政体的敌对者与共和派的坚定拥护者时，面对这个在我看来充满奴性的民族，以及我一直以来谴责的政府，我始终会情不自禁地在心中萌生一种偏爱。滑稽的是，因为我对自己内心居然会存在如此一种与自己的信仰彻底相违背的倾向而深感耻辱，所以我不仅没有胆量告知任何人，以至还会因为法国人的失利而讥讽他们，实际上那个时候我的内心要比任何一个法国人都更为难受。虽然是在一个给予自己厚遇并且为之崇拜的民族中生活，但却又要佯装出一副轻视这个民族的神态，我深信像这样的人仅有我一个。最终，我内心的这个倾向是如此忘乎所以，如此坚不可摧，以至当我从法兰西王国离开之后，当政府、法官、作家全都聚在一起肆无忌惮地攻击我时，当对我的肆意诋毁与造谣已经变成一种习惯时，我所抱有的这种妄自尊大的感情并未有所转变。他们虽然对我不够友好，但我却依然情不自禁地喜爱着他们。当英国处于最繁华阶段的时候，我对其所预测的衰败逐渐显露出迹象，我便再次开始胡思乱想，以为法兰西民族是所向无敌的，或许有一日他们会将我从烦闷的束缚中拯救出来。

---

① 皇帝系指日耳曼神圣罗马帝国皇帝查理六世（1685～1740）。

为了探寻出这种偏爱产生的源头，我曾经花费了许多时间，最终我只是在形成这种偏爱的环境中找到了这个源头。我对文学与日俱增的喜爱，让我对法国图书、这些书的作者，以及他们的祖国形成了深厚的情感。正当法国军队从我眼前走过时，我恰好在阅读布朗多姆①所创作的那部《名将传》。当时我的脑袋里充斥着克利松、贝亚尔、罗特莱克、哥里尼、蒙莫朗西、特利姆耶等名人，因此我便将从我眼前经过的这些士兵也看作是这些名人的后代，在我看来他们全都是这些知名将领的功绩与英勇精神的继承人，我非常欣赏他们。每次有一个联队从眼前经过时，我便仿佛再次看见当年那些曾在皮埃蒙特立下显赫功绩的黑旗队。总而言之，我彻底将从书籍上获得的理念强行加注在我所见到的事上。我坚持不懈地阅读，并且所读之书往往都来自法国，这便造就了我对法国的深厚情谊，最终这种情感演变成一种无论何种力量都无法攻克的愚妄热爱。之后，我在旅途中察觉，怀有这种情感的人并非仅有我一个，在各个国家中，但凡是热爱阅读与喜爱文学的那些人全都多多少少经受了这种情感的熏陶，而这种情感也便随即将因为法国人的狂妄自大而产生的厌恶之情就此抵消了。与法国男人相比而言，法国的小说更能博取别的国家女人的心；出色的戏剧作品同样让年轻人喜欢上了法国戏剧。巴黎剧院的显赫名声使得一大批外国友人纷纷慕名而来，当他们走出剧院的时候，依然为之赞不绝口。总而言之，法国文学的优雅情致令所有聪明人都为之折服，并且我发现即使是在最终那段打了败仗的阶段，法国的作家与哲学家自始至终在维持着那已被军人所污辱的法国名字的声誉。

由此看来，我早已是一个饱含热情的法国人了，并且成为一个乐于打探新闻的人。由于我迫不及待地想要获知即将光荣地安上一个怎样的主人的马鞍，因此我便追着一群想法简单的人跑到大街上静候送报人的出现，以至要比拉封丹寓言中所描述的那头驴子更为愚蠢。那个时候有传闻说萨瓦即将要与米兰进行调换，我们就此归属于法国。然而我的担忧并非毫无理由，毋庸置疑，倘若这场战争的结局有害于同盟国，那么妈妈的年金便岌岌可危了。然而，我对自己的那些友人满怀信心。尽管布洛伊元帅此次遭受重创，但却并未让我的这种信心受挫，这是因为撒丁国王在关键时刻施以援手，而这也是我之前并未料想到的。

当这场战争正在意大利境内持续时，法国国内却一片欢歌。拉摩②所创作的歌剧此时逐渐声名大噪起来，而他的那些含义隐晦、常人所无法理解的理论

---

① 布朗多姆（1540~1614），法国作家。
② 拉摩，全名是让-菲利浦·拉摩（1683~1764），法国作曲家。

作品同样备受瞩目。我在无意之中听见有人在探讨他所创作的那本《和声学》，为将这本书买回来，我奔波了很长时间。因为另外一种偶然，我患病了。我得的是一种炎症，来势虽然凶猛但持续时间并不长，只是需要花费很长一段时间用以恢复，因此我便有整整一个月的时间并未外出。在这段时间，我如饥似渴地开始阅读《和声学》，这本书不但篇幅冗长，并且撰写得不是很出色，在我看来若想完全地研究与理解它，需要耗费很长时间。因此在这方面我便不再花费精力，而是开始练习音乐，以便让我的眼睛休整一番。那个时候我所练习的白尼耶的合唱曲自始至终在我脑海中环绕。这之中的四五支曲子我全都可以背诵出来，《睡爱神》便是一个。尽管自那之后，我始终再没看过，然而我几乎依然能全部记起。此外还有一首几乎是在同一时期学会的至今依然清晰记得的乐曲，便是克莱朗波创作的那首名为《被蜜蜂蜇了的爱神》的十分动听的合唱曲。

除此之外，有一个来自瓦尔奥斯特的青年风琴师出现在这里，他的名字是巴莱神父。他是一个杰出音乐家，平易近人，能够用羽管键琴弹奏出动听的音乐。与他相识之后，我们便立即成为如影随形的好朋友。他是一位非常知名的意大利风琴师与教士的徒弟。他向我讲述了他本人的一些音乐理论；我将他与拉摩的音乐理论进行了对比。我的脑中全都是伴奏、谐音以及和声，而对这一切来说，最先做的应该是练习听力。我跟妈妈提议每个月举行一次小型的音乐会，她欣然同意了。因此我不舍昼夜地将所有精力全部投注在这类音乐会上，根本无暇顾及其他事情。事实上这些事情也确实足够让我忙活了，并且是忙得晕头转向，既需要选取乐谱、邀约演奏者，又需要准备乐器、划分音部等。妈妈负责演唱，我之前早已提及的那位加东神父同样负责演唱，对于这位神父我之后还会讲一下；小提琴由一位名叫罗舍的舞蹈老师与他的儿子负责演奏；那位名叫卡纳瓦的皮埃蒙特的音乐家负责演奏大提琴，他是我在土地登记处的同事，之后在巴黎结婚了；巴莱神父负责弹奏羽管键琴；至于手握指挥棒进行音乐指挥的殊荣，则归我所有。你们并不难想象，这是何其壮阔的场景啊！尽管这无法与特雷托伦先生那儿的音乐会相提并论，但却也相差无几了。

由于华伦夫人在前不久刚改变教派，同时依然仰仗国王的赏赐而得以生活，因此她举办小型音乐会的举动会招致信仰忠诚的人的埋怨，然而对很多正直的人来说，却是一种非常畅快的休闲娱乐。在这种处境之下，你们无法猜出我安排谁来担任音乐会的主持人吧？我让一位教士来担任主持人，他是一个极有才华且有些可爱的教士，时至今日我依然缅怀着他，虽然他之后的悲惨遭遇让我深感痛苦，然而我只要一记起他便会回想起我所经历的幸福时光。我所说的便是那位加东神父。他是方济各会的一位会士，曾在里昂与多尔当伯爵一起策划将不幸的"小猫"的曲谱扣留下来,这是他一生中极其不光鲜的一笔。他是索尔邦神学院的一位学士,曾在巴黎待了很长时间,常常出没于上层社会,和当时担任撒丁王国大使的那位安特勒蒙侯爵之间存在非常密切的关系。他身形高大,体态健硕,脸部丰满,眼泡肿胀,黝黑的头发在额头上不加修饰地卷曲着;他的仪表既优雅端庄,又谦和,神情坦诚而俊美,既毫无教士身上的那种虚伪或者不知廉耻的丑恶神态,又毫无时尚人物身上的那种玩世不恭的作风,尽管他同样是一个时尚人物;他拥有正派人士所具备的涵养,并不会因为身穿黑袍而感到耻辱,反倒会自我尊崇,投身于上层人士中间依然可以从容不迫。尽管加东神父的学识远远不及博士,然而对一个身处交际场所的人而言,他的学识算得上是非常渊博的。他向来不会急于炫耀自己的学识,反而展现得非常恰当,因此看起来更加富有学识。因为他经历过长期的社交生活,因此对趣味才艺的喜爱远超于实在的学识。他极富才华,可以写诗,嗓音非常优美,因此说起话来十分动听,唱起歌来更加动听,还会弹奏风琴与羽管键琴。实际上,若想获得他人的喜爱原本无须具备如此之多的特长,只是那个时候的他便是这样。然而,这一点也未让他忽视自身的责任,因此,虽然他的对手非常妒忌,但他却依然被推选为他所在的那个省教区的代表,换句话说,也就是他们会里的一个举足轻重的岗位。

妈妈是在安特勒蒙侯爵的家中与这位加东神父结识的。当他听说我们将要筹办音乐会时,便示意准备参演;他确实参演了,而且让这个音乐会异彩纷呈。没过多久,我们便因为对音乐的共同喜好而变成朋友;我们两个全都十分热爱音乐,然而有所区别的是:他是一个货真价实的音乐家,而我只是浑水摸鱼罢了。我与卡纳瓦,以及巴莱神父,往往会去他的房中演奏乐曲;偶尔还会在节日的时候去他所在的教会的音乐厅进行演奏。我们往往会享用他本人的一些食物;对一位教士而言,他表现得非常爽快、大方,喜欢享乐且不鄙俗,这同样是一件让人感到诧异的事情。在音乐会进行期间,他便会在妈妈那里享用晚餐。每当他来妈妈家中享用晚餐时,我们确实感到非常愉快,大家肆意畅谈,表演若干个二重唱,我同样是谈笑自若的。那个时候的悠然自得,让我的灵感随之雀跃,往往会讲些玩笑话或者格言;加东神父和颜悦色,妈妈则更加让人喜爱,嗓音如同牛叫声的巴莱神父便是众人嘲讽的对象。青年时期肆意欢愉的幸福时光啊,早已离开我很长时间了!

既然我已对这位不幸的加东神父无话可说了,便以几句简短的话来为他的凄惨遭遇画上句号吧。由于他见多识广、作风正派,一点也不具备教士身上所常见的那种腐败沦落的神态,因此其余教士们便会妒忌他,说得更准确些,因为他并不如同别的教士那样让人感到厌恶，因此他们会无比憎恶他，以至怒目切齿。有势利的教士们全都合力来抵制他，同时鼓动那些之前不敢与他对视但却企图得到他的职位的年轻教士来抵制他。他们对他进行肆无忌惮地侮辱谩骂之后，便强行霸占了他那间简朴但却装饰得非常别致的房子，撤销了他的职务，同时将他驱赶到不知何处。最终，由于他那颗刚正的、无可厚非的自尊心无法忍受这些邪恶之徒施与他的侮辱，因此这位曾在最具吸引力的社交场所中大放异彩的风云人物，最后凄惨地在某间小牢房或者土牢中的污秽的床上去世。由于在他身上看不到一丝缺陷，唯一的失误便是他本不该成为教士，因此那些清楚他为人的刚直不阿的人，全都为他潜然泪下并感到惋惜。

处在这样一种生活条件下，没过多久我便彻底沉浸在音乐中，早已无暇顾及其他事情了。我非常牵强地去办事处，准点上下班以及工作中所遭遇的困顿，对我而言实在是无法忍受的严厉刑罚，最终导致我有了辞职离开、一门心思研究音乐的想法。不言而喻，我的这个荒诞不经的念头必然会遭受反对。将一份体面的工作与稳定的收入丢弃，而去四处盲目奔波教授一些不靠谱的音乐课程，实在是荒唐至极的打算，必定会让妈妈感到不悦。即使我日后可以取得我所预想的成就，然而让自己做一辈子音乐家，难免将我的抱负看得过于狭隘了。之前妈妈总是乐于假想一些风光的打算，并不完全认同奥博讷先生给予我的评价，这一次当她发现我居然将全部精力投注在一种对她而言是不值一提的才艺之上，的确感到非常伤心。她往往会对我说那句适合外省，但却并不怎么适合巴黎的俗语："载歌载舞，毫无未来。"此外，她同样察觉我早已陷在自己的这个喜好中无法自拔，我对音乐的痴迷已几近疯狂，同时她非常担心我会因为对工作的懈怠而被开除，与其让别人开除，倒不如自己提早辞职妥当。而且我告诉她，这个工作无法持续太久，我务必要掌握一种赖以生存的新技能，如今在实践中将自己喜欢的，同时是妈妈为我选择的这个技能完全精通是最好不过的了，这相对来说是非常有保证的，然而依赖于保护或是寄人篱下并非长久之计，此外进行一些新的尝试，最终或许会以彻底的失败而告终，等到错过适合学习的年纪，便毫无生存之法了。总而言之，与其说我是通过讲道理来让她答应下来，倒不如说我是用反复的纠缠，以及讲了无数动听的好话从而让她迫不得已地答应。我马上跑去那位名叫果克赛里的土地登记处处长身边，如同是在做一件英勇无比的大事一般，既没有任何原因，也没有任何的理由，甚至没有丝毫的借口便自豪地向他提交辞呈，主动辞去了我的岗位，这时的兴奋程度与两年之前入职时所感受的一样，甚至要比当时更加兴奋。

尽管这一举动非常愚昧，但却让我在这里博取了些许尊崇，同时为我带来了一定的利益。有些人以为我拥有一定的财富，然而实际上我却身无分文，另外还有一些人在看见我不惜一切地献身于音乐时，以为我肯定是极富才华的，看见我对音乐抱有如此的喜爱之情，便认为我在这一领域肯定是造诣非凡的。由于那里原本仅有几个碌碌无为的老师，因此我便成了这之中的杰出人物，常言道：在瞎子的国度中，独眼人总能称霸。总而言之，由于我的演唱的确富有一丝韵味，加之我在年纪与相貌方面的优势，没过多久我便招收到很多女学生，我教授音乐的收入要比我担任秘书时收入还要多。

诚然，从生活之中的趣味来看，如此快速地由一个极端跳至另外一个极端并非常人所能办到的。在土地登记处进行每日八个钟头的令人生厌的工作，并且是在被汗味与呼吸充斥得非常难闻的办公室中，与一群更加厌恶的人共处一天，他们之中的大多数都是不梳头、不洗澡的污秽家伙，因为焦虑、臭味、苦闷与厌烦，我确实感到头晕目眩。如今却截然不同了，我猛地投身在最为高雅的社会中，在各个地方都会受到欢迎的上等之家，处处都是热情周到的招待，处处都洋溢着节日的氛围。着装优美的动人的小姐们在静候我的到来，热情地款待我。我所看到的仅有令人心动的食物，我所闻到的仅有玫瑰花与橘花散发的香气。演唱，交谈，笑闹，欢愉；我由这一家走出去往另外一家，依然是如此的待遇。纵然这两类工作的收入相同，人们同样会赞成在这两类工作的抉择上毫无犹豫可言。正因如此，我对自己的选择感到非常满足，始终没有悔恨过，即使是此刻我已经从之前那些控制着我的所有行为的盲目的动机中逃脱出来，当我用理智的天秤对自己这一生的所作所为进行衡量时，我也从未对此感到悔恨。

当我彻底任由自己的喜好控制时，几乎仅有一次我的期望并未破灭。这个地方的人们的优裕款待，亲切的神态，宽厚的涵养，让我认为与上层社会的人们有所往来是非常欢快的，我在那个时候所形成的趣味让我坚信，如今我之所以不想与他人交往，责任主要归咎于他人而并非是我。

遗憾的是，萨瓦人都不是很富裕；抑或是这样说，倘若他们太过富裕的话，反而会不幸呢。正是由于他们不过于贫穷也不过于富裕，反而是我所遇到的最为和善、最值得往来的人。倘若世间果真存在一个可以在欢乐而又安全的往来中感受生活乐趣的小城镇，那这个地方必然是尚贝里。聚在此处的外省贵族，他们所拥有的财富仅仅能保障生活；他们并不具备可以平步青云的财富，由于不可以抱有任何更高的想象，他们便迫不得已遵从西尼阿斯的忠告①。在青年

---

① 西尼阿斯曾经建议伊壁鲁斯国王皮洛斯不要征战罗马，但是皮洛斯没有听从他的建议，最后失败了。

时期参军,等年迈之时便回家安度晚年。处于这样的一种生活中,荣耀与理性各取所需。女人们全都非常漂亮,然而实际上她们具备可以丰富自身魅力与补救不足的方法,因此没有必要如此美丽。因为工作的关系,我曾遇到过无数年轻女孩,令人感到奇怪的是,我并未在尚贝里遇到过任何一个丑陋不堪的女孩。也许有些人会说,我之所以觉得她们如此漂亮是由于我在那个时候的主观想法,这样的看法或许没错;然而,当时的我根本没有必要为她们的漂亮增添丝毫的主观臆想。坦白讲,我只要一记起我的那些少女学生,便不得不感到开心。当我在此处提及她们之中最动人的几位时,我恨不能将她们与我一同倒退至我们甜蜜的年纪,那些我与她们一起经历的纯真而又幸福的时光!第一位要介绍的是麦拉赖德小姐,她是我的邻居同时也是盖姆先生的学生的妹妹,是个极其灵活可爱的棕发女孩,妩媚却不轻浮。她稍有些纤瘦,与她同龄的女孩大多都是这样;只不过她拥有两只闪烁的眼睛,加之她那纤细的身姿与迷人的风采,无须再有丰满的身形便足以让人为之着迷。我始终在清晨去她家,她在那时常常身着便服,头发同样只是随意地向上挽起,她唯一仅有的发饰便是那一朵会在我到访时佩戴的花,除此以外毫无他物,并且当我离开之后便会在梳妆时将其摘下。我最恐惧看见身穿便服的美丽女人,倘若她经过装扮之后,我的恐惧感不知要降低多少。中午过后我会去孟顿小姐家,她始终装扮得非常整洁,虽然同样能让我感到愉悦,只是情况有所区别。她拥有一头略呈灰色的金发,是个非常瘦小、非常羞涩、非常洁白的女孩。嗓音嘹亮、精准,仿佛银笛似的,只不过她不敢敞开嗓门说话。在她的胸膛中间有一处因为热水烫伤而留下的伤疤,那条蓝色的项巾无法将其全部遮挡起来。虽然这处伤疤偶尔会引我注目,然而用不了多久我的注意力便会从她的这块伤疤上移开。此外我还有一位邻居,也就是莎乐小姐,她是个已经完全发育的少女,个头高挑,肩胛美丽,体态丰满;她虽然是个好看的女人,但却算不上美人,只是她那妩媚、温和的风姿与敦厚的本性,依然值得说一说。她的那位叫作莎丽夫人的姐姐是尚贝里最美丽的女人,虽然她早已不再学习音乐,但却让她那个年纪很小的女儿学习,倘若不是她的发色不幸略有些红黄色的话,从她那正处于发育中的美丽可以预测出日后她必定会超越自己的妈妈。还有一个年纪尚轻的来自圣母访问会的女修道院的法国女孩同样是我的学生,虽然我不记得她的姓名了,但她却算得上是我所喜爱的学生之一。她用从修女们身上学到的那种不慌不忙的风格讲话,只不过以这种语调所讲出的十分调皮的话,仿佛非常不符合她的仪态。除此之外,她还非常懒散,从不愿轻易花费丝毫的精力来展示自己的才智,同时,并非所有人都可以承受她所赐予的这种恩泽。我对她进行了一两个月之久的指导,但却始终无法游刃有余,之后,她慢慢将自己的才智发挥出来,从而让我的教学较之以往更快一点,倘若只靠我本人,我是无法达到这一点的。我在授课的时候非常乐意传授,只不过我不喜欢被迫授课,更不喜欢有时间上的限制。不管是何事,束缚、屈服全都是我无法接受的,以至束缚与屈服会让我讨厌欢愉。听人说在穆斯林之中,会有人在破晓时分经过大街,要求丈夫们对各自的夫人履行应尽的责任;倘若是我在这时,必定不是一个乖乖听话的土耳其人。

除这之外,我仍有几位来自中产阶层的女学生,这之中有一位间接导致我的某种关系有所改变。由于我应该将所有的事情全都讲出来,因此对于这一点我同样需要讲讲。她的名字是腊尔小姐,是一位从事香料生意的商人的女儿。倘若世间存在没有生命、没有灵魂的真实美女,那么我必定要将她视作是我这一生所遇到的最漂亮的女孩,她简直就是希腊雕塑的真实模特。她身上所具备的那种漠然、冷酷与丝毫没有情感的作风实在是到了让人意想不到的程度。无论是想让她感到开心,抑或是让她感到愤怒,全都无法做到。我深信倘若有某个男性想对她施行任何无理的举动,她同样会任其摆弄的,这固然不是因为她心甘情愿,而是因为早已无动于衷。她的妈妈担心她会遭遇如此的危险,于是便在她身边寸步不离。她的妈妈想让她学习唱歌,并且为她聘请了一位年轻教师,虽然她绞尽脑汁地想要勾起她的兴趣,但却没有丝毫的起色。当教师撩拨小姐的时候,妈妈便撩拨教师,只是这两者全都毫无作用。除了生而就有的活泼之外,腊尔太太身上还具备一种轻浮气质,同样是她的女儿理应拥有但却并未拥有的。她是一个可爱、美丽的女人,个头矮小,脸部长着几颗麻子,两只小眼睛散发着炙热的情感,略微有些泛红,这是由于她几乎始终在害眼。当我在每天上午抵达她家时,为我准备的奶油咖啡早已摆放好,她妈妈始终记得用紧挨着唇部的亲吻来欢迎我,由于好奇心的鼓动,我特别想回报她女儿一个相同的亲吻,以此看看她究竟会做何反应。坦白讲,这一切全都相当自然,即使是腊尔先生出现在这里,照例也会表示爱抚与亲吻。这位丈夫的确是个性情温和的男人,作为她女儿的父亲当之无愧,由于毫无欺瞒的必要性,因此他的妻子并不会对他有所欺瞒。

按照我平日里所持有的那种无知的观念,我依然将这类爱抚看作是纯洁友情的表示。但是由于那位活泼的腊尔太太所提出的要求日益苛刻,偶尔我也会感到厌烦,这是由于倘若白天我从她的店前走过但却不到里边坐一阵儿的话,难免会引来一番麻烦,因为我非常清楚从她那儿进去容易但却不易出来,正因如此,每当我有急事在身时,便不得不绕道从另外一条街道经过。

慢慢地我对腊尔太太萌生了情谊,这是因为她给予了我无限关照,让我感动至极。我觉得这是一件非常普通的事情，便告诉了妈妈。实际上即使我察觉出丝毫的神秘之处，我依然会告诉她，这是由于无论何事，若是让我对她有所保密，那是不可能的；我的内心一丝不挂地在她面前袒露着，就像是在上帝面前摆放一般。她对此事并没有像我那样看得非常普通。我觉得这仅仅是一种友情，然而她却将此看作是一种别有他意的表示。她确定腊尔太太为维护自己的颜面，也打算将我改造成不同于在她面前显得如此愣头愣脑的样子，早晚会以各种各样的手段让我理解她的用意。她觉得让另外一个女人来教导她本人的学生是极为不妥的，并且她还拥有更加合理的借口来袒护我，以免让我落入我这个年纪与我所处的位置所可能出现的圈套。便是在那个时候，我遇到一个更加危险的圈套的引诱，尽管我最终得以逃离，然而这却让她察觉依然存在其他不断危害着我的风险，因此她认为务必要采取她所能做到的一切防范手段。

孟顿伯爵夫人是一个头脑灵活的女人，是我的一位女学生的妈妈，只不过她的声誉不是很好。听闻她之前导致很多家庭出现矛盾，而且曾让安特勒蒙家遭受重创。由于妈妈与她之间有着十分密切的往来，因此对她的品性了如指掌。妈妈曾在不经意间吸引了孟顿夫人的某个心上人的注意，尽管妈妈之后并未去找他而且也从未答应他的邀约，然而孟顿夫人却将此视作一种罪行强加于妈妈。从那之后，孟顿夫人便采取了各种各样的方法来对付自己的竞争者，然而一次也未成功。我来举一个最滑稽的事例吧。她们两个人与邻近的几个绅士一起去野外，我方才提及的那个男人也在这之中。有一天，孟顿夫人对这些人之中的一位先生说，华伦夫人只知道装模作样，没有一丝情趣，衣衫凌乱，并且如同老板娘一般，始终将自己的胸部遮挡起来。那个先生乐于开玩笑，对她回应道："对于你所说的最后一点，她有自己的缘由，据我所知，她的胸前有一处如同一个让人厌恶的大老鼠似的痣点，实在是太过相像，并且仿佛是在奔跑一般。"憎恨与爱慕一样，轻易便能让人为之信服。孟顿夫人下定决心想要利用这一点。有一天，妈妈正在与孟顿夫人的那个不识趣的情人一起打纸牌，孟顿夫人便趁机跑到妈妈身后，将她坐的那把椅子半仰起来，巧妙地将妈妈的项巾揭开，然而，那个先生并未见到大老鼠，而是看到了截然不同的景象，想要忘却甚至要比想要看见难得多。这也是让那位夫人感到万念俱灰的一件事。

我是个并不值得孟顿夫人予以关怀的人，这是由于她的身边需要存在一些知名人士。然而，她对我同样或多或少存在一些关注，这并非是因为我的外形——毫无疑问她对此是不以为然的——反而是因为人们以为我所具备的那些才气，这些才气也许会对她的癖好有所帮助。她对嘲讽抱有一种非常强烈的喜爱之情。她擅长通过一些歌曲或者诗句来嘲讽令她不悦的人。倘若她真的察觉我具备一定的才华能为她写出几句精彩绝伦的嘲讽诗,并且我同样非常愿意将其写出来,那么我们两个人或许会将整个尚贝里弄得天崩地裂。倘若人们开始追责这类诋毁之词的创作者时,孟顿夫人便会将我供出,她本人不用承担丝毫的责任,至于我或许会被终身囚禁起来,以此来遭受在贵太太面前担任才子的惩罚。

庆幸的是,诸如此类的事情根本没有发生。为了与我进行交谈,孟顿夫人挽留我享用了两三次饭,然而她却发现我只是一个笨蛋而已。我同样察觉到了这一点,同时因此而感到垂头丧气,痛恨自己不具备我的那位友人汪杜尔的才能;实际上,我反而应该感激自己的愚昧,这是由于它让我从很多危险之中得以逃脱。我只能继续在孟顿夫人那里担任她女儿的音乐老师,只不过我在尚贝里的日子却过得非常安稳,始终受人爱戴。比起在她面前变成一个才子,同时成为当地人眼中的一条毒蛇,这反而要好很多。

即使这样,妈妈觉得为了让我从青年时期的危险之中逃脱出来,是时候理应将我视作成年人来对待了。虽然她马上照做了,只不过她所采用的方法却相当古怪,这是任何女人在如此的状况之下都无法想象出来的。我感觉她的态度较之以往更加严苛了,她的言谈同样要比往日更富有教导的意味。

在她平日里的教导之中时常掺杂的俏皮话猛地消失不见了,取而代之的是非常镇定的语气,既不亲密也不严苛,仿佛是打算进行一番解释。我对她猛然出现的这种变化思考了很长时间,但却始终无法猜透这之中的缘由,因此我便直接询问了她,而这刚好也是她所渴望的。她建议我次日去郊外的那个小园子里散散步。于是第二天一大早我们便出发了。她提前安排妥当,一整天仅有我们两个人独处,并无其他人的打扰;她花费了一整天来让我接纳她所要给予我的恩惠,只不过她并不像其他女人似的通过巧妙的技艺与挑逗来实现目标,反倒是以饱含情感与良知的交谈。她所讲的那番话,对感官的刺激很少,对灵魂的触动反倒很多,与其说是在引诱我,倒不如说是在开导我。然而,不管她所说的那些既不冷酷也不悲伤的话是多么的出彩,多么的富有益处,我并未用理应出现的关注去聆听,也并未如同往日一般将她的话牢牢地铭记于心。交谈伊始,她所表现出的预备好的神情早已让我感到精神惶恐了,所以当她讲话时,我便情不自禁地魂不守舍地深思起来。我并没有多么认真地聆听她的话,反倒只是在思考她想表达的究竟是何意。我思考了半天才领悟她的本意,这对我而言实在是非常困难。我刚一领悟她的这种新颖独特的用意——当我与她一起生活之后,一次也未出现如此的想法——便将我彻底迷住了,不再允许我对她的话有所思考。我的内心只顾着想念她,至于她所说的内容我根本没有仔细聆听。

　　为了使年轻人认真聆听所要告诉他们的话,教师们会经常出现这样的失误,那便是提前为他们提供一些备感兴致的目标,只不过这样的做法最终会事与愿违。我在《爱弥儿》这本书中同样未能摆脱如此的失误。年轻人便是如此:在被为他们所提供的目标引诱之后,他们便会一门心思去思考这个目标,仿佛要飞一般地直直奔向目标,而不再聆听你为让他们实现这个目标而进行的前言式的讲话了,这是由于你那不慌不忙的说话方式并不符合他们的意愿。倘若想要让他们认真聆听,那么事先便不要让他们明白你最终想表达的,对此妈妈做得极其愚蠢。她身上的那种喜欢让所有的事情都极具条理的古怪个性,始终会让她绞尽脑汁地对她的要求加以解释。不过我只要一发现好处,便会急匆匆地应允下来,而不去理会任何的要求。面对如此的状况,我根本不信这世间会有哪个男人可以理直气壮去讨价还价,倘若他果真如此做了,那么必然不会获得哪个女人的宽恕。出于怪异的本性,她甚至采取了最为正式的手续来对待这个协议,留给我八天时间去加以考虑,只不过我却特意告诉她我根本用不着这个考虑期限。实际上,这更是古怪至极的——我反而十分乐意有一段时间来进行考虑,她的这些新奇古怪的念头让我感到非常亢奋,除此之外我本人的思绪也十分混乱,的确需要一段时间来进行梳理。

　　你们必然会觉得这八天时间对我来说简直如同八个世纪之久远。然而真实情况却完全相反,我反而真心渴望这八天时间能变成八个世纪之久。我不晓得如何表述我在那个时候的心情,内心充斥着夹杂了焦虑情绪的畏惧,既有所期待又唯恐期待的事真的发生,以至内心偶尔会迫切地想要找到一个稳妥的方式来摆脱这种早已承诺的幸福。你们可以想象一下我体内那激情四射与迷恋异性的性情,沸腾的血液,深情的内心,我的精神,我健硕的体能,以及我的年纪。另外设想一下我在当时所处的希望获得女人但却并未与任何一个女人有所接触的状况,幻想、需求、虚荣、好奇,全部混杂在一起,让我感到欲火焚烧,迫切地想要成为一个男人,展现一个男人的魅力。此外,由于这是不该被忽视的,因此你们还需特别注意,我对她所抱有的热忱而又情意绵绵的迷恋自始至终不仅没有减弱,反而日益深厚了,唯有当我待在她身边时我才会感到开心,仅仅是为了思念她才会从她身边离开。我的内心彻底被她霸占了,不只是她所给予的恩惠与她动人的个性,甚至是她的性别、外表、身姿,总而言之,便是全部的她,无论是哪个角度,但凡能让我感受到她魅力的一切全都霸占了我的内心。尽管她比我年长十至十二岁,但你们千万不要因此觉得她年岁已老,抑或是对我而言她是这样的。在五六年前我们初次见面时便让我为之心动,时至今日她实质上并没有多少变化，以至她在我眼中根本就没有任何的改变。对我而言，自始至终她都是动人的，并且当时的所有人同样有如此的看法。只不过她的身形略微有些发福了。至于别的方面，完全与往日一模一样，一样的眼睛，一样的肤色，一样的胸部，一样的相貌，一样漂亮的浅黄色头发，一样的欢快灵动，就连嗓音也是毫无变化。她年轻时候的那种爽朗嗓音，给予我异常深刻的印象，时至今日，每当我听见一位少女的动听的声音，依然会感到心动。

固然，当我等着拥有一个自己十分喜爱的女人时，我原本该担忧的是因为没有充分的能力来抑制我的欲火与幻想，无法控制自己，竟然打算将日期提前。你们之后会发现，当我年纪稍长一点时，虽然这个我所钟爱的女人并没有给予我多少抚慰，但是一旦想起她正在等我，我血液依然会立即为之燃烧起来，我与她之间虽仅仅隔着一段极短的距离，只不过若是让我在心中淡定自如地跨过这段距离，同样是无法做到的。既然如此，当我正处于年轻气盛之时，面对青春期的第一次欢愉，究竟是因为多么难以想象的缘由，才会没有丝毫的亢奋之情呢？为何当我渴望那一瞬间即将到来之时，反倒会觉得痛苦多于开心呢？为何我会对原本理应沉醉的欢悦感到一丝厌恶与害怕呢？毋庸置疑，倘若我可以非常体面地摆脱如此的幸福的话，我必定会心悦诚服地舍弃这种幸福。毫无疑问，这便是你们所无法想象出的一件怪事，我之前也曾提到过，我对她的爱恋之中存在很多奇形怪状的东西。

早已感到愤怒的读者或许会觉得，她已经向另外一个男人献身，如今她又要将自己的爱恋平分给两个人，那么她在我心中的地位必然有所下降，或许是一种蔑视的心情降低了我对她的爱恋之情。倘若各位读者是如此认为的，那便大错特错了。这种平分的状况确实让我感到十分难过，这是由于类似这样的敏感是非常合理的，此外，我同样认为此事对她对我而言实在是不得体的；然而，我对她的情谊并不会由于这种关系而有所改变，并且我能对天起誓，我对她的爱意从未像我不怎么想拥有她时那样更加情深意切了。我对她身上的那种圣洁的灵魂与淡漠的性情了如指掌，根本无须多虑便可以知晓，她之所以会委身自荐，并不是出于肉体上的欢愉。我非常确定，她仅仅是想让我从那些在所难免的危险之中逃离出来，同时为让我保护好自己并坚守本分，所以才会不惜突破自己理应坚守的本分。只不过对这一点，她所持有的想法与其他女人的有所区别，这也是接下来我马上要提到的。我既可怜她，同时又可怜我自己。我恨不能告诉她："不，妈妈，没有必要这样，即使不这么做，我同样能承诺绝不会背叛你。"然而，我却没有胆量这样讲。一方面，这是件不应谈论的事情，另一方面，坦白讲，我觉得这同样并不真实，实际上，唯有她才能让我忍受得住来自其他女人的诱惑。由于我将所有能让我与她之间产生隔阂的事全都视为一种苦难，因此尽管我不打算拥有她，但却非常开心她可以让我打消拥有其他女人的渴望。

长时间和她在一起无忧无虑地生活着，这种习惯根本并未减轻我对她的情谊，反倒是进一步强化了这种情谊，只不过与此同时将它的方向加以转变，可以说这种情谊变得更亲密、更柔和了，至于性的因素也变得更少了。因为张口闭口喊了太多次的妈妈，并且始终是用儿子的身份来与她相处，久而久之，我便真的以她的儿子自居。我觉得这便是为何尽管我是如此深爱着她，但却并不打算拥有她的真实缘由。我非常清晰地记得，虽然一开始我对她的情感并不是太过热烈，但却是非常淫乱下流的。身处安讷西时，我曾到了魂牵梦萦的地步；然而抵达尚贝里后，我便再也没有那样了。我对她的爱意可以说是有多热烈便会有多热烈，只不过我喜爱她最主要是因为她而并非是我，起码我在她身边所渴求的是幸福而并非是享乐。在我看来，她超越了姐姐，超越了母亲，超越了朋友，以至于超越了情人，正因如此，她才并非是我的情人之一。总而言之，我过于深爱她，绝不会另有他图，这在我的意识之中是最清晰不过的了。

令人恐惧而并非是期待的那一天最终来临了。既然我全部答应了，也便不能言而无信。我的内心践行了自己的承诺，同时不渴求有所回报。然而，我却收获了回报。因此，我便头一次进入一个女人——我所敬仰的一个女人的怀抱之中。我感受到了幸福吗？并没有，我仅仅获得了肉欲上的快感。有一种无法攻克的悲伤对它的魅力施以毒液。我认为自己似乎是犯了乱伦罪。当我有两三次极其亢奋地将她牢牢抱在怀中时，我的泪水打湿了她的胸膛。至于她呢，既看不出悲伤，又看不出高兴，唯独仅有温柔与从容。由于她本质上并不是一个乐于享受情欲的女人，在这方面毫无欲求，因此她既没有感觉到性的欢愉，又不会为此而感到悔恨。

我重申一遍，她所犯下的全部过错都是由于她在判断力方面有所欠缺，而并非是因为她的情欲。她出生于上流家庭，内心圣洁，她欣赏正直的行为，她的气质是耿直和蔼的，品位也十分优雅。她一生下来便是为了成为一个拥有完美德行的女人，她本人也非常乐意这样做，只不过由于她一直以来所遵从的并不是将她引入正途的情感，而是将她引向歧途的理智，因此她未能坚守住这种德行。当很多错误的理论将她引入歧途时，她所具有的正确的情感却始终在进行反抗。遗憾的是，她乐于卖弄自己的哲学，因此她根据自己的理解而建立的道德准则，常常摧毁了她内心所昭示的持身之道。

达维尔先生是她的第一位情人，同时也是她的哲学老师，他向她所传授的那些理论全都是以引诱她为目标的。他感觉到她对自己的丈夫以及自身所担负的责任都相当忠诚，自始至终表现得非常镇定自若，具有很强大的理性，并非是从情感角度就可以征服的，因此便采取了一些狡辩之词来攻击她，最终实现了目标。他对她证实她所恪守的妇人之道根本就是教条问答之中的那些用来哄骗小孩子的胡言乱语，男女之间的交合——这个行作本身其实是最不足挂齿的；夫妇之间的忠诚仅仅是出于顾及面子的目的，它所涵盖的道德蕴意针对的只是公众言论；身为妻子的唯一义务便是让丈夫安下心来，所以，那些鲜为人知的背叛行为，对她所欺瞒的丈夫而言是根本就不存在的，对其本人的良心而言亦是如此。总之，他最终劝服了她，让她确信背叛行为从本质上来说的确算不了什么，仅仅是由于被其他人发现不好所以才会成为问题，因此任何女人，只需表面上展现得如同一个纯洁的女人，那么她实际上也便是一个纯洁之人了。这个混蛋便是如此实现了他的目的，他将一个年轻女子的理性彻底摧毁，只是他并未能摧毁她的灵魂。由于他坚信她是在遵循他所传授的应付自己丈夫的方式来对付他，因此他遭受了最为强烈的妒忌心的处罚。我并不清楚他在这一点上是不是搞混了。贝莱牧师被人们看作是他的继承人。依我看来，这位年轻女子的淡漠的本性理应维护她免受如此理论的影响，只不过刚好对她未来舍弃这番理论产生了阻碍。一直以来由于她都未将自己轻易就能做到的节欲看作是美德，因此自始至终她都想不通为何人们会如此重视那些在她看来是微不足道的琐事。

为了她本人，她并未肆意乱用这个荒谬的理论，只不过由于她确信另外一种几乎也是一样荒谬的理论，并且这个理论又刚好与她仁慈的内心相契合，所以她会因为其他人而去乱用它。尽管她对自己朋友的情谊仅仅是纯洁的友情——这是一种非常缱绻的友情，她用自己所学到的所有方法，让他们更加紧密地迷恋着她，然而她却始终坚信，根本不存在其他力量要比"拥有"更能让一个男人对一个女人产生迷恋了。而且最让人诧异的是差不多每一次她都可以获得成功。她的确十分动人，越是与她相处得更为亲密，便能越多地发现她的动人之处。此外还有一点需要说明的是，当她首次失足以后，她几乎只向那些可怜人施以宠爱，权贵之人在她面前全都是徒劳无获。倘若她早已对一个男人感到怜悯，只是最终却并未喜欢上他，那必然是由于他太不讨人喜欢了。倘若她所选的对象无法与她相匹配，那这绝对不是因为她那颗崇高的灵魂一直以来非常生疏的某类卑贱的冲动，而彻底是因为她的性情太过无私，太过仁慈，太过怜悯，太过敏感的缘由，她的分辨力常常无法完全掌控如此的性情。

虽然这几个荒谬的准则将她引向了迷途，但是她曾坚守过多少值得称赞的准则啊！倘若这类失误可以称之为缺点的话,她早已凭借多少美好的品德来对这类缺点进行补救啊！况且这之中肉欲的因素又是多么的微不足道！当然,在这一点上那个人哄骗了她,只不过同样是那个人在别的很多方面给予了她非常出色的指导。她身上较少会亢奋起来的情欲往往能让她根据睿智的看法,只要她的狡辩哲学并没有让她步入歧途,那么她的举动便同样是正确无误的。纵然她犯下了失误,她的动机同样值得称赞;虽然她因理解上的偏误而出现了失误,但却毫无恶意。对于心口不一与惺惺作态的作风,她感到万分痛恨。她的作风耿直,坦诚,善良,大度;她恪守承诺,忠诚于自己的友人,忠诚于自认为要坚守的职责。她甚至无法明白,为何原谅竟会成为一种高高在上的美德,因为她本人不但不会徇私报复,而且不会痛恨他人。最终以她那极其不能宽恕的举动来说,她非常不重视自己给予其他人的宠爱,同时从未将自己的宠爱当作是用来进行交易的方式;虽然她会肆意乱用自己的宠爱,但却根本不会通过它来赚钱,为此她不停地采取各种各样的权宜之策来赖以生存。我敢断定,既然苏格拉底可以对阿斯帕西①感到敬重,那么他必然也可以尊重华伦夫人。

若是认为她不仅拥有多情的性情同时也拥有冷酷的性情,大家必然会如同平时那样无所依据地批评我漏洞百出,对此我早已有所预知。或许这本是大自然的失误,如此的交合原本就不该存在;然而我却明白她的确是这种人。知道华伦夫人的人至今有很多依然在世,他们全都可以证实她确实是这种人。除此之外,我甚至还敢断言,她仅仅晓得生活之中存在一种真实的欢乐,那便是让她所喜欢的人感到欢乐。大家可以尽情地对此妄加判断,以高超的论证来证实这并非是事实。只不过我的职责在于将真实的状况讲出来,但却不一定非要让大家为之信服。

以上我所讲的这些全都是当我们之间的关系变得更为密切之后,通过彼此间的谈话而慢慢领悟到的,唯有在这些谈话中我才能从我们之间的密切关系中感受到欢乐。原本她期望自己给予我的宠爱可以为我带来益处,这是毋庸置疑的;她的恩惠对我的成长造成了深远的影响。在此之前,她仅仅谈论我的事,完全将我视作一个孩子来对待。如今,她对我讲述她本人的事情,逐渐将我看作是一个成年男人。她与我交谈的所有内容,激发了我强大的好奇心,让我十分感动,我不得不进行深刻的自我反思,相比从她的指导中所获得的好处,我从她所讲述的心里话之中得到的好处显得更加繁多。当你切实感受到对方所说的话是发自内心时,你本人的内心必然同样会愿意接纳一个陌生灵魂的真情表

---

① 阿斯帕西,古希腊的交际花,雅典政治家伯理克里斯(公元前 5 世纪)的情妇。

露;与你所热爱的一个头脑灵活的女人的情深意切的话语相比,来自一位教育家的忠言根本不算什么。

由于我与她之间亲密无间的关系,从而让她对我产生了较之以往更高的评判。尽管我的模样稍显愚笨,但她肯定当我经历一番教导之后必然能穿梭于上流社会,倘若有一天我可以在社交场所中有一块立足之处,我便能独自谋求未来。从这种观念来看,她觉得不但要训练我的智商,同时还要对我的外貌以及行为加以改善,她打算将我改造为一个平易近人且又备受尊崇的人。倘若在上流社会获得成功是能够与品德相结合的话(对此我并不相信),那么我坚信起码除了她所实施的并且是要传授给我的那个方法以外,根本别无他法。华伦夫人深谙人情冷暖,拥有一套十分高超的为人处世的方式;她与人接触时既不虚假,也不懈怠,既不欺瞒,也不挑衅。然而,这种方式是她的个性中所特有的,同时也是传授不了的;她本人使用这套方式远比说明这套方式要得心应手得多,而且我同时是这世间最不能掌握这套方式的人。所以,她在这一点上所付出的,几乎等同于白费工夫,甚至是她为我聘请教师学习舞蹈与剑术亦是如此,尽管我的身体灵活轻盈,但却并未学会哪怕只是一个小步舞。因为我的脚上长着鸡眼,所以我早已习惯于用脚后跟行走,纵然是通过罗谢尔盐来进行治疗,却依然未能有所改变。尽管我的模样看起来非常灵活,但我却从未能从一个小沟上跨过去。当我在剑术训练室时则更为倒霉了,虽然练习了三个月,但我依然在练习怎样去避开攻击过来的剑,自始至终学不会突然袭击。并且我的手腕并不是十分灵活,胳膊毫无力气,因此每当老师准备将我手中的剑击落下来时,我始终无法握牢。除此之外,我极其讨厌这类运动以及为我教授剑术的老师,我从未料到一个人竟然会对这种杀人的手段抱有如此之大的荣耀感。为了让我可以学会他的独特才能,他便以自己一无所知的音乐来举例,他觉得剑术中的第三、第四个动作与音乐中的第三、第四个音程之间存在非常明显的相同点。由于古代音乐中的升半音符号与剑术里的假动作是同一个字,因此倘若他要进行一个假动作,他便告诉我需要留心这个升半音符号。当他将我手里握着的练习剑击落时,便会笑着告诉我,这是个休止符。总而言之,我这一生从未遇到过如同他一般的人,也就是一个帽子上饰有羽毛、胸前裹着护甲的自认为才华出众的家伙,他实在是让人无法忍耐。

没过多久我便完全出于反感而放弃学习剑术,这是因为我的剑术学习进展缓慢。然而,我却在另一种相对实用的艺术上获得了明显的进步,这便是安于自己的命运,不再对更为显贵的身份地位抱有幻想,并且我逐渐意识到自己并不具备如此的天分。我始终乐于陪伴在妈妈身边,并真心希望她可以过上快乐的生活,当我不得不与她分离而进城教授音乐时,虽然我十分喜欢音乐,但却逐渐感觉到这是件麻烦的事情。

我并不晓得克洛德·阿奈是否发现了我们之间的这种密切关系的本质,只不过我有理由确信此事并未瞒住他。他是一个极其聪明且相当谨慎的年轻人;他始终不会说违背良心的话,但也不会将内心想表达的全部讲出来。他丝毫没有表露出他早已发现了我们之间的私情,只不过从他的举动上来判断,他似乎已经察觉了。他所表现出的这种审慎的作风固然并非是因为内心的低贱,反而是由于他赞同自己女主人的看法,因此他绝不可以为难她遵照此类看法而实施的举动。尽管他们两个人年纪相同,但他却十分老练,十分稳重,以至将我们视为两个理应获得宽恕的孩子,而我们却将他看作是一个值得尊敬的人,诚然我们理应对他感到敬重。我仅仅是在他的女主人对他有所背叛之后,才明白她对他抱有多么深厚的爱意。她将自己对他深厚的喜爱之情告诉了我,想以此来让我对他产生同样的爱意,这是因为她对我了如指掌,我的意识、情感与生命全都受制于她;她在这方面所看重的,与其说是她对他所怀有的爱意,倒不如说是她对他所抱有的敬重,这是由于后一种是我与她之间最能共享的情感。她往往会说,我们两个人对她的幸福来说都是必不可少的,每当她这样表达时,我们俩曾无数次因为感动而拥抱在一起潸然泪下啊!希望看到这番表述的各位女士们不要心怀恶意地耻笑她。由于她的性情本就如此,所以这种需求毫无含糊不清的地方:这完全是发自她内心的需求。

因此,我们三个人便形成了一个可能在这世间独一无二的集体。我们的渴望,我们的关注,我们的灵魂全都是互通的,丝毫也未超出我们的这个小团体。我们三个早已习惯于旁若无人地彼此共同生活在一起,倘若我们在用餐时,三人中缺一个或是有其他人的加入,便会觉得仿佛所有的秩序都被搅乱了;虽然妈妈会与我们两个人之间存在单独的密切关系,但我们却始终认为只有两个人在一起时所获得的欢乐远不如三个人在一起的欢乐。我们三人间之所以不会出现烦恼,是因为彼此间有着非常强大的信任,同时之所以没有生厌,是由于我们在平日里都非常繁忙。妈妈持续不停地规划这个,计划那个,一整天四处奔波,同时也不会轻易让我们两个人空闲下来,此外我们各自都有要处理的事情,于是便这样将时间全部填满了。对我而言,闲而无事等同于孤独,同时也是社会中出现苦痛的根本所在。彼此面面相觑地待在房中很长时间,无所事事,只是一门心思地东拽拽西扯扯,如此极易让人的思维逐渐狭隘起来,也极易导致无中生有、明争暗斗、血口喷人了。当每个人都各自忙碌时,除了要说出来的事情以外,任何人都不会轻易开口说话,然而当大家全都无所事事时,便不得不一直聊下去了,这便是极其讨厌且极其危险的事。我依然能大胆地进行更为深入的说明,为了让一个小团体获得真实的开心,我建议每个人不但要做些理所应当的事,并且要或多或少地用心做点事。比如,打花结便等同于无所事事。至于打花结的女人,也便如同无所事事的女人一般,不得不通过交谈来打发时间。然而倘若她打算做刺绣的话,情形便截然不同了,因为专心致志地做着刺绣,所以当其他人讲话的时候,她实在是顾不上理会对方。倘若此时有十几个无所事事的人在她面前起起坐坐、来回走动,由于闲暇无事便通过脚后跟来回绕圈,不停地转来转去打量着壁炉上方的瓷菩萨,同时依然在不停地转动他们的脑筋,以此来延续他们永无休止的闲聊,这是最让人感到厌恶与滑稽的。无须多言,这实在是一件美妙至极的事情啊!无论在何处,这种人始终会为其他人与自己惹来麻烦。当我身处莫蒂埃时,时常会去一位女邻人家中编织丝带,倘若我重回社交场所,我便往往会将一个小转球塞入口袋,用来转动着玩上一整日,以免无话可说时讲些无用之词。在我看来,倘若每个人都可以做到如此,那么人们便不至于变得如此糟糕,他们彼此间的往来也便更加真实可信了,还会变得更加欢乐一点。总而言之,我始终认为唯一适用于如今这个阶段的道德,便是小转球之中所蕴含的道德,至于有谁感觉到滑稽,那便让他们肆意大笑吧。

况且那些令人生厌的访客始终会为我们惹来许多琐事,所以我们无须因想从厌烦中逃离出来而自谋差事,除了我们三个一同度过的时间以外,自己同样不会有所空闲。我之前在这类访客身上所感受到的极不耐烦的情绪丝毫并未减弱,有所变化的仅仅是我出现这种情绪的时间变短了。不幸的妈妈根本并未改掉她那喜欢对自己的工作与规划进行各种各样想象的老毛病。与此相反,家里的生活越是艰难,她便越会在自己所幻想的事上呕心沥血。当下用以谋生的来源越是稀少,她便越会对未来满怀憧憬。伴随年龄的增长,她的这个老毛病越来越严重,当她慢慢丧失交际的欢乐与青春的趣味时,她便以寻找秘方与制定规划的趣味来取代她所丧失的欢乐。家中总是会不停地出现一些江湖郎中、制药商、术士与各色各样的乐于制定空白规划的人,他们鼓吹自己将来会拥有上百万的财富,然而此刻他们却甚至不会错过一枚银币。从她家走出去的人,没有一个人是空着手的。然而,有一件事我始终未曾想清楚,我不晓得在如此漫长的一段时间中,她既未丧失自己的财源,也未让她的债主感觉麻烦,那么她是通过怎样的方式来应对如此之多的开支。

她在我所表述的这个阶段为之痴迷的规划——在她所制定的所有规划中,这并非是一个最不合乎常理的规划——便是在尚贝里建造一个皇家植物园,同时要招聘一个享有薪水的技师,无须多言便能明白,这个职位是要派给谁的。

这个城市坐落在阿尔卑斯山脉的中间位置,非常适合进行植物学方面的分析,由于妈妈始终会通过一个规划来加速另外一个规划的达成,所以她在拟定建造植物园的规划时便又制定了建造一个药剂分析所的规划;这个地方所仅有的药剂师便是那几位屈指可数的大夫,建立一个药剂分析所其实是非常有价值的。维克多陛下去世之后,那位名叫格洛希的御医便来到尚贝里隐居,她觉得这对自己的计划而言是非常有利的机会,或许也正因如此她才产生了这样一个规划。无论如何吧,她开始说服格洛希,只不过想要说服他并非易事,原因是他是一个我始终都未曾遇到过的极其苛刻极其暴躁的人。如今列举两三个事例来让读者加以评判吧。

有一天,他与其余几位医生一起诊治一位患者,这之中有一个年轻的医生是从安讷西聘请来的,也是时常为那位患者进行治疗的医生。这个年轻的医生对其所处的医生圈的规则还不具备足够深刻的认识,竟然敢反对那位御医的主张。御医并未回应他,只是询问他何时离开,途经哪些地方,搭乘哪一班马车。这位青年医生照实回答之后,反问他是否有何事要交由他代为办理,格洛希回答道:“没事,没事,我仅仅是想在你离开时,我非常愿意去楼上的窗边瞧瞧一个笨驴坐在马车中是如何的模样。”他的苛刻程度完全与他的富裕以及冷漠一模一样。有一次他的一位朋友跟他借钱,同时表示了最为可信的担保,然而他却将他那位朋友的手紧紧握在手中,咬牙切齿地说道:“朋友,即使是圣彼得从天而降,以三位一体做保证来跟我借一百法郎,我同样绝不会答应他。”有一天,萨瓦当地的那位名叫比贡先生的十分虔诚的长官邀请他一同用餐,他早早便到了,此时那位长官先生正在祷告,便随即邀请他一同进行,他不知如何应答,只能摆出一个恐怖的鬼脸而后跪倒下来,然而,刚一念诵两句“万福马利亚”,他便无法忍受了,猛地一下起身站立,一言不发地拿着手杖离开了。比贡伯爵追在他身后说道:“格洛希先生!格洛希先生!您别离开啊,厨房正在为您烤制一只美味至极的鹧鸪呢!”他扭头告诉伯爵:“伯爵先生!即使您为我烤制一个天使,我也不愿意在此等候了。”妈妈渴望说服并且最终说服的御医格洛希先生便是如此的一个人。尽管他十分繁忙,却也往往会来探望她,并且他和阿奈相处得非常不错,非常看重他的学识,同时满怀敬佩的心情谈论他。诸如他这样的一个暴躁傲慢的人,为抹去往日的印象,居然会对阿奈展现出独特的尊敬,这实在是让人感到万分诧异。尽管阿奈早已不再是仆人,然而所有人都晓得他往日是个仆人,或许依然需要通过御医的权威与示范来让人们对他刮目相看。克洛德·阿奈身上穿着一件黑色上衣,头顶的假发梳整得十分齐整,仪态得体,温文尔雅,行为举止高明而又审慎,按照常理来说,倘若建立皇家植物园的规划可以达成,那他极有可能成为皇家技师从而备受尊崇,这是因为他在医学与植物学领域具有十分渊博的学识,加之享有医学界领导人物的特殊关照。事实上格洛希十分赞同并接纳了这个规划,只需等和平到来,开始思考一些与公益相关的事并且可以筹集到一笔费用时,再呈报宫廷。

由于我一生下来便仿佛是要从事植物学研究这门学科的,倘若这个规划得以达成,那么我必然会投身其中,然而不管计划是如何的缜密,一旦遭遇意料之外的打击,同样是会被推翻并就此作罢的。命中注定我是一个逐渐演变为苦命人的特例。可以这样讲,上帝有意让我承受各种各样的残酷考验,将能阻碍我变成苦命人的一切全都徒手推开。有一次,由于格洛希先生当时正需要一种只在阿尔卑斯山上才有的白蒿,于是阿奈便跑去山顶寻觅这种稀有植物,只不过这个不幸的年轻人居然会在此次上山寻药时因为奔跑得过热,而患上了肋膜炎;听闻,他所采摘的这种药材刚好是用来治疗这个疾病的特效药,然而却也未能挽救他的性命。虽然有医术高超的名医格洛希先生的治疗,虽然有他那位内心仁慈的女主人以及我的悉心照料,但他在我们毫无效果的救治之下,历经了一番去世之前极其痛苦的挣扎,最终在患病后的第五日逝世了。在他临死之前唯有我对他进行了劝解,我的内心是如此悲伤与热忱,倘若他在那个时候依然头脑清醒,可以明白我的用意,必定会获得些许抚慰。我便如此失去了我这一生之中唯一一个极为忠诚的朋友。他是一个少有的,尤其值得尊崇的人,尽管他未曾接受教育而且出身卑微,但是天生的才华却弥补了他的这些缺陷,让他同样具备出色的人物所应具备的一切道德。倘若他可以活得更久一些同时拥有合适的工作,他必然会变成一个出色的人物。

次日,我以极其诚恳的哀伤的心情和妈妈提及他;在交谈之中我猛地产生了一个低贱的不该出现的想法:我打算收下他生前穿过的那些衣服,尤其是那件曾吸引我注意力的好看的黑色上衣。由于我始终会在她面前将内心的所思所想全部讲出来,因此我便按照自己脑海中的念头,照实表达了出来。因为慷慨和内心崇高恰好是这位逝者生前所拥有的最为出色的品德,所以毫无其他东西能够比这句低贱而又不堪入耳的话,更可以让她意识到方才去世的这个人对她而言是何其珍贵。这个不幸的女人并没有说一句话,而是转过头去开始痛哭。多么动人而又珍贵的泪水啊!我理解这些泪水所包含的寓意,每一滴泪水都滴落在我的心中,它们将我心中的一切卑贱污秽的东西都毫无保留地彻底冲刷干净,自那之后,我再也未出现如此的想法。

阿奈的去世不仅为妈妈造成了精神方面的悲伤,同时也造成了物质方面的亏损。自此之后,她的事务日渐衰退。阿奈是个聪明而又审慎的年轻人,他操持着女主人家中的所有事务。因为惧怕他那两只灵敏的眼睛，所以大家都不敢太过浪费。即使是妈妈本人也同样会因担心被他批评而竭尽全力控制自己乐于挥霍的习惯。由于当她肆意乱用他人的钱财抑或是挥霍自己的钱财时，他偶尔也是敢于批评她的，因此对她而言，仅仅是他的爱尚不足够，她依然要维持住他的尊崇以及免遭来自他的正当的批评。我与他抱有相同的主张，进行过相同的劝告，然而，我对她并不能产生多大的影响，我的话也便不像他的话似的如此有效了。既然他已逝去，则务必要由我来取代，然而我既不具备这种才能，也不具备这种喜好，因此无法胜任。尽管我同样暗自嘟囔了几句，但是由于我原本就不是非常缜密，加之性格非常懦弱，因此依然对所有的事情听之任之。况且，纵然我取得了如同阿奈一般的信赖，但却无法具备相同的威严，看到家中混乱不堪，我同样会哀叹，同样会埋怨，只不过我的话任何人都不会听从。每当我打算加以干涉时，妈妈始终会亲切地轻抚我的脸庞，对我喊声"我的小监督"，强迫我依然饰演符合于我的角色，毕竟我依然太过年轻、太过急躁，依然无法根据常理来处事。

对于她这种丝毫没有节制的开支，我在平时便深刻地意识到她迟早将自己置于穷困潦倒的地步，如今我担任了监督，亲自从账本上目睹到早已失衡的收支，这种感受便更加清楚了。一直以来我心中所潜在的吝啬的倾向，便是在此时形成的。当然，除了偶尔的挥霍之外，我始终并未真正肆意挥霍钱财，便是在这之前，我也从未因为钱而花费如此之多的心思。如今我却开始留心此时，并且同样开始关注自己的小钱包。因为一种高尚的目标，我居然成为一个喜爱钱财的人；事实上，由于我早已预料到即将发生苦难，因此我便一门心思只想为妈妈留些钱，以防万一。我感到担忧的是她的债主或许会申请克扣她的年金，抑或是她的年金会被彻底停止，所以，以我那天真的目光来看，我觉得自己积攒的那些钱或许会对她大有帮助。然而，为了积蓄这些钱，尤其是为了将它们留存住，务必不能让她知道，这是由于倘若让她在东拼西凑时发现我还藏了私钱是非常不恰当的。因此我便四处寻找隐蔽地点来将若干金路易藏起来，同时打算时不时增加一些，直至未来有一日可以当着她的面如数上交。然而，我实在是太过愚笨了，但凡是我选定的地点始终会被她找到，之后，为了向我暗示她早已知道这个隐秘，她便将我私藏起来的金币全部取走了，取而代之放入更多的其他钱币。因此我便只能窘迫地将自己的那些私钱放入公用的钱包中。至于她则总会用这些钱来为我买一些服饰或别的物品，比如银剑、怀表等。

我的储蓄计划是永远也无法实现了，并且这点钱对她而言同样是僧多粥少，于事无补。最终，我认为若想避免我所担忧的苦难出现，当她无法再供我吃饭并且她本人同样需要挨饿时,我务必要通过自己的努力来维持她的生活需求,除此之外,毫无其他方法。遗憾的是,我居然只是从自己的喜好出发来拟订计划,痴狂而又执拗地想要通过音乐来获得钱财,我感觉自己的脑中满是主题与歌曲,我以为只要我可以加以妥善使用,我便会马上变成一位名人,一位生活在当下的俄耳浦斯①,我那动听的歌声能够将整个秘鲁的银子全部吸引来。对我而言,识谱自然早已没有多大问题了,最主要的便是学习作曲。自从勒·麦特尔先生离开之后,萨瓦这里就毫无一个通晓和声学的人了,因此我无法找到教我作曲的合适人选,唯有看着拉摩创作的《和声学》进行自学,然而这却毫无实现目标的可能。

此处,你们会再次看到我在这一生中不停发生的与我的目标背道而驰的事情,这类事情常常会在我以为已经能够实现目标时,却让我朝着与我的目标完全相反的方向走去。汪杜尔常常会与我提起与布朗沙尔神父相关的事情,他是向他教授作曲的教师,同时也是一位才华超凡的知名人物,那个时候他正在贝藏松大教堂承担音乐指挥的工作,如今在一间位于凡尔赛的小礼拜堂担任音乐指挥。因此我准备去贝藏松追随布朗沙尔神父学习音乐,我觉得这个打算十分正确,而且劝服了妈妈,让她同样觉得这是一个非常正确的打算。因此她便用她那喜欢挥霍的习性来为我置办起行李。如此一来,我原本是打算阻止她破产,打算日后可以填补因为她的挥霍而拖欠的债务,然而开始实施这个计划时,我却再次让她花费了八百法郎,为阻止她日后破产反倒加快了她的破产。尽管这个行为是非常荒诞的,但我和妈妈心中却都满怀憧憬,我深信,我所做的一切对她而言都是有益无害的,而她也坚信我所做的一切对我来说是大有益处的。

原本我以为汪杜尔依然待在安讷西,便能恳求他为我向布朗沙尔神父写封介绍信,然而他却早已离开那里。我身上仅有的能够用来作为凭证的东西便是汪杜尔留给我的那篇他亲自创作的四声部弥撒曲,同时也是他亲手誊写的。我便以这个东西取代介绍信去往贝藏松,从日内瓦经过时,我探望了若干位亲戚,途经尼翁时,我顺道拜访了父亲,他如同往日一般款待我,同时答应帮我将行李寄往贝藏松,由于我是骑马前行的,因此行李稍后才能抵达。最终我抵达了贝藏松,布朗沙尔神父十分热情地款待了我,同意教授我音乐,而且表示会尽力关照我。当我们正准备开始时,我收到了一封来自父亲的信件,信中表明我的行李被位于瑞士边境的鲁斯那里的法国关卡扣押并充公了。这个消息着实让我大吃一惊,由于我非常确定行李中毫无违禁物,加之我本人也无法猜出自己

---

① 俄耳浦斯,古希腊乐师,琴声宛转悠扬,凶猛的野兽听到之后都会驯服。

的行李会因何理由而被充公了,因此我便竭力拜托几位刚在贝藏松结识的朋友帮忙打探一下。最终,我了解了事件的来龙去脉,由于这是一件十分滑稽的事情,我务必要加以说明。

我在尚贝里结识了一位来自里昂的名叫杜维叶的长者,他是个内心十分仁慈的人。他曾在摄政时期的签证局工作,因为空暇无事便前来此处的土地登记处上班。他曾与上层社会的人有所往来,不但富有才华,并且博学多识,待人彬彬有礼,同时他也通晓音乐,由于当时我们两个同处一间办公室,因此在那些庸俗不已的人中间,我们俩看起来尤为亲密。他与巴黎那里存在一些通讯上的联系,往往会为他提供一些毫无用处的小品文,一些转瞬即逝的新颖作品,这类作品常不知为何便开始流传,而后又不知因何便消失得无影无踪了,倘若无人提及,便永远不会有谁能再次回想起它们。我曾有几次将他带至妈妈家中吃饭,可以说他是特地想要与我融洽相处,为了讨我开心,他千方百计地让我同样喜欢上这些没有一丝价值的东西,实际上一直以来我便对这类百无聊赖的文章感到厌烦,这一生我也不愿品读它们。但是为了不让他感到难堪,我便只能收下这些珍贵的纸稿,随即便将它们塞进口袋中,除非是在用来当作手纸使用时,我根本无法记起它们,原因在于这便是它们仅有的价值。实在是不凑巧,这些令人厌恶的文章中的一篇被落在一件我仅仅穿过两三次的新礼服的上衣口袋中,这件礼服是我用来应付同事们穿的。这篇文章是冉森①派的作者模仿拉辛所写的那部名叫《密特里达德》的悲剧中的最美妙的一幕而创作出来的游戏诗文,文字过于乏味,我甚至都未读上十行,由于不小心便将它塞到衣服口袋中,因此才导致我的行李被扣留下来。那个关卡的官员们便将我的行李列出了一个详单,详单前赘述了一篇洋洋洒洒的检验书,检验书率先判定这个文件是由日内瓦发出并打算去法国进行刊印与传播,因此他们便对此大做文章,严厉地苛责上帝与教会的敌对者,竭力颂扬他们的虔诚警戒,认为正是因为如此之高的警戒性才得以对这可恶的阴谋加以制止。毋庸置疑,他们觉得我的衬衫同样具有异教气息,于是他们仅因这个恐怖的小纸片便将我的一切物品都扣留了。因为我实在不知所措,自始至终我都不知道我那不幸的行李被怎样处置了。跑去询问那些在税务机关工作的官员的时候,他们跟我索要这个声明,那个收据,这个证据,那个记载,整个流程极其烦琐,实质是让我坠入迷魂大法之中,我只能将行李全部舍弃了。我十分懊悔未能将鲁斯关卡出示的那个检验书保存下来。倘

① 冉森(1585~1638),荷兰天主教神学家,他根据圣奥古斯丁的理论而创立的宗教学说,在当时被视为异教派。

若将它纳入到打算与本书一同出版的资料汇总中,必定会非常引人瞩目。

由于这次行李丢失,我并未来得及跟着布朗沙尔神父学些什么,便迫不得已马上重返尚贝里。我清楚地发现不管做什么自己都无法走运,因此经过深思熟虑之后,我便决意心无旁骛地陪在妈妈身边,与她同甘共苦,再也不会为自己束手无策的未来而绞尽脑汁了。她便如同我为她带来宝物似的热烈迎接了我,再次逐渐地为我添置起衣服;虽然我的不幸遭遇于她于我来说都是非常巨大的,然而几乎如同事情的出现一般迅速,没过多久我们便将它遗忘了。

尽管此次的不幸遭遇向我对音乐所怀有的热诚泼了一盆凉水,但我却自始至终在竭尽全力地钻研拉摩所撰写的那本著作,最终因为潜心研究而对它有所领悟,同时尝试编写了几首小曲子,成绩也都非常不错,而这再次鼓动了我。自从奥古斯特王去世之后,贝勒加德伯爵便从德累斯顿返回,他是安特勒蒙侯爵的儿子。他在巴黎待了很长时间,十分热衷音乐,特别是对拉摩的音乐爱到痴狂。他的那位名叫南济伯爵的兄弟演奏小提琴,而那位名叫拉尔杜尔伯爵夫人的妹妹则会演唱歌曲。所有的一切使得音乐再次开始在尚贝里流行。一开始他们曾准备邀我担任由他们筹办的一场对外公开的音乐会的指挥,只是没过多久便发现我无法胜任,因此另做打算。我依然将我所写的几首小曲子带过去进行演奏,这之中有一首合唱曲备受追捧,这自然算不上是十分完美的作品,然而其中饱含了新颖的曲调与扣人心弦的音节,人们绝对无法猜出作曲者便是我本人。这些男士们绝不相信像我这种甚至无法读好乐谱的人竟然可以写出如此出色的曲子,他们质疑或许我是用他人的作品来冒充。某日清晨,南济伯爵为了辨别真假,便带着克莱朗波创作的一首合唱曲前来找我;他告诉我,为让这首曲子演唱起来更加容易,他早已为它变调,只不过因为一旦变调,克莱朗波所创作的伴奏部分便无法演奏出来了,他想让我为它另外创作一个低音部的伴奏。我告诉他,这是件非常烦琐的事情,无法立即完成。他认为这是我为自己寻找退路的托词,便强迫我起码要创作出一个宣叙调的低音部。由于我无论做何事,都务必要在非常轻松的环境之下淡定自如地去进行,因此虽然我答应了他的要求,但最终写得不是很好,只是最起码这一次我的行为是合乎常理的,并且是在他面前进行的,由此他便无法质疑我不知道编写曲调的基础理论了。正因如此,我的那些女学生依然跟着我学习音乐,只不过即使已经筹办了一场音乐会,但人们依然对我置若罔闻,因此我对音乐的喜爱逐渐有所降低。

和约几乎便是在此时得以达成,于是法国军队再次翻山越岭归来。有很多位军官前来拜访妈妈。这之中便有那位名叫劳特莱克伯爵的奥尔良团的团长,之后他担任了驻日内瓦的大使,最终成为法兰西的一名元帅。妈妈将我引荐给他。他在听完妈妈的一番介绍后仿佛对我充满了好感,同时对我许下很多承诺,然而,直至他即将去世的那年,当我早已不再需要他时,他才记起自己曾许下的承诺。那位年纪轻轻的桑奈克太尔侯爵同样在此时抵达尚贝里,他的父亲在那时担任驻都灵大使。有一天,他来孟顿夫人家享用晚餐,恰好我也在场。用餐结束后大家开始谈论音乐,他对音乐相当熟悉,加之当时那部叫作《耶弗大》的歌剧非常风靡,于是他便开始谈论这部歌剧,同时让人将乐谱拿过来。令我感到非常窘迫的是,他邀我与他一起演唱这部歌剧。他随手翻开乐谱,好巧不巧出现在眼前的正是那段非常出名的二重唱:

人世,地狱,天国,

全都会在主的面前感到颤抖。

他对我问道:"我打算演唱这六个音部,你呢?"尽管我偶尔也会牵强地演唱几段,但我依然无法习惯法国音乐中的短促节奏,同时也无法理解一个人如何能同时演唱六个音部,即使是同时演唱两个音部也是不可能的啊。音乐中最令我烦恼的便是快速地由一个音部跳转到另外一个音部,与此同时双眼依然要盯着整个乐谱。因为看见当时我所表现出来的推托状态,很明显桑奈克太尔先生开始质疑我并不通晓音乐。或许便是为了证实我究竟懂不懂音乐,他才会让我将他准备送给孟顿小姐的一首曲调记下来。此事我不能拒绝。因此他演唱我记录,我并未让他重复演唱多少次便记录出来。接着,他将我所记下来的乐谱查看了一番,认为我记录得丝毫不差,十分精准。由于他亲眼看见了方才我表现出的窘迫的模样,便对这个微不足道的成绩大肆夸奖。老实说,这其实是件相当容易的事情。实际上,我是非常通晓音乐的;我所欠缺的仅仅是那种一眼看上去便通晓音乐的灵活感,这是我在其他事上所无法做到的,至于音乐领域,唯有历经长时间的训练才可以达到如此地步。无论如何,我始终对他的这种善意满怀谢意,这是由于他考虑得如此缜密,想要从众人以及我本人心中抹除我在那时所遭受的那些小挫败。当我于十二年或者十五年之后在巴黎再次与他相遇时,我曾无数次想对他提及此事,告诉他时至今日我依然铭记于心。然而,他的两只眼睛在那之后便失明了,我担心回首往事会让他感到悲伤,因此便没有提及。

我往日的生活要逐渐地因为一个正在临近新开始而过渡到如今。对我而言从那个时候一直延续至今的一些友情,都是极其珍贵的。这些友情常常会让我对那个欢乐的、鲜为人知的阶段深感迷恋,那个时候自诩为我的朋友的人们,全都因为喜欢我而与我做朋友,他们与我之间的友谊完全是因为纯粹的真诚,而并非是由于与一位名人进行交往时所感受到的虚荣心,同时也并非是成心寻找更多时机来加害于他。我与老相识果弗古尔便是在此时相遇的，虽然有人想方设法地挑拨我们，但他却始终是我永远的好朋友。永远！不幸的是，哎！前几日他逝世了。然而，他仅仅是在生命终结之时结束了施与我的关爱，我们之间的友情仅仅是因为他的离世而告一段落。果弗古尔先生是这个世间少有的好人。但凡是知道他的人没有一个不喜欢他，与他生活在一起，便不得不与他产生如此深厚的友情。我在此生之中，从未遇到过一个人比他更加光明爽快，更加平易近人，更加清静无为，表露出更加丰富的情感与才智，获得人们更多的信任。无论是多么拘束的人都能与他一见倾心，便如同是认识有二十多年一般亲密无间。一般像我这样的人一遇到陌生人便会感到忐忑不安，然而当我第一次与他见面时却没有丝毫的别扭之感。他的仪态，他的语调，他的谈吐和他的举止完全相协调。他的声音清爽、圆厚、嘹亮，是一种雄浑有劲的悦耳动听的低音，可以填满你的耳朵，响彻你的心扉。几乎没有谁可以如同他一般如此欢乐、如此慈祥，也没有谁可以拥有如同他一般的坦诚敦厚的仪态，更没有谁可以拥有如同他一般的朴实才情与崇高涵养。除了这些，他同样拥有一颗爱人的心灵，并且是一颗极其重情的心灵。他热忱地想要对友人施以帮助，同时他的个性又不会对帮助对象进行挑选，更为准确地表述，他可以帮助谁便会成为谁的朋友。他可以十分热诚地为其他人办事，并且能非常绝妙地处理自己的事情。果弗古尔是个平凡的钟表师傅的儿子，他自己也做过钟表匠。然而，他的仪态与才华使得他步入另外一个交际圈，并且他没过多久便融入其中。当他与时任法国驻日内瓦大使的克洛苏尔先生认识之后，两个人之间的关系非常要好。克洛苏尔在巴黎为他引荐了一些对他有所帮助的朋友。他凭借这些人的帮助取得了负责供给瓦莱州食盐的工作，一年下来可以获得两万利勿尔的酬劳。他在男人方面便是如此，然而在女人方面他却不得不进行筛选，这是因为事务繁多到无暇迎接的架势，只不过他同时也得偿所愿，可以说他的命运是非常不错了。虽然他与各色各样的人之间都有往来，然而不管他去何处，人们全都对他抱有好感并非常欢迎他，他从未遭受什么人的妒忌与怨恨，我确信他这一生直至去世也未出现过一位仇人，而这便是最让人感到罕见、最值得尊敬的。甜蜜的人啊！由于周边一带出身上层社会的人士每年全都会聚集在埃克司温泉浴场，因此他同样会在每一年去到那里。他认识萨瓦的所有贵族并与他们之间有所交往，他由埃克司来到尚贝里，以此拜访贝勒加德伯爵及其父亲安特勒蒙侯爵。妈妈便是在这个侯爵家中与他结识并向他介绍了我。如此的一面之缘仿佛算不上友情，这之间又存在若干年的中断，只不过在我之后所要表述的场所中我们再次相遇了，而且变成了生死之交。所以，我便能畅快地说说这个极其亲近的友人了;然而面对像他这样的极具魅力、条件出众的人,纵然我并非是因为<u>丝毫</u>的个人原因而缅怀他,在我看来也理应为了维护人类的声誉而时刻铭记。如同其他人一般,这个极其可爱的人同样拥有自身的缺陷,读者之后便能知晓;然而,倘若他并不具备这类缺陷,或许便会没有如此可爱了。为了可以变成一个令人瞩目的人物,他同样理应具备一些需要他人宽恕的事情。

我在这一阶段同时与另外一个人有所交往;这一交往始终未曾中断过,而且依然持续不停地通过渴求俗世之中的幸福——这个渴求在一个人的内心之中是如此难以消除啊!——引诱我。这里我所说的人便是那位来自萨瓦的绅士,也就是孔济埃先生,那时的他年纪轻轻而又动人,一时兴起打算学习音乐,更为准确地表述,是想要与我这个教授音乐的人结交。除了拥有艺术天赋以及兴趣之外,他依然具备一种极为亲切的和蔼的个性,我非常欣赏拥有此种个性的人,因此没过多久我们便成为生死之交。在我脑海中正逐渐萌生的文学和哲学的幼苗,只需稍加照料与鼓舞便可以彻底生长起来,此时,在我与他之间的往来之中正好遭遇了如此的照料与鼓舞。虽然孔济埃先生在音乐方面并无太多禀赋,但这对我而言却大有裨益,授课时间彻底在音阶训练之外的事情上打发完了。我们一起享用早餐,闲聊,品读新出版的图书,唯独只对音乐绝口不提。那个时候伏尔泰与普鲁士皇太子之间的书信往来正名震一时,因此我们便往往会对这两个名人评头论足。没过多久普鲁士皇太子便继位了,那时早已些许地表露出他在未来将会变成怎样的人;至于其中的另一位,在当时所遭受的诽谤正如同此刻受到的赞赏一般,这让我们对他的悲惨遭遇深表怜悯,这种常常伴随着杰出人物与生俱来的苦难在那个时候似乎专门针对他一般。普鲁士的那位皇太子在青年时期并不怎么幸福,至于伏尔泰便如同一个一生无法获得幸福的人。我们由于对这两个人的关注,而同样对与他们相关的所有事物产生兴趣。我们将伏尔泰所创作的文章全部看完了,没有落下任何一篇。我对他的作品产生了浓厚的兴致,我也早已沉迷于他著作之中的美丽文笔,因此我便竭尽全力地开始仿照这位名家作品之中的灿烂色调,以让自己可以具备如此高雅的文风并进行创作。没过多久,他出版了那本《哲学书简》。尽管这并非是他最为出色的作品,但却刚好是这类书信有力地诱惑着我去寻求知识,这个新出现的喜好,自此便再也没有消失过。

然而,我彻底投身于知识的时刻依然还未到来。我性格中的那种打算东奔西走的喜好依然未能消除,虽然略有降低,但自始至终略显浮躁,甚至于华伦夫人在此时的生活习性对我的这个喜好起了催化作用。她这里对我乐于独处的个性而言,实在是太过混乱了。每日都会有些许陌生人持续不断地由各个地方来到她这里，我坚信这群人所打算的仅仅是通过各自的方法来哄骗她，如此的状况让我日益觉得待在此处实在是一种刑罚。自从我在妈妈的信任下取代了克洛德·阿奈的职位之后，我对她的处境更为了解，这种日益衰落的状况让我深感恐惧。我曾多次对她进行劝告，恳求，乞请，立誓祈愿，最终全都无一奏效。我也曾跪倒在她的脚边，反复地对她阐明此刻正威胁着她的危险，竭尽全力说服她减少开销，并且建议先由我开始，我告诉她，在年纪尚轻时吃点苦，远比拖欠许多债务，等到年迈之际陷入难处并遭受债主们的胁迫要好很多。她抱有和我一样的感觉，同时也领悟到了我的热情，于是便非常真诚地满口应允了下来。然而，一旦出现一个无赖之人，她便马上全部遗忘了。当我的劝告被成千上万次证实是毫无效果之后，除过紧闭双眼无视我无法阻止的苦难之外，我还能采取何种方法呢？既然我无法守住家门，便只能离开此处而去往尼翁、日内瓦、里昂等地进行短暂的旅行。这种旅行可以让我暂且忘记心中的苦闷，但却同时因为我的开销而激增了产生苦闷的根源。倘若我节约花销便可以让妈妈获益的话，那么我愿意不再花费一文钱，对此我可以向天发誓。然而，我非常清楚自己节约下来的钱同样会被那些骗子拿走，因此我便通过她来者不拒的缺点来与他们共享。我便如同是一只从屠宰场溜出来的狗，既然无法保全那块肉，倒不如将属于自己的那一块带走。

为自己的外出旅游找理由，并没有很难；仅仅是与妈妈相关的事便可以找出很多理由。这是由于她与各个地方都存在业务往来，因此便需要委派一个稳重可信的人去代为办理。她只想安排我去，而我刚好也想外出，于是这便在所难免地让我过上了一种东走西奔的日子。因为这些旅行让我有机会认识了不少有用之人，他们之后全都成为了我的好朋友。顺道说一点，我在里昂结识的那位佩里雄先生，从他对我所表现出的善意来说，我非常后悔未能与他继续交往。而我与热心的巴里索的认识过程，等时机成熟后再告诉大家。我在格勒诺布尔结识了代邦夫人，同时也认识了德巴尔东南谢议长的太太，她是一个极富才情的女人，倘若我可以时常去探望她，她必然会对我产生好感。我在日内瓦结识了那位名叫克洛苏尔的法国大使，他往往会与我谈论起我的妈妈，尽管她早已逝世很长时间了，但往事依然萦绕在他心头。此外我同时认识了巴里约父子俩，父亲是一位让人非常乐于往来的人，也是我所结识的人之中最值得敬重的人物之一，他常将我视为自己的孙子。他们两个人在共和国处于动乱之时加入了彼此对立的党派中：儿子加入了平民党，父亲则参加了政府党。一七三七年我恰好在日内瓦，目睹了他们父子俩荷枪实弹地从同一幢房中走出，父亲朝着市政厅的方向前进，儿子则朝着自己的集合地前进，他们明知两个钟头过后必然会再次相遇,彼此面对面地站着并且开始相互厮杀,如此恐怖的场景给予了我如此深刻的印象,以至让我就此立誓:如果我重获公民权,我坚决不会加入任何一场内战,同时永远也不会在国内通过武力来维护自由,既不会通过个人行为来进行支持,也不会通过舆论加以支持。对于如此谨慎的态度,我觉得理应获得赞扬,这是因为我曾在一种十分玄妙的状况下坚守了这个誓言,对此我可以作证。

我在当时并未感受到处于武装状态的日内瓦在我心中所引发的最为早期的爱国激情。因为一件理应让我承担的非常严峻的事情,读者能够发现我与如此的爱国激情之间依然相隔甚远呢,我在当时忘了说这件事,只是如今却不该避而不谈了。

前些年为了指挥由自己设计的那座查尔斯顿城的建设工作,我的那位名叫贝纳尔的舅舅便去往卡罗来纳。不久之后他便在那个地方逝世了。我那位不幸的表兄同样因为效力于普鲁士王而牺牲,如此一来我的舅妈便几乎在同一时间丧失了丈夫与儿子。这种丧亲之痛让她对我这个仅有的近亲多了些许亲密。我去日内瓦时就在她家中居住,闲暇之余便翻看舅舅留下来的图书与文件。从这些资料中,我找到了很多有趣的作品,以及他人意想不到的信件。我的舅妈并不是很看重这些陈旧不堪的书籍,于是我便可以随意挑选并将其带走。我仅仅看上了两三本被我的外祖父贝纳尔牧师注解过的图书,这之中有罗霍尔特①创作的那个四开本的"遗作",在这个书的空白位置写满了精彩绝伦的批注,它让我对数学突生好感。之后这本书便自始至终被摆放在华伦夫人的藏书中,非常遗憾的是我并未将它保留下来。除了这类图书之外,我还带走了五六本手稿,仅有的一个印刷本便是那份出自知名的米舍利·杜克莱之手的文件,他是个学识渊博的人,只可惜性格太过冲动,由于之前参与了伯尔尼的阴谋事件,因此日内瓦的官员们便对他进行了异常残忍的陷害,同时将他囚禁在阿尔贝的城堡中很多年,前不久他离世了。

面对正在日内瓦展开的大而无用的筑城计划,这份文件进行了十分恰当的指责。虽然部分专家因为并不明白议会实施该计划的隐秘目标,曾竭力加以嘲讽,但这个规划早已有一部分开始付诸实践。由于不认可这个规划,米舍利先生被筑城理事会排除在外。只不过他觉得,自己无须是由两百人组成的议会之中的一位成员,即使只是以公民的身份同样能够完全发表自己的看法,因此便写出了这份文件,同时草率地刊印出来而并未发行。他仅仅印刷了两百份,派

---

① 罗霍尔特(1620~1675),法国物理学家。

发给各位议员,最终邮局依照小议会所下达的指令将这些印刷物全部扣押了。我从舅舅遗留的那些物品中发现了这个文件与他所写的答辩书,我将这个文件和答辩书一同带走了。我是在从土地登记处辞职之后没过多久进行了此次旅行,那个时候我与时任处长的果克塞里律师之间依然维持着一定的往来。不久之后,关税局长邀约我担任他儿子的教父,同时邀约果克塞里夫人担任教母。这个殊荣实在让我感到头晕目眩,我对与这位律师之间产生了这么亲密的关系而深感骄傲,为了表现出自己可以胜任如此巨大的殊荣,我必然要佯装出一副高人一等的模样。

由于这确实是一份非常少见的文件,很能用来向他表明我是个知晓政府隐秘的日内瓦名人,因此我认为将米舍利先生所印刷的那个文件交给他查阅是最佳的处理方式。然而,因为某种无法说明的审慎的动机,我并未将舅舅为这份文件而撰写的答辩书交给他,或许是由于这仅仅是一份手稿,而律师所想要的仅仅是印刷品。只不过,他十分清楚我笨拙地递给他的那个文件所包含的珍贵意义,自那之后我便再也未能要回它,同时再也未能看到它。之后,我确信不管再花费多少精力也无法要回了,于是干脆当作一个人情,将被他强行占有的物品看作是我赠送给他的礼物。毋庸置疑,他必然带着这个非常罕见但却终归没有多少实用意义的文件去都灵的宫廷中肆意吹捧,而且肯定还会想方设法地根据这份文件的潜在价格来换取一笔巨款。庆幸的是在日后所发生的一切灾难中,撒丁王对日内瓦进行围剿是一件可能性极小的事。然而这并不是说毫无可能,既然如此,我因为愚昧的虚荣而将这个要地的核心缺陷透露给它的资历最老的敌对者,这便成了一件理应永远深感自责的憾事了。

便如此,我花费了两三年的时间在音乐和医学,以及拟定各种各样的规划与到处旅游之间周旋,不停地从一件事跳转至另外一件事,并不清楚一定做些什么。但是,我慢慢地对学问产生了兴趣,时常回去探望作家,倾听他们对文学的高谈阔论,偶尔我也会插几句话,只不过与其说我是对书中的知识有所领悟,倒不如说是在摆弄书中的那些极其拗口的词语。由于我所敬重的那位老相识西蒙先生,会将自己从巴耶或者哥罗米埃斯那儿获得的学术界的最新资讯告诉我,从而激发我的求知欲望,因此每次我去日内瓦便会顺道去拜访他。在尚贝里期间,我同样会经常探望一位十分善良的多明我会的修士,他同时是一位物理学教授,往往会进行一些让我颇感有趣的小实验,只是如今我早已记不清他的姓名了。有一次,我曾准备按照他的方式来配制密写墨水,我将生石灰、硫化砷与水一同装进一只玻璃瓶,而后用塞子将瓶口封好,几乎就在同一时刻瓶中开始猛烈地沸腾,我赶忙跑了过去并打算将塞子拿开,只不过为时已晚,玻璃瓶如同一颗炸弹一般炸裂了,飞溅到我脸上。我将一口硫化砷与生石灰的混合物吞了下去,结果险些断送了我的性命。在这之后,我经历了六个礼拜的失明生活,自此我便知道若是不明白物理实验的原理便不要轻易尝试。

由于近来一段时间我的身体已经变得日益糟糕了,因此这个意外的发生对我的健康而言实在是时机不妙。我实在无法理解,原本我的身体素质就非常不错,同时并无任何过度的癖好,那如今为何如此显著地开始日益衰弱。我的身形非常魁梧,胸部同样非常宽阔,照理我的呼吸应该是非常通畅的,但我却常常会感觉到喘不过气来,偶尔还会感到非常憋闷,情不自禁地开始喘气,并且偶尔还会心跳加速,甚至于会吐血;之后,我便时常出现发烧的症状,并且自始至终都未痊愈。我的身体器官全都没有丝毫的问题,也丝毫未做过有害于身体的事情,那我为何竟会在青春时期变成这样呢?

我的处境正如常言所说的那样,可谓是自作自受。我的激情赐予了我活力,与此同时也对我造成了伤害。可能会有人发问:什么样的激情呢? 这是些不足挂齿的事情,也是些极其稚嫩的事情,然而正是这些事却会让我仿佛是要征服海伦①,抑或是要坐在管辖世界的宝座上似的感到如此亢奋。最初是与女人相关的事情。虽然我的感官在拥有一个女人后获得了安定,但我的内心却依然无法获得宁静。在激情四射的肉欲的满足中,爱的渴求正在吞噬我。我已拥有一位善良的母亲,一个心爱的女朋友;然而我却依然想拥有一个情人。因此我便将一个幻想之中的情人摆在妈妈的位置,为了欺瞒我本人,我成千上万次地改变着她的外形。倘若我在拥抱她的时候察觉到怀中的人是妈妈,纵然我的拥抱具备相同的力度,我的欲火依然会就此消灭;尽管我会因妈妈的温柔而流泪,但我却无法感受到欢愉。来自肉欲的欢愉啊! 难道这便是男人命定的一个组成吗? 哎! 纵然我在这一生中仅有一次体验,但我却始终无法相信像我这样孱弱的身躯可以承受得住爱的所有欢愉,或许我会当场去世。

或许这种缺少对象的爱情会耗损更多的精力,而我却整日经受着如此的折磨。一想起我那不幸的妈妈的处境日益艰难,一想起她那不够谨慎的做法用不了多久必定会让她倾家荡产,我便感到提心吊胆,万般焦虑。我那恐怖的幻象始终位于苦难之前,持续不停地为我勾勒出那个极其恐怖的不幸场景以及最终结果。我早已料到迫于贫穷的压力,我终将不得不从这位我早已为其奉献生命的女人身边离开,但是一旦失去她我便无法感受到生活的乐趣。便是由于这个原因,自始至终我才会感到惶恐不安。欲望与忧虑彼此交错地腐蚀着我。

---

① 海伦,古希腊美女,为了争夺她才引发了特洛伊战争;故事见荷马史诗《伊利亚特》。

由于音乐对我而言是另外一种亢奋并且我早已为之沉迷，即使没有太过热烈，但却依然在耗损我的精力。尽管我的记忆力早已不受我控制，但我却依然执着地为其增加重荷，竭尽全力地研究拉摩所写的那些深奥的作品。我不停地四处奔波去教授音乐课程；除此之外我还创作了一大堆乐谱，并且常常会彻夜抄写乐谱。只不过，为何要提及这些普通的工作呢？那些在我这颗浮躁的脑袋中有所顾虑的傻事，也就是那些持续较短、仅占用一天时间的癖好：一次旅游，一场音乐会，一顿晚饭，一次踱步，阅读一本小说，观看一场喜剧，所有这些用不着提前规划便能获得乐趣或者做到的事情，对我而言全都能变成非常猛烈的激情，当它们逐渐变得热情而又滑稽时，全都可以对我进行极为疯狂的折磨。我敢断言，克利弗兰①所构想的苦难，（我曾几近痴狂地翻阅《克利弗兰》这本书，并且多次被中止而又多次重拾起来。）要比我本人所遭受的苦难更让我感到伤心。

有一位名叫巴格莱的日内瓦人，是我所遇到的最为可耻最为荒诞的人，他之前曾在俄国彼得大帝的皇宫中工作。他的脑袋中往往装满了如同他一般的荒诞不经的计划，百万巨款在他口中可以算作是小菜一碟，至于身无分文他也不以为然。他因一件需在元老院进行裁决的麻烦事而来到尚贝里，刚一抵达便将妈妈收买了，这也是顺理成章的，因为他非常大方地向妈妈分享了他的那些事半功倍的珍贵计划，同时将妈妈唯一所有的一点银币全部骗光了。我极其反感这个人，而他同样察觉了；面对如同我一般的人，想要察觉我的心思自然是轻而易举的。他不惜通过各种各样的卑贱方式来讨好我。他对下棋略有所知，因此便决定教我下棋。我差不多是因被逼无奈所以才会小试一下；方才掌握了一些走法，我便取得了极其迅速的进步，第一盘马上要结束的时候，我便用他最初让给我的那个堡垒将了他的军。如此一来我便对下棋感到着迷。我购买了棋盘与棋子，同时购买了加拉布来的棋谱，独自一人待在屋中便再也不外出了。我夜以继日地潜心研究，不顾好坏地竭力将全部的布局一股脑儿全部装进脑袋，没有一刻停歇、无休无止地独自一人下着棋。我在历经两三个月之久的辛苦练习与奋斗后，便去咖啡馆了。当时的我面黄肌瘦，几乎如同一个傻瓜。我打算尝试一下，于是便与巴格莱先生再次较量了一番；第一回合我输掉了，第二回合我再次输掉，一直连输二十回合；那些存在于我脑海的走法全都乱作一团，我的联想力也彻底停滞了，眼前所看到的一切如同身处云雾之中似的。每当我对照菲里多尔或者斯达马的棋谱反复尝试并钻研各种各样的布局时，最终结局

---

① 克利弗兰，法国小说家普列伏神父的同名小说的主人公。

依然如同上一次:因为过度疲累而导致的体力衰竭,我的棋艺较之以往更加糟糕了。并且,即使我将棋暂停一段时间抑或是继续竭尽全力潜心研究,始终如同我第一次下棋时的状态,也未有一丝进步。我的棋艺水平自始至终处于第一次下棋结束时的水平。纵然我再练习上百年或者上千年,依然只是用堡垒来将巴格莱的军的程度罢了,其余方面不会有丝毫的进步。你们肯定会认为,这个时间打发得非常不错!真好!我确实花费了很多时间。唯有感到精疲力竭的时候,我才打算放弃这个最开始的尝试。当我走出房间时,实在是如同一个爬出墓穴的人,倘若如此持续下去的话,恐怕很快便会死去。你们并不难预料到,如同我这种处于青年阶段且具备如此性情的人,若想维持健康的确是非常不易啊!

　　我的心情因身体素质的下降而略有变动,从而让我那乐于胡思乱想的激情有所降低。因为深感精力衰竭,我变得相对安稳一点,一门心思只想去旅游的激情同样有所降低。我较之以往更加乐于待在家中,我所感受到的并非是苦闷,而是抑郁。处于生病状态的敏感取代了激情,颓废演变为伤心;由于我认为自己还未享尽人间欢乐,生命便马上就要逝去,因此我往往会毫无缘由地哀叹流泪。一旦想起我那个不幸的妈妈即将坠入破产的悲惨地步,我的内心便更加悲伤;我即将丢下她一人,让她陷入悲惨的处境中,这是唯一让我悲伤不已的。最终,我彻底病倒了。当她以远远超过母亲对待儿女的情谊来照顾我,这样不但会让她不再去为她的那些乱七八糟的计划而花费心思,同时也能摆脱那些为她胡乱出谋划策的人,因此对她来说这反而是一件不错的事情。倘若死亡能在那个时候降临的话,那该有多幸福啊!尽管我并未感受到多少人间甜蜜,但我却也并未遭受多少人世悲苦。我的那颗淡泊的心灵,在尚且还没有感觉到人世间的不公平以前可以安然逝去,如此的不公平能够让生和死全都遭受损害。在我的同命之人身上依然留存着我的痕迹,这是最让我欣慰的,同时这也是人们常说的虽死犹生呀。倘若我对她的未来并无任何担忧的话,那么我去世时便会如同安然入睡一般;并且这类担忧又因为存在一个和善柔情的对象,所以悲痛之感也便随之降低了。我时常会告诉她:“你是我的捍卫者,你务必让我感到快乐啊。”我曾有两三次在病重之时,大半夜从床上爬起,拖着抱恙的身躯摸索进入她的房间,对她说了些劝告的话,我敢断言我所说的这些劝告的话全都相当合理与睿智,并且其中最为主要的一点依然是我对她未来的关心。眼泪似乎是我的营养物与药品,我在她身旁的床边上坐着,紧紧握住她的两只手,与她一起泪如雨下,这使得我的状态再次有所好转。这种在半夜里进行的交谈偶尔会持续好几个钟头,当我重返自己的房间时,我感觉要比刚过去时舒服很多。她给予我的承诺与期望,让我备感欣喜,所有的苦闷全都消失不见,因此我便以任由上帝发落的恬静心态坦然入睡了。倘若我在那时去世,我无法感到死亡是如此悲伤的。上帝啊,我在这一生之中遭遇了多少可恨之事,遭遇了多少让我的生活混乱不堪的狂风暴雨,以至生命对我而言的确变成了一种累赘,只希望当终结一切的死亡降临时,它可以如同当年一般,不会带给我更多的苦痛吧!

在她的百般呵护、贴心守护以及让人无法相信的关照之下,我得以再次恢复健康,并且,这些事情确实也唯有她才可以做到。我并不怎么信任医生们的医术,但却十分信赖一位挚友的照料:与我们的幸福息息相关的事情始终会比其余事情做得更加出色一点。倘若生活中确实存在一种欢乐的感受,那必然是此刻我们所感受到的两个人生死与共的这种感觉。我们彼此之间的爱慕并没有因此而逐渐激增,这是绝不会发生的;只不过在我们这种极其淳朴的恋情里,却形成了一种让人无法言说的更加密切、更加扣人心弦的关系。我彻底变成了她的成果,彻底成了她的孩子,她甚至要比我的亲生母亲更为亲密。不知不觉间我们的生命似乎同样结合在一起了,我们早已到了无法离开彼此的境地,并且还认为只要两个人始终在一起便毫无欲求了。我们早已习惯不再对我们的身外之物有所顾虑,并且将我们的甜蜜与所有期望全都附注在两个人的彼此拥有之中。我们之间的这种彼此拥有,或许是这世间独一无二的;这并非是我之前所讲过的那种建立在肉欲、性、岁数、外貌之上的平凡爱情中的拥有,而是建立在人之所以为人的全部之上的某类更为实质性的拥有,除非是去世了,否则绝对不会丢失这全部的一切。

为何她与我的后半生并没有因为如此珍贵的扭转,而获得幸福呢?这并非是我的失误,对于这一点我深信不疑,并且我也对此深感欣慰。同时这也并非是她的失误,最起码她并不是成心的。然而事情早已注定:人所具备的无法制服的本性再次占据上风。只是这个悲惨的结局同样并非是一瞬间出现的。我感谢上天的预设,曾经出现过那样一个间隔的阶段:短暂而又珍贵的间隔阶段啊!它并非是因为我的失误而停止的,我也不可以责怪自己未能充分地加以把握。

尽管我已大病初愈,但我的胸部依然会隐隐作痛,残余的低烧也一直没有退去,浑身上下始终因为缺乏精力而显得疲惫不堪。我对其他事情早已毫无兴致,我唯一想做的只是在自己喜欢的女人身旁走过余下的日子,让她永远都不会放弃自己所做的决定,让她明白幸福生活的真实蕴意,同时尽我所能让她变成一个拥有幸福的人。然而我察觉到当两个人一整天待在一间昏暗荒凉的房中,彼此空虚无聊地相对而坐,最终必然会感觉烦闷。无须刻意寻找机会去扭转如此的状况,顺其自然便会有所改变。妈妈觉得我需要服用一些牛奶来增强体质,甚至于要求我去乡村寻找牛奶。我告诉她,只要她能与我一同前去,我便答应。她立即同意了这个要求,剩下的唯一问题便是目的地的选择。由于那个位于郊区的园子周边都是其他人家的房屋与花园,丝毫没有成为乡村居住之所的魅力,因此实在算不上真正的乡村。更何况由于阿奈离世之后,我们也没有多少心思去打理园中种植的植物,并且因为想要有所节省而放弃了这个园子。因为我们还有很多别的事情需要处理,因此舍弃一个如此粗陋的园子,并没有让我们感到遗憾。

如今,趁着她逐渐对城市生活感到厌烦之时,我向她提议干脆搬离城市,在一处安静的地方寻找一栋远离城市的小房屋居住,从而让那些烦人的家伙再也无法找到我们。倘若她答应的话,那么这个我因为她和我的守护天使的启发而获得的主意,极有可能让我们直至离世都过着甜蜜宁静的生活。但是,这并非是我们命中注定所要享受的幸福。妈妈早已习惯于奢华的生活,因此她命中注定是要经受贫困与苦难所造成的各种各样的苦痛,从而让她不再对人生有何过度的迷恋。而我作为各种各样苦难的牺牲物,命中注定是要停留在世间,以便未来某一天可以为所有仅靠着自身的刚正而勇于公开对人类讲实话的人树立一个楷模,他们爱好民主的幸福与正义,无须同伴帮助,同时也无须党派保护。

只不过她因为一种不幸的担忧而有所反悔了。由于害怕惹怒房东,因此她不敢从那间破旧的房屋搬出来。她告诉我:"你的归隐计划十分出色,同时也非常符合我的喜好,然而,纵然是进行归隐生活同样会用到钱啊,若是舍弃我的这间如同监狱一般的房屋,便会有丢失饭碗的风险,等我们无法在树林中寻找到食物时,依然需要进城寻找。为了防止这种情况出现,我们最好先别彻底搬离城市。我们便接着向圣劳朗伯爵上交那些房租吧!如此一来他便不至于取消我的年金。我们需要想方设法地找到一间小房屋,它与城镇之间的距离既能让你拥有宁静的生活,同时又可以在关键时刻随时返回城中。"最终事情便如此决定了。经过一段时间的寻找,最终在孔济埃先生位于沙尔麦特村的一块土地上,我们定居下来;这个地方正好位于尚贝里附近,但却非常偏僻幽静,距离城镇似乎有百里之远。一个南北朝向的小山谷位于两座差不多一样高的山丘之间,一条溪流从山谷底部的乱石与灌木丛间流淌而过,顺着这个小山谷望去,几间房屋零零散散地坐落在半山腰上,无论是哪个乐于在相对偏僻空旷的地方生活的人,全都会对这个地方感到无比满意。在参观了两三间房屋后,我们最终选定了那间最为美观的房屋,屋主是一位名叫诺厄莱的贵族人士,此时他正在军队服役。这间房屋非常适宜居住。屋前有一处高台样式的花园,上一层是片葡萄园,下一层种植的是果树,对面长着一片小栗树林,不远处还有一汪泉水;再往上走一点,山上有一处用来当作牧场的草坪,总而言之,我们创立田园生活所必需的一切事物在此处一应俱全。根据我的记忆来看,我们大约是在一七三六年的夏末搬去那个地方的。在那个地方度过的第一个夜晚时,我实在是欢乐至极。我兴高采烈地将这位动人的女友拥入怀中,兴奋得睁着两只满含泪水的眼睛告诉她:"噢,妈妈,这简直是幸福与圣洁的所在地啊。我们若是无法在此处获得幸福与圣洁,便也无须去别的地方寻求了。"

第六章

Hoc erat in votis：modus agri non ita magnus，

Hortus ubiet tecto vicinus jugis aqua fons；

Et paulum sylvoe super his foret……

我无法继续说：

Auctius atque

Di melius fecere.①

但是，无所谓，我什么也不要。我连所有权都可以不要，只要我还有享受的权利。我已经说过，并深有体会，即便忽略丈夫和情夫的不同，所有者和占有者也是不一样的人。

我的一生中仅有的一段短暂而静谧的快乐时光，就始于这里。转瞬即逝的快乐时光啊！请为我展开你们那可爱的旅程吧。虽然你们的速度飞快，如果可以，请在我的记忆里走得慢一点。我想把这段动人的记述写得更长一点，但这如何能实现呢？相同的事情反复记述，如何才能不让读者和我自己感到厌烦呢？我可以用语言把真实经过的事实、举止和谈话描述出来；但是我如何描述那种让我感到幸福，却没有经历过，做过，连想都没有想过的其他原因呢？黎明即将来临，我觉得幸福；外出走一走，我觉得幸福；看到妈妈，我觉得幸福；短暂地离开她，我也觉得幸福；我在森林和小丘间游玩，在山谷中流连，我看书，我无

①　拉丁文诗句，作者是贺拉斯(《讽刺诗集》第 2 卷，讽刺诗 6)。意思是：

我有一个心愿：一块很小的田地，

房子旁有一座花园，一个泉眼，水流声不息；

还有一片小树林……

而众神创造的

肯定不止这些。

事可做,我在园子里干活,我摘水果,我帮忙做家务——幸福紧随在我的身旁;但这种幸福并没有存在于确切的事物中,而是紧跟在我的身边。

这一生中,我记得这个弥足珍贵的阶段所发生的所有事情,我所做、所说和所想的所有事情都记得。在这段时间之前和之后所发生的事情,我只有零碎的记忆,记得并不齐全。我只记得这期间的事情,并且记忆犹新。年少时,我总是极力展望未来,而现在我总是回忆往事,用回忆来满足自己永久失去的希望。将来对我没有丝毫的诱惑力,只有回忆能带给我快乐;虽然我经历过很多苦难,但我现在谈起的那个阶段的记忆是如此真实、生动,让我常沉湎在幸福之中。

我可以举一个例子来证明这些回忆是多么真实、有力。我们第一次去沙尔麦特的那天,妈妈坐着轿子,我跟在后面步行。我们走的是山路,她很重,她担心轿夫们太辛苦,走到半路就下轿步行。路上,她指着篱笆里的一个蓝色植物对我说:"看!长春花还在绽放呢!"我并没有见过长春花,当时也没有细看,而我的眼睛也近视,根本无法看清楚地上的花草。我那时只是心不在焉地瞥了一眼那朵花,那之后,将近三十年过去了,我再也没有看到过这种花,再也没有留意到这种花。一七六四年,在克莱希耶,我和朋友贝鲁先生去登山,山顶上有一个很迷人的花厅,贝鲁先生称它为"美景厅",这个称谓的确很贴切。那时候我收集了一些植物标本。我一边走,一边留意着旁边的树丛,忽然,我兴奋地叫了一声:"是长春花!"那的确是长春花。贝鲁不知道我为何会如此惊喜。我希望他将来读到这段文字的时候可以明白。依据这件小事,读者轻易就能想到我那个阶段的经历是多么美好。

但是,郊外新鲜的空气并没有让我的身体复原。我原本就是一个身体虚弱的人,现在更加虚弱了。我连牛奶都无法消化,无奈之下只能放弃饮用。那时最时兴的一个治病方法是泉水疗法,我也尝试起这个方法,但我的方法并不恰当,还差点丢了自己的性命。每天早上,我一起床就拿一个大杯子去到泉边,我一边走一边喝,一连喝了两大瓶水。饭后我也不喝酒了。和大部分山水一样,我喝的水也很硬,很难消化。原本我的胃很好,这样喝了不到两个月,我的胃就变得非常糟糕,什么食物都消化不了,我觉得自己再也无法痊愈了。这时,我又得了一种病,这种病非常奇怪,也影响了我的一生。

有天早上,我觉得自己的身体和平常一样,既没有转好,也没有转坏。当我走向一张小桌子的时候,忽然觉得浑身产生了一种难以解释的震动。我觉得把这种震动当成血液中的一场暴风比较恰当,它马上席卷了我的全身。我的动脉在剧烈跳动,我不仅可以感受到跳动,甚至还可以听到跳动的声音,尤其是颈部动脉跳动得尤为剧烈。两只耳朵也传来嗡嗡的声音,这种声音不是一个,而是三个甚至四个:低沉的声音,流水声,尖细的哨声,最后是动脉的跳动声。我根本不需要触摸自己的身体,就能清晰地知道自己脉搏的跳动次数。我耳朵里的这些声响是如此剧烈,以至于我丧失了先前的听觉,我虽然没有失聪,但那之后,我的听觉再也没有那么灵敏了。

毋庸置疑,当时的我是多么惊慌失措。我觉得自己即将没命了,只好躺在床上。医生来了。我浑身颤抖,把自己的感受告诉了他,我感到了绝望,觉得自己命不久矣。我知道医生也有这样的想法,但他依旧尽忠职守。他告诉我很多我无法听懂的道理;接着,他依照自己的理论治疗我这具"没有价值的身体"。这种疗法让我感到非常反胃,并且效果不好。很快,我就感到厌烦了。几个星期后,病情并没有转好的征兆,但也没有变得更加糟糕。我忽略脉搏的跳动,干脆离开病床,恢复了正常的生活。自那开始,这三十年来,这种病一直困扰着我。

这件事发生之前,我很能睡觉。患上这种病后,我常常无法入睡,于是我更加确定自己命不久矣。这种念头让我失去了治病的欲望。既然我的生命已经走到尽头,我决定好好利用生命里仅剩的日子。因为大自然的恩赐,即便在这种倒霉的情况下,我那独特的体质竟然让我免受了许多痛楚。我虽然讨厌这些声音,但并不因此而烦躁;并且除了无法入睡和常感到呼吸困难外,这些声音并没有给我带来其他的不便;就连呼吸困难的毛病也没有让我难以忍受,只是在跑步或运动的时候稍感不适罢了。

这种病原本会摧毁我的身体,现在只是消灭了我的激情,因此我每天都在感谢上天。坦率地说,当我知道自己即将命不久矣后,我才开始真正地生活。到了这时候,我开始珍惜自己即将离开的事物,尽完那些自己不曾注意过的义务。我经常用自己的方法来解读宗教,但我一直把宗教放在心中,所以,我再次轻易地转向宗教。或许很多人觉得这个问题很乏味,但对于那些宗教能抚慰心灵的人看来,这个问题是那么有趣。在这个问题上,我妈妈对我影响至深,甚至超过所有的神学家。

无论对什么事情,她都有自己的看法,宗教也不例外。这些看法由一些极具差异性的想法——其中有些正确,有些荒谬——以及她的性格形成的想法和她所受到的教育形成的偏见组成。通常来说,上帝是信徒的映射:善良的人觉得上帝也是善良的,凶狠的人觉得上帝也是凶狠的;心里充满怨恨和愤懑的人眼中只有地狱,因为他们希望所有人都下地狱,而善良的人不相信地狱的存在。

让我惊奇的是,善良的费讷隆①写的《忒勒马科斯历险记》一书中提到了地狱,从他的观点中可以看到地狱的存在,可是,我倒希望他是在欺瞒世人,因为一个人成为主教后,他不得不虚伪地面对世人。妈妈是不会欺骗我的,她非常温和,不可能觉得上帝是一位复仇和愤怒之神。一想到上帝,很多信徒看到的都是公平和惩罚,她看到的却是宽恕和慈爱。她经常说,如果上帝以我们的行为来判定一个人,那就有失公允了,因为上帝没有赐给我们成为一个善良人的必备条件,如果他对我们有这样的要求,那就是在讨要不曾给过我们的东西。让人惊奇的是,她虽然质疑地狱的存在,却觉得存在炼狱。这是因为她不知道该拿恶人的灵魂如何是好,她不想恶人的灵魂下地狱,而在他们没有变得善良之前,又不愿意让他们和善良的人待在一起。无可否认,无论在任何世界,恶人的事情总是不好处理。

还有一件很奇怪的事情。依据这种想法,有关原罪和赎罪的理论就无效了,普遍流行的基督教义的基础也不可信了,可以这样说,天主教已经不存在了。可是,妈妈是一个虔诚的天主教徒,确切地说,她自认为自己是一位虔诚的天主教徒,她的这种自信是非常真诚的。她觉得人们对圣经的解读并不正确,太刻板了,她认为圣经里面提到的永恒的苦痛带有恐吓的意味。她觉得耶稣死得其所,他的死教会人们要热爱上帝,并且也要互敬互爱。总而言之,她十分信赖自己的信仰,她虔诚地认可教会的所有信条;但是如果和她详细分析这些教条,你会发现她和教会的信仰是不一样的。

在这个问题上,她表现得十分真诚和质朴,有时她的听忏悔师十分为难,因为她对自己的听忏悔师毫无保留。她告诉他:"我是个虔诚的天主教徒,我永远信赖天主教。我全身心遵从圣母教会的决定。我虽然无法掌控自己的信仰,但能控制自己的意志。我要让自己信奉教会的一切,您还想我怎样做呢?"

她的性格和基督教的道德太一致了,所以我认为即使基督教的道德不存在,她也会信奉它的所有原则。但凡教会明文规定的,她都会遵循;即便没有明文的规定,她也照样会遵循。在某些不重要的事情上,她总喜欢听从别人的意见。如果没有允许,甚至规定她开斋,她会一直守斋,这并非她小心谨慎,而是由于她想侍奉上帝。可是全部的这些道德原则和达维尔先生的原则是一致的,确切地说,她无法看出两者之间存在哪些针锋相对的地方。她能接受每天和二十个男人睡觉,但这并非由于情欲,她也不会因此感到羞耻。在这件事情上,我知道很多虔诚的女人并没有比她忌惮得更多,但她们之间的区别是:她们是因

①　费讷隆(1651～1715),法国康贝莱人,是一位作家和主教。

为贪恋情欲,而妈妈只是被那狡诈的哲学所蒙蔽。在最触动人心的谈话中,她可以面不改色地谈到这个问题,并且并不觉得这有何不妥。如果她被打断,她可以继续平静地回到这个话题,因为她相信这只是为了维护社会的道德,每个人都能依据实际情况去解释、信奉或回避,而不会冒犯上帝。在这个问题上,我和她的意见并不一致,不得不承认,我没有勇气反驳她,因为站在她的对立面,我的立场会变得十分尴尬,这会让我感到羞耻。我十分渴望定下一项规则,好让别人去遵守,而自己无需遵守。可是,我既知道她不可能滥用她的主张,也清楚她不会轻易受他人蒙骗,如果我无需遵守这个规则,就相当于她把全部喜欢的人都当成例外。事实上,我只是在提到她的不一致性的时候顺便提到这一点,这点并没有对她的行为产生重大的影响,有时甚至没有任何影响。可是,我曾允诺要如实阐述她的主张,我必须遵守自己的诺言。现在我来谈谈自己吧。

我发觉她的处世之道可以帮助我摆脱对死亡的畏惧,于是我十分信赖这个源泉。我比任何时候都依赖她,我愿意把自己的性命都交给她。因为我觉得自己命不久矣,因为我完全依恋她,因为我坦然面对自己的死亡,所以我产生了一种非常宁静、幸福的感觉。这种情况让我免受痛苦,让我可以尽情享受我仅剩下的短暂时光。在这段时间里,有一件事显得尤为有趣,那就是我想方设法让她爱上田园生活。因为我一心盼望她可以喜欢上园子、养禽场、鸽子、母牛,结果我自己也迷恋上了这一切。我终日沉醉在这些事情上,但这并没有扰乱我的平静,这比喝牛奶和吃药更有利于我的健康。

葡萄和水果的大丰收给我们带来了快乐,让我们幸福地度过了那一年余下的时光。加上我们身边的人都很善良,我们越来越迷恋田园生活。冬天来临,回城的日子临近,我们非常难过,就像被流放一样,特别是我,心情十分低落,因为我觉得自己无法活到下一个春天,我认为自己不可能再踏上沙尔麦特这片土地。离别之际,我亲吻了那里的土地和树木,我依依不舍,一步一回头,渐渐离开那里。返回城之后,因为我和我的女学生们已经生疏,加上我对城市里的娱乐和社交已经失去兴趣,我几乎不再出门,除了妈妈和萨洛蒙先生,不曾见过其他人。近段时间,萨洛蒙成了我和妈妈的医生,他是笛卡儿派,真诚而有才,他对宇宙有自己的理解;对我而言,他说的那些有趣且睿智的议论比他开的那些药剂更为有效。我通常无法忍受那些俗不可耐的谈话;但我却享受那些睿智的谈话,我喜欢这样的谈话。和萨洛蒙先生聊天使我感到快乐,因为我觉得我们的聊天涉及高深的知识,可以解脱我的心灵。我喜欢他,也喜欢他所谈的话题,为了能更好地理解他所说的内容,我开始寻找书本的帮助。那些把科学和宗教信仰相融合的书本特别适合我，尤其是由奥拉托利会①和波尔-洛雅勒修道院②出版的书籍。我开始翻阅这些书本，准确地说，我被它们深深地吸引住了。我恰好弄到了一本《科学杂谈》，作者是拉密神父，这是一本介绍科学著述的入门读物。我读了这本书不下一百遍，并下定决心把这本书作为自己的学习手册。最后，虽然我的身体状况很差，或者正是因为这个原因，我选择踏上研究学问这条路，并为此着迷，加上我觉得自己命不久矣，便更加勤奋地学习，就像要永远地活下去一样。大家都说我不应该这样拼命地学习，觉得这样会损害我的身体，但我觉得这有益于我的身体，因为努力学习的状态使我感到非常快乐，我忽略自身的疾病，痛楚因而减少了很多。坦率地说，这并不能减轻我的病情，但我原本就没有感到十分痛苦，也习惯了用思考代替失眠、虚弱，最后，我把身体的逐渐衰退当成了一种顺其自然的过程。

这个想法让我把生活的琐事抛诸脑后，也让我躲开了被迫服用的药物。萨洛蒙坦白他的药对我没有效果，也不再强迫我吃药，为了减轻妈妈的担心，他只是开一些可有可无的药来抚慰她，这既可以让患者不至于感到绝望，又可以维系医生的声誉。我抛弃了节食疗法，又开始喝酒，重新过起了一个健康人的生活。我事事节制，但百无禁忌。我甚至开始外出，我去拜访朋友们，尤其是孔济埃先生，我十分喜欢他。或许我觉得认真学习是一件美好的事情，或许是我一直有生存下去的希冀，死亡的迫近不仅没有削弱我研究学问的兴趣，反而让我兴致盎然地研究起学问来，我想方设法汲取知识，就像知识是我唯一可以获得的东西，唯一能带到另一个世界的东西。我很喜欢到布沙尔的书店，很多文人学者都喜欢到那里去，很快，春天——我曾以为无法看到的春天——来临，为了可以带上几本书去沙尔麦特，我在那个书店买了几本书。

我获得这种幸福，我就尽情享受这种幸福。当我看到草木萌芽的时候，心里便会十分欣喜。对我而言，可以再次看到春天，相当于天堂里的复活。积雪初融，我们离开了那间像监狱一样的房子，为了听到夜莺的歌声，我们早早就来到了沙尔麦特。从那时开始，我已经不再觉得自己是一个将死的人，非常奇怪，我在乡村的时候并没有真正病倒过。我在那里也曾觉得不舒服，但不曾病倒在床。当我觉得身体变差的时候，我会说："你们看到我奄奄一息的时候，请把我

---

① 奥拉托利会，天主教的一个组织，一五六四年成立，成立地点是罗马，一六一一年，该组织迁移到法国，法国很多出名的宣教师、教授和学者都曾参与到该组织。

② 波尔-洛雅勒修道院，原本是法国舍佛厄斯附近的一个女修道院，于一二〇四年建立，一六二五年，迁移到巴黎，并成为冉森教派教士集会的地方，一七〇七年，路易十四下令查封，在一七一二年被摧毁。

抬到橡树底下，我肯定会好起来的。"

虽然身体虚弱，我还是尽自己所能去参加田间劳动。我感到十分懊恼，因为自己无法独立从事田间劳作：锄地不过几下，就上气不接下气，大汗淋漓，无法坚持了。我刚弯下腰，就会心跳加速，血液猛地冲到脑袋，无奈之下，我只能站直身体。我不得不选择一些轻松的活，于是做起了鸽子饲养员。我非常喜欢这项工作，经常一口气干上几个小时，也不觉得厌烦。鸽子的胆子很小，且不易驯养，但是，我还是让我的鸽子信任了我，我不管到什么地方，它们都会跟在我的身边，我轻易就能抓住它们。只要我一踏进园子或院子里，两三只鸽子就会飞到我的肩膀上和脑袋上。虽然我喜欢它们，但这样的依赖也为我带来了不便，无奈之下，我只好强迫改变它们依赖我的习惯。我一直很喜欢驯养动物，特别是那些胆子小的野性动物。我觉得把它们驯养得可以听懂人话是一件非常有趣的事情，我从来不会利用它们对我的信任而去捉弄它们，我更希望它们对我的喜欢不带有任何的畏惧。

我前面提到，我随身带了几本书，于是开始翻阅起这些书来，但我的读书方法对我的帮助不大，反而徒增我的疲惫。因为我没有正确理解事物，我认为想要从一本书中获益，必须具备书中提到的所有知识，忽略了即使是作者本人也不可能具备那么全的知识面，他写下那本书所需的知识也是从其他书本中获取到的。因为这个愚蠢的想法，读书的时候我不得不经常停下来，翻阅其他书本，有时我还没看到十页书，就要翻遍几所图书馆。我固执地坚持这种极端的方法，浪费了很多时间，脑子里一片混乱，几乎什么都无法领会，什么都看不下去了。还好我悬崖勒马，知道自己这个方法不可行，及早就回了头。

如果一个人真的喜欢学问，他开始研究的时候感受到的肯定是各学科之间的联系，这些联系让它们互相制衡、补充、说明，任何一门都无法独立存在。人的智力有限，无法掌握世间所有的学问，而只好深入钻研一门学科，可如果对其他学科毫不了解，那他肯定也不会精通自身钻研的那门学科。我知道自己的思路并没有错，只是方式错了。我首先阅读的是《百科知识》①，我把它分成几个部分，一部分一部分地研究。很快，我又觉得自己应该采取不一样的方式：先深入钻研一个类别，再钻研其他类别，直到所有的知识汇合到一个点上。这样，我运用了普遍的综合法，但这个方法是正确的，是我主动这样做的。这方面，我的思考帮助了我，弥补了我缺乏的知识，正确的思考帮我走上了正确的道路。无

---

① 《百科知识》是一本外国出版物，因为这时是一七三七年，距离狄德罗主编的《百科全书》还有十三年。

论我是继续生存还是即将死亡，我都不会再浪费时间了。我二十五岁了，依旧是懵懂无知，想要充实自己，就必须充分利用好时间。因为不知道命运或死亡何时会打断我这种勤勉求学的态度，所以我必须去摸索所有的东西，一方面是为了摸清自己的擅长，另一方面是找出自己想钻研的学科。

在这个过程中，我收获了一个意想不到的益处，那就是：时间被充分利用了。我坦诚，我并非天生就适合研究学问，因为我很容易感到疲惫，甚至我集中思考一件事情的时间无法超过半个小时，尤其是顺着别人的思路去思索的时候，虽然跟随自己的思路去思索，我专注的时间会更长，并且获益匪浅。如果我不得不专心致志去阅读一位作家的作品，刚翻阅几页，我的注意力就会不集中，并且精神涣散。即使我努力坚持读下去，也是徒劳，结果只会是头晕目眩，什么都无法看懂。可是，如果我连续钻研不同的问题，即使不休息，我也可以轻松应对，因为下一个问题可以消除前一个问题带来的疲劳，不需要休息。于是，在学习的过程中，我充分利用自己的这个特点，交替研究某些问题，这样，即使我全天都在学习都不会感到疲惫。当然，田园里和家里的活也是不错的排遣，当我的求知欲越来越高涨的时候，我找到了一种同时进行工作和学习的方法，并且两者的收益都很高。

在这些只有我自己感兴趣而往往使读者感到厌烦的小事里面，我还有一些事情没有提到，如果我不告诉读者，你们根本想不到。现在举个例子，为了可以轻松获得益处，我尝试了各种分配时间的试验，每当想到这点，我就感到十分欣慰。可以这样说，我隐居养病的这段时间，是我这一生中最充实、最愉悦的时光。那是一年中最美好的季节，我在最迷人的地方寻找自己的爱好，享受着人生中最愉悦的时光，享受着探寻真理的快乐，就这样，两三个月的时间转瞬即逝。我的努力没有白费，甚至还获得了明显的效果，因为我充分享受到了学习的乐趣。

应该不再提及这些试验，对我而言，每一种尝试都是一种享受，但它们都很普通，没什么可以转述的。何况，真正的幸福只能体会，无法用语言来描绘，体会越深越难以描绘，因为真正的幸福并非事实的汇聚，而是一种持续的状态。我经常说这些话，并且我以后还会这样说。最后，当我的生活出现了一个大体的规律之时，我的时间会这样支配。

每天清晨太阳出来之前起床，接着穿过附近的果园，踏上一条迷人的道路，这条路在葡萄园上面。我沿着这条山路抵达尚贝里。我一边走一边祈祷。我的祈祷并非敷衍了事，而是真诚地感谢造物主，他创造了我眼前的美景。我不喜欢在室内祈祷，在我眼中，墙壁和人类制造的那些物件阻碍了我和上帝的交流。我喜欢在他创造的景物前想他,这时我的心境也会提升。可以这样说,我的祈祷非常真诚,所以我的心愿理应得到上帝的赞赏。我的心愿很简单,只是希望我自己和即将陪伴我一生的那个女人可以获得幸福、富足的生活,希望我们可以一直成为正直的人,并能获得正直人所获得的那种生活。事实上,我的祈祷中祈求远少于称赞和欣赏。我深知,想要获得幸福,自己去争取是最有效的方法,而不是祈求造物主。回来的时候,我要绕一段路,看看田野里的所有事物,它们总是能吸引我的眼睛和心灵。我站在远远的地方,看着妈妈的百叶窗,看她是否已经睡醒,当看到百叶窗打开的时候,我便开心地奔向前。如果百叶窗还没有打开,我就先到园子里转悠,背诵我昨天所读的书籍,或者打理园子,等待她睡醒。百叶窗一打开,我就赶紧奔到妈妈的床前,拥抱她,那时她尚未完全清醒,我们愉快地拥抱,这甜蜜幸福的拥抱和肉欲的快感没有任何关系。

我们的早餐通常是牛奶和咖啡。这是我们一天中最宁静的时刻,也是我们可以畅所欲言的时刻。我们会长时间地交谈,所以我非常喜欢吃早餐的这段时光。我欣赏英国和瑞士的习惯,而不喜欢法国的习惯,在英国和瑞士,人们总是聚在一起吃早餐;而在法国,人们总是留在房间里一个人用餐,甚至吃得很少。聊了一两个小时后,我会去看书,一直看到午饭时间。刚开始的时候,我会看一些哲学书籍,比如波尔-洛雅勒出版的《逻辑学》①,洛克②的论文,马勒伯朗士③、莱布尼茨④、笛卡儿的书等。很快我就发现这些作者的论述几乎是相悖的,就意图把它们统一起来,我耗费了大量的时间和精力,弄得精疲力竭,却一无所得。最后,我放弃了这个计划,采取了另一种更有效的方法,我的能力有限,但我还是取得了一些进步,这完全归功于这个方法,毋庸置疑,在研究学问这条道路上,我的能力非常有限。我每读一个作家的作品,就下定决心要遵从作者本人的思想,不会掺入个人的或他人的想法,也不和作者争辩。我的想法是这样的:只要作者的论点清晰,不管这个思想是正确的还是错误的,我都先储存在脑海中,等我的脑海里已经装了许多思想后,我再加以甄别和挑选。我知道这个方法并非十全十美,但这是一个不错的灌输知识的方法。有几年的时间,我只是顺从作者的想法,不加入自己的想法和推断。几年后,我的知识储备已经非常丰富,这足以让我独立思考而不需要寻求别人的帮助。在我旅游或办事而无法翻阅书本的时候,我就在脑海中温习和对比自己所读过的知识,公平理智地判

---

① 《逻辑学》的作者是冉森派的安东·阿尔诺。

② 洛克(1632~1704),英国哲学家。

③ 马勒伯朗士(1638~1715),法国唯心主义哲学家,《真理的探索》的作者。

④ 莱布尼茨(1646~1716),哲学家和数学家,来自德国。

断每一个问题,有时也会批判老师们的一些解读。虽然我很晚才运用自己的判断力,但它的力量依旧很强,所以,在我阐述自己的想法的时候,没有人说我在附和他人。

后来,我转向学习初级几何。学习这门学科的时候,我想要克服自己记忆力差的缺点,反反复复学习了很多遍,经常反复学习相同的内容,但进展甚微。我并不喜欢欧几里得的几何学,因为他侧重证明,并不注重概念的联系。我喜欢拉密神父的几何学,从那时开始,我最喜欢的作家就是这位神父,直到现在我也很喜欢他的著作。之后我开始学习代数,学习拉密神父的著作。当我获得一些进步后,我开始阅读雷诺神父的《计算学》和《直观解析》,但我只是随意翻翻后者,没有深入研究。我一直不明白为何把代数应用在几何学上。我并不喜欢这种目的未明的计算法,在我眼中,用方程式来分解几何和用手摇风琴演奏乐曲是一样的。当我首次用数字得到二项式的平方就是组成那个二项式的数字的各个平方加上这两个数字的乘积的一倍,我算的结果虽然没错,但我不愿意相信,直到我做出图形后才愿意相信。我并非由于代数里只求未知量而对代数丧失兴趣,而是应用到面积上的时候,我不得不依据图形才可以进行计算,否则我就觉得十分糊涂。

之后,我开始学习拉丁文。拉丁文是我觉得最难学习的一门学科,我取得的进步甚微。刚开始的时候,我选用波尔-洛雅勒的拉丁文法,可是一无所获。我始终觉得那些不规范的诗句①很讨厌,无法听下去。我无法弄清楚拉丁文的文法,刚学会一条规则,就已经忘了上一条规则。我的记忆力太差了,我并不适合研究文学,而我进行这种研究的目的却是为了增强我的记忆力。最后,无奈之下,我只能放弃学习它。那时,我已经掌握了基本的语句结构,只要一本字典,就可以读懂一些著作。于是我选用了这种方式,并取得了不错的成效。我专心致志翻译拉丁文,并非笔译,而是心译。经过长时间的练习,我终于可以轻松地翻阅一些拉丁文著作,但是我一直都无法用这种语言对话和写作,所以,当别人把我当成学者的时候,我觉得十分尴尬。我一直都没能学会拉丁韵律学,更不用说写诗的规律了。但是,我很喜欢拉丁语在韵文和散文里表现出来的优美的声调,我曾努力想学习,但是,如果没有老师的帮忙,我几乎什么都学不会。在全部的诗体中,最容易写的是六音节诗,我学过这种诗句,我曾熟读维吉尔的诗的音律,并且标明了音节和音量;后来只要我无法弄明白某个音是属于长音

---

① 为了方便记忆,《波尔-洛雅勒拉丁文法》是用诗体完成的。那时几乎所有的文人都可以读和写拉丁文,甚至能写拉丁文诗歌,一直到十九世纪末,写拉丁文诗歌都是学校的课程之一。

或短音，我就翻阅那本维吉尔。但是，因为我不清楚在写诗的时候允许存在某些例外的规则，所以我经常犯错。如果说自学有好处，但不得不说，它的坏处也很多，最主要的是十分费劲。我对这一点深有体会。

中午的时候，我放下书，如果还不能吃午饭，我就去看望那些鸽子——它们早已成了我的好友，或者在园子里干点活。一听到呼唤我的声音，我就开心地跑去，值得一提的是，不管我的病情如何，我的食欲都很好。午饭的时光非常快乐，在吃饭之前，我先和妈妈聊些家务事。天气晴朗的时候，每周有两三次，我们到房屋后的一个亭子里喝咖啡，那里布满花草，十分清凉；我在亭子四周种了一些忽布藤，天气热的时候，这里是一个非常不错的乘凉地。我们在这里度过一个小时，看看蔬菜和花草，聊聊天，越聊越觉得幸福。在园子的另一边，还有一个蜜蜂家族。我经常去拜访它们，有时也和妈妈一起去。我对它们的劳动感到很好奇，看到它们带着沉重的采集物飞来飞去，我觉得十分有趣。前几天，我兴趣勃勃地窥探它们的生活，被蜇了几下，后来，我们逐渐熟悉，不管我们的距离多近，它们都不会伤害我。蜂窝里有很多蜜蜂，有时它们把我围起来，飞到我的手上、脸上，但没有蜜蜂再蜇过我。所有动物都不信任人类，这没有错，但当它们一旦确定人类不会伤害它们的时候，它们的信任就会变得十分强大，只有蛮横无理的人才会滥用这种信任。

下午我依旧会读书，但确切地说，这是一种消遣和娱乐，而非工作和学习。午饭后，我无法躲在房间里认真看书，在一天最热的时分，我无法进行劳动。但是我也没有虚度时光，我漫无目的地读一些书。我常看地理和历史，因为这两个科目不需要全神贯注，我能记下多少就收获多少。我曾尝试钻研佩托[①]神父的作品，所以深陷纪年学的迷宫里。我不喜欢没有尽头的批判，却很喜欢研究计时的准确和天体的运行。如果我拥有仪器，我肯定会喜欢上天文学，但我只能从书本上获取小部分知识，以及用望远镜做简单的观察，因为我近视，没有望远镜的帮忙我根本无法清晰地辨认星座。说起这件事，我还想起一件有趣的事情。我买了一个平面天体图用以研究星座。我用一个木框把它固定住，没有云的夜晚，我便走到园子里，把木框放在四根桩柱上，它们和我平高。天体图的图面朝下，要拿着蜡烛照亮才能看清楚，为了防止风吹灭蜡烛，我把一个木桶放在四根木桩中间的地面，并把蜡烛放在里面。接着，我看一眼天体图，又用望远镜看看天空的星座，这就是我观察星体和区分星座的方法。我应该说过，诺厄莱

---

① 佩托（1583～1652），耶稣会会士，法国的一个知识渊博的学者和有名的神学家，写拉丁诗是他的特长。

先生的花园位于一个高台上，站在大路上，远远就可以看到。一个晚上，我正用这套仪器全神贯注地盯着天空，有些路过的农民看到了我。他们能看到天体图底下透过的亮光，但无法弄清楚光源来自哪里，因为蜡烛被桶挡着；加上四根支柱，还有那些画了奇形怪状图画的图纸，那个木框，还有那个转动的望远镜，这些奇怪的东西把他们吓了一大跳。我也穿了一身奇怪的衣服，我还在帽子上加了一顶有两个帽耳朵的睡帽，在妈妈的要求下穿上了她的短棉睡衣，我看起来活脱脱就是一位巫师。当时将近夜里十二点，他们觉得这是要举行巫师会议①。他们没有勇气继续看下去，每个人都惊慌失措地跑开了，并且把看到的情景告诉了他们的邻居。这件事情迅速传开，大家都知道在诺厄莱先生家的花园里召开了一次巫师会议。还好一个亲眼看到这个情景的农民把这件事告诉了两个耶稣会士，否则我不知道这个谣传会产生多大的后果。耶稣会士云里雾里，只敷衍了他们几句。后来，这两个耶稣会士登门拜访，把这件事告诉我们，我把事情的真相告诉他们，大家都忍俊不禁。为了防止这样的事情再发生，大家建议我在观察夜空的时候不要再点蜡烛，不要再在室外看天体图。我敢断言，如果大家看过我在《山中书简》这本书里描述威尼斯幻术②的语句，肯定会觉得我非常适合做巫师。

没有农活的时候，我在沙尔麦特过的就是这样的生活。只要是我能胜任的农活，我都乐意做，并且做起来不比真正的农民差；可是，因为我身体虚弱，我干的农活都不重。何况，因为我同时要做两种工作，结果没有一样能做好。我觉得用强记的方式能增强记忆力，所以我经常带上书，一边干活，一边背诵，尽量让自己多记一些东西。很奇怪，我这种执拗的、毫无结果的坚持竟没有让我变成一个傻子。我读了很多遍维吉尔的牧歌，但依旧是一句也记不住。我总是随身带着书本，无论是在鸽棚、菜园、果园或者葡萄园，所以我经常弄丢或弄破书。干完活的时候，我随手把书本丢在树底下或者篱笆上，所以四处都有我遗落的书，有些书两个星期后才能找到，但它们早就发霉或给蚂蚁和蜗牛咬坏了。很快，这种习惯成了一种怪癖，做事的时候，我嘴里总是不停地念叨着什么东西，就像个傻子一样。

我经常读波尔-洛雅勒修道院和奥拉托利会的作品，结果成了半冉森派的信徒，我是一个自信心极强的人，他们那种严酷的神学常让我感到害怕。从前，

---

① 巫师会议，西方民间的迷信传说，男女巫师每个星期六晚上十二点要举行一次会议，主持是魔鬼。

② 卢梭曾在威尼斯法国大使馆担任秘书，那时他变过写预言的戏法。

我对那可怕的地狱不以为意,现在,我逐渐被它震慑,心情也无法得到平静,还好妈妈帮助我安定心神,否则这种可怕的学说肯定会让我精神错乱。当时我们的听忏悔师是一样的,他帮我安定心神,并且帮了我很大的忙。他就是耶稣会士海麦神父,他是一个慈祥睿智的老人,是我崇拜的偶像。他虽然是耶稣会士,但非常质朴。他的道德观温厚宽容,可以帮助我减少冉森教派带给我的恐怖感觉。这个质朴的人和他的好友古皮埃神父经常到沙尔麦特拜访我们,他们年事已高,对他们来说,这条路既崎岖又遥远。他们的到访给了我很大的鼓励,但愿上帝能赐福于他们吧!当时他们已是花甲老翁,实在难以想象他们现在依旧尚在人世。他们住在尚贝里,我也经常去拜访他们,逐渐和那里的人混熟,就像在自己家一样,也可以随意使用他们的图书馆。每当我想起这段甜蜜的时光,总会想到耶稣会士,虽然我觉得他们的学说很危险,但我不曾厌恶他们。

我很想弄清楚别人是否也会像我一样有这样幼稚的想法。我过着纯真的生活,研究各种各样的学问,在这段时间中,我却对地狱充满畏惧。我常自问:"我现在过得如何呢?如果我马上去死,是否会被打下地狱呢?"依照我理解的冉森教派教规,那是肯定的,但是我的良心却说,我不可能下地狱。我经常感到彷徨无助,困惑不解,为了摆脱这个,我竟然采取了最幼稚的方式,或许当我某天看到有人和我采取相同的方式,我会觉得他是个疯子。有天我一边想着这个难题,一边魂不守舍地把石头扔向几棵树,以我平常的技巧,我几乎连一棵树也无法打中。在这个练习中,我忽然想到用占卜来消除我的焦虑。我告诉自己:"我要用石头打中对面的那棵树,打中了意味着我可以上天堂,打不中意味着我要下地狱。"说这句话的时候,我的心跳在加速,手哆嗦着把石头扔了出去,可是,巧的是,石头落在了树干的正中间。这很容易,因为我特意选了一棵最粗壮最近的树。那之后,我再也没有怀疑自己的灵魂是否能得到救赎。想起这件事的时候,我哭笑不得。你们这些伟大的人,你们肯定觉得我很可笑吧,你们肯定觉得很庆幸吧,可是,请你们不要再嘲笑我,我可以发誓,我也为自己的这个弱点感到烦恼。

可是,我的惶恐不安可能是和我的虔诚信仰紧密相连的,但这并非一种常态。通常来说,我很平静,我感到死亡将至,但这种感觉并不是一种哀伤,而是一种平静的沉思,甚至其中还带着甜蜜的意味。我近段时间在旧纸堆里找到一篇激励自己的文章,当时我为自己能坦然面对死亡而感到幸福,因为在我短暂的一生中,不管是肉体还是精神上都没有遭受到重大的痛楚。我的这种看法是正确的!我有继续生存就得承受苦难的预感,这让我感到心惊胆战。我似乎已能看到自己晚年的命运。这一生，我只是在那段幸福的时光最明智。对于过去没有感到十分后悔，对于将来也丝毫不担心，我想得最多的就是享受现在。信赖上帝的人经常有一种强烈的私心：他们经常以无比的兴趣玩味自己享受的纯洁欢乐。庸俗的人觉得这是一种犯罪，我弄不明白，或者准确地说，我一清二楚：这是因为他们已经失去兴趣的那些简单的快乐，别人正在享受，他们眼红。我那时也有这样的兴趣，并且我觉得可以坦然地满足这种兴趣是一件快乐的事情。那时，我还没有被感动过，对于所有的事情都是用稚子般的快乐去接受，甚至能说，是以天使般的快乐去接受，因为这种享受和天堂里的那种幸福非常相似。蒙塔纽勒草地上的午饭，凉亭下的夜饮，摘瓜果，收葡萄，和仆人们在灯下剥麻，对我来说这一切都是真正的节日，我感到非常快乐，妈妈也一样。两个人散步的诱惑力更大，因为这样可以自由地吐露心声。在许许多多的这些散步中，我对圣路易节日的那次散步印象深刻，那天刚好是妈妈的命名日。我们两个人早晨就出门了。外出之前，我们首先到家附近的一个小教堂里去望弥撒，这场弥撒的举行时间是拂晓时分，主持是一位圣衣会的神父。望完了弥撒，我提议去对面山腰，因为我们不曾去过那里。我们让人把食物提前送过去，因为我们要玩一天。妈妈虽然有点胖，但还能轻松应对这段路。我们翻过几个小山岗，穿过几片树林，偶尔在阳光下，偶尔在绿荫下，我们累了就休息一会儿，无意中走了好几个小时。我们边走边聊，聊自己，聊到两个人的相识，聊我们的幸福生活，我们祈祷这种生活可以永恒长久，但上天并没有满足我们的愿望。全部的事物似乎都在赞助这一天的甜蜜。那天刚下过雨，没有尘埃，溪水欢快地流淌，微风轻拂树叶，空气很清新，天空晴朗，四周一片静谧，就如我们的心情。我们的午饭是在一个农民家解决的，我们一起吃饭，那一家子为我们献上诚挚的祝福，这些萨瓦人非常善良。饭后，我们来到大树的底下，那里十分清凉，我捡了些煮咖啡用的干树枝，妈妈则在灌木丛里高兴地采摘药草。我在路上给她摘了许多花束，她拿着这些花给我讲了许多关于花的结构的新奇知识，我觉得非常有趣，按理说，这会引起我对植物学的兴趣，但刚好我那时研究的东西太多。何况，我那时在想其他事情。那一天谈起的所有事，遇到的所有人，都让我回想起七八年前我在安讷西所做过的所有事，那时我完全清醒，我在前面的章节里已经提到过那种美梦。两者的场景非常相像，每当我想起，就会忍不住流下感动的泪水。在这柔情的感动中，我紧抱着这位可爱的女友，深情地对她说："妈妈，很久之前，你就给我这样的幸福，此外，我别无所求。你已经给了我最大的幸福，希望它永远不减退！希望它可以伴随我终生！希望它可以和我一同结束！"

我的甜蜜时光就这样逐渐流逝。这些时光是那么幸福，我看不到能扰乱它们的东西，我觉得只有到了我生命的尽头，它才会终结。这并非说我不再感到哀伤，只是我看到它正在转变，为了找到补救的方法，我努力把它带往有益的方向。妈妈也喜欢乡村，和我在一起后，她并没有减少这份热爱。她现在逐渐喜欢上田间工作，喜欢利用田园作为谋生的工具，她对这方面非常熟悉。她租下了住宅四周的田地，但她没有满足，她有时会租下一块耕地，有时又租下一块牧场。她把农事当成了自己的事业，再也不愿意空闲地待在家里，看她所经营的农事，她很快就会成为一个大农庄主了。我不希望她扩充经营规模，并努力劝阻她，因为我觉得她这样会上当受骗，加上她是一个乐善好施、挥霍奢侈的人，结果总会让支出高于收益。但是，每当想到这种收益是庞大的，并且也能补贴她的生活，我多少都觉得有些安慰。在她制订的全部计划中，这个计划是最安全的，我和她不一样，并不把这当成一件获益的事业，而是把它当成让她避开那些冒险事业和骗子的方法。正因如此，我非常渴望健康和体力的恢复，这样才能帮她打理事业，做她的监工或管事；但是，这样我就不得不放下书本，再也没有时间思考我的病情，这也利于我病情的恢复。

那年冬天，巴里约从意大利返回，给我带回了几本书，有邦齐里神父写的《消遣录》和《音乐论文集》。这两本书引起了我对音乐史和对这种艺术理论研究的兴趣。巴里约和我们一起住了几天。几个月前，我已经成年，我约好明春要前往日内瓦拿回我母亲的遗产，或者至少能得到我理应继承的那部分。事情一步步地进行中。我到日内瓦的时候，父亲也一同去了。他前些日子去了日内瓦，虽然对他的判决并没有撤销，但谁也没有找他的麻烦。可是，因为人们敬佩他的为人，便假装忘了他所做过的事情。而政府官员在忙着筹备一个重大的计划，不希望过早地激起民愤，让他们在这个时候想起往昔有失公允的举措。

因为我已经改教，我担心有人以此为借口而阻碍我的继承，结果根本没出什么事。在这方面，日内瓦的法律比伯尔尼的法律要宽松；在伯尔尼，对那些改变信仰的人，不仅要剥夺他们的身份，还会剥夺他们的钱财。人们并没有反对我继承，只是我不明白为何我的继承份额竟变得那么少，差点什么都没有了。虽然能确定我的哥哥已经死亡，但没有法律证据，我无法提供充分的法律材料来证明他的死亡，更无法要求得到他的继承份额，我毫不犹豫地把他理应继承的财产留给了父亲。我的父亲在世的时候一直在享用它。法律手续刚办好，我一拿到那笔钱，就给自己买了一些书，并迅速地把剩下的钱都交给了妈妈。路上我非常兴奋，把这笔钱交给她的时候，比我刚得到这笔钱的时候还要开心很多。她冷淡地拿过这笔钱,具有高尚灵魂的人都会有这样的态度,他们觉得他人的这种举动很正常,因为他们觉得这不过是小事一桩。后来,她用一样的态度把这笔钱都花在了我的身上。我觉得,即使她通过其他方式得到这些钱,她也愿意把钱花到我的身上。

这时候,我的身体状况没有好转,反而日益变坏。那时,我脸色苍白,就像个死人,瘦得只剩下骨头,和一副骷髅差不多,脉搏和心跳的次数也很频繁,并常感到喘不过气。我连走路都觉得吃力,一低下头就觉得天旋地转,连很轻的东西都无法搬动;像我这样好动的人,竟然因为糟糕的身体,什么都不能做,这真让我苦恼不堪。毋庸置疑,这种情况大多数和神经过敏有关。神经过敏是幸福的人经常患上的一种病症,我的病也是这样的:我经常毫无缘由地落泪,树叶的沙沙声或一只鸟的叫声都能吓到我,我无法在安静的环境中保持宁静的心绪。全部的事情都在表明我已经厌倦舒适的生活,这让我的多愁善感到了极致。我们天生就不是为了享受幸福而存于世间;灵魂和肉体,两者没有同时在受苦,肯定有其中一方在受苦,这个的良好状态会损害另一个的状态。我可以快乐地享受幸福的时候,我的身体却阻止我享受,并且没有人能说清我为何得病。后来,我踏入晚年,并且罹患真正严重的疾病,为了迎接各种灾难,我的身体却恢复了原有的生机。此刻,写这本书的时候,我即将六十岁,正经受着各种病痛的煎熬,身体变得十分孱弱,我却有这样的感觉:在这受苦的晚年,自己的身体和精神比青春时代还要充满力量。

最后,我在看书的时候看了一些关于生理学的知识,我开始喜欢上了解剖学。我不停地研究组成我这部机器的各种零件,钻研它们的功效和活动,经常有身上某个地方出现问题的预感。所以,让我感到奇怪的并非为何我总是这样毫无生气,而是为何我竟然还尚在人世。每当看到一种病,我就觉得自己得的正是这种病。我坚信,即使我原本没有病,钻研这门让人不幸的学科,我也会得病的。因为我看过很多种疾病,了解了各种疾病的症状,而这些症状和我的症状相似,所以我觉得自己患上了各种各样的疾病。此外,我还觉得自己新患上一种更严重的疾病,就是:治病癖,但凡看医书的人,都免不了患上这种病。因为我长时间钻研思索、对比,我竟然觉得我心头长了一个肉瘤,而且这是我痛苦的根源。对于我的这个想法,萨洛蒙觉得十分惊奇。依照常理,我有这样的想法,我应该把从前所下的决心继续坚持下去。但我没有坚持,反而煞费苦心地想要治愈我心头的这个肉瘤,并下定决心立刻付诸行动。从前,阿奈到蒙佩利埃去参观植物园和看望该园总技师索瓦热的时候,他听说费兹先生曾治好过一个患有肉瘤的病人。妈妈想起这件事,并把事情的经过说给我听,这激起了我寻找费兹先生的欲望。由于急于治愈自己的疾病，我下定决心要进行这次旅行，从日内瓦带来的钱刚好用来做路费。妈妈不仅没有阻止我，反而鼓励我的做法，于是我朝着蒙佩利埃出发。

事实上，我并不需要到那么遥远的地方去求医。因为骑马很辛苦，我在格勒诺布尔租了一辆轿车。抵达莫朗，我的轿车后跟了五六辆轿车。这和喜剧中马车队的故事差不多。这几辆轿车多数都是送一名叫科隆比埃夫人的，她刚完婚。和她一起的还有一个女人，是拉尔纳热夫人，虽然年龄比科隆比埃夫人大些，也没有她美丽，但和她一样可爱。科隆比埃夫人的目的地是罗芒，拉尔纳热夫人要经过罗芒，抵达圣灵桥附近的圣昂代奥勒镇。大家都知道我是一个很内向的人，很怕见陌生人，觉得我肯定不可能跟这些风光的夫人和她们的仆人混熟。可是，我们走的路是一样的，住的旅店也是相同的，有时还要同桌吃饭，我不可能避开她们，否则别人就会觉得我是个怪人。这样，不久，我们就熟络了，依照我的想法，我们熟络的时间也太早了些，因为那些嘈杂的说笑声，和我这样的病人是不相称的。但是，这些聪慧的女人非常好奇，为了认识一个男人，她们总是把他弄得糊里糊涂。我也遇到了这种情况。科隆比埃夫人的身边围着很多美少年，没有时间搭理我，并且也没那个必要，因为我们马上就要分别了。至于拉尔纳热夫人，缠着她的人很少，她也需要有人在路上陪伴，以度过孤独的路途，所以便和我打起交道来。这样，再见了，可怜的让-雅克，或者准确地说，再见吧，我的寒热、抑郁、肉瘤！在她的前面，这一切都消失了，我只剩下心跳的疾病，而她不愿意帮我治好这个疾病。我的身体很差，这为我们的认识起到了穿针引线的作用。人家虽然清楚我的疾病，也知道我的目的地是蒙佩利埃，但我觉得肯定是因为我的表情和动作不像一个荒唐的人，所以，后来很显然，人家并不觉得我是由于纵欲过度而需要寻医。虽然一个生病的男人并不会引起女人的喜欢，但这次我得到了不少关心。清晨，她们就让人来问候我的病情，并邀请我和她们一起喝可可茶，她们还会询问我夜里睡眠怎么样。有一次，我和平常一样不经思索就回答了她们的问题，我给的答案是不清楚。这让她们觉得我是一个傻瓜，于是便细细地观察起我来，这种观察对我有百利而无一害。有一次我听到科比隆埃夫人告诉她的女友："他虽然不懂人情世故，但是一个可爱的人。"这句话给了我极大的鼓舞，也让我觉得自己真的很可爱。

既然要认识彼此，每个人总要说说自己的故事，说说从何处而来，说说自己的为人。当时我十分尴尬，因为我知道，在上流社会，特别是在上流社会的女人中间，我一提到自己是最近才改信天主教的人，她们肯定马上会不理我。我不知道出于什么想法，竟然伪装起英国人来，还说自己是詹姆士二世党人①，大家竟然没有怀疑。我说自己的名字是杜定，大家就称我为杜定先生。当时那里还有一位让人讨厌的陶里尼扬侯爵，他也是一个病人，年纪很大，脾气也很差，他竟然和杜定先生聊了起来。他和我说到詹姆士王，说到抢夺王位的人②，说到圣日尔曼故宫③。我当时坐立不安，因为我对这些事了解得并不多，我不过是在哈密尔顿伯爵的作品和报纸上了解到一些。但是，我了解的东西虽然很少，但利用得很好，一场对话，竟然被我搪塞过去了。幸运的是，他没有和我聊到英国语言，因为我一个英文字也不懂。

我们这些人在一起聊得很开心，由于分别的日子临近，大家都有些依依难舍。我们故意放慢行走的速度，就像蜗牛一样。有一天星期日，我们抵达圣马尔赛兰，拉尔纳热夫人要去望弥撒，我陪她去了，这次却把事情弄糟了。一踏进教堂，我和平常一样流露出虔诚的神态，她看到我真诚的样子，认为我是个虔诚的信徒，而对我产生了很差的印象，两天后，她把这个看法如实地告诉了我。后来，我对她十分殷勤，这才逐渐让她对我的印象改观。事实上，拉尔纳热夫人是一个阅历丰富的女人，是不甘落后的，她宁愿冒险向我袒露爱意，以试探我的态度。她几次向我示好，又表现得那么热烈，导致我觉得她并非看上我的容貌，而是在戏弄我。因为这个想法，我还做了很多傻事，那时我比《遗产》喜剧中的那位侯爵④还差劲。拉尔纳热夫人坚持了很长时间，她不停地和我调情，还对我说了很多温情的话，即便一个聪明人也不会觉得这是真的。她越向我示好，我越觉得自己的想法是正确的，最让我烦恼的是，我竟然对她萌生爱意。我告诉自己，并且对她叹息道："唉！为何这些都是假的呢！否则我就是世界上最幸福的人了！"我觉得我这份傻气让她对我更加好奇，在这件事情上，她不愿意显露出自己手段的鄙陋。

抵达罗芒，我们和科隆比埃夫人和她的仆人道别了。拉尔纳热夫人、陶里尼扬侯爵和我三个人愉快地上路，我们的速度很慢。侯爵虽然是一个病人，也喜欢唠叨，却是一个心地善良的人，但他喜欢管闲事，不喜欢置身事外。拉尔纳热夫人毫不掩饰她对我的喜欢，所以侯爵很早就知道了这一点，甚至知道得比

---

① 英国国王詹姆士二世由于推行专制制度和改信天主教并和法国国王路易十四结盟，在一六八八年，被奥伦治王子废除，并被驱逐出英国，议会制度在这个时候建立，历史上称为"光荣革命"，忠心于詹姆士二世的臣民被称为詹姆士二世党人。

② 指的是詹姆士二世的儿子詹姆士·斯图亚特，一七〇一年詹姆士二世去世后，他曾多次试图抢回王位，但均以失败告终。

③ 原来是王宫，后来王室迁往凡尔赛宫，詹姆士二世及其家族流亡法国的时候，住在这个地方。

④ 《遗产》，马里沃所写的喜剧，里面有一位想娶某位伯爵夫人的侯爵，却没有勇气向她求婚。

我还早;要不是我的多疑,他那些含沙射影的话肯定会让我明白她的心意。但我竟觉得他们是串通好来戏弄我的,我那愚蠢的想法让我感到越来越茫然了。拿我当时的境况来说,既然我真的喜欢她,大可以扮演一个迷人的角色,但由于我的这个愚蠢的想法,竟让我扮演了一个最平庸的角色。我不知道拉尔纳热夫人为何不厌恶我那副愁眉苦脸的样子,为何没有轻蔑地把我甩掉。可是,她的确非常聪明,也善于辨人,她很清楚,我会有这样的反应,并非由于冷淡,而是由于愚蠢。

最后,她终于让我明白了她的心意。我们去瓦朗斯吃午饭,依照我们的优良习惯,就在那里度过午饭后的那段时间。那时我们居住在圣雅克旅馆,它位于郊外,我至今对那个旅馆以及拉尔纳热夫人所住的那间房子印象深刻。午饭后,她想去散步,她知道陶里尼扬先生无法一同去,刚好给我们留下独处的时间,她早就下定决心要这样做,因为时间所剩无几,她要达到目的,再也不能错过这个机会。我们沿着护城河慢慢地行走。于是,我又滔滔不绝地向她诉说起我的疾病来,她的声音很动听,并且还有意地把我的胳膊紧紧地贴向她的胸部,我想,除了像我这样傻的人,任何人都会借此机会来求证她所说的话是否属实。有趣的是,我那时也十分激动。我前面提到,她是一个可爱的女人,在爱情的滋润下,现在的她显得越发迷人,青春靓丽。她撒娇的手段很高明,即使意志坚定的男人也会控制不住自己,而被她迷住。我当时十分紧张,随时准备放肆自己,但又担心自己冒犯她,怕引起她的不快,我更害怕被人耻笑、戏弄,给人提供笑柄,惹来那个侯爵的嘲笑。所以我不敢轻率地采取行动,连我都为自己的畏缩不前感到生气;我更生气的是,虽然我憎恨自己的畏缩,却又无法克服它。那时的我简直就像在忍受酷刑。我已经抛开自己那一套塞拉东①式情话了,我觉得在马路上诉说情话的举动太可笑了。因为我不知道该如何应对,也不知该说些什么,我只好一声不吭。我的样子就像在赌气一样,总而言之,我的举动都足以给我招致我最怕遇到的事情。还好拉尔纳热夫人做了一个仁慈的举动。她猛地抱住我的脖子,打破了彼此间的沉默,那一瞬间,她吻上我的嘴唇,这一切再清楚不过,我不再抱有任何的疑虑。我立刻变回可爱的人。刻不容缓。在这之前,我因为缺乏她给予我的信任,总也无法表现出原本的自己,这时我又是当初的我了。我的眼睛、感官、嘴巴和心第一次像现在这样出色地传达我的心意,我也再没有这样成功地弥补了我的过错。虽然这次胜利让拉尔纳热夫人煞费心机,但我觉得她肯定不会感到后悔的。

① 塞拉东是《阿丝特莱》一书中的主人公,是一个多情,却又胆小的牧童。

即便我活到一百岁，回忆起这位可爱的女人的时候，我依旧会感到幸福的。我说她是迷人的，虽然她不美丽，也不年轻。但她不丑，也不老，她的容貌很可爱，丝毫不会阻碍她的智慧和风韵的发挥。和其他女人不一样的是，她的脸色并不鲜艳，我想是因为她过去涂抹了太多胭脂，以至损害了她原本的脸色。在爱情上，她表现轻浮，那也是有原因的，因为这充分体现了她的可爱。可以遇见她而不爱她，可是不可能占有她而不敬佩她。依我看，这可以证明她并非一个感情泛滥的人，她只是那样对我。她迅速地爱上我，这是难以谅解的，可是，在她的爱中，心灵的渴求和肉体的需要程度是一样的。在我和她在一起的那段短暂的时光中，她强迫我要节制，这可以看出，她虽然喜欢肉欲带给她的快乐，但她更珍惜我的身体。

我们的交往虽然在秘密进行，但这无法瞒过陶里尼扬侯爵。他对我的讥讽并没有停止，还把我当成一个可怜虫，一个被女人玩弄的受难者。他没有透露出任何已获知我们之间的事情的迹象，一句话、一个微笑、一个眼神也没有。如果不是拉尔纳热夫人看得比我透彻，如果不是她告诉我侯爵已经知道实情，只不过他是一个识趣的人，我肯定觉得他竟然蒙在鼓里。说实话，没有人像他那样友善和待人有礼。他也是这样对待我的，只是偶尔会说几句开玩笑的话，尤其是我和拉尔纳热夫人确定关系后。或许他取笑我是因为看得起我，觉得我并没有原来那样愚蠢。很明显，是他搞错了，但这无所谓。我刚好利用他的误解，并且，说实话，那时人们在讥讽他而不是我，所以我也乐意接受他的讥讽。我偶尔也会反驳他几句，甚至反驳得非常巧妙，让我觉得骄傲的是，我竟然可以在拉尔纳热夫人面前炫耀我的智慧，这是由她启发的智慧。我已经和从前不一样了。

那时我们旅游的地点非常富裕，旅游的季节也很富足。因为陶里尼扬侯爵对我们贴心照料，我们到处都能吃到精美的美食。他甚至开始操心起我们所住的房间，这原本不关他的事，他却提前让仆人去预订房间，而那个讨厌的仆人不知是自作主张还是受了指使，总把他的房间安排在拉尔纳热夫人的房间隔壁，而把我的房间安排在房子的尽头。但这无法阻碍我们的幽会，反而加重了我们幽会的兴致。我们这种甜蜜生活持续了四五天，在这短暂的几天，我尝到了最幸福的肉欲之乐，并且陶醉其中。我得到的幸福是圆满的、强烈的，没有包含任何悲痛的成分，这也是原始的和唯一的幸福，我应该感谢拉尔纳热夫人，她让我在离世之前能享受到这份快乐。

即使我对她的感情并非真正的爱情，为了回报她对我的爱，这是一种温情的回应，这属于快乐中的一种炽热的肉欲，是交谈中的一种甜蜜的亲昵，这十分打动人,却不会让人因此而丧失理智,以至无法享受快乐。这一生,我只有一次能感受到爱情,但并不是在她的身边①。我对她的爱和对华伦夫人的爱不一样,正是因为这个原因,我才有占有她比占有华伦夫人要快乐很多的感觉。在妈妈面前,我的快乐总伴随着一种忧愁,一种无法克制的内疚,我占有她的时候感觉不到快乐,反而总觉得在侮辱她的人格。在拉尔纳热夫人身边则完全不一样,我以能感受到一个男人所能享受到的幸福而骄傲,所以,我可以纵情享受这种欢乐,我还能给予她相同的欢乐,我的心情很坦然,这是我赢得的胜利,我感到无比骄傲和快乐,我还企图从中获得更大的胜利。

我已经忘记陶里尼扬侯爵和我们道别的地点,他是当地人,在抵达蒙太利马尔之前,他就已经离开,只剩下我们两个人。从那时开始拉尔纳热夫人便吩咐她的侍女坐我的车子,而让我坐到她的车子上。我敢肯定,我们不会厌烦这样的旅途,至于沿途的风景,我早已经忽略。在蒙太利马尔,她有些事情需要处理,就在那里逗留了三天。在那三天里,她要去拜访一个人,只离开我一刻钟。那次拜访给她带来不少麻烦,很多乏味的人纠缠她,也有不少人邀请她。她以身体不适为由,拒绝了那些邀请。但这种不适并没有影响到我们在最迷人的星空下享受最美丽的旅游。啊,那三天真幸福!现在回想起这段幸福的时光,我还会觉得有些惆怅,这样的时光再也不会有了!

旅途中的爱情是无法长久的。我们不得不分开了。说实话,我们是到分开的时候了,这并非因为我已经厌倦或即将厌倦这种感情,我对她的依恋反而日益渐增。虽然拉尔纳热夫人的节制力很强,可我已经觉得有点吃力了。但我决定在我们分别之前再好好享受一次,即使我的精力有限,为了防止我接近蒙佩利埃的姑娘,她不得不顺从了。为了给彼此安慰,我们约定重新见面的时间。我们做下这样的决定:既然这种方式对我的身体好,我可以继续采用这种方式,并且到圣昂代奥勒镇度过冬天,让拉尔纳热夫人来照顾我。但是为了给她充分的准备时间,防止别人说闲话,我必须留在蒙佩利埃五六个星期。至于我到圣昂代奥勒镇后应该了解的事情,应该说哪些话,以及应该采取的态度,她都详细地告诉我。我们还约定在见面之前要保持通信。她郑重其事地叮嘱我很多关于珍惜身体的话;她劝我要去找有名的医生,要谨遵医嘱;她还说,不管他们的医嘱多么严格,等我回到她身边的时候,她肯定会嘱咐我严格遵守这些医嘱。我相信她说的都是真心话,因为她爱我,在这方面,她的表现比对我的爱抚更加可信。她从我的着装看出我是一个并不富裕的人,虽然她自己也不富裕,但在

---

① 这里提到的"真正的爱",指的是索菲·乌德托,在本书第九章中有论述。

离别之际,她坚持要把她从格勒诺布尔带来的钱分给我一半,这笔钱的数目并不少,我费了很大的力气才拒绝了她。最后,我们分开了,我的心一直惦记着她,同时我觉得她对我也是真心的。

我一边从头回味着我和她走过的那段路,一边继续前进,这时我感到欣慰的是,我坐的车十分舒适,我可以尽情地回味那种快乐,并憧憬她承诺给我的快乐。我的心装得满满的都是圣昂代奥勒镇和我即将在那里开始的幸福生活,我的心中,只有拉尔纳热夫人和她的家人,天地间的事物似乎和我再无关系。我连妈妈都不想了。我聚精会神的联想拉尔纳热夫人对我说过的种种细节,以便提前熟悉她的居住地、邻居和她的生活方式。她有一个女儿,她曾多次在我面前提起这个宝贝。这个姑娘已经十五岁,天真活泼,乖巧可爱。拉尔纳热夫人向我保证,她肯定不会讨厌我的,我一直记得这个承诺,我很好奇,不知道拉尔纳热小姐会如何对待她母亲的亲密爱人。从圣灵桥到勒木兰这段路,我大部分时间都在想这些内容。有人提议我去看看加尔大桥①,我当然不会错失这个机会。我早餐吃了几颗可口的无花果,接着找了一名导游,朝着加尔大桥出发。我第一次看到古罗马人的雄伟建筑。我正渴望能看到一个真正的罗马建筑者建造的建筑物,靠近它,我才发现它远超我的想象,这是我这辈子仅有的一次。只有罗马人才能如此震撼我的心。这简朴雄壮的工程让我震撼不已,特别是这雄伟的建筑位于广袤无人的荒野中,这荒芜的景象让这个古迹显得越发雄伟。这架大桥原本只是古时候的一个输水道。人们不由得想,这些巨石是如何从远方的采石场运到这个地方的呢?是什么让无数人的劳力集中在这片荒芜的地方呢?我仔细地游览了一遍这个建筑,三层都走过了,一种景仰的心情让我差点没有勇气用脚践踏。在宽阔的穹窿之下,我的脚步声响起,我似乎听到了建筑者洪亮的声音。我觉得自己成了一只昆虫,在这个雄伟的建筑中迷了路。我感到自己的渺小,但也感到一种难以言表的力量提升了我的心灵境界,我不由得感慨道:"如果我出生在罗马该多好啊!"我在那里逗留了几个小时,沉醉在愉快的遐想中。回来的时候,我神思恍惚,似乎在想什么心事,这种心不在焉的样子对拉尔纳热夫人一点益处也没有。她担心我被蒙佩利埃的姑娘所勾引,却忘记叮嘱我不要被加尔大桥所吸引,由此可见,一个人不可能面面俱到。

我在尼姆游览了竞技场。这个建筑比加尔大桥雄伟很多,但是它留给我的印象却没有十分强烈,或许我在游览了第一个建筑后,觉得什么也不稀奇了,也可能是因为第二个建筑物处于城市中心,难以引起人们的惊叹。这辽阔雄伟的

---

① 加尔大桥位于法国南方的加尔省,原本是公元前古罗马人修筑的输水道的其中一部分。

竞技场,周围却尽是低矮、寒酸的小房子,而场内还盖了很多更矮小更寒酸的房子,这让整个建筑物给人留下一个杂乱不和谐的印象,遗憾和沉闷淹没了惊喜和赞叹的心情。之后,我又游览了韦罗纳的竞技场,它的面积比尼姆的竞技场面积小很多,也没有尼姆竞技场那么美丽,但保存得非常完整,里面也很整洁,所以给我留下的印象反而更加深刻。法国人对什么都很随意,也不会爱护古迹。他们不管做什么,在刚开始的时候表现热烈,最后却潦草结束,并且什么都没有保存。

那时的我和原来完全不一样,我寻欢作乐的心已经被点燃。我在"吕奈尔桥饭店"停留了一天,目的是为了能在那里和其他游伴吃一顿好的。这个是最受欧洲人欢迎的饭店,那时它也值得拥有这样的荣誉。店主善于利用这个旅店的优势,提供的菜肴都是最丰富、最美味的。在郊区,只有这样一家孤零零的饭店,这里竟然有海鱼和淡水鱼、优质的野味和名贵的美酒,这真是一件奇事;并且店主待客非常周到、细心,只有在王公富豪之家才能遇到这样的待遇,而这不过是为了赚你三十五个苏。可是,这个"吕奈尔桥饭店"最终还是倒闭了,因为它过度滥用自己的声誉,最终沦落到完全失去了声誉。

在这段旅途中,我忘记了自己是个病人,到了蒙佩利埃才想起自己的病来。我不再郁闷了,但其他的病症依旧存在;虽然由于已经很长时间,我也习惯了,疾病却一直存在,如果有人忽然患上这样的疾病,他会觉得命不久矣的。事实上,我患上的疾病,与其说让我感到痛楚,不如说让我感到恐惧,它引起了我精神上的痛楚,超过它带来的肉体的痛楚。所以,当我满心想着强烈的肉欲的时候,我就忘却一切痛苦了;可是,我的病终究并非我想象出来的,所以当我心境恢复平和,又马上感觉到病症的存在了。这时,我开始严肃地思考拉尔纳热夫人的奉劝和我旅游的目的。我立刻去寻求经验最丰富的名医,主要是去寻找费兹先生,为了谨慎起见,我干脆在一个医生家里吃饭。这个医生的名字是菲茨莫里斯,来自爱尔兰,他的家里有很多包饭的医学生;病人入伙有一个便利,那就是菲茨莫里斯收的伙食费很少,并且他还偶尔免费帮助在他家吃饭的病人看病。他帮费兹先生写处方,并关照我的健康。在食疗方面,他尽忠职守,人们不可能在他家里患上胃病。我虽然并没有为饮食上的各种限制而苦恼,但眼前仍旧存在对比的东西,这不得不让我偶尔有这样的感觉,陶里尼扬先生这个供应者要比菲兹莫里斯这个供应者要高明很多。可是在这里,我也不至于到很饿的地步,加上那些青年谈笑风生,都很快乐,这种生活的确利于我的健康,我不像之前那样整天都有气无力了。每天早上我都要吃药,喝一些不知名的矿泉水,或许是瓦耳斯的矿泉水吧,此外就是写信给拉尔纳热夫人。我们一直保持通信,我卢梭是以杜定的朋友的名义来收信的。中午,我和同桌吃饭的某个青年到拉卡努尔格去散步。这些青年都很友善,午饭前我们先集中到一起,接着再共进午餐。午饭到晚饭的那段时间,我们大多数人都在做一件很重要的事情,那就是到郊外玩几场木槌击球的比赛,输的那一方要请吃茶点。我不能参与玩球,因为我体力不够,也不懂那种技巧,可是我参加赌东道。因为想知道比赛的结果,我和那些玩球的人和木球在凹凸不平的石头路上来回奔走,这对我是一项十分适合的运动,既开心又对身体好。我们在郊外的小酒店里吃茶点,毋庸置疑,这非常开心。但我要说一句,在小酒店吃茶点的时候,虽然我们遇到的那些女孩子们长得都很迷人,但我们并没有做出轻浮的举动。菲茨莫里斯善于击球,他是我们的头领。我能这样说,虽然大学生的名声很差,但这群年轻人彬彬有礼,就是很多成年人也难以做到这样。他们吵闹而不张狂,活泼而有节制。只要一种生活方式不让我感到喘不过气,我是很快能适应的,并且希望它能永远持续下去。这群大学生中,有好几个来自爱尔兰,我努力向他们学习英语,以便抵达圣昂代奥勒镇后能应对必要的状况。距离我出发那里的时间越来越短,拉尔纳热夫人给我的信中每次都会催促我早日动身,我也打算这样做。我非常清楚:那些医生对我的病一无所知,都认为我是一个没病找病的人,所以就拿豨莶、矿泉水和乳浆来搪塞我。同神学家们恰好相反,医生和哲学家觉得只有他们可以解释的才是真实的,他们以自己能否理解来判定事物的存在与否。这些先生们对我的疾病一点也不懂,所以,我就不算一个病人了:怎能质疑医学博士的渊博知识呢?我觉得他们不过是在戏弄我,想让我把钱耗尽为止,我觉得圣昂代奥勒镇的那位可以取代他们,也不可能比他们更糟糕,并且还能让我过得更快活些,于是我下定决心要离开蒙佩利埃去找她,并觉得自己的这个选择非常聪明。

我在十一月底出发,我在这个城市一共住了大约两个月的时间,大约花掉了十二个金路易,不管是在健康方面或是在医学知识方面,我都没有得到收获,只有菲兹莫里斯先生的解剖课让我受益匪浅,但我只是刚入门,后来因为解剖尸体实在太臭了,我无法忍受,只好放弃了这门课程。

对于这个决定,我的内心深感不安,我一边朝着圣灵桥出发一边想,这条路可以前往圣昂代奥勒镇,也可以前往尚贝里。我想起妈妈和她给我写的信——她的信比拉尔纳热夫人的少得多,这让我的心中涌起一股悔恨之意。在来的路上,我的这种心情受到抑制,在归程中,悔恨的情绪变得异常强烈,以至寻欢作乐的心情都打消了,我的心中只剩下理智的声音。首先,如果我再次假扮冒险家,或许会被人揭穿;只要圣昂代奥勒镇有人曾到过英国,或者和英国人认识,或者会说英语,我的身份就会暴露。拉尔纳热夫人的家庭也可能会因此厌恶我,甚至会毫不留情地对待我,还有她的女儿——我不由自主地思念她,这已经超过了应有的程度——更让我惶恐不已,我担心自己会爱上她。她母亲对我这么好,我竟然想去引诱她的女儿、和她发生最可耻的关系,给她的家庭制造矛盾、耻辱、丑名和无边的痛楚,难道我要用这种方式来报答她的母亲吗?想到这里,我惊悚万分。我下定决心:只要这个耻辱的念头露出苗头,我就要和它抗争到底,把它消灭掉。但是,我为何要去寻找这种抗争呢?和她的母亲在一起生活,因为日益厌恶而迷恋起女儿,却没有勇气向她表露爱意,这是多么可悲的一件事。啊!我为何要去追求这种境况?难道是为了追求我早已经享尽其精华的甜蜜,而让自己置身于倒霉、耻辱和终身后悔的境况吗?显而易见,我的欲望已经不像最初那么强烈;寻欢作乐的念头依旧存在,可是激情已经消退。此外,还有一些别的想法:我想到自身的情况、自己的责任,想到我那位善良而大方的妈妈,她已经背负了一身债,而我却胡乱花钱,让她的债务又增加了;她为我操碎了心,而我却无耻地欺骗了她。我的负疚感太深重了,终于打败了一切。在圣灵桥附近,我决定不在圣昂代奥勒镇逗留,继续赶路。我一直朝前,勇敢地执行了这项决定,虽然我当时觉得有点可惜,但同时我第一次感到内心的满足,我对自己说:"我应该佩服自己,我能让自己的责任凌驾于自己的快乐之上。"这是我首次从读书中获得好处:它教会我进行思索和对比。我想起前些日子自己接受了非常纯洁的道德原则,我给自己定下明智而崇高的立身之道,并为自己能遵守这些原则而颇感自豪。但是让我感到羞耻的是,我竟然抛弃了自己的原则,这么快就堂而皇之地背离了自己定下的立身之道。现在这种耻辱感打败了我的情欲。在我下定的决心中,虚荣心和责任心所起的作用同等重要,这种虚荣心算不上美德,但它产生的效果非常相似,即便弄乱了也是情有可原的。

善良的举动有一种益处,就是让人的灵魂变得更加高尚,并且让它做出更加美好的举动。人无完人,人受到某种引诱要去做一件坏事,如果可以迷途知返,也算得上一种善举了。我一旦下定决心,就变成了第二个人,或者准确地说,我又变回了从前的我,变回了沉醉时刻几乎消逝了的我。我怀着崇高的心情和善良的希冀继续前行,一心想着将功赎罪,下定决心要用崇高的道德原则来约束我的行为,要全心全意为妈妈服务,要为她献上忠诚的爱恋,听从责任和这种爱的驱使,不再听从其他的意念。唉!我以赤诚之心走回正轨,这似乎能让我的命运改变,但我的命运早已注定,并已经开始了,当我满怀真诚的心,奋不顾身地扑向那纯真和甜蜜生活的时候,我却靠近了即将给我带来不幸的时刻。

我急切归家的心情让我意外地加速了行程。抵达瓦朗斯后，我给妈妈发去通知，告诉她我归家的日期和时间，由于我加快了回家的速度，抵达的日期提前了，为了准时到达，我特意在沙帕雷朗逗留了半天。我希望享受和她阔别重逢的幸福，并且希望延长这个时刻，以便把一点迫切期待的乐趣加进到这种幸福中。这种办法一向很成功：我每次归家就像个小节日。这一次我也有这样的期望，虽然我急切想归家，但稍微延长归期也是值得的。

所以，我依照预定的时间回到家。在很远的地方，我就希望看到她等候我的身影，和家的距离越近，我的心就跳得越快。回到家后，我已经气喘吁吁了，因为我在城里就下了车。但是不管是在院子、门前还是窗口，我谁也没看到。我惊慌不已，生怕发生了意外。我踏进房子，周围一片寂静，佣工们在厨房吃点心，丝毫没有看出大家在欢迎我的样子。女仆看到我后大吃一惊，她不知道我要归家的消息。我走上楼，终于见到了我亲爱的妈妈，见到了我那深爱着的妈妈。我跑上前，跪倒在她的脚下。"啊！你回家了，亲爱的孩子，"她一边拥抱我，一边问，"路上顺利吗？身体还好吗？"这种对待让我有点茫然失措。我问她是否收到了我的信。她给了我肯定的答复。我说："我还以为你没收到呢！"我们没有再说话。当时她的身边站了一个年轻人。我见过他，我出发之前就在家里见过他；但是这次他似乎住在这里了，事实也的确如此。简单地说，我已经被别人取代了。

这个年轻人来自伏沃，他的父亲叫温赞里德，是个看门人，自称是希永城堡①的上尉。上尉先生的儿子是个理发师，他以这种身份和上流社会的人打交道，他也以这种身份走进华伦夫人的家中。华伦夫人很好客，她热情地招呼每个路过的同乡，也热情地招待了他。他是一个庸俗的少年，身材高大，长着一头金黄色的头发，体格虽然算得上端正，但容貌很平常，智力也一样，聊起天来就像美丽的利昂德②。他用他特有的职业腔调和方式夸夸其谈地叙说他的男女私事；列出和他上过床的侯爵夫人的名字，并且还吹嘘道，但凡他给理过发的那些美丽女人，他都和她们有一腿。他无聊、愚昧、恬不知耻；但是，在某个方面，他算得上一个好人。她在我外出的时候找来一个这样的替代品，她在我旅行回来后推荐给我一个这样的合伙人。

啊！如果脱离尘世的灵魂，还能透过永恒之光看到世间的一切事物，亲爱

---

① 希永城堡位于瑞士莱蒙湖畔，同时也是一个监狱，距离华伦夫人的故乡佛威城只有几里。当时日内瓦的爱国者大部分都被关在那个地方。

② 利昂德，意大利喜剧中的人物，常吹嘘自己的容貌和服装。

的幽灵啊！请原谅我，我给予你犯下的错的谅解并不比自己犯下的错更多，不要责怪我，我要把这二者一同揭露于人前。无论是对你还是对我自己，我都应当也乐意说实话，在这方面你吃亏得并不比我多。啊！你那可爱而慈祥的性格，你那热情的好心肠，你的豪爽和所有的优良品德，你有多少长处可以抵消你的短处啊，如果可以把只是由于理智导致的错误也称为短处的话！你犯了错，但并不是堕落。你的举动理应受到责备,但你的心是纯净的！要公平地衡量好事和坏事：有哪个女人——如果你们的私生活一起展示给大家看——敢和你相比呢？

这位新人很殷勤，对交给他的事情都表现得十分勤快和认真；这些小事通常很多。他做起了她的监工。工作的时候，我十分安静，他却喜欢大声喧哗，无论在田间、草堆旁、木柴边、马厩或家禽场，他十分高调，让大家都能看到他，听到他的声音。只有园子的事情他不感兴趣，因为这种工作不需要发出任何的声音。他最喜欢装车、运料、锯木头或劈柴，手里一直拿着斧头和鹤嘴锄；人们总能听到他到处乱跑，四处敲打，大声呼叫的声音。我不了解他究竟在干几个人干的活，但是他一来就热闹非凡，就像来了十几个人一样。这种热闹的气氛蒙骗了我那可怜的妈妈：她觉得这个小伙子是个人才，是料理农活的一把手。她想把他留在身边，所以她费尽心思想要达到这个目的，当然，她也用了那个她觉得最有效的方法。

大家都明白我的心，知道我那忠贞不渝、真挚的感情，尤其是让我在这时回到她身边的那份感情。此刻，这对我来说，是多么意外、沉重的打击啊！请读者站在我的角度想一下吧。我畅想的幸福生活，瞬间灰飞烟灭了。我热烈地怀抱着的那些打动人心的理想全都毁灭了，孩童时期我就把我的生命和她紧密相连，现在我生平第一次感到了寂寞。这个时刻太恐怖了！而之后的日子也是那么黑暗。我还年轻，但年轻时代的那种朝气蓬勃的快乐已经离我而去。从那开始，我这个多情的人成了一个活死人。我的面前只剩下味同嚼蜡的余生，虽然有时幸福还会从我的欲望中掠过，但这已经不是原本的幸福。我认为，即便我能得到这种幸福，我也并非真正幸福的人。

我是那样愚昧，又是那样盲目自信，我觉得这个新来的人和妈妈这么亲密，是由于妈妈性情随和。如果她没有亲口对我说，我一辈子都无法猜透其中的真正原因。但是，她很快就爽快地对我袒露一切，如果我也朝让人愤怒的方向思考，她那种坦率肯定会增加我的愤怒。她觉得这件事很正常，她责怪我对家里的事情毫不关心，还说我经常外出——说她是一个情欲强烈的女人，急切需要填补内心的空虚。

"啊！妈妈，"我伤心地对她说，"你为何会对我说这样的话？难道我对你的爱只能得到这样的回报吗？你几次拯救了我的生命，难道就是为了剥夺我生命中最珍贵的东西吗？我会为此而死，但是将来你回忆起我的时候肯定会悔恨的。"她平静地回答了我的问题，她这种毫不在乎的态度差点把我逼疯。她说我还没长大，还是个孩子，一个人是不可能为这种事去死的，她说我不会失去任何东西，我们依旧是很好的朋友，依旧像从前那样保持亲密的关系。她还说，她对我的爱和从前一样多，只要她还活着，它就不会结束。总而言之，她是想让我清楚，我的所有权利依旧存在，我只是多了一个分享的伙伴，而不会失去这些权利。

原来我对她的爱是如此真诚、纯洁和坚定，我的心灵是多么真挚和纯洁，我第一次有这样深切的感受，我马上跪倒在她跟前，抱住她的双膝，泣不成声。"不，妈妈，"我激动地说，"我太爱你了，绝不允许你的品德受到损害，对我来说，占有你是最珍贵的体验，我不能和别人分享。刚占有你的时候，我感到后悔不已，随着我对你的爱日益加重，这种后悔的心情也日益增长，不，我不能再用后悔的心情来继续这种占有。我要永远钦佩你，希望你永远值得我的钦佩。因为对我而言，尊重你比占有你的身体要重要得多。啊！妈妈，我要把你还给你自己。只要我们的心灵能结合到一起，我愿意牺牲我所有的快乐。一种会贬低我所爱的人的品格的快乐，我宁愿去死，也不愿再享受。"

对于自己下的决心，我显得异常坚定；我敢说，我这种坚定的态度和促使我下定这个决心的那种感情是相吻合的。那时候开始，我只以一个儿子的身份来爱我这位妈妈了。应该提到的是，虽然她私底下并不赞同我的决定（至少我是这样觉得），可她不曾用任何方法来让我放弃自己的决定，无论是委婉的言语、暧昧的举动，还是巧妙的手段，而这些是普通女人惯用的方法，因为它们不会损害她们的身份，又能让她们得偿所愿。为了寻找与她无关的、未知的另一种命运，我走向另一个极端，那就是在她的身上来寻找我的出路。结果，我把所有的思想都集中在她的身上，以至把自己都遗忘了。我渴望她可以成为一个幸福的人，无论要我付出多大的代价，这个愿望吸走了我的全部感情。她虽然要把我们彼此的幸福分开，我却不管她喜欢不喜欢，要把她的幸福当成自己的幸福。

这样，在我的灵魂深处早就种下善良的种子，在学习的培育下，在我遭逢厄运的时刻，这颗种子开始萌芽，只要受到逆境的刺激，它就会开花结果。我这种无私愿望的第一个果实就是摆脱了我对那个取代我位置的人的怨恨和妒忌。不仅这样，我还愿意，并且真心地希望和这个年轻人成为好友；我要培育他，注重他的教育，让他意识到他的幸福，如果可以，让他不要亏负这种幸福。总而言之,我要像阿奈为我一样,为他做一切事。但是我无法和阿奈相比。虽然我的性格平和,读的书较多,但我不像阿奈那样冷静、稳重,也不像阿奈那样拥有受人尊敬的气质,如果我想成功,必须要具备这种气质。我在那个年轻人身上找到的长处,也没有阿奈在我身上找到的那么多,如:和顺、热情、知恩,尤其是有自知之明,觉得自己确实需要聆听他人的教诲,并且还热切渴望从他人的教诲中得到益处。这一切他都没有。在我想要培育的这个青年的眼中,我不过是一个讨厌的学究,只会泛泛而谈。他则觉得自己在家里的位置举足重轻,并且总喜欢用干活时发出的声音来衡量他为这个家所做的工作,所以他觉得他的斧头和锄头的用处比我那些破书要多得多。从某些方面来看,他的这种看法有一定的道理,可是,他因此装出一副得意扬扬的样子,实在引人发笑。他像对待乡绅那样对待农民,很快他也这样对我,最后他也用这样的态度对待妈妈。他觉得温赞里德的名字不够高贵,便抛弃了它,自称是德·古尔提叶先生,后来他凭着这个名字在尚贝里和在莫里昂讷——他结婚的地方——成了有名的人。

最后,这位显摆的人竟成了家里的核心人物,而我变得无足轻重了。当我倒霉地惹他生气的时候,他不会责怪我,而是责怪妈妈;我害怕他对妈妈粗暴无礼,只好装着顺从他。每当他扬扬自得地劈柴的时候,我一定要乖乖站在一旁,做一个束手无策的旁观者,做一个敬佩他举动的欣赏者。事实上,这个小伙子并不是一个纯粹的坏人;他爱妈妈,因为他必须爱她,他甚至对我也没有恶意。当他的脾气没有爆发的时候,他也能乖乖地听我们说话,并且坦率地承认自己是一个笨蛋,但事后做的蠢事并不会因此而减少。除此之外,他的理解能力太差,趣味很低俗,听不进别人的意见,很难和他交朋友。他占有了一个仪态万千的女人,为了加点调料,又和一个红黄色头发、没有牙齿的老女仆厮混到一起,妈妈很讨厌这个女仆人,甚至看到她就觉得恶心,她勉为其难地使用她。当我发现这件奇怪的丑事后,简直火冒三丈;可是,很快我又发现了另一件让我更加难过的事情,这件事比任何事都让我觉得难过,那就是妈妈对我的态度很冷漠了。

我强迫自己遵守,她表面上也赞成克制情欲,但这是普通女人绝对不能原谅的,不管她们伪装得多么好。她们之所以这样,与其说是因为她们的情欲无法得到满足,不如说是由于她们觉得这是对占有她们这件事的毫不在乎。拿一个最明白事理、最想得开、情欲最寡淡的女人来说,她觉得一个男人(即便是她最不在意的男人)的最不可宽恕的罪过,是他有占有她的机会而他却偏偏拒绝。这条通则在这里也是一样的:我克制情欲的原因是为了爱护妈妈,但妈妈对我的纯真之爱却因此发生了变化。那时开始,和她在一起,我再也无法感受到那种最甜蜜的幸福了。她只有对那位新人不满的时候才会和我说几句知心话,在他们的关系很好的时刻,她几乎不会对我袒露心迹。最后,她渐渐把我排除在她的生活之外。我在她面前时她也会开心,但她已经不需要我了,即使我一整天不出现在她的面前,她也毫不在意了。

在这之前,我是这个家的核心人物,并且过的生活算得上是两位一体,现在依旧是在同一个地方,我却无形中变得陌生和孤单了。我逐渐习惯不再关心这个家里所发生的所有事情,甚至也不愿搭理在这里居住的所有人;为了不再忍受那巨大的痛楚,我独自一个人躲在房间里看书,或是到树林深处大哭一场或长吁短叹。很快,我再也无法忍受这种生活。我觉得,我爱的女人就在跟前,但她的心已不再属于我,这让我深陷苦痛,如果我无法看到她,或许我不会像现在这样孤独。于是我下定决心要离开这个家,当我把这个打算告诉她的时候,她没有反对,反而热心支持。她在格勒诺布尔有一位好友,名字叫代邦夫人,这位夫人的丈夫和里昂司法长官德·马布利先生是好朋友。代邦先生推荐我到马布利先生家去做家庭教师,我没有拒绝,于是便出发前往里昂。离别之前,我们之间没有表示出懊悔之意,也没有依依惜别之感,在以前,只要一想到分开,我们就像死亡降临那样难受。

那时,我已经具备一个家庭教师所必须具备的知识,我觉得自己可以成为一名出色的教师。我在马布利先生家待了一年,在那段时间,我有充足的时间看清自我。如果我的脾气不是很急躁的话,我那温和的性格是适宜做这个职业的。只要事情顺利,只要我的努力和劳动能产生效果,我就会孜孜不倦地教下去,就像一个可爱的天使。如果事情不顺利,我就会成为一个魔鬼。当学生们不明白我意思的时候,我就会火冒三丈;如果他们不听话,我就生气得想把他们杀死,当然,这种方法也不可能让他成为知识渊博和道德高尚的人。我的学生有两个,两个人的性格迥异。大的约八九岁,名字叫圣马利,长相清秀,非常聪明,也很活泼,但也急躁,贪玩,是个调皮鬼,但也是一个有趣的孩子。小的叫孔狄亚克,像个傻瓜一样,做什么都是粗心大意,十分执拗,什么都学不会。不难想象,教导两个这样的学生,我的任务很难完成。如果我可以心平气和地教下去,或许我能有所成就;可是,我无法心平气和,也缺乏耐心,结果毫无成绩,我的学生反而越来越调皮了。我并不是懒惰,只是我不够冷静,尤其缺乏理智。我对他们采取了三种有坏处的方式,那就是:感化、讲道理和大发雷霆。有时我劝导圣马利的话语都能让自己感动到落泪,我想感化他,似乎孩子的心灵真的可以感化一样。有时我费尽心思和他讲道理,似乎他可以听懂我的理论一样,有时他也会告诉我一些非常微妙的论据,我就真觉得他是一个讲道理的孩子,觉得他善于推理。我拿小孔狄亚克更是毫无办法。他任何事物都无法理解，问他问题他也不回答，说什么都无法触动他，他一直很执拗，当我被气得火冒三丈的时候，倒像他赢了我；这时他是明智的老师，我却成了小孩。我的全部缺点，我看得一清二楚，心里也很清楚。我钻研学生的思想，并且摸清了他们的想法，我觉得我没有被他们蒙骗。可是，清楚短处所在，却找不到补救的方法，这有何用呢？虽然我对这一切看得清清楚楚，但是我无法阻止，所以没有获得任何效果，并且我做的都是不应该做的。

在教学上，我一事无成，在自身的事情上，我也相当不顺利。代邦夫人把我推荐给马布利夫人的时候，曾拜托她指导我的言谈举止，让我能融入上流社会。在这方面，她也煞费苦心，希望把我训练成一个风流倜傥的人，符合她家庭教师的身份；但我太笨，太内向了，以致她放弃了，不想再关心我的事了。但我故态复萌，我竟然爱上了她。我表现得很明显，她应该能体会到我的爱恋，但我没有勇气向她表白，而她也不可能再进一步，后来，我发现我的叹息和眼神没有取得任何成效，很快我也厌倦了。

在妈妈那里，我已经完全改掉了偷东西的坏习惯，因为我可以随意支配那里的东西，不需要去偷。何况，我给自己制定了高尚道德原则，这也要求我绝不能再做这种低贱的事情，从那时开始，我真的没有再偷过。可是，这与其说是我可以克制自己，让自己免受诱惑，不如说是我的面前没有受诱惑的根源；我很担心，如果我的面前再次出现诱惑，我会像童年那样再去偷盗。这一点，我在马布利先生家里得到了印证。他的家里有很多可供偷窃的小东西，但我对这些东西不屑一顾，我只看上一种产自阿尔布瓦的白葡萄酒，它十分名贵，在吃饭的时候我尝过几口，觉得很好喝。这种酒有点浑浊，我自认为自己善于滤酒，并以此夸耀自己，主人便把这件事交给了我。我滤了几瓶，虽然完成得不是特别好，但只是颜色不好看，味道还是很好的。于是我借此机会，经常私自留下几瓶，以供享用。遗憾的是，我有边喝酒边吃东西的习惯。如何弄到面包呢？我不可能在吃饭的时候留下一片面包。吩咐仆人去买，等于是自我揭发，并且是对主人的一种侮辱。我又没有勇气自己去买：一个腰挂佩剑的有头有脸的人物去面包房买面包，这怎么可以呢？最后，我想起一位高贵公主的傻话，有人和她说农民没有面包可吃，她说："那就让他们吃蛋糕吧！"于是我下定决心去买蛋糕。可是这件事并非那么简单。我独自一人抱着这个目的走出大门，有时走遍了全城，经过三十多家点心铺，但始终没有勇气踏进任何一家的门口。店里必须只有一个人，并且那个人对我有很大的吸引力，我才有勇气迈进那家蛋糕店的大门。可是，当我买到可爱的小蛋糕，把自己反锁在房间里，从柜子里取出一瓶酒，一边喝着酒，一边看几页小说，那种感觉多么快乐！因为没有人和我谈心，边吃边看书就别有一番风味：书就是我所缺乏的同伴。我读一页书，吃一块蛋糕，就像我的书在和我一同用餐。

我一直都不是一个为了享乐而不顾一切的人，并且我这辈子都没有喝醉过。所以，我的这些小偷小摸的行为并不易被发现。但是纸终究包不住火：酒瓶透露了我的秘密。这件事任何人也没有提过，但是，从那开始我失去了掌管地下室的酒的权力。对于这件事，马布利先生的态度很慷慨、很小心，他是一个正派的人。他的容貌和他的职业一样，十分严肃，但事实上，他是一个少见的好心人。他理智而刚正，让人意外的是，作为一个司法管辖区的长官，他十分慈悲。知道他对我的宽厚，我越发尊敬他了，所以我在他的家里多逗留了一段时间，否则我早就离开了。但到了最后，因为我无法胜任这个工作，以及我的境况十分尴尬和无趣，我已经殚精竭虑——我决定不再做这两个学生的家庭教师了，因为我坚信自己不管多么努力都无法教好他们。马布利先生也很清楚这一点。可是我相信，如果我没有主动提出离职，他是不会主动叫我离开的；在这样的情况下，他太过于照顾我的感受，我是不认同的。

让我无法忍受的是，我不停地拿此刻的际遇和我过去的生活做对比：我不停地回想起我依恋的沙尔麦特，我的园子、树木、泉水和果园，尤其是那个女人，赋予这一切的那个女人。每当想到她，我就会回忆起我们曾经的幸福生活，心头就会涌起一阵郁闷的愁绪，这让我失去了做事情的心情。有多少次我想马上出发，徒步走回她的身边，只要能再和她相见，即使死去我也愿意。最后，我再也无法抵抗那些让我奋不顾身回到她的身边的甜蜜的回忆了。我告诉自己，过去我缺乏耐心，不够温柔，不够体贴，如果我现在可以在这方面做得更好，我还是可以尽情地享受幸福的生活的。于是我做了最好的打算，并且急切地想要付诸行动。我挣脱一切，放弃一切，立刻出发，一路飞奔，我像幼年时期那样满怀深情地回到家中，我又回到她的身边。啊！我对她从前的爱念念不忘，如果她的接待，她的眼神，她的爱抚，她的心中此刻能透露出从前的那种情意的四分之一，我就会喜出望外了。

人生真是恐怖的幻象！她依旧好心地迎接了我，除非她不在人世，否则这种好心不会离开她；可是我是来寻找过去的，过去已经逝去，并且不会再回来。我待在她的身边不过半个小时，就觉得自己再也不可能拥有过去的生活了。于是，我再次陷入那种绝望的境地，上次就是这种心情让我离开了这里，即便如此，我无法责怪其他人，说实话，古尔提叶并不是坏人，他看到我的归来，显得非常开心，没有显露出一丝的不快。可我从前是她的一切，而她肯定也是我的一切,此刻在她的跟前,我竟成为一个多余的人,这叫我如何忍受? 从前我是这个家的孩子,现在我怎能像一个外人一样在这里生活呢? 看到见证我曾经的幸福的那些东西,我更觉得自己的难堪,因为今非昔比。或许在其他地方,我不会感到如此悲痛。可是不停地回想过去的甜蜜往事,只会增加我的伤感,因为我再也无法拥有这些甜蜜。我的心里装得满满的都是遗憾和痛楚,于是我决定恢复旧时的生活方式,除了吃饭的时间,我要独自待着,我把自己关在房间里看书,并在书中寻找对我有利的消遣。因为我觉得我所担心的灾祸即将降临,我便费尽心思找赚钱的办法,以便在妈妈没有收入的时候,可以帮助她。我在家的时候,曾经帮她把家里的事情弄得井然有序,让它不至于朝着坏的方向发展,但自从我离开后,家里的一切都改变了。她的管家生性奢侈。他讲究排场,喜欢骏马和奢华的马车,他喜欢向邻人炫耀自己的财富,他不停地经营一些他没有经验的新事业。她的年金已经借完了,一年四季的全部收益都做了抵押,房租欠了很多,债务日益增多。我看这项年金很快就要被债权人扣押,或许会被取消。总而言之,我看到破产和灾祸在迅速地迫近,我似乎已经能预见那种种可怕的场景。

　　我唯一排解忧愁的地方是那间可爱的小屋。因为我在那里寻找治疗我那惊慌失措的心灵的方法,我也在那里寻找如何能阻止我所预见的灾祸的方法。这样,我再次思考从前的那些念头的时候,我又给自己建立了很多新的空中楼阁,以便把我妈妈从即将降临的险境中救出来。我知道自己的学识和才华有限,无法让我叱咤文坛,我不可能通过这种方法赚取钱财。我的脑海中浮现出一个新念头,这给平庸的我带来了信心。我虽然不再是音乐老师,但我一直深爱音乐,还钻研了许多关于音乐的知识,我认为在这方面我的知识是非常渊博的。当我回想起自己在学习辨别音符,特别是在练习依谱唱歌时遇到困难的时候,我感到,这种困难出自音乐本身的程度而非我的主观条件,尤其想到,学音乐并非一件容易的事情,对任何人也是如此。在我钻研音符的时候,我经常觉得这些音符创造得十分失败。为了避免记录小曲时要画线和符号,很早我就想用数字来记录乐谱。我只是不知该如何表示八度音的节拍和延长音。这个念头再次冒出来,因为我发现这些困难是可以克服的。我终于取得了胜利,我可以用数字准确地、轻易地记录任何乐谱。从这时开始,我觉得一大笔钱财已经装进了口袋里,于是,怀着和她——赐予我一切的她——分享财富的希望,我一心想前往巴黎,并坚信我的乐谱稿件交给学士院后,肯定能掀起一场革命。我从里昂带回一些钱,又把书转卖出去。这样,我只花了十五天的时间,便下定决心要付诸行动。最后,我满怀信心,觉得这个计划肯定能成功,可以说我在何时都怀有这样美好的希冀，就像当初带着埃龙喷水器从都灵离开一样，我带着我的乐谱方案从萨瓦离开。①

　　我的青年时代所犯下的错误和过错大概就是这些。我忠于自己的内心，如实地描述了这些错误和过错的经过。如果以后我的成年时代做了光彩的事，我也会诚实地说出来，我原本的打算就是这样。可是，写到这里我不得不停笔了。时间可以揭开各种秘密。如果我的名字能流芳百世，人们或许会知道我还有哪些没有说完的话。那时候，他们就会明白我为何保持沉默了。

---

　　①　一七四二年七月，卢梭出发前往巴黎。一开始，他想在这里结束自己的自述，他担心继续写他悲痛的历史会让他伤心，何况，他不希望损害从前和他有关系的人的名声，甚至也不愿意损害他仇人的名声。可是，他最后还是继续写了《忏悔录》，但取得了保尔·穆耳杜的同意，要等二十年后再发表。实际上，前面六章没有损害任何人的名声，所以，在一七八二年，前面六章就出版了。七年后，即在卢梭死后第十一年(1789)，后六章也出版了，出版地点是日内瓦，当时他在书中提到的很多人都尚健在。

第二部

这几本小册子,不仅错误连篇,而且我也没有时间再读一遍,不管是哪个热爱真理的人,都可以从中找到真理的提示,通过自己的调查研究,还可以从中找到寻求真理的方法。遗憾的是,这些小册子好像很难,甚至也无法逃脱敌人的严密监控。假如一个正派人得到了它们,[或者舒瓦瑟尔先生的朋友们得到了它们,或者舒瓦瑟尔先生本人得到了它们,我还可以希望我身后可能会留下荣誉。可是,苍天啊,你保护无辜的人,请你保佑布弗莱、韦尔德兰这两位夫人以及她们的朋友不要得到这些可以对我的无辜进行证实的最后材料吧。在一个倒霉鬼活着时,你已经让他受到了这两个泼妇的虐待,那么在他死后,请最起码不要再让她们来作践他的这点名声了。]①

让-雅克·卢梭

---

①　这是日内瓦手稿第二部的前言,卢梭自己划掉了方括号里的字。

第七章

Intus et in cute

经过了两年的沉寂以后，虽然我曾反复告诫自己不再写了，可现在还是动笔了。读者，请暂时不要对我无奈之下写出的各种理由加以评判，只有读完本书以后，你才可以给出评语。

人们已经看到，我的青年时代过得很甜美，很平静，既没有大祸临头也没有大喜之事。之所以会如此普通，很大程度上是因为我那柔弱而热情的天性。我的这种天性极难振奋却极易失望，必须在强大的刺激下，它才能从娴静中走出来，可是又因为懒惰和爱好而回到它原本的样子。我总是被它拖拽到我自觉得好的那种娴静的生活中，远离大美德，更远离大恶行，所以它不允许我做出什么大的功绩，善的方面也好，恶的方面也罢。

大家马上会看到一幅多么不一样的场景啊！前三十年，命运一直是照拂我的，而到了后三十年，情势就急转直下了。人们会发现，从这非我所愿的各种冲突中，产生了很多不可估量的损失、很多鲜见的悲摧和所有可以给逆境带来荣耀的品质，只是没有让我的性格变得坚韧。

本书的第一部分都来自我的记忆，其中肯定错误连篇。第二部分依然来自我的记忆，其中出错的可能性更大。我的前半生过得既平静又美好，有很多甜美的往事，我总是乐此不疲地去回忆。从接下来的叙述中，你们就会发现，我的后半生又给我留下了多么不一样的回忆。再次想起这些回忆，就是重新感受它们的苦楚。我的现状已经够苦了，我不想再用这些悲凉的回忆来让现状雪上加霜，所以尽可能加以规避。我这样做通常取得了很好的效果，导致当我需要追忆往事时，有的竟被我忘记了。这种遗忘痛苦的本领，正是上天给我坎坷的人生注入的一丝光彩。我只记得那些让我高兴的事，进而平衡了我的想象力，因为我那一触即发的想象力，让我只会对危险重重的将来加以预测。

为了对我缺失的记忆进行弥补，也为了让我在这项工作中遵照什么，我过去也收集了不少资料，可是这些资料如今已经不在我手上了，无法取回来了。我只有一个忠诚的引路人了，它就是感情之链。它代表着我一生的发展，所以也是我一生历经的事件之链，因为感情的原因或结果就是事件。我极易把我的不幸给遗忘掉，可是我的错误和我那仁慈的感情却一直留在我的记忆中。于我而言，这些错误和感情的回忆都太珍贵了，永远存留在我的心里。我极有可能把一些事实给遗忘了，某些事没有对号入座，某些时间有些颠倒，可是，只要我曾经感受到的，我都会铭记于心，我的感情推动我做出来的，我也记得清清楚楚，而这些也是我写的主要内容。我的《忏悔录》的宗旨，就是要把我一生的各种经历，那时的内心所想都正确地反映出来。我向读者承诺的刚好是我心灵的历史，为了把这部历史完整地表述出来，其他记录都是不必要的，我只需要像我现在所做的那样，借助我的内心就可以了。

可是，非常幸运的是，有这么一段岁月，有关它的一些可靠的资料被我保存在一本信件的抄本里，如今这些信件的原件保存在佩鲁先生手里。这个抄本到一七六〇年就截止了，里面涵盖了我在退隐庐居住，和我那些所谓的朋友纷争不断的一段时间。这段时间也是我一生中印象深刻的时期，我所有其他不幸的源头也在于此。而我手边保存下来的、时间较近一些的原件好像很少了。那本抄本的分量太重了，我不希冀着可以从我的那些"阿耳戈斯"①的发现逃离开，所以我不愿意把它们再抄写在那本抄本的后面，有朝一日，当我觉得这些原件可以起到一定作用时，无论是有利于我，还是不利于我，我都会转录在本书中。我一点都不担心读者会不记得我在写忏悔录，还以为我是在写给自己辩护的书。可是当真理都站在我这边时，读者也不要希望我会扼杀真理。

而且，相比第一部和第二部，仅有的一个共同点就是这种永远不变的真实性，而第二部之所以比第一部要高，也只是因为它讲述了更为重要的事实。此外，不管从哪个方面来讲，它和第一部都没法比。我是在伍顿或特利城堡完成的第一部分，当时心情很愉悦，每天过着无拘无束的生活，生活很是惬意，只要是我想要追忆的往事，都会带给我新的快乐。我带着新的快乐不停地回忆它们，而且我可以自由自在地不断修改，直到我觉得不错了才停下来。如今我的记忆力和脑力都大不如从前，几乎做任何工作都很吃力，我是满心痛苦地写出

---

① 阿耳戈斯，希腊神话里的一百眼怪物，曾受天后的委派，去对宙斯的情人伊娥进行监视，这里是指非常警惕的监视者。

第二部的，实在是勉为其难了。它所展示的全都是不幸和背叛的行为，都是一些让人不忍回首的往事。我很想把我所要说出来的一切都永久埋葬，而我既然要说，又必须光明正大地说，我天生就不会做一些打马虎眼、卖弄小聪明等事情。房顶上有眼睛在看着我，四周的墙壁上有耳朵在听，我身边尽是一些不怀好意、全神贯注地盯着我的密探，我忐忑不安、神智迷乱，把一时想到的话都赶紧写在纸上，连再读一遍的时间都找不出来，更不用说修改了。我知道，虽然人们不停地给我制造障碍，可是他们还是担心真理会泄露出去。我有什么可以压制住它呢？我在试验着，可是却没有多少成功的胜算。请读者好好想想吧，既然我身处在这样的环境，我是否可以写出美丽的画卷，带给人出其不意的光华。所以，对于所有想阅读本书的人，我都要提前跟他们说，他们读下去，会觉得所有东西都很让人讨厌，除非他们想对一个人有真实而全面的了解，对正义和真理都是满心热爱。

在第一部写完时，我正心事重重地去巴黎，而我的心却留在了沙尔麦特。我把最后一座海市蜃楼建立在沙尔麦特，准备将来有一天，妈妈改变了心意，我就把积攒下来的所有财富都带到她面前，而且我觉得我的记谱法是非常可靠的财源。

在里昂，我停留了一段时间，拜访了一些朋友，找了几封到巴黎的介绍信，并把随身携带的几本几何书卖掉了。大家都对我表示热烈欢迎。马布利先生和夫人看到我很欣喜，还请我吃了好几顿饭。在他们家里，我和马布利神父①相识了，之前我和孔狄亚克神父②相识，也是在他们家。他们都是过来看望他们的兄长。我有几封到巴黎的介绍信都是马布利神父写的，其中有一封是写给封特奈尔的，还有一封是写给开吕斯伯爵③的。我和这两个人认识以后都相处得很好，尤其是封特奈尔，他一直到死，都对我满怀情谊，而且在好几次心与心的交流中，他还劝告过我很多话，我很后悔没有听进去。

我又和博尔德先生④相遇了，我们是老相识了，而且他经常真诚地给我提供帮助。这一次依然如此。我的那几本书就是他帮我卖掉的，而且他还亲自或找人帮我写了几封不错的到巴黎的介绍信。我又见到了地方长官先生，原本是在博尔德先生的介绍下，我们才认识的。这次在他的引荐下，我又和黎塞留公爵⑤

---

① 马布利神父（1709～1785），法国历史学家，百科全书派的左翼。
② 孔狄亚克神父（1715～1780），法国启蒙运动者，著有《逻辑学》等。
③ 开吕斯伯爵（1692～1765），考古学家，《考古录》的作者。
④ 博尔德，里昂学院院士，伏尔泰的朋友，后写小册子嘲笑卢梭。
⑤ 黎塞留公爵（1696～1788），名臣黎塞留大主教的侄孙，为法国元帅，拥有极大的权力。

认识了。公爵那时正从里昂经过,巴吕先生给我做了引荐人。他热情地款待了我,而且要我去了巴黎后去找他。之后我确实去找过他几次,可是,我和如此高的达官贵人相识了——之后我还会经常提到的——却一直没有得到任何帮助。

我和音乐家达维也再次相遇了,在我之前某次旅行时,他曾经帮助过我。他曾经把一顶便帽和几双袜子借给我或送给我,尽管后来我们经常见面,我却始终没有还给他,他也从来没有在我面前提起过。可是后来我也送过价值几乎一样的礼物给他。假如要讲我应该做的事情,我完全可以把自己说得好一点,可是现在我要对自己真实的行为进行讲述,遗憾的是,这根本不是一回事。

我又一次和尊贵、慷慨的佩里维相遇了,这一次他再次让我感受到了他一直以来的那种大方。因为他同样给了我馈赠,帮我付了驿车车费,就像当时他帮助善良的贝尔纳①一样。我还和外科医生巴里索再次相遇了,他是全天下首屈一指的仁慈且乐于助人的人。我还和他宠爱的那位戈德弗鲁瓦相遇了,十年来,她一直由他赡养。这位戈德弗鲁瓦拥有的所有特质就是脾性温柔、仁慈,没有其他值得称道的地方,可是不管谁看到她都会对她表示同情,离开她就会觉得她很可怜。因为她的肺痨病已经很严重了,所以没过多长时间,她就死了。一个人爱的是什么样的人,最能对这个人真正的天性进行说明了②。你只要看到过和蔼的戈德弗鲁瓦是什么样的人,你就会明白善良的巴里索的个性。

我非常感激这些仁慈的人们,可是后来,我和他们的关系慢慢没那么亲近了。当然,这不是因为我背信弃义,而是因为我无法规避的懈怠,经常会让别人误以为我忘记了别人的恩情。事实上,我没有一天忘记过他们的深情厚谊,可是相比用行动来回报他们,要我用语言不间断地感谢他们,难度明显要大得多。我一直无法做到准时写信,起初我有所懈怠,我就会觉得羞愧,想要弥补自己的过错却找不到方法,这种难堪和羞愧又反过来让我的过错越来越大,我就干脆放弃了写信。这样一来,我就在朋友们中没有了消息,似乎遗忘了所有朋友。巴里索和佩里雄全然不在意,我发现他们依然和以前一样热心肠,可是二十年以后,当人们再次看到博尔德先生时,会在他身上发现这样的事情,当一个才华横溢的人以为别人都离他远去时,会给他带来多么强烈的报复情绪啊。

---

① 贝尔纳,当时的一个不入流的诗人,伏尔泰说他是"善良的"。

② 除非这个人一开始选择对象时就选错了,或者他钟情的对象出于某种原因而发生了性格的改变——这是很有可能的。如果人们固守这条由钟情而见天性的规律,就会通过苏格拉底的妻子克桑狄普去判断苏格拉底,根据狄翁的朋友迦立普斯去判断狄翁,这种判断是非常荒谬的。另外,不用把这一条运用到我妻子身上,让她蒙受这样的耻辱。虽然她头脑简单,很容易上当受骗,这一点出乎我的意料;但是她纯良,从来没有想过要害人,这一点值得我真心敬爱,我这一生都会敬爱她。——作者原注

在离开里昂前，我不应该忘记一个讨人喜欢的人儿。我再次看到了她，喜悦的心情无以言表，她带给了我很多美好的回忆。她就是赛尔小姐，在第一部里，我曾经提到过她，后来我在马布利先生家里居住时，又和她相遇了。我这次旅行并不紧张，所以和她见面比较频繁。我们互相之间产生了强烈的感情，她非常信任我，使得我根本不敢有对这种信任随意使用的想法。我和她一样，都没有什么财力，处境完全一样，我们的结合是不被允许的。此外，我还有其他的想法，我没有想结婚的意思。她跟我说，有一位年轻的商人热内夫先生好像在追求她。我也在她家见过那个人，觉得那个人看上去挺正派的，大家也都这么认为。我相信他们俩结合会非常圆满，所以她非常希望他能娶她。后来他们果然结婚了。为了不给他们纯洁的感情带来影响，我快速离开了那里，并真心祝福这位可爱的人从此过上幸福的生活。遗憾的是，我的祝福只持续了短短一段时间，听说她结婚才两三年时间就离开了人世。在旅途中，我心里一直想着她。我当时觉得，后来只要一想到她，我也会有相同的感觉，为了义务和道德而牺牲当然是没什么幸福可言的，可是内心深处因为这种牺牲而留下的美好回忆，足以弥补并绰绰有余。

上次旅行，我只是从不好的方面来看巴黎这座城市，而这次旅行，我却是从好的方面来看巴黎这座城市。可是，所谓好的坐标并不是我所住的地方。博尔德先生给我提供了一个地址，我住到了科尔蒂埃路的圣康坦旅馆，这里离索尔朋很近。不管是街道还是旅馆，还是房间，都非常恶劣，可是却有很多出色的人在这里住过，像格雷塞①、博尔德、马布利和孔狄亚克两位神父，还有其他一些人。遗憾的是，我那时没有和其中一个打过照面。可是在那里，我遇到了博纳丰先生，他是个腿有点瘸的绅士，喜欢争论，喜欢字斟句酌，很有典雅派的作风。因为他，我才和我现在相交时间最久的朋友罗甘先生认识。通过罗甘先生，我又和哲学家狄德罗认识。在后面的章节里，我还要说很多有关狄德罗的事。

一七四一年秋天，我来到巴黎，身上只带着十五个金路易的现款，然后就是我的《纳尔西斯》喜剧和我的音乐改革计划，我的所有资本都在这了。所以我必须抓紧时间，要赶紧拿自己的存稿想办法。我抓紧时间把我的那些介绍信派上用场。一个长相一般的年轻人到了巴黎，有些许才能，总是会受到一些人的招待的。很快就有人招待我了，这种招待虽然让我很是高兴，可是却没有太大的好处。在这些介绍信中提到的人们中，真正派上点用场的只有这样三位：一个是达梅桑先生，他是萨瓦贵族，当时在宫廷当差，我相信他依然受到卡利尼安公

---

① 格雷塞(1709~1777)，法国诗人和剧作家，著有长诗《青春吟》和喜剧《恶人》。

主的宠信。其次是博茨先生，他是铭文研究院的秘书，负责保管国王办公室的纪念章。最后一个是卡斯太尔神父，耶稣会教士，明符键琴就是他发明的。除了达梅桑先生以外，其他二人都是在马布利神父的介绍下，我才认识的。

因为我的要求比较急切，于是达梅桑先生又给我介绍了两个人：一个是加斯克先生，波尔多议院的议长，提琴拉得很好；还有一个是莱翁神父，是个很讨人喜欢的年轻贵族，当时在索尔朋神学院居住，在交际场合，打着罗昂骑士的旗号风靡过一阵，之后正值壮年时离开人世。两人都想入非非，想学作曲。他们在我手底下学了几个月，让我快要枯竭的行囊又充实了一点。莱翁神父还和我成了朋友，想让我做他的秘书，可是他财力有限，只能支付给我八百法郎，我很委婉地拒绝了，因为我的生活开支远不止这个数。

博茨先生热情地接待了我。他不仅学识丰富，也很乐于学习，可是有点学究气。博茨夫人差不多可以和他以父女相称了，她光彩夺目，而且有点做作。我有时会在他们家吃饭。在她面前，我的表现非常拙劣。她的举止很随意，更加让我不好意思，一举一动都引人发笑。当她把菜碟递给我时，我总是把叉子拿出来，在她递过来的菜碟上谦逊地叉一小块。所以，当她准备把给我的菜碟交给仆人时，总会背对着我，怕我看到她的忍俊不禁。她没有想到，我这乡巴佬的脑袋里也是装有东西的。在博茨先生的引荐下，我认识了他的朋友雷奥米尔先生。在每周五学士院例会的日子，这位雷奥米尔先生都会来他家共进晚餐。他跟他说了我的方案，还说明我想把方案呈交给学士院审核。雷奥米尔先生同意了，并把我的建议书上交给了学士院，该学院接受了我的建议书。到了提前约定好的时间，我在雷奥米尔先生的引领下到了学士院，他把我介绍给了大家。同一天，也就是一七四二年八月二十二日，我在学士院里非常光荣地宣读了我很早就准备好的论文。虽然这个名声在外的机关确实非常严肃，可是相比在博茨夫人面前，我在这里要自由多了，我的宣读和答辩都还做得不错。我的论文获得了成功，而且赢得了很多赞美。我不仅感到惊讶，也觉得惊喜。因为我难以想象，在这些院士的心目中，所有不是院内的人竟然也会了解这些。我的方案的审查员是梅朗、埃洛和富希三位先生①。他们当然都是非常优秀的人，可是却没有一个在音乐方面有造诣的人，最起码他们还不具备足够的能力对我的方案进行审查。

在我和几位先生商讨的过程中，我坚信，不仅真切地坚信，而且是非常惊讶地坚信，虽然有时相比一般人，学者们的偏见要少一些，可是从另一方面来说，

---

① 三人分别是数学家、化学家和天文学家。

对已有的偏见,他们的程度却要重于一般人。虽然他们提出的反对意见基本上都是不正确的,也是毫无说服力的,虽然我承认我在回答时有点怯懦,而且表达不太到位,可是我的理由是毋庸置疑的,可是我却无法让他们明白,让他们频频点头。有多少次,我都惊讶地发现,他们还没有把我的意思听明白,马上就用几句冠冕堂皇的话驳斥了我。不知道他们从哪里搬出来一个苏埃蒂神父,说他曾想过用数字的方式把音阶表现出来。这就可以让他们觉得,我的记谱法并不是我的首创。不仅如此,因为虽然我对于什么苏埃蒂神父完全没有印象,虽然他那完全没有将八度音考虑在内的记录教堂歌曲的七音记谱法根本不能和我创造的简易又好用的方法相媲美——我的方法可以用数字把音乐里可以想象到的所有东西,像音符、休止符、八度音、节拍、速度、音值都进行简单表示,可是苏埃蒂全然没有考虑到这些。虽然这样,假如只讨论七个音符的基本表达法,说他是首创者倒也和事实相符。可是,他们不仅格外关注这种原始发明,一直谈论不停,而且在说到记谱体系的内容时,也是随便乱说,根本都不知道他们在说什么。我的记谱法的最大好处就是没有变调和音符的难题,因此,相同的一支曲子,不管你采用的调是什么样的,只需要把曲子的首字母换掉,全曲就照你的意思记下来了,移调了。听说巴黎乱弹琴的乐师们评价移调演奏法一点意义都没有,这些先生们就以这一点为契机,把我这个体系中最大的闪光点看作是质疑它的不容辩驳的理由。他们最后得出的结论是,我的音符对声乐有好处,对器乐没有好处。而事实上,他们应该说,我的音符对声乐和器乐都有好处。学士院以他们的报告为根据,发了一张奖状给我,满篇的褒奖,实质上却是在说,它觉得我的记谱法不仅没有什么推陈出新的地方,也没有什么意义。后来,我给大家写了一部书,名字就叫《现代音乐论》。我觉得这样一张奖状没有必要被当作该书的饰物。

通过这件事,我明白了一个道理,为了对一个专业性问题进行科学审查,你不仅需要渊博的知识,而且还必须对该问题有专业的研究,要不然还比不上一个知识浅薄却专门研究过这门学问的人。反对我的记谱法的所有理由中,只有一个理由是说得过去的,那就是拉摩所提出来的观点。我刚对我的体系进行说明,他就发现了其中的不足之处。他说:"你那些符号很不错,可以对音值进行简易地确认,把音程清晰地展现出来,而且可以把复杂的东西进行简化,这都是一般的记谱法无法做到的。可是它们的不足之处就在于必须要用脑子想,而演奏的速度要快于脑子的速度。""我们的音符的位置,"他接着说,"显而易见,不需要动脑。假如有一个高的音符和一个低的音符,用一系列介乎于中间的音符相连接,它们的变化过程,我一眼就可以看穿。可是,如果采用你的记谱法,我想一眼看穿这一长串音符，就必须把那些数字一个不漏地拼出来，无法一眼看穿。"我觉得这个反对意见有理有据，马上就表示了认可。虽然这个反对意见很明显，又很浅显，可是一般人却说不出来。当时所有院士都没有发现这一点，这也很正常。可是奇怪的是那些大学者可以说什么都知道，但他们却不明白每个人只应该对自己行业内的事物加以审查。

因为我经常去拜访我的审查委员和其他院士，我有幸和巴黎文坛中最优秀的人物认识了。因此，当我后来跻身文坛时，我和他们已经很熟悉了。而现在，我还是一心弄我的记谱法好了。我一门心思想要在音乐方面有所建树，从而名扬海内外。如果你在巴黎获得艺术界的这种名声，会让你功成名就。我把房门关得紧紧的，用一种难以言说的热情，伏案疾书了几个月，彻底改写了我要向学士院宣读的论文，改成一部面向大众的作品。现在的难题是找一个愿意接受我的手稿的书商，因为铸新字得付出一定的代价，书商们不愿意在新作者身上投资，而我却觉得我的作品一定会大获成功。

博纳丰给我介绍了一个老基约，我和老基约签署了合同，利润均分，而出版税则由我一人负责。这位老基约把事情办得糟糕透了，以至我的出版税都打了水漂。出版的第一本书，我分文未拿。尽管德方丹神父允诺帮我宣传，其他的报人也高度评价了这本书，可是这本书的销量好像还是没有上升。

人家担心我的记谱法不能通行，这样就白学了，这是导致我的记谱法不能推广开去的最大问题。对此，我是这样予以说明的，我的方法会让概念明了化，就算你采用最平常的方法学习音乐，假如你一开始就把我的记谱法掌握了，就会大大缩短你的学习时间。为了通过实例来证实，我免费教导一位美国女人德卢兰小姐学音乐。是罗甘先生把她介绍给我的。我连续教了她三个月，她就可以用我的音符读所有乐曲，甚至还可以根据谱子唱一些简单的乐曲，甚至超过我。这个实验取得了惊人的成功，可是却没有被大众所熟知。如果是别人，肯定会在报纸上大肆宣扬，可是我却不具备这方面的才能，不会对它进行宣扬，以此为自己获利，尽管我具备不少才能把一些有用的事物创造出来。

就这样，我的埃龙喷水器再次遭到了破坏。可是，现在我已是年届三十的人了。在巴黎，没有钱你根本活不下去，而我在巴黎是没有任何依靠的。到了如此困窘的境地，我所采用的办法，那些没有对本书进行细细研读的人会觉得惊诧万分。我终于又紧张又徒劳无获地把这一阵忙过去了，我需要歇息一会儿。我不但没有觉得难过，反倒顺其自然和懈怠自己。为了把问题交给老天去解决，我不慌不忙地花费了我仅剩的那几个金路易，我的休闲娱乐照旧，只是略微减少了花费，咖啡馆两天才去一次，剧院一星期只去两次。在花街柳巷上的消费，我不需要更改，因为我从来没有在这上面有过任何消费，只有一次例外，接下来我会说到。

我手里的钱还不够生活三个月的，可是我却悠然、快乐、信心十足地过着我这种孤单而懒惰的生活，这正是我一种生活的特点，也是我孤僻的一面。我特别想要人家考虑到我，而也正是这种非常需要让我不敢出去交际，越是需要上门去拜见，我越觉得没有意思。我甚至都不愿去看那些院士们，包括我已经结识的那些文坛人士。我还坚持去看的只有马里沃①、马布利神父，以及封特奈尔。我甚至让马里沃看了我的喜剧《纳尔西斯》。他觉得很不错，而且愿意帮我修订。狄德罗和我的年纪差不多，相比他们，要年轻得多。他喜欢音乐，也对音乐理论很是精通。我们经常在一起交流音乐，他也把他的一些写作计划告诉我了。没过多久，我们之间的关系就更加亲密了，这种关系一直延续了十五年之久。假如不是因为他自己的失误，我被卷入他那一行的话，这种关系应该还会延续下去。

在我必须去为自己谋生活之前，谁也想不到我用仅剩的这点时间都干了些什么。我大量背诵诗作，反复读这些作品，又不断忘记。每天上午十点钟，我都带着一本维吉尔或卢梭的集子到卢森堡公园去溜达。我会在那里待一上午，有时会背一首宗教颂歌，有时会背一首田园诗，尽管我一边背一边忘，可是我一直信心十足。印象中，尼西亚斯在叙拉古一败涂地以后，沦为俘虏的雅典人就是依靠背诵荷马史诗生存下来的。我要把我良好的记忆力派上用场，从这种好学的楷模中得到一点教育意义，背诵所有诗人的作品，以便将来哪一天无路可走时可以用来维持生存。

我还有一个同样有用又稳妥的办法，那就是下棋。只要我不去剧院，我下午都会到莫日咖啡馆去下一局。我在这里和雷加尔先生相识，还和于松先生、菲里多尔认识了。当时棋界的所有佼佼者我都认识，而我的棋艺却没有丝毫长进。可是我深信一点：终有一天，我会比他们所有人都强。我觉得，仅凭这一点我也可以生存下去。无论我对哪一行热情高涨，我都秉承着相同的逻辑。我觉得："只要成为某个行业的佼佼者，就可以平步青云。所以，不管从事哪个行业，只要成为其中出类拔萃的人物，就一定可以好运连连，机会也就自然来了，而机会来临时，我只要凭借自身的本事就可以事事顺心。"这种天真的想法完全是来源于我的懒惰，而不是来自我的理智的模棱两可的理论。要想取得进步，就必

---

① 马里沃（1688～1763），喜剧家兼小说家，善于细腻地描绘心理，文辞矫饰，有"马里沃风格"之称。

须付出极大的努力,这是我所畏惧的,所以我尽可能给自己的懒惰穿上绚烂的外衣,想合理化解释耻辱的懒惰。

就是这样,我安心地等到一贫如洗。我相信,假如不是卡斯太尔神父让我摆脱昏昏欲睡的状态,我是直到最后一刻都不会采取什么行动的。有时我到咖啡馆去,会顺道去看望一下这位卡斯太尔神父。他神经不太正常,可是却是个真正的好人。他看我这样整天晃荡着,没什么正经事,觉得不是那么回事儿。于是,他跟我说:"既然音乐家们和学者们和你的步调都不一致,你就换一种方式方法,去看看太太们吧。可能你从这方面着手可以得心应手一些。我在伯藏瓦尔夫人面前提到过你的名字,你去看看她,就说是我介绍的。她是个很好的人,肯定很乐意和她丈夫、她儿子的同乡相见的。她家里还有一个女儿,名叫布洛伊夫人,是个很有才学的人。我还在杜宾夫人面前提到过你,你去看她时,把自己的作品也带过去,她渴望见到你,会款待你的。在巴黎,无论做什么,要想成功,都离不开女人。女人就像是些曲线,而聪明人就接近于这些曲线。他们不断和她们靠近,却永远无法碰到她们。"

我不断地延迟这种恐怖的、苦差事一样的拜访日期,终于有一天,我大着胆子去拜访了伯藏瓦尔夫人。她热情地接待了我,还对布洛伊夫人介绍说,我就是卡斯太尔神父在她们面前提到过的卢梭先生。布洛伊夫人对我的作品进行了褒奖,还把我带到她的钢琴边,以此证明她对我的作品进行过研究。我一看时间已经快一点了,就准备离开,伯藏瓦尔夫人说:"你住得太远了,不如就留下来吃饭吧。"我也没客气就直接留下来了。十五分钟以后,种种迹象显示,她原来是请我在下房里吃饭。伯藏瓦尔夫人为人倒很不错,可是没什么知识,而且因为自己是波兰贵族出身,非常自负,对于才智之士,她不太懂得尊敬。这一次她甚至只是以我的言行举止为依据来评价我,甚至都没有注意到我的服装。尽管我的服装很简单,却非常整洁,完全看不出来是应该在下房里吃饭的人。我已经太久没有去下房里吃饭了,绝对不会再走老路。我也没有显露出不愉快的情绪,只是对伯藏瓦尔夫人说,我忽然想到要办一件小事,要赶紧回去,说着就要离开。布洛伊夫人走到她母亲身边,轻声说了几句话,马上就有了作用。伯藏瓦尔夫人站起来把我拦住说:"我想恳请你和我们一起吃饭。"我觉得再端着就显得很傻了,于是改变了主意。而且,我被布洛伊夫人的好意感动了,对她有了好感。我很愿意和她一起吃饭,而且希望她今后对我的了解加深时,不会因为今天帮我解了围而懊悔。她们家的老友拉穆瓦尼翁院长先生[1]也一同坐在餐

---

[1] 拉穆瓦尼翁院长,路易十五的大臣,马勒赛尔卜的父亲。

桌前。他和布洛伊夫人一样，说的是巴黎社交界的行话，用的词语要么讳莫如深，要么花里胡哨。可怜的让-雅克在这方面明显就逊色多了。我也很识时务，不敢炫耀自己的学识，所以沉默不语。假如我始终保持沉默就好了，我也不会像今天这么难堪了。

我太笨了，无法在布洛伊夫人面前展示自己的风采，以证明她青睐我是没错的，为此，我心里难过不已。饭后，我又想到我曾经惯用的手法。我衣袋里装着一首在里昂时写给巴里索的诗。原本这首诗就充满激情，我更是饱含着感情朗诵的，结果他们三人都因此流下泪来。或者是因为我太爱慕虚荣了，或者事实原本就是这样，我总觉得布洛伊夫人的眼光似乎在告诉她母亲："怎么样，妈妈，我说得没错吧，你不应该让这个人和你的侍女一块吃饭，而应该和你在一块吃饭吧?"直到现在为止，我都一直耿耿于怀，这样报复了一阵后，心里觉得畅快多了。布洛伊夫人之前只是比较看好我，这时又说我很快就会在巴黎崭露头角，成为一个风云人物，这种说法未免有点夸张了。

我经验不足，为了教导我，她把一本某伯爵的忏悔录交给我，对我说："这本书相当于一位很好的朋友，将来在社交场合，它会派上大用场，不时借鉴一下会受益无穷。"我怀着感谢送书者的情意，一直把这本书原封不动地保存了二十年之久。可是一想到这位贵妇人似乎觉得我有风流才气，我就无奈地笑了。我把这本书读完以后，马上就想结识本书的作者。我这与生俱来的气质并没有说谎话，我在文学界曾经有过的仅有的一个真正意义上的朋友就是他①。

从此以后，我就不会再怀疑伯藏瓦尔夫人和布洛伊侯爵夫人了。既然她们关心我，就一定不会让我走投无路，我果然料想得没错。现在来说说我是如何去拜访了杜宾夫人的，这次拜访给我带来的影响是非常深刻的。

大家都清楚，杜宾夫人的父亲是萨米埃尔·贝尔纳②，母亲是方丹夫人。他们育有三个女儿，可以被叫作美惠三女神:拉·图施夫人和金斯顿公爵去了英国;达尔蒂夫人是孔蒂亲王的情妇，而且，不单单只是情妇，还是他仅有的一个真正意义上的朋友，是一个性格柔和、忠诚、可爱、智慧，特别让人愉悦，不了解人间疾苦的女子;最后是杜宾夫人，她是三姐妹中最美的，也只有她一人没有误入歧途，引起别人的闲言。杜宾先生待客热情周到，在本省对她的母亲进行了热情的接待，母亲为了表示感谢，将女儿许配给他，还把包税官的职位和一大笔

---

① 我在相当长的一段时间内都非常信任他，所以我回到巴黎之后，把《忏悔录》的手稿托付给了他。我，让-雅克最害怕受骗，却总是在吃亏之后才认识到别人的欺诈和虚伪。——作者原注。

② 萨米埃尔·贝尔纳，大金融家，方丹夫人的后夫。他们一共育有三个女儿，都是当时的美人。

丰厚的财产赠予他。我第一次看到她时,她还是巴黎最美的女人中的一个。她接待我时正在梳洗打扮,胳膊裸露在外面,头发松散着,衣服也随意搭在身上。对于我来说,这种接待可是头一次,我这可怜的脑袋一时间难以消化,慌乱不已,根本不知道如何是好。总的来说就是,我爱上了杜宾夫人。

她好像并没有因为我的不知所措而对我的好感大打折扣,她根本没有发现。她很高兴地把我的著作接了过去,欢迎我,非常内行地跟我讨论我的方案,一边唱一边用键琴伴奏。她还请我和她一块吃饭,就坐在我旁边。原本根本不需要这些步骤,我都会沉迷其中的,我确实迷恋上她了。我想要去看她,她同意了,这让我开始肆意使用这个承诺。我几乎天天都去她家,每星期有两三顿饭都是在她家吃的。我想跟她说很多话,可总是没有勇气。有好几个理由,让我这与生俱来的羞愧加重了。结交富家贵族之门,就相当于走上了一条康庄大道。以我当时的处境,我绝对不想把这样一条路给亲手葬送掉。虽然杜宾夫人非常讨人喜欢,可是又太冷漠、太严肃了。从她的仪态中,我找不出一丝一毫可以让我鼓起勇气撩拨的意味。相比巴黎任何一家,她的门第都是最阔绰的,有来自社会各界的座上宾,假如人数稍少一些,就可以说是荟萃了各界的精英。她喜欢接待所有名声显赫的人物,像权贵、文人、美人等。你在她家看到的都是公爵、大使,以及社会名流。罗昂公主、福尔卡尔基埃伯爵夫人、米尔普瓦夫人、布里尼奥尔夫人、赫尔维夫人,她们都和她是朋友。封特奈尔先生、圣皮埃尔神父、萨利埃神父、富尔蒙先生、贝尼先生、布封先生、伏尔泰先生,都是属于她这个圈子的,经常在她家吃饭。虽然她的态度过于严肃,年轻人不太感兴趣,可是她家的宾客都是经过认真选择,让人敬仰的人物。而在这些人中,我这可怜的让-雅克要想出风头当然就想都不要想了。我不敢发言,可是又不想一直保持安静,因此就鼓起勇气开始写信。她收到我的信两天了,却一个字也没说。到了第三天,她把信退还给我,当面指责了我几句,冷淡的语气让我心里阵阵发寒。我想说话,可还是忍住了,我那痴迷的热恋和希望一起消失了。我很客气地表白了一番后就又回到以前和她的相处状态了,从此对情字不敢再提,也不敢暗送秋波了。

我以为自己干的这件蠢事很快就烟消云散了,其实根本不是这样。弗兰格耶先生是杜宾先生的儿子,也就是杜宾夫人的前房儿子,和杜宾夫人以及我的年纪都差不多大。他长得很漂亮,也很有智慧,有点企图心。听说他追求他的后母,可能仅有的一个证据就是后母给他娶的媳妇长得很丑,可是很温柔,而且她和他们的关系都很融洽。弗兰格耶先生自己也有才华,也很爱才。他对音乐很在行,这也促使了我们之间的交往。我经常去看他,对他很有好感。突然有一天,他隐讳地跟我说,杜宾夫人觉得我去找她的次数太多了,请我以后不要再去了。如果她在把信退还给我时提出这个委婉的请求,我觉得倒挺合适,现在已经过去八九天了,又没有其他的理由,我总觉得事情不对劲。更加让人讶异的是,弗兰格耶先生夫妇依然像以前一样欢迎我。可是,我极少去她家了,而且假如不是杜宾夫人又突然产生了一个怪想法的话,我是一次都不会再去她家的。她请我暂时帮她照看一下她的儿子,因为她的儿子要换家庭教师,中间有八九天没有人照顾。这一个星期对于我来说,如同活在地狱中,只是想到这是杜宾夫人的指示,我才有些许安慰,勉强容忍了下来。这个可怜的舍农索从那时起就性情古怪,后来差点因此让他的门第蒙羞,而且在波旁岛①丧了命。在我照顾他的这几天里,我的职责就是不让他干坏事而已。就这样,我已经耗尽了所有心力。假如再延长一个星期的话,即便杜宾夫人愿意嫁给我,我都不会同意的。

　　弗兰格耶先生和我成了朋友,我时常和他在一块工作,一起在鲁埃尔先生②那里学习化学。为了和他拉近距离,我不再住在圣康坦旅馆,而是搬到了维尔德莱路的网球场附近,这条路和杜宾先生所住的普拉特利埃尔路是直接连在一起的。我因为大意,在那里患上了感冒,之后变成了肺炎,差点病死。我在这里就不一一列举我在青年时期容易得的这种病了,像什么肋膜炎、咽喉炎之类的。这些病都曾经让我痛不欲生,足够和死神打无数个照面了。在病后康复期间,我终于有时间思考一下我眼前的处境,我对我的懦弱、懒惰、羞愧痛恨不已。虽然我经常觉得自己胸腔里有炽烈的火在燃烧,可是因为这种懒惰,我却一直沉浸在无所事事中,时常都快走投无路了。在我生病的前段时间,我曾经去听了当时正上演的一部歌剧,来自鲁瓦耶,名字我记不得了。尽管我怀有一种偏见,时常把别人的才能推荐出去,可是却对自己的才能没有信心。我依然认为这部歌剧的音乐太柔弱,没有激情,也很陈旧。我有时甚至在想:"我觉得自己要是做的话,肯定要强过这个。"可是,我总是觉得编写歌剧的工作太恐怖了,又听到本行的艺术家们把它看得特别高,因此总是畏首畏尾,不想去试一试,而且光想一下就觉得不好意思。而且根本找不到一个愿意给我提供歌词,并愿意按照我的意思去改词就曲的人。在我生病期间,我的脑海里又浮现出这种作曲和写歌剧的想法,而且在我发烧昏迷期间,我还编了些独唱曲、二重唱曲和合唱曲。我相信自己曾写过两三支 di prima intenzione(即兴作品),假如可以演奏给大师们

---

① 波旁岛,印度洋马斯卡林群岛中的留尼汪岛。
② 鲁埃尔(1703～1770),法国知名化学家。

听,他们可能会给予褒奖的。啊!假如可以把高烧病人的梦话记录下来,人们就会看到,他的狂热孕育了多么杰出的作品啊!

在我康复期间,这些音乐和歌剧的题材还盘旋在我的脑海里,可是没有之前那么狂热了。因为这个问题不停地甚至是不自觉地出现在我的脑海里,我打定主意要把它写出来,看看我能不能单独写一部歌剧,包括词曲都不假手他人。这已经不是我第一次尝试了。在尚贝里,我就写过一部名为《伊菲斯与阿那克撒莱特》的悲歌剧,因为我知道自己有几斤几两,所以就一把火烧了。在里昂,我又写过一部名为《新世界的发现》的歌剧,我把它读给博尔德先生、马布利神父、特吕布莱神父以及其他人听了以后,依然一把火烧了,虽然我给序幕和第一幕都写好了乐曲,而且达维还称赞曲子中的某些片段非常好,可以和波农岂尼①相提并论。

这次,在开始创作以前,我先花了不少时间把大纲拟出来。我准备创作一部英雄芭蕾舞剧,其中涉及三个不一样的主题,分别用互不关联的三幕来表现,每个主题所配的音乐的性质都不一样。因为每个主题都写的是一个诗人的爱情故事,因此这部歌剧被我命名为《风流诗神》。第一幕配的乐曲刚劲有力,演塔索②;第二幕配的乐曲缠绵悱恻,演奥维德③;第三幕配的是酒神颂歌的愉悦气氛,名为阿那克瑞翁④。我先用第一幕尝试了一下,满怀热情去创作,我第一次体验到作曲的快乐。一天晚上,我正准备到歌剧院去,心里充满了热情,思绪万千,便收回了买票钱,急忙跑回去把房门关得紧紧的,还把帘幕也拉上,不让一点光透进来,之后躺到床上。在床上,我醉心于诗情乐兴中,只用了七八个小时就构思出了第一幕的大部分内容。可以说,我正是凭借对斐拉拉公主的爱(因为那时我自己就是塔索),还有在她那位不仁义的哥哥面前,我所表现出来的清高和豪爽的感情,让我度过了这趣味横生的一夜,相比我在公主怀中度过,还要高得多。到了早晨,我只记得乐曲的一小部分了,可是,就是这差不多都被黑夜吞噬掉的一点点,依然可以从中看出它所代表的那些乐章的气势。

这次,我没有持续进行这项工作,因为遇到了其他的事情。我和杜宾一家来往频繁时,还会抽空去看看伯藏瓦尔夫人和布洛伊夫人,她们一直都记得我。近卫军大队长蒙太居伯爵先生刚被任命为驻威尼斯大使。这是巴尔雅克⑤栽培

---

① 波农岂尼(1665~1758),意大利知名作曲家,在欧洲各国都旅游过,为当时音乐界泰斗。
② 塔索(1544~1595),意大利文艺复兴时期的诗人。
③ 奥维德(公元前13~公元17),拉丁诗人,写过《变形记》和《爱情诗》。
④ 阿那克瑞翁(公元前560~前478),希腊诗人,所作多歌颂醇酒和爱情。
⑤ 巴尔雅克是当时首相弗勒里大主教的侍卫和亲信。

出来的大使,因为他时常在巴尔雅克之门游走。他的哥哥蒙太居骑士是太子侍从武官,和这两位夫人都认识,而且还和阿拉利神父相识,而阿拉利神父是法兰西学士院院士,我时常也会和他打个照面。布洛伊夫人知道大使想找一个秘书,就把我介绍过去了。我们见面了,我要求薪水要有五十金路易①。要想出任这一职务,就必须要镇得住场面,我的要求并不算高。他却只愿意支付我一百个皮斯托尔,旅费由我自己负责。这种条件太荒谬了,我们根本无法达成一致。弗兰格耶先生又一个劲地挽留我,最终,他的情谊征服了我。我留了下来,蒙太居先生就带着另一个名叫福罗先生的秘书走了,那个秘书是外交部派过来的。他们俩才到威尼斯就产生了分歧,福罗发现他的同伴是个十足的神经病,于是头也不回地离开了。蒙太居因为身边只剩下一个叫比尼斯的年轻神父,不足以完成秘书的工作,只能在秘书手下写写信,于是他又找到我了。他的骑士哥哥很英明,反复劝我,隐讳地说秘书这个职位还有灰色收入,于是我被他说服了,同意一千法郎的薪水。他又给了我二十个金路易当作路费,于是我启程了。

到里昂以后,我原本想从色尼山走,这样就可以去拜访一下我那可怜的妈妈。可是因为多方面的原因,战事是一个方面,要节省一点,然后就是要去米尔普瓦先生那里去拿护照——他当时在普罗旺斯地区担任指挥官,人家让我去找他的,——因此,我就顺着罗讷河往下走,到土伦去坐海船。蒙太居先生因为迫切需要我,所以不停地给我来信,催促我赶紧去,可是因为一件意外事件的发生,我的行程被延误了。

那时,墨西拿瘟疫正在肆虐。停靠在那里的英国舰队对我所乘坐的那只海船进行了检查。我们因此在行驶了一段艰难的航程以后,到了热那亚,又被隔离了二十一天。旅客可以自由选择住在哪里,是住到检疫所里,还是留在船上。可是我们提前被告知,因为时间仓促,检疫所还没有布置,里面空空如也。一听到这个消息,大家都选择继续留在船上。而我因为难以忍受船上的炎热,空间又太逼仄了,不仅无法行走,还有很多蚤虱,我甘愿到检疫所去住。我被带到一座三层楼的大房子里,里面什么都没有,连窗户、桌椅、床铺都没有,可以坐的小板凳也没有,想席地而卧,却找不到一把稻草。人家送来了我的箱子、旅行袋和大衣,然后就锁住了大门。于是我就一个人待在里面,随意走动,在不同的房间里走动,在不同的楼层间走动,处处都写满了空虚和寂寥。

我并没有因此后悔,觉得自己应该留在船上,而不应该住到检疫所来。我

---

① 每一金路易合二十四法郎,五十金路易合一千二百法郎。每一皮斯托尔为十法郎,一百皮斯托尔合一千法郎。

就像鲁滨逊重生了,开始对我的生活进行周密的部署,如何去把那二十一天度过,就如同要在那里过一辈子一样。我每天都靠抓虱子来打发时间,这些虱子都是我从船上带来的。我把身上所穿的衣服从里到外都换了好几遍,身上的虱子都抓完了,我就开始对我选择的那个房间进行布置。我把我的上装和衬衫做成一张床垫,把几条大毛巾缝合在一起,做成床单,睡衣用作盖被,大衣裹起来作为枕头。一口箱子放平,用作凳子,另一个箱子竖起来,当作桌子。我把纸张和笔都拿出来,随身携带的十几本书被我排列成一个小书架。总的来说,我把一切都布置得特别温馨,假如再加上窗户窗帘就堪称完美了,在这座空空如也的检疫所里,我几乎找到了住在维尔德莱路的网球场的感觉,都很方便。给我送饭食的阵仗特别有气势,两个掷弹兵,肩上扛的枪上还有刺刀。我的餐厅就是楼梯,餐桌就是梯口平台,座椅就是平台下一级的楼梯。饭摆好以后,送饭的人离开时就会把铃摇一下,意思是请我吃饭。在两顿饭之间,如果我既不读书写字,也不对房间进行布置,我就会到新教徒公墓去溜达,这里就是我的院子。我爬到那里和海港相对的一个墓灯台上,远远望着港口的船舶来往。十四天就这样过去了,假如不是法国大使戎维尔先生的话,我会过完二十一天,而且不会觉得无趣。可是,我给他写了一封抹了醋、蘸了香料,还熏得半焦的消了毒的信,结果我被提前八天放出来了。这八天,我待在他家,我承认,相比检疫所,这里要舒适一些。而且,他非常热情地接待了我。他的秘书杜邦特别好,带我去了热那亚城里和乡下好多地方,玩得很畅快,所以我和他认识了,而且后来还时常联系,这段友谊延续了很久。我穿过伦巴第继续我的旅程,一路上都没遇到什么烦心事。我从米兰、维罗纳、布里西亚、帕多瓦经过,最后抵达了威尼斯,大使先生已经急得火烧眉毛了。

我前面摆放着一大堆公文,有来自朝廷的,也有来自其他大使馆的,只要是用了密码的,他都一筹莫展,尽管他有翻译这些公文的密码本。这是我头一次在机关里办公,也是头一次看到使节的密码本,因此一开始我以为这是件很困难的事情。可是后来我发现其实特别简单,只用了不到一周的时间,我就译出了所有密函,这些函件根本不需要什么密码。因为,除了驻威尼斯的大使比较闲以外,像蒙太居这样的人,即便是再微小不过的交涉,别人都不会委托给他。他在我到达以前根本一点办法都没有,因为他不仅不会口授文件,也不会写,因此我堪称他的得力助手。他自己也发现了这一点,所以对我特别好。此外,还有一个原因让他对我特别好,自从他的前任弗鲁莱先生因为神志不清而离开了工作岗位以后,馆务就交由法国领事勒·布隆先生代办,而蒙太居先生到了以后,他还接着代办,直到新任对馆务非常了解为止。虽然蒙太居先生自己不会办事,可是别人帮他办,他又会心生忌妒,所以就很反感这位领事。等我到了以后,他就让我接任了大使馆秘书的职务。职务和名义是各自独立的,他就让我挂着这个名号。我在他身边工作期间,我去和参议院以及该院的外交官员交涉,他都让我挂着这个名头去。归根结底,他不想要一个领事或朝廷派来的人来做大使馆的秘书,宁愿把这个职务交给自己的人,这也是情理之中的事。

我的处境因此变得很舒适,而且他的那些意大利随员、侍从和大部分职员都不会和我在大使馆里相互争斗。我也把我的权威很好地派上了用场,对大使的特权进行维护。也就是说,使馆区有好几次都差点被人冒犯,都被我及时制止了,而这种冒犯,他那些威尼斯籍官员是不会加以制止的。可是,尽管从另一方面来说,包庇土匪可以获得好处,而且大使阁下也没有鄙视共分不义之财的意思,可是只要有土匪想到大使馆来避难,都被我阻止了。

就连秘书处的一笔特殊收益,也就是通常被叫作办公费的那部分收益,大使阁下都恬不知耻地要求分享一份。当时正在打仗,签发护照是难免的。每份护照的办理和副署都是由秘书一手经办,而且要给秘书一西昆①。所以我的前任秘书只要签发一份护照,就会找别人要一西昆,无论是法国人还是非法国人领取。我觉得这种惯常的做法有失公允,于是,尽管我不是法国人,我却让法国人不用再交这笔护照费。可是,只要不是法国人,这个钱我是一定要的,而且近乎严苛。打比方说:西班牙王后的宠臣的哥哥斯考蒂侯爵派人从我手里要了一份护照,没有送一西昆的护照费来,我就派人去找他要。那个好报复的意大利人一直对我这个新奇的做法耿耿于怀。我在护照税方面的改革很快就传出去了,要护照的人都声称自己是法国人。他们说的是各地的方言,极难理解,有的人说是普罗旺斯人,有的人说是庇卡底人,有的人说是勃艮第人。我的耳朵特别灵敏,不会上当受骗,我不相信一个意大利人会把我的西昆骗走,我也不相信有一个法国人会意外支付。原本蒙太居先生是毫不知情的,可是我竟然那么傻,把我所进行的改革一五一十地跟他说了。一听到西昆这两个字,他的耳朵马上就立起来了。对于法国人不用交护照费一事,他没有发表任何意见,可是对于非法国人所缴纳的护照费,他却要求我和他一人一半,而且答应付给我相应的好处。我倒不是因为自己的利益受损而气愤不已,而是因为看到他这么卑劣,我非常气愤,于是果断回绝了他。他还不放弃,我就生气了。"不可以,先生,"我火冒三丈地说,"请阁下留下您自己的利益,而把我的利益留给我,我不可能把我的钱让给你。"他看协商没有取得效果,于是开始曲线救国,他恬不知

---

① 西昆,威尼斯金币,约合九至十二法郎。

耻地对我说,既然我已经取得了办公费的收入,以后我就理应负责办公室的支出了。我不想在这一点上计较太多,于是我自己掏钱买了墨水、纸张、蜡烛、丝绳,甚至另刻的印信都是我掏的钱,他从来没有支付过半文钱。可是我还是给了比尼斯神父一小部分护照费的收入,因为这个青年很诚实,从没想过把这类钱据为己有。既然他对我很热情,我也同样客气地对待他,我们的关系一直很融洽。

经历了一阵试办以后,我对业务工作越来越熟悉,根本不像我之前所想象的那样困难。我之前担心我从来没做过这方面的事情,而且所伺候的大使也同样没有经验,而他不仅无知又固执,只要是在我的良心和我仅有的一点知识的推动下,我给他、给国王所办的一点好事,他都似乎有意要和我反着来。在他所做的事情中,最英明的一件事就是他和西班牙大使马利侯爵建立了很好的关系。马利侯爵是个很机智又灵活的人,假如他愿意的话,他完全可以让蒙太居遵照他的旨意办事,可是他看重两国王室的利益,一般总是给他提一些中肯的建议。而如果蒙太居在执行的过程中不要弄小聪明的话,这些建议都非常好。他们两人要合作完成的仅有的一件事就是想办法让威尼斯人不偏向任何一方。威尼斯人嘴上说不偏不倚,事实上却公开向奥地利军队出售军火,甚至还把兵员提供给他们,谎称是逃兵。我相信,蒙太居先生是想向威尼斯共和国示好的,所以也就置我的反对于不顾,非要我在每份报告里都假称共和国会遵守中立的承诺。这个可怜虫的顽固和愚蠢不停地要我写一些可笑的话,做很多可笑的事。既然是他要我做这些可笑的言行,我也只能遵从。可是有时,我实在难以忍受我的工作,甚至都难以进行下去。譬如,尽管他写给国王或外交大臣的报告根本没有必要使用密码,他却非要我使用密码。我告诉他,朝廷上的公文的到达时间是星期五,而我们的复文发出时间是星期六,根本没有足够的时间去把这么多密码译出来,而且我还要写很多信,也要在同一个邮班发出去。他想了一个很绝妙的办法,他要我星期四就预拟复文给第二天要到的文件。他觉得这个主意相当好,因此,虽然我跟他说这根本不可行,简直荒诞透顶,可还是得遵照他的意思做。我待在大使馆工作的期间,我先匆匆记录下他一周内跟我说的话,记录下我随便听来的几则无关紧要的消息,然后就以这点材料为依据,总是周四就把周六要发出的文件的稿子拿给他看,只是在回复周五的文件时快速进行一下增删。他还有个很有趣的怪癖,让他的函件荒谬至极,那就是不管收到什么消息,他都不发出去,而是发回到之前的地方。他把宫廷消息呈报给阿梅洛先生,把巴黎消息呈报给莫尔巴先生,把瑞典消息呈报给哈佛兰古尔先生,把圣彼得堡消息①呈报给拉·施达尔迪先生,有时,他甚至还把他们给他发来的消息再寄回去,只是由我在上面适当做了一下修改。在我送请签署的文件中,他只会扫一眼给朝廷的呈文,对于给其他的大使的公函,他都是直接签名。这就给予了我一定的自由,可以依照我的意思稍微调整一下后一类公文,最起码可以沟通一些讯息。可是,对于最紧要的文件,我想要进行一些合理的修改就做不到了。他经常会一时兴起,让我加几句话进去,我不得不赶紧拿回来,再快速誊抄一遍,再加上这种新加的可笑语言,而且还要用密码进行美化,要不然他是不会签字的。我都记不清有多少次,考虑到他的荣誉,我都想用密码写一点不同于他的观点的话,可是我又觉得我做这种不忠诚的事情实在找不到任何理由,所以就任由他乱说一气,自讨苦吃,只是一方面又真诚地说出自己的意见,冒着被指责的风险去完成我的职责。

我一直都是这样,不仅正派、热情,而且勇敢,确实需要从其他方面得到回报,而不像我最后所经历的那样。上天曾经把仁慈的秉性交予我,我又曾经从一位最好的女人那里得到教诲,自己又曾经非常努力地完善自己,这种天性、教诲和完善让我变成了什么样的人,现在是应该表现出来了,我也的确是这样做的。我那时只是单枪匹马去闯,没有朋友,也没有人给予指导,经验也不足,还一个人身处异乡,为异国服务,身处于一群无赖中间,这些无赖为了自己的利益着想,为了不要有清流来把他们的污浊表现出来,都一个劲地煽动我和他们同流合污,可是我绝不答应。我尽力效忠于法兰西——事实上我对法兰西根本就没有义务,——我还倾尽全力效力于大使。我站在一个特别显著的岗位上,做到最好,因此我本应得到,而且也确实得到了威尼斯共和国的尊敬,得到了所有和我们交流的大使们的尊敬,让所有住在威尼斯的法国人都敬仰我,包括被我顶掉的那个领事在内。我知道我办的业务原本就是他的,我顶替了他,心里觉得很歉疚,而且这些业务带给我的困扰,确实比快乐多得多。

蒙太居先生对马利侯爵百分百相信,可是对于他职务上的细节,马利侯爵是不会干涉的,所以蒙太居就完全疏忽了自己的职务。假如不是因为有我,住在威尼斯的法国人都快忘了他们还有一位本国的大使在那里。他们需要他提供保护时,他连听他们说话都做不到,而是直接把他们打发走了,所以他们也就没有信心了。从此,人们就再也看不到他后面跟着一个法国人,或者有一个法国人和他在一个桌上吃饭了——他从来没有请过法国人吃饭。我经常帮他做

① 阿梅洛,路易十五的大臣;莫尔巴,路易十五和十六的大臣;哈佛兰古尔,法国驻瑞典大使;拉·施达尔迪,法国驻圣彼得堡大使。

一些他分内的事,不管是求他还是求我的法国人,我都是在我的能力范围内,尽可能给他们提供帮助。在任何其他的国家里,我还会尽量多做一点。可是在这里,因为我的身份所限,我不能去拜访任何有身份有地位的人,就经常不得不通过领事的手来帮忙做事。而领事有家在这里,声称在这里住下来了,有些地方就必须敷衍过去,所以也就不能按照其心愿办事。可是,有时当我看到他怯懦的样子,连话都不敢说,我就冒险去做一些沟通,其中还成功了好几次。有一次沟通,现在想起来,我还忍不住要笑。不会有人想到,科拉丽娜和她的姐姐卡米耶之所以会出现在巴黎戏迷眼前,可全都是我的功劳。可是这又是事实。她们的父亲维罗奈斯已经和一个意大利戏班签署了合约。可是两千法郎的路费到手以后,他没有启程,而是像什么事都没发生一样跑到了威尼斯,在圣吕克戏院①表演。虽然科拉丽娜当时还很小,却已经受到了大家的热烈欢迎。热弗尔公爵以侍从副官长的身份给大使写信,请他找到这父女二人。蒙太居先生把信给我看,只是交代了这样一句:"你看看。"我当即去找了勒·布隆先生,请他和圣吕克戏院的贵族老板沟通。我还有印象,这个贵族叫什么徐斯提涅尼,我请他把维罗奈斯开除掉,因为法国国王已经聘请了维罗奈斯。我拜托给勒·布隆的事情,他并没有很尽心,办得很糟糕。徐斯提涅尼含糊其辞,维罗奈斯依然在舞台上表演。这下把我惹毛了。那时正是狂欢节。我把斗篷披上,面具戴上,请人把我带到徐斯提涅尼的公馆。只要是看到我挂着大使徽号的贡多拉②进来的人,明显都吃惊不小,这样的事还从来没有在威尼斯出现过。我进了门,跟人说 una siora maschera(一位戴面具的女士)求见。我刚被带进去,就把面具摘下来,把自己的真实名字说了出来。那会参议员的脸马上就变白了,不知道如何是好。"先生,"我采用威尼斯的习惯性口吻说,"很抱歉来叨扰阁下了,可是在你的圣吕克戏院里有个名叫维罗奈斯的人,他已经被聘请服务于法国国王了,我们曾不止一次派人请你把他辞退掉,可是你都无动于衷,我今天是以法国国王陛下的名义前来找你要这个人的。"我简练的语言马上起到了作用。我刚从这里离开,那家伙就把刚刚的经历禀报给了承审官员,结果被骂得不轻。当天,维罗奈斯就被开除了。我派人告诉他,假如他一周内依然不启程的话,他就要受监牢之苦,结果他很快就启程了。

还有一次,我独自一人帮一位商船船长化解了难题,没有借助任何人的力量。他是马赛人,名叫奥利维船长,船名我不记得了。他的船员曾经和斯洛文

---

① 我无法确定,也可能是圣萨缪尔戏院,我总是记不住专有名词。——作者原注。
② 威尼斯的平底轻舟。

尼亚人起了纷争，而那些人是共和国雇用的，因为动武违反了法律，船被羁押了，而且被处以非常严重的处罚，除了船长以外，所有人都要经过同意才能上下船。船长去找大使提供帮助，大使无动于衷，他又去找领事求救，可是领事说这无关商务，他无权干涉。船长走投无路了，跑来找我。我跟蒙太居先生说，请他同意我就这件事提交一份备忘录给参议院。他有没有答应，我有没有提交备忘录，我都没有印象。我只记得一点，那就是我的交涉没有取得任何结果，船依然被扣留着。我又重新想了一个办法，结果大获成功。我把事情经过写成一份报告，然后在给莫尔巴先生呈文时，夹在了里面。即便只是这样做，我也费了很大周折才得到蒙太居先生的许可。我知道我们的公文尽管不需要拆检，可是在威尼斯被人拆检的可能性很大。我的证据很充分，因为我发现日报上的消息完全是照抄的我们的公文。我曾经督促大使就这种不合法的行为予以反抗，可是他一直都不愿意这样做。这一次，我将涉嫌陷害的案件夹到公文里，就是想把他们喜欢拆检公文的好奇心派上用场，让他们被恐吓一下，让他们赶紧把扣留的船只放掉。假如真的等到朝廷复示后再来交涉，船长早就不剩什么了。做到这一点还不算完，我还专门跑到商船上去审问船员，发问时有意朝对他们有利的方向引。我原本想请帕蒂才尔神父来提问并做笔录，他的身份比我合适一些，而且这原本就是他的义务。可是无论我怎么劝说，他都不答应，不仅一个字都不说，也几乎不同意在笔录上副署。虽然我这种做法有点冒失，可是却产生了出人意料的效果。在外交大臣复示很长时间以前，商船就已经解除了限制。船长要送礼给我们，我平心静气地拍着他的肩膀说："奥利维船长，你好好想想，我都不向法国人收取护照费，难道会背叛国王的保护来自己牟取私利吗？"他说最起码要请我在船上吃顿饭，我同意了，而且还携同西班牙大使馆秘书卡利约一起前往。这位卡利约很讨人喜欢，也很机灵，后来还出任了巴黎大使馆的秘书和代办。当时我已经仿照很多大使的样子，和他的关系处得很好。

当我在自己能力范围内，以大公无私的精神做所有好事时，假如我可以抓住所有细节，谨慎周密，防止被人蛊惑，给别人帮了忙，自己却吃了亏，那就太好了！可是在我如今所处的位置上，只要有所差池就会产生严重的后果。我总是如履薄冰地防止出纰漏，对公务造成影响。只要是和我的基本职责有关的事，我总是办得有条有理，非常精准。我只犯过几个小错误，因为翻译密码时时间太紧，阿梅洛先生的部下曾为此埋怨过一次。此外，没有任何人指出过我工作中的不足。像我如此大意的人可以做到这样，也真是难为我了。可是，在我负责承办的私人事务中，我却难以做到这么细心，时常会忘记事情。因为我热爱公正，所以总是自己吃亏，而且是心甘情愿的，不会等到别人来埋怨我。我只举一个例子来说明，这事关系到我们离开威尼斯一事，其后果持续到我之后回到巴黎。

我们的厨师叫鲁斯洛，从法国拿了一张二百法郎的借据回来，这张票据是一个名为查内托·那尼的威尼斯贵族开的，接收人是鲁斯洛一个做假发的朋友，意思是查内托要还给他二百法郎的假发钱。鲁斯洛把这张借据交到我手上，拜托我跟对方沟通沟通，尽量拿点回来。我们彼此都心知肚明，威尼斯贵族有个旧习俗，在国外有债未还，到了国内就死不认账。你如果催上门去，他们就找借口推辞，那不幸的债权人不断在这上面耗费时间、精力，以及财力，最后疲于奔命，就彻底放弃，或者能收回多少算多少。我请勒·布隆先生和查内托沟通，查内托对借据的事亲口承认，可就是不同意付钱。一来二去，他最后同意支付三西昆。当勒·布隆把借据拿过去给他看时，三西昆的钱都没有准备好，只好等着。在这个过程中，我和大使起了纷争，我要从大使馆离开。我将大使馆的文件都整理好放在那里，可是却找不到鲁斯洛的那张借据了。勒·布隆坚持说他把那张借据给我了。我相信他为人正直，毋庸置疑，可就是想不起来把这张借据放在哪了。既然查内托已经对债务亲口承认，我就请勒·布隆先生想办法把这三西昆收回来，写一张收据给我，或者让查内托重新写一张借据，把原来的那张借据注销掉。查内托知道借据丢了以后，就把两种办法都否认了。我就自掏腰包，拿了三西昆出来支付给鲁斯洛，以弥补借据丢失的损失。可是他不愿意接受，让我到巴黎去和债权人沟通，而且还给了我债权人的地址。那个假发商把事情经过从头至尾了解了一遍以后，就要把他的借据要回来。我当时非常生气，真想挖地三尺找出那张单据。我只好给了他二百法郎，而且是在我经济最窘迫的时候。以上事实说明了借据丢失而债权人反倒得到了所有欠款，而假如他命运不济，找到了这张借据的话，恐怕他连查内托·那尼阁下许诺帮他收回的十个埃居都拿不到。

我心里很清楚，我比较擅长这种职务，所以比较乐意办公事。办公几乎是我仅有的一个乐趣，除了和我的朋友卡利约有来往，或者跟我前面所说的那位品行优良的阿尔蒂纳有来往，再就是到圣·马克广场去找点有意思的事情做，看看戏，然后就是和前两位一起去做做客。尽管我的工作不算太复杂，而且还有比尼斯神父在一旁协助，可是因为涉及面很广，而且又是战争期间，我每天还是忙得不可开交。每天上午的大部分时间，我都要埋首在工作中，遇到邮班的日子有时还要忙到很晚。其他的时间，我就会对我所从事的这个行业潜心分析，我期待可以凭借一开始的成绩，将来为自己谋得一个更好的职位。确实是这样，只要说到我，所有人都会竖起大拇指，先是大使，他在公开场合夸赞我工作到位，从来没有一句埋怨的话，至于他后来那么生气，都是因为我反复多次向他申诉，他都无动于衷，我非要离开才造成的。法国的大使们和大臣们，只要是我们通过信的，都在他面前盛赞我的好。原本这些称赞应该让他扬扬自得的，可是因为他品行太差，却起到了反作用。尤其是在一个关键性场合，他听到人家称赞我，就一辈子对我怀恨在心了。我需要花点笔墨对这件事进行一下说明。

他这个人自制力不太强，就包括星期六，这一天几乎要发出所有的文件，他也不能等工作都做完了再离开。他一个劲地催我，要我发出给国王和大臣的呈文，他快速签完字以后，就不知道去哪了，而其他函件大部分都丢在一边不管了。假如函件内容只是消息，我还可以将之列入公报中，可是假如内容关系到王室事务，就必须有人签署，这样一来，就只好由我代劳了。从国王驻维也纳代办樊尚先生那里发过来的一个重要情报，我就是这样处理的。那时罗布哥维茨亲王正向那不勒斯发动进攻，加日伯爵快速转移阵地。这是一次历史上有名的退却，是本世纪最伟大的一次战略行动，欧洲人的称赞还大大不足。情报上说，有个人正从维也纳启程，要经过威尼斯，潜入亚不路息①地区，准备在那里蛊惑民众，在奥军抵达时内外勾结，樊尚先生对这个人的面貌特点进行了描绘。蒙太居伯爵是打定主意做一名甩手掌柜的，他不在家，我就直接把情报转发给了洛皮塔尔侯爵②。波旁王朝能把那不勒斯王国保全下来，可能真要好好感谢一下我这个可怜挨骂的让-雅克及时传递情报呢！

洛皮塔尔侯爵依照惯例感谢他的同僚蒙太居时，还专门说到了他的秘书和秘书给共同事业所做出的贡献。原本蒙太居伯爵耽误了军机，应该引咎自责的，可是他却觉得这番表扬中暗含了对他的责备，所以说到这件事时一脸的不悦。过去我对驻君士坦丁堡大使卡斯特拉纳伯爵也像对洛皮塔尔侯爵一样见机行事，尽管事情的重要不及它。到君士坦丁堡没有其他的邮班，只是参议院有时会专门指定人员给他的大使传递信件，这个专门人员启程时总是会跟法国大使知会一声，以便帮他带信回去。这个知会通常会提前一两天到达，可是人家对蒙太居先生太不重视了，只会在启程前一两小时才过来跟他说一声，表面上看来是做到了。这就使得我不得不多次趁他不在家时就把信寄出去。卡斯特拉纳先生回信时一准会说到我，让蒙太居先生对我多加奖励。戎维尔先生从热那亚写信过来也是这样。蒙太居因此更气愤了。

---

① 亚不路息为意大利中部山区。
② 当时为法国驻那不勒斯大使。

我承认，当有机会抛头露面时，我也不会退缩，可是我也不随意找机会显摆自己。我认为，只要尽心尽力地服务，寻求良好服务的公平代价，这是天经地义的事。所谓公平代价，也就是让那些有资格评价和称赞我的工作的人们认可我而已。我不想说，大使之所以对我不满，就是因为我恪尽职守。可是我完全可以这样说，直到我们分道扬镳，他也只能找出这么一条理由。

他那个大使馆，从来都不像样，里面都是一些流氓地痞，使馆里的法国人受尽了欺侮，而意大利人则高高在上，甚至在意大利人中，一直以来都尽心服务于大使馆的好职员都被非法手段驱除殆尽了，其中还包括他的第一随员。在弗鲁莱伯爵当政时，这个人就是第一随员了，我还有印象，他的名字是阿蒂伯爵，或者类似的一个名字。第二随员是蒙太居先生自己挑选的，名叫多米尼克·维塔利，原本是曼杜地方的一个无赖，大使让他负责使馆的总务。他用谄媚和可耻的克扣获得了他的信任，并成为他面前的红人，让仅剩下的几个正派人士和给他们做领导的秘书都遭了不少的殃。只要接触到正人君子严肃的目光，那些坏蛋就会胆战心惊，只此一项，这个坏蛋就会对我恨之入骨了。可是这种恨还有其他的原因，让它变得更加残忍。我只有把这个原因说出来，大家才能指责我的不足——假如我确实做错了什么的话。

按照惯例，在五个戏院里，都给大使留了一个包厢。每天吃午餐时，他会确定去哪个戏院，然后交给我选择，随员们就可以自由选择其他包厢。我出门时就会把我选择的那个包厢的钥匙拿上。有一天，维塔利不在，我就叫服侍我的侍仆将钥匙送到我指定的地方。维塔利不给，说他已经分配给别人了。我很是气愤，尤其是因为我的侍仆当众把事情经过讲述了一遍。晚上，维塔利想跟我道歉，我拒绝接受。"明天，先生，"我对他说，"你在某个时刻，到我受侮的那间房子来，给我公开道歉。要不然，后天，不管怎样，我告诉你，你和我中间必定有一个要离开大使馆。"我如此不容置疑的语气震慑到他了，到了我说的时间和地点，他果然来向我道歉了，特别谦恭。可是他非常淡定地开始他的计划，一方面在我面前奴颜婢膝，一方面却用那意大利式的卑鄙手段针对我。他不能鼓动大使把我开除，便采取种种方式强迫我自动离职。

像这样一个恶棍当然不会对我的为人有所了解，可是他明白我身上有什么软肋可以利用。他知道我可以容忍无意的冒犯，却无法包容预谋的欺侮。他知道我在适当的时候是特别注重传统、要面子的，非常关注别人对自己的尊重，而我也严格要求别人尊重我。他就专挑这方面下手，终于让我爆发了。大使馆被他弄得一团糟，我在馆里尽力维持住的那点制度、领导和被领导的关系、干净、规章制度，全都被他毁坏了。如果一个单位没有女人，纪律就应该严格一点，这样才能维持那种和尊严息息相关的严肃气氛。前不久,他将我们的单位变成了风流场所、恶棍们的老窝。他鼓动大使赶走了第二随员,重新给大使阁下找来了一个和他一样的人,是一个妓院老板,其妓院就开在马耳他十字广场。这两个坏蛋同流合污,不仅置体统于不顾,而且居高临下,即使大使的房间也开始变得脏乱差,而一个正派人士已经在这个使馆待不下去了。

大使阁下的晚饭不在馆里吃,晚上,随员们、我、比尼斯神父以及见习随员们单独开一桌。即便在最简朴的小饭店里,席面也布置得整洁一些,桌布也干净一些,吃的也要好一些。我们仅有一支不干净的小蜡烛、锡碟子、铁叉子。反正是在家里吃饭,倒也无所谓,可是连我的专用贡多拉都没有了。在所有大使馆的秘书中,临时租用贡多拉的只有我一个,要不然就只能徒步。此后,除了到参议院以外,我身后就没有大使阁下的仆役了。而且,使馆里无论发生什么,都会全城皆知。大使手下的官员都会叫嚷不停。尽管事情发生的导火索是多米尼克,可是他却是叫得最凶的一个,因为他很清楚,我们所遭受的这种不公正的待遇,最无地自容的就是我了。全使馆只有我一个人不想泄露家丑,可是,我在大使面前表示了强烈的抗议,我指责其他的人,也指责他本人,而他却因为他那丑陋不堪的灵魂,每天都会让我遭受一个新的侮辱。而我为了不在其他大使馆的秘书面前丢面子,也让我的职位看起来很光鲜,我就必须自掏腰包,而我的工资却节省不下来。我一找他要钱,他就标榜他如何看重我,相信我,似乎相信就可以让我的腰包鼓起来,应对所有开支一样。

他们那位神智原本就有点迷糊的主人,最后被那两个无赖弄得更迷糊了。他们鼓动他去做旧货生意,让他血本无归,分明是上当的生意,他们却非要让他相信这个生意是赚钱的。他们怂恿他在伯伦塔河岸租了一栋别墅,花的是双倍的价钱,多出来的钱被他们和房主瓜分了。根据当地的风俗,别墅里的房间都镶嵌着瓷砖,装饰有精美的大理石圆柱和方柱。蒙太居先生却付出很大的代价,让人用杉木板将这些都遮挡住,原因就是在巴黎房间的墙壁都钉上一层护墙板。在这么多驻威尼斯的大使中,见习随员不允许佩剑,随身侍役不允许执仗的大使也只有他一个,原因也可以参照上面的。这就是他,可能也是因为相同的理由,他容不下我,仅有的一个原因就是我尽职尽责地为他服务。

他的狂躁也好,他的厌弃也罢,我都一一容忍了下来,因为我觉得那都是源于个性,而不是因为仇视。可是,如果我发现他刻意要把我辛苦得来的那点荣誉抢走的时候,我打定主意不再容忍了。当威尼斯的摩德纳①公爵和家属到他

---

① 摩德纳现在是意大利的一个城市,当时是一个公国。

这来吃饭的时候，我首次对他的坏心眼儿有所受教。他告诉我说，宴会上没有安排我的位置。尽管我没有因此大动肝火，却满心怨恝地说，既然我有这个荣耀，每天都可以和大使在一个桌上吃饭，那么即使摩德纳公爵来馆时主动提出这个要求，为了大使阁下的尊严和我自身所处位置的尊严，也不应该答应他的要求。"怎么！"他立刻火冒三丈，说，"我的秘书，根本都称不上什么贵族，竟然想和一国元首坐在一个桌上吃饭？我的随员们①都不会这样。""是啊，先生，"我马上驳斥他说，"阁下原本就给了我一个尊贵的职位，只要我在这个岗位上一天，我都要高于你的随员们，无论对方是贵族还是自诩为贵族。他们不能去的地方我都可以去。你应该清楚，等你将来正式回朝的时候，不管是从礼仪上来说，还是从一直以来的风俗习惯上来讲，我都必须身穿大礼服跟在你后面。在圣马克宫赐宴席上，我也有幸与你同席。我就不明白了，为什么一个人可以而且理所应当参加威尼斯元首和参议院的公宴，却不能出席接待摩德纳公爵先生的私宴呢？"尽管我的理由毋庸置疑，可是大使却坚持己见。可是，我们并没有机会继续争吵，因为摩德纳公爵根本就没有到大使馆来吃饭。

自此以后，他就不停地找我的茬，让我受到不公平的待遇，想方设法剥夺我本应有的很多小特权，转移到他亲爱的维塔利身上。我相信，假如他胆敢派他顶替我去参议院的话，他绝对会毫不犹豫地这样做。他的私人信件一般是让比尼斯神父在他的书房里写的，如今给莫尔巴先生写奥利维船长案件的报告也让他来写了。这案子只有我加入其中了，可是在报告里，他却对我只字不提，甚至连报告后面的笔录副本，他都没有提到我的名字，反倒说作者是帕蒂才尔，事实上帕蒂才尔根本没说话。他是想对我进行羞辱，让得到他宠幸的那个人高兴，倒还没有想把我甩开。他也发现了，要想把我辞退，换一个人来顶替我的工作，要比当时辞退福罗难得多。他的名声已经被福罗四处宣扬。他少不了一个会意大利文的秘书，因为参议院复文都是采用意大利文写的。这秘书不仅可以帮他处理公文，处理各种事务，他完全可以置身事外，还可以在提供优质服务的同时，对他那些无用的随员老爷们阿谀奉承。所以，他羞辱我的同时，又要挽留我，让我困守在远离我的祖国和他的祖国的地方，连路费都没有。假如他的手段不是那么残忍，也许他可以实现他的目标。可是维塔利却居心叵测，他要强迫我做决定，结果他得偿所愿了。当我发现我的所有努力都是枉然，我尽心为大使服务，他非但不感谢我，反倒还我当作仇人。我以后对他不能再抱任何希望，只会在馆内让自己不高兴，在馆外让自己怄气，而且他已经把他自己的名

---

① 大使馆随员都是贵族。

声搞臭了，虽然损害我会给我带来不好的影响，可是好好待我也对我没什么好处，我便痛下决心，向他告长假，而且留出时间，让他找好秘书来顶替我。我一点都不关心我的辞职，一切都和原来一样。我看情况没有丝毫变化，他又不主动找人来顶替我的工作，就给他的老兄写了一封信，把动机仔细给他阐述清楚了，请他转请大使阁下批准我的长假，而且说不管怎样，我都是要离开的。我等了很长时间，可一直没有等到回信，我开始进退两难了。可是最后，大使收到了一封他兄长写给他的信，这封信的用语肯定非常不客气，因为尽管他爱发脾气，可是我还是头一次见他发这么大的脾气。他先是用污秽的话骂个不停，然后就不知道说什么了，便说我把他的密码告诉外人了。我笑了，嘲讽地问他相不相信全威尼斯会有一个傻子愿意出一埃居来把这种东西买走。他听到这个答复，气得直翻白眼，他吓唬我要把他的仆从喊来，说是要把我扔出去。直到那时为止，我都是淡定的，可是听到他这样恐吓我，我也开始生气了，气愤至极。我跑到门口，把插销拉上，从里面把门扣上了，然后回到他面前说："不要这样，伯爵先生，你的仆从从来不用干涉这件事，让我们私下解决。"看到我如此行动，又用如此态度和他讲话，他马上平静下来了。从他的举止中，我可以看出来他的害怕和惊诧。我看他不生气了，就简单说了几句和他告别的话。之后，不等他给我答案，我就打开门出去了，傲然地穿过他的仆从，仆从们和往常一样站了起来，看样子，他们根本没有要上来打我的意思，倒很像要帮我打他。我没有上楼，而是径直下楼，直接从使馆离开了，永远不回去了。

我直接来到勒·布隆先生家里，把事情经过都跟他说了。他很平静地听完，他太清楚大使是个什么样的人了。他让我留下来吃午饭，尽管这顿午饭是临时准备的，可是却非常讲究。在座的都是威尼斯有名望的人，而且一个不落，可是却没有见到一个大使的人。领事跟大家说了我的事，大家听完以后，都大叫起来，当然这一声不是因为对大使阁下表示同情。大使阁下没有给我结算工资，没有支付给我半文钱，我手里只有随身带的几个路易，回程的路费都不够。这时大家都开始资助我，勒·布隆先生给了我二十多个西昆，圣西尔先生也给了我这么多。除了勒·布隆以外，和我交情最深的一个人就是圣西尔先生了。其他所有人对我的资助，都被我婉言谢绝了。在准备动身以前，我一直住在领事馆秘书家，借此向社会上证明，法兰西这个国家并没有像大使那样，对人进行不公平的对待。大使看到我遭受了不幸，却这么受大家欢迎，而他虽然是大使，却如此不受待见，气愤不已，连理智都丧失了，言行举止和一个疯子无异。他竟然完全置体统于不顾，给参议院呈报了一个备忘录，要求把我拘捕起来。比尼斯神父刚把这个消息告诉我，我当即决定不像原来准备的那样，第三天就启程，我准备再待半个月。大家已经看到我是如何应对的了，都表示支持，社会上也一致对我表示佩服。参议院诸公看到大使提交的那份不知所云的备忘录后，觉得没有必要给予答复，而且还请领事转告我，我在威尼斯待多久，全凭我自愿，不需要考虑到一个癫狂之人的行为。我和往常一样去看望朋友，和西班牙大使道别，他热情地款待了我。我又去和那不勒斯的大臣菲诺切蒂伯爵道别，他刚好不在，我只好给他留了一封信，他很客气地回了我。最后，我出发了，虽然手头很紧张，可是却没欠下其他的什么债务，只有上面两笔借款和另外一个名叫莫郎迪的商人的五十多个埃居，卡利约负责帮我还了这笔欠款，尽管之后我们见面的机会不少，可是我却没有把这笔钱还给他。而上面所说的另外两笔借款，后来一有机会，我就马上清偿了。

在离开威尼斯前，我必须说一下这座城市那些被外人所熟知的娱乐，最起码要说一下我在这居住的这一段时间内曾经参加过的一小部分。相信读者已经发现，年少时期，我极少追逐那种年龄所特有的那些快乐，或者说，对于一般人所追求的那种快乐，最起码我是不怎么感兴趣的。到了威尼斯，我的爱好还是没有变。我有很多公务要忙，即便我想去娱乐也没有时间，可是我却对那些在我看来没什么大影响的简单的娱乐更感兴趣。我的第一个娱乐方式，而且也是最令我感到快乐的娱乐方式，就是和一些有识之士在一块交流，像勒·布隆、圣西尔、卡利约、阿尔蒂纳诸先生。还有一个福尔兰那地方的绅士，很遗憾，我对他的名字没有印象了，可是他那讨人喜欢的外表，我只要一想到就会有所触动。在我这一生认识的所有人中，他是最和我心意相通的。我们还和两三个英国人的关系很密切，他们都是学识渊博、富有才华，和我们一样酷爱音乐。这些先生们都有自己的女伴，他们的女伴基本上都是素养很高的女人，大家就在她们家尽情地娱乐。有时也会赌博，但只有为数不多的几次，因为对艺术的热爱，对戏剧的欣赏，我们觉得赌博这种娱乐方式过于枯燥。赌博只是无聊的人用于打发时间的方式。在巴黎，人们对意大利音乐是带有偏见的，我从巴黎来时也是如此，可是从大自然那里，我得到了可以把所有偏见都消除的敏锐感。很快我就爱上了意大利音乐。我听着威尼斯的船夫曲，觉得这是第一次听到这首歌。很快，我又如痴如醉地沉迷到歌剧中，以至当我在包厢里听歌剧时，假如有其他人无所顾忌地嬉笑、打闹，我不胜其烦时，我经常会偷偷一个人跑开，把自己关在我的包厢里，沉醉在听歌中，虽然歌剧特别长，也一直没有放弃。有一天，我竟然在圣克利梭斯托姆剧院睡着了，比在床上睡得还香。再粗犷的歌曲都没能吵醒我。可是，谁又能表达出来，让我如梦初醒的那首歌曲，其优美的和声、天使一样的歌喉所带给我的那种美好的感觉？当我的五官都打开的时候，那是多么令人欢愉的苏醒、多么让人沉醉的快乐、多么炉火纯青的境界啊！我首先感觉到的就是自己到了天堂。我到现在都还记得这首动听的歌曲，永生难以忘怀，开头是这样的：

Conservami la bella.

Che si m'accende il cor. ①

我很快就把这支歌曲的谱子拿到了手，而且保存了很长时间，可是纸上的曲子毕竟不同于心上的曲子。音符一样，但是情调却截然不同。这支神奇的曲子永远只能在我的脑海里演奏，就好像它那天让我如梦初醒时所演奏的那样。

我觉得还有一种音乐也非常好，甚至超过歌剧，不仅在意大利，即便在全世界它都独占鳌头，那就是 scuole 的音乐。所谓 scuole，就是一些带有救济性质的学校，专门招收一些家境贫困的女孩子进行教育，学成以后在共和国的资助下，要么出嫁，要么到修道院去。这些女孩子所接受到的技能教育中，占第一位的就是音乐。一到星期日，这四所学校的所有教堂里都会表演圣曲，演奏者是极具规模的合唱队和乐队，不管是演奏者还是指挥者，都是意大利数一数二的大师，演唱者统一在装有栅栏的舞台上站着，清一色的女孩子，最大的也才十几岁。我觉得这种音乐是我想象中最美丽动人的东西：多样化的内容、动听的歌声、优美的嗓音，这所有一切结合在一起给人的感觉，当然和宗教的气氛是不相融合的，可是我相信，所有在场的人都会心生感动。对于曼蒂冈迪学校的晚课，我和卡利约从来没有缺席过，而且每次都不只我们两个人。那个教堂里全是喜欢音乐的听众，即便歌剧院的演员们在培育自己真正的欣赏水准时，也会以这些美妙的标本为依据。最让人兴致全无的就是那道讨厌的栅栏，只有歌声从里面传出来，却看不到那些容貌清丽的天神。我一直这样嘟囔着。有一天，在勒·布隆先生家里，我又说到了这件事，他跟我说："假如你真的那么想知道，非要一睹那些小姑娘的真面目，我可以帮你达成这个心愿。我是这所学校的一个董事，我要在学校里请她们吃点心，到时你也一起吧。"他一天没有履行承诺，我就每天搅得他不得安宁。当我走到那所一直关着我心心念念的那些美女的沙龙时，我从心底升腾起一种前所未有的爱的冲动。勒·布隆先生给我一个个引荐那些知名歌手，我从来都只是听到过她们的声音，只知道她们的名字。"来，莎菲……"莎菲长得让人想吐。"来，卡蒂娜……"卡蒂娜的眼睛少了一只。"来，白蒂娜……"白蒂娜是个大麻子脸。几乎所有姑娘都有显而易见的缺陷。

---

① 给我保住那个美人，
她正燃烧着我的心。

我那个特别擅长折腾人的朋友看到我如此错愕，笑个不停。可是我觉得有两三个长得还可以，但她们都只是在合唱队里唱歌。我简直沮丧透顶。在午茶时，人家逗她们玩，她们也跟着笑起来了。一般情况下，长得丑的人不一定就没有韵味，我发现她们都还挺有韵味。我觉得她们是有心灵的，没有心灵不可能唱得这么好。最后，我完全改变了对她们的看法，以至我离开时差不多对那些丑姑娘都有了好感。我几乎没有勇气去听她们的晚课了，可是一听心灵就平静下来了。我仍然觉得她们的歌声很动听，她们的嗓音把她们的相貌很好地掩盖住了，只要她们开始唱歌，我总会把她们想象成仙女，而不管映入我眼帘的是什么。

在意大利，听音乐是一件特别廉价的事，只要你喜欢，你可以随时随地饱你的耳福。我只需要租一架钢琴，付一个小埃居，就可以请四五个演奏家每周来我家一次，我会和他们一起练习我在歌剧院听到的打动我心的歌曲。我在家里也试奏了几段我的《风流韵神》里的合奏曲。或许它们确实很美妙，或许人家只是讨好我，总之，圣克利梭斯托姆歌剧院的芭蕾舞师请人过来要了两曲过去。听到那个优秀的乐队把这两曲演奏了出来，而且一个叫白蒂娜的姑娘负责舞蹈，我简直不能更兴奋了。这个小白蒂娜长得特别美，是个非常讨人喜欢的女孩子，曾经生活在我们朋友中的一个西班牙人法瓜迦家里，我们晚上有很多时间都是在她家度过的。

可是，在像威尼斯这样的一个城市里说到女人，人们不可能洁白无瑕。有人也许会问我：在这方面，你就没有需要忏悔的吗？当然，我正准备说一点呢。我将用和曾经一样真诚的态度来忏悔。

我一直都极其反感娼妓，可是当时在威尼斯，我又没有机会和其他女人产生交集。因为我的职务关系，不可能和当地的大部分人家打交道。勒·布隆先生的几个女儿都很讨人喜欢，可是非常难以接近，而且我对她们的父母亲太尊重了，我根本不敢在她们身上起歪心思。我反倒更喜欢一个名叫卡塔妮奥小姐的姑娘，她的父亲是普鲁士国王外交特派员，可是卡利约已经对她一见倾心，而且还说到了结婚的事。他很有钱，而我却分文没有；他的工资有一百金路易，而我却只有一百个皮斯托尔。我不应该胡乱去插手这样的风花雪月，一方面是因为我不想夺人所好，另一方面是因为我非常清楚一点，不管在哪里，特别是在威尼斯，像我这种身无分文的人，更不应该有非分之想。我还一直保持有那种自欺欺人的坏习惯，而且我天天日理万机的，并不太敏感当地因为天气所带来的这种需要，因此我在威尼斯待了快一年了，一直都非常本分，和在巴黎一样。一年半以后，等我从这里离开时，除了以下两次特殊的机会，我从来没有和异性接触过。

第一次机会就是那位正派人士维塔利给我创造的,在我强迫他公开给我道歉以后没多长时间。一天,大家在餐桌上说到威尼斯的各种娱乐,对于所有娱乐方式中最有意思的一种,那些先生批评我不应该那么冷淡,他们鼓吹威尼斯的妓女是多么诱人,说全世界的妓女都不能和这里的妓女相比。多米尼克说我一定要和她们中最讨人喜欢的一个相识,说他愿意当我的领路人,包我满意。看到他如此讨好我,我不禁笑了。而庇阿蒂伯爵是一个年事已高、受人敬仰的人,他又出乎我意料地用一个意大利人特有的坦诚态度说,他觉得我是个很睿智的人,不可能在我的仇人的带领下到妓院去。事实上也是这样,我不仅没有这样的想法,也没有这样的欲望。可是,虽然这样,在一种连我自己都搞不清楚的心理的作用下,我竟然跟他一块去了。这不仅和我的志趣不相符,也和我的心情不相符,和我的理智更是背道而驰,甚至和我的意志都是对立的,根本就是因为一时的懦弱,怕别人看出来自己对他有疑虑,也像当地人所说,per non parer troppo coglione(为了不显得自己太傻)。他带我去看的那个帕多瓦姑娘长得很标致,甚至可以说很漂亮,可是那种漂亮却不是我所喜欢的。多米尼克把我丢在她家就走了。我派人去买了几杯冰索贝①,让她唱唱歌,看到半个小时过去了,我付了一个杜卡托②就准备离开了。可是她好奇怪,说自己无功不受禄,而我也是够傻的,居然同意了,免得她心里有愧。我回到使馆,非常确定自己染了梅毒,因此到家的第一件事就是去看外科医生,请他给我开药。一连三个星期,我都觉得自己的精神状态糟糕透了,而事实上我的身体并没有出现任何不适的症状。我难以想象,曾经在帕多瓦姑娘怀里待过的人会一尘不染。我始终不能放下心来,即使那位外科医生想尽办法说服我。最后他告诉我,我的体质异于常人,很难受到感染,我才放下心来。尽管相比一般人,我极少涉及这样的试验,可是既然我在这方面一直都是健康的,这也是个有力的证据,证明医生说得没错。可是,即便他给了我这种意见,我也从来不敢大意。假如我真的这样与众不同,我也绝对不会因此而无所顾忌。

尽管我还有一次风流韵事也是一个妓女,可是从事情的发展来看,性质完全不一样。我前面已经说过,我曾经携同西班牙大使馆的秘书一块到奥利维船长的船上去吃饭,我原以为会有礼炮相迎,船员列队夹道欢迎我们,可是我们没有看到任何欢迎仪式。这让我难过极了,因为卡利约和我在一块,我觉得他有

---

① 索贝,一种甜酒。
② 杜卡托,威尼斯的小金币,价值常变化。

点气愤。本来就是的，在商船上，身份不如我们的人都还有礼炮相迎呢，再加上我觉得我所做的事，本应该受到船长的以礼相待。我的情绪表现在了脸上，因为我一直都不是个能隐藏自己情绪的人，虽然宴席很精致，奥利维也盛情款待，我一开始就满脸的不悦，吃得不多，话就更不愿多说了。

第一次祝酒的时候，我想这时应该有礼炮了吧，依然是冷清清的。卡利约明白我在想什么，看我像个孩子一样叨咕，就忍不住笑了。饭快吃到一半时，我看见一艘贡多拉在靠近我们。"天哪，先生，"船长对我说，"你小心点吧，冤家来了！"我问他何出此言，他只是回应了我一个笑话。贡多拉靠船了，里面走出来一个特别美丽的年轻女人，她衣着艳丽、神采奕奕、步履轻盈，三两下就跳到了房间里。我还没发现我的旁边多了一副餐具，她就已经坐在了我的身边。她很可爱，也很妖娆，头发是棕色的，年龄不超过二十。她只会讲意大利语。光听到她那声调就足以让我找不到方向了。她一边吃一边说，盯着我看了好久，突然大叫了一声："圣母啊！这不是我最亲爱的布雷蒙吗？我们好久没见了。"说着就扑到我怀里，和我嘴对嘴，我都快被她搂得无法呼吸了。她那双具有东方特色的大眼珠像一把熊熊燃烧的烈火一样照到我心里，尽管一开始因为惊诧，我有点不知道如何是好，可是我很快就沉醉在肉感之乐中了，以至虽然在场有很多人，依然需要那个美人儿亲自做点什么，我才会抑制住我自己，因为我已经沉醉其中了，或者说已经为之疯狂了。当她看到我如此为她神魂颠倒时，她的爱抚减轻了一点，可是她依然十分热情。她兴奋地给我们解释她为什么那么亢奋（谁知道是不是真的），她说我和托斯卡海关监督布雷蒙先生像是双胞胎一样，她几乎认错人了。她说她不管是过去还是现在，都对布雷蒙很痴迷。而她放弃布雷蒙，只怨自己太傻了，现在她要让我取代布雷蒙了。她要爱我，因为她看上我了，基于同样的原因，我也必须爱她，她愿意爱我多长时间，我就要回馈她同样长的时间。将来她不理睬我了，我也应该和布雷蒙一样，安心等着。她是这样说的，也是这样做的。她将我视为她的奴仆一样，任由她差遣，她的手套、扇子、腰带、帽子都统统交到了我手里，她不管指示我做什么，我都得听从。因为她要坐我的贡多拉，所以她要我去打发走她的贡多拉，我就照做了。她叫我挪个位置出来，她有话要对卡利约说，要我请他过来，我也依言照做了。他们俩在一块嘀咕了半天，我也任由他们交谈。后来她叫我，我又回来了。"听好了，查内托。"她对我说，"对于法国式的爱，我是排斥的，这样的爱一点意义都没有。等你觉得无趣了，你就离开。我话说在前头，做什么事情都不要拖拖拉拉。"吃过饭后，我们就一起去了缪拉诺镇，一起参观了玻璃厂。她买了很多小玩意儿，毫无愧色地让我们付钱，可是她处处给人家赏小费，相比我们，她花的还多一些。看她自己浪费和让我们浪费的那个劲儿，显而易见，她觉得金钱还不如粪土。她要别人给她花钱，我相信更多的是因为虚荣，而不是因为贪欲。花钱买快乐，她才觉得开心。

晚上，我们送她回了家。在我说话时，我看到她梳妆台上竟然有两把手枪。"哈！哈！"我把其中一支拿在手上说，"这是个新式的胭脂盒子，请问这有什么用？我看你可以置人于死地的武器不少啊，都比这强得多。"她用相同的口气说了几句戏谑的话以后，用一种让她更妖娆的可爱和清高的口气对我们说："只要是我不爱的人，我向他们施恩时，我所受到的厌烦就要他们通过金钱来弥补，这是最公正的了。可是，尽管我可以忍受他们的爱抚，却无法容忍他们对我的欺侮。谁对我无礼，我就朝谁开一枪。"

我从她家里离开的时候，说好第二天再去看她。我没有让她久等，只见她是 in vestito di confidenza（人约黄昏后的装扮），穿着一身极其娇艳的便装。我只在南欧各国看到过这种装束，尽管我一直都有印象，可是也不愿意对它大书特书了。我只说一点，就是胸口和袖口都有丝线，上面点缀着玫瑰色的绒球。我觉得她那漂亮的肤色因此被衬托得更加娇艳。之后我发现穿在身上如此动人的威尼斯的时装竟然没有传到法国去，大惑不解。我无法想象那正在等候我的感官享受是什么样的。我曾经在说到拉尔纳热夫人时激情澎湃，现在回想起来，有时还会让我沉醉。可是，要是比起我的徐丽埃妲，她就太冷淡，太丑陋了。读者就不要费尽心思去想象这个姑娘有多么妖娆，多么风采十足了，你只会偏离现实。修院里的童贞女的鲜亮程度比不上她，皇宫美女的妩媚程度也不及她，天堂里仙女的迷人程度也不及她。如此美好的感受，平凡人的五官和心灵还是第一次碰到。啊！假如我知道怎么彻底地尝试一下这种感受，即便转瞬就会消失也好啊！……我倒是品尝到了，可是毫无兴致，我冲淡了所有乐趣，似乎故意要毁坏这一切乐趣一样。大自然把我创造出来，绝对不是为了让我来享受的。它让我拥有了欲望，希望拥有这难以言说的美好，可是却又把毒药放进了我狂妄的脑海里，对我这无法言说的美好进行着戕害。

假如要在我的一生中找出一件可以对我的本性进行刻画的事，那就是我接下来要说的这件事了。我现在尽力把我写这本书的宗旨铭记于心，这将让我在这里讨厌对本书宗旨的达成有所阻碍的那种假道学。无论你是何人，如果你想对一个人有所了解的话，就请鼓起勇气看完下面两三页吧，这样你就会对让-雅克·卢梭这个人有更全面的了解了。

我来到一个妓女的卧室里，就如同来到充斥着爱和美的神庙一样。在她的身上，我似乎看到了美神和爱神。假如你不具备敬仰之情和敬重之意，你却可以感受到我从她身上感受到的那种感情，我是断然不会相信的。当我刚从一开始的亲密中了解到她的魅惑和爱抚的意义，我就担心它的果实会被我弄丢，所以急切地想要据为己有。突然我觉得，弥漫我全身的并不是熊熊燃烧的欲火，而是冰冷的冰块，我的两腿开始变得无力，我差点都要倒地了，我赶紧坐了下来，哭得很惨。

有谁能想象到我的眼泪来自哪里，谁又能想象到我当时在想什么？我告诉自己："我所掌控的这个对象是大自然和爱神倾力打造的杰出作品，她的精神、躯体，以至所有都是完美的，她不仅善良，而且尊贵，就好像她不仅可爱，而且美丽一样。王公大人都应该在她的脚下俯首称臣，君主的权杖都应该臣服在她的脚下。可是，你看她竟然沦为了令人同情的娼妓，被人肆意玩弄。她竟然在一个商船船长的掌控下，扑到了我的怀抱，明明知道我囊空如洗，而她又不能了解到我具备的那点才能，所以在她眼里我就相当于毫无价值。这里面当然有点匪夷所思的理由。如果不是我的心灵蒙骗了我，让我产生了错觉，将一个丑娼妇当成了美女，就是肯定存在什么我不知道的暗疾，让她的美大打折扣，让原本对她趋之若鹜的人开始讨厌她。"于是我开始专心致志地找寻这个暗疾了，可是我根本不会想到这里面的问题会和梅毒相关。她的肌肤是那么通透，她的牙齿是那么洁白，她的呼吸是那么让人沉醉，她全身那么清洁的样子，都根本不会让我想到这一点，以至我不仅担心对自从跟帕多瓦姑娘接触以来的身体，而且还怕我有什么缺陷，不够资格呢。这一次，我相信我的自信没错。

这些思绪让我在这个好时候，内心惶恐不安，竟然忍不住哭了起来。在这样的情况下，徐丽埃妲看到如此让她难以理解的现象，肯定觉得很奇怪，一时间竟然不知道怎么办才好了。可是她在房里转了一圈，又揽镜自照了一下，就意识到——而且我的眼光也给了她肯定——我这种沮丧并不是因为嫌弃。当然，她轻而易举就可以医治好我的沮丧，把我心头那微不足道的羞耻感给驱除掉。可是，当我正准备沉醉在她那似乎是第一次被男人的嘴和手亲密接触的胸上时，我突然发现她的一只奶头是凹下去的。我吃惊不小，仔细看了一下，发现这只奶头明显不同于另一只奶头。我马上就开始了思考，为什么一个女人有一只奶头是凹下去的呢，因为我坚信这肯定是因为某种特别严重的天生暗疾，而且又反复思考了我这个想法，因此我就清楚地发现我想象中最完美的人儿，这时伏在我胸膛上的，原来只是一个怪物，只是大自然没有创造好的残货、男人的丢弃品、床笫间的次品。我竟然如此之傻，开始跟她讨论那只凹下去的奶头。一开始，她还把我的话当作玩笑，而且借着她那轻佻的脾气摆弄着什么，真是让我爱死了，也急死了。可是，我一直难以掩饰住我的一点忐忑的心情。到最后，她终于红了脸，一声不吭地把衣服整理好，爬起来到了窗边。我想在她身边坐下来，她却又走开了，坐到了一张躺椅上，不一会儿又站起来，在房里不停地走来走去，不停地摇着扇子，用冷漠而厌恶的语气跟我说："查内托，lascia le donne，e studia la matematica（抛开女人，去研究你的数学吧）。"

在从她的居所离开前，我要求第二天继续约会，可是她说再等一天，然后略带讥笑地说了一句，说我也需要好好休息休息。我这段时间过得很不舒服，一直惦念着她的风采和妩媚，痛斥自己的可笑，不停地自责，懊悔我错过了那么美好的时光。如果我清醒一点，我就应该意识到那是我一生中最美好的时光，我迫不及待想去弥补这个遗憾，可是无论如何，我心里总是七上八下的，一直觉得那么可爱的一个姑娘生得那么标致，可是却拥有那么卑微的身份，这中间的矛盾太剧烈了。到了提前说好的时间，我飞似的跑向她家。我不清楚她那热烈的气质是否会因为我这次的拜访而稍感欣慰。我想，最起码是可以满足一点她那种自尊的。于是我就提前品尝到了一种妙不可言的滋味了，准备想方设法让她看看，我是很擅长弥补自己的不足的。她免去了对我的这一次考验。我一上岸就派贡多拉上的船夫去告诉她，他通报后回来说，她头天就去了佛罗伦萨。假如我的全部爱情在拥有她的时候，并没有被我意识到，当我失去她时，我非常清晰地感觉到了。我的心头一直萦绕着这份懊悔。虽然在我看来，她那么可爱，那么迷人，我还是可以宽慰自己失去了她，可是我无法宽慰自己的是，我在她的心目中是那么可耻。

上面就是我的两段风流往事。此外，我在威尼斯待过的那一年半时间里就乏善可陈了，顶多还有一段未遂的情史。卡利约生性多情，他厌弃了往别人包定的姑娘家里跑，便头脑一热，想自己也包一个。因为我们俩一直待在一起，他便向我提出一个在威尼斯再平常不过的办法，由我们俩一起来包一个姑娘。我答应了。问题是如何才能找到一个稳妥的。他找了很久，最后竟然找到了一个十一二岁的小姑娘，她那恶毒的母亲正准备卖掉她。我们俩一起去看她。一看到这姑娘，我的心就受到了触动。她是个小美人，头发是金色的，非常温柔，说她是意大利人，你绝对会把头摇得跟拨浪鼓一样。在威尼斯，生活要求并不高。我们没花费多少，就接过了抚养她女儿的职责。这孩子有一副好嗓子，为了让她掌握一个生存的本领，我们给她买了一架小钢琴，专门给她请了一个教唱的老师。我们两个人每个月只需要为此支出两个西昆，可是我们因此节省下来的其他花费却远高于这个数。可是，因为她还未成年，所以想要收获的我们，似乎太早就播下了种子。可是，我们只在晚上闲得无聊时才会去她那里，和那孩子真诚地交流、玩乐，相比占有她，我们的这种娱乐可能更有趣味。女人并不一定是感官上的享受让我们流连忘返，更重要的在于在她们身边生活的那种趣味，这话说得很对。慢慢地，我迷恋上了那个小安佐蕾妲了，可是这种感情是像父亲一样的，完全没有肉欲的成分，以至这种感情越浓，我就越不能让它里面掺杂有肉欲的成分。我觉得，等这孩子长大了，我如果和她接触，肯定会觉得胆战心惊，跟犯了乱伦罪一样。我看那仁慈的卡利约也和我一样。我们没想过自己找来的这很多快乐，却完全变了性质，虽然和之前计划的一样美好。我可以保证，无论这可怜的孩子将来长得多么漂亮，我们都不会去破坏她的童贞，反倒会拼命去保护她的童贞。不久以后，我就面临了一场灾难，让我没有时间去完成这一仁慈的行为，在这件事上，我只能表扬我自己意志坚定而已。现在再回过头对我的旅行说一说吧。

我一开始离开蒙太居先生的家，是想回到日内瓦，等转运以后，没什么障碍以后，我再回到我那可怜的妈妈家，和她重归于好。可是，蒙太居和我之间爆发的那场争论已经闹得人尽皆知，而他又傻得可怜，竟然把这件事跟朝廷说了，这就让我即刻做出决定，马上赶到朝廷去，去交代一下我的行为，并申诉这个疯子对我做出的所有行为。我在威尼斯就把这个决定函报给了当时代理外交事务的泰伊先生。信写完以后，我就启程了，从贝加摩、科摩、多摩多索拉经过，然后经过新普伦关。在锡昂，法国代办夏尼翁先生盛情款待了我。在日内瓦，克洛苏尔先生也对我很热情。我又重新看到了果弗古尔先生，因为我要从他手里拿回一点钱。我从尼翁市经过，却没有去看望一下我的父亲，心里难过不已。可是我无法在经历过不幸以后还出现在我的继母面前，因为我相信她肯定会责备我的不是，不想听我说清楚事情原委。开书店的迪维亚尔和我父亲是老朋友了，他非常严厉地批评了我。我跟他说了我为什么不去看父亲的原因以后，为了对这个错误进行弥补，而且又为了不看到继母，我就在日内瓦找了一辆车，和他一起回到尼翁，在一个小酒店里住了下来。迪维亚尔去找我父亲，我父亲听说以后就飞速跑来见我。我们一起吃了晚饭，度过了非常欣慰的一个晚上。第二天早晨，我和迪维亚尔回到日内瓦。这次他帮了我一个大忙，我永生难忘。

我最简捷的路线并不从里昂经过，可是我要经过一下里昂，以便对蒙太居先生一个非常可耻的欺诈行为进行核实。我曾经请人从巴黎给我寄了一口小箱子，里面装的是一件金缕绣花上衣、六双白丝袜、几副套袖，也就这些东西。因为他主动向我提议，我就将这口小箱子，或者更准确地说，将这个小盒子和他的行李放在一起。在他为了把我的工资抵消掉而亲自写的那张全部是花账的单子上，他写明这个箱子——他把它叫作大件行李——重十一公担，曾为此支付了高额的运费。感谢罗甘先生给我介绍的他的外甥波瓦·德·拉·杜尔先生的帮助,我在里昂和马赛两关的记事簿上对那个他所声称的大件行李进行了核实,箱子只有四十五斤重,而且运费只是根据这个重量支付的。我将这份正式的证明材料和蒙太居先生的账单放在一起,之后就启程去巴黎,携带着这份证明材料和其他几份同等重要的材料,我想要快点把它们派上用场。在整个这次长途旅行中,在科摩城、在瓦莱,还有其他地方,我都经历过一些小小的奇怪的事情。我看到了不少东西,像波罗美岛①,就有必要仔细描绘一番。可是我现在时间很紧,还有暗探一直在注意我的行踪,我不得不加快步伐,快速把这件作品完成,原本这是需要清静的,而我现在最缺的就是这种清静。假如有一天,老天眷顾我,让我过上比较安静的日子,我一定会改写这部作品,或者最起码加上一个补编,我想这是非常需要的②。

早在我到达巴黎以前,我这桩公案就已经传过来了。我刚到就发现所有人,不管是机关里的人,还是社会上的人,统统都在气愤于大使的行为。可是,虽然这样,虽然威尼斯的公众也发出同样的呼声,虽然我拿出了确凿的证据,我依然无法得到公平对待。我不仅无法获得道歉和弥补,连工资都得不到,仅有的一个原因就是我不是法国人,没有资格享受国家的保护,这件事只能算是私事,只需要在我和他之间解决。大家都和我一样,觉得我受到了侮辱和陷害,是令人同情的,大使是个荒谬的人,不仅残酷而且缺乏公正,这桩公案会让他颜面尽失。可是,他毕竟是大使,而我只是一个秘书。体统,或者,一般人所谓的体统,一定要不公平地对待我,我也就只能受到不公平的对待了。我想,只要我大声叫唤,在公开场合对这个狂人进行漫骂,这是他活该,到最后总会有人叫我住嘴,这是我所希望的,我决心要等到政府表明立场时才遵从。可是当时根本没有什么外交大臣。人家让我大声嚷嚷,甚至激励我,和我一起,可是事情始终原地踏步,直到最后,我觉得人家一直说有理的是我,而我却总是被不公平地对待,自己也慢慢失去了信心,就干脆收手,不再理这件事了。

伯藏瓦尔夫人是仅有的一个对我很冷漠的人,我最想象不到的就是,我会受到这种不公正的对待。她一心想的只是名位和贵族,无法想象一个大使会做出对不起他秘书的事。她对待我的那个态度和她对我的偏见是相吻合的。我大受打击,一从她家离开就给她写了一封可能是我有生以来最激烈、最严重的一封信,从此再也没到她家去过。卡斯太尔神父对待我的态度还好一点,可是从他那耶稣会派的巧言令色中,我觉得他对于社会上最重要的一种处世箴言,

---

① 波罗美岛,意大利北部马约尔湖中的四小岛,风景非常好。
② 我已经放弃了这个计划。——作者原注。

也就是无论什么时候,什么地点,在强者面前,弱者都要被踩在脚下还是非常忠诚的。对于自己这件事,我觉得自己特别有理,而且我天生又很清高,那么他这种偏私的态度就是我无法容忍的。于是此后,我再也没有去看过卡斯太尔神父,也没有再去过耶稣教会,原本在那里,我也只认识他。而且,他那些会友的跋扈和狡诈,太不同于善良的海麦神父的质朴,让我想要快点躲开他们,因此从那时开始,我就没有和他们中的任何一人见过面,除了贝蒂埃神父以外。在杜宾先生家里,我和他见过两三次,他当时正和杜宾先生一块,对孟德斯鸠进行全力批判。

现在就结束有关蒙太居先生的话,从此不再提了。在我们发生矛盾时,我曾经跟他说,用秘书不太合适,有个录事负责管账房就行了。后来,他真的采纳了我这个意见,只找了一个管账房的接替我,不到一年的时间,这个管账房的就把他那两三万利勿尔偷走了。他赶走了他,把他送到牢房里去了,又把他那些随员也赶走了,引发了不小的哗然,名声尽毁。他处处和人作对,蒙受了连凡夫俗子都无法容忍的屈辱。最后,因为做了太多的荒唐事,他被召回国,受到了解甲归田的处罚。在朝廷指责他的罪状中,好像也包括我和他之间的那场纷争。无论如何,他回国后没多长时间,就派他的管事来给我付账了。我那时刚好缺钱,在威尼斯所欠下的债务,都是些没有实据的交情账,一直像块大石头一样压在我的心底。我没有放过这个送上门的机会,还清了这些债务,连查内托·那尼的那张借条都付清了。原来人家给我付钱,是凭人家的意愿。我把所有债务都还清以后,又变得和以前一样分文不剩了。可是,之前我是因为背负了一身债所以抬不起头来,而现在还清了债务,顿时觉得轻松了不少。从那时开始一直到他离开这个人世,我都没有再听说过蒙太居先生,而他离开人世的消息,我还是从社会上知道的。祈祷上帝宽恕这个可怜的人吧!大使这个职业并不适合他,就好像我在儿童时代不适合做诉讼代理人一样。可是,他也要负全部责任,原本在我的帮助下,他可以保持得不错的。而且,他也可以快速把我提升到在我少年时期,古丰伯爵就给我规划好的那条路线上。后来我年龄渐长,单凭我个人的努力,也算是拥有了走这条路的资本。

我的理由如此充分,可是却没有地方可以申冤,这让愤怒在我的心里开始萌芽,站在了我们这种愚不可及的社会制度的对立面。在这种社会制度里,真正的公平和正义都要臣服在一种说不清、道不明的表面秩序的脚下,而这种表面秩序事实上对所有社会秩序造成了毁坏,只是承认了官方权力可以对弱者进行剥削,可以支持强者的不义。我这颗愤怒的种子之所以在当时没有像后来那样发展起来,有两个方面的原因:一是我身在这件事中,而个人利益压根儿没有出现过杰出而高尚的东西,不可能激发起我内心那种圣洁的冲动,而那种冲动只有对正义和美的最质朴的爱才能产生;二是友谊的魅力,它以一种更甜蜜的感情特色,压制住了我的怒气。我曾经在威尼斯认识过一个巴斯克人,他和卡利约是朋友,而且他也有资格做所有善良的人的朋友。这位讨人喜欢的青年天生就拥有所有才能和品德,他才在意大利遨游了一圈,目的就是为了培养美术欣赏力,因为他想学的都学完了,所以他准备直接回国。我告诉他,像他这么天资聪颖的人,艺术只是一种娱乐方式而已,而他的天赋是适合在科学上精进的。为了让他爱上科学,我建议他去一趟巴黎,在那里住上六个月。他相信了我,然后去了巴黎。我到巴黎时,他刚好在那里等我。他的房间一个人住有点太空旷了,于是分给了我半间,我答应了。我发现他正在潜心研究高深的学问,所有知识都是他能力以内的,他进步很快,所有东西都进入了他的脑海。原来他旺盛的求知欲让他难以平静,却又没有发现,多亏我给他提了个醒,让他的精神世界更加充盈。我在这个坚强果敢的灵魂里看到了特别丰富的知识和品质的宝库。我觉得我就是需要这样的朋友:我们成了关系非常要好的朋友。我们的志趣不一样,时刻都在抬杠,双方又都坚持己见,因此不管是什么事情,我们的意见都是南辕北辙。可是我们却形影不离,虽然一直在争吵中,却一直甘愿对方是一个喜欢和自己争论的人。

只有西班牙才能出现像伊格纳肖·埃马纽埃尔·德·阿尔蒂纳这样给祖国增光添彩的人物,遗憾的是这样的人物太少见了。他的国人普遍有的那种炽烈的民族情绪,他是没有的。他的头脑里没有报复观念,就好像他的心灵里没有情欲一样。他太大度了,不会把仇恨埋在心底,我经常听到他非常平静地说,所有凡人都不能和他的灵魂相接触。他风流偶觉而不多情。他和女人们在一起就好像和美丽的孩子们在一起一样,他乐意和朋友的情妇待在一块,可是他自己从来没有找过情妇,也从来没有产生过这样的想法。他心里熊熊燃烧着的道德之火不会允许他出现情欲之火。

他在游遍世界后就结婚了。他死的时候年纪还不大,留下了几个孩子。我相信,而且矢志不渝地相信,一开始让他感受到爱情的快乐的女人就是他的妻子,而且是仅有的一个女人。表面上看去,他对待宗教和一个西班牙人无异,可是从内心深处来说,他却如同天使一样忠诚。我一生中所看到的对信仰自由那么尊重的人,除了我自己以外,就是他了。他从来不询问其他人是如何看待宗教问题的。他不在意他的朋友是犹太人还是新教徒,是土耳其人还是妄信者,或者是无神论者,只要他是正直的。对于无足轻重的观点,他特别坚持,又难以被说服,可是只要说宗教,甚至只要说到道德,他马上就沉默了,或者只简单说一句:"我只负责我自己。"真是让人大跌眼镜,一个人的灵魂是那么超脱,而又如此关注细节,以至到了严苛的地步。他一天的日程被他严格的划分着,提前想好什么时间该做什么,严格遵照执行,甚至于书中的一个句子读了一半,时间到了,他都会马上把书合上。他对每个时间段都进行了严格的规定,用途不一:交谈、思索、日课、读洛克、做祷告、访客、搞音乐、画画,因为消遣、欲望或搪塞别人而扰乱这种秩序的事,从来没有发生过,只有非常急切要完成的任务才会打扰他一下。当他要我看他的时间表,并方便我遵照执行时,我先是笑出了声,最后会佩服得流出泪来。他从来不影响别人,也不允许别人影响他。有人因为礼貌而打断了他,他会粗声厉气地对待别人。他性子很急,却从来不和别人置气。他生气我倒是常常看到,可是却从来没有看到过他怒火冲天的样子。他的脾气让人觉得很舒服,别人可以开他的玩笑,他自己也经常自嘲,甚至还戏谑说得很动听。他有开玩笑的天赋。谁如果引发了他的兴趣,他就会吵嚷个不停,隔很远就可以听到他的声音。可是,他吵嚷的同时又会笑意盈盈,亢奋中会冒出一两句俏皮话来让大家膜拜他。他不仅没有西班牙人的肤色,也没有西班牙人那种黏黏糊糊的气质。他的皮肤很白,面色透红,头发带栗色而接近于金黄。他的个子很高,一表人才。形体的结构正好适合让他的灵魂寄居在这里。

这位心灵和头脑一样睿智的人是擅长了解别人的,我们成了朋友,这就说明了我的朋友不会是什么样的人了。我们的关系一直很融洽,甚至我们都制订了计划,要一辈子都在一起。我打算过几年就去阿斯可提亚,和他一起在他的田庄上住。在他出发之前,我们把计划的细节都敲定了。只差最完整的计划都会缺少的那种人们的意志左右不了的因素。后来出现的各种事件——我的灾祸、他的结婚,最后是他离开人世——就永远分开了我们。

看来成功的只有坏人的阴谋,好人的仁慈计划都差不多以失败告终。

我已经品尝过了居住在别人家里的难处,便打定主意不要再继续过这种生活了。我已经发现,起初我制订的那些雄心勃勃的计划因为时机都无法实现了,而我又被人排挤出了干得顺风顺水的外交生涯,也回不去了,所以我决定不再依靠任何人,要独立生活,把我的才能施展出来。现在我已经了解到我自己有什么本事了,只是过去我一直不太乐观。

我又捡起了因为要去威尼斯而中止的那部歌剧,为了不被打扰,全神贯注地工作,在阿尔蒂纳离开以后,我又住回了以前居住的圣康坦旅馆。这家旅馆的位置很偏,附近就是卢森堡公园,相比那条人声鼎沸的圣奥诺雷路,这里更能让我安心工作。在那里,我会遇到一个实实在在的安慰,这是在我饱经风霜的生涯中品尝到的仅有的一个安慰。也正是因为这个安慰的存在,我才能顽强熬过这种艰难的岁月。这不是一种快速的相识，我必须更细致地说明一下相识的经过。

当时我们的旅馆来了个新的女主人是奥尔良人，她还雇了一个同乡的女孩，大概二十二三岁的样子，名叫戴莱丝·勒·瓦瑟，良家出身，专门负责浆洗缝纫。她和女主人一样，也和我们在一个桌上吃饭。原本她的父亲在奥尔良造币厂上班，母亲做生意。他们家有很多孩子。奥尔良造币厂暂停生产以后，父亲就没有了生活来源，后来母亲的生意也倒闭了，做不成买卖了，她就放弃了做生意，和丈夫、女儿一块到了巴黎，全靠女儿一人劳动维持全家的生活。

从这个姑娘首次在餐桌上出现时，我就尤其关注她那种质朴的风格，特别是她那灵动而柔和的眼神，我觉得天下无双。同桌的人有博纳丰先生、好几个爱尔兰修士、几个加斯科尼人，还有几个像这一类的人物。我们的女主人过往也有艳史，一言一行方面，还算正经的就只有我一人了。别人拿那个姑娘寻开心时，我就会替她说话。很快，大家就都开始嘲讽我了。哪怕我一开始对这个姑娘是没有兴趣的，因为这种同情和冲突，我也会对她感兴趣的。我一直认为言行举止要得体，尤其是对女人。于是，我就明目张胆地成了她的保护人了。我看她也非常喜欢我对她的关心，她的眼神里表现出来的和欲说还休的感谢之情，也就变得更加迷人了。

我们都很害羞，这种相同的气质好像会阻碍我们的结合，可是我们却很快就情投意合了。女主人发现之后非常生气，而她那种粗鲁的表现反倒在姑娘那方面给我帮了忙。在整个旅馆里，姑娘只有我这一个保护人，只要看到我出门，她就会很伤心，希望我能早点回去。我们不仅惺惺相惜，又气质合拍，很快就有了一般应该有的效果。她觉得我是一个正派人，她的眼光没错。我觉得她是一个纯朴、浪漫而不喜打扮的女子，我的眼光也没错。我提前跟她说，我不可能抛弃她，也不可能会和她结婚。我之所以获得成功，都要归因于爱情、敬仰、坦诚这几个特质，也正是因为她的仁慈、宽厚，才使得我尽管在女人面前很害羞，却得到了圆满的结果。

她很担心她身上不具备我要找的东西，会让我生气，我的幸福之所以会往后拖延，首当其冲的原因就是这种害怕心理。我看到她在以身许我之前惶恐不安、坐卧不宁，想说什么又不敢直接说。我想象不出来她为什么觉得为难，却进行了一种错误的而且对她的品行有羞辱意味的猜测。我猜测她是提醒我和她在一起，有可能会染病，所以我开始往不好的方面想。尽管这些不好的想法没有阻止我继续追求她，可是却在很长一段时间内给我的幸福带来了影响。因为我们互相太不了解了，所以我们只要说到这个问题，就会非常隐讳，让对方去猜，吞吞吐吐，真是荒谬到极致。她基本上都觉得我彻底疯掉了，我也基本上不知道要如何对待她了。最后，我们摊开来说了：她哭着告诉我她刚一成年时就误入了歧途，仅有的那一次错误，都是因为她的无知和诱奸人的奸诈。得知了事情经过，我马上高兴坏了："童贞么，"我大叫道，"在巴黎，二十岁以后根本找不到什么童贞女了。啊！我的戴莱丝啊，我不找我原本就不想要的东西，却拥有了真诚而健康的你，我觉得自己是世界上最幸福的人。"

　　我一开始这样做，还只是想打发一下自己的无聊时光。可是后来，我发现我找到的远远高于我的理想，我给自己找了一个伴侣。我和这位特别好的女子的关系越来越亲密，我又稍微思索了一下我当时的处境，我发现，我原本只是想找点乐子，可是现在做的却给我的幸福带来了很大的帮助。我不再拥有远大的抱负了，需要有个炽烈的情感来取代它，让我的心灵充盈起来。归根结底，我需要有人来顶替妈妈的位置，既然我无法再和她生活在一起，我就需要有个人来和她的学生一块生活，而且在这个人身上，我可以找到她曾经在我身上找到的那种心灵的纯朴和柔和。我所放弃的大好前程，必须由个人生活、家庭生活的温馨来弥补。当我一个人待着时，我的心灵是空落落的，需要有另一颗心来填补。我那颗心被命运拿走了，最起码拿走了一部分，而大自然为那颗心创造的就是我。自此以后，我就是寂寞的了，因为，我觉得在得到一切和失去一切之间是没有中间地带的。在戴莱丝身上，我找到了我正寻找的替代者。因为她，我得到了条件所允许的最大的快乐。

　　一开始我想对她的智慧进行培养，最后却发现全是白操了一番心。大自然给了她什么智慧，她就一直是那个样子，任何培养都是徒劳的。我毫不脸红地说，她始终没有学会阅读，尽管写得还像模像样。当我后来在新小田园路居住时，我花了一个多月时间来告诉她认窗对面蓬沙特兰旅馆的大钟。可是直到现在，她依然不怎么会看。尽管我花了不少心思去教她，可是对于一年十二个月的顺序，所有的数字，她一直都是迷糊的。她不会数钱，也不会记账。说话时所用的词汇和她所想表达的意思截然不同。我曾经把她所使用过的词汇汇编成册，卢森堡夫人看了后忍俊不禁。她那些前言不搭后语的话，在我生活过的那些交际场合都传遍了。可是，就是这样一个反应迟缓，甚至可以说是愚不可及的一个人，在当你身处绝境时，她却可以给你提供绝妙的主意。在瑞士、英国、法国，在我所经历过的那些不幸中，她往往比我先预知到，给我出谋划策。我看不清现状，钻到危险里面的时候，是她把我拽了出来。在那些最尊贵的夫人面前，在达官贵人面前，她的情感、良心、应对和坚守，都让大家对她肃然起敬，还让我听到了很多对她进行称赞的话，我觉得这些夸赞她的话，都是发自于内心的。

在爱着的人身边,我们的感情就可以充盈智慧,就好像它可以让心灵充盈一样,并不需要额外去思考什么。我和戴莱丝在一起生活,就好像和世界上最漂亮的天才在一起生活一样美好。她的母亲早年因为和蒙比波侯爵夫人一起接受过教育,所以比较高傲,时常自诩女才子,想要对女儿进行教导,而她的奸诈对我们两人之间的质朴关系造成了不好的影响。我原本有一种愚不可及的羞耻心,不敢让戴莱丝和我一块出门,可是因为她对母亲的纠缠实在是太厌恶了,于是就克服了这种羞耻心,经常两个人一起出去走走,吃点东西,这让我觉得很有趣。我看到她这么用心地爱着我,对她也更加温柔了。于我而言,这种甜美的生活就是一切。我不想再去想前景,只希望现状一直持续下去,我没有其他的想法,只希望可以继续这种生活。

因为心灵有了寄托,我觉得其他任何娱乐方式都是无聊的。自此以后,我就只去戴莱丝家,她的家差不多都变成了我的家。我的工作也因为这种极少外出的生活方式受益不少,因此才两个多月的时间,我就完成了所有歌剧的词曲,只剩下几段伴奏和中音部没有完成了。我非常厌恶这种单调乏味的工作,于是提议菲里多尔去完成,将来可以分红。他来了两次,在奥维德那一幕里配了几段中音部。可是对于这种遥不可及的刻板工作,而且收益还是未知数的工作,他很快就丧失了兴趣,索性不再来了,这件苦差事最后还是我自己完成的。

我写好了歌剧,当务之急就是卖出去,这相当于要我再完成一部难度更大的歌剧。在巴黎,你一个人离群索居是不能成事的。果弗古尔先生从日内瓦回来后,曾引荐我认识了德·拉·波普利尼埃尔先生,我就想请他帮忙。德·拉·波普利尼埃尔先生是拉摩的麦西那斯①,拉摩又是波普利尼埃尔夫人的老师,而大家都知道拉摩当时在这户人家有非常强大的号召力。我猜想他会愿意对他一个徒弟的作品提供保护的,所以我就想请他看看我的作品。可是他却拒绝了,说他看谱太费力了,不能看。拉·波普利尼埃尔先生就提议演奏出来给他听,而且建议帮我找些乐师来表演几段。我当然连声答应了。拉摩没有再反对,可是嘴里一直嘟囔着,一个业余的人,通过自学学会了音乐,能作出什么好的曲子?我赶紧从里面挑了五六段最为出彩的曲子。他们找来了十几个合奏乐手,阿尔贝、贝拉尔和贝尔朋内小姐负责演唱。序曲刚表演出来,拉摩就给出了特别夸张的夸赞,隐喻这绝对不可能出自我之手。每表演一段,他都表现出

---

① 麦西那斯,古罗马的贵族,极力提倡文艺,保护诗人像维吉尔、贺拉斯等。后转为"文艺保护人"的通称。

极其不耐的样子。可是到了男声最高音那一曲，宏伟的歌声、富丽的伴奏声响起，他马上抑制不住了，直呼我的名字，其粗鲁程度让大家都震惊了。他告诉我，适才他听到的乐曲，一部分来自音乐界造诣比较高深的人，其他的都是由无知者创作的，这个人对音乐一窍不通。有一点却是事实，那就是我的作品水平有高有低，又十分新奇，有时精彩绝伦，有时又平平无奇。一个人没有坚实的根基，全凭一阵一阵的才气，创作出来的作品就是这样的。拉摩说我是个小抄袭手，不仅没有才华，而且也没有美感可言。在座的其他人，尤其是主人，和他的想法截然不同。黎塞留先生那时经常和拉·波普利尼埃尔先生见面，而且，大家都知道，他也时常和拉·波普利尼埃尔夫人见面，他听人提到过我的作品，想统统听一遍，假如觉得可以的话，想拿到宫廷去表演。我的作品就放在御前游乐总管博纳瓦尔先生家里，费用由宫廷出，演奏者是大合唱队和大乐队，弗朗科尔负责指挥。效果出人意料的好：公爵先生不停地欢呼，而且在塔索那一幕里，表演完一段合唱以后，他就站起来朝我走过来，和我一边握手一边说："卢梭先生，这是非常优美的和声。这是我听到的最美的和声。我要把这部作品带到凡尔赛宫去。"拉·波普利尼埃尔夫人也在场，却一个字都没有说。尽管拉摩也受到了邀约，可是这天，他却缺席了。第二天，拉·波普利尼埃尔夫人在她的梳妆室里极为冷淡地接待了我，她有意对我的剧本进行贬损。于我而言，尽管一开始一些虚浮的东西迷惑了黎塞留先生，可是后来他清醒了，她劝我对这部歌剧不要希望太高。没过多久，公爵先生也来了，却对我说了截然不同的另外一番话，他赞美了我的才能，好像依然想把我的歌剧拿到国王面前去表演。"只有塔索那一幕，"他说，"不能拿到宫廷去表演，得重新写一幕。"就因为这一句话，我就把自己关在屋里开始修改，三星期以后，我换掉了塔索，重新写了一幕，主旨是赫希俄德①得到缪斯的一个启发。我想办法在这一幕里写了我才华发展的一部分过程，还写了拉摩竟然忌妒我的才华。尽管新写的这一幕不像塔索那一幕那么豪放，可是却是一鼓作气完成的。音乐也非常优雅，而且写得更好，假如另外两幕都可以和这一幕相媲美，全剧肯定会表演得精彩的。可是，当这个剧本就快要整理完时，这部歌剧的表演又因为另一项工作而延误了。

在丰特诺瓦战役②后的那个冬天，凡尔赛宫接连举办了很多次庆祝会，在这个过程中，在小御厩剧院上演了好几部歌剧。在这些歌剧中，有伏尔泰的剧本《纳瓦尔公主》，配乐者是拉摩，这次经过几次修改，被改为《拉米尔的庆祝会》。

---

① 赫希俄德，公元前八世纪的希腊诗人，诗中满是道德箴规和农业知识。
② 丰特诺瓦战役，指一七四五年路易十五亲自出征、萨克森元帅打败英荷联军之战。

这个新题材要求换掉原剧好几场幕间歌舞,还要改写词和曲。想要找到一个可以完成这两项任务的人非常不容易。当时,伏尔泰在洛林,他和拉摩两人都在为《光荣之庙》那部歌剧忙得不可开交,无法分身。黎塞留先生想到了我,提议由我来完成。为了让我更清楚自己的职责,他分别把诗和乐曲送给我了。我首先要做的就是获得原作者的许可,然后再去对歌词进行修改,所以我给他写了一封言辞恳切甚至是极为尊敬的信。以下就是他的回复,原件见甲札,第一号:

一七四五年十二月十五日

先生,迄今为止,一般人都无法同时拥有的两项才能,你却同时拥有了。于我而言,这就是我佩服你、敬仰你的两条理由。我很为你惋惜,因为这是一部并没有多大必要进行修改的作品,你会枉费你的这两种才能。几个月前,黎塞留公爵先生要我在最短的时间内构建出几场既无趣,又极其不完整的戏的纲要,原本是要和歌舞相配合的,而这些歌舞和这几场戏又特别不协调。我只好遵从,写得很匆忙,而且也很不尽如人意。我将这几份根本没什么意义的初稿寄给了黎塞留公爵先生,原本不指望可以被使用,或者要我再修改一遍。幸运的是,现在到了你的手里,就请你完全自由发挥吧。我已经完全不记得所有那一切。它只是一个初稿,而且是在那么匆忙的状态下写的,肯定会有不少错误,我想你肯定已经对所有错误进行了纠正,弥补了所有漏洞。

我还有印象,其中有这样一个不足之处:在连缀歌舞的那些场景里,那位石榴公主是怎样才从监狱里出来就突然到了一座花园或一座宫殿里,并没有被提及。既然是一个西班牙的贵人给她举办宴会,而不是一个魔术师,那么我觉得魔术意味就不能贯穿在所有事情中。先生,我请你再对这个地方进行一下检查,我的印象已经有点模糊了。请你看看有没有必要演出这一场:监狱的门刚一打开,我们的公主就从监狱到了绚丽的宫殿。我知道这些都没有什么意义,一个有思想的人实在没有必要正儿八经去做这些无谓的东西。可是,既然要尽可能让人满意,就必须尽量做到合理,就算是在一场单调无味的幕间歌舞中也应该这样。

我把一切都交给你和巴洛先生,希望很快就有机会向你表示感谢。专复即颂。

这封信太恭敬了,完全无法和他以后写给我的那些几乎目空一切的信相比,大家也不用觉得惊讶。他觉得现在黎塞留先生很赏识我,大家都知道他擅长在官场交际,这就使得他必须对一个新来的人恭敬一点。等到他发现这个新来的人没什么影响力时,情况就完全变了。

既然我得到了伏尔泰先生的许可，又不用太在意拉摩——他是一门心思要贬损我的，我就甩开膀子干了起来，短短两个月时间就完工了。歌词方面没太大困难，我只是尽可能让人不会察觉到风格上的迥异，而且深信我很好地完成了这一点。音乐方面的工作比较耽误时间，也有比较大的困难。除了要重新把那几支包括序曲在内的过场曲子写好以外，我要梳理的所有宣叙调都非常难。很多合奏曲和合唱曲的调子截然不同，一定要连缀在一起，而且时常只能用几行诗和非常快的转调，因为拉摩的任何一个曲子，我都不想更改或变换位置，以免他指责我和原作相差太远。我总算整理好了这套宣叙调，音调合适、铿锵有力，尤其是转折很精妙。既然人家让我和两个高手联合工作，我只要想到他们两位，就会觉得才气都被激发出来了。我可以说，在这个毫无名利可言的，甚至外人都不会了解内情的工作里，我应该没有给我那两位榜样的脸上抹黑。

就像我整理的那样，这个剧本在大歌剧院里彩排了。三个作者中，到场的只有我一个人。伏尔泰不在巴黎，拉摩缺席了，或者是藏起来了。

第一段独白很是悲怆。第一句是：

啊！死神。来终结了我这凄苦的一生吧！

当然音乐也要与之相协调。可是，拉·波普利尼埃尔夫人也正是在这一点上指责我，非常无情地说我写的是送葬的音乐。黎塞留先生非常公平地表示要先看一看这段独白的唱词是出自于谁之手。我就给他看了他送给我的手稿，手稿上显示这是伏尔泰写的。"既然如此，"他说，"这错就全在伏尔泰身上。"在彩排过程中，只要是出自于我之手的部分，拉·波普利尼埃尔夫人都会严厉地指责我，而黎塞留先生则会为我辩护。可是，我的对手实在是太厉害了，我接到通知，我作的曲子有好几个地方都需要修改，而且还必须请拉摩先生指点。我原本以为会得到赞美，而且我也确实应该得到赞美，如今的结论却是这样的。我无比难过，满心失望地回到家中，累得连说话的力气都没有了，愁肠百结，于是整个人都垮了，一连六个星期都无法出门。

拉·波普利尼埃尔夫人所指出的那些需要修改的地方，由拉摩全权负责。他派人找到我，从我手里把那部大歌剧的序曲要回去，想把我新写的那个取代掉。多亏我发现那是他的鬼伎俩，没有答应。因为演出将会在五六天后举行，没有时间重写，于是只好采用我写的那个序曲。这个序曲是意大利风格的，对于当时的法国来说，这种风格还是很新奇的。可是，听众却非常喜欢，我的亲戚和朋友缪沙尔先生的女婿、御膳房总管瓦尔玛莱特先生跟我说，对于我的作品，音乐爱好者都非常认可，听众根本没有分辨出哪些出自于我之手，哪些出自于拉摩之手。可是拉摩却和拉·波普利尼埃尔夫人串通一气，用尽各种方式隐瞒这里面也有我的贡献。在发给观众的小册子中，通常都会署上作者的名字，可是这本小册子却只署了伏尔泰一个人的名字。拉摩宁愿不写自己的名字，也不愿意和我的名字并排出现在册子上。

我的身体经过调养，慢慢恢复到可以出门了，我第一件事就是去见黎塞留先生。可是已经晚了，他已经启程去了敦刻尔克，在那里指挥去苏格兰的部队的登陆工作。他回来时，我又犯懒了，心想现在去找已经晚了。从这以后，我就再没有见到过他，因此我的作品也就失去了应该扬名的机会，我也因此失去了应该得到的回报。我自己承担了一切，像时间、金钱、劳动、疾苦和烦恼，我半文钱都没有得到。可是我一直认为黎塞留先生是真诚地赏识我，很欣赏我的才华，也许是因为我时运不济，再加上拉·波普利尼埃尔夫人，他对我的善意也因此打了水漂。

起先我无法理解，这个女人为什么这么讨厌我，因为我一直努力讨她的欢心，而且时常在时机合适时登门拜访。果弗古尔先生说出了其中的原委。"第一她和拉摩关系太好了，"他说，"她是拉摩公开的支持者，不允许其他人和他展开竞争。此外，你天生就犯了一项罪，因为你是日内瓦人，她会让你永世不得翻身，一直对你怀恨在心。"说到这里，他又给我说明，于贝尔神父是日内瓦人，还是拉·波普利尼埃尔先生非常好的朋友，因为他知道这个女人是什么样的人，所以曾经极力阻挠拉·波普利尼埃尔先生把这个女人娶进门。结婚以后，她就非常憎恨于贝尔神父，连带对所有日内瓦人都怀恨在心。"尽管拉·波普利尼埃尔先生对你还不错，"他接着说，"可是在我看来，你不要对他抱什么希望。他非常宠爱他的妻子，而他的妻子又这么憎恨你，她不仅居心回测，而且诡计多端，你想和这家人搞好关系是不可能的。"我一听这话，马上就不再抱有希望了。

几乎就在这时，也就是这位果弗古尔给我帮了一个很大的忙。我那位贤明的父亲刚离开人世，享年大概六十岁。如果不是因为当时我自身处境窘迫，分身乏术的话，我会更加难过的。在他活着时，我不想把母亲遗产的剩余部分要过来，由他一直享受这部分的微小利益。现在既然他已经不在人世了，我就不需要顾虑什么了。可是，我哥哥的死亡没有合法证明，这就阻碍了我接受遗产。果弗古尔允诺帮我把这个难题解决掉。在洛尔姆律师的帮助下，这个难题迎刃而解。因为我非常需要这笔资金，而事态的发展又不可知，因此我非常急切地等着最后的消息。有天晚上我从外面回到家，报告这消息的来信已经寄来了，我很想第一时间把信拆开，急得手都开始哆嗦，可是心里却因为自己的这种急躁而羞愧不已。"怎么！"我在心里骂自己，"在利害心和好奇心的掌控下，让-雅克竟然沦落到这种地步了吗？"我即刻将这封信放到了壁炉台上，把衣服脱掉，安稳地进入了梦乡,睡得比平时都香。次日早晨我醒得很晚,脑子里已经没有那封信了。穿衣时,那封信又出现在我的眼前,我不紧不慢地把它拆开,看到里面躺着一张支票。我同时收获了几种快乐,可是我可以立誓,我控制住了自己才是最大的快乐。我平生像这种控制自己的事有很多,可是现在时间很紧迫,我就不一一叙述了。我将这笔钱中的一小部分寄给了我那可怜的妈妈,想到我曾经将所有资财都交到她手上的快乐时光,不禁悲从中来。她寄给我的回信都让我觉得她现在的境况很糟糕。她给我寄了很多配方和秘诀,觉得我可以借此变得有钱,也惠及于她。贫困的感觉已经让她的心智变得狭隘了。我给她寄的那点钱,很快又被围在她身边的那些坏蛋抢走了,她完全享受不到。我一下子失去了信心,我不能把我的生活所需分给那些无赖啊,尤其是在我无法帮她摆脱那些无赖汉的包围以后。接下来,我会对这一点进行说明。

随着岁月的流逝,钱也随之越来越少了。我们是两个人在一起生活,甚至是四个人,更准确地说,我们一共是七八个人。因为,尽管戴莱丝对私利一点都不在意,可是她的母亲却和她截然不同。她一看我给她提供了帮助,家里好过一点了,就让全家都一起过来分享果实,姊妹啊、儿女啊、孙女啊、外甥女啊,全部都来了。只有她的大女儿,因为和昂热城车马行的老板结婚了,所以没有来。我给戴莱丝准备的所有东西都被她母亲拿走了,用来供养那群饿鬼。因为不是一个喜欢钱财的女子和我打交道,我自己也不会被炽烈的爱情所控制,因此我也不会干蠢事。戴莱丝的生活可以是那么回事,不奢靡,可以应付一切紧急需要,我就知足了。她将她的工作收入都交给她母亲,我也没有意见,而且我还帮了不少的忙。可是我一直遭受着不幸,那些吸血鬼缠住了她的妈妈,而戴莱丝的一家人又缠住了她。她们两个人,没有任何一个人可以享受到我给她们带来的好处。说来也是怪,戴莱丝是勒·瓦瑟太太的幼女,在姊妹中,父母唯独没有给她嫁妆,如今父母却是由她一人供养。这可怜的孩子,一直以来都被哥哥姐姐的棍棒教训,甚至还挨侄女和外甥女的打,可如今,她们又都来抢夺她的财产。过去,她无法抗争他们的打骂,如今面对他们的掠夺,她也是束手无策。只有一个叫作戈东·勒迪克的外甥女还算和善,脾性亲切,可是看到其他人做的坏表率,在别人的鼓动下,她也变坏了。因为我经常和她们俩在一起,也就用她们彼此间的称呼来称呼她们,戈东被我称为"外甥女",戴莱丝被我称为"姨妈"。这也是为什么,我一直叫戴莱丝"姨妈"的原因所在,我的朋友也时常跟着我这样叫。

任何人都会发现,我急切地想要摆脱如今的困境,一刻都不能耽搁。我猜想黎塞留先生已经不记得我了,不用在宫廷方面抱有希望了,便进行了几次试验,看我的歌剧能否在巴黎上演。可是我遇到了不少困难,需要很长一段时间才能解决,而我的处境容不得我继续拖延下去。于是我就想在那部小喜剧《纳尔西斯》上做文章,想把它送往意大利剧院。结果它得到了认可,我获得了一张长期入场券,我高兴极了,可是也只是如此而已。我每天去拜访那些演员,那条路不知道走了多少遍,可是它依然无法上演,我就索性不去了。我现在只有最后一条路可以走了,也是说我原本应该走的仅有的一条路。当我经常去拉·波普利尼埃尔先生家时,就极少去杜宾先生家了。尽管两家的夫人是亲戚,可是关系却一直很紧张,互相都不见面。两家也没有共同的客人,只有蒂埃利约两家都去。他接到委托要想办法让我去杜宾先生家。那时,弗兰格耶先生正在专攻博物学和化学,还弄了个展览室。我相信他的目标是在学士院当院士,因此,他就需要写一本书。他觉得在这方面,我也许可以派上点用场。而杜宾夫人那边呢,也有写一本书的打算,想法几乎是一样的。他们俩想一起聘用我做秘书,这就是蒂埃利约责备我为什么不去拜访他们的原因所在。我先是提出了一个要求,让弗兰格耶先生动用自己的资源,把我的作品拿到歌剧院去排演。他答应了。最后《风流诗神》取得了排演的资格,先在后台,后来到大剧院排演了好几次。彩排那天,宾客云集,有好几段都受到观众的热烈欢迎。可是,我自己在勒贝尔指挥得很差劲的那个表演过程中,觉得这个剧本是不合格的,甚至不大幅度改动就无法参加演出。所以我二话不说就收回了剧本,以免被人否定。可是,我通过好多现象发现,就算剧本再完美,也是不会通过的。弗兰格耶先生信誓旦旦地答应我剧本有可能参加排演,却不是有可能参加演出。他确实兑现了自己的诺言。我一直认为,不管是在这件事上,还是在其他事情上,都可以很明显地看出,他和杜宾夫人不愿意让我在社会上扬名立万,可能是因为他们担心人家看到他们的作品时,会疑心他们转移了我的才能。可是,杜宾夫人始终觉得我没有多大才能,而且她让我帮她做事时,一直都只是要我根据她的口述进行笔录而已,或者叫我帮她找一点具有参考价值的材料而已。所以,假如出现这种斥责声,对于她来说,好像特别有失偏颇。

最后一次的失败,让我彻底放弃了。我不再想着成功和成名了,也不想自己有什么才能了。反正这些才能不管是不是真的有,都不能带给我幸运,我只要全心全意地维持我现在的生活就行了,谁给我和戴莱丝的生活提供了帮助,我就对谁笑脸相迎。所以,我就一心一意地在杜宾夫人和弗兰格耶先生手底下做事了。这并没有让我生活得很好,头两年我每年可以得到的工资是八九百法郎,这笔钱只能保证我最基本的生活,因为我必须在离他们家很近的地方——房租特别高的地区——租公寓住。此外,在巴黎边缘的圣雅克路的尽头,我还要再付一笔房租,而不管晴天还是下雨,我几乎每晚都要过去吃晚饭。很快,我就对这种生活习以为常了，甚至开始觉得我的新工作也挺有趣。我开始喜欢化学，和弗兰格耶先生一起到鲁埃尔先生家听了好几次课，于是对于这门我们只知皮毛的科学，开始不自量力地涂写。一七四七年，我们到都兰去过秋季，在舍农索府住，这座府第位于歇尔河，是亨利二世给狄安娜·德·普瓦提埃所修建的离宫，如今依然还可以看到用她姓名的首字母所连成的图案。现在这座府第已经归到了包税人杜宾先生名下。在这个美丽如画的地方，我们吃喝玩乐，无所不欢，我也长胖了。在那里，我们整出了不少音乐，写了好几首三重唱，都很协调。假如将来有可能写补篇的话，可能还要再提一提的。我们还在那里演喜剧。我花了半个月的时间，完成了一部叫作《冒昧订约》的三幕剧。在我的文稿中，读者可以看到这个剧本，它没有什么其他的特色，只是充满了激情而已。我还在那里写了几篇小作品，其中一篇名叫《西尔维的幽径》的诗剧，是因为顺着歇尔河的那片园子里的一条小径叫这个名字，因此得名。我弄了这么多东西，而我在化学方面的工作和我在杜宾夫人身边所任的职并没有因此中断。

当我在舍农索长胖时，我那令人同情的戴莱丝也在巴黎长胖了，尽管是另一种胖。我回到巴黎时发现我做的那些事超出了想象。按照我当时的情况来说，这事会让我非常窘迫的，多亏一起吃饭的伙伴们帮我想出了仅有的一个让我远离泥淖的好办法。这个情况非常关键，我必须要予以详尽地说明。在对这件事情进行说明时，我不是自我申辩，就是自我反省，而我现在这两样都不能做。

阿尔蒂纳在巴黎居住期间，我们不在馆子里吃饭，而是在周边，几乎就在一个裁缝的女人拉·赛尔大娘家里吃包饭，就位于歌剧院那条死胡同对面。这里的饮食特别恶劣，可是因为包饭的人都是稳妥的正直人，依然受到大家的热捧。她家从来不接受陌生的客人，必须在一个老膳友的介绍下才能包饭。格拉维尔骑士是个老放荡汉，很有绅士风度，也颇有才华，可是话里话外却都是荤段子，他就住在那家，吸引过来一批放荡不羁、很有派头的青年人，都是警卫队和枪兵队里的军官。诺南骑士负责保护歌剧院的所有舞女，包饭馆里成天都可以听到这个美人窝的消息。迪普莱西斯先生是离职的陆军中校，是位很仁慈而贤明的老人，还有安斯莱①——枪兵队的军官，这两人负责对这群青年人的秩序进行维

---

① 我曾经为这位安斯莱先生写了一部名为《战俘》的小喜剧。法国人在巴伐利亚和波西米亚一败涂地之后，我就写下了这部喜剧。不过，我一直不敢承认它是我的作品，也不敢拿出来示人。我的理由非常奇怪：法国国王、法国和法国人在这部剧本里受到了前所未有的热烈和真诚的赞扬，而我是个共和派，是叛逆者，我不敢承认我在歌颂一个所有的原则都与我相悖的民族。对于法国的灾难，我的伤心程度超过了法国人。在第一部中，我已经说明了我从什么时候开始热爱法国以及这种热爱产生的原因。我羞于表达这种热爱，因为我担心别人说我这是谄媚和怯懦。——作者原注。

持。此外,还有商人、金融界的人、粮商过来包饭,可是无一例外的是,所有人都非常有绅士风度,很正直,都是各行各业首屈一指的人物。像贝斯先生、福尔卡德先生,还有很多人,我不记得他们的名字了。总的来说,在那个包饭馆里,人们遇到了很多有头有脸的人物,各行各业的都有,除了教士和司法界人士以外,我从来也没有在那里见过这种人,而大家也不约而同地达成了一致,没有把这种人介绍进来。这一席人,为数众多,都非常高兴而又不大声喧闹,经常说笑话可是又不恶俗。虽然那个老骑士说了很多内容接近于淫秽的故事,可是却一直保持着他那种旧朝廷上的优雅风度,他所说的每一句有悖伦理道德观的话都很有趣,连女人都不会介意。他说的话给同桌定下了基调,所有那些青年人都开始述说自己的风流韵事,肆无忌惮又幽默。当然其中有很多姑娘的故事,尤其因为拉·赛尔大娘家那条巷子和迪夏大娘的铺子是对着的,而迪夏大娘是个非常有名的时装商人,她的店里从来不缺美丽的姑娘,我们这些先生们没事就会和她们聊聊。假如我有勇气一点的话,我肯定会和他们一起进去找乐子的,只需要和他们一起进去就可以了,可是我从来都鼓不起这个勇气。而拉·赛尔大娘,即便在阿尔蒂纳走后,我还经常光顾她那里。我在那里听到了很多好玩的事情,而且也慢慢学会了——太感谢了,倒不是他们的生活习惯,而是他们的处世格言。遭到迫害的冠冕堂皇的人物、被戴了绿帽的丈夫、被诱奸的女人、偷偷生的孩子——这些都是那里再平常不过的主题。谁给育婴堂增加了更多小孩,谁越会得到大家的鼓掌叫好。我也因此受到了感染:在非常和蔼而且非常得体的人物中间所流行的那种想法,我也开始接受了。我觉得既然当地的习俗是这样的,既然一个人在这里生活,当然就应该入乡随俗。这正是这时我要找的一条门道。我就打定主意这样做,无所顾忌,快乐高兴,只是要打消戴莱丝的顾忌。我说得口干舌燥,她也不愿意采用这仅有的一种可以维护其尊严的办法。她的母亲也担心有了孩子以后,自己会麻烦不断,就站在我这边,最后戴莱丝被我们说动了。我们找了个名叫古安小姐的稳妥的接生婆,住在圣欧斯塔什街的尽头,这件事就委托给她了。到时候,戴莱丝的母亲就会把她带到古安家去分娩了。我去古安家看过她好几次,给她带了一个标记过去,在卡片上写着,分成两份,一份在婴儿的襁褓里放着,由接生婆按照以往的方式送到育婴堂去了。第二年,又是采取的同样的办法,解决了同样的难题,只是遗忘了标记。我依然没有经过审慎思考,她依然不太支持我的观点,可还是无可奈何地答应了。人们将不间断地看到这种不幸的行为给我的思想和命运所带来的恶劣影响。而现在,就先说到这吧。而它的后果,不仅不是我能想象到的,而且非常惨烈,将逼迫我必须经常回过头对这个问题进行说明。

我要在这里说明一下我是如何和埃皮奈夫人第一次见面的,她的名字会时常出现在这部回忆录里。她原本叫埃斯克拉威尔小姐,前不久才嫁给包税人拉利夫·德·贝尔加尔德先生的儿子埃皮奈先生。她的丈夫和弗兰格耶先生一样,也是一个音乐家,她本人也是,而因为对音乐的共同爱好,这三人的关系变得很亲密了。弗兰格耶先生把我引荐到埃皮奈夫人家时,我和他有时也一起在她家吃晚饭。她睿智、富有才华、和蔼,认识她当然是有益的。可是她有个叫埃特小姐的朋友,大家都说她是个恶毒的女人,她和瓦罗利骑士住在一起,这个骑士也是恶名昭著。我相信,对于埃皮奈夫人来说,和这两个人打交道是有害无益的。尽管埃皮奈夫人天性严苛,可是却天生有些非常好的优点,可以对过分的事情加以控制或弥补。弗兰格耶先生对我很友善,使得她对我也不错。他向我坦承他们之间有关系,假如这种关系没有变成公开的秘密,包括埃皮奈先生也知情,我是不会在这里说的。弗兰格耶先生甚至还告诉了我一些有关这位夫人很奇怪的隐私。她自己从来没有告诉过我这些隐私,也一直以为我不可能知情,因为我没有,而且这一生也不会在她面前或任何人面前提起。这种双方都相信我的局面让我无所适从,尤其是在弗兰格耶夫人面前,因为她知道我是什么样的人,尽管知道我和她的情敌有联系,依然很相信我。我尽可能对这个可怜的女人加以抚慰,很明显,她的丈夫没有给她对等的爱情。这三个人不管说什么,我都忠诚地保守着他们的秘密,从来不串通,不管三个人中的哪一个,都不能从我的口中知道另外两个人的秘密,而且对于两个女人中的任何一个,我都坦承我和对方的友谊。弗兰格耶夫人想以我为桥梁,做一些事情,被我拒绝了。埃皮奈夫人有一次想请我给弗兰格耶带封信,也被我拒绝了,而且我还直接跟她说,如果她再提出这样一个请求,我就永远不会再登她的门。应该给埃皮奈夫人说句中肯的话:她不仅没有因为我的这种态度而生气,还跟弗兰格耶说了这件事,对我极尽赞美,而且继续热情接待我。这三个人我都不能得罪,我多少要依靠一下他们,而且也依恋着他们。在这三个人凶险的关系中,我一直都做得既体面又周到,可是又一直保持着正派而坚定,因此我一直维护着他们对我的友谊、敬仰和信仰。虽然我愚不可及,还很笨,埃皮奈夫人还是要把我拉到圣德尼周边的一座公馆内,名叫舍弗来特俱乐部,这是属于贝尔加尔德先生的产业。那里有个经常表演的舞台。他们要我也出任一个角色,我一连背了六个月的台词,上了台依然自始至终都要人提词。这次考验过后,他们演戏再也不叫我了。

　　我和埃皮奈夫人相识了,同时也和她的小姑子相识了,她就是贝尔加尔德小姐,没过多长时间,她就成了乌德托伯爵夫人。我头一次看到她,刚好是在她结婚前,她带我去参观她的新房,而且用她那天生的魅惑人的姿态跟我聊了很长时间。我觉得她很是亲切,可是我怎么也想象不到,竟然有那么一天,这个年轻女人会掌控我一生的命运,而且,虽然她不负任何责任,却把我带进了我如今所处的这个无底洞。

尽管从威尼斯回来以后,我一直没有说到过狄德罗,也没有说到过我的朋友罗甘,可是我一直和他们保持着联系,尤其是和狄德罗的交情越来越深厚。我有个戴莱丝,他有个纳内特,我们之间又多了一个共同点。可是不同的是:尽管我的戴莱丝和他的纳内特都长得很美,可是戴莱丝的个性却很温柔,讨人喜欢,配得上一个有教养的人去喜欢她,可是他那个纳内特却是个无赖、泼妇,根本看不出任何一点典雅得体的范儿,足以对她所受的那种不良的教育进行弥补。可是他却和她真的步入了婚姻的殿堂。假如他是提前有约定的话,当然不错。而我,我从来没有承诺过,所以我不着急效仿他的样子。

我和孔狄亚克神父很早就认识了,当时他和我一样,在文坛上寂寂无闻,可是却已经拥有了今日成名的资本。可能我是第一个看出他的天赋,了解到他的价值的人。他好像也很愿意和我交往,当我在让·圣德尼路歌剧院附近住着,闭关写赫希俄德那一幕戏时,他时常过来坐在我对面吃饭。当时他正在写《论人类知识之起源》,这是他的首部著作。写完以后,找一个书商承印这本书却成了难题。巴黎书商不管对哪个新手都是一样的没有好态度,而在当时,形而上学又不是很流行,不是一个可以夺人眼球的主题。我对狄德罗说到了孔狄亚克和他的著作,还介绍他们认识了。他们俩生来就是很默契的一对,双方果然成了莫逆之交。狄德罗要书商迪朗把神父的手稿接收了过去,所以这位大玄学家因此得到了一百埃居的稿费——就像是得到了一大恩赐。可是如果没有我,他连这点稿费可能都拿不到呢。我们三个人住得并不近,只是每星期在王宫广场见一次面,一起去花篮饭店吃饭。狄德罗很喜欢这种每周一次的小聚会,因为他这个人几乎不参加什么聚会的,可是这个小聚会,他每次都到了。我在这次聚会中拟订了一个出期刊的计划,名为《笑骂者》,执笔人为狄德罗和我。第一期由我草率完成了,我因此和达朗贝相识了,因为狄德罗和他说过这件事。因为出现了一些意外事件,这个计划也就没有实行下去。

这两位作家刚开始汇编《百科全书》,一开始只准备翻译钱伯斯①的,就类似于狄德罗刚译完的那部詹姆士的《医学辞典》一样。狄德罗要我协助一下这第二桩事业,提议我把音乐的部分写一下,我同意了。对于所有从事这项工作

① 钱伯斯(1680~1740),英国人,于一七二八年出版了首部《百科辞典》(两卷集)。

的作家,他都要求三个月内完成。我就在这三个月的期限内急匆匆地完成了,当然也很敷衍。可是如期交稿的人只有我一个。我把我的手稿交给了他。这个手稿是我叫弗兰格耶先生的一个仆人誊抄的,他的名字叫杜邦。他的字写得很漂亮,我自掏腰包,支付了他十埃居。这十埃居一直都是由我个人支付的。狄德罗曾代表书商许诺付给我薪水,可后来他没有再说到这件事,我也就没有再提起过了。

因为他进了监狱,《百科全书》的工作也被迫中止了。他的《哲学思想录》给他带来了一些麻烦,可是后来也没有再发生什么大事。这次《论盲人书简》就不一样了。这本书只有几句关系到私人的话,完全没有什么可被指责的,可刚好就是这几句话给他招来了麻烦,迪普雷·德·圣摩尔夫人和雷奥米尔先生因此大发雷霆,把他关到了范塞纳监狱中。我难以形容因为朋友的不幸而带来的焦虑。我那容易悲观的想象力总是把坏事想象得更加糟糕,这次可是真的六神无主了。我以为他会在里面待一辈子。我快急疯了,给蓬巴杜尔夫人①写信,请求她给他求情,释放了他,或者想办法把我也关进去。我没有收到任何回复:我的信写得太疯狂了,当然不会取得任何成效。没过多久,可怜的狄德罗倒是在监狱中受到了良好的对待,对此我从来不敢说是因为我写了信。可是假如他在监狱中依然过得很辛苦的话,我相信我会难过得死在那座该死的监狱墙根下的。此外,虽然我的信没有取得什么成效,可是我也没有拿这封信去四处炫耀,因为我只在极少人面前提到过这封信,而且从来没有和狄德罗本人说起过。

---

① 蓬巴杜尔夫人(1721~1764),路易十五的宠姬,对政务有很大的影响。

第八章

前一章结束时，我必须稍事休息。因为从这一章开始，我那深重的灾难就慢慢拉开了序幕。

我曾经居住在巴黎最尊贵的两个人家里，尽管我在为人处世方面并不太擅长，可是也在那里结识了几个人。尤其是在杜宾夫人家里，我和萨克森-哥特邦的储君以及他的保傅屯恩男爵相识了。在拉·波普利尼埃尔先生家里，我又和色圭先生结识了，他和屯恩男爵是朋友，因为编印了一部为人称道的卢梭①文集而在文坛名声斐然。因为储君在丰特奈-苏-波瓦有所房子，所以色圭先生曾邀请我去住几天。我们俩一同前往了。经过范塞纳监狱时，一看到那座城堡，我就觉得心痛无比，我脸上的异样表情被男爵发现了。吃晚饭时，储君说到狄德罗被关到监狱里的事，男爵为了让我开口，就责备那被监禁的人太不小心了，我马上为他打抱不平，其激烈的态度倒显得我特别不小心了。这种态度的激烈因为来源于一个遭遇不幸的朋友，因此大家也觉得情有可原，转移了话题。当时还有两个德国人在座，都是随侍储君的。一个是储君的私人牧师，名叫克鲁卜飞尔先生，极为聪明，后来男爵都被他取代了，成了储君的保傅。还有一个叫格里姆②的年轻人，他暂时是储君的侍读，等着重新找职业，从他的服装上就可以看出，他是迫切需要找一份职业的。我和克鲁卜飞尔就从那天晚上开始相识了，很快就变成了朋友。我和格里姆君的相识和发展就慢多了，他不怎么愿意抛头露面，后来平步青云时的所有神气现在都找不到。第二天吃午饭时，大家说到了音乐，他说得很不错。听说他可以用钢琴伴奏，我极为高兴。吃过饭后，主人吩

---

① 指法国抒情诗人让-巴蒂斯特·卢梭。
② 格里姆（1723～1807），百科全书派的一个关键性人物，德国人，一直住在巴黎，时常和德意志各邦君主和俄国女皇卡捷林娜二世通信，《文学、哲学与批评通讯》就是由他编辑手抄的杂志，百科全书的思想之所以可以在欧洲散播开去，他功不可没。

咐把乐谱拿过来,我们就在储君的钢琴上表演了一整天。就这样,我们之间开始建立了友谊。对于我来说,这份友谊从一开始的甜蜜变到后来的悲凉。从这一点来说,未来我会在这方面大做文章的。

刚一到巴黎,我就听说狄德罗没有被囚禁在城堡里了,可以在范塞纳监狱里自由活动了,只要在这个范围内活动,他还可以见朋友呢,这可真是个好消息。我不能第一时间飞奔过去,不知道有多么难受。我因为有些重要的事情,还要在杜宾夫人家里待两三天,这两三天像过了两三百年一样,真是急死我了。在那以后,我就赶紧去看我朋友了。这个时刻真是让人难以形容啊,他当时是和达朗贝和圣堂①的司库被关在一块,而不是他一个人。我刚一进门,就没有把其他人放在眼里,只冲过去紧紧抱着他,和他脸贴脸,一时说不出话来,只剩下眼泪和抽泣。我兴奋得难以呼吸,他甩开我的臂膀以后,首先就是看向那个教士,说:"你看,先生,我的朋友好爱我啊!"当时我只是觉得兴奋,完全没有想到这种把我的兴奋拿来自我褒奖的态度,可是自那以后,我的脑海里有时出现这件事,我都会觉得假如我站在狄德罗的位置,脑海里出现的第一个想法肯定不是这个。

我发现坐牢带给了他很大的刺激,城堡在他心里留下了恐怖的阴影。尽管如今这里已非常安逸,还可以在园林里自由活动,而且园林里也没有围墙,可是他依然不能独自成行,难免会想到坏处。毋庸置疑,我是对他的苦恼最为同情的人,因此我相信,最能安慰到他的人也是我。所以,无论我多么繁忙,我最多隔一天就会过去看他一次,不是一个人去,就是和他的妻子一块前往,和他一起度过一个下午。

一七四九年的夏天温度特别高。巴黎距离范塞纳足足有两里约路程。我经济有点紧张,没有钱雇马车,因此我独自一人去时就是徒步,下午两点钟就出门,为了尽早抵达,我时常走得很快。按照当地的习俗,路边的树都剪得光溜溜的,一点阴凉都找不到。我经常因为累和热而虚脱,时常一下子栽到地上,不能再走了。为了放慢速度,我想到了带书出行的办法。有一天,我一边走一边看《法兰西信使》杂志。突然,我看到第戎学院公告第二年征文的一个题目:《科学与艺术的进步对伤风败俗有帮助,还是对敦风化俗有帮助》。

这个题目一出现在我的眼前,我马上就看到了另一个宇宙,自己也不再是现在的自己了。尽管我还清楚地记得这个印象,可是自从我在致德·马勒赛尔卜先生的四封信之一中把详尽的情形描写出来以后,我就彻底忘记了。我有必

---

① 圣堂,十三世纪的一个古教堂,是巴黎一个有名的建筑。

要在这里说明一下我的记忆力的一个奇特之处。当我仰仗它时，它就为我服务，而一旦被写了出来，它就离我而去了。因此一旦我把某件事写出来了，我就忘记它们了。在音乐里这个特点也得到了具体的体现。在我学习音乐以前，我会背很多歌曲，可是当我掌握了读谱唱歌以后，我就把所有曲子都忘记了。在我最喜欢的曲子中，我不知道自己是否还记得其中一支完整的。

这件事，我印象最深刻的，就是我到范塞纳堡时太过于兴奋了。狄德罗发现了，我给他解释了为什么，还读给他听我曾经在一棵橡树底下用铅笔描述出的一段仿照法伯利西乌斯①的讲演词。在他的激励下，我放开思想，写出文章去应征。自此刻开始，我就如坠深渊。我人生的所有悲惨遭遇也都是因为这一瞬间的痴狂所产生的后果。

我的情感快速膨胀，发散到与我的思想同步的程度。因为过于热爱真理、自由和道德，我的所有激情都烟消云散了，而最让人讶异的是在我的心里，这种癫狂延续了长达四五年的时间，可能在任何其他人的心里，从来都没有这么激荡过。

我是以一种非常奇怪的方式写这篇演讲稿的，之后在其他的著作里，也差不多沿用的是这种方式。我所有不眠的夜晚，都用于写这篇演讲稿了。我闭着眼睛在床上翻来覆去，脑子里也不停地回荡着文章的段落，等到我非常满意这段文章时，我就把它镌刻在脑海里，一直到可以写在纸上为止。可是在我起床和穿衣的时间里，我就把这一切都忘了。等到来落笔时，我脑海里已经空空如也。于是我就想到一个请勒·瓦瑟太太来当秘书的办法。在这以前，我已经让她和她的女儿、她的丈夫都住到我附近了。为了让我省掉一个仆人，她每天一大早过来帮我生炉子，处理一些杂事。她一到，我就把自己头脑里的文章说给她听，她负责写。我有很长时间都用这个办法，避免了很多遗忘。

我把写好的这篇讲演拿给狄德罗看，他啧啧称赞，还把几个应该修改的位置指给我看。可是，尽管这篇作品充满激情，也很有气势，可是却看不出任何条理。在我创作的所有作品中，推理性最差、和谐性最差的就是这篇了。可是，不管你天生多么有本事，写作艺术都是要经过漫长的学习才能掌握的。

我把这篇文章寄了出去，我只是跟格里姆提到过，对其他任何人都缄口不言。自从他到了弗里森伯爵家以后，我和他的关系就越来越亲密。他有一架钢琴，我们相聚的场所也因此变成了那里，我的闲暇时间全部都花在了钢琴边。从日出到日落，或者说从日落到日出，我们就一直唱着意大利歌曲和威尼斯船

---

① 法伯利西乌斯，公元前三世纪时的罗马执政官，因品质高尚而闻名。

夫曲。我不是在杜宾夫人家被人找到，就是在格里姆家里被人找到，再不然我就是和他待在一起，要么散步，要么听戏。我原本有意大利剧院的长期入场券，可是因为他讨厌这个剧院，我也就没再去了，宁愿花钱和他一起去法兰西剧院，因为他非常喜欢这个剧院。最后，我和这个青年因为一种强大的吸引力紧密连接在一起，难舍难分，包括我那最亲近的"姨妈"，我们的关系都没有以前那么亲密了。尽管我们相处的时间变少了，可是我对她的依恋这一辈子都没有变过。

我的空闲时间有限，不可能两边都顾及，这就使得我更想和戴莱丝住在一起。我原本就有这个想法，可是因为她家的人太多了，尤其是没有经济能力购置家具，我的计划才一直未能实施。这次有了我努力的机会，我当然不能放过。弗兰格耶先生和杜宾夫人觉得我一年只拿八九百法郎的年俸太少了，日常生活是不够的，所以主动涨了年俸，变成五十个金路易，而且杜宾夫人听说我要购置家具，又给我提供了一点帮助。我们把戴莱丝原有的一点家具也搬了过来，租了一套小公寓房子，就在格勒内尔·圣奥诺雷路的朗格道克旅馆内，那里住的都是一些正直人士。我们尽可能好好布置了一下那套房子，直到我搬到退隐庐，我们在那里度过了温馨的七年。

戴莱丝的父亲是个非常和蔼的好人，可是却非常惧怕老婆，他叫她"刑事犯检察官"。后来，格里姆又戏谑地把这个绰号安到女儿头上。勒·瓦瑟太太其实颇有才情，也就是说她其实很机智，她甚至还骄傲于自己所拥有的上流社会的礼仪和气质呢。可是我受不了她那套神秘的巧舌如簧，她把一些损招都教给她的女儿，让她尽可能在我面前做作，又对我的很多朋友假意讨好，离间他们之间和他们跟我之间的关系。可是，她倒是个不错的母亲，因为这样做是有利于她自己的，她又帮女儿弥补过失，从中受益。尽管我一直小心翼翼地照顾这个女人，而且还送了很多小礼物给她，只想着她可以喜欢我，可是因为我自己觉得有心无力，她便成为我这个小家庭里仅有的一个带来苦恼的因素。可是，我依然可以说，在这六七年中，我品尝到了最不堪一击的人心可以感受到的最美好的家庭幸福。我的戴莱丝是一个天使，随着我们亲密度的增加，我们的情感也跟着升温，我们愈加觉得对方是自己天生的伴侣。假如可以描绘出来我们在一起时的快乐，它们会因为特别质朴，而让人忍俊不禁的。我们在城外缠绵地散步，碰到有小酒店，就大方地花十个或八个苏。我们相对而坐，在窗口那吃着平常的晚餐，椅子就在和窗口一样宽的大木箱上。这时，我们就把窗台当作桌子，呼吸着沁人心脾的空气，欣赏着周边的景物，看着来来往往的行人，尽管我们在五楼，可是却可以一边吃，一边像身处于街道中。我们的晚餐只有半磅大面包、一小块奶饼、几个樱桃、四品脱葡萄酒，可是这种晚餐的乐趣，谁又能描绘出来呢？友情啊、信任啊、亲密啊、灵魂的美好啊！你们给我配了多么美好的调料啊。有时我们不自觉会在那待很久，到了半夜也没有察觉到。假如不是老妈妈善意提醒我们，我们还真没想到时间过得这么快。可是我们还是先不说这些细节吧，它们会特别枯燥，我一直都是这样认为的，真正的享受用言语是描绘不出来的。

几乎就在此刻，我还有过一次非常粗俗的享乐，也是我应该反省的最后一次那样的享乐。我曾经说过，克鲁卜飞尔牧师是很讨人喜欢的，我和他的关系很是亲密，和格里姆有得一比，而且后来关系也非常融洽。他们两个有时也会在我家吃饭。尽管这些便餐和精致完全不沾边，可是因为克鲁卜飞尔的趣味无穷、癫狂的欢笑和格里姆让人捧腹大笑的德语腔调，气氛非常热烈——格里姆那时还没有真正爱上法语呢。我们的小饮宴不是注重吃吃喝喝，可是因为气氛很是欢乐，足以弥补其不足，我们互相关系很融洽，形影不离。克鲁卜飞尔在他的寓所里包了个小姑娘，可是因为他无法单独供养她，她依然可以接客。有天晚上，我们到咖啡馆去，看到他正从咖啡馆出来，要到那姑娘家里去吃晚餐。我们就会讽刺他。他非常优雅地报复了我们，请我们一块去姑娘家吃饭，转过头讥笑我们。那小小可怜虫好像天性很好，非常温和，可是对于自己所从事的行业还很不习惯。她和一个老鸨待在一块，接受老鸨的训练。我们因为闲聊和痛饮而得意忘形。那位好克鲁卜飞尔请客就要彻底地请，不能有始无终。我们三人前后和那个可怜的姑娘到了隔壁的房间，弄得她哭也不是，笑也不是。格里姆一再声称他和她的关系是纯洁的，说他是有意让我们着急，拿我们逗乐，才和她待那么长时间的。可是，假如他这次果然和她保持了纯洁的关系，也不太像因为怀疑什么，因为在搬到弗里森伯爵家住以前，他就在这圣罗什区的一些妓女家里住的。

我离开这个姑娘所住的麻雀路以后，羞愧得像圣普乐[1]从他被人灌醉的那所房子里出来一样，我对他的故事进行描绘，正是想到了我自己的故事。戴莱丝从某种迹象出发，尤其是从我那惊慌失措的神色出发，就发现我做了什么见不得人的事，我为了减少罪恶感，就非常诚恳地跟她坦白了。多亏我这样做了，因为第二天格里姆就扬扬自得地跑过来跟她大说特说我的罪责。从那以后，他总是逮着机会就没安好心地跟她说到这段往事。这是他最不应该做的一点，因为既然我已经相信他，我就有权利希望他不会让我懊悔。我更加深刻地感觉到，我的戴莱丝太朴实了。相比埋怨我的无情，她更讨厌格里姆的作风。她只

---

① 圣普乐，《新爱洛伊丝》中的主角。

是温柔而亲切地斥责我一顿，并没有看到什么痛恨的印迹。

这个极好的善良的女子，心思是多么单纯，这就足以说明了。可是我现在还要补写一件事。我曾经跟她说，克鲁卜飞尔是个牧师兼萨克森-哥特储君的私人牧师。对于她来说，一个牧师是非常独树一帜的人物，以至于最不相关的一些概念都被她非常可笑地弄混了，竟以为克鲁卜飞尔就是教皇。我第一次听到她说教皇曾经来看我，觉得她神智失常了。我叫她给我解释，之后，我就赶紧跑去给格里姆和克鲁卜飞尔说了这个故事。自此以后，我们就把克鲁卜飞尔叫作教皇。麻雀路的那个姑娘又被我们叫作教皇娘娘贞妮。如此一来就笑得上气不接下气了。有人非说我曾经在一封信中——这是通过我自己的嘴说出来的——说我一直都很严肃，很少笑，这种人肯定没有见识过那个时代的我，也没有看到过少年时代的我是什么样子，要不然，他们怎么可能想出这样的话。

第二年，也就是一七五〇年，对于我那篇文章我已经没有任何想法了，突然得知它在第戎获奖了。这个消息又把我写那篇文章时的所有观点激发出来了，而且赋予了这些观点新的力量，终于让我童年时期所接受到的来自我的父亲、我的祖国和我的普卢塔克的英雄主义和道德理念的最初酵母开始发酵。自此以后，我就觉得做一个无拘无束的、有道德的人，漠视财富和物议，昂首屹立，才是最美好、最杰出的。尽管那恶劣的害羞和对他人讥笑的害怕，让我不敢马上就遵照这些原则办事，让我不敢和当时的信仰公开唱反调，我却从此做好了打算，只等到我的意志被各种矛盾引发，相信可以获得成功时，便果断地落实到行动中。

当我正从哲学层面研究人类的各种义务时，因为一件事，我对自己的义务又开始了更为深层次的思考。戴莱丝第三次怀孕了。因为我的内心太清高，对自己过于坦诚，不想用自己的行动来践踏自己的原则，我便开始反省我的孩子们会有一个什么样的前景，以及我和他们母亲之间是一个什么样的关系。我是以自然、正义和理性的法则为依据，是以宗教的法则为依据——这个宗教和它的创造者是一样神圣、永恒和简单的，可是人们却假惺惺的，说要让它变得更纯粹，事实上反倒污染它了。人们用自己的方式和方法，将它变成一种说大话和套话的宗教，因为制定规章制度而自己却可以不用付诸实践的义务，当然可以轻而易举地规定无法办到的事情。

我显然估计错了自己的行为所带来的后果，我在这样做时心灵不可思议的平静。假如我天生是那种坏人，无法听到大自然的呼声，内心里也从来没有产生过丝毫正义和人的情感，那么，这种铁石心肠倒是非常简单的。可是，我的内心是那么激动，感情是那样敏锐，我是那样容易一见倾心，一倾心就会被感情所奴役，需要抛弃时又容易觉得伤心。对于人类生来就这么和蔼，又这么喜欢杰出、真、美和正义；不管是什么类型的丑恶，我都是深恶痛绝的，又如此善良，不记恨任何人，甚至都没有产生过这样的想法；我看到所有道德的、豪放的、讨人喜欢的东西又会心软，受到如此强烈而甜美的触动——所有这些东西竟然都可以在同一个灵魂里，和那种恶意践踏最圣洁的义务的毁坏道德的行为相互和谐吗？不能，我觉得完全不能，我高声说不能，这是不可能做到的事。让-雅克这一辈子都是一个心地善良的人，一个天性犹在的父亲。也许我做错了，可是心肠却不会这么硬。假如我要把理由都罗列出来的话，那就一言难尽了。既然我曾经受到这些理由的吸引，它们也就可以吸引到其他的人，我不想将来有可能看到这本书的人再受到相同的蛊惑。我只想对我所犯下的错进行说明，我不应该因为无法对自己的孩子尽到抚养的职责，而将他们委托给国家抚养，我不应该想让他们长大以后变成工人、农民，而不让他们大胆去追求财富和探险，我还以为自己尽了一个公民和慈父的本分，满以为自己属于柏拉图共和国。从那时开始，我的懊悔就多次跟我说过去的所思所想是不对的，可是，我的理智却从来没有带给我相同的警示，我还时不时对上苍表示感谢，他们得到了庇佑，让他们因为受到这样的对待而不用遭受和他们父亲相同的命运，也让他们不用遭受假如我不得不抛弃他们而会带给他们威胁的那种命运。假如他们被我扔给了埃皮奈夫人或卢森堡夫人——之后她们因为大度，或因为友情，又或者因为其他目的，都曾经说明愿意照顾他们，他们会因此得到幸福吗？最起码，会不会长大成为正直人士呢？我不知道，可是我可以肯定的一点是，人家会让他们对他们的父母心生怨恨，可能还会背叛他们的父母，这还不如不让他们知道自己的父母是谁。

所以我的第三个孩子又走了前两个孩子的老路，被送去了育婴堂，之后的两个也是如此，我们一共有过五个孩子。在当时的我看来，这种解决方式实在是太科学、太正规、太完美了，而我之所以没有在公开场合对自己大肆褒奖，就是为了他们母亲的面子考虑。可是，只要是熟知我们俩之间关系的人，我都跟他们说了，像狄德罗、格里姆，还有埃皮奈夫人、卢森堡夫人。而我在跟他们说的时候，都是真诚直白的，并不是不得已而为之。我要是想把大家骗过去其实一点都不难，因为古安小姐是个很忠诚的人，嘴巴很严，我对她百分百相信。在我的众多朋友中，蒂埃里医生是唯一一个因为利害关系而知道真相的人，他曾救助过我那无助的难产的"姨妈"。总而言之，我一直公开着我的行为，因为我从不认为我做什么事要避着我的朋友们，事实上我也不觉得这样的做法有何不妥。从各个方面来分析，我觉得我的抉择对孩子们来说是最有利的，至少按照我的想法来说是最有利的。不管是从前还是现在,我都希望我的少年时期也能在这样的环境中学习。

在我如此表露心声时,勒·瓦瑟太太也在和我做同样的事,可是她不像我这样无私。我曾经把她和她的女儿引荐给了杜宾夫人,看在我的面子上,杜宾夫人对她们照顾有加。杜宾夫人从母亲口中得知了女儿所有的秘密。杜宾夫人既慈祥又大方,她并不知道我其实倾尽全力在资助她们,因此杜宾夫人又额外给予帮助。如此深厚的情谊,在母亲的授意下,在我等在巴黎的时期,女儿一直没有告诉我,等我到了退隐庐,在谈论了几次不相干的事情以后,她才向我坦白。那时,我确实不知道杜宾夫人对我们的事情了如指掌,因为她从不曾向我提起过。即便是现在,她的媳妇舍农索夫人是不是知情,我也不清楚,不过她的前房儿媳弗兰格耶夫人是很了解的,而她却是个口风不严的人。因此在次年,她就和我说了这事儿,但那时我已经不在那儿了,所以我就因为这件事给她去了信,存稿在函札集。在这封信中,我所说的原因刻意地疏漏了勒·瓦瑟太太以及她的家庭那方面,尽管最具说服力的因素来源于这一层面,可是我却守口如瓶。

舍农索夫人的友情和杜宾夫人的慎重都是值得我信赖的,弗兰格耶夫人的交情我同样信赖,而且在我的秘密被世人皆知之前,她就已经不在人世了。出卖我的秘密的就是那些我私底下和他们说过的人,并且是我和他们闹翻以后被曝光的。就凭这一点,就足以让人们对他们有看法;我并不是想要摆脱我的罪责,我甘愿承受责罚,可是不愿承受因为他们的恶毒而带来的责罚。我有极大的罪过,可这不过是一种失误。我忽略了我的义务,可是我从未有害人之心。至于我未曾见过的孩子,我的父爱无法泛滥。可是,背弃朋友的信赖,背叛最神圣的承诺,把我们内心的秘密宣扬出去,刻意毁坏一个遭受过我们的背叛、在远离我们的时候仍然敬重我们的朋友的声誉,这些就不能称之为失误了,那应该是对灵魂的亵渎和玷污了。

我一直想写我的忏悔录,并不是写我的辩护书,所以对于这一点我就暂且放下吧。我要说实话,而给予公正评价的却是读者。对于读者,我永远不会有丝毫过分的要求。

舍农索先生的结婚让我发现他母亲的家庭更加快乐了,因为新娘是个才德兼备、非常聪慧的女子,在为杜宾先生工作的人们之中,她好像对我不太一样。她是罗什舒阿尔子爵夫人的掌上明珠,而罗什舒阿尔子爵是弗里森伯爵的至交,所以结果他自然就成了格里姆的至交。可是,格里姆能进女儿的家门还是源于我的关系,不过他们两人志趣不同,因此结识得毫无意义。从那时开始,格里姆就只想去结交权贵,因此他只想和母亲往来,不想和女儿有什么瓜葛,因为母亲在上流社会交游广阔,可是女儿却只跟合她心意的朋友们来往,既不喜欢阴谋诡计,也不喜欢结交权贵。在舍农索夫人身上,杜宾夫人看不到任何她所预想的遵从,就让她自己在家中过着孤寂的生活,倒是舍农索夫人,她以自己的才德为傲,也许也因自己的出身为傲,她不愿意去参与那些社交活动,常常自己一个人待在家中,她不想接受那种她从不喜欢的束缚。此种遭遇使我对她的情感与日俱增,因为我天生喜欢同情弱者。我渐渐发现她特别喜欢空想,打破砂锅问到底,偶尔还有些巧辩的特长。我对她很有兴趣,我觉得她的言谈举止肯定不是一个刚从女修院办的学校出来的女子,可是她的年龄还不到二十岁。她皮肤很白,光彩照人。若她更注重一下仪态,她的身姿会异常诱人的。她的头发金黄带灰,特别美丽,时常让我回忆起我母亲年轻时期也有和她一样漂亮的头发,弄得我时常心绪不宁。不过我给我自己定了一个准则,并竭尽全力地去遵守,借以保证我不被她的魅力所引诱,不对她产生邪念。一整个漫长的夏季,每天我都和她在一起坐三四个小时,认认真真地教她学习算术,用我那堆积如山的数字去招她的讨厌,从不曾对她说过一句有邪念的话语,从未曾有过一个暧昧的动作。若是再过个三五年,我就不会有那么理智或者说那么傻了。可是我肯定是天意如此,一生只有一次刻骨铭心的爱情,对象并不是她,而是别的女人会占据我的内心但依然不会有结果。

从我住在杜宾夫人家中以后,我自始至终都安于现状,没有丝毫想改变我生活的意思。她和弗兰格耶先生一起主动提高了我的薪酬。在这一年中,弗兰格耶先生对我越来越好,他是财务总管,为了让我的生活更加安稳和充裕,他的出纳员迪杜瓦依耶先生老了想退休,他就把那个职位给了我。为了让我能胜任这份工作,有几个星期我都被安排到迪杜瓦依耶先生家中去学习相关知识。可是,也许是由于我没有做这个工作的能力,也许是由于迪杜瓦依耶先生——我感觉他可能有更中意的接班人——没有认真地教导我,又慢又很恶劣地教我所需要学习的知识。我总是无法掌握那一堆刻意搅乱的账目。可是就算我学艺不精,还是掌握了一部分,干这个工作也足够了。我慢慢地接手了,我一边管登记,一边管库存;一边收支现款,一边签收票据。尽管我不具备完成这项工作的能力,也不喜欢它,但是随着年龄的增长,我不得不去做,我下定决心压制我的厌恶,竭尽全力来做这份工作。不过在我渐渐步入正轨的时候,弗兰格耶先生出门去旅行了,他的金库就全靠我来掌管了,事实上那时库里的现金也就二万五千到三万法郎。这份工作带给我的辛劳和不安,让我深深地觉得我确实不适合做出纳,我一直觉得在他回来后我生的那场大病就是因为在他出去时我的思想压力过大造成的。

在我的书中的第一部中我就提到过，我出生后就是半死不活的。天生的膀胱畸形让我在幼年阶段饱受尿闭症的折磨；负责照看我的苏森姑姑为了保住我的性命所遭受的苦难，常人是无法想象的。不过她的努力没有白费，我还是健全地活了下来。少年时期，我的健康逐渐稳固，除了我之前讲述过的那次虚弱病，还有偶尔因为受热就觉得小便频繁让我有所不适之外，一直到三十岁我都未曾再遭受过早期那种疾病的折磨。在我去到威尼斯之后，我才首次被那种疾病所侵袭。因为旅行的辛苦和炎热，我患上了腰疼和便灼，到了冬天才见好。在我触碰了帕多瓦姑娘以后，原以为自己会死掉，可是最后却没有什么不舒服的地方。我对我那徐丽埃妲的牵挂是比身体的残害更多一些的，在经过一段时间的困顿以后，我的身体反倒比之前还好一些了。只是当狄德罗被抓之后，在那种炎热的天气下，我常常跑去范塞纳堡，由于受热便得了很严重的肾绞痛。自从生了这病以后，我的身体就一直未能复原到我最好的状态了。

我当下所讲的这个阶段，可能是因为给那个天杀的金库做些厌烦的工作，让自己有些累，身体变得更差了。我躺在床上休养了五六个星期，苦不堪言。杜宾夫人为我请了名医莫朗，尽管他医术精湛、手脚灵活，依然让我遭受了前所未有的痛苦，并且最后还是没能用探条弄清我的病因。他建议我找达朗来看，他的探条更软，确实插进了我的患处，可是莫朗对杜宾夫人说我最多还有六个月的生命。当我知道这个消息时，就认真地考虑了一下我所生活的环境：我的日子所剩无多，因为我原本不喜欢的工作而接受束缚，浪费掉仅有的时间，实在是太愚钝了。还有，我准备恪守的那些严苛的生活准则，和一个并不符合这些准则的工作是无法融合的。作为一个财务总管的出纳员，来传播清心寡欲和安贫乐道像话吗？因为高烧，这些想法不断侵蚀着我的思想，枝繁叶茂，再也无法从我的脑海中驱逐出去。在病后调养的阶段，我对我在高烧时所产生的这些决定渐渐地确定下来。对于所有发迹和进步的规划，我全都舍弃。既然我决心独自在贫困中过完我剩下不多的日子，我就会拼尽全力去摆脱时论的束缚，勇往直前地去执行我觉得善的事情，绝不在意别人的眼光和看法。我要排除的那些困难和为击破困难所要付出的辛苦，是常人无法理解的。但是我却尽力完成了，比我的预期还要超出很多。若是我也像脱离舆论的约束一样脱离了友情的约束，我肯定就完成了我的想法——这个想法或许是尘世间的人们所能想出的最宏伟的规划，最起码是对道德最有利的规划。但是，一方面我藐视那粗俗的大人物和哲人的荒诞的言论，另一方面我又任凭那些所谓的友人们的牵制，他们牵着我的鼻子，这些所谓的友人们，见我一人走向那崭新的道路上，就开始妒忌我了,表面上看他们好像是在帮助我,事实上他们都等着看我的笑话。一开始,他们不断地中伤我,就是为了以后毁掉我的声誉。让他们妒忌我的原因,不仅是因为我在文坛上的成功,还因为我在这个时期对个人生活的改变。对于我在写作上的成就,他们或许可以容忍,可是他们无法容忍我在行为上成为一个几乎让他们坐立难安的标杆。爱交朋友是我的天性使然,我平易近人、性情温柔,获得友谊是很简单的事。当我还是一个无名小卒的时候,所有认识我的朋友们就都非常喜欢我,一个敌人都没有。可是当我名声大噪的时候,朋友们全都变成了敌人,这是个极大的不幸。可更倒霉的是我身旁的那些假仁假义的朋友,他们借用友情的名义把我推向那万丈深渊。在我回忆录的后面将会具体描述这一恐惧的阴谋诡计,在这儿我只阐明一下这个阴谋的缘由。不久之后,人们将会知道这个阴谋是如何变为首个圈套的。

如果我要独自存活,就一定要有一个生存的方式。我想到了一个简易可行的办法,那就是帮人誊抄乐谱,按抄写的页数来算薪酬。若是有更为合适的工作能够养活我自己,我也会去做的,可是我觉得这项工作不仅更符合我的喜好,还是仅有的一个可以让我不必去看别人的脸色还能慢慢得到回报的工作,我就下定决心好好去做。我想我的前途是一片光明的,我压抑住我内心的浮躁,从金融家的出纳员摇身一变成了乐谱誊抄员。我觉得这个工作带给我很多利益,便勇往直前,不到万不得已的时候是不会放弃这份工作的。可是只要有可能,我会坚定不移地走下去的。

首篇文章的胜利让我离所做的决定更近了一步。文章一获奖,狄德罗就让人给刊印出来。当我还躺在病床上时,他就来信告诉我文章刊印的状况和它所带来的成效。信上说:“真是不可思议,这样的状况史无前例。”如此被人们肯定靠的绝对不是运气。在此之前我的名字无人知晓,因此对于我自身的能力我头一次有了十足的信心。事实上在我的内心深处,对自己的能力还持有质疑。我立马明白,若我依靠这次的胜利来推动我想独自生活的规划,是非常有用的。我觉得,一个在文艺界声名鹊起的人是不至于没有工作的。

我一下定决心就给弗兰格耶先生写了一封短信,告知他这件事,并着重感谢了他和杜宾夫人对我的各种款待,还希望他们多多关照我。弗兰格耶先生根本不懂我信里说的是什么,以为我在做梦,就赶紧来到我家来看我。可是他没想到我太固执了,没有回心转意的可能,就去找杜宾夫人,跟所有人说,我是真的疯掉了。不管他怎么说,我依然我行我素。首先我从服装上改变,我把镀金的饰物和白色的袜子都丢弃了,戴上一个圆形的假发,把佩剑拿下来,卖掉了手表,我内心特别兴奋地欢呼说:“感谢上帝,我再也不必操心时间了。”弗兰格耶先生很有心，一直没有把金库交给其他人。直到看我已无法回头，才让达里巴尔先生去负责金库，达里巴尔先生曾是小舍农索德的保傅，以《巴黎植物志》一书在植物界名声大噪。①

　　无论我那伟大的变革是怎样的严格，最开始我还是没有打我内衣的主意。我的内衣非常多又非常美丽，我十分喜爱它们，是我在威尼斯时行装的剩余。因为追求洁净，它曾算得上是一种奢靡的物件，也耗费了我不少金钱。不过之后有人帮我脱离了这种物质欲望的枷锁。在圣诞节前期，我的两位女总督在做晚祷，又恰好我去听圣诗音乐会的时候，有人撬开我的房门，把我们所有的内衣都偷走了，这中间就包括了我的四十二件衬衫，全是特级的细麻纱做成的，是我内衣柜中的精品。有邻居看到当晚有一个人拿了几个大包从公寓里出来，按照他们的描述，我和戴莱丝都觉得是她那个坏到极点的哥哥。不过她的母亲说不可能是她的儿子，无论她怎样解释，都不能消除我们的质疑，因为有很多的疑点都指向他，不过这样的质疑一直留在我们心中。我没有去做缜密的深究，我害怕最后的真相超出我的意料。这个哥哥再也没来过我家，之后更是杳无音讯。我怪我的命不好，也怪戴莱丝竟然生活在这样的家庭，所以我比以往任何时候都更希望她赶紧离开这个可怕的家庭。这件事治愈了我痴爱美丽内衣的嗜好，自此之后，我所穿的内衣都是极其平凡的，所以和我的整体装束更合拍了。

　　如此一来，我的变革总算完工了，之后我只需让这样的变革更为稳固，更为长久。我刻意忽略旁人的议论，暂时忘却本来是做善事却怕被人误解和责备的担忧。因为我的文章很出名，而我的勇气也出了名，因此给我带来很多顾客，所以我一开张就旗开得胜。不过，也有好几个因素阻碍了我在其他状况下可能获得的胜利。第一，我的身体状况很差，因为之前的那场病我留下了后遗症，很久都未能复原到之前健康的状态；其次，我所信任的医生带给我的痛苦，绝不亚于我自身的疾病。为我诊治过的医生有爱尔维修、马鲁安、蒂埃里、莫朗、达朗，他们全都学富五车，都成了我的至交，都用自己的方法为我治疗，可是并未让我的痛苦有所缓解，倒还很大程度上让我的体力削减了。我越是听从他们的教诲，就越发面黄肌瘦、身体越发虚弱。我的思维完全被他们打乱了，依照他们的药效来观察我的状况，让我觉得在我还没死以前，等待我的将是无穷无尽的痛苦，一会儿是尿闭，一会儿是结石，一会儿又是砂淋。只要是能为别人缓解痛苦的

---

　　① 我毫不怀疑，弗兰格耶与他的小团伙的人现在的说法有了很大的改变；但是我的根据是他当时的说法，他有很长时间都坚持这一说法，并且对所有人都这样说，直到开始搞阴谋。凡是通情达理、有良心的人，应该不会忘记他当时的说法。——作者原注。

方法,用在我身上都只能加重我的病症。我发觉唯有达朗的探条能短暂缓解一下我的痛苦,我觉得离了它我肯定活不下去,便买了很多探条预存着,我想若是哪天达朗不在人世了,我也不会没有探条可用。在之后的八九年里,我常常使用这种探条,若把手边留存的全算上的话,我购买它们所花费的金钱应该有五十金路易之多。可想而知,如此痛苦、如此耗费金钱、如此艰难的治疗,是无法让我一心一意地去工作的,也无法使一个垂死挣扎的人有心力去追逐赖以生存的面包。

不亚于我身体的疾病的另一种工作也拖累了我的身心,也就是文学层面的工作。我的文章一经出版,一些文艺守卫者就全都把矛头指向了我。我一看,那些若斯先生①根本都没有搞明白,就敢大言不惭地来指责我,我就立马拿起笔来,犀利地回击了他们,所以再也没人敢去声援他们。我记得有个南锡人,叫什么戈蒂埃先生,他是头一个败在我笔下的。在给格里姆先生的信中,我狠狠地将他训斥了一顿。斯塔尼斯拉夫王②是第二个,不过他并未一直跟我斗下去。看在他看得上我的情意上,我在回复他的时候转换了笔调,运用了更为严肃的方式,却也一样铿锵有力。我既保存了作者的颜面,也有力地抨击了他的作品。事实上我知晓那个叫默努神父的耶稣会教士也参与了那篇作品。我以我的经验,很容易看出哪里是国王写的,哪里是僧侣写的。我不留余地地批判了耶稣会派的所有语句,还适时地揪住了一个颠倒时代的失误,我坚信这样的失误只会出自于神父之手。我也不知为何这篇文章没有像我其他的文章一样有名,不过迄今为止,在同类型的作品中它依然是绝无仅有的。我紧紧抓住这个难得的机会,用这篇文章来让公众知晓,一个平民百姓同样可以维护正义,可以与一位君王较量。但是也很难寻找到一种语调,可以比我为了回复他所运用的语调更尊敬了。我非常好运,可以有这样优秀的对手,我很是敬佩他,又可以向他阐述我这种敬佩的心情,还不会让他觉得我是刻意诌媚,我把这一点诠释得非常完美,也并未有损我的身份。我的友人们开始为我担心,觉得我一定会被关到巴士底狱里去,我不曾有一丝一毫这样的恐惧。我是正确的,这位友善的国王在看了我的回复以后说:"我被征服了,再也不去招惹他了。"从那个时候开始,我就时常收到各种不一样的敬佩及和善的示意,我以后会说到几件的。至于我的那篇文章当然在欧洲和法国广为传颂,再也无人去找其中的错处了。

---

① 若斯先生,莫里哀的喜剧《医生的爱》中的珠宝商。朋友的女儿得了相思病,他却力劝朋友为女儿购买珠宝当作消遣。表面上道貌岸然,实际是为了自己。

② 斯塔尼斯拉夫·列辛斯基(1677～1766),一七〇四年至一七〇九年的波兰国王。这时在法国居住,是路易十五的岳父。

没过多久,又出现了另外一个对手,只是出乎我意料的是,他竟然是里昂的那位博尔德先生。他曾在十年前帮助过我几次,对我很友善。其实我一直记得他,只是一时大意,没有想起来。我并未将我所有的作品都赠给他,因为没有找到合适的机会,这是我的问题。所以他就抨击我,但是还算有礼貌,我也回复得相当客气。之后他更进一步抨击我,因此逼我写了最后一篇回复,他并未还击我的这篇回复,不过他变成了我最残暴的对手,趁我最不幸的时候写了很多极其恶毒的话语来诽谤我,甚至为了陷害我,还不惜跑了一次伦敦。

这样的笔战让我忙得自顾不暇,白白耗费了很多抄写乐谱的时间,对于颂扬真理没什么益处,对我的钱包更无好处。那时我的书商叫比索,他付给我的薪酬是很少的,有时分文不给。就说说我的第一篇文章吧,我就未获得一文钱的稿费,他得到了狄德罗的免费馈赠。他那些小册子该付给我的钱也要经过一个漫长的过程,必须一个苏一个苏地跟他要。所以在这个时候,我抄乐谱的工作就无法继续了,我同时做两种行业,这必然会造成玉石俱焚的效果。

这两个不同的行业还在其他层面相互对立,由于它们迫使我必须采用不一样的生活方式。我早期作品取得的举世瞩目的成绩,让我一时间受到大家的追捧。我所选择的职业又极大地激发着人们的好奇心,人们总是想和这个怪人结识一下。他对任何人都没有要求,只想活得舒服自在,其他什么都不在乎。如此一来,我的所有计划都泡汤了。我的房间里没有断过客人,他们以各种理由霸占我的时间。女士们采取各种方式邀请我去她们家做客。我越是疾言厉色地对人,人家就越是盯着我不放。我不能对所有人都采取拒绝的方式啊。要拒绝就会引来若干敌人,要搪塞就得任由人家差遣。无论我采取何种方式应对,我都不能在一天中找到属于我自己的一个小时的时间。

于是我发现,甘于贫苦而独立的生活,其实是有一定的难度的。我想凭借我的手艺生存下去,可是公众却不乐意。人们想方设法来补偿我因为他们而在时间方面所受到的损失。很快,我差不多和傀儡戏的可笑小丑无异了,几个钱看一次了。在我看来,这是最羞耻、最冷酷的奴役生活。我别无他法,只能把所有馈赠都排除在外,没有人能特殊化。我这样做反倒激发了那些送礼之人的热情,他们觉得要我接受那些礼物,反倒会增添他们的荣耀,无论我是否愿意,都要强制性要求我接受。假如主动找他们开口,有的人竟然不会给我一个埃居,现在却不停地给我找麻烦,给我送东西,看到我悉数退回了所有礼物,就咒骂我的拒绝是清高、是显摆,借此报复。

显而易见,我所坚持的决心和坚守的生活方式,都是和勒·瓦瑟太太的方向不一致的。尽管女儿并不自私,可是在母亲的一再挑拨下,她也会屈服。于是,就如同果弗古尔先生所说的那样,这两位"女总督"拒绝馈赠就开始有所犹疑了。尽管她们背着我做了很多事情,可我还是发现了一些端倪,这足够让我判断出我并不知道所有事情,所以我很悲伤,其原因并不是我担心人家骂我沆瀣一气(这也是预料之中),最重要的原因还是我在家里没有绝对的主导权,连自己的主都做不了。我恳求、苦口婆心地劝、生气,都无济于事。妈妈说我这一生都是个唠叨命,是个脾气暴躁的人。她和我的朋友们说起来,便总是叽叽喳喳、窃窃私语。于我而言,在我的小家庭里,所有东西都披上了一层神秘的面纱。为了避免和她们发生冲突,我根本都不敢过问家里的事了。要想把这所有的困扰都摆脱掉,就必须拥有强大的意志,而我又无能为力。我只会大声叫唤,却没有采取任何行动。她们由着我大声叫唤,她们却依然故我。

这些接连不断的纷扰,这种成天找上来的麻烦,终于让我厌倦了在家里、在巴黎生活。当我的身体恢复一点以后,当我不需要熟人拉着我东来西去时,我就独自出去溜达,我那些纷繁复杂的思想体系开始涌入脑海,而且我时常把口袋里的本子和笔拿出来进行记录。这就说明,为了排遣我所选择的职业所产生的意外愁苦,我又如何回归到了文学这条路上。这也说明,我所有的早期作品都是如何携带上我这股写作的愤懑之气的。

我的愤懑之气还因为另外一件事有所增长。我不仅不擅长社交,又不会学习改进,也不习惯受到这种束缚,而我又无奈被卷进这样的社交场合,于是我就想到一个办法,采取一种我所独有的方式,避免去学习一般的社交方式。我怎么也无法克服那种愚钝而让人兴致全无的羞赧。既然羞赧是因为担心失礼,我就下定决心去和礼俗对抗,让我的胆子大一点。羞涩让我愤愤不平,我对礼仪并不精通,就假装对礼仪很鄙视。这种符合我的新生活原则的粗俗的态度植进了我的血液,成为一种尊贵的东西,因此我这种粗俗的态度竟然坚持了很长一段时间,真是让人大跌眼镜,原来这是一种和本性完全背道而驰的矫揉造作。可是,虽然因为我的外表和几句俏皮话给我赢得了愤世嫉俗的名声,可是在个人生活中,我却总是无法扮演好这个角色。我的至交和熟人总是拉着我这只桀骜难驯的熊的鼻子跑,就像拉着一只小羊羔一样,而且在他们听来,我那些极尽讽刺的话虽然不中听,却是广泛存在的真理,我不会对任何人说一句重话。

我因为《乡村卜师》这部歌剧更加成为炙手可热的人物了。很快,巴黎最受欢迎的人就是我了。在我的一生中,这个剧本有着里程碑式的意义,它的故事紧紧联系着我当时的交游。为了让读者对后来的事情有所了解,我必须对这一点进行详细说明。

我当时认识的人不少,可是好朋友却只有两个,那就是狄德罗和格里姆。

我有一个心愿,让所有我爱的人都团聚到一块。既然我和他们关系那么好,他们俩也肯定会很快就变成好朋友。因为我,他们俩有了关系,互相很投缘,交情便超过我和他们的关系。狄德罗认识的人无以计数,可是格里姆不仅是外籍,而且又是刚来的,需要多和一些人相识。我希望可以多给他引荐一些人。我把狄德罗已经介绍给他了,把果弗古尔也介绍给他了。我还把他带到了舍农索夫人家里、埃皮奈夫人家里、霍尔巴赫男爵①家里——我和霍尔巴赫男爵的相识,差不多是被迫的。我所有的朋友都变成了他的朋友,这倒是很容易。可是他的朋友却都和我不是朋友,这个问题就变得复杂了。当我在弗里森伯爵家里住时,他经常邀请我们去伯爵家里做客,可是弗里森伯爵却没有对我表示过任何友谊和照顾。伯爵的亲戚旭姆堡伯爵和格里姆关系也非常要好,可是他对我却也像弗里森伯爵对我一样。其他的人,不管是男是女,只要是格里姆借由两位伯爵的关系相识的人,对我都是这样。我觉得只有雷纳尔神父②不一样,他是格里姆和我的共同朋友,而且当我经济不宽裕时,他曾经竭尽全力帮助过我,非常大方。可是,我在认识格里姆以前,就已经认识雷纳尔神父了。一次,他曾经对我做出过一个极为关心又热情的表示,尽管只是一件小事,可是我却一直记得。从那以后,我就一直很喜欢他。

这位雷纳尔神父的确是一个古道热肠的朋友。几乎就在我说的这个时期,还有一件事可以证明这一点:这件事就是有关这位格里姆的,当时他正和格里姆来往频繁。格里姆和菲尔小姐来往了一段时间以后,突然想要如痴如醉地爱她,要顶替掉卡于萨克。而那位美人儿却要表现出自己的忠诚,对这位新来的追求者表示拒绝。于是这位追求者就觉得这是一桩悲剧,想要因情而死。他突然得了一种闻所未闻的怪病,连续昏睡了几天几夜,眼睛睁得老大,脉搏又没有问题,可是像个植物人一样不吃不动,也不说话,有时好像听到别人在讲话,可是从来没有反应,连个动作都没有。而且他也没有任何表情,身体也没有什么不适,只是像尸体一样躺在那里。雷纳尔神父和我轮流看着他。神父身体强壮一些,负责晚上看护,我负责白天看护,两人从来不会齐上阵,一个不到,另一个就一直待在那里。弗里森伯爵慌了,就请来了塞纳克。塞纳克认真检查了一下,说一切都好,连药方都没开。我很替我的朋友着急,这就让我对医生的神情加以用心揣摩,我看他出门时脸上还带着笑呢。可是病人依然连续好几天一动

① 霍尔巴赫男爵(1723～1789),法国哲学家,唯物论者和无神论者,著有《自然体系》。
② 雷纳尔神父(1713～1796),著名的历史学家和哲学家,《欧洲人在两印度的机构及商业的政治哲学史》就是出自他之手,对殖民政策和教会进行严厉攻击。

不动,连汤水都不喝,只吃了几个蜜饯樱桃,我一个个送到他舌头上,他倒是顺利地咽下去了。突然一天早晨,他起床穿好衣服,又回到了以前的生活,却从来没有跟任何人说起过那次荒诞的昏睡经历,也对他生病期间我们对他的照顾只字不提,包括我和雷纳尔神父在内。

这件事难免引发人们的议论,假如一个男子竟然会因为一个歌剧女演员的无情而感到信心全无,甚至死亡,那个故事才叫新奇呢。格里姆因为这段痴情的故事一时间风头无两,很快,他就成了爱情、友情和所有感情的奇迹的代名词。他也因此受到上层社会的热烈欢迎,去哪都受到热捧,所以他和我的关系也没有那么亲密了。在他看来,我这个朋友从来都是滥竽充数的。我很难过,他是要彻底摆脱我了,因为他那么大肆宣扬自己的情感,正是我一声不响地向他表示出来的。他在社会上获得成就当然是我愿意看到的,可是我却不想他因此丢掉朋友。有一天,我跟他说:"格里姆,我原谅你对我的疏离。当你将来尽情享受过成功所带来的快感以后,觉得无聊的时候,我希望你能再回来,我会在原地等你。而现在,你不要觉得心有所愧,你尽管按照自己的心意去做,不用顾忌我。"他说我说得没错,就依照我的话去践行了,而且很是怡然自得,以至我只能在和共同的朋友一起时,才能看到他。

在他和埃皮奈夫人交情甚笃时,我们见面的地点主要是在霍尔巴赫男爵家。这位男爵的父亲是个暴发户,家里财产丰厚,竭尽全力挥霍,在那里接待一些文人墨客,而凭借他自己的学识,也完全可以称为一名文人。很久以前,他就和狄德罗有交情,而在我成名以前,他曾经拜托狄德罗引荐我们认识。他对我的盛情因为一种与生俱来的厌恶之情让我难以接受,有一天,他问我到底是什么原因,我告诉他:"你太有钱了。"他仍然要和我做朋友,最后我们还是成了朋友。我最大的悲哀一直都是我难以抗拒别人的温柔,而我次次都在别人的温柔中败下阵来,而自己却要付出惨重的代价。

我还有一个名叫杜克洛①先生的朋友,他是我一有实力结交时就结交的朋友。好几年前,我在舍弗莱特的埃皮奈夫人家里第一次见到了他。他和埃皮奈夫人关系很好。我们只是一起吃过一顿饭,当天,他就走了,可是吃过饭后,我们交谈了一会儿。埃皮奈夫人早就在他面前提起过我,而且还说到了我的歌剧《风流诗神》。杜克洛太有才了,当然会爱有才的人。他一早就喜欢上我了,而且邀请我去看望他。虽然我对他也仰慕已久,更何况这次见面,可是我因为害羞和懒惰却一直没去看他,我觉得只是因为他对自己的青睐而自己却毫无实

---

① 杜克洛(1704～1772),法国伦理学家和文学家,《风俗论》就是由他所写,他还著有多种小说。

力,是没有资格和他结交的。之后我取得了首次成绩,又听到他对我的褒奖,受到激励的我才跑去看他,他也来看我。我们之间才开始有交情,这种交情让我一直都觉得他非常讨人喜欢,而且因为这种交情,我才更有证据表明,正派和节操有时和文学修养是相互衔接的。

还有很多短暂的交往,我就先不提了。这些交往都来源于我初期的成功,等到他们不再对我感到好奇了,交往也就结束了。我原本是个简单的人,你今天看过我,明天就觉得我没什么新奇的了。可是,却有一位克雷基侯爵夫人这时要认识我,而且友情比其他女人维持的时间都要久。她的叔父是马耳他大使弗鲁莱大法官先生,大法官的哥哥就是驻威尼斯大使,而且还是蒙太居先生的前任。从威尼斯回来后,我曾经去看过他一次。克雷基夫人给我写了一封信,我就去看她了,她非常友善地接待了我。我有时在她家吃饭,在那里和好几个文人相识了,其中就有《斯巴达克斯》和《巴尔恩维尔特》的作者——梭朗先生,之后他却变成了我一大死敌,而且也不知道到底是因为其他的什么原因,只有一个可能,那就是他的父亲曾经很无耻地把一个人害死了,而我和那个人的姓是一样的。

显而易见,一个抄乐谱的人理应整天埋首在自己的工作中,而我遇到了太多的分心事,不仅不会增加每天的收入,也会阻止我认真把自己的工作做好,因此剩下的一点时间,我基本上都浪费在涂错、刮错或整页再次誊抄上面。我越来越不能忍受这种让人厌恶的生活,我想要逃离巴黎,回到乡村。有好几次,我都跑去住到马尔古西,勒·瓦瑟太太和这个地方的助理司铎相识,我们就在他家先住下来,安排得不会让主人受到困扰。有一次,格里姆也和我们一起前往。① 助理司铎的嗓子非常好,歌唱得不错。尽管他对音乐并不在行,可是他的那部分唱词唱得很精准,也很迅速。在那里,我们整日都在唱我在舍农索写的那些三重唱。我又以格里姆和助理司铎胡乱拼凑出来的一些唱词为依据,写了两三曲新的三重唱。对于我在清心寡欲的欢快情况下所创作出来的、唱过的这些三重唱,我深感可惜,我将它们和我的所有乐稿都留在了伍顿,可能已经被达温浦小姐当卷发纸给卖掉了,可是它们是有保存的价值的,基本上对位都写得很不错。在这些短距离旅行中,我非常高兴地看到"姨妈"的心情非常好,而我自己也很兴奋。就是经过了这样一次短距离旅行以后,我快速给助理司铎写了

---

① 那天早晨,我跟这位格里姆先生一起去圣旺德里伊喷泉去吃饭,发生了一件虽然很小却值得记忆的事故。我在这里忘记了叙述,就不提到它了。但是我很久之后回想起来,得出了这样的结论:从那时候开始,他心里就已经有了那个日后执行得无比成功的阴谋了。——作者原注。

一首诗,在我的文件里,人们会看到这首诗。

我还有另外一个我很喜欢的居住地,那就是缪沙尔先生的家,这里更靠近巴黎。缪沙尔先生和我来自同一个地方,是我的亲戚,还是我的朋友,他在帕西布置了一所风光旖旎的幽居。在那里,我度过了一段非常安宁的时期。缪沙尔先生本来是个珠宝商,很善解人意,做生意挣了不少钱,又让独生女和票据经纪人的儿子、御膳房总管瓦尔玛来特先生结了婚,于是做了一个很英明的决定,在晚年不再做生意,在生活困扰和死亡之间设置了一个休息和享受的中断期。这位特别好的缪沙尔先生确实是个当之无愧的落实到行动中的哲学家,他无牵无挂地生活在自己修建的一所温馨的房子里,一所亲自经营的美丽的园子里。在修建园子的花坛时,他看到了不少贝类化石,以至于在自然界中,他那丰富的想象力里只有贝壳,最后他竟觉得宇宙确实只剩下贝壳和贝壳的残余了,整个地球也只剩下包含贝壳的泥沙了。他脑子里只有这种东西,只有那些令人啧啧称奇的发现,便越想越激动,最后,这些思想在他脑子里都快要形成一个系统了,也就是说形成疯病了——假如不是死神降临到他身上的话。对于他的理智来说,他的死是一件值得庆幸的事,可是对于他的朋友们来说,则是件特别悲哀的事情。因为他在朋友们中很受欢迎,在他家里偶尔住几天还是蛮不错的。他死于一种很古怪的病,也很让人难受。那是一个长在胃里的瘤,日益增大,让他无法吃东西,而人们却始终找不出来是什么原因导致的。他被这个瘤折磨了好几年以后,终于饿死了。我只要一想到这个令人敬仰却又令人同情的人的最后的日子,就忍不住潸然泪下。那时,看他经历痛苦的惨样,一直到最后都陪在他身边的朋友,也就只有勒涅普和我了。他还是那么热情地接待我们,而他自己却已经病得这么重了,看到他请我们吃的饭食,他真是羡慕得要命,可他自己却连吮吸几滴淡淡的茶都是奢望,喝了后立马就会吐出来。可是在这种让人难以忍受的时间之前,我在他家结识了多少杰出的朋友啊,我们在一起度过了多么快乐的时光啊!在这些朋友中,首先要说的就是普列伏神父①。他是个非常和蔼、质朴的人,他的作品因为他的心灵而朝气蓬勃,值得千古流芳。从他在社交场合的表现和他的个性上,完全看不出来他作品的悲剧色彩。还有普罗高普医生,他是个一贯受到美人怜爱的小伊索②。还有布朗热,《东方专制主义》一书的作者就是他,死后才得以发表,而且我相信,缪沙尔的思想体系被他延伸至了整个宇宙。在女人中间有伏尔泰的侄女德尼夫人,当时,她还只是个质朴的女

---

① 普列伏神父(1697~1763),法国名小说家,《曼侬·列斯戈》和《克利弗兰》就是由他所写。

② 传说伊索长得非常丑。普罗高普是驼背,长得又丑,因此被叫作"小伊索"。

人，还没有假冒女才子呢。还有旺洛夫人，尽管她称不上美貌，可是娇媚可人，唱腔很动人。还有就是瓦尔玛来特夫人自己，她的唱功惊人，尽管人很是纤瘦，可是假如她自己有自知之明的话，还是挺讨人喜欢的。上面几乎就是缪沙尔先生的所有朋友，我和这些朋友都相处得很好，假如不是缪沙尔先生带着那份贝壳迷来和我交谈的话，我的心情会更加愉悦的。我可以说，在他的研究室里工作的半年多时间里，我也觉得很快乐，丝毫不逊色于其本人。

他老早就觉得帕西的矿泉水会有利于我的病体，劝我去他家居住。为了躲避城市的喧闹，我最后同意了他的提议，去帕西住了八九天。这段时间之所以对我有帮助，不是因为我喝了那种矿泉水，而是因为在乡下居住。缪沙尔会表演大提琴，对意大利音乐极为热衷。一天晚上，我们在睡觉前聊到了音乐，聊得热火朝天，尤其是说到我们两个都非常喜欢而且在意大利看过的那种喜歌剧的时候。晚上，我夜不能眠，光想着如何才能让法国人了解这种体裁，因为《拉贡德之爱》①完全不属于这种歌剧。一早，我一边走路，喝着矿泉水，一边匆匆忙忙作了几首像诗又不像诗的歌词，和我作诗时想到的歌曲相配。在花园的高处有一个圆顶小厅，我就在里面匆忙把词和曲都写出来了。早茶时，我不由自主地把它们拿出来给缪沙尔和他的管家、非常讨人喜欢的迪韦尔努瓦小姐看。我匆忙写出来的这三段分别是独白《我失去了我的仆人》、卜师的咏叹调《爱情觉得紧张就增长起来》，以及二重唱《科兰，我保证永远……》等。我根本没想过这些东西有必要写下去，如果不是得到了这两人的激励，我都要把它们付之一炬了，从此不再想了。我写出的很多东西最起码和这一样好，却都被我烧了。可是他们却竭尽全力地激励我，只用六天时间，全剧就完成了，只差几行诗。所有谱子都有了初稿，只需要到巴黎再加点儿宣叙曲和所有中音部就可以了。这所有东西的完成，速度之快让人咋舌，只用了短短三个星期的时间，我的全剧各幕各场就都誊完了，基本上可以表演了。只是还少一段幕间歌舞，这是过了很长时间以后才创作出来的。

这部作品的完成让我太激动了，好想听到它被表演出来。我几乎想不惜一切代价去看它遵照我的意思表演出来，就像当年吕利②一样——听说有一次，他专门让人给他表演了一次《阿尔米德》。因为我不会对这感兴趣，而只能和民众一起感受，我就必须让歌剧院认可我的作品。遗憾的是它是一种崭新的体裁，

---

① 《拉贡德之爱》是德图什所作的歌剧，由穆莱配乐。

② 吕利(1632～1687)，知名作曲家，原籍意大利，为法国宫廷音乐总监，创作了不少歌剧和乐曲。《阿尔米德》就是其中一部歌剧。

听众还觉得很陌生,而且,《风流诗神》的失败也让我意识到,假如我再打着我的旗号把《乡村卜师》一剧送出去,它依然会以失败告终。杜克洛帮我把问题解决了,他将我的作品拿去试演,没有让别人知道作者是谁。为了把我自己隐藏起来,排演时我没去现场,连指导排演的"小小提琴手"①都只在受到全场人的欢迎,证实作品非常精彩以后,才知道它是由谁创作的。只要听到这部作品的人都点头称赞,次日,在所有社交场合,人们都在谈论这件事。游乐总管大臣居利先生莅临试演现场以后,表示要把这部作品拿到宫廷去表演。杜克洛非常了解我的心意,也明白一旦剧本被拿到宫廷去,就不像在巴黎,由不得我自己做主了,于是拒绝交给他剧本。居利觉得自己高高在上,恣意勒索,杜克洛坚持不愿意。两人的纷争愈演愈烈。有一天在歌剧院里,假如不是有人分开他们,他们俩就要出去单挑了。人家来找我,我就说你们去找杜克洛先生吧,交由杜克洛先生做主。奥蒙公爵先生也站了出来。最后,杜克洛觉得权力还是要屈从的,就拿出了剧本,打算到枫丹白露去表演。

宣叙曲是我最引以为傲的部分,也是和老路子距离最远的部分。我的宣叙曲用一种全新的方式准备抑扬,和唱词的吐字相吻合。人家没有勇气把这种恐怖的改革保存下来,害怕那些已经习惯了顺从的耳朵听了会心生厌恶。我答应让弗兰格耶和热利约特去重新创作一套宣叙曲,我可不想加入其中。

所有东西都准备好了,演出的时间也定下来了,人们便提议让我去一趟枫丹白露,最起码把最后一次彩排看一眼。我和菲尔小姐、格里姆,也许还有雷纳尔神父,一起坐一辆宫廷的车子去了。彩排还不错,比我预想的要好一些。乐队有不少人,包括歌剧院的乐队和国王的乐队。科兰由热利约特扮演,科莱特由菲尔小姐扮演,卜师由居维烈扮演,歌剧院的合唱队负责合唱。我几乎没说什么。组织者是热利约特,我不想再审视一遍他做过的事。而且,虽然我一本正经,可是置身于这群人中间,却羞愧得像个小学生一样。

正式演出就定在第二天,我去大众咖啡馆吃早餐。那里人声鼎沸,大家都在兴高采烈地讨论着昨晚的彩排,入场有多么艰难。有一个军官说他很容易就进去了,给大家细致地描绘了一番里面的情形,还对作者进行了一番描绘,讲述了他的所作所为。可是让我觉得讶异的是,他前后讲了很长时间,而且看不出一丝做作的样子,说的却全部是谎话。我看得再清楚不过了,津津乐道这次彩排的那位先生,当时根本就没有出现在现场,因为他描绘得那么仔细的作者如

① 勒贝尔和弗朗科尔就是这样被大家称呼的,他们俩从小就一起到人家里表演小提琴,因此得名。——作者原注。

今就在他的眼前,他却不认识。在这个可笑的场景里,它给我带来的影响才是最让人讶异的。那个人年纪一看也不小了,从相貌上来看,还算是个身份尊贵的人,他的圣路易勋章也证实他曾经是一名军官,一点都没有夸张。虽然他很是坦然,虽然我心里极其不愿,他还是引起了我的兴趣。他在那儿大放厥词,我在这儿满脸通红,只能把头深深地低下去,真是急得像热锅上的蚂蚁。我在想,能不能找到一个办法,把他的谎话理解成是搞错了,而不是刻意为之。最后,我担心有人认出了我,当面让他下不来台,于是就一声不吭地把我的可可茶喝完,然后低头跑了出去,这时现场还有很多人在听他滔滔不绝呢!到了街上,我发现自己全身都在冒汗,我可以肯定,假如我出门前有人把我认出来的话,只要我想到那个可怜人被人发现在说谎时的伤心表情,我像个犯人一样羞愧和紧张的表情就一定会被人家发现。

我现在正处于一生中最紧张的一个时刻,很难只简单地加以描述,因为描述本身就差不多不会具有评判的色彩。可是,我还是要试着说明一下我的做法,我的企图,不加以评判。

那天,我穿的衣服和平常一样,都是便装,一脸的胡须,假发也是乱糟糟的。我觉得我打扮得这么不得体,正好证明了我非常勇敢,我就是以这副装扮来到了国王、王后、王室和整个朝廷都会来的那个大厅。居利先生把我带到了他自己的包厢里。这个包厢位于舞台侧面,对面是一个较高的小包厢,里面坐着国王和蓬巴杜尔夫人。我周围全都是贵妇人,就我一个男的,我可以肯定地说,人家是故意把我放在那里的,以便大家都看见我。灯开以后,在那些打扮得花枝招展的人们中间,我如此装束实在是难堪死了。我难免扪心自问,我坐的位置是否合适,我的装束是否合适,我觉得局促不安,可是没过几分钟,我就用一种英勇的精神回答了自己:"是的,没错。"这种英勇的精神可能更多地来自进退两难,而不是来自义正词严。我喃喃自语道:"我坐的位置没错,因为这个演出的剧本正是我写的,我是受到邀请的,我之所以写这个剧本也正是因为此。而且更准确地来说,最有权利享受劳动和才能的结果的人就是我了吧。我的打扮和平常无异,不仅没有改善,也没有更糟。假如一开始,我有在某件事情上臣服于世俗的观点,要不了多长时间,我就会在每件事上都臣服于世俗的观点了。为了一直保持我的本色,我就不应该羞愧于自己以职业为依据来装扮自己。我的外表是质朴的,蓬头垢面,可是也并不邋遢。胡子原本也挺干净的,因为它来自大自然,而且根据习俗,有时胡子还可以作为装饰呢。人们会觉得我滑稽无礼,但那又如何呢?我应该懂得经受住笑骂,只要这笑骂本不应该由我来承受。"这样告诫自己一番以后,我的勇气倍增,以至如果需要的话,我可以上刀山下火海,在所不辞。可是,可能是因为国王在座的关系,可能是因为人心的趋势所向,我在那种关注着我的好奇心中,只看到了礼貌和讨好。我很受触动,以至又开始不安于自己的剧本是否成功,害怕有负于这种热切的希望,因为大家好像都等着为我欢呼呢。原本我是做好了思想准备去应对嘲讽的,可是他们却待我如此亲切,完全出乎我的意料,这一下子让我心服口服,以至开始表演时,我像个小孩子一样紧张不已。

很快,我就不再担心了。从演员这方面来说,演得差强人意,可是从音乐这方面来说,却唱得不错,演奏得也不错。第一场真是真诚迷人。从那时开始,我就听到那些包厢里有人在啧啧称赞,这还是我第一次听说这类剧本的表演得到这样的夸赞呢。这种持续上升的亢奋情绪,很快就在全场蔓延开来,套用孟德斯鸠的话来说,就是通过效果本身来让效果得以提升。在一对农民男女交谈的那场中,效果达到了极致。国王在场是不允许欢呼的,这就让台词都清楚地落到了听众的耳朵里,剧本的作者因此捡了大便宜。我听到周围有很多艳若桃花的女人在小声议论着:"好美啊,真动听。每个音符都在敲击人的心灵啊。"我感动了在场那么多可爱的人,这种乐趣让我自己都忍不住激动落泪。到第一段二重唱时,我的眼泪哗哗直流,同时我也发现,不止我一个人在流泪。我有一阵子凝神思考,头脑里出现在特雷托伦先生家里开音乐会的场景。这种回想颇有奴隶将桂冠放到胜利者头上的滋味,可是这个回忆很快就消失了,我迅速沉浸在自身荣耀的乐趣中了。可是,我相信,性的冲动在当时远比作为作者的虚荣心要大得多。毋庸置疑,假如现场都是男人,我不可能在当时就那样浑身燥热,只想用我的嘴把我身上流出来的泪水都吸掉。我曾看到一些剧本得到了更大的褒奖,可是如此广泛、如此动人、如此震慑人心的场面,把整个剧场的观众都吸引过来的场面,我还是头一次见,而且是在宫廷里首次表演。只要是看到这个场面的人应该都还有印象,因为它取得了惊人的效果。

奥蒙公爵先生当天晚上就派人告诉我,要我次日十一点左右去离宫觐见国王。居利先生给我捎来了这个口信,而且他还说,他觉得国王要亲自宣布,准备赐给我一份年金。

恐怕没有人会相信,在这样一个灿烂的日子后面,我度过了多么焦急而难堪的一夜。一想到要觐见,首先浮现在我的脑海里的就是之后我时常要跑到外面去。当天晚上看戏时,我已经因为这种需要跑了无数趟。明天,我在长廊里或国王的房子里,和所有达官贵人们待在一起,静候国王陛下驾临,我会因为这种需要难过不已。我之所以一直尽可能不出去交际,不让自己和贵妇人单独待在屋里,主要原因就在这里。我的脑海里只要浮现出我因为这种需要也许会陷入的圈圈，我就急得不知如何是好，之后就难免会做出傻事，而我宁愿牺牲自己也不想做出傻事。只有经历过此种遭遇的人，才会真的知道不愿冒这种风险的害怕心情。

之后我又在脑子里回想，我到了国王面前，被人引荐给国王陛下，陛下自然停下来，和我交谈。在答话时，我不能紧张，要回答准确。即便在最不值得称道的陌生人面前，我都会因为我这可恶的害羞而不知如何是好，到了国王面前更不会例外，会让我在合适的时机说出合适的话吗？我很想既保持我一贯的一本正经的态度的口气，又表现出我对于这样一位大人物所给的荣誉的感激，所以在那冠冕堂皇而又合适的赞美词中，我就应该包含一点杰出而有好处的真理。要想提前把灵活的回答准备好，就必须预先想出他也许会问我什么。而且，我相信，即便我提前想得没错，到了他面前，我依然会忘得一干二净的。这时，当着所有朝廷官员的面，假如我在紧张中又说了一两句我平常会说的那种傻话，我会变成什么样呢？我恐惧于这种危险，才痛下决心，不管怎样也不能让自己出洋相。

当然，我失去了那笔唾手可得的年金，可是我也没有让年金捆绑住我。有年金以后，什么真理、正义、勇气就都荡然无存了。自此以后独立和宁静都会变成纸上谈兵。一接受这笔年金，我就必须谄媚，或者小心翼翼，而且谁能确保年金一定会交到我手上呢？还需要办多少程序呢！又得向多少人点头哈腰呢！这笔年金的保持给我带来的麻烦和苦恼要远多于不要这笔年金。所以我觉得不要这笔年金的决定，是和我的生活原则相符的。我宁愿以现实为重，而不是注重什么面子。我把我的想法跟格里姆说了，他表示完全的赞同。对于其他人，我只是说身体欠佳，当天早上就离开了。

我这一离开掀起了轩然大波，受到了公众的广泛指责。大家是不会明白我的理由的。所有人都说，我之所以这么做，是因为愚不可及的傲慢。这极大地满足了所有不会这样做的人的忌妒心。次日，热利约特就写了一个便笺给我，事无巨细地阐述了我的剧本取得了多大的成绩，还有国王自己是多么沉醉其中。他跟我说："国王陛下成天用他的王国里最不着调的嗓子，不停地唱'我丢失了我的忠仆；我所有的幸福都荡然无存了。'"他还说，不到两个星期的时间，还要把《乡村卜师》再上演一次，这第二次的演出会在所有人面前证明第一次演出取得了完满的成功。

两天以后，大概晚上九点，我正往埃皮奈夫人家里走，打算在那里吃晚饭，突然看到门口驶过来一辆马车。有个人在马车里朝我挥手，喊我到车上去。我走过去一看，原来是狄德罗。他很热情地跟我说到了年金的事，出乎我的意料，一个哲学家会如此热衷于这种问题。他并不觉得我不想参见国王犯了多大的罪，可是他却觉得我把年金看得那么淡倒是犯了不小的罪。他跟我说，假如只考虑到我自己，对实际利益不关心倒也无所谓，但是不应该不为勒·瓦瑟太太和她的女儿们考虑，我有义务利用任何可能的机会给她们带来实际利益。因为人家毕竟不能说我已经不接受这笔年金了，因此他一再声称，既然人家好像有意要把年金批给我，我就应该要求，而且要不计一切代价拿到手。虽然对于他的热心，我深表感激，可是对于他那些至理名言，我却不赞同。在这个问题上，我们爆发了猛烈的争吵，这也是我和他之间首次发生争吵。我们之间所产生的分歧都属于这一类，他觉得我应该做的事，我就必须按照他的要求去做，而我偏偏要反其道而行之，因为我觉得他那样做是不对的。

我们分开时，时间已经不早了。我要带他一起去埃皮奈夫人家吃晚饭，他怎么也不愿意。我原本想把我所喜爱的人都聚集到一起，因为这个心愿，我曾经做出了不少努力，要他去看她，甚至把她带到他的门口，而他却不给我们开门，不愿意见她，而且他老是用一种轻视的语气提到她。只是在我和她，以及他都分道扬镳了以后，他们两人才开始建立友谊，他才开始用一种敬佩的语气提到她。

从那以后，狄德罗和格里姆似乎一直在尽力挑拨我那两位"女总督"和我之间的关系了，他们给她们提示，她们的狭隘都是因为我，说她们和我生活在一起，日子一定会过得糟糕透了的。他们没办法叫她们离开我，承诺打着埃皮奈夫人的旗号，让她们到食盐分销站、烟草公卖店之类的地方去上班。他们还鼓动杜克洛和霍尔巴赫也加入进来，可是杜克洛表示拒绝。对于这整个阴谋，我当时已经察觉到一点，可是过了很长时间以后，我才弄明白。我经常埋怨我的朋友们这种盲目的热情，像我身体状况这么差的人，他们还要竭尽所能把我带到最孤单的沼泽地。他们原以为这样我就会幸福，可事实上他们这样做，只会给我带来不幸。

《乡村卜师》于一七五三年的狂欢节在巴黎上演了。在这以前，我抓紧时间把前奏曲和幕间歌舞写出来了。像刊印出来一样，这个幕间歌舞应该自始至终都是表演的动作，而且贯穿着一个主题，以提供一些诙谐的场景。可是，当我向歌剧院提出这个意见时，人家根本都不想听，所以，我只好依照惯例掺杂一些歌曲和舞蹈在里面。如此一来，虽然这个掺杂增加了趣味性，正剧也丝毫没有受到影响，可是所取得的成功却只是稀松平常的。我取消了热利约特的宣叙曲，换成了我之前的那首，即如今印出的那首。我坦承这段宣叙曲更具有法国色彩，即，被演员们拉长了一点，可是听众不仅没有反感，而且所获得的成功可以和咏叹调相媲美,听众甚至觉得二者差不多一样精彩。我将我的剧本呈给它的保护人——杜克洛。而且,我跟他说,这将是我仅有的一次题献。可是后来得到他的许可,我又作了第二次题献。可是,他应该觉得相比没有例外,有了这个例外要荣耀得多。

有关这个剧本,我还可以说不少奇闻轶事,可是现在没有时间了,我还要说更加重要的事情。可能有一天,我还会在补编里说到这些轶事。可是,虽然这样,我却必须提到其中一则轶事,它可能和整个下文都有关系。有一天,我去霍尔巴赫男爵的书房里参观乐谱。当我把各种乐谱都看了一遍以后,他指着一部钢琴曲的集子对我说:"这是别人专门写给我的,都很有意思,歌唱起来也特别适合。除我以外,没有人知道,将来也不可能有人知道。你应该选一首用到你的幕间歌舞中去。"我脑子里储存了不少歌曲和合奏曲的题材,对他那些曲子,我当然没放在心上。可是他反复督促我,盛情难却,我才压缩了其中一段牧歌,改成三重唱,用于科莱特的女伴们上场。几个月后,当《乡村卜师》演出时,一天,我去格里姆家,看到他的钢琴旁边围了不少人。一看到我,格里姆就马上从钢琴那站了起来。我下意识地看了一眼他的谱架,发现刚好是霍尔巴赫男爵的那个乐曲集,而打开的那支曲子正是他督促我采用,并再三保证不会有人知道的那首。没过多长时间,埃皮奈先生家里正举办演奏会,在他的钢琴上,我又看到了同一本乐曲集。不管是格里姆还是其他人,没有人跟我说到这支曲子。假如不是过了一段时间以后,我听到谣言说,《乡村卜师》的作者并不是我,我是压根儿不会把这件事提起来的。因为我从来不认为自己是什么伟大的音乐家,而且我相信,假如没有那部《音乐辞典》,最后人们一定会评价我说,我在音乐方面是个外行。①

《乡村卜师》上演前的一段时间,一批意大利演滑稽剧的演员到巴黎来了,他们在歌剧院舞台上演唱,没想到他们会带来什么效果。尽管他们表演得很不到位,而乐队当时也很拙劣,他们演的剧本被糟践得不行,可是他们的演出还是让法国的歌剧很是差劲,直至现在都没有完全恢复。同一天,在同一个舞台上表演法国和意大利的两种音乐,一下子打开了法国人的耳门。意大利的音乐欢快、激烈,而他们本国的音乐却冗长无比,所有人都无法忍受。那些滑稽剧演员表演完以后,听众就走得一个不剩。无奈之下,人们只好把顺序颠倒一下,让滑稽演员最后上台。那时正上演《厄格勒》《皮格马利翁》和《天仙》,可是都压不住场子。只有《乡村卜师》还与之有可比性,就算表演完《la Serva padrona》(《女

---

① 我当时没有料到,尽管我编过《音乐辞典》,人们最后依然会这样说。——作者原注。

仆情妇》）①以后还会有听众愿意听。当我创作那个短剧时，我满脑子都是那一类的曲子，可是也正是这类曲子带给了我启迪。可是我怎么也不会想到，我们的短剧会被别人拿去和那类曲子逐个比对。假如我是个抄袭手的话，不知道别人会揭发我多少个抄袭行为，而在揭发这些抄袭行为时，别人又要花费多少时间和精力啊！可是，根本不存在这样的事，他们劳心费神也没有发现任何一点点抄袭的痕迹。相比什么原本的歌曲，我所有的歌曲都是全新的，就像我的音乐性质也是我所独创的一样。谁如果让蒙东维尔②或拉摩也来经历一次我所经历的考验的话，也许他们会死无全尸的。

意大利音乐因为那些滑稽剧演员而获得了一批非常坚实的拥护者。整个巴黎被分成两派，其激烈程度甚至超过讨论国家大事或宗教问题。一派权力更大，人数更多，都是些王公大人、富豪和贵妇人，他们是拥趸法国音乐的。另一派都是行内人，卓有才华、有天分，也更加有底气，更剧烈。这一支人马都在歌剧院里王后包厢底下坐着。而整个池座和正厅都是另一派，可是核心在国王的包厢底下。当时像"国王之角"和"王后之角"那些知名的派系，都来源于这里。争论越发激烈，还出现了不少小册子。③"国王之角"想说句俏皮话，却被《小先知者》一文给讥笑了。他们想讲道理，又败在了《论法国音乐的信》之下，这两篇小文章，一篇出自于格里姆之手，一篇出自于我之手，是这场论辩过后留下的仅有的两部作品，其他的都已经不在了。

可是，《小先知者》——人们一直以来都觉得出自于我之手，虽然我不承认——被视为一篇游戏文章，作者并没有受到什么憋屈。而《论法国音乐的信》却引起了大家的关注，法国人纷纷起来反对我，觉得法国音乐受辱了。这个小册子所带来的让人匪夷所思的后果，得用塔西陀④的史笔加以描绘。那时正是议院和教会闹得最厉害的时候，议院刚被解散，所有人都无比激动，大有爆发武装起义的势头。小册子刚一问世，所有争论都被忘到了九霄云外，大家的脑海里现在只有法国音乐的危机，而起义都是针对我来的。这场围攻造成了太大的声势，以至于迄今为止，全国都还记得。当时在宫廷里只有这样一个问题，到底是把我关到巴士底狱去，还是把我放了。假如不是佛瓦耶先生觉得这么大动干戈太过于荒谬的话，御旨都要发下来了。以后人们要是知道爆发在全国的这场

①　意大利滑稽歌剧，奈利词，拜尔高来斯曲，一七三三年的作品。这部歌剧在法国上演后，让支持和反对意大利派音乐之争如火如荼地上演了。

②　蒙东维尔（1711～1772），法国作曲家兼小提琴家。

③　有六十多种。——作者原注。

④　塔西陀（约55～约120），罗马大历史学家，著有编年史、断代史甚多，史笔严谨而刚劲。

革命之所以没有继续发展下去，可能要归功于我这个小册子，肯定会觉得是天方夜谭。可是，这却是毫无争议的事实，全巴黎现在都还可以证明，因为这件让人啧啧称奇的轶事也才过去了五十多年而已。

尽管这件事并没有妨碍我的自由，可是却让我蒙受了不少屈辱，甚至连生命安全都得不到保障。歌剧院的乐队明目张胆地计划在我从剧院走出来时，偷偷杀了我。有人给我报了信，我反倒更频繁地跑到歌剧院去，只是过了很长一段时间我才知道，他们的阴谋之所以宣告失败，是因为和我交情不浅的火枪手队军官安斯莱先生在暗中保护我，每次等到戏演完我出门时，身边就会有保镖跟随。那时歌剧院刚改由市当局管辖，巴黎市长的第一项德政就是卑鄙地把我的入场券撤销，而且还在入场时当着众人的面不让我进去，导致我必须再买一张池座票，以免当场下不来台。这种有失公平的对待让人特别生气，因为我把剧本转让给他们时，仅有的一个条件就是永久免费入场的权利。尽管所有作者都享有免费入场的权利，而且我具有双重资格拥有这种权利，可是我还是在杜克洛先生在场的情况下，提出了这项权利。当然，不等我把这种要求提出来，歌剧院出纳员就拿给我五十个金路易当作酬劳。可是按照规定，我应该得到的款项远不止这个数，而且这笔款项和入场权利毫不相干，因为章程上对这项权利进行了规定，与酬劳没有关系。他们这种做法不仅罪恶，而且粗鲁，以至于社会公众当时尽管非常憎恨我，也觉得很惊讶。昨天谩骂我的人，如今却在正厅里大声喧哗，说如此把一个作家的入场权剥夺了，太卑鄙了，说这种权利是这个作家理应享有的，甚至要求双份都不过分。意大利的谚语说得很对，Ogn' un ama la giustizia in casa d' altrui（只有在别人的事情上，每个人才会坚持正义）。

既然到了这样的局面，我也别无他法了。既然对方没有遵守之前的约定，那么我就只好把我的作品要回来了。因此，我给达让森先生写了一封信，那时，歌剧院那一部门正是在他的管辖下。我在信里附了一份备忘录，上面写出的理由不容置疑，可是一直没有收到回复，也没有取得什么效果，那封信也是如此。我一直对这个不公正的人的沉默耿耿于怀，我一直都不太敬仰这个人的品质和才学，这次的沉默就更加不会让我敬佩他了。就这样，他们扣留了我的剧本，并强行掠走了我应该享有的权利。弱者这样对待强者，就可以称为盗窃；强者这样对待弱者，只是强行掳走他人的财产而已。

尽管我可能只从别人手里拿到了这部作品所取得的经济回报的四分之一，数字依然很喜人，足够维持我几年的生活，而且弥补了我抄缮工作的不足，因为我的抄缮工作一直完成得不太好。国王给了我一百个金路易，美景宫①的演出结束以后，蓬巴杜尔夫人给了我五十个金路易——在这次演出中，科兰一角由蓬巴杜尔夫人担任，还有来自歌剧院的五十个金路易和比索刻印剧本的五百法郎。我只花了五六个星期的时间就完成了这部短剧，虽然我运气欠佳，做事又不太灵活，我还是拿到了不少的酬劳，几乎和后来的《爱弥儿》所得到的回报一样多。可是我却是在思考了二十年以后，劳动了三年以后，才完成了《爱弥儿》。可是，尽管这部剧本让我取得了丰厚的经济回报，我所付出的代价也是非常大的，因为它带给了我相当多的烦恼：很长一段时间以后的暗中忌妒的源头就在于此。这个剧本大获成功以后，格里姆、狄德罗以及几乎所有我认识的文人身上的真诚和兴奋就都消失了。我只要一出现在男爵家，大家就都缄默不语了。人们三五成群地小声嘀咕着，我一个人待在那里很是难堪。对于这种让人尴尬的摒弃，我一直以来都非常大度。因为霍尔巴赫夫人非常亲切，一直对我很友善，只要还可以忍受她丈夫的那种蛮横的态度，我就忍着。可是有一天，他竟然没有任何理由，非常粗鲁地对我进行攻击。当时现场还有狄德罗和马尔让西，狄德罗一个字都没说，马尔让西后来还经常在我面前提起，对于我当时回答时的温和态度和隐忍功夫，他真心地敬佩。霍尔巴赫的这种粗鲁态度相当于赶我走，我终于从他的家走了出去，并发誓再也不回去了。尽管这样，我每次都是抱着敬仰的心情说到他和他那一家人，而他却是用一些侮辱性的、轻视的字眼儿提到我，满嘴的"那个小学究"，没有其他的称呼。可是，我有什么地方应该对他或他所在乎的人感到抱歉，他又说不出来。就是这样，他终于对我一开始的那些预言和忧心进行了证实。对于我来说，我相信我写书这件事是会得到我上面那些朋友的原谅的，而且对于我写出非常好的书，他们也会谅解，因为他们不能享有这种荣耀。可是我写了一部歌剧出来，他们却不能原谅我，而且我的歌剧还获得了空前的成功，他们就更不能原谅了，因为他们是没有这样的本事的，更无法得到这样的荣耀。只有一个杜克洛凌驾于这种忌妒之上，他甚至更友善地对我，而且把我介绍进季诺小姐家里。在那里，和在霍尔巴赫先生家里的情形正好反了过来，我得到了尊重、优待和拥护。

当《乡村卜师》在歌剧院上演时，法兰西喜剧院也在对它的作品进行谈论，可是结果却比不上前者。因为七八年来，我的《纳尔西斯》都没能在意大利剧院上演，我对这个剧院已经没有好感了，觉得那些用法语演剧的演员其实也一般，我很想由法国演员来表演我的剧本，不给他们演。我对演员拉努说了我的这个

<hr>

① 美景宫，一七四八年国王为宠妃蓬巴杜尔夫人专门建的一座离宫，在巴黎附近。

心愿,我原来和拉努就相识,而且,大家都清楚,他是个杰出的人物,还是个作家。他很满意《纳尔西斯》。他负责让这部作品演出时采用无名氏的名义,并提前送了一些入场券给我,这让我高兴万分,因为我一直对法兰西剧院情有独钟,对另外两个剧院没什么好感。剧本被欢呼着通过了,而且没有告知作者是谁就上演了,可是我坚信,演员们和很多其他的人其实是知道作者是谁的。古桑和格兰瓦尔两位小姐扮演浪漫的女郎。尽管在我看来,她们并没有理解全剧的精髓,可是据此断定她们就演得差强人意也是不对的。可是,观众这么宽容,我是非常惊奇的,而且也很感激,他们竟然这么有耐心安静地听完,甚至还允许它上演第二次,没有表现出一丝一毫的不耐烦。在我这方面,一开始就让人讨厌,导致难以坚持下去。一从剧院出来,我就直接去了普罗高普咖啡馆①,在那里,我和波瓦西以及其他几个人相遇了。也许他们和我一样,实在没有耐心听下去了。我在那里当着大家的面认了错,谦逊地,或者非常骄傲地坦承了那个剧本的作者就是我,而且把压在大家心里的话都说出来了。我承认自己写了一个不成功的坏剧本,大家纷纷夸赞我的这一行为,而我也觉得并没有想象中那么尴尬。我的自尊心因为这种坦承的勇气而获得了一定的弥补。直到现在,我依然相信,在这种情况下,坦承表达出来的自豪,要比压在心底的什么羞愧要多得多。尽管这个剧本的演出很没有温度,可是可以读下去,于是我就把它印出来了。前面的那篇序是我的一个好作品,在这篇序里,我开始对我的很多原理进行表述,要远多于我直到那时为止所表述过的内容。

没过多长时间,我就找到机会把这些原理更完整地表述出来了,而且是在一部更加重要的作品里。我还有印象,就是在这个一七五三年,第戎学院发表了以《人类不平等的起源》为标题的征文章程。我对这个大题目印象很深,这个学院竟然有勇气提出这样一个问题,我非常惊讶。可是,既然它有胆量提,我也就有胆量写,于是我就动笔了。

为了不受拘束地对这个重大的题目进行思考,我专门到圣日耳曼旅行了七八天,一起去的还有戴莱丝和我们的女主人(她是个很正直的人)以及她的一个女友。这次旅行被我看成是这一生中最为舒适的一次旅行。天空万里无云,这两位仁慈的女人负责把一切都打点好,负责支出。戴莱丝和她们在一块玩,我呢,只管吃饭时和她们逗乐就可以了。

每天其他的时间,我都会躲到树林里面,在那里搜索原始时代的景色,还真被我找到了,于是,我大胆地把原始时代的历史写了出来。我把人们所说的各

---

① 这个咖啡馆聚集了当地文艺界的名流,店主就是普罗高普,是前文"小伊索"的父亲。

种谎言都洗涤一空,鼓起勇气展露出他们原始的本性,完整地阐述出时代的进展和扭曲人本性的各种事物的进步。之后,我比较了人为的人和自然的人,向他们指明,人之所以会遭受痛苦,其真正的源头就在于人的所谓进化。这些高尚的沉思默想激发了我的灵魂,直抵神明的境界。从那里,我看到我的同类正沿着他们满是偏见、错误、倒霉和罪恶的道路前进,我用极其微弱的声音朝他们喊道:"你们这些冥顽不灵的人哪,你们总是怨自然,要知道,你们所遭受的痛苦不是来源于自然,而是来源于你们自己呀!"

这些默想的后果就是《论不平等》。我的作品中最符合狄德罗口味的就是这一部,而且对于我来说,他也给这部作品提了不少有用的建议①。可是,在整个欧洲,却鲜少有读者可以读懂这部作品,而在可以读懂的作者中,却没有一个人愿意对它进行探讨。它是写来应征的,我就把它寄出去了,可是心里提前就已经猜到它不会获奖,因为我笃定各学院之所以成立奖金,绝对不是冲着征求这样的题材的。

这次旅行和写作都极大地有利于我的气质和健康。我已经连续好几年因为被尿闭症所困扰而听凭医生的指示,他们没有缓解我的痛苦,反倒把我的精力消耗完了,也让我的体质毁于一旦。从圣日耳曼回来以后,我的体质好了一些,自己也觉得舒服多了。我就依照这种办法做,打定主意无论是病愈还是死亡,反正再不去找医生了,彻底和医药划清界限。这样,我就开始得过且过。假如必须待在家里,就默默地待着,一有力气活动,就活动一下。我不喜欢在巴黎和那些妄自尊大的人生活在一起。我不喜欢文人之间的算计、他们之间卑鄙的争论、写出的缺乏坦诚的书、社交界那副蛮横的神气等,我和这些都无法相容。就是在和我的朋友们相处的过程中,我也几乎发现不了坚定忠厚的气氛、坦坦荡荡的精神、真诚的态度。因此,我无比讨厌这种吵吵闹闹的生活,特别想回到乡间去住。哪怕因为职业的关系,我不能一直在乡间居住,可是,我要把所有闲暇时间都用在乡间生活上。有很长一段时间,吃过午饭以后,我要做的第一件事就是单独跑到布洛尼森林去,在那里溜达一会儿,想一些作品的主题,直到很晚才回来。

---

① 在我写下这段话的时候,还没有怀疑到狄德罗和格里姆的阴谋,否则,我当时就能够看出狄德罗如何巧妙地利用了我对他的信任,让我的作品具有这种严峻的笔调和阴森的风貌,当他不再指导我,这种笔调和风貌就消失了。那篇关于哲学家为了听不到不幸者的叫声而把耳朵堵起来发空论的文章,就是根据他的风格写了;此外,他还提供了很多更加厉害的片段,不过我没有采用。不过,当时我觉得他这种阴森的气质与范塞纳监狱给他造成的阴森气质不无关系,这种气质在他塑造的克莱瓦尔身上还十分重要,所以,我当时根本想象不到他的帮助中居然会有恶意。——作者原注。

当时我和果弗古尔来往频繁，因为职务上的原因，他必须去一趟日内瓦，劝我和他一起去，我答应了。我的身体状况堪忧，必须受到女总督的照拂，所以决定带她前往，让她母亲留在家里。所有事务都安排好以后，一七五四年六月一日，我们三人就一块出发了。

这次旅行我应该好好记下来，因为我在这世上活了四十二年以后，这是我首次经历的一件事，我那天生的一直对他人笃定的本性因此受到了强烈的打击。我们包了一辆马车，只有一匹马，每天走的路程很有限。我经常下车徒步前进。我们刚走了二分之一的路，戴莱丝就对我说，她非常不喜欢和果弗古尔单独留在车里。每当我对她的祈求不管不顾，坚决要下车时，她也就下车徒步前进。我一直骂她这种为所欲为的脾性，甚至于坚决不让她下车，直至最后，她才无奈地对我讲明了原因。当她告诉我这位已经过了花甲之年，垂垂老矣，有脚气病，还因为寻欢作乐而损伤了自己身体的朋友果弗古尔先生，居然从我们启程伊始就想辱没一个已经不再年轻和美貌的女人，更何况这个女人还属于他的朋友，我简直觉得自己在听天书，如坠云端。而他所采用的手段又极其卑劣，令人作呕，甚至要送给她自己的钱包，还让她读一本淫书，把随身携带的那些淫画拿给她看，想借机挑拨她。戴莱丝很是气愤，有一次甚至从车窗里，把他那些恶书丢了出去。我还听说，我们出发的第一天，我因为头痛难忍，晚饭都没吃就去睡了，他就抓住这个机会去勾引她，手脚很不规矩，跟一个色情狂、骚公羊无异，完全不像个值得我信任的又托以妻子的正派人士。太耸人听闻了！对于我来说，这又是一件多么出乎人意料的伤心事啊！到那时为止，我一直觉得友谊和组成友谊的魅力的所有可爱又尊贵的情感是密不可分的，现在我却平生第一次觉得，我必须把友谊和鄙视相结合了，必须把我的信任和敬仰，从我爱着的人而且我自以为他也爱着我的那个人手上拿回来了。在我面前，那个老无赖还隐藏着他那卑劣的行为呢。为了不让戴莱丝难做，我也必须在他面前隐藏我对他的轻蔑之情，隐藏起他绝对不会知晓的那些厌恶。你，友谊的甘甜而圣洁的幻象啊！果弗古尔首次在我面前掀开了你的纱幕。从那时开始，不知道有多么冷酷的手在阻止这个纱幕再次合上。

一到里昂，我就和果弗古尔分道扬镳了，另选了萨瓦那条路，因为从离妈妈那么近的地方经过，我不忍心不去看看她。我看到她了……她的境遇太糟糕了，天哪！这是什么样的腐化！她一开始的美德为什么就烟消云散了呢？她还是一开始彭维尔神父介绍我去找的那位美艳的华伦夫人吗？我的心好痛啊！我看她也是走投无路了，只有转移阵地了。我一早在我的信里就反复劝她来和我生活在一起，我愿意和戴莱丝倾尽全力让她过点舒心的日子，这次我又热情地再三陈述这种请求，可是她依然不听。她一直盯着她的年金不放，不听我的规劝，而她虽然照常领到了那份年金，可是她已经很长时间没有在自己身上花一文钱了。我还给她分了一点我自己的钱，我深知我分给她的钱都会被别人掠走，她是享受不到一文钱的，要不然我肯定会也应该多给她一点钱的。在我于日内瓦居住期间，她去沙伯莱旅行了一次，而且还到格兰日运河来看我。她没有钱继续旅行下去了，当时我身上的钱也不够，一小时以后，我要戴莱丝给她送钱去。可怜的妈妈啊！让我再大肆描绘一下她这一次的心地善良吧。她最后只剩下一个小戒指了，她取下来给戴莱丝戴到手上，戴莱丝马上又把它取下来，戴到她的手指上，还热泪盈眶地亲吻着那只尊贵的手。啊！这正是我偿还债务的最佳时刻啊！我应该舍弃一切和她走，两人彼此依偎，直至她只剩下最后一口气，不管她的境遇怎样，一起享受生活的美好，一起经历生活的磨难。我却没有这样做。因为我的心中还有另外一份感情，我觉得我对她的感情没有那么浓烈了，我不能奢望我的感情会有利于她。我为她感叹，却没有和她一起走。在我生平所感受到的所有愧疚中，最激烈、最让我遗憾的就是这个。为此，我本应从那时开始就受到那些不停降临到我身上来的严酷的处罚，希望这些处罚可以抵消掉我所有的背信弃义之罪。这种背信弃义是通过我的行为表现出来的，可是它却让我的心受到了如此严重的伤痛，足以见得，我这颗心一直以来都不是一颗背信弃义者的心。

在从巴黎离开以前，我已经草拟好了《论不平等》那篇文章的献词。我在尚贝里把这篇献词写完了，就把时间和地点都备注好了。我是想着，为了不被人鸡蛋里挑骨头，我还是不要写上在法兰西或日内瓦写的比较好。一到日内瓦，我就陷入推动我回到日内瓦的那种共和主义的热忱中。因为我在那里受到了人们的热烈欢迎，我的热忱也因此更加高涨。各界人士都非常热情地招待了我，怀着满腔的爱国热情，可是因为我不仅信奉祖先的宗教，还信奉另一种宗教，进而失去了公民权，因此我又觉得很羞愧。于是我打算再次开诚布公地信奉我祖先的宗教。我想所有基督徒用的福音书都是一样的，而教条内容不同的原因在于，对于自己无法理解的部分，每个人都不能强制性理解。那么，不管在哪个国家，教义和这无法理解的教条的确定者只有统治者。所以，公民的责任就是认可并遵守这一教条。我和百科全书派的人们交往，远没有让我的信仰发生动摇，反倒让我更加坚定了我的信仰，因为我天生讨厌论争和派系。我研究的人和宇宙，无时无刻不在告诉我那对人和宇宙加以掌控的最终原因和智慧。几年以来，我开始对《圣经》加以研究，尤其是福音书，早就让我看不起那最没有资格了解耶稣基督的人们对耶稣基督的那些无耻的解释。总的来说，在哲学的驱使下，我开始向往宗教的精华，也从人们用来阻止宗教的那堆像垃圾一样不足挂齿的公式中解脱了。我不仅觉得一个有理智的人在做基督徒时，不可能采取两种方式，也觉得只要和形式、纪律相关，不管在哪个国家，都在法律规定的范畴内。因为这个既合理又合情，又具有社会性的，且那么平静的，还曾经给我带来了无情的压迫的原理，必然会得出这样的结论：既然我要做公民，就必须做新教徒，再次回归到我国已有的教义上。我打定主意这样做了；我只有一个祈求，那就是不到教务会议席去接受审讯就可以了。可是圣教法令明确规定了这一点，但是人们竟然给我开了绿灯。他们指派一个专门委员会前来单个地听我发表改宗声明。遗憾的是，佩尔得利奥牧师——我们关系很好，他待人很亲切——竟然告诉我，大家非常高兴听到我在这个小聚会中发表演讲。我害怕这种希望，以至我一连花费了三个星期的时间，不分昼夜地对一篇已经准备好的短小精悍的演讲稿加以研究，可是到了演讲的时候，我竟然惊慌失措，脑子里像短路了一样。在这个会议席上，我竟然像个小学生一样，只会回答"是"或"不是"，全靠审查委员们帮我讲话。之后，我就回归到教团中，恢复了公民权。保安税册上有了我的名字，只有公民兼市民才会缴纳这种保安税，我还出席了国民议会的一次非常全体会议，在执行委员缪沙尔的带领下宣了誓。我很感谢国民议会和教务会议对我的各种感情，还有所有官员、牧师和公民都那么真切地对待我，因此我不仅受到那位常伴我左右的好朋友德吕克的督促，还在自己内心倾向的推动下，只想着赶紧回到巴黎拆散家庭，解决一下那些琐事，安排好勒·瓦瑟太太两口子，或者给他们一些钱，之后再和戴莱丝一起回到日内瓦，安然地度过后半生。

　　这样一打算，我就暂时耽误了正事，以便和我的朋友们一起待到出发的时候。在所有这些玩乐中，我和德吕克老头、他的儿媳、两个儿子以及我的戴莱丝一块坐船的那次环湖游玩是令我最高兴的。这次环游用了我们七天时间，天气也非常给力。对于湖那边让我叹服的很多风景，我都印象颇深。几年以后，在《新爱洛伊丝》中，我就对这些景色进行了描绘。

　　我在日内瓦认识的一些主要朋友，不仅有德吕克一家，还有青年牧师凡尔纳——早在巴黎，我们就已经相识了。我当时很看好他，对他的评价远高于他后来的表现。有当时是乡村牧师的佩尔得利奥先生，如今他已经是文学教授，和他交游让我神清气爽，永生难忘，尽管他后来觉得和我断交就显得自己这个角色扮演得很到位。有当时是物理学教授的雅拉贝尔先生，之后出任了国民议会议员兼执行委员。我曾经读给他听我的《论不平等》，可是没有把献词读给他听，他好像给予了高度赞赏。有吕兰教授，直到最后他离开人世，我们还一直保持书信往来,很早的时候,他甚至还拜托我帮他在日内瓦图书馆买书。有凡尔奈教授,我曾经用实际行动表示我对他的依赖和信任,原本他应该被这些行动所感动的,假如一个神学家会在这些行动面前落下泪的话。可是他也和大家一样,我一采取这种行动,他就不搭理我了。有果弗古尔的助理和继承人沙必伊——他准备取代果弗古尔,很快自己却被淘汰了。有马尔赛·德·麦齐埃尔——原本,他和我父亲是老朋友,之后又表示想和我做朋友,当年还曾经给国家增光添彩,后来成了一名戏剧作家,而且还想做二百人议会的议员,所以思想作风得到了转变,死后成为大家的笑谈。可是在我所有好友中,穆尔杜是我最喜欢的朋友,因为他才华横溢、思维活跃,是个前途一片光明的年轻人。尽管他对我的态度常常让我琢磨不透,尽管他和我的很多敌人们关系匪浅,我却一直深爱着他,而我还坚信总有一天他会在我死后为我辩驳,并会给他的友人复仇。

在这些交际应酬之中,我最钟爱的就是独自一人去散步,我常常沿着湖岸漫步,会走很远的路程。在这个过程中,我的思维会从不间断,会去想很多的问题。我思索着我已经写好的《政治制度论》这本书的提纲——接下来我会给大家介绍这本书,我还思索着一本《瓦莱地方志》及一篇散文悲剧的纲要——柳克丽希亚①是这篇悲剧的主题,尽管我是在这可怜的女人已无法登上法国戏剧舞台时才勇敢让她出现的,不过我依然心存期待,打败那些敢于耻笑我的人。与此同时我还拿塔西陀来试手,我翻译出了他的历史的第一卷,译稿现收录在了我的文稿里。

长达四个月的日内瓦生活结束以后,我回到巴黎时大概是十月间。我刻意避开里昂,免得又遇到果弗古尔。我计划到了春天再回到日内瓦,因此在冬季我就把我的工作和日常习惯恢复了,主要工作就是修订我的《论不平等》样稿。我拜托书商雷伊在荷兰帮我刊印这部稿子,他是我在日内瓦刚结识的新朋友。因为这是为共和国而写的作品,我又怕这部作品不合国民议会的心意,因此我想看看作品在日内瓦的反应如何,之后再回去日内瓦。果不其然,这反应对我相当不好,本来这篇文章是运用我最纯净的爱国之心抒发出来的,但是却为我引来了很多国民议会中的敌手,也在市民中引来了很多的妒忌者。当时的首席执行委员是舒埃先生,他给我写了一封信,信中弥漫着客套和冷漠的气息,信的原件还存放我的函件辑中,甲札第三号。站在私人的角度——这中间包括雅拉贝尔和德吕克,我收到了很多褒奖之词;仅此而已。我根本未曾见到一个日

---

① 柳克丽希亚,古罗马妇女,因为遭到了国王塔克文的一个儿子的侮辱,愤而自杀。民众因为这个案件起义了,使得王政因此废除和共和制的建立(公元前510年)。柳克丽希亚就代表着忠贞的妇女。

内瓦人对我在这部作品中所展现的发自内心的热情有所动容。只要是察觉到这种冷淡的态度的人都深感愤怒。我记得某一天，我去到克利什，在杜宾夫人家里吃饭，同桌的有梅朗先生，还有共和国代办克罗姆兰。梅朗先生在众人面前说，国民议会必须给这本书付报酬，还要在公开场合表扬我，要不然就有失身份。克罗姆兰是个阴险卑劣的家伙，他身材瘦弱，皮肤黝黑，他无法给我答案，就扮了一个奇怪的鬼脸，惹得杜宾夫人哈哈大笑。这部作品带给我的唯一的益处就是让我的心灵得到了满足，还为我获得了公民的称号，是我的很多的友人们拟定的，然后由公众送给我的。之后我又自动放弃了这个称号，因为我实在太配得上这个称号了。①

不过，若是没有更震撼我内心的某些动机的话，就凭这次失利我是不会去实行我隐居日内瓦的决定的。埃皮奈先生想把舍弗莱特府第原先没有的那一边的房子加盖起来，为这耗费了很多的财富。某天，我和埃皮奈夫人一起去散步，捎带看了看这个工程，我们向前步行了大概四分之一法里的路程，一直走到了花园中的大蓄水池边。这里紧邻着蒙莫朗西森林，有一片特别美丽的菜地和一处很破烂的房屋，我把它叫作退隐庐。我第一次到日内瓦旅行的时候就留意到了这个安静又漂亮的地方，我记得我曾在高兴之余情不自禁地说过："啊！夫人，这该是多么惬意的住所啊！这才是我所寻找的退隐之地呢。"那时我觉得埃皮奈夫人对我说的话不屑一顾。没想到这次重回旧地，竟然有如此的惊喜，在我眼前的是焕然一新的房子，尽管不大，可是布局却很精妙，非常适合一家三口居住。埃皮奈夫人悄无声息地做了这件事，且没有浪费更多的钱财，只从府第工程中抽了一点点的材料和人工。故地重游，她见我这样惊异，就跟我说："我的狗熊啊，这儿就是你退隐的地方。它是你看上的，如今是友谊把它送予你。我盼望这份真挚的友情可以阻挡你想离我而去的脚步。"我想我这一生从未遇到过如此令人震撼、让人动容的时刻：我那女友的温柔之手被我的泪水浸湿。尽管那时我还未被彻底地收服，却也有了极大的诱惑。埃皮奈夫人不想半途而废，便一直游说我，想尽一切办法，拜托一切可用之人来挽留我，以至于为了这个目标，还拉拢了勒·瓦瑟太太和她的女儿来给她助力，最终她成功了，彻底征服了我，我舍弃了回归故土的想法，到退隐庐居住。她一边等房子干燥，一边购置家具，等一切准备就绪，到了春天就可以入住了。

另外一件事也是我做这个决定的诱因，也就是在日内瓦附近定居的伏尔

---

① 后来，由于《爱弥儿》在日内瓦被焚毁，卢梭自动放弃了公民称号。

泰。① 我深知此人一定会把日内瓦搅得乱七八糟，我要是回去，肯定会在我的故乡遭遇到在巴黎时的那种境况、氛围和习俗，我必须不断地去辩驳。而且在行为层面，要么当个凡夫俗子，要么做个胆小如鼠的坏人，没有其他的选择。伏尔泰因为我后一部作品给我写过一封信，我在回信中委婉地表述了我的各种担忧，事实上那封信带来的后果验证了我的担心。从那以后我觉得日内瓦已经没有退路了，而我的想法是正确的。若是认为我的力量足够强大的话，或许我该去抵制那场灾难。可是我身单力薄、不善言辞，又极度内敛，要和一个目中无人、富甲一方、有大人先生们做他的后盾，还有很多学富五车的论辩精英做支撑，被无数年轻人和女人们崇拜的偶像相抗衡，我又能有多大的胜算呢？我害怕冒着危险做出的事却徒劳无功，所以我遵从了我内心崇尚和平的思想，遵从了我喜爱宁静的内心。此种对宁静的偏爱在当年让我走了弯路，如今我依然在相同的问题上走了弯路。若是我隐居在日内瓦，我可以避开这些灾祸。不过我不敢肯定，就算我用尽我所有的热情，我又能为家乡带来怎样的荣耀和益处呢。

几乎就在这时，特龙香也到日内瓦居住，没过多久便去巴黎闯荡，赚足了钱财便离开了。他一到，就和让古尔骑士一起来探望我。埃皮奈夫人想请他专门诊治，不过人太多，根本无法挤进去。她来找我想办法，我就让特龙香去看她。就这样在我的引荐下，他们的友谊与日俱增，还让我吃尽了苦痛。我好像只有这种运气，我让两个本不相识的朋友结识之后，他们必定会一同来攻击我。但是，尽管在那个时期，特龙香的家人就处于把祖国陷入被压制地位的阴谋里，人人都对我深恶痛绝，但是他仍然和我保持了很久的友谊。直到回了日内瓦以后他都还给我写信，推荐我到日内瓦的图书馆去担任荣誉馆长之职。不过我决心已定，这样的盛情邀约也未令我的决定动摇半分。

在同一时期，因为霍尔巴赫先生的夫人与世长辞，我再一次去探访了他。弗兰格耶夫人和霍尔巴赫夫人都是我在日内瓦小住的时候去世的。当我从狄德罗口中知道霍尔巴赫夫人的死讯时，也听说了她的丈夫是怎样怎样悲伤的。我为他的悲伤动容，我深深悼念这个温柔可敬的女人，便给霍尔巴赫写了一封信。这件丧事让我忘却了他曾做过的所有的错事，等我从日内瓦回来时，他已经和格里姆及另外几个好友去法国旅行散心了，等回到巴黎我去看了他。之后一直陆陆续续地去看了很多次，直到我搬到退隐庐才终止。在他的交际圈中，当人们知晓埃皮奈夫人——那时埃皮奈夫人还未结识霍尔巴赫——正给我预备住处时，他们的嘲弄鄙视就像雨点般砸向我。他们宣扬我喜欢被人供着，喜

---

① 伏尔泰在和普鲁士王腓特烈二世决裂后，于一七五五年从柏林迁居到日内瓦附近居住。

欢都市的娱乐，一刻也无法忍受寂寞。我不管他们怎么说，依然按照我的心意来做。不可否认，霍尔巴赫先生还是给我提供了不少帮助①，他给勒·瓦瑟老头找了一个可以居住的地方。当时那个老头已经八十多岁了，他的妻子觉得他是一个负担，一直要我把他弄走。他被送去了一个慈善机构，到那儿以后，衰老和远离家庭之苦让他的生命之火燃到了尽头。他的妻子和孩子们都对他的死无所谓，只有戴莱丝很爱她的父亲，一直怨恨自己，不该让老人在生命的最后时刻，离开她并孤独地走完生命最后的日子。

几乎在同时，我这儿来了一个客人。他就是汪杜尔，尽管他是我从前的好友，不过他的到访还是让我很意外，他还带来一位朋友。他的变化让我难以置信。他失去了往日神采奕奕的样子，呈现在我眼前的不过是一副下流无耻的模样，我实在是没有办法和他开怀畅饮。或许是我的眼界提升了，或许是沉迷酒色让他变得愚钝了，又或许是由于当年的神采是源于青春的光芒，只不过如今青春早已不复存在。我在接待他的时候很淡然，我们分开的时候也很冷漠。不过他走以后，我们从前在一起的点点滴滴又强烈地带我回到了我那青葱的岁月。我那美好的金色年华都无比真诚、无比温柔地留给了那个像天使一般的女子，但是她的改变之大也和他有过之而无不及。还有那美好时期很多让人心花怒放的小故事，在托讷度过的美妙一日，那时的我该是多么单纯、多么畅快地徘徊在那两个温柔可人的少女身边，她们给我的仅有的馈赠就是让我吻到了她们的手。可是就算如此，她们留给我的惆怅依然是那样的浓烈、那样的动听、那样的长久。那时我的内心所有的力量都被激发得淋漓尽致，如今我想它们早已消逝得无影无踪了。一切美好的回忆让我为已经不复存在的青春、为再见了的青春抛洒了许多狂热的眼泪。唉！若是我早知道它会带给我这么大的痛苦，我又该为此种狂热的再次上演②流下多少泪水啊！

在我即将远离巴黎时，在我退隐前的那个冬季，还有一件事让我十分惬意，我体会到了前所未有的纯净的寓意。曾因几部戏剧而闻名遐迩的南锡学院院士巴利索，此时又当着波兰国王的面在吕内维尔上演了一出剧。在这个剧本中他以一个勇于执笔与国王抗衡的人做原型，觉得如此便可获得国王的赏识。斯塔尼斯拉夫为人十分豪爽，不喜嘲弄，一看竟敢有人当着他的面评论别人，异常

---

① 我的记忆力总是喜欢跟我开玩笑，这就是一个例子。在我写完这件事情的很久之后，有一次我和妻子谈到了他的父亲，才知道是舍农索先生安置了他，而不是霍尔巴赫。当时，舍农索先生担任主官医院的理事。写的时候，我把舍农索先生完全忘记了，心中想到的只有霍尔巴赫先生，所以我当时甚至可以发誓是霍尔巴赫安置了他。——作者原注。

② 指对乌德托夫人的热态。

愤怒。国王委派特莱桑伯爵先生处理此事，他给我和达朗贝写信，告知我说，国王陛下想把巴利索从他的学士院除名。我回信恳请他在国王面前帮忙为巴利索求情。之后确实开了恩，不过特莱桑先生以国王的名义告知我时还另外说，这件事将会被记录在学士院的档案中。我又回信说，如此一来，不仅没有开恩，反而还会让这个污点流于后世。之后，经过我不懈地努力，终于有了完美的结局：不会把它记录在档案里，这件事不会在公开场合公开。在处理这件事时，无论是特莱桑还是国王，都向我表达了敬重和敬仰之心，我深感荣幸。经过这件事，我觉得只要是可以被人称颂的人，他们对这类人的敬重，可以让这个人的内心生成一种比虚荣心所带来的情感纯洁得多、高尚得多的情感。特莱桑先生的信和我的回函都被保存在了我的通信集中，原稿存在甲札，第九、第十及第十一号。

我非常明白，若是将来我的回忆录可以公之于众，我原本想要掩盖的事实，就会让它公之于世了。不过，我不得不公之于世的事情还有许多。我心心念念地撰写这本回忆录的宏伟目标以及把全部真相都表露出来的责任心，绝不允许我因为一些微小的疑虑而放弃，不然我将会离我的目标越来越远。我所处的环境非常怪异、非常特别，我必须维护真理，不应该对任何人心存善念。若要完完整整地了解我，就必须从方方面面入手，无论好与坏。我的忏悔肯定会与很多旁人的忏悔有所联系，只要是和我相关的事情，我都会用一样的态度来做这两种忏悔，尽管我很想多多关照其他人，可是我想对别人关照不会胜过我自己。我追求永久的公正、实在，只会尽力地讲别人的长处，并且只会在我知道的范畴内去讲别人的短处，不到万不得已的时候绝对不会说。当我处于这样的境地时，还有谁会对我要求更高呢？我写忏悔录的目的绝不是为了在我生前去发布的，也不是在相关的人们生前发布的。若是我能主宰这本书的命运及我的命运，我会让这本书在我和他们死后千万年才发布。可是很多我强劲的对手因为恐惧真理，做出了很多抗争，要将真理的印记磨灭，因此为了让它们永存于世，我必须在最严谨的公理和最正确的方式的范畴内，采用所有方式来维护它。若是我死后默默无闻，那么我绝不愿连累任何人，并无怨无悔地背负那些不公正的、稍纵即逝的耻辱，可是要是我想让我的名字留存于后世，我就必须用尽全力让拥有这个名字的不幸者的名字和面貌一起存于世间——可必须实事求是，不能依照那些不公平的对手费尽心机所形容的那样。

第九章

　　退隐庐的房屋刚一整理好，还未等和煦的春天降临，我便迫不及待地住进去了。这一举动随即惹来霍尔巴赫等人的一阵嘲笑，他们肆意地向公众预言，我必定会因无法忍受为时三个月的孤单而面红耳赤地重返巴黎，过上与他们完全相同的日子。十五年以来，我始终如同鱼儿离开水流一般，如今似乎要再次重回旧地，因此丝毫并未理会他们的嘲讽。当我情不自禁地置身于社交圈之后，我无时无刻不思念着我那心爱的沙尔麦特以及我在那儿所经历的幸福生活。我认为自己绝对不会在其他地方过上幸福的生活，这是由于我始终认为自己是因为归隐与乡居而出生的。当我身处威尼斯时，在繁忙的公务中，在外交官的高位上，在飞黄腾达的自豪中；当我身处巴黎时，在上层社会的周旋中，在宴席的口福中，在剧场的绚丽夺目中，在虚妄的迷幻丛林中；对树林、清流、僻静的散步的追忆往往会引发我的忧愁思虑，让我忍不住分神，同时感到哀叹与向往。以前，但凡是我可以强迫自己去做的所有事情，但凡是曾经让我感到精神抖擞的所有利欲熏心的打算，全都没有其他的企图，仅仅是想有一天可以过上这种无比甜蜜而又自由自在的乡村生活，至于如此的生活，此刻我正因马上就能拥有而暗自欢喜。原本我觉得唯有具备一定的财富才可能过上这样的生活，在我看来如今我虽然并未发达，但是凭借我的独特身份根本无须发财，便能通过完全不同的方式来实现相同的目标。我虽然毫无一个苏的年金；但我却小有名气，同时还有一点才华；我非常节俭，将那些为免遭他人指责却又十分必要的花销全都放弃了。除了这些，尽管我有些懒惰，但是当我乐意付出努力时，依然是相当勤奋的；我的懒惰并非是不务正业人的懒惰，反而是一个自立放纵人的懒惰，仅仅是在想要劳动时才会劳动。虽然我抄写乐谱的这个工作没有过高的名声，也没有太过丰厚的报酬，但却非常稳定。对于我所选择的这个工作，社会大众全都非常佩服我的胆量。我并不担忧没有工作，并且我只需努力干活便可以保障我的生活。因为有《乡村卜师》以及我的其他著作的共计两千法郎的酬劳，我便无需遭受贫穷了。此外，我此时正在创作几部作品极有可能无须跟书商索要高额酬劳便能再增加些许报酬，完全可以让我从容不迫地工作，无须过度劳累，以至依然有散步的空暇时间。我的小家庭共有三个人，每个人都有各自的事务，因此维持生活并不需要太多的开销。总而言之，我的酬劳完全与我的需求以及欲望相对称，从而让我有可能依照个人喜好所选择的途径来过上幸福长久的生活。

实际上，我极有可能通过自己的这支笔来全心全意地进行创作，从而步入牟利的道路，而无须再去抄写乐谱。凭着我当时已经具备的，而且是自认为有能力持续下去的那种一鸣惊人的气势，我只需将作者的手腕与创作出优秀作品的奋斗略微加以组合，我的著作便能让我过上十分富足的生活，以至会过上非常奢华的生活。然而在我看来，因为温饱而进行写作，用不了多久便会耗尽我的天赋，摧毁我的才能。我的才能完全是通过一种超凡脱俗而又豁达的思维形式而形成的，并非是在我的笔尖上，而是在我的心中，也唯有如此的思维方式才可以让我的才能繁荣生长。一支见利忘义的笔无法写出任何坚强的事物，以及任何卓越的事物。需求与贪念或许会让我的写作速度变快一些，但却无法让我创作得更好一点。虽然企图成功的渴望并未将我送入捭阖纵横的利益团体，但却同样能让我尽量少讲一些实事求是的话，而是多讲些夸大其词的话，如此一来我便无法成为本来有可能成为的优秀作者，而仅仅是一个胡写乱画的文字搬运工。不可以，绝对不可以。对于作家所拥有的地位，我自始至终认为唯有当它并非一个行业之时才能得以维持，也才能算作是光鲜亮丽的，并且是值得尊敬的。当一个人仅仅是为了谋生而思考时，他的思想便很难达到高雅的境界。为了能勇敢地讲出非凡的真理，便绝对不可以受制于对成功的渴望。我将自己所创作的作品送到众人眼前，确实是在为大众的利益发声，至于其余的一切全都毫不在乎。倘若我的书被人丢弃，那必然是由于人们不想从中获得训诫，如此便是他们的损失。对我来说，我根本无须依靠他们的赞赏来生存。倘若我的作品无法卖出去，我的工作依然可以供我生活；也正因为这样，我的作品反倒真的可以出售掉。

我于一七五六年四月九日搬离城市，自此以后便没有在城市中居住了；在那之后，不管是在巴黎，或是在伦敦，抑或是其他城市也罢，几次为时较短的逗留全都只是顺路经过而已，抑或是出于无奈而发生的，我全都没有将其当作是居住。埃皮奈夫人乘着她的车过来接我们三个人，她的租户帮忙搬运我的简易行囊，那一天我便安顿了下来。在我看来虽然我的这间幽静的小房子的布局与摆设十分简洁,但却非常整洁,以至于相当典雅。因为那只为这番摆设耗费了很多精力的手,使得它们在我眼中具备一种独特的无法估计的价值。我认为在自己女朋友家中做客,在我本人所选定的、由她精心为我搭建而成的一栋房屋中居住,实在是妙趣横生。

尽管天气依然寒冷,还有些许残留的雪花,但大地却早已蠢蠢欲动了;紫罗兰与迎春花全都早已绽放,树木的嫩芽也都逐渐崭露头角。我抵达的那天晚上,几乎是在我的窗前便可以听见从一处与房屋相接壤的树林中传来的夜莺的歌声。我隐约地浅睡了一阵便清醒过来,一时之间忘却了自己早已搬家,竟然还觉得是在格勒内尔路呢。突然一阵夜莺的歌声沁入了我的心脾,我在欣喜若狂之中大声喊道:"我所有的心愿终得以成真了!"我最先关注的便是我本人对四周的那些乡村景物抱有何种感觉。我并未开始布置我的房间,而是打算先出去四处转转。我的房屋四周并没有一条小路,也没有一处修林,更没有一片灌木丛,以至同样没有一块偏僻的土地,并非我在次日便跑了个遍的。越是参观这个令人着迷的幽境,我便越发感觉到它是专门为我准备的。这个地点偏僻幽静但却并不荒凉,从而让我在恍惚之间有了浪迹天涯的感觉。它包含那种无法在都市周边看到的漂亮景观;当你猛地身临其境,便绝对无法相信这个地方距离巴黎仅有四里约的路程。

当我在这些乡村景致之中沉迷了数日以后,方才记起理应收拾一下文稿,同时将工作安排一下。依然如同往日一般,我计划在上午抄写乐谱,在下午拿着我的小白纸本与铅笔外出散步。一直以来我唯有 sub dio(在露天的环境中)才可以无拘无束地创作与思考,为了不打破这个习惯,因此我便准备自此让那片差不多就位于我家门口的蒙莫朗西森林充当我的书房。有若干部作品我早已写好了开头,如今便拿出来审阅一番。我的写作规划是非常宏伟的;只不过在城市的喧闹中,始终进行得非常缓慢。原本我准备是在喧嚣变少一些时,再稍稍进行得快一点。我觉得此刻可以说是我的心愿得以达成了。如同我这样的时常会身体抱恙的人,又时常会跑去舍弗莱特、埃皮奈、奥博纳以及蒙莫朗西府,也时常会被很多无所事事的好看热闹的人围堵在家中,同时又一如既往地花费半天的时间来抄写乐谱,倘若人们可以对我在退隐庐以及蒙莫朗西经历的六年时间中所创作出的作品加以计算,我坚信他们必然能察觉,假如我在这一时期的生活里挥霍了时间,起码也并非是在游手好闲中虚度时光。

在我早已开始创作的那几部作品里,从我个人角度来看,未来最有可能让我出名的便是我所写的那部《政治制度论》,这部作品便是我一直以来所构思的,同时也是搞得极富趣味的且是打算用一生的精力去进行的。当我第一次想要创作出如此的一部作品，早已是十三四年之前的事情了。当时我身处威尼斯，曾有幸发现这个被人们交口称赞的政府居然会存在如此之多的问题。从那个时候开始，我便通过钻研伦理学历史而让自己的目光再次变广了很多。我察觉，从本质上来说所有的一切全都与政治有所关联；无论你如何做，任何一个国家的子民全都仅能成为被他们政府的性质所打造成为的样子；所以，"什么样的政府才是可能的最优秀的"这一疑问，依照我主观的看法只不过是如此的一个问题：怎样的政府性质才可以打造出最具品德、最为豁达、最为聪颖，总而言之是最为出色的子民呢？——此处"最好"一词是从它的最为广泛的含义来说的。我还发现，这个疑问同时极其类似于如此的一个问题（纵然这两个疑问并不一样）：什么样的政府会在性质上最靠近法呢？因此就会出现：何为法？以及一系列与此类似的举足轻重的疑问。我发现，这所有的一切正在将我引向卓越的真理，这类真理将会对整个人类的幸福产生好处，尤其是会对我的国家的幸福产生好处——在我近来的一次旅行中，我并未在我的国家中发现在我眼中是完全恰当、完全清晰的与法律以及自由相关的概念。我曾认为最可以照顾到我的同胞们的自尊的方式，便是通过这种间接的途径来向他们灌输此类概念，同时由于我在这个问题上会有比他们更为深远的见解，因此这也是最可以让他们对我有所宽恕的方式。

尽管我早已花费了五六年的时间来创作这部作品，但进展却依然十分缓慢。进行这种书的创作是需要深沉思索的，同时也需要空闲与宁静。并且，我的这部作品是在悄无声息之中进行创作的。我并不想将这个打算告知任何一个人，即使是狄德罗也并不知晓。对我进行创作的时期与国家而言，我唯恐这个打算会显得过于大胆，朋友们所表现出的惊恐①会对我的计划的进行产生阻碍。我甚至并不确定它是否能按时写完，在我去世之前得以出版。我渴望能自由自在地将这个题目所要求的一切内容全都写出来；我坚信，我不仅不具备乐于嘲讽的脾性，同时又根本不会想着去攻击他人，客观说来，我理应是无可非议的。固然，我期望可以彻底地行使我生来就有的思想的权利，然而与此同时我依然要自始至终地对这个我不得不在其统治之下生存的政府感到尊敬，永远都不会对其法条有所违背；一方面我因为审慎而绝不会去触犯国际法律，另一方面也不想因为惧怕而舍弃国际法律赐予我的权益。

---

① 尤其是杜克洛那种明哲的严峻，让我觉得十分害怕。而我也不知道为什么，每次我和狄德罗商讨，我都会变得讽刺和辛辣，原本我的天性不是这样的。正因这一点让我不再去请教他，因为我只想在作品中表现出推理，而不是激昂和自私。《社会契约论》就是这本书的一部分，根据其笔调，就可以推断出我在这本书中的笔调。——作者原注。

以至于我还需要坦白,在法兰西以一个异国者的身份生活着,我认为我所处的环境是非常适宜于勇敢地讲出真理的;这是由于我非常清楚,我只需继续坚持自己原本的计划,绝不会在法国将任何未通过审核的东西加以出版,如此一来,无论我的主张如何,无论在何处出版如何的作品,我都没有必要在法国对什么人承担责任。即使是在日内瓦,由于无论我的作品是在那里的什么地方印刷的,官方都有资格对其内容加以指责,因此我也无法拥有如此的自由。正是因为这一点,从而进一步导致我采纳了埃皮奈夫人的邀约而取消定居在日内瓦的打算。就像我在《爱弥儿》一书中所提到的,我发现除非你是一位权术家,不然的话,假如你打算为国家的真正利益而创作,那么你便不该投入国家的怀抱进行创作。

因为我抱有如此的信心,所以我认为自己的处境是极为有利的,这种信心便是:或许法国政府并没有多么重视我,然而即使它并没有将庇护我视为其所获得的一种荣幸,起码也会将不对我进行干预视为自己的殊荣。在我看来,对无法制止的事情给予宽容,并将这种宽容看作是自己的一项殊荣,反而是一种非常简洁而又非常绝妙的政治手段。你们要明白,法国政府有资格做的仅仅是将我驱赶出去;倘若我被驱赶出去了,而我依然可以继续创作我的作品,也许还会写得更加少有节制,如此一来,反倒不如让我悄无声息地就待在法国进行创作,将作者滞留在法国以此当作是对作品的一种保证。并且,法国政府也如此做了,同时也是对国际法律所表现出的一种豁达的尊敬,以此将整个欧洲对它所持有的坚不可摧的偏见全部一扫而空。

依照局势在日后的发展,有的人以为我被自己的这种信任给欺骗了,但实际上非常有可能是这些人自己看偏了。在之后将我淹没的那一次风波之中,我的作品曾被当作借口,只不过人们真正所憎恨的依然是我这个人。他们并不怎么看重书的创作者,他们想要摧毁的便是我让-雅克本人。人们在我的作品之中所看到的最深重的罪行,刚好是我的族谱所给予我的光荣。我们无须一步迈入未来吧。时至今日,我并不确定未来这个谜题是否可以在读者眼中得以揭开,因为它对我来说依然是一个难解的谜。我仅明白一件事:倘若那些我曾公开表达过的理论理应为我带来我所遭受的如此待遇的话,那我在很早之前便已成为那些理论的牺牲品了,原因是在我所写的全部作品之中,将这些理论展现得最为勇敢——倘若并非是最大胆——的一部作品,以至它的效果在我归隐到退隐庐之前便早已显现。只不过即使之前有人曾打算和我寻衅滋事,然而并没有一个人打算阻挠这部作品在法国刊印发行,就像是在荷兰似的,它在法国同样是公开发售的。从这之后,《新爱洛伊丝》同样得以顺利出版,并且我敢断言它一样地备受欢迎。同时让人几乎无法相信的一点便是：爱洛伊丝在去世之前所说的那一番告白完全与萨瓦的那位助理司铎的告白一模一样。《社会契约论》中所包含的一切狂妄之词在《论不平等》中早已出现；《爱弥儿》中的所有狂妄之词同样早已出现在《朱丽》①中。既然这些狂妄之词并未对前两部作品招来丝毫的闲言碎语，那么自然不会为后两部作品引来闲言碎语。

此外另有一项任务的性质大体相似，只不过计划确定得相对较晚，也是目前最让我感到关心的，这便是对圣皮埃尔神父作品的摘记。因为叙事线索，所以时至今日我依然并未提及这部作品。当我从日内瓦返回后，马布利神父便经由杜宾夫人对我说起此事，这是由于杜宾夫人同样因为某种利益关系，而希望我可以采纳这个建议。那几个曾将老圣皮埃尔神父视作宠儿的巴黎俏妇人之中，她算一个；她与艾基荣夫人一起共享那位神父的宠爱，而并非是独自霸占。当这个仁慈的老人去世之后，她对他所持有的那份诚挚的敬爱之情，便足以让他们彼此都感受到尊敬，所以倘若她发现她友人所创作的那些还没有面世便已夭折的稿件可以由她的秘书加以复活，那么她必定会感受到荣耀。这些夭折的稿件之中依然有些许精彩绝伦的思想，只不过是表达得太过糟糕，让人读起来略感厌恶；说起来倒也奇怪，圣皮埃尔神父将他的读者视作孩童对待，却在讲话的时候将他们看成大人，并不关心如何让人理解他所讲的内容。因此，他们才会劝说我从事这个工作，一方面是因为这个工作本身非常有益，另一方面则是因为它对一个好动笔但却懒得写作的人来说非常合适，特别适宜于一个苦于构思，宁肯曲意逢迎，注解其他人的看法也不打算自己有所创新的人。除此之外，既然我不想让自己被束缚在注释的工作中，任何人都无法对我偶尔的思索加以制止，因此我便可以为这部作品附注上如此的一种形式：让无数举足轻重的真理躲藏在圣皮埃尔神父的外衣之下潜入到这部作品中，这要比躲藏在我本人的外衣下更为绝妙。然而这项工作同样不简单，务必要加以认真阅读、深沉思索以及进行摘记的内容整整有二十三大本，既非常繁复，又相当杂乱，满满都是累赘的字词、重复、肤浅或者荒谬的看法，但却务必要从中找出某些非凡而又绝妙的思想，因此这便让我有胆量无法继续忍受如此的苦工。倘若我可以反悔而不至于有损颜面的话，我同样打算舍弃这个辛苦的工作；然而在我接过神父的手稿时（这些手稿是圣朗拜尔恳请神父的侄子圣皮埃尔伯爵转交于我的），可以说我是答应了要让这些手稿派上用场，所以，如今我要么将这些稿件归还人家，要么就务必要想方设法地将它利用起来。我便是抱着后一种想法将这些稿件带

① 即《新爱洛伊丝》。

至退隐庐的,因此这便是我打算将闲暇时间加以利用的首部作品。

我通过对自己的审视萌生了想要写作的念头,因此我便开始考虑我的第三部作品;倘若我的文笔可以与我本来的打算相配的话,我非常有理由渴望创作出一部对人类真正有好处的作品,以至极有可能是对人类最具好处的作品之一;越是如此思考,我便越发感觉有胆量去进行这项工作。大多数人在其生活中似乎成为截然不同的人,常常会与他们本人有所差异,这是我们之前早已发现的。我之所以打算创作一部作品,并非是因为想要证实这样一个明显的事实;我有更为独特的,更加重要的目标,这便是想要找出导致这类改变发生的原因,从而让我们变得更加出色,更加自信。毋庸置疑,这是由于对一个正派人士而言,对某些早已成型的欲望做出反抗是相对痛苦的,倘若他可以追溯至导致这类欲望出现的根本原因,并在其一开始出现的时候就加以防御、改变或是修正,那么便不会感到如此痛苦了。一个第一次遭受引诱的人之所以能够抵御住,是由于他是坚强的,另有一次引诱时便投降了,这是由于他懦弱了;倘若他依然如同上一次那样坚强的话,他便不会投降。

当我通过对自身以及他人的观察来寻找这些各不相同的生活方式到底来自何处时,我意识到生活方式大多数是取决于外部事物的先入印象。我们持续不停地被各自的感官与器官所改造着,于是我们便在悄无声息之中经受着发生在我们的思想、情感以至于行为之上的这类改造的作用。我所收集的无数显而易见的观察材料全都毫无争论的必要;因为这些观察材料是符合自然科学的理论的,仿佛很能提出一种外部的生活准则,这种准则会伴随环境的改变而加以变化,于是便可以将我们的内心置于或者是维持在最有益于道德的水平。倘若人们知道如何强迫生理结构去对其所时常进行干扰的精神秩序有所辅助,如此一来,他便可以让理性没有多少偏误,也便可以制止多少邪恶啊!气候、季节、声响、色彩、暗黑、明亮、自然力、食物、喧闹、宁静、运动、静止——它们全都会对我们这些机器产生影响,因而也便会对我们的内心有所影响;它们全都为我们指出了为数繁多的、精确无比的道路,以让我们对任其摆布的各类情感从其各自的源头上进行管控。这便是我的核心思想,我早已列出提纲,同时我认为通过这种思想极易创作出一部读者乐意看、作者乐意写的极富趣味的作品,因此我渴望自己的这个思想能够对那些品行优良,诚恳地热爱道德而又对自身的懦弱有所防范的人们产生一定的效果。只不过我始终并未在这部名为《感性伦理学或智者的唯物主义》的作品上耗费过多精力。很多喧嚣——用不了多久读者便会对其中的缘由有所了解——妨碍了我的专心创作,同时人们在未来也会了解到我所列出的那个提纲最终始料未及地和我本人的命运紧密地联系在一起。

除了以上所叙述的这些，在舍农索夫人的请求之下，我从几时开始便对一种教育理论有所思考，这是由于她丈夫对自己儿子所进行的教育让她深感忧虑。尽管这个问题实质上并不怎么符合我的趣味，但友情的威严却让我对这个问题抱有比其他各类问题更为密切的关注。因此，在我刚才所提到的全部题目中，这便是我唯一有所收获的一个。我在创作这个题目的时候所希望获得的成果，仿佛理应为作者创作出另外一种命运。只不过此处最好先别对这个让人悲伤的问题有所涉及吧；在这本书之后的篇章中，我必定会对其有所讨论。

这所有的各种各样的打算全都成为我在散步的时候进行深沉思索的材料：我觉得之前我早已提到过，我唯有在行走时才可以展开深思；一旦停下来，我便无法继续思考了；我的思维仅跟随我的步伐一起运动。只不过为防范下雨天，我也曾特意找了一个在室内进行的工作。这便是我写的那本《音乐辞典》。这本书务必要重新修订一番，这是因为辞典中所罗列的资料不仅非常杂乱无章，而且非常不完整。我将若干本对重新修订有所帮助的图书带了过来；在这之前我早已用两个月之久的时间从其他书中摘抄了很多内容。这些图书全都是其他人帮我从皇家图书馆借来的，他们还同意让我将这之中的若干本书带至退隐庐。这便是我预先准备的工作，每逢天公不作美以至我无法外出时，抑或是当我抄写乐谱抄到厌烦时，我便待在家中开始编纂的工作。如此的安排对我而言实在是太过恰当了，因此无论是身处退隐庐还是蒙莫朗西，或是之后待在莫蒂埃，自始至终我都是如此进行的。我在莫蒂埃结束了这个工作，由于我始终认为变换工作从实质上来说可以对疲劳有所缓解，因此在这期间我还做了一些其余的工作。

我曾在某个阶段非常精准地贯彻着自己所制定的作息时间，颇为满意；然而当和煦的春光极其频繁地将埃皮奈夫人招致埃皮奈或者舍弗莱特时，我便意识到某些事在一开始虽然并未让我感到多么费神，同时也并未让我感到多么在意，然而如今却对我的计划造成了很多干扰。我之前早已提到过，埃皮奈夫人身上具备某些非常动人的优点；她非常喜欢自己的朋友，极其热情地帮助他们；既然她可以为朋友而不惜牺牲时间与精力，那么她理应获得来自朋友的关心。直至那个时候，我并未感觉这是个累赘，始终履行着这个义务；只不过最终我发现自己实际上是套上了一根锁链，仅仅是因为友谊才让我无法感受到它的重量；又因为我非常厌恶与诸多宾朋进行交际，于是我再次加重了这根锁链的重量。因而埃皮奈夫人便利用我所怀有的这种厌恶而给了我一个提议，从表层来看是有利于我，但实质上却对她更加有利，这个提议便是：每当她独自一人在家时，她便会差人来告知我。我答应了，但却并未理解我究竟担负了如何的责任。

这个约定所导致的结果便是我永远无法确定哪一天可以由我自行分配了，这是由于自此之后我只能在她空闲的时候去探望她，而并非是我空闲的时候。我在之前去拜访她的时候所感受到的那种欢乐，因为如此的束缚而明显降低。我发现，她三番四次向我承诺过的那些自由，仅仅是将我永远不再有所用处作为条件；我曾有一两次打算尝试一下这种自由，她便马上指派如此之多的人来听探风声，向我写了非常之多的便条，对我的健康问题表露出如此之多的小题大做，从而让我非常确切地明白，若想对挥之即去有所反抗，唯独只能以卧病在床为借口了。由于如此的束缚是必须要接受的，因而我便就此接受了，以至于对我这个极其痛恨寄人篱下的人而言，依然算得上是非常心甘情愿地接受了，由于我全心全意地迷恋着她，因此也便极大地抑制了我所感觉到的暗中和迷恋相依存的约束。至于她呢，便将那些因为探望她的常客没有出现而导致的闲暇时间，无论好坏全都充实起来。对她而言，这虽然是并无太多意义的填充方式，但她却无法忍受绝对的孤单，而这终归是要比绝对的孤单略胜一筹。只不过，自从她打算试着从事文学以后，自从她下定决心不管怎样都要创作出一些小说、信札、喜剧、小故事以及诸如此类的无谓的作品之后，她有非常之多的事情需要做，因而也非常容易将这种孤单填充起来。然而让她最感兴致的并不是创作这类作品，而是打算将自己所写的内容读给其他人听；所以，每当她持续不断地写满两三页纸，她便需要为这个艰难的工作的完成至少准备两三个乐意捧场的人来聆听她的朗诵。除非是因其他人的引荐我才可以加入这个行列，否则我根本没有资格加入。倘若仅有我一人，我始终会在任何一件事上都被其他人忽视；并且如此的状况，不只是存在于埃皮奈夫人的交际圈，而且在霍尔巴赫先生的交际圈亦是如此，以至于但凡是由格里姆先生掌控的地方也全都这样。这种被忽视的状况反而让我在各个地方都感到非常自由，只不过当我与她两个人单独相处时，我便不知所措了。我既没有胆量讨论文学，这是由于我还没有资格来对文学评头论足，同时又没有胆量谈论风情，这是由于我太过羞涩，就算是死也不愿用多情去惹来他人的耻笑；况且我在埃皮奈夫人身边自始至终都没有如此的想法，纵然我在她身边陪伴一生，我同样绝对不会起一次念头：并非是因为我对她本人抱有如何的厌恶之情，与之完全相反，或许是因为我太以朋友的角色去爱护她，因此便无法用情人的角色来喜欢她了。我一见到她，与她交谈，就会感觉到非常开心。尽管她的言谈在交际场所中非常惹人注目，但个别相对的时间却非常枯燥无聊；我的谈吐同样不够绘声绘色，所以无法对她产生多少助兴作用。常常会由于面面相对沉默太长时间而感到非常窘迫，因此我便会竭力找些话题来聊，如此的交谈往往会让我感到疲惫，但却并不会让我生厌。我非常喜欢向她展示小殷勤,给予她如同兄弟似的亲吻,在我看来如此的亲吻仿佛并不会对她产生多少肉欲的意味。我们两个人之间,仅仅是这样。她非常消瘦,面色非常惨白,胸部一马平川。仅仅是这个缺点便让我心凉了一半:对于一个毫无胸部可言的女人,我的内心以及感官始终都不会将她当作一个女人来看待;此外另有其他不便言说的缘由,一直以来让待在她身边的我忘却了她是一个女人。

我便决定如此委曲求全,不再进行丝毫的反抗了。同时我意识到,这个负担最起码在第一年不会如同我所设想得这般沉重。一般来说,埃皮奈夫人差不多会在乡村度过一整个夏季,然而这一年却仅仅住了一段时间;或许是由于她本人的事务要求她较多地停留在巴黎,或许是由于格里姆并没有在舍弗莱特,因此她便觉得待在舍弗莱特略有些无聊。于是我便利用她不在的这段空闲抑或是她虽然在但却访客众多的时间,来与我的善良的戴莱丝以及她的妈妈一起共享我的归隐之乐,分外觉得弥足珍贵。尽管这些年我时常来到乡村,但却并没有品尝到一丝乡村韵味。之前所经历的多次旅行,始终是与一些自命清高的人待在一块,始终存在一些约束而削弱了旅途的趣味,从而进一步激发了我对乡下的喜爱之情,我越是近距离地观赏乡下的欢乐景致,便越发觉得丧失此种趣味有多痛苦。我对那些沙龙、喷泉、人工树丛、花坛全都感到非常嫌恶,特别是那些显摆这一切的令人厌恶的家伙。我极其憎恨那些织花、钢琴、三人牌、织丝结、笨拙的箴言、无聊的撒娇、枯燥的小故事以及丰盛的晚宴。当我无意中看到一个平凡的小荆棘丛、一道稀疏的篱笆、一间粮仓、一处草地时,当我从一个村庄经过,闻见香草炒鸡蛋的扑鼻香味时,当我大老远听见那伴有乡村风味的花边女工歌曲中的叠句时,我便将这些胭脂啊、粉黛啊、珊瑚玛瑙啊全部抛之脑后。由于那些厨师、管家老爷让我在吃晚饭的时间享用午餐,在就寝的时间享用晚餐,而且并未让我品尝到家常便饭与自制的醇香酒水,因此我气愤到忍不住想要扇他们几耳光。特别是那些两只眼睛始终盯向我的饭菜的佣人们,不是让我感到饥渴难耐,便是打算将他们主人的假酒出售给我,让我花费比在小酒馆购买最优质的酒贵十倍的价钱。

如今我在一个僻静宜人的地方居住,拥有无拘无束、稳稳当当、清清静静的生活,由于我始终认为自己是为这种生活而出生的,因此我终归是得偿所愿了。如此的生活情形对我而言依然是非常新颖的。在对它于我心中所造成的影响做出解释之前,理应重点表述一下我的各种各样的私心,以让各位读者可以更加顺利地从本质上看出这类新变化的发展。

我将自己与戴莱丝结合的那一天,视为是我的精神生活得以定型的一天。

由于那场原本能让我感到满意的爱情最终被残忍地终止了，因此我需要谈一场恋爱。对于幸福的渴求，在一个男人的心中永远无法消失。妈妈衰老了，沦落了！事实表明她在这一世再也无法拥有幸福了。既然我毫无一丝希望来共享她的幸福，那我便只能独自寻找我本人的幸福。我踟蹰了很长时间，变换了一个又一个念头，想出了一个又一个打算。倘若与我交涉的那个人略有些常识的话，那么我的威尼斯之旅原本会让我置身于繁忙的公事。我是非常容易感到沮丧的一个人，尤其是面对沉重的、需要长久奋斗的事务。我所遭受的那一次事业重创让我对任何事业全都毫无兴致了；我打算虚度时光，从今往后度过一日算一日，这是由于我始终遵循自己之前的信仰而将长远的目的视为海市蜃楼，因此生活中再也没有什么东西能让我发愤图强了。

刚好是在此时我们相遇了。在我看来，这位善良女孩的温顺个性简直是与我的个性太过相宜了。我对她的迷恋之情可以经受得住时间的检验，同时也经受得住所有苦难，但凡看起来会让我的感情就此终止的事情，自始至终都只能让其更为猛烈。她曾在我悲惨至极的时候让我心碎不已，而我直至创作这篇文章之时，都从未对任何人讲过一句埋怨。当我之后将她留在我心中的伤疤加以揭露时，你们便会发现我对她的迷恋强烈到何种境地了。

为了不与她分离，我在进行了所有的努力，闯过所有的危险，对命运的捉弄与众人的阻挠置若罔闻，如此便与她一起生活了二十五年之后，最终在年迈之时与她正式结为夫妻。对她而言，既没有这种期望，也没有这种恳求，对我而言，既没有事先的约定，也并未许下承诺。当人们对我的这段经历有所了解后，必然会认为从第一天开始便存在一种痴迷的爱恋让我感到蒙头转向，之后仅仅是通过缓慢的发展，将我引至这最终的一个荒诞行为之上；当人们发现依然存在很多原本理应阻挠我此生永远不与她成亲的独特的、确凿的理由时，必然会进一步认为我肯定是为爱发狂了。既然如此，倘若此刻我推心置腹地告诉读者——读者理应非常清晰地发现这一点——当我初次与她相遇直至今日，我从未对她有过一丝爱情的火苗，我毫无想要拥有她的渴望，正如同之前并不打算拥有华伦夫人一般，我从她身上所获得的肉欲的快感完全只是出于性需求，而并非是全部身心的彼此融合，对此你们会抱有如何的想法呢？读者必然会认为，我的体质不同于他人，由于我对自己所挚爱的两个女人的迷恋之情中并无一丝爱情的因素，因此我便根本无法体验爱情。再等等吧，我的读者们！极为不幸的时刻马上便要降临，到那个时候你便会察觉自己所预想的一切全都是大错特错的。

我确实是在重复我早已讲过的内容，这些我都清楚；然而我不得不加以重复。我纯粹是因自己的内心渴求而产生了第一个最大、最强烈甚至于最无法消除的需求；这种需求便是一种最为亲密的结合，极尽亲密之所能的结合；尤其是因为这一点，因此我才渴求拥有一个女性朋友而并非男性朋友。这个古怪的需求是这么回事：由于我总是会感觉到孤寂，因此我并不满足于肉体之间的最为亲密的交合，反而恨不能将两颗心灵放置在同一个躯体之中。那个时候我自认为已经到了无法再感受到孤寂的阶段了。那位年轻女孩毫无一点伪饰，也毫无一点妖媚，她拥有很多值得称赞的品德，让人感到非常动人，以至在当时的长相同样非常动人。倘若我可以如同我之前所期望的那样，将她的生活与我的生活交融在一起，原本我是有可能将自己的生活融入她的生活之中。从男人的角度来看，纵然之后我在这个层面对她而言早已无法算作一个男人时，我也丝毫没有值得怀疑与畏惧的地方，我坚信自己是她所真正喜爱的唯一一个男人，而她所具备的那种清心寡欲也并没有让她去寻求另外的男人。我并无家庭；但她却拥有一个家庭，只不过在这个家庭中，她的生活习性与其他人的截然不同，令我无法将其视作是我的家庭。这便是我之所以不幸的首个原因。我是有多想让自己成为她妈妈的儿子啊！我竭尽全力地想要实现这一点，但最终我竟无法做到。我枉然地想要将我们的所有利益全部关联在一起，只不过这竟然是毫无可能的。那位妈妈始终会自行寻求另外一套利益，不仅与我本人的利益完全不同，是相互抵触的，而且与她自己女儿的利益同样发生抵触，这是由于她女儿的利益早已与我的合二为一了。她以及她的其余孩子甚至连她的孙子们全都变成了寄生虫，盗窃戴莱丝的物品早已是他们对她所做出的最小伤害了。由于这个不幸的女孩早已习惯于屈从，即使是在自己的侄女面前同样是顺从，因此便任由自己的家人进行偷盗，任由他们支配，一言不发。当我发现即使自己耗尽钱财，说尽劝解，也都无法让她获得一丝利益，实在是让我感到心痛不已。我想劝说她尽早摆脱自己的妈妈，她却始终都不愿意。我对她的这种抵抗表示尊重，同时也因此而更加轻视她；只不过她的抗拒，最终依然只是让她本人受苦，同时也让我受累。因为她彻底地忠实于自己的妈妈以及家人，她的心便完全偏向他们，以至远超向着我或是向着她本人；虽然他们的不知足会导致她破产，但却远远比不上他们的指责所带给她的伤害。总而言之，倘若因为她喜爱我，倘若因为她生性善良，她还并未彻底地任由他们摆布，但起码早已遭受他们充分的影响，从而让我竭力说给她听的由衷之言全都无法奏效；因此不管我做出如何的努力，自始至终我们依然无法合二为一。

我早已在彼此之间真诚的、互相的迷恋中，将自己灵魂之中的所有缠绵情意彻底投入，但却从未妥善地将这颗心灵之中的空虚加以填充。孩子们诞生了,这些空虚原本是能用孩子加以填充的;然而实际上却更为糟糕。我一旦想自己的孩子们将要在这个毫无教养的家庭中长大,最终只能成长得更加糟糕,我的内心便会瑟瑟发抖。育婴堂的教导,危险系数明显要低很多。这个迫使我有如此决定的缘由,要比我向弗朗格耶夫人所写的那封信中所罗列的各种各样的缘由更为强劲一点,只不过我未敢将这个缘由告诉她。对于如此的苛责,为了维护一个我所挚爱的人的家庭,我宁肯为自己少解释一些。然而,人们从她那个流氓哥哥的举动中,便能够判定出我是否——无论人家如何讲——眼睁睁看着自己的孩子去接受如同他一般的教育了。

由于我无法彻底地体会到我所渴求的那种密切的结合,因此我便另外寻找一些方法来加以弥补,这类弥补方法虽然无法填补空虚,但却可以降低空虚的感受。既然我无法寻获一位能够彻底为我献身的朋友,那么我便务必要拥有一些可以通过他们的推动力来让我攻克自身惰性的朋友;因此,我珍视并且强化自己与狄德罗以及孔狄亚克神父之间的友情,我与格里姆之间确立了崭新的友情,而且是更为密切的新友情,最终,因为那一篇倒霉的文章——对其经过我早已有所解释了——我再次始料未及地被丢回文坛,原本在那个时候我觉得自己早已完全脱离了。

当我位于文坛的发轫时期,便将我从一个崭新的征途引向另外一个精神世界,这个精神世界所包含的淳朴而又高雅的协调,让我无法面对它而且不为之动容。没过多久,因为我对这个精神世界进行了潜心钻研,我便认为我们的哲学家的理论中全都是些谬论与荒诞,而我们的社会规则中也全都是些压榨与不幸。在我的这种愚昧的自负给予我的幻象中,我认为自己有权将这些令人眩晕的迷雾驱除干净;若想让别人听命于我,在我看来务必要言行统一,因此我便采用了那种古怪的方式,其他人根本不允许我将这种方式维持下去,而我的那些称之为朋友的人同样无法宽恕我树立了如此的榜样。虽然这个榜样在一开始会让我看起来非常搞笑,然而倘若我可以继续坚持下去,最终必定会为我赢来普遍的敬仰。

我在这之前始终是仁善的;从这以后,我便成为一个拥有道德的人了,抑或是,起码算得上是沉迷于道德的人了。虽然这种沉迷是从我的脑中萌发的,然而它早已沁入我的内心。在那个地方,最为高雅的自负在早已剔除虚荣心的遗址上发芽生长。我丝毫也没有假装,我在表面上是如何的一个人,事实上便是如何的一个人。这种热血沸腾的感情起码淋漓尽致地持续了四年时间,在这四年时间里,但凡是人心所能容纳的卓越的、美好的事物,我全都可以在天我交感中体验到。我那出人意料的辩才便产自这个地方,那种真实的从天而降的、焚烧我内心的猛火同样是经由此处传播至我早期的著作中,至于这个神奇的烈火,在之前的四十年里始终没有迸射出些许的火苗,这是由于当时的它依然并未被点燃。

我确实改变了;我的挚友、我的相识全都认不出我了。我早已不再是原先那个内向、害羞胜过谦虚的,不但没有胆量见人,同时又没有胆量讲话,当别人讲一句玩笑话便不知所措,被女人瞅一下便会因为羞涩而面红耳赤的人了。我既富有胆量,又豪爽果敢,处处彰显出自信,正因为这种自信是淳朴的,因而不仅存在于我的行为中,而且主要地存在于我的心灵中,因此便越加坚定不移了。我的冥思苦想让我对时代的风尚、箴规以及偏见全都情不自禁地产生蔑视之感,这种蔑视之感再次让我对那群拥有这类风尚、箴规以及偏见的人对我所表现出的耻笑置若罔闻;我以自己的令人惊叹的格言压制了他们的那些粗浅妙语,便如同我用两只手指揉碎虫子一样。这是何其巨大的改变啊!整个巴黎全都在流传我那尖酸而又犀利的讽刺之言,但对于我本人而言,两年前与十年后实在无法找出一句合适的话,同时也无法找出一个合适的字词。我在那个时候的精神状态便是你想要发掘出和我的本性完全不同的精神状态。请你们再次回想一番,我一生中所经常出现的那种为时较短的时刻,此时我完全成为另一个人,根本并非是原来的我本人了,如此的时刻同样是会在当下我所表述的这个阶段中出现的;然而这个时刻并非只延续了六天、六个礼拜,反而延续了整整六年之久,同时依然有可能会继续下去——倘若不是因为某些特别状况将它阻断,将我归还给我原本打算超越的自然的话。

我刚从巴黎离开,这个大城市所包含的邪恶景致刚一中止宣泄它在我身上所引发的愤懑情绪,这个改变便开始显现了。我无须再遇到人,我便同样无须再轻视人;我无须再遇到坏人,我便同样无须再憎恨坏人。由于我的内心原本就不怎么记仇,因而从此往后我便只能忧心忡忡,而无须再对人类的邪恶与不幸加以区分。如此的精神状态相对温和,同时远远不如之前那样高尚了,没过多久它便将多年以来激励着我的那种热诚的慷慨之情耗损完毕;不仅其他人并未意识到,甚至是我本人同样几乎并未察觉到,我再次成为胆怯的、和善的、腼腆的人了;总而言之,再次成为当年的那位让-雅克了。

倘若如此的突变仅能让我重回原形,同时就此打住,那倒也还不错;然而非常遗憾,它越界了,非常快速地便将我带至另外一个极端。从这以后,我的灵魂一旦开始运动,便无法维持其重心,总是不停地来回晃荡,不再有所停止。既然我的遭遇在人世间是独一无二的,同时这一阶段又是我人生中凶险的、致命的一段时间,因此对于第二次突变,我务必要进行详尽地叙述。

由于身处归隐生活的仅有我们三个人,因此空闲和孤寂必定会增强我们彼此间的紧密联系。戴莱丝与我之间便是这样。我们两个人彼此面面相对地坐在树荫下度过异常美好的时刻,我从未如此深刻地体会到这种和睦的韵味。我认为她本人同样要比之前体会得更为深刻了。她开始对我毫无隐瞒地坦诚相待了,同时向我说了很多与她妈妈以及她的家庭相关的事情,之前她居然会拥有如此的毅力,对我秘而不宣了这么久。她的妈妈以及她的其他家人之前全都在杜宾夫人那儿得到过各式各样的捐赠。这些东西全部是赠予我的,然而为了不让我气愤,那个奸诈的老太婆便索性暗自收下,以供她本人以及其余孩子一同使用,丝毫并未留给戴莱丝,而且还非常严肃地制止她将此事告诉我,而这个不幸的女儿竟然也便严格遵守她妈妈的命令,实在是恭敬得让人无法想象。

然而我听闻狄德罗与格里姆时常会与她们母女两个暗暗接触,劝说她们与我分离,只不过由于戴莱丝坚决不愿答应,因此便并未获得成功,此事让我感到十分惊讶。除了这些,我听闻他们两个人自此又会常常与她妈妈进行密谈,以至于连她本人也都无法获知他们三个人在密谋些什么。她仅仅晓得这之中存在些许的礼品往来,由于他们全都竭力地对她有所隐瞒,因此她便根本无法知道这是出于何种目的。当我们从巴黎离开之时,勒·瓦瑟夫人长久以来便习惯于每个月去探望两三次格里姆先生,而且每次过去便会聊上好几个小时,聊得如此隐秘,甚至就连格里姆的佣人往往全都被支开了。

依照我的判定,这类交谈的目的全都只是原本就打算让女儿也加入的那个计划,他们对托埃皮奈夫人做出承诺会帮她们弄一个食盐零售店或者烟草专卖店,总而言之是通过离异来对她们有所引诱。他们告诉她们两个,我不仅毫无能力对她们产生帮助,而且又由于她们的存在而无法让我本人取得一定的发展。因为我觉得这所有的一切全都只是出于好意,因此也便并没有太过责怪他们,只不过我唯独无法忍受那股神秘劲儿,尤其是那个老太婆,并且她在我眼前日益变得花言巧语起来,更加圆滑世故;然而这根本不会对她持续不停地暗地里辱骂自己的女儿有所阻碍,骂她太过于喜欢我,不论什么全都告诉我,骂她纯粹是个笨蛋,用不了多久便会吃亏。

这个妇人拥有一套一箭数雕的花招:她从此人手中得到的东西总是会瞒过另一个人,从任何人手中得到的东西又总是会对我有所隐瞒。她是如此贪心,对此我倒依然可以有所宽恕,只不过她是如此的假惺惺,对此我便无法饶恕了。她对我有什么好隐瞒的呢? 她非常明白,我将她女儿以及她的幸福是当作我本人的唯一幸福看待的。当然,我为她女儿所做的一切,同样便是为我本人所做的,只不过我为她所做的一切也依然值得她有所感激,起码她理应在心中感谢自己的女儿，而且，既然她的女儿喜欢我，那么她同样应该用喜欢女儿的感情来喜欢我。因为我的帮助，她才可以摆脱异常的贫穷，也是通过我才获得了生活资源，她所擅长仰仗的那些老相识，同样全都是因我而结识的。之前戴莱丝长时间通过本人的劳动来供养她，如今依然是通过我的面包来供养她。她所拥有的一切全都得自这个女儿，然而她却并未对这个女儿做些什么；对于其他的几个孩子，她为每个人提供了一笔婚嫁费用，同时因为他们而一贫如洗，如今他们不仅不会养活她，而且还会霸占她的以及我的生活物资。在如此的状况下，我认为她理应会将我视为仅有的朋友，视为她最值得依赖的保护者，不仅不会将有关于我的事情对我隐瞒，同样不会在我家中谋划反对我，而且还应该将所有可能有关于我的事情，以及她比我预先了解的事情，全部如实地告知于我。对于她所拥有的那种虚假而又隐秘的举动，我还能以如何的目光去审视呢？尤其是她竭力向她女儿所灌输的那类情感，我该抱有如何的想法呢？她教唆自己的女儿对我背信弃义，由此可知她本人的背信弃义该是多么的耸人听闻啊！

　　这一切的念头最终导致我对这个女人彻底心灰意冷，以至当我见到她时无法不心生厌恶。只不过无论何事我都会对自己伴侣的妈妈表示出如同儿子一般的礼仪与尊敬，对她的恭敬之情丝毫并未减少；然而由于我的脾性并不喜欢受制于人，因此我并不愿意长时间与她同住，而这同样是事实。

　　此处同时是我一生之中的那种为时较短的时刻之一，我看见幸福近在咫尺，但却无法把握住它，至于我无法把握住幸福的原因，则并非是因为我的失误。倘若那个女人品德良好，那我们三个人会获得一生的幸福，唯有最后去世的那一个会显得不幸罢了。然而偏偏并非如此。你们静观事态的走向，而后再对我能否让她有所改变做出判断。

　　由于我早已在戴莱丝心中占据了一定的位置，因此勒·瓦瑟夫人意识到自己在女儿心中的位置有所减少，因此便竭力想要将自己所丧失的位置抢回来；她并非是因为喜爱自己的女儿才会对我有所转变，仅仅是企图让自己的女儿彻底与我分离。她所采用的方法之一便是让她家中的人全都来充当她的助手。我曾恳请戴莱丝别让她家中的任何一个人出现在退隐庐，她接受了。然而她的妈妈却趁我离家之时将他们叫了过来，事前并未征求她的准许，事后又要求她保证不告诉我。一旦第一步达成了，之后的所有也便容易了；当你对自己的爱人仅有一事有所隐瞒时，用不了多久你便会毫无顾虑地将全部的事情都对他有所隐瞒。只要我一去舍弗莱特，那间退隐庐便会宾客盈门，肆意狂欢。对一个生性仁慈的女儿来说，一位妈妈终归是非常具有权威的；只不过，无论那个老太婆要出如何的伎俩，自始至终她都无法让戴莱丝赞成自己的主张，无法拉着她与她们一起反对我。而她本人,她是铁了心不打算回头了:她发现,一边是自己的女儿与我,她在我们家中仅能生存下去罢了;而另外一边呢,便是狄德罗、格里姆、霍尔巴赫以及埃皮奈夫人向她许下了很多承诺,同时也赏给她一些物品,如此一来她便认为最稳妥的措施便是与一位总包税人的太太以及一位男爵处于统一战线。倘若那个时候我的双眼可以明亮一些,那么我必然会意识到自己怀中饲养着一条毒蛇。然而我那莽撞的信赖在当时并未有丝毫的改变,完全无法预料到一个人会想加害于她理应喜爱的人。当我发现在我四周所设下的那千百个陷阱,我仅知道埋怨那些被我叫作朋友的人办事太过专横,在我看来,他们非要让我遵循他们的方式去寻找幸福,而并非是遵循我本人的方式。

尽管戴莱丝并未同意与她妈妈站在同一边,但她却为自己的妈妈保密:她的初衷是值得称赞的,我并不打算对她做的事进行好坏的评判。当两个女人拥有了相同的隐秘,便总是会乐于待在一块闲聊,这便让她们两个人越加亲密。由于戴莱丝心系两边,偶尔便会让我感受到一种孤寂感,原因是我早已不想将如此待在一块的三个人视为一个家庭了。就在此时,我沉痛地意识到一开始我便错了:当我们刚一结合之时,我并未通过爱情所赐予她的那种温顺来帮她增长才华与学识,这些东西会让我们彼此在归隐生活中更为亲密,由此也便可以将她与我的时间极其有趣地填充起来,以免当我们两个人面面相对而坐的时候感觉时间太久。这并非是说当我们两个人相视而坐时便无言以对,也并非是说当我们一起散步的时候,她看起来非常反感;然而,归根结底便是我们两个人并不具备充分的共同看法来筑建一个富饶的宝藏;我们的计划自此仅仅局限在享受层面,但是我们总不能始终讨论如此的计划啊。我们眼前所发现的事物勾起我的若干体会,而她却无法领悟这些体会。为时十二年的迷恋之情再也无须通过言语来表述了;由于我们两个人彼此之间太过熟悉了,因此丝毫没有可以相互倾诉的东西。余下的只不过是一些流言蜚语、风言风语、冷言冷语了。尤其是在孤寂无聊之中,一个人方能体悟到与善于思考的人一同生活的优势。我反而无须具备如此的学识便可以从与她的交谈中获得趣味,然而她若想时常从与我的交谈中获得趣味,反而务必要具备如此的学识。最糟糕的便是,那个时候若是我们两个打算进行单独的谈话,还需寻找时机:她的妈妈让我感到厌恶,使我迫不得已才这样。总而言之,我在家中感到非常不舒服。爱的外衣摧毁了真实意义之上的情分。我们之间存在密切的接触,但却并非是在密切的情感中生活着。

戴莱丝偶尔会托词拒绝我提议的散步,对此我并不会再说什么,同时不会对她有所埋怨。乐趣绝非是由意志所决定的东西。我仅需晓得她的内心是值得依靠的,这便足矣。只要她可以快乐我所快乐的,我便会和她一起快乐;当她无法快乐我的快乐时,我便宁愿让她感到满意,并不会强求我本人的满足。

如上的这些便说明了因为我的一半希望的扑空,所以尽管我拥有一种符合我喜好的生活,住在由我本人所选择的住址,与一位我所喜爱的人待在一块,但却仍旧感觉自己几乎是孤苦伶仃的一个人。我所欠缺的东西让我无法对自己早已拥有的东西有所体会。对幸福与享乐来说,我要么是两者同时兼有,要么便是两手空空。你们马上便会发现为何我认为这个细节有必要加以叙述。如今我再次回归至本来的话题。

原本我觉得圣皮埃尔伯爵交给我的那些稿件中会存在一些珍贵的宝物。当我取出来一查验,便意识到几乎仅仅是他叔父早已刊印的书籍的汇编,由他进行过注解与校对,同时附带着一些未曾面世的部分。克雷基夫人之前曾让我参阅过他所写的若干封信件,让我意识到他的才能远比我之前所设想的出色很多,这一次得以观赏他在伦理学领域的作品,再次证实了我的这个看法。然而一旦深刻地审阅他在政治学领域的著作,我便仅能看到一些浅薄的主张,一些虽然有用,但却不能付诸实践的计划,这是由于作者抱有一种始终未能加以表达的思想:人的行动处于学识的指导之下,而并非是在激情的指导下。他对现代学识的超高评价让他始终不渝地坚持着这样一个错误的准则,这便是人类的理智早已完善,这个准则同样是他所倡导的全部制度的基础以及他的所有政治诡辩的根本。这个少有的人物,是他所处的那个阶段以及他所属的那一类人物之中的光荣。或许自从人类出现以来,他是唯一一个单单爱好理性但却毫无别的喜好的人。只不过在他的所有理论中,他仅仅是从错误再次走向错误,这是因为他想让人们全都变得如同他一般,而并非是人们如今的以及会持续到未来的那个模样去对待他们。他的内心所期盼的是为与他同处一个时代的人进行创作,但事实上却只不过是在为一些存在于幻想之中的人著书立说。

发现这些以后,我对自己手中的作品理应采用如何的形式而略感窘迫。将作者的这类妄想如此放过吗?那样的话我便是做了一件徒然无获的工作;严苛地加以驳斥吗?那样的话便又是做了一件虚伪的事,原因是他的这份手稿是我所接受的,以至于是我恳求要回来的,如此一来我便有责任以尊敬的态度去看待作者。最终我决定采用在我看来是最合体制、最恰当,与此同时也是最有益处的方法,那便是将作者与我的思想分别写出来,同时也会因此而深刻地领悟他的思想,加以注释、加以阐发,竭尽全力地让它们将自己的所有价值全都表现出来。

正因如此,我的作品理应分为两个完全不同的部分。第一个部分便是依照刚才我所讲的那种方法来对作者的各种各样的方案加以说明；第二个部分理应是在前者早已引发效果后再加以发表，我会在其中阐述我本人对这些方案的评判。我知道如此偶尔难免会让这些方案遭遇如同《恨世者》之中的那首十四行诗①的命运。卷首的位置理应放置一篇作者本人的自传，我早已为这篇文章找到一些非常不错的资料，自认为让我来利用这些资料必然是当之无愧的。我同样曾在圣皮埃尔神父的暮年之际与他相遇，我对他所怀有的缅怀与敬仰，完全能确保当伯爵先生看到我对他叔父的评论形式之后，必然不会因此感到不悦。

起初我用这一整个集子中篇章最长、用力最猛的那部《永久和平》来练手；在我伏案沉思之前，我鼓足勇气将神父所写的与这个重大题目相关的所有内容全都原原本本地看完了，从不会因他的很多繁复的表达而有所泄气。大众早已看过这部作品的纲要了，所以我也无须多言一句了。而我为它所写的评述却始终都未刊印出来，我并不确定未来能否有得以付印的一天；然而它与纲要是在同一时间完成的。我从这部作品再次转移至《波立西诺底》抑或是叫作《多种委员会制》。这部作品创作于摄政时期，旨在对由摄政王选定的行政制度大肆吹捧，由于书中的若干句话对之前所实施的行政制度有所反驳，从而惹怒了迈纳公爵夫人与波立尼亚克大主教，因此这部作品最终将圣皮埃尔神父从法兰西学士院驱逐出去。我将这本书编写完毕，如同之前的那一部作品，同时具备纲要与评述。然而，我却想就此停止，不打算再往下进行了，原本我就不该开始这项工作。

那些各种各样让我停止这项工作的顾虑全都显而易见，但我却未能尽早有所察觉，实在是让人感到诧异。圣皮埃尔神父所创作的大多数作品全都是，抑或是全都隐含了对法国政府的某些机构的指摘与建议，这之中的部分建议甚至太过坦直，他能表达出来但却并未遭受到处罚实属侥幸。然而，在官员们的办公室中，人们自始至终将圣皮埃尔神父视为一个宣教士，而并未将他视为一个名副其实的政治家，由于众人都晓得根本不会有人听他的，因此便任由他随意说道。假如因为我而能让众人听从他，那么问题便截然不同了。他是个法国人，而我并不是；倘若我反复重申他的指摘，纵然是通过他的名号，同样会导致人们就此质问我为何多管闲事。如此的质问难免会略显苛刻，只不过却也并没有有失公允。万幸的是当我还未走太远时，我便意识到自己会授人口实，于是

---

① 《恨世者》是一部喜剧，作者是莫里哀。剧中的才子奥隆特写了一首十四行诗，读给恨世者阿尔赛斯特听，想赢得他的赞誉，没想到阿尔赛斯特认为他的这首诗毫无价值。这里卢梭把自己比喻成满肚子不合时宜的恨世者。

便决定马上脱身。我深知由于这些人全都要比我有权有势，并且我是孤身奋战，因此无论我采取怎样的方法，我永远也无法从他们想要施加于我的灾难之中得以幸免。在这一层面唯独仅有一事由我掌控，那便是起码要让他们想陷害我而不得不有失公允。这一准则，在当时致使我丢弃了圣皮埃尔神父，之后又往往会让我舍弃一些比这还要更加宝贵的计划。那群人始终是心直口快，一看到别人遭受厄运便说他是闯下了滔天之罪，至于我呢，平生始终是谨慎小心的，不想让其他人在我倒霉之时念念有词地说："你这就是作茧自缚。"倘若那群人发现我如此谨言慎行，他们必然会感到惊讶不已。

一旦放弃这项工作，由于毫无外物来耗损我的精力，因此我的思想便一股脑儿全都聚集在我身上，有时我会对接下来要做些什么感到踟蹰不已，同时这段空闲无事的时间实在是将我摧毁了。由于那个时候我正处于万事亨通的境地，我早已无所企图，同时没有丝毫的能够让我的想象力得以托付的计划，以至于不可能再有任何的计划了，只不过我的灵魂却依然空虚。正是由于我无法看出还有何更加有益的境地，因此这种境地同样让人感到极其痛苦。我早已将自己最深厚的情谊全都附注在一个令人心满意足的人身上，同时她也用相同的情谊喜爱着我。我与她生活在一起，自由自在，甚至可以说是自得其乐。但是，不管我是否待在她身旁，我的内心始终会有一种隐隐作痛的感觉无时无刻不伴随着我。我虽拥有了她，但却同时感觉到她依然并不属于我；一旦想起我并非是她的全部，我就以为她对我而言同样差不多为零。

我拥有自己的朋友，无论男女全有。我用最圣洁的友谊、最崇高的敬意喜爱着他们，我渴望着他们最实在的报答，以至我根本就没有对他们的忠诚略有质疑。只不过对我而言，如此的友谊却是痛苦的味道多于幸福的味道，这是由于他们固执己见地以至于成心地想要违背我的所有喜好、违背我的兴致、违背我的生活方式，甚至一旦我表现出打算做一件只与我自己有关但却完全不关他们的事情，他们同样会马上联合在一起，逼迫我打消这个念头。无论何事，无论我抱有如何的打算，他们全都固执己见地想要支配我。然而我不仅不愿意对他们的打算加以控制，甚至都不愿意过问一下，于是，他们的这种固执己见便显得更加有失公允了。他们的这种固执己见成为我的一种重荷，而且让我感到极其痛苦，以至后来每当我收到他们的来信，即将打开之时始终会提前感受到一种畏惧，而接下来的读信过程又会进一步证实这种畏惧。在我看来他们每个人的年龄全都要比我小，他们时不时给予我的那些教导，反而是他们所急需的，但他们却用来对我进行训导，这难免太将我当小孩子对待了。我时常会告诉他们："我是如何喜爱你们的，你们便如何喜爱我吧；除此之外，不要干涉我的事情，便如同我并未干涉你们的事情似的：我对你们所提出的要求，仅此而已。"倘若他们曾依照我所提的这两个要求做到其中一个，那么起码也并非是后一个。

在一处风景如画的幽境中，我拥有一个相对独立的住址；在这个家中，我能当家做主，按照我自己的方式来生活，任何人都没有资格来监视我。只不过这个住所却也为我带来一些虽然乐意执行但却终归是无法逃脱的责任。我所拥有的一切自由全都只不过是短暂的、不稳定的；我要比恪守指令遭受更大的约束，这是由于我务必会受到本人意志的约束。没有一天，我可以在清晨起床时说："我可以自由分配自己的一天。"不仅是这样，除了要服从埃皮奈夫人所布置的任务之外，我同时具备另外一种更为厌烦的服从，那便是任由社会上的大多数人以及那些不请自来的访客的提弄。尽管我已远离巴黎，但却依然无法阻止每天都有许多无所事事的人前来找我，他们不晓得如何将自己的空闲利用起来，因此便无所顾忌地跑来挥霍我的时间。我始终是在始料未及的时刻被众人疯狂地围堵起来，几乎不可能为某一天制订一个极为有趣的计划而不会被一个不请自来的访客推翻掉。

总而言之，我无法从很多极其渴求的绝妙条件中，获得一丝真正的享受，因此我的思想再次退回到我在青年阶段所度过的那些安静的日子中，偶尔会哀叹道："哎！这个地方可并非是沙尔麦特啊！"

当我回想起自己往日生活中的每个不同阶段时，便会不由自主地对我在那个时候早已抵达的那一人生阶段有所思考。我意识到自己早已步入暮年，一身病痛，离死期并没有多远了，然而我内心所渴求的那些享乐之事，我差不多没有纯粹地体验过一件事；我发现自己心中所隐含的那些激情，我同样未曾让其得以释放；我感觉自己不仅从未体验过蛰伏在心中的那些迷人的欲望，实在是未曾沾点边，因为缺少目标，因此这种欲望始终被压在心头，除了以哀叹的形式发泄出来，毫无别的宣泄方式。

我生而就有一颗将情感表露于外的灵魂，对它而言，生活便是爱，但却怎能直至那时也都未曾拥有一个彻底属于我的真正的朋友呢？我觉得自己一生下来便是成为那种真正的朋友的人啊。我的情感是如此轻易便能点燃，我的内心便是一团爱火，但是为何我连一次都没有为一个早已确定的对象而将它的火焰点燃呢？我被爱的欲望淹没，但却始终未能出色地满足这种欲望，我即将步入暮年，但却从未真正地体验生活便即将去世了。

这类悲惨而又沁人心脾的幻想，让我满怀惋惜之感而进行反思，而这种惋惜却又包含了些许甜美的味道。我认为命运仿佛拖欠了我一些东西。既然让我生来就有如此之多的非凡才华，但却又让这类才华自始至终无法得以发挥，这又是何必呢？我对自己的内在价值有所认识，它一边让我意识到自己遭受了不公平的贬损，一边又在某种程度上削减了这种感受，同时让我泪流满面，并且我这一生就非常乐于让泪水肆意流下。

我是于一年之中最美妙的一个季节展开这类幻想的，时值六月，在凉爽的树林下边，夜莺清脆的叫声，溪水涓涓流淌。这所有的一切让我再次陷入那种极富魅力的慵懒状态——如此的慵懒本是我生来就喜欢的，然而之前一段长时间的亢奋情绪致使我形成的那种冷漠而又严苛的作风，早已让我将它彻底抛弃。不幸的是我再次回忆起在托讷古堡所享用的那顿午饭以及与那两个娇艳少女的相遇场景了，也是在这一样的季节中，周边环境也与我目前所在的极为类似。这一段经历，正因为它与纯真无邪相融合，便让我感觉特别的甜蜜美好。同时它将其他很多相似的回忆全部唤起。没过多久我便发现，但凡是那些曾在我青年时期让我感觉欣欣然的对象全都围在我身边，比如加蕾小姐啊，葛莱芬丽小姐啊，布莱耶小姐啊，巴西勒太太啊，拉尔纳热夫人啊，以及我的那些美丽动人的女学生啊，一直想到那个妖媚迷人的徐丽埃妲，她可是我时至今日依然无法忘却的人。我意识到自己被一群美丽的仙女，被我的老相识，团团围住，我对她们所抱有的最为猛烈的欲望也算不上多么新奇的情感。我体内的血液开始沸腾，噼里啪啦地开始炸裂，我的脑袋虽然早已头发花白，同时也迷糊了，然而我这个名叫让-雅克的严肃的日内瓦公民，在临近四十五岁的年纪，猛地一下再次变为身患相思病的情人了。尽管那种侵扰我的沉醉心境并非如此出乎意料，如此不合常理，但却又是如此长久，如此猛烈，非要等到它将我拉入那遍布苦难的无法预料而又耸人听闻的绝境之中，才会让我幡然醒悟。

无论这种沉醉已达到如何的程度，依然无法让我忽略自己的年纪与处境，无法让我自认为依然可以赢得佳人的垂爱，总而言之，那团我从童年开始便感受到的只是枉然焚烧我的心但却毫无结果的欲火，无法再次传向一位意中人。我的脑中毫无这种期望，以至于毫无这种欲求。我明白恋爱的时间早已过去，我完全体味到老风骚的滑稽，因此绝不会让自己变成笑话。我在青年时期并没有多么自认倜傥以及满怀信心，反而在临近暮年之时上演如此一出吗？我绝非是那种人。并且我喜欢安静，同时害怕出现家庭矛盾；我太过诚挚地热爱着我的那位戴莱丝，不想让她发现我对其他人的感情要比对她的更为炽烈而深感悲伤。

在如此的情形之下，我又该如何是好呢？读者只需对我的前因后果略加留意，必然很早就能猜到了。我并未获得真实的对象，就将自己置于虚幻之中；既然我无法从现有的事物之中发现一丝值得成为我亢奋的目标，我便跑入一个幻想中的世界去培养我的亢奋，然而没过多久我那极富创造力的幻想便为这个幻想中的世界搭配了颇合我意的对象。这个方法从未出现得如此及时，如此极富活力。在我持续不断的冥想沉思中，我肆意品尝着人心从来也不会拥有的那种最为甘甜的感情湍流。我彻底忽略了人类，我打造了一群貌若天仙、品性脱俗的十全十美的对象，全都是一些无法从俗世中找到的稳妥、重情而又忠诚的朋友。我便是如此乐于在高空中自由翱翔，身边全都是无数迷人对象，在这样的环境中乐不思蜀，不管昼夜。我舍弃了其他所有的事情，我着急忙慌地吃了口饭，便赶忙再次跑向我的那些小树丛中央。当我正打算前往那个太虚幻境之时，一发现有晦气的平凡之辈前来将我束缚在俗世，我便无法掩盖、无法压制我的愤怒；当我丧失理智的时候，便会给予他们极其生疏的、实在可以称作粗鲁的招待。如此一来便仅能激增我愤世的名望，实际上，倘若人们可以更好地理解我的内心，那么这原本便可以让我获得一个刚好与之相反的名望。

当我正处于神采飞扬、激情四射的状态时，我的旧疾再次出现，我便如同被绳索猛地拉回的风筝一般被大自然拉至原处，情形十分严峻。我采取了探条的方法加以治疗，这也是唯一有可能缓解疼痛的治疗方法，如此一来便将我的那些犹如安琪儿一般的恋情暂且中止了。这是由于，人们除了无法在病痛之时谈恋爱之外，我只能在乡村、在树荫凉之下才可以进行想象，然而一旦坐在屋中，待在房檐下，便会衰退继而去世。我往往会憎恨这世间并不存在山林仙女；倘若果真存在的话，我必定会从她们之中寻找到一位能够托付我的一片痴情的对象。

在此时仍有些许家庭琐事加剧了我的烦恼。从表面来看勒·瓦瑟太太对我阿谀有加，然而事实上她却在竭尽全力地想要将自己的女儿从我手中抢走。我从自己往日的邻居那儿接到若干封信件，这表明那个老太婆背着我以戴莱丝的名字赊欠了好几笔债务。对此戴莱丝是知情的，但她却根本没有对我说。有债务需要偿还，反而并没有多么让我感到愤怒，最让我感到愤怒的依然是他们对我的有所隐瞒。哎！我自始至终从未对她有丝毫的欺瞒，但她却为何竟会如此对我？一个人可以对自己所喜爱的人有所欺瞒吗？霍尔巴赫那群人发现我一次也不去巴黎了，就逐渐感到担忧，唯恐我会喜欢上乡村，唯恐我会愚昧到要长久地住在乡村，自此他们便逐渐惹出了许多祸事；他们打算通过这些祸事，间接地将我叫回城中。狄德罗并不想这么早便亲自出面，因此他率先从我身边拉拢了德莱尔。德莱尔是经由我的介绍而与狄德罗相识的，如今他将狄德罗告诉他的那些内容转述给我，但他本人却依然不清楚这之中的真实目的。

所有的一切是都不谋而合地想要将我从自己的那个甜蜜而又疯狂的梦境

之中强行拉出。我的病还未治愈，便接到一首咏里斯本毁灭的诗歌①，我料想这或许是作者本人寄来的。如此一来我便不得不做出回复，与他聊聊这首诗作。我是通过书信的形式与他交流的，正如下文所提到的，这封信在很久之后并未征求我的许可便印刷出来了。

不管是从名望或是成就来说，这都是一个称得上是处于巅峰的不幸的人，然而当我发现他却在苛责人生的苦闷，总是以为所有的一切全都是邪恶的，我难免会感到万分惊讶，因此便制订了一个莽撞的计划，打算让他反躬自省一下，同时向他证实所有的一切都是美善的。从表面来看伏尔泰是信奉上帝的，然而事实上他始终只信奉恶魔，这是由于他口中所说的上帝，仅仅是一个将害人作为唯一趣味的魔鬼而已。这类理论的荒诞是显而易见的，只不过让一个陶醉在各种各样的甜蜜之中的人加以表述，让人格外地感到厌恶，这是由于他本人身处安乐窝，但却极力想让其他人感到伤心绝望，将他本人并未体验过的那些苦难描写得如此耸人听闻。我反而要比他更适合去历数与权衡人生的苦难，因此我对人生的苦难进行了一个公平的审视，同时向他证实，在这一切的苦难中，没有一个苦难可以归责于天意，也没有一个苦难不是由于人类对自身才华的挥霍者多，而源于大自然自身者少。在这封信中，我对他表现得非常尊敬、非常仰慕、非常谨慎，称得上是极尽恭顺之所能了。只不过，我清楚他非常骄傲，极其敏感，因此并未直接寄信给他，而是寄给他的那位名叫特龙香的朋友，同时也是他的主治医生，全权授予他这封信的处理权，要么转交要么销毁，他认为如何处理最适宜便如何处理。特龙香将信交给他。伏尔泰仅回复了寥寥数句，告诉我他本人因病在身，同时需要照料患者，因此便另外择日回复，但却对问题本身丝毫没有提及。特龙香将此信转交于我的时候，同时附带了另外一封信，表达了对委托他转寄信件之人的不满。

由于我不喜欢对如此的小成就大肆鼓吹，因此自始至终我从未发表两封信，同时也并未让其他人查阅，原始信件依然收藏在我的函札集中（位于甲札，第二〇与二一号）。自此之后，伏尔泰便将他向我承诺过的那个回复加以发表，然而他却并未寄给我。这个回复便是那部叫作《老实人》的小说。我之所以无法谈论这部小说，原因在于我并未读过。

这或许便是上天赐予我的用来避免这个恋情悲惨结局的方法，我的那些虚妄的爱情原本能通过这些令人分神的事彻底根除。但是我的恶星宿占据了优势，我刚一可以勉强外出，我的内心、我的脑袋、我的双脚便再次踏上了原路。

---

① 一七五五年，葡萄牙首都里斯本遭遇了大地震，有三分之一的建筑物被损毁，三万人遇难。

我所说的原路,是针对某些层面来说的:由于我的思想,亢奋的程度略有降低,此次是重返现实世界了,然而我却将现实世界的任一门类之中的最为动人的事物筛选得过于严苛了,以至此种精华事物的虚妄属性一点也不次于我所丢弃的那个想象世界。

我将自己心中的两位偶像——爱情和友情——幻想为最迷人的形象。我又特意以自己尊崇女性时所拥有的全部风度,对这类想象加以装点。由于两位女性之间的友情的例子相对少见,同时更为动人,因此我幻想出的是两位女性友人而并非是男性友人。我为她们两个人赋予了彼此类似但却截然不同的个性;两张算不上漂亮,但却符合我的喜好的面孔;这两张面孔又因为善良、深情而显得更加神采奕奕。我让她们两个人中的一个拥有棕色头发,另外一个拥有金色头发,一个灵活好动,另外一个温婉安静,一个足智多谋,另外一个怯弱愚昧;只不过怯弱得如此可人,仿佛更能充分地看见她的贤德。我为这两个人之中的一个塑造出一个情人,而另一个女人则是这个情人的温顺多情的好友,以至于略微超出了朋友的界限;只不过我绝不允许出现争风吃醋、争吵喧闹之类的情场冲突,这是由于任何让人感到不悦的感情全都需要我耗费非常之多的精力才可以想象出来,也是由于我不想让这幅喜笑颜开的图画因为任何有损天性的东西而暗淡无光。我喜欢上了我的这两个娇媚可人的模特,于是我竭力让自己与那位情人兼友人相一致;然而我将他塑造成了和蔼的、年轻的,除此之外还赋予了很多我认为自己所具备的美德与缺陷。

为了将由我打造的人物放在一个恰当的位置,于是我将自己在旅途中经过的最为漂亮的地方全部拿出来一一审核。然而我却无法从中找出一个在我看来是十分清幽的丛林,无法找出一处在我看来是十分迷人的景观。倘若我有幸看到过塞萨利[①]的那些山谷,那么它们或许会让我颇为满意;然而我的想象力早已厌烦创作,它所要求的基础是一个实际存在的地方,同时可以充分地引发我的某种幻象,让我感受到我打算分配住在其中的人物的真实性。波罗美岛的美丽景观曾令我惊叹不已,因此我曾在较长的一个时期内打算去那里;然而对我的人物而言,我认为岛上的这些装点物过于繁复,人工的雕饰也过于繁复。并且我务必需要一个湖泊,因此最终我选定了始终萦绕在自己心中的那一处湖景。在命运为我界定的那个想象的幸福范畴中,我长久以来渴望自己可以在这片湖岸边的某个位置安顿下来,如今我便将这一位置选定下来。我那位不幸的妈妈的家乡,对我来说依然具备吸引力。湖光山色彼此相映生辉,景色多姿多

---

① 塞萨利,希腊北部山区,风景幽美。古希腊神话中认为天神住在这里。

彩,那幅赏心悦目、沁人心脾、冲刷胸怀的全景同样灿烂壮观,这所有的一切最终让我下定决心,便让由我打造出来的那些青年男女在佛威安顿下来。上述这些就是我灵光出现之时所幻想出来的一切,其他的则是在日后才补充上去的。

由于这个简洁的提纲早已充分地让我的想象力充满动人的对象,充分地让我的内心充满它所乐于产生的情感,因此我在很长一段时间内对这个提纲感到满意。因为这类虚构一再地重返我的脑海,最终便产生了较多的本质,而且在我的头脑中以一种非常清晰的形式确定下来。便是在此时,我突然有了想将虚构带给我的某类情节书写出来的念头,同时,一边回想着我在年少时期所感受到的,一边为那种在过去没有获得满足而如今依然腐蚀着我内心的爱的渴望让道。

首先我提笔写出了若干封彼此既不相连,又毫无干系的信件,只不过当我打算将它们联系在一起时,往往会感觉无从下手。有这么一点,非常难以让人信服但却又是无可置辩的,那便是前两部分几乎都是如此写出来的,并没有丝毫的事先构思好的纲要,以至并未想到有一天我会用它们创作出一部真正的作品。因此人们能够发现,这两个部分全都是以若干并未加以修正的资料事后拼贴出来的,其中充斥着补白性质的字眼儿,而这也是其余部分所不具备的。

乌德托夫人在我正沉迷于梦幻之时首次造访,这是她平生中第一次来探望我,然而遗憾的是,人们接下来便能发现,这并非是最后一次。乌德托伯爵夫人是那位已经去世的名叫贝尔加尔德的包税人的女儿,同时也是埃皮奈先生、拉利夫先生以及拉伯里什先生的姊妹,后两个人后来都担任过礼宾官。我早已解释过我是如何在她还未嫁人以前便与她结识了。当她嫁人以后,我仅仅是从她的嫂子埃皮奈夫人家中,以及在舍弗莱特的宴席中遇到过她。无论是在舍弗莱特或是埃皮奈,我都曾与她多次待在一块相处好几日,自始至终我不仅认为她相当和蔼,并且我发现她仿佛同样非常喜欢我。她非常乐意与我一起散步;我们两个人全都非常擅长步行,相互倾诉,喋喋不休。但是,尽管她曾多次邀约我去,以至于逼迫我去,但是我始终并未去巴黎探望她。她与圣朗拜尔先生之间的密切关系,让我更为关注她,这是由于那个时候我刚刚与圣朗拜尔先生交好,我记得当时这个朋友正位于马洪,而她之所以来退隐庐探望我便是想将与他相关的消息告诉我。

这一次的探望略有些类似小说的开头。她迷路了。她的车夫原打算离开弓背路而走弓弦,由克莱佛风磨直奔退隐庐,最终马车于山谷底部陷入泥沼中;她打算就此下车,用步行的方式走完余下的路程。没过多久她所穿的细薄的鞋袜便被磨破了,与此同时她本人落入泥潭,佣人们花了好大力气才将她拖出来。

最终她脚上穿着长靴抵达了退隐庐,哈哈大笑个不停,我一看到她,也便跟着她哈哈大笑。她浑身上下的衣服全都要换掉,于是戴莱丝便将自己的服装拿来让她换,然后,我便邀请她勉强享用一些乡村饭菜,她颇为满意。那个时候天色早已暗沉,她并未久留便离开了;然而此次会面实在是非常快乐,她仿佛仍有兴致日后再来。她践行这个打算,已经是下一年的事情了;然而,唉!如此的姗姗来迟,并未对我起到如何的保障作用。

　　一整个秋天我都在为一件出乎人们意料之外的事情奔波——这便是为埃皮奈先生照管果园。我的那间退隐庐位于舍弗莱特园林的各个溪流的交汇处;那个地方有一个被围墙环绕起来的园子,墙壁周边全都种植着果树,另有别的各类树木。虽然为埃皮奈先生而产出的水果被其他人偷走了四分之三,但却依然要比他在舍弗莱特的那片菜园多得多。为了不变成毫无益处的住户,我便担负起为他照看果园的职责,同时监督园丁。直至收获水果的时节,所有的一切全都极其顺利;然而,随着水果日益成熟,我却意识到丢失得越来越多了,但却并不晓得全都去往何处了。园丁十分肯定地告诉我丢失的水果全都被山鼠偷吃了。我便开始追击山鼠,打死了无数只,然而水果依然在持续变少。我仔细观察,最终察觉原来园丁本人便是一只偌大的山鼠。他的家位于蒙莫朗西,晚上将妻子与孩子带过来,从而将在白天采摘的私藏在一旁的水果全部带走了,肆无忌惮地拉到巴黎菜市场上售卖,如同他本人拥有一个果园一般。我不知给予这个令人厌恶的家伙多少好处,戴莱丝也会给他的孩子们送去衣服,他那乞讨的父亲几乎便是依靠我而生活的,然而他却依然如此不知廉耻,毫无顾虑地从我们这里偷盗。只能怪我们三个人全都没有足够的警戒性,没有丝毫的防范措施;有一回他竟然在一夜之间将我的地窖搬得一干二净,致使我在次日找不到任何东西。如果他仅仅偷盗我一人,那我也便认栽了;然而终归是要对水果有所交代啊,因此我便不得不对偷盗水果的人加以揭露了。埃皮奈夫人让我结算他的薪水,同时将他赶走,另外再寻找一位园丁;我一一照做了。于是每天晚上那个恶棍便在退隐庐周边晃荡,手中握着一根如同狼牙棒一般的带有铁尖的粗棍,身后追随着若干个如同他那样的无赖。两位女总督被这个坏蛋吓坏了,为了给她们壮胆,我便让新招来的那个园丁每天晚上在退隐庐睡觉;然而这依然无法让她们放心,于是我便派人跟埃皮奈夫人要来一把枪,摆放在园丁的房中,同时告诉他,唯有在迫不得已之时才可以用枪,比如若是有人企图撞破门或者翻墙而入的时候,并且也仅仅是填充火药,而并非是弹丸,如此不过是想对小偷有所威慑罢了。由于一个人腿脚不方便,若是在树林中度过冬天,单独与两个胆小的女人待在一起,那么为了众人的安全起见,这固然是所能采用的最为基本的防范手段了。最终，我又搞来一只承担防御职责的小狗。此时，德莱尔在某一天前来探望我，我将自己的处境告诉了他，同时与他一同笑着聊起我的军事武装。当他返回巴黎后，便将此事作为一种逗趣而告诉了狄德罗；便是如此，霍尔巴赫那群人意识到我果真是打算在退隐庐度过冬天了。如此的毅力是他们所始料未及的，这可使得他们不知如何是好了。他们一方面想办法，打算惹出点其他的麻烦来让我无法舒畅地住下去①，另一方面便经由狄德罗，率先从我身边将德莱尔带走。依然是这位德莱尔，一开始他认为我的防范手段极为合理，但却在之后寄给我的信件中表示这类手段全都不符合我的准则，不但滑稽，而且糟糕透顶。他在这类信件中肆意拿我逗趣，数落嘲讽，口轻舌薄，倘若我在那个时候的脾性暴躁的话，那么我必然认为这是在羞辱我。然而当时我的内心满是爱慕以及缱绻的感情，无法再允许别的感情进入，因此我仅仅将他所写的那些刻薄嘲讽看作是在开玩笑，其他人认为他荒唐的地方，我仅仅认为他是浅薄罢了。

因为我加强警戒同时更为用心，最终将园子照管得非常不错，尽管这一年的水果产量非常糟糕，但依然是前些年的三倍多。坦白讲，为了保护水果，我同样是煞费苦心，以至我本人亲自将水果护送至舍弗莱特与埃皮奈，亲自提起篮筐；有一次，我记得是我与"姨妈"共同抬起一个篮筐，差不多快要将我们压倒了，因此我们不得不每前进十步便歇息一阵，最终两个人浑身上下弄得大汗淋漓才将篮筐抬至目的地。

当糟糕的季节逐渐让我无法外出时，我便打算再次拾起我的室内工作；然而这根本不可能。无论是在何处，我唯独看得见那两位娇艳的女性朋友，唯独看得见她们身边的那位男朋友、她们四周的环境、她们居住的地方，唯独看得见那些经由我的想象力而为她们打造出来的抑或是装点美化了的各种各样的事物。无论何时我都无法控制自己，亢奋的状态自始至终纠缠着我。我尝试过无数努力想要从那类虚构中逃离出来，然而全都毫无作用，最终我彻底被它们迷惑了，唯独打算竭力将它们整理衔接在一起，创作成近似于小说的作品。

我最大的难处便是毫无胆量去如此清楚、如此公开地将我本人的冲突加以表露。我早已如此兴师动众地确立起我自己的那些严苛的准则，如此矢志不渝地宣传过我自己的那些严苛的格言，如此刻薄地谩骂过那些专门创作爱情与柔

---

① 直到写这一段的时候我才发现，我居然如此蠢笨，居然没有看出当时霍尔巴赫一伙人看到我要住在乡下而不断找我的麻烦，主要是他们已经无法掌控勒·瓦瑟太太，在他们策划阴谋诡计的时候，没有人可以在固定的时间和地点给他们支着。我之所以很晚才会有这样的想法，说明他们的荒诞行径是别的假设都解释不通的。——作者原注。

情的缠绵悱恻的作品，如今人们却猛地发现我又亲自将本人置于那曾被我如此苛责过的作家之列了，有什么人还能设想出比这更加让我始料未及、更加欲盖弥彰的事情呢？我完全发现了这种相互抵触的地方，我怪罪自己，我因此而感到惭愧与愤怒，然而这所有的一切并不能够将我拽入理智。我彻底被制伏了，唯有听从不可，无论存在如何的危险，我同样得下定决心去冒天下之大不韪。而我最终能否出版这部作品，则等日后再做讨论，原因是那个时候我依然并没有想将它加以发表的打算。

一旦下定决心，我便稀里糊涂地投入到我的梦想中去。我在脑海中再三地思考着这些梦想，最终让它们组成了一个方案，至于方案的最终实施结果，如今人们早已看见。毋庸置疑，这便是对我脑海中的那些胡思乱想的念头的最佳运用。好善之心自始至终从未远离过我的胸襟，它将这类胡思乱想的念头引到颇为有益的目标上，以至于世道人心或许都能大有裨益。在我的那一类美艳的图画中，倘若这之中缺乏纯洁无邪的温柔色调，那就会丧失它们所包含的一切美感。一位柔弱的女性是值得同情的对象，爱情可以让她赢得他人的怜悯，一般来说她同样并不会由于怯弱而略微降低她的动人程度。只不过发现那种时尚的风气，又有谁可以忍耐得住而不感到愤恨呢？一个不忠贞的妻子，公开将自己的所有责任一一摧毁，觉得对自己的丈夫而言，未让他当面撞破自己的奸情早已是一种恩泽了，他理应对她表示诚挚的感谢，这世间还有比如此不忠贞的妻子的趾高气扬更加让人感到愤慨的吗？自然界之中并无完美之人，完美之人给予我们的训诫早已距离我们太过遥远了。然而，假设一位年纪轻轻的生来便拥有一颗耿直而又温柔的内心的女孩，还没有结婚以前她被爱情攻克了，成亲以后又重获精神能量，反而将爱情攻克下来，同时变成有道德的人。倘若有谁对你说，从整体的角度来看这幅图画是伤风败俗而又百无一是的，那么这个人便是个撒谎者、虚伪者，你无须理会他。

除了这个在本质上有关于全社会秩序的旧习俗与夫妻之间忠贞而言的目标以外，我同时拥有一个更为深邃的目标，也就是社会和谐与社会安定。或许这个目标本身要比以上的更加宏伟，更加重要，起码从我们那时所在的时代来看便是这样。《百科全书》所引发的那一场风波依然并非平息，那个时候还正处在最为激烈的时期。相互敌对的两个派别用莫大的愤慨彼此进行着攻击，抑或是不如说成是如同发疯的豺狼一般彼此撕扯，而并非是如同基督教徒与哲学家之间那种期望彼此启示、彼此说服、彼此回归到真理的大道之上。或许这两方全都没有极具本事的、不负众望的头领来将这场争斗演变为内战，不然的话，天知道骨髓中包含相同的最为冷酷的成见的双方，会使得这场宗教内战产生如何的后果啊。我生而憎恨所有的宗派成见,因此便向双方坦诚地阐述了一些严苛的真理,然而他们全都没有听进去。因此我便想出另外一个在我单纯的大脑看来是非常绝妙但却迫不得已的方法,那便是通过消除他们彼此间的成见的方式来减少他们对彼此所抱有的怨恨,同时向每一方道明另外一方的优势与品性全都值得拥有人们的敬仰与钦佩。这个并不十分明智的打算虽然建立在人人都是善良的假设之上,但却让我本人落入我指摘圣皮埃尔神父所犯的那种错误之中,因此,它造成了其理应出现的结果:并未让双方变得彼此相近,反倒让它们结合在一起攻击我了。实际经历终得以让我意识到自己的愚笨;然而在此之前,我是竭尽全力的,我敢断言,我所抱有的这份热诚是当之无愧迫使我去进行的那种动机,因此我塑造了沃尔马与朱丽这两个人物的个性,那时我心中的欣喜若狂致使我迫切地希望可以将他们两个人全都描写得非常动人,同时让两者因为彼此的衬托而显得更为动人。

由于可以如此大致地确定自己的方案,我感到非常满意,因此便再次回到我早已草拟出来的那些细致的情节上;对这些情节的梳理最终形成了《朱丽》一书的前两个部分。我是以一种无法言说的欣喜之情,在这个冬天对这两部分进行了编写与誊清工作,使用了最为美观的金边纸,以及湛蓝与银灰的粉末状吸墨,同时使用浅碧丝带来装订分册,总而言之,我变成另外一位皮格马利翁①,对这两位娇媚的少女怀有一片深情,实在无法找出任何足够高雅、足够精致的东西来与她们相匹配。每个夜晚我都会坐在火炉边,将这两部分的内容反复地读给女总督们听。女儿由于感动而与我一同哽咽起来,因此并未讲一句话;母亲完全无法理解,自始至终不动声色,同时又因无法讲出一些客套话,仅能在众人沉默无语之时反复地告诉我:"先生,实在是太美啦!"

得知我将独自一人在一间位于丛林中部的孤零零的房中过冬时,埃皮奈夫人非常担心我,便经常差人来打探我的境况。她从未对我表现出如此真挚的情谊,同时我对她的情谊也从未有如此炽烈的反应。在彼此友情的表达中,有一事倘若不单独拿出来讲,我便做得太不恰当了:她曾差人将她本人的画像拿过来赠予我,同时想要得到我的那幅由拉都尔创作的画像,之前在沙龙中展览过。我同样不该打消她这又一次的亲密表露,虽然它显得非常滑稽,然而由于它对我所烙下的印象,也能从中发现一丝我的个性转变。有一天的霜冻非常猛烈,我将她差人带过来一只包裹打开——是她本人为我置备的几种物品,看到一条

---

① 皮格马利翁,传说中的塞浦路斯的雕刻家,他雕刻出一个非常美丽的少女像名珈拉特,并爱上了她。

英国法兰绒质地的短裙，她告诉我这条短裙早已穿过，想让我将它改成一件坎肩。便条中的措辞令人非常感动，充斥着亲密和纯真。如此的关心早已超越友情的界限，在我看来太过贴心了，如同她本人将身上的衣服脱下来让我穿，以至于我在情感亢奋之中热泪盈眶地将那个便条以及短裙足足亲吻了二十下。戴莱丝认为我是发疯了。说来也怪，埃皮奈夫人对我所表露的友谊实在是太过繁多了，只不过从未有一次可以如同这一回让我如此感动。当我们断绝友情之后，每当我回想起此事依然难免会内心为之一振。我将她写的那个便条保留了很长时间，倘若不是它与我当时的那些信件经历了相同的遭遇，那么如今我依然会保留着它呢。

　　尽管一旦入冬，我的尿闭症便会让我难受不已，尽管我被迫在这一年冬季的一半时间里使用探条，只不过总体而言，那依然是我定居法国以来度过的最为幸福、最为宁静的一个冬天。在我因为糟糕天气而免受那些不速之客打扰的那四五个月时间里，相较于往日以及日后，我更加真切地领略到那种自立、安稳且简朴的生活，同时越是经历如此的生活，我便越发体会到其中的价值。在当时我身边并没有任何伴侣，唯有存在于实际之中的两位女总督，以及存在于幻想之中的两位表姊妹①。尤其是在那时，我日益为自己所确定的这个明智选择而感到庆幸，毫不在乎那些因为发现我从他们的束缚之中逃离出来而感到不悦的朋友们吵嚷；当我对狂人谋杀案②略有耳闻时，当德莱尔与埃皮奈夫人在信中向我提及那些充斥于巴黎的纷扰与动荡时，我是如此感激上天让我从那种骇人而又邪恶的状况中得以逃离啊！不然，我那因为社会纷乱而早已形成的暴躁脾性，只能在如此骇人且邪恶的状况中变得更为猖狂、更为粗暴；至于此刻呢，在我的退隐庐四周，我仅能看见让人心旷神怡、甘美绝妙的事物，我的内心彻底陶醉在如此融洽的情感中了。这是人们允许我度过的最后一个安静时刻，我饶有兴致地在此处将它们的经过一一记录下来。在紧随这个静谧的冬季而到来的那个春天，便能发现接下来我所要描写的那些苦难的胚芽早已开始生长了，在这些接连不断的苦难之中，人们将永远无法看到如此的间歇时段，以让我有时间去喘口气。

　　只不过便是处于这个安稳的间歇之中，我仿佛依然记得，纵然是在我的那间退隐庐的深处，我依然没有获得相当的安稳，依然难免会遭受霍尔巴赫那群

---

　　①　指朱丽和克莱尔，她们俩是表姊妹。
　　②　指的是发生在一七五七年一月四日的凡尔赛官的谋杀案，达米扬试图刺杀路易十五，但是没有成功。

人的打扰。狄德罗便为我惹出了一些祸事;除非是我彻底记混了,《私生子》这部作品便是在这年冬季出版的,稍后我便会提及这部作品。因为接下来将要解释清楚的各种各样的缘由,我在那个阶段的可靠文件所剩无几了,即使是遗留的文件,其日期也非常不可信。一直以来狄德罗写信从不标注日期。埃皮奈夫人与乌德托夫人在写信时同样仅仅标注星期几,至于德莱尔往往也如同她们一般。当我打算将这些信件按照顺序加以排列时,便不得不就此尝试着标注上大致的时间。所以,既然我没有十足的把握来对这些纠纷的起始点加以确定,那么我便宁肯将自己可以想起的一切视为一个整体写在下边。

春暖花开,我的亢奋更为激昂,于是便在爱火的激动中再次为《朱丽》的后几部分撰写了若干封信,这些信中全都弥漫着我在写信之时所抱有的那种欣喜若狂的心情。我需要格外提及那两封描写极乐园与湖面泛舟的信件。倘若我并未记错的话,这两封信全都位于书籍第四部分的尾部。若是有人在读完这两封信后并未有所动容,同时也并未消融在迫使我写出这些信件的那种辗转反侧的情感中,那么这个人便索性将书本合上:他根本就毫无资格来对情感这个题目进行评述。

便是在此时,乌德托夫人进行了始料未及的第二次拜访。她的丈夫是一位近卫队军官,因而并不在家,至于她的情郎此时同样在军队中服役,于是她便来到奥博纳,在蒙莫朗西的幽谷之中租下了一栋非常好看的住所。她便是从那个地方来到退隐庐以此进行一次新颖的郊游。她骑马进行此次郊游,同时女扮男装。尽管我向来并不欣赏这种如同蒙面舞一般的改扮,但却对她这种改扮的神奇风韵而略感一见钟情,此次果真算得上是爱情了。由于这是我生平之中的第一次恋爱,同时也是生平之中的唯一一次,加之它所产生的结果让其在我的记忆中变得永世难忘而又恐怖,因此请允许我将此事表述得更为详尽一些。

乌德托伯爵夫人马上就要年满三十了,完全称不上好看,而且脸上长有麻点,皮肤不够细滑,视力模糊,眼型略显得太圆。虽然这样,但她看起来却非常年轻,同时模样伶俐而又斯文,始终卿卿我的。一头黝黑而又天生卷曲的长发,径直垂到膝弯处。身形小巧玲珑,一颦一笑看起来既愚笨而又别具韵味。她的天性十分自然,而又十分优雅:欢快、轻率和天真在她的身上结合得非常巧妙。她拥有很多惹人喜爱的妙语,偶尔会毫无顾虑地脱口而出。她会很多才艺,既可以弹奏钢琴,又很会跳舞,同时能创作出若干句非常别致的小诗。而她的个性,实在是如同天使似的:心地善良是它的根本,同时除却审慎和坚强,所有的美好品德她都一概具备。尤其是在为人方面,她是如此值得信赖,而在交际方面,她又是如此的忠实,即使是她的冤家,同样不会对她有所欺瞒。对她本人而言,由于她并不具备一颗可以憎恨他人的心灵,并且我确信我们之间的这个相同点曾极大地增加了我对她的狂热迷恋,因此我在这里所说的她的冤家,指的是憎恨她的男人或者女人。在最为密切的友谊的彼此倾吐中,我从未听见她私下讲过其他人的坏话,甚至是从未说过她嫂子的坏话。她无法对任何人掩藏自己内心所考虑的事情,无法制止自己的任何情感:我坚信,即使是在丈夫面前她同样会提及自己的情郎,恰似她在朋友、老相识以及任何人面前都会提及自己的情郎一般。最终,毋庸置疑有一点能够对她所拥有的那种善良本性的纯真与诚挚加以证实,这便是她能漫不经心到叹为观止,草率到极其滑稽的境地,往往会在不经意之间说些什么或者干些什么,对她本人来说可以说是毫不谨慎,然而却从未冲撞过他人。

在她非常年轻的时候,便被迫与乌德托伯爵成亲。乌德托伯爵是一个出色的军官,有一定的社会地位,只不过爱好赌博,乐于惹是生非,同时非常不友善,自始至终她都没有喜欢上他。她从圣朗拜尔先生身上看到了她丈夫所拥有的全部长处,另外还有很多令人心动的品德,既伶俐,又具有道德,同时很有才华。倘若在本世纪的风尚之中依然存在一些能被宽恕的东西,毋庸置疑,便是如此的迷恋之情:它的持久让它显得更为圣洁,它的作用让它备受敬仰,它得以强化起来的原因,仅仅是因为双方之间的彼此尊重。

她之所以来探望我,在我看来或多或少也是因为兴趣所至,只不过更多的依然是想讨得圣朗拜尔先生的欢心。他之前催促她来这里,他确信在我们三个人之间所逐渐确立起来的友情会让我们对这种往来颇为喜欢。她清楚我知道他们两人之间的关系,既然她可以当着我的面毫无顾忌地谈论他,也便证明她乐意与我相处。她抵达了;我看到了她。我正沉醉于爱情却又因毫无对象而感到苦闷。这种沉醉随即蒙蔽了我的双眼,于是这个对象也便停留在她的身上。我从乌德托夫人身上发现了我的朱丽,没过多久,我便只能看见乌德托夫人了,只不过这是包含了我用以粉饰自己内心偶像的所有美好品德的乌德托夫人。为了让我痴心至极,她再次用热忱的情侣身份向我谈论着圣朗拜尔。这是何其宏伟的爱情渲染力啊!我聆听着她的话语,觉得自己待在她身旁竟会因为幸福而情不自禁地开始全身抖动,这种感觉是我在其他女人身边所从未体验过的。她说着,说着,我本人也便为之动容了。我原本觉得自己仅仅是对她的情感产生兴趣,然而实际上我本人在此时早已拥有相同的情感了;我疯狂地大口喝下这种毒液,然而当时的我仅感觉到它的甘甜。总而言之,在我们两个人全都毫无察觉的情形之下,她以自己对情人所表露出的一切爱意,唤起了我对她的爱恋。哎!为一个早已心有所属的女人而点燃的如此不幸却又热烈的爱情,实在是为时已晚,也实在是让人感到太过苦痛!

尽管我在她身旁早已察觉到这些极不寻常的冲动,然而我却未能预先意识到我内心到底出现了如何的变动。只不过当她离开之后,当我开始思念朱丽时,我才惊讶地察觉,我思来想去全都是乌德托夫人。此时我的双眼得以打开,我意识到了自己的不幸,我因此而嗟叹,然而我却始终没有料到这个不幸将会造成如此之多的后果啊。

从今往后我该用怎样的态度来对待她呢?我犹豫了很长时间,如同真正的爱情依然可以为你留下充分的理性去冥思苦想一般。但我正处于踌躇不定之时,她再次始料未及地前来看我。如此一来我便内心有数了。与邪念一同出现的羞怯之心让我在她面前无言以对且瑟瑟发抖,我既没有胆量说话,同时也没有胆量抬头,我内心的惶恐实在是难以言表,对此她同样可以察觉。因此我便打算对她坦白我心中的惶恐,同时让她对这种惶恐的出现缘由加以猜想:这便等同于非常明确地向她说明了其中缘由。

倘若我年纪尚轻且动人,倘若乌德托夫人之后怯弱了,此处我便理应对她的所作所为加以指责,只不过事实并非如此,因此我对她唯有赞扬与钦羡。她所下的决定既慷慨又谨慎。她之所以来找我,是因为圣朗拜尔邀请她前来的,她不可以猛地疏远我而不对圣朗拜尔阐明缘由,原因是如此便极有可能让两个好朋友就此断交,或许还会轰动一时,而这些全是她所要竭力避免的。原本她对我极富敬意同时又满怀善念,因此她便对我的这点痴情表示同情,但却并未表示迎合,仅仅表达了惋惜之情,同时竭力想要治好我的痴情。她非常愿意为自己的情人与她本人保留一位能够入她眼的朋友。她告诉我等未来我变得更为理智时,我们三个人便能形成一种亲密的关系,而且每当她向我提到这一点时,看起来开心至极。她并非仅限于这种善意的劝解,万不得已时她同样会毫不吝惜地给我一些因我本人而惹来的相对严苛的指责。

我同样对自己进行了严苛的指责。当我孤身一人时,我便得以清醒过来,我将话全部讲完后,内心便相对安宁了。但凡一个人的爱恋,被引发爱恋的女方发现以后,便会相对好受一些。倘若实际中有可能的话,则那些我用以指责自己的力量理应治愈我的爱情。我将一切强劲的借口全都拿来辅助我消除自己的这份恋情。我的德行啊、我的情感啊、我的准则啊、知羞明耻啊、不仁不义啊、罪不可赦啊、有负所托啊,最终依然有一个理由:在我这个年龄,竟能让最为荒诞的激情点燃,并且对方早已心有所属,既无法报答我的爱意,又无法留给我丝毫的希望,难免太过让人耻笑,并且如此荒诞的激情不仅未能因为坚持而获得丝毫的益处,反倒日益变得悲伤窘迫。

有谁能够相信呢！原本这最后一种顾虑理应为其他一切顾虑增加分量，但却反倒将它们全部消除了！"一片痴情，"我心里暗想，"仅仅只对我本人有害，那又有何好顾虑的呢？难不成我是一个会让乌德托夫人谨慎戒备的狂妄之徒吗？当其他人发现我这种若有所失的悔恨时，不会就此认为是由于我的献媚、仪态以及装扮而致使她步入迷途吧？嗨！不幸的让-雅克啊，你无拘无束地去爱吧，问心无愧地去爱吧，不要担忧你的哀叹会对圣朗拜尔有所损害。"

读者早已发现，即使是在年轻之时，我也从未自视清高。上述的那些念头刚好符合我一直以来所抱有的心理倾向，它让我的亢奋之情获得抚慰；如此一来，我便无所顾虑地陶醉在亢奋之情中，以至于嘲笑我的那些不合时宜的担忧是因为虚荣而并非是理智。对一颗刚直不阿的心而言，这是一个何其沉重的训诫啊！一直以来邪恶对刚正不阿的心灵的攻击并非如此声势浩大，它始终在想方设法地加以偷袭，心灵戴着一种狡辩的假面，同时往往以某种道德作为外衣。

由于我怙恶不悛且毫无悔改，因此没过多久便开始肆无忌惮地作恶了；烦劳读者看看我的亢奋之情是如何顺着我的本性的常态，最终将我拉至深渊的吧。一开始，为让我不再顾虑，它采用了谦和的态度，而后为了让我大胆去做，它便将此种谦和的态度变为疑惧。乌德托夫人持续不停地督促我，让我勿忘初衷，维持理性，虽然她从未有片刻逢迎我的深情，但却始终对我异常温柔，始终以最为密切的友情的态度对待我。我敢担保，倘若我认可这份友情的诚挚，那么我必定同样获得满足，只不过我觉得它过于炽烈，并非是真正的友情，于是我的脑海中便难免会出现如此的念头：这个与我的年纪以及样貌极不相符的爱情，导致我在乌德托夫人眼中的地位有所下降，这个轻浮的少妇只不过是想通过我以及我那落后的激情来寻欢作乐，她肯定早已将心里话全部说给圣朗拜尔听，她的情人厌恶我有愧于朋友，于是支持她戏弄我，两个人串通一气想将我要弄得蒙头转向，以便让他人耻笑我。如此愚昧的念头曾经让我在二十六岁的时候，在那位我并不了解的拉尔纳热夫人身旁讲了很多胡话，如今我已四十五岁，又待在乌德托夫人身旁，倘若我并不晓得她与她的情人全都不至于是做出如此残酷的恶作剧的正直之人，那么我的这些愚昧的念头反倒也都无可厚非。

乌德托夫人再次前来探望我，没过多久我便回访了她。她与我一样非常乐于徒步，于是我们便在动人的风景中长久地步行着。我喜欢她，同时敢于说出我喜欢她，我早已得偿所愿了，倘若不是由于我的冒失言行而将这之中的所有趣味加以摧毁的话，那么我在那时的处境简直再幸福不过了。一开始她完全无法理解为何我会在接受她的爱抚时表现得如此愚笨，然而我的内心始终不会对自己所考虑的事情有所保留,因此没过多久我便将自己的猜疑全都告诉她了。最初她打算一笑而过,然而这个方法并未成功,因为她的笑容会让我勃然大怒的,于是她变换了口吻。她所拥有的那种同情的温柔实在是攻无不克的,她向我说了一些直击心扉的指责,她对我的那些错误的恐惧感到忧虑,我便逮着这个忧虑而肆意使用,我打算通过事实来证实她并非是在愚弄我。她深知,毫无其他方法可以让我安心。于是我逼得更为频繁,这一举动是相当玄妙的。一个女人早已被逼至讨价还价的境地,居然还可以如此便宜了事,实在是令人惊讶,或许可谓是前所未有的一次吧。但凡是最为缱绻的友谊所可以施与的,她全都来者不拒。任何一件足够让她丢失贞节的事情,她全都毫不松懈。同时我非常羞愧地发现,每当她略微向我表现出一丝善意,便会让我的感官热烈难熬地燃烧起来,只不过如此的热烈却无法在她的感官上燃起半点火苗。

之前我在某个地方提到过,倘若你不愿为感官提供任何东西,那么你事先便绝对不可以让它体会到一丝甜处。若是想了解这句格言对乌德托夫人而言有多荒谬,若是想了解她有多自持,则务必要详尽地理解我们之间的那些经常性的、长久的密谈,将我们在那四个月时间里所进行的炽烈的密谈原原本本地全部过一遍。我们一同经历的那四个月时光,是于两位异性友人之间独一无二的亲密之中度过的,同时双方又将各自约束在自始至终我们未曾超越的那个范畴之中。哎!我对真正爱情的体验的确为时太晚了,然而一旦体验,为了偿还这笔情场欠债,我的内心与感官又因此做出了多么巨大的牺牲啊!单相思的爱情便可以勾起如此的亢奋之情,如此一来,倘若一个人待在他所喜爱的同时也赢得了对方爱意的对象身旁,那么他所感受到的欣喜若狂该是有多猛烈啊!

由于我的爱情在某种程度上其实是有所收获的,尽管它并非是彼此相互的,但却是两个层面的,因此我所说的单相思的爱情是有失偏颇的。我们两个人全都沉醉在爱情里:她喜欢她的情人,我喜欢她;我们的哀叹,我们甜美的眼泪全都融为一体了。我们两个人全都是重情的知心人,彼此的感情太过相投,不可能毫无相合之处。然而,处于如此危险的沉醉中,她从未有一刻忘乎所以;至于我呢,尽管我偶尔会被感官所诱惑,曾经妄想让她失节,但我可以起誓,我始终未曾对她真正存心动过歪念。我所拥有的那种炽烈的亢奋之情,本身便可以抑制这份激情。自制的义务洗刷了我的心灵。所有美德的光芒全都点缀着我内心的偶像,污辱它那神圣不可侵犯的形象便等同于将它摧毁。我非常有可能犯下如此的罪行,我早已在内心犯下这个罪行好几百次;然而,果真想要污辱我的索菲①吗？如此的事情是有可能发生的吗？不，不！这句话我已向她说过千百次了，纵然我拥有满足欲求的资格，纵然我可以操控她本人的意志，除了些许为时较短的亢奋时刻以外，我全都会拒绝通过如此的牺牲来获取欢乐。由于我太过喜欢她，我才不愿拥有她。

由退隐庐去往奥博纳的路程大约有一法里；在我反复进行的旅途中，偶尔我也会在这里留宿。一天夜里，我们两个人面面相对地结束晚饭后，便在迷人的月光下于花园踱步。一片偌大的经过修剪的树林位于这座花园的深处，我们从树林中穿行而过以寻找一处幽静好看的树丛，树丛之中还搭建了一个瀑布用以装点，这是我给她的建议。一生难以忘记的天真和纵情的记忆啊！便是在这片树丛中，我与她一同坐在一处细草地上，头顶上是一棵花朵绽放的槐树，为了将我内心的情感表达出来，我找着了能够真正传达这种情感的语言。这是我生平之中头一次，同时也是唯一一次抵达如此高尚的境界——倘若人们能将最为缱绻、最为炽烈的爱情所能在男人心中灌输的那种亲密且极富魅力的东西叫作高尚的话。我在她的膝盖上落下了多少让人心碎的泪水啊！同时我让她不由自主地落下了多少如此的泪水啊！最终在一番情不自禁的亢奋中，她大喊道："不，从未有如同你这般乖巧的人，从未有一个情人如同你这般喜爱过！然而，你那位名叫圣朗拜尔的朋友正在呼唤我们，我的内心是无法爱两次的。"我长叹了一口气，便一言不发了；我拥抱着她——这是种如何的拥抱啊！然而，只此而已。她已孤身一人生活了六个月之久，也就是说她身边并没有她的那位情人与丈夫的陪伴；我几乎每天都会去探望她，并且爱神自始至终追随着我们同样已有三个月之久。通常我们首先面面相对地享用晚饭，而后两个人去往树林深处，在那动人的月色下，度过两个钟头最为炽烈、最为缱绻的密谈后，她便再次于半夜之中从树丛与朋友的拥抱中离开，身心全都如同初来时那般纯净、那般天真。诸位读者们，请权衡权衡这一切的场景吧，我不会再说只言片语了。

你们千万不要认为如同待在戴莱丝或是妈妈身旁一般，我的感官在如此的场景中依然可以让我维持安稳。我早已讲过，这一次是真正的爱情，并且是通过其所有力量与所有亢奋而释放出来的爱情。而对于我持续不停地感受到的忐忑、哆嗦、心慌、抽搐、眩晕，我全都不会再加以描述了：人们只需通过她的形象在我内心所造成的影响，便不言而喻了。之前早已提到过，退隐庐与奥博纳之间有一段非常遥远的距离，我时常会由昂蒂里周边的山坡边上经过，那个地方的风景是非常令人神往的。我一面前进，一面想象着我马上就要看到的那个

---

① 乌德托夫人的名字。

人,想象着她将给予我的热情款待,想象着当我抵达之时静候着我的那一个亲吻。仅仅是这一个亲吻,这一个不祥的亲吻,在还未得到之前便早已让我的血液沸腾,让我脑袋眩晕,两眼模糊,双膝抖动,无法站立;于是我迫不得已止步坐了下来,浑身上下似乎全都紊乱了,我差不多快要昏倒了。由于我早已察觉到如此的危险,因此出门的时候始终力求分神,考虑其他的事情。然而我还未走上二十步,那相同的记忆以及伴随出现的所有后果,便再次开始攻击我,根本不能逃脱;而且,不论我采取了何种方法,我并不相信自己有哪一回可以自由自在,独自一人走完这段路。当我抵达奥博纳的时候,早已精疲力竭,无精打采,差不多马上便要昏倒,无法站立。然而一旦看到她,我便彻底恢复精力,在她身旁我仅能感受到精力充沛而又不晓得怎样释放的苦闷。我来时所经过的路上,在能够看到奥博纳的位置,有一处叫作奥林匹斯山的景色迷人的高岗,偶尔我们两个人会各自从家出发来到此处见面。倘若是我提前抵达,自然需要静候她的到来;然而此时的等待又是让我何其遭罪啊!为了打发时间,我始终会用我随身携带的铅笔写一些情书,我几乎是以自己最为纯粹的血液撰写出这些情书的:我从未在写完一封情书后字迹依然清晰可见。当她从我们两个约好的壁橱中发现这封情书时,她从中看到的仅仅是我在写情书时的那种不幸的模样,至于其他则无法看到。如此的状态,尤其是持续了这么长时间,历经三个月持续不停地刺激与失望,便让我精疲力竭到好多年都无法得以恢复,最终还导致我染上了疝气病,等未来我要将它,抑或是可以说,它终归是要将我带入坟墓。我本人的性情,或许是大自然所造就的最容易亢奋,同时又最容易羞涩的性情。像我这样性情的人所能获得的唯一一种爱情享受便是这样。我在人间所拥有的最后的好时光同样便是这样。接下来要展开的便是我这一生之中所遭受的一系列差不多从未中止的苦难。

人们早已发现,在我所经历的这一生中,我的内心如同水晶一般晶莹剔透,自始至终不会将掩藏起来的某个略显激烈的情感掩饰一分钟。烦请各位试想一下,若是让我将对乌德托夫人的爱恋之情永久地掩饰起来,这是有可能的吗?我们的密切关系在任何人眼中全都是一目了然的,同时我们并未稍加避讳,或是虚张声势。这种紧密联系根本不是需要刻意隐瞒的那一种。乌德托夫人对我抱有在她看来是无可非议的最为亲密的友情,至于我则对她充满了任何人都没有我了解得深刻的合理崇拜。她为人坦诚、心神不定、略有些莽莽撞撞;我为人虔诚、愚笨、自负、浮躁、亢奋,我们便在自认为风平浪静的幻想之中授人口实,远远超出我们实际存在的任何越界举动。我们全都会去舍弗莱特,我们常常在那个地方碰面,偶尔甚至是提前约定好的。在那个地方我们如同往日一般生活着，每天便肩并肩地一起在那处位于埃皮奈夫人房屋对面的园林中散步，同时会在她的窗户下谈论我们的恋情、我们的责任、我们的友人、我们天真的打算。埃皮奈夫人便不停地从窗口的位置偷看我们，她觉得自己被人欺负坏了，于是用两只眼睛朝心底灌满了愤怒与憎恨。

每个女人都懂得伪饰怒气的艺术，尤其是在极其愤怒之时。埃皮奈夫人虽脾性急躁但却擅长玩弄心机，她完美地把握了这种艺术。她假装并未看见任何东西，同时毫无怀疑；她一方面对我表现出加倍的贴心照料，近乎撩拨，另一方面又成心以毫不客气的神态以及蔑视的表现来对她的小姑子百般欺压，仿佛也在暗示我同样轻视她。人们自然能想到她如此的做法必定是无法成功的，然而我却遭受了残酷的刑罚。我的内心被两种截然相反的情感彼此撕扯着，一方面我为她所施与我的爱抚而为之动容，另一方面当我看到她如此欺压乌德托夫人便深感愤怒。乌德托夫人所具备的那种如同天使一般的柔和性情让她能够忍受一切，没有丝毫的埋怨，并不会因此而对她的嫂子颇为不满，况且，她往往又是如此心不在焉，面对这种事情常常又如此迟钝，因此有一半时间她丝毫并未意识到自己的嫂子有愧于她。

当时的我太过陶醉于自己的亢奋之中，因此，眼前除了索菲（乌德托夫人的称呼之一）便什么也无法看到，以至并未意识到我早已变成埃皮奈家族与很多不速之客眼中的笑话。霍尔巴赫男爵如今便是这些不速之客中的一位，然而根据我所了解到的，之前他从未去过舍弗莱特。倘若那个时候的我可以如同日后那样多疑，我必然会料想到，他的此次旅游是埃皮奈夫人提前安排好的，以便邀请他前来欣赏一出日内瓦公民谈情说爱的把戏。然而当时的我太过愚笨了，甚至连众人一目了然的事情我都无法看出。只不过我的所有愚笨依然无法阻挡我看出那位男爵要比平日里显得更加开心、更加兴奋的模样。他并不像往日那般忧心忡忡地看着我，而嘴里却说着无数调侃之词，搞得我手足无措，瞪大双眼无法回答一句话；至于埃皮奈夫人则高兴得东倒西歪，我甚至并不清楚他们是在发什么疯呢。由于所有的一切还未超越开玩笑的界限，因此，倘若我在当时意识到这一点，最佳的处理方法便是凑上前与他们一同逗逗趣便可以了。然而实际上，通过那位男爵所表现出的那种讥笑的欢快劲儿，人们能够从他眼中发现一种不怀好意的欢乐在闪烁，倘若当时的我便能如同事后回想时那般留意的话，这种不怀好意的欢乐或许会让我感到忐忑不安。

有一天，我再次去往奥博纳探望乌德托夫人。她经常会去巴黎，此次是刚由巴黎返回，我看到她忧心忡忡的，同时发现她之前流过泪。由于她丈夫的姊妹也就是伯兰维尔夫人刚好也在，因此我便不得不控制自己；只不过一有时机，我便会对她表现出我内心的不安。"哎!"她叹了一口气告诉我,"我唯恐你的一片深情会将我这一生的安宁给断送掉。有人对圣朗拜尔说了这一切,只不过说的并非是事实。他倒是可以替我说些公道话,只不过他略有些生气,而且最糟糕的是他又将有些话藏起来不说。幸好我们两人的关系我丝毫并未隐瞒他,我们的关系本就是因他而建立的。我在写给他的信中不断提及你,便如同我的信中全都是你一般;我唯独对他隐瞒了你那懵懂的爱情,原本我打算治好你的这种爱恋,至于他,虽然并未说什么,但我却意识到他将你的爱情看作是我的罪责之一。有人加害于我们,诬陷了我;然而,任由它吧,要么我们就此划清界限,要么你就安安分分的,该如何便如何。我不想再对我的情人有丝毫的隐瞒了。"

直至此时我才意识到,我在一个本应担任其导师的少妇面前遭受到她的严苛指责,认识到自己的过错,羞愧难当,实在是一件令人窘迫的事。我怨恨自己,倘若不是因为受害者而让我引发的那种亲密的怜悯再次让我感到心软,或许这种怨恨完全能够将我的怯弱克服掉的。哎!我的内心早已被来自各个地方的泪水浸湿了,此时的它还有可能坚强起来吗?没过多久这一阵心软便转变为对告密者的怨恨了。那群卑劣的告密者仅从一个尽管有罪但却是情不自禁的爱情中看到了坏的影响。他们完全不会相信,以至无法想象出有一颗诚挚而圣洁的心灵正在弥补和救赎。而究竟是什么人如此陷害我们呢,对此我们并没有困扰太久。

埃皮奈夫人与圣朗拜尔之间有书信往来,这是我们两个全都晓得的。这早已不是她第一次为乌德托夫人惹来麻烦,她曾想方设法地要将圣朗拜尔与乌德托夫人挑拨开来,由于这种努力之前曾取得若干次成功,因此乌德托夫人唯恐日后再次落入她所设下的圈套。除此之外还有格里姆,我记着他好像是追随加斯特利先生去了军队,当时也像圣朗拜尔一样正位于威斯特法伦;在那个地方他们偶尔可以碰面。虽然格里姆曾当着乌德托夫人的面进攻过好几次,但却从未获得成功。格里姆为此怒不可遏,自那以后便完全不会与她碰面了。格里姆的"谦和"是众人皆知的,既然他早已觉得乌德托夫人不喜欢他而喜欢一个比他年长的人,更何况格里姆这个人,自从与大人物有所往来之后,一旦提及此人便仅仅将他看作是手下的一位受保护者,你们想想他是否可以冷静吧。

当我对自己家中所发生的一切有所耳闻时,我对埃皮奈夫人的怀疑便成为事实。当我待在舍弗莱特时,戴莱丝同样会经常过来,抑或是将我的信拿过来给我,抑或是照料一下我糟糕的身体。埃皮奈夫人曾经询问她,我与乌德托夫人之间是否有书信往来。一听到有书信往来,埃皮奈夫人便强迫她将乌德托夫人所写的信拿出来,并承诺她会将信件重新装好,无法看出是早已被拆阅的样子。对于这个提议戴莱丝并未表现得多么气愤，以至于并未将此事告诉我，仅仅是将那些寄给我的信件藏得更为隐蔽罢了：实在是提防得非常不错啊，这是由于当她出现时埃皮奈夫人便会差人盯着她，而且曾有好几次居然在半路上肆意搜查她的围裙。更为严重的是，有一天，埃皮奈夫人告知会与马尔让西先生一同来退隐庐享用午饭，这是自从我搬至退隐庐后的头一回。趁着我与马尔让西先生外出散步的时间，她与她们母女俩去到我的书房，同时强迫她们将乌德托夫人寄来的信件拿给她看。倘若母亲晓得信被放在何处，那么这些信便会被交出去，万幸的是唯有女儿一人晓得，她说这些信连一封都没有留下来。固然，这个谎话充满了刚正、忠实以及宽容大度，倘若实话实说，反倒变成纯粹的背叛行为。埃皮奈夫人发现始终无法引诱她，便竭力引发她的醋劲，责备她过于温顺、过于迷糊。她告诉她："你怎能不察觉出他们两人之间的不正当关系呢？倘若你并不相信在你眼前所呈现的这一切，而是还需要其他证据，既然如此，那你便来帮我找出这些证据：你说乌德托夫人所写的信在他看过之后便撕毁了，好吧！那么你便小心翼翼地将那些撕碎的纸片捡起来给我，让我来将这些碎片拼凑在一起。"这便是我的女性友人给予我女伴的训导。

戴莱丝竟然非常谨慎地将此事对我隐瞒了很长时间；然而，当她看见我所表现出的那种忐忑不安的模样，便认为务必要对我全盘交代了，以便让我清楚是何人在与我作对，从而更好地采取措施，抵御人家正打算为我设下的各种各样的圈套。我的怨恨、我的愤怒是难以形容的。我并不打算如同埃皮奈夫人那样，对她装模作样，同时不打算以其人之道还治其人之身，而是彻底地任由我的暴躁脾气去做，加之平日里的草率，于是我便公开闹了起来。人们看完以下的几封信，便能发现我是何其轻率，与此同时这些信同样能充分地表明双方对此事的态度是怎样的。

埃皮奈夫人函（甲札，第四四号）

我心爱的朋友，为何我无法见到你了？我替你感到惶恐。你之前反复向我承诺只会在退隐庐与这个地方来回走动啊！对于这一点，我始终给予你充分的自由；然而如今一个礼拜过去了，甚至是你的人影都无法看到。倘若不是有人对我说，你的身体非常好，我甚至会觉得你是生病了呢。前天、昨天我便在等你出现，直至此时却依然无法看到你。我的上天啊！你发生什么事啦？如今你手头又毫无事情可做，同时你并没有任何的烦恼，这是由于倘若你果真有烦恼的话，并非我自傲，你很早便会跑来找我诉说了。所以你肯定是生病了！我恳求你，赶紧将我这惶恐不安的心情消除吧。再见了，我心爱的朋友；希望这个"再见"，可以为我从你那里换来个"你好"。

复　函

星期三晨

我目前还不能向你透露任何事。我正在等了解得更为明白一点，反正我早晚肯定会全部搞明白的。与此同时，请你坚信：被控告的不幸之人终将拥有一位炽热的捍卫者，无论诽谤者是何许人也，都将会让他们感到彻底的悔恨。

埃皮奈夫人的第二函（甲札，第四五号）

你的回信着实令我感到惊讶，你晓得吗？它到底是想表达何意呢？我将它看了又看，足足看了二十多遍。坦白讲，我丝毫没有理解。我仅感觉到你心中的忐忑与苦闷，你打算等忐忑与苦闷消失之后再与我交谈。我心爱的朋友，我们便如此约定，可以吗？我们的友情、我们的信赖，全都去到哪里了？我是如何丧失了这份信赖的呢？你是对我感到愤怒，还是替我感到愤怒呢？不管怎样，我恳请你今夜就过来。记得前些日子，你还向我承诺过不会将任何事情隐埋于心，一有事便会马上告诉我呢！我心爱的朋友，我对这种信赖依然是相信的……我刚刚将你的来信又看了一遍：我依然无法理解，然而它却让我感到战栗。我感觉你的内心亢奋得苦痛至极。我反而非常愿意让你冷静下来，只不过，既然我并不了解让你感到忐忑的缘由，我便不晓得该对你讲些什么才是恰当的，我唯有对你说，在遇到你以前，我彻底如同你一般命途多舛。由于我无法忍受如此的惶恐，所以倘若今夜六点你不出现，无论明日天气如何，也无论我的身体状况如何，我必定会去退隐庐，再见了，我心爱的朋友。我要斗胆对你提出一个忠告，只不过并不晓得你是否需要，你务必要严加提防，竭力抑制忐忑的心情在孤独中蔓延。一只苍蝇有可能会变身成为一个恶魔，我在往日时常会有如此的感觉。

复　函

星期三晚

只要我目前所怀有的这种忐忑心情依然存在，那么我便无法前去拜访你，同时也无法接受你的造访。你所说的那种信赖如今早已不复存在，你想要将其恢复同样是较难办到的。如今，我从你的热情之中，所感受到的仅仅是你打算在其他人的表白之中获得某种符合你的预谋的好处；至于我的这颗内心，对一颗坦诚相待的心是非常容易有所表露的，而对狡计与奸诈却会拒之门外。你告诉我你无法理解我的信，而我却由此感受到你惯常的灵敏。你觉得我果真会愚笨到相信你无法理解我的那封信吗？不可能，只不过我将会用坦白来打败你的诡计。为了让你更加的无法理解我，我便做更进一步的说明吧。

有两位相处得非常不错、彼此都对得起对方爱意的有情人，他们两个全都是我最心爱的人；我自然预料得到倘若我不把姓名讲出来，你便无法理解我所指的是何人。我猜想曾经有人企图将他们拆散，而且通过我来让他们之中的一个人萌生醋意。如此的选择并没有多么高明，只不过对那个坏心肠而言，仿佛非常便捷；至于这个坏心肠，我的怀疑对象便是你。我期望如此便清楚一些了吧。

一位我最敬佩的女人竟然在我全然不知的状况下，做了如此可耻的事情——将自己的内心与身份交给两位情人，至于我同样如此可耻，居然是这两个胆小鬼中的一个。倘若我知道你在这一生之中曾有那么一个时刻对她与我抱有如此的念头，我直至去世也会对你感到怨恨；只不过，我要指摘你的，并非是你曾如此想过，而是你曾如此讲过。在这种状况下，我便无法理解你到底是想陷害三个人中的哪一个；然而，倘若你喜欢安稳的话，你理应担忧你的成功便是你自己的苦难。我对某一些往来感觉厌烦，对此我既没有隐瞒你，也并未隐瞒她；只不过起因是合理的，我便采取如同起因那样合理的方法来终止这种往来，我要让不合法的爱情成为永久的友情。从未祸害他人的我，岂能无辜地被人用来陷害我的朋友吗？根本不可能，我永远都不会宽恕你，我将成为你的永远无法和解的仇人。由于我永远都不会成为背信弃义的人，所以唯有你的秘密依然会受我敬重。

我不相信自己现在所怀有的这种忐忑心情依然会持续很长时间。用不了多久我便可以知道自己是否搞错了。等到那个时候，或许我需要对太过有愧的人的事情加以弥补和救赎，而我将会认为这是生平之中所做的最大的一件乐事。然而，在我依然需要在你身边度过的这一段短暂的时间中，你晓得我将如何补赎自己的过错吗？我将做到除了我以外其他人全都无法做到的事，我将坦诚地告诉你社会对你抱有如何的看法，告诉你理应在声名方面弥补哪一些缺陷。虽然你身边围绕着如此之多的所谓的朋友，然而日后当你发现我离开以后，你便彻底地与真理永别了，你再也无法找到一个可以对你讲实话的人了。

埃皮奈夫人第三函（甲札，第四六号）

对于你在今日清晨寄来的那封信，我依然无法理解，我早已告诉过你了，因为那些全都是真相。你今夜寄来的这封信我看明白了，别担心我会回复你：我正迫切地想要将它遗忘。尽管我认为你很不幸,但我依然不得不感觉到我的心灵因为这封信而满是苦楚。我！对你要狡诈,要诡计！我！竟然会被谴责做出了可耻至极的事情！再见吧,我非常可惜你居然……再见吧,我不清楚自己在讲些什么……再见吧,我非常愿意宽恕你。你愿意何时过来,便何时过来好了！你别担心自己会遭受冷遇,实际上你将会受到非常优质的款待。只是,你大可不必为我的声誉而花费心思。其他人如何非议,我根本就毫不关心。我德行纯良,这便足矣。除此之外,我根本不晓得那两位于你于我同样心爱的人到底出了何事。

虽然最后收到的这封信替我排除了一个大麻烦,但却再次让我遭遇另外一个麻烦。尽管这些信件的往来异常快速,全都是在一天之内,然而这之中所间隔的较短时间同样足以让我在一阵阵的愤怒之中意识到自己的粗枝大叶严重到怎样的地步了。乌德托夫人嘱托我保持镇静,让她独自一人去想办法结束这个公案,而且,尤其是在那个时候,务必要防止出现任何的翻脸,任何的声张。至于我呢,对一个天性便爱好嫉贤妒能的女人,又采取了最为直接、最为尖酸的侮辱言辞,在她的心中的怒火之上火上浇油。固然,我仅能从她那儿期望收到一封又自负、又鄙夷、又轻视的回信,迫使我无法再抱有丝毫的迷恋,倘若不马上从她家离开,我便成为一个最为卑贱的胆小鬼。万幸的是她的机智超越了我的愤怒,她在回信中所采用的那些措辞避免了如此的结果。只不过,要么便离开,要么便马上去探望她,两者之中务必要选择一个。我采用了后者,并料想到务必要进行一番说明,而在说明的时候理应采取怎样态度,反而让我感到为难。如何才能将此事应付过去而既不会拖累乌德托夫人,又不会拖累戴莱丝呢？我将哪个人的姓名讲出来哪个人便会遭受不幸啊！一个翻脸无情同时又喜欢耍心计的女人,若是想要报复,便可以做得出任何事,每件事都让我为变成报复对象的人而感到忧虑。正因想避免如此的不幸,所以我才会在信中仅仅提到怀疑,而并未摆出确凿的证据。固然,如此的说辞让我所爆发的那一番脾气显得越加不能宽恕,这是由于任何表面的怀疑也都无法允许我如同刚才对待埃皮奈夫人一般去对待一位女性,尤其是对待一位女性友人。然而便是在这里展开了一个我处理得非常体面的既宏伟又优雅的困难任务:为了弥补那些被我掩藏起来的过失与懦弱,我担负起更为严重的过失,而这些过失全都是我无法做出并且是从未做过的。

对于我所担忧的那场舌战,我仅仅是遭受了虚惊一场罢了,根本无须面对。我刚一抵达,埃皮奈夫人便一跃而上搂住我的脖子,泪流满面。这种来自一位老相识的出乎意料的接待,让我异常地为之动容;我同样开始哭泣。我向她讲了若干句毫无意义的话;她同样对我讲了几句更加毫无意义的话。饭菜早已摆放好,我们便落座。席间,我认为那场说明被延迟到晚饭之后了,于是在这个等待的过程中,我的神色非常不好,这是由于我的内心只需略微有些惶恐便会显得心神不定,以至在最不识相的人面前都无法隐瞒过去。我那副窘迫的模样原本理应壮壮她的胆量,但是她未敢如此做:晚饭结束后也如同晚饭开始前一样,全都并未进行如何的说明。次日亦是如此;在我们的沉默相视中,仅仅讨论了一些毫无意义的事,抑或是由我讲几句客套话,表明我的怀疑到底有没有依据,依然无法全然断定,同时诚心诚意地向她承诺,倘若证实怀疑是毫无依据的,我便要用一生来向她赔罪。她并未表现出一丝的好奇心,想要准确地获知这些怀疑到底是怎么回事,同时是如何出现的;正因如此,无论是对她还是对我,我们的和好全都涵盖在碰面之时的那一个拥抱中了。既然唯有她一个人遭受了侮辱——起码从表面上来看是这样的,我便认为她本人都不愿意将此事弄明白,则更加轮不到我来将此事搞清楚了,所以我是如何过来的,也便如何返回了。并且,我继续如同往日一般与她交往,因此没过多久我便差不多将这场争吵忘得干干净净了,同时愚昧地认为她本人同样早已忘却,原因是她似乎早已不再回想此事了。

　　这并非是我的怯弱为我惹来的唯一一个麻烦,用不了多久人们便能发现;我另有其他一些让我同样痛苦的麻烦,只不过它们并非是我本人惹出来的,而仅仅是因为有人想要折腾我,以便强行将我从孤寂的生活中拽出来。这类麻烦全都来自狄德罗与霍尔巴赫那群人。当我搬至退隐庐之后,狄德罗便持续不停地打扰我,有的时候是他本人出面,有的时候是借由德莱尔。依照德莱尔以我在树丛中乱奔为题而对我的嘲笑加以判断,没过多久我便发现他们是如此兴致盎然地将隐士恶意丑化为浪荡情人了。然而在我与狄德罗之间争执的那些矛盾中,问题并非在此,这些矛盾还具备更为主要的缘由。他曾在《私生子》面世之后寄给我一本,我同样用对朋友作品所应抱有的那种兴致和精力看完了。在看到那篇他附加进去的以对话体创作的诗论时,我非常诧异且同时非常伤心地看到,这之中有许多言辞都是抨击孤独生活着的人的,尽管这些言辞会让人感到不悦,但却依然可以忍受,只不过这之中有这样一个刻薄而粗鲁、语调毫不含蓄的结论:"唯有邪恶之人才是孤寂的。"这个结论是含糊不清的,能够分析出两种含义,我认为其中一个非常恰当,然而另外一个却非常荒谬;既然一个人心甘情愿过着孤寂的日子,那么他便不可能同时也不会对任何人有所损害,所以,绝不可以将他称之为恶人。结论本身便需要进行说明,况且当作者发表这个结论时,身边就有一位正在过着孤寂的退隐生活的朋友,那便更需要加以说明了。

在我看来,不管怎样推测,这全是令人厌恶、有损道义的;抑或是他在发表这个结论的时候将这位孤居的朋友遗忘了;抑或是,倘若他曾记起这位友人,但却在说出这个普通的警句时,不仅并未将这位朋友,而且同样并未将从古至今如此之多的在归隐中渴求安定与祥和的受人尊崇的贤人哲士视为值得尊敬的合理的特例,反倒是以一位作家的身份,自古迄今第一次将他们全部一笔抹杀,是非不分地一概视为恶人了。

我以绝对的信赖热诚地喜爱着狄德罗,衷心地敬佩着他,同时期望他能对我也抱有相同的情感。然而他身上那种不知倦怠的较真劲,一门心思集中在我的喜好之上、兴趣之上、生活方式之上,集中在仅与我一人相关的所有事情之上,始终和我作对,实在是让我感到厌烦。看着一位比我年幼的人居然要尽心思想要将我视作小孩子加以管束,我感到非常厌恶。他身上那种轻视承诺、忽视履约的习性,同样让我感到厌烦。不晓得他有多少次约好时间但却并未到来,而且特别乐于爽约后再次约定,约定后再次爽约,真的是让我感到厌恶。每个月我都会在他本人选定的时间空等他三四次。我径直地跑到圣德尼去迎接他,整整等待了一天,最终却依然是独自一人闷头吃晚饭,这同样让我感到难堪。总而言之,我的心中已经填满了他反反复复有愧于人的事情。在我看来他最后一次有愧于我是非常严重的,同时也让我心痛不已。于是我便向他寄了封信叫屈,只不过措辞十分温柔,十分感人,让我本人都热泪盈眶;我所写的那封信完全可以让他感动到落泪。至于他是如何回复这个问题的呢?人们永远也无法猜出。如今将他的回信(甲札,第三三号)照录如下:

我的作品得以让你喜爱,同时让你为之动容,我听后非常开心。你并不认可我有关隐士的看法,你愿意为他们讲多少溢美之词,你便尽情讲吧,你将会是这世间唯一一个我会为之美言的隐士。并且,倘若你在听后可以不感到愤怒的话,能够讲出来的话还有很多呢。一位八十岁高龄的老太婆啊!诸如此类。有人对我说,埃皮奈夫人儿子的心中有这么一句话,必定曾让你的内心感到悲伤,否则的话,我便对你的内心深处太不了解了。

这封信的末尾两句话需加以阐释。

当我刚搬到退隐庐时,勒·瓦瑟太太好像并不怎么喜欢这里,认为房屋太过偏僻。她的这种抱怨传入我的耳中,我便提议,倘若她认为待在巴黎会更好一点的话,便将她送过去,我会替她支付房费,而且会像她与我同住时那样照料她。她并未同意,同时向我表明,她非常乐意住在退隐庐,认为乡村的空气有利于她的健康。人们能够发现,这同样是真话,原因是她待在乡下显得年轻多了,身体也比待在巴黎的时候好了许多。以至她的女儿对我担保:由于退隐庐的确是个动人的好地方,同时她非常喜欢拾掇拾掇园子,摆弄摆弄水果,如今恰好是得偿所愿,因此倘若我们果真要从退隐庐搬走,她心中会感到非常不悦;只是,她是讲了人家让她传达的话,目的在于竭力劝服我重回巴黎。

这个办法不成功,他们便打算用良心谴责的方法来博得善意热情所并未出现的作用,认为我将这位老太婆丢在乡村,距离她这个年纪可能用到的救护太过遥远,实在是一种罪行。他们便从未预料到,不仅是她,还有很多其他老人,全都仰仗着此地的新鲜空气而长命百岁,至于那些可能需要的救护,在我门前的蒙莫朗西便能获得。按照他们的说法,似乎唯有巴黎才存在老人,而在其他地方的老人全都无法活下去。勒·瓦瑟太太的食量很大,异常喜欢狂饮狂吃,经常会呕吐酸水,同时腹泻得非常严重,等腹泻上几日便将肠胃给泻好了。她住在巴黎时采用的是自然疗法,从来没有在意过。由于她深知这个方法最有效不过了,因此在退隐庐中她依然采取这个老办法。然而,他们并不在意这些:尽管她待在乡村身体依然非常健康,但是乡村毫无医生与药房,将她丢在乡村便等同于想让她去死。狄德罗反倒应该确定一番,老人到了如何的年纪便不该去巴黎以外的地方居住了,不然便会落得个杀人的罪名。

以上便是那两项罪不容诛的罪行之一,因此,他不愿意将我置于他那个"唯有邪恶之人才是孤寂的"的结论之外;这同样便是他那个诱人的感叹号以及他那善意增加的"如此等等"的含义:"一位八十岁高龄的老太婆啊!诸如此类。"

在我看来,回应如此谴责的最恰当方法,莫过于让勒·瓦瑟太太本人来为我作证。我请她原原本本地将自己的感受写成一封信寄给埃皮奈夫人。为了让她可以更加无拘无束一些,我根本不会看她所写的信,同时让她看以下我所附录的这封信。以下这封信是我为埃皮奈夫人所写的,其中谈及我曾打算对狄德罗的另一封更为严苛的信做出回应,然而埃皮奈夫人制止我寄出这封信。

星期四

　　我的好朋友,勒·瓦瑟太太想要写信给你;我请她将自己的感受原原本本地写给你。为了让她无拘无束地写,我告诉她,我绝对不会看她写的信,同时我请你同样不要告诉我这封信的具体内容。

　　既然你不赞成,我便不把这封信寄出去了。然而,既然我认为自己遭受了异常严重的玷污,倘若承认是我的过失,那实在是卑劣与伪善,我必然不会如此做。福音书让人在左边脸蛋挨了耳光后再将右边的脸蛋伸出来,然而却根本无人恳求宽恕。你是否依然记得喜剧中的那个人一边用棍子揍人,一边还在不住地大喊："赶紧救人！"①吗？哲学家②饰演的便是这个角色。

你千万不要觉得你可以制止他不在如此糟糕的天气中前来。友情无法给予他的时间与精力，他的愤怒会给予他，这将是他平生之中第一次在约好的那天到来。他即使累得要死也要过来再将他于信中咒骂我的那些话亲口对我说一遍，至于我呢，依照老样子，我将会是一个极其可恶的人。还能有何方法呢？唯有忍耐。

但是，你不会对这个人的智慧感到钦佩吗？他之前打算乘马车来圣德尼接我，并在那个地方一起享用午饭，同时再用马车送我回家，然而一个礼拜过后（见甲札，第三四号），他的经济条件居然仅能容许他步行至退隐庐，没有其他方法了！以他自己的话来讲，这便是肺腑之言——这也并非是毫无可能的；然而，当真是这样的话，他的经济条件必定是在这个礼拜中发生了翻天覆地的变化。

对于你因令堂的疾病而感受到的苦闷，我表示深切的怜悯；然而，你能够发现，你的苦闷甚至比不上我的苦闷呢。眼看着我们所喜欢的人患病而因此悲伤，终归是要比眼看着他们遭受不公正与残忍所感受到的悲伤要轻很多。

再会吧，我的好友！这是我最后一次与你探讨这件不幸的事。由于你劝解我镇定自若地去巴黎，同时告诉我如此的镇定自若在未来可以让我感到开心。

依照埃皮奈夫人所给出的意见，我将自己在与勒·瓦瑟太太有关的问题上做过些什么，全部写进信中告知狄德罗。能够想象得出，既然勒·瓦瑟太太早已选择留在退隐庐，认为待在这里她可以身体健康，时常有人陪伴在左右，日子过得非常惬意，由于狄德罗再也不晓得如何怪罪于我，因此便将我所采取的这种制止流言的方法视为一种罪责，同时依然将勒·瓦瑟太太打算在退隐庐继续住下去当作是我的另外一个罪责，虽然继续住下去是她本人所做出的决定，虽然不管往日与如今全都只需她本人一句话便能重返巴黎，至于我在这方面所获得的帮助，在巴黎与在我身边全都相同。

以上所述便是针对狄德罗在第三三号信中所提出的第一项谴责而进行的解释。而针对第二项谴责的解释，便刊载于他本人的第三四号信中：

文人（格里姆对埃皮奈夫人儿子的一个戏称）或许早已向你写信告知，有二十个穷人待在城头上饥寒交迫得快要死去，正等着你如同往日一般拿着里亚尔③对他们加以施舍呢，这便是我们闲谈话题的样品之一……倘若你听见剩下

① 莫里哀的喜剧《司卡班的诡计》中有这样一个情节：司卡班告诉皆隆特，强盗要来打他，并把他藏在袋子里，于是司卡班一边用棍子抽打皆隆特，一边喊着不要打。

② 卢梭喜欢把狄德罗称为"哲学家"，把霍尔巴赫称为"男爵"。

③ 里亚尔，法国古时的小铜币，约合四分之一苏。

的其他话,你同样会被逗乐。

狄德罗将这个可怕的论据摆出来,似乎非常引以为豪。我对这个可怕的论据的回复如下:

我记得自己早已回复过文人了,也即已经对那位包税人的儿子有所答复了,我说道:对于他在城头上发现的那些正等着我施与里亚尔的穷人,我并没有感到同情,很明显他早已极大地弥补他们了,我已邀请他来取代我。巴黎的穷人并不会对如此的人手交换有所叫屈,日后我替蒙莫朗西的穷人寻得这样一个出色的取代者还相当不易呢。这些穷人急需拥有一位出色的取代者,要比巴黎的穷人般切许多呢。这个地方有一位值得尊敬的好老汉,辛苦操持了一生后,如今无法继续劳动了,于是便在桑榆暮年即将因为饥饿而去世。每个礼拜一我会给他施舍两个苏,这比起我向待在城头的那些穷人施舍一百个里亚尔,良心上会感到更加畅快。你们可真是会逗趣,你们这群哲学家,你们每个人全都将城市人视为与你们的本分存在关联的唯一的群体。实际上,人们在城市中仅能学会轻视人类罢了,而在乡村却可以学会如何去喜欢人类,如何服务于人类呢。

这便是那种古怪的良心谴责;一个头脑灵活的人竟然觉得以我本人为例,便能向我证实一个人无法不以恶人的形象在首都以外的地方生活,同时竟迷糊到需要依照如此的良心谴责来声色俱厉地将我离开巴黎看作是一种罪责。今日再次想起,我不明白自己当时为何会如此愚笨,竟然还会回复他,而且和他怄气,而并不是将不屑一顾当作是所有的回复。只不过,埃皮奈夫人的选择与霍尔巴赫那群人的喧嚷将思想界蛊惑得对他极其有利,以至全都觉得此事的责任在于我。乌德托夫人——她本人同样是相当欣赏狄德罗的,同时要求我去巴黎探望他,要求我率先向他表现出想要和好的打算。然而此次和好,虽然从我这方面来看是真诚而又纯粹的,但却并未继续下去。她所摆出的那个让我为之信服的借口,便是此时狄德罗正遭遇不幸。除了《百科全书》所引发的那场风波之外,他所创作的那个剧本在当时又引发了异常激烈的风波。尽管他在这个剧本的前边增补了一篇小记,人们依然认为他是全部照搬了哥尔多尼①的。相比伏尔泰,狄德罗更加无法承受住指责,在那个时候苦闷至极。以至于格拉菲尼夫人②恶意传播流言,说我因为此事而与他断交了。我认为公开表达出一个与之相反的证明是一件公正且豪爽的事情,因此我便过去了,不仅与他待在一起,而且在他家留宿了两天。这是自从我搬至退隐庐之后第二次回到巴黎。第一次

---

① 哥尔多尼(1707～1793),意大利喜剧诗人。
② 格拉菲尼夫人(1695～1758),女作家,有小说及戏剧问世;和伏尔泰关系很好。

是去探望那个不幸中风的果弗古尔,之后便始终未能康复,当他刚一患病时,我片刻都未从他床头离开,直至他脱离危险。

狄德罗非常周到地款待了我。一个来自朋友的拥抱可以打消多少隔阂啊!有了这个拥抱以后,还会有何埋怨会留在心中呢?我们并未做过多说明。原本彼此间的相互咒骂是无须进行任何说明的,唯有一事可以做,那便是将所有咒骂的话全部遗忘而已。起码根据我所了解的,他私下并未要什么花招,这与埃皮奈夫人有所不同。他将《一家之长》一书的纲要递给我看。"这是对《私生子》所做的最好不过的辩解书,"我告诉他,"先不要出声,专心创作这个剧本,等写好以后便朝你的对手的脸上扔过去,当作是所有的回复。"他便如此照做了,成效非常不错。为了让他提提建议,我早在六个月之前便将《朱丽》的前两个部分寄给他。然而他却连看都未看。于是我们便一同阅读了一个分册。他认为整篇全都是"酥皮"(这是他所使用的词语),换句话说便是整篇稿件废话过多,冗词过多。我本人同样早就意识到这一点;然而那全是处于高烧之际的胡言乱语,我始终未能加以改正。之后的几个部分便不是这样的了。尤其是第四部分与第六部分,全都是遣词造句的精华。

我抵达巴黎的次日,他非要将我拽到霍尔巴赫先生家中享用晚餐。我们两个各自心中所考虑的相距甚远;以至于我打算撤销化学手稿的合作协议,这是由于我对因这部手稿不得不对他那样的人表示谢意而感到深恶痛绝。狄德罗再次获胜了。他对我起誓道,霍尔巴赫先生全心全意地喜欢我;他对所有人全都是这样的态度,尤其是朋友便承受得越多,理应谅解他。他再次向我解释道,那本稿件的稿费早在两年前通过了,如今打算拒绝,对支付稿酬的人而言便是个侮辱,至于这个侮辱是他所不应承受的,以至于这个拒绝很有可能会造成误解,似乎是在私下埋怨他不该耽误了如此长的时间才将这笔交易定下来。"我每天都能看见霍尔巴赫,"他再次说道,"我比你更了解他的内心世界。倘若你真有借口对他感到不满,难道你认为自己的朋友会劝说你去干一件有损格调的事吗?"总而言之,我再次因为自己一直以来的怯弱而被别人控制了,我们去男爵家中享用晚餐,男爵如同往常一般款待了我。然而他的太太却对我相当冷漠,接近于毫不客气。我早已无法认出那个迷人的迦罗琳了,她在当年待嫁之时对我是如此热情。很早之前我仿佛意识到,当格里姆经常去往艾纳家后,艾纳家的人便以另外一种眼光来看待我了。

我待在巴黎的那段时间,圣朗拜尔从部队返回。由于那个时候我完全不知情,因此直至我回到乡村后,才先后分别在舍弗莱特与退隐庐遇到他。他是和乌德托夫人一同来到退隐庐让我请他们吃饭。你们能够想象得出,我是何其兴奋地款待了他们。当我看见他们两人是如此的情投意合，内心便越加感到开心。我为自己未曾打乱他们的甜蜜而感到心满意足与幸福；我依然能够起誓，在我的那一整个痴情阶段，尤其是在这段时期，纵然我可以将乌德托夫人从他手中抢过来，但我也不愿意，以至完全不会有如此的想法。我认为她在喜欢圣朗拜尔时是如此的动人，我几乎无法想象得出来，倘若她喜欢我的话，是不是能够显得如此动人。由于我在兴奋之中对她所抱有的真正渴望，仅仅是她可以允许我喜欢她罢了，因此我根本不愿意打乱他们的相处。总而言之，无论我为她点燃多么激烈的热情，我始终认为充当她的知心人同样与充当她的恋爱对象一样幸福，我根本不会有一个时刻会将她的情人视为我的情敌，反倒是将他视为我永久的朋友。或许有人会认为：这不能称之为爱情。好吧，只不过这却远远超于爱情了。

圣朗拜尔表现得非常规矩体面。由于唯有我一个人是身负罪名的，因此也便唯有我一个人遭受了惩处，只不过却是较为宽厚的惩处。他对我表现得严苛却又友善；我同时发现，虽然他对我的敬仰略有降低，但是对我的友谊却丝毫没有减少。因此我备感欣喜，这是由于我明白，对我的敬仰要比对我的友谊更易于修复。并且他本人非常深明大义，根本不会将一时情不自禁的怯懦与性情方面的缺陷混为一谈。倘若过往的所有包含了我的失误，但失误却同样并不是太过严重。难道是我对他的情妇展开了积极地追求吗？难道不是他本人将她指派到我身边来的吗？难道不是她亲自过来看我的吗？我可以不款待她吗？我还能怎么办呢？是他们两个人做的恶，但却是我在遭罪。倘若他站在我的角度，他同样会如同我这样做，有可能还会更加糟糕：这是由于，无论乌德托夫人如何诚恳，如何可敬，她终归是一个女人啊。他外出远行；机会如此之多，吸引力又如此强劲，她面对一个极富胆量的男人便难以维持贞节了。毋庸置疑，我与她在如此的状况下却丝毫没有越界，实属不易。

由于驳斥我的表面情况实在是太过繁多，因此尽管我早已为自己在心灵深处进行了一个非常体面的辩解，然而那些时常控制着我而我又不能攻克的脑腴，竟然会让我在他面前如同一个犯人，而他也便往往会肆意利用我的这种脑腴，让我极为窘迫。为了对这种相互的关系有所了解，我举例说明吧。吃完饭以后，我将自己在去年向伏尔泰所写的那封信念给他听，实际上圣朗拜尔本人很早便对这封信有所耳闻了。当我正在读信时，他居然睡着了，至于我呢，之前是如此傲慢，今日却又如此愚笨，竟然一次也没有胆量停止读信，所以，在他呼呼打鼾之时，我依然一个劲儿地读信呢。我的委曲求全竟到了如此境地，他的报复同样竟到了如此境地；只不过他的忠诚之心向来仅允许他于我们三个人之间展开如此的报复。

他再次外出了,我察觉乌德托夫人对我的态度大有转变。我非常诧异,实际上这理应是我很早便预料到的;我的感动同样超出了理应具备的限度,这便让我感到相当悲伤。我本来所渴望的可以将我治愈的那一切,仿佛仅仅是将那支与其说是被我抽出,倒不如说是被我弄断的箭更加深入地扎进我的内心。

我打算彻底地战胜我本人,同时要竭尽全力地将我所拥有的那种痴情变为圣洁而长久的友情。为此我制订了很多需在乌德托夫人的辅助之下进行的完美计划。在我向她提及此事时,她看起来心神不定,进退两难。我发现她早已不愿意与我待在一起了,同时我清晰地发现,必定是有何事发生,她在当时并不想告诉我,而在这之后我同样始终未能了解。由于我无法从她口中获得相关说明,因此我感到异常悲伤。她向我要回她所写的信件;我便将她所写的信全都交还于她,原原本本,一封不落,但她居然会羞辱我,甚至对我如此坦诚的态度表示怀疑。这样的怀疑再次在我心上形成额外的伤害,她理应完全理解我的内心啊!她同样认可我的坦诚,然而并非是当时便认可了;我知道,她是在检验完我所交出的那一包信件以后,才意识到自己的怀疑是极其不恰当的。以至于我发现她因此而深感自责,这便让我的内心略感舒服一点。她不可以仅仅要回她所写的信件而并不将我的信件交还于我。她告诉我,她将我所写的信件全部烧毁了;如今轮到我来怀疑她了,同时我需要坦白,时至今日我依然怀疑她呢。不,如此的信件,绝对不会被一把火烧毁。《朱丽》中的信是如同火一般地热烈啊!上天啊!面对如此信件,又能说些什么呢?不,能够引发如此热情的人,是绝不会有胆量将这些炽热的证据加以烧毁的。然而,我同样不会惧怕她肆意乱用这类证据:我并不相信她可以做出此事,同时我已经有所防备。我所拥有的那种愚笨而又激烈的怕人耻笑的恐惧心情,迫使我在通信伊始便采用了一种让我的信件无法供他人查阅的语气。我将自己在陶醉中所抱有的那种亲密的态度一直延续到以亲亲热热的称呼相称;只不过,是如何的亲亲热热啊!她并不会因此而感觉有所冲撞。但是她也曾向我表示过好几次的反抗,只不过这种反抗并未获得成效:她的反抗仅能引发我的畏惧心情,而我同时不愿退后一步。倘若这些信件依然留存人世,倘若有一日人们可以发现它们,人们便会了解我曾是如何去爱的了。

我因为乌德托夫人的冷漠而受到的伤害,以及我不应遭受这种冷漠的自信,让我萌生一个古怪的打算:我直接写封信寄给圣朗拜尔以此叫屈。在静候这封信得以奏效的这段时间,我便纵情于那些我理应很早寻求的娱乐。舍弗莱特在那个时候正举办着一些盛会,我承担了为这些盛会准备音乐的工作。乌德托夫人热衷于音乐，我便因能够在她眼前大展身手而感到开心，由此便引发了我的兴趣。此外另有一个原因同样可以有效地激发这种兴趣，那便是我准备展露一下《乡村卜师》的创作者也同样理解音乐，这是由于一直以来我便察觉有人在竭力让众人质疑我通晓音乐，起码是在质疑我可以作曲。实际上，我在巴黎早期所创作的那些作品，我在杜宾先生或是波普利尼埃尔先生家中所遭受的数次检验，我于十四年的时间里在最为知名的艺人中间，而且是在他们眼前所创作的大量乐章，最后，还包括那部叫《风流诗神》的歌剧，以及那部叫作《乡村卜师》的歌剧，此外还有我特意为菲尔小姐所创作的，同时由她在宗教音乐会中表演过的那首经文歌，以及我因为这种艺术而与最为知名的大师们一同展开的多次会议，这所有的一切仿佛全都可以抑制此种质疑的出现抑或是打消此种质疑。然而，即使是在舍弗莱特，此种质疑依然存在，甚至于埃皮奈先生同样抱有如此的想法。我假装并未意识到这一点，承诺为他创作一首经文歌，以用在舍弗莱特小教堂的取名庆典上，同时让他自由决定，向我提供出一份歌词。他将此事交由他儿子的那位名叫里南的老师去做。里南便将这些符合主题的歌词加以整理并交给我，一个礼拜过后，经文歌便谱写完成了。此次的怨恨之情便是我的阿波罗，在我手中从未出现过比这更为雄浑的乐曲。歌词是以 Ecce sedes hic Tonantis① 几字开头的。② 音乐一开始的华美氛围刚好和歌词相匹配，继续下去，整个乐曲的音调之美便吸引了众人的注意力。由于我习惯于使用大乐队，于是埃皮奈便集结了最为出色的合奏乐手。当那位名叫白鲁娜夫人的意大利歌手表演经文歌时，伴奏配合得非常出色。由于这首经文歌太过优秀，因此之后便被拿去在宗教音乐会上进行表演，虽然有人在暗地里使坏，同时演奏水平无法配得上音乐，但却依然赢得了两次热烈的掌声。我再次为埃皮奈先生的生日创作了一个半正半哑的剧本提纲，埃皮奈夫人便遵循我的本意创作出来，音乐依然是我谱写的。格里姆刚一抵达，便听闻了我在和声方面所取得的成就。一个钟头以后，大家便不再谈论此事了；然而依照我所了解到的，其他人至少早已不再有所质疑，不再询问我会不会写曲了。

原本我早已不怎么乐意待在舍弗莱特了，然而当格里姆一出现，由于他那我从未在其他人身上看到的趾高气扬的神态，以至无法想象出来，因此便越加让我无法继续待在那里了。他抵达的第一天，我便被赶出我所居住的那间贵宾室，这间房与埃皮奈夫人的房子紧紧相挨，它被安排给格里姆居住了，至于我则

① 拉丁文，意思是"这里是雷神居住的地方"。
② 后来我才知道，这个歌词原本是桑托伊作的，里南先生占有了它。——作者原注。

单另为我安排了一间较远的屋子。"这实在是人们所说的后来者居上。"我笑着告诉埃皮奈夫人，她看起来略有些难堪。由于我听闻在我搬出的那间房与她所住的那间房之间存在一扇暗门，因此当天夜里我便对如此安排的理由更为了解了，至于那扇暗门，之前她始终觉得没有指给我看的必要。不管是在她家中抑或是社会上，她与格里姆之间的关系无人不知，她丈夫同样了解；只不过，虽然我是她的知心人，虽然她向我说过一些更为至关重要的秘密，而且晓得我这个人是值得信赖的，但她却不愿意向我坦承此事，自始至终坚决地加以否认。我明白这种隐瞒态度的根本在于格里姆，他知道我的所有秘密，但却不想让我对他的任何秘密有所了解。

由于我自身并未褪去的旧情与他本人所具备的一些真实的优点，因此那个时候我依然对他抱有一丝好感，然而这一丝好感却同样无法经受得住像他那样的竭尽全力的摧毁。他为人处世的作风彻底如同蒂非埃尔伯爵①一般，他完全不屑于对我施以礼遇，同时并未向我询问只言片语，并且当我讲话时他甚至都不愿理会，如此一来，没过多久我便同样不与他交谈了。他在各个地方都抢先，在各个地方都霸占首位，自始至终没有将我放在心上。倘若他没有成心摆出那副让人尴尬的模样，这反而还能接受。然而，人们只需通过万千事例中的一个便能就此判定他是一个怎样的人了。一天夜里，埃皮奈夫人略感不适，便命人往她的房中送些饭菜，她走上楼打算在自己的火炉旁进食。她让我与她一同上楼，我便随着她走了上去。格里姆随后也上来了。小桌子早已放好，仅有两套餐具。饭菜被端了上来，埃皮奈夫人坐在火炉一侧。格里姆先生便拿着一把扶手椅坐在了火炉的另一侧，将那张小桌子拖到他们两个人之间，铺好餐巾，便开始吃饭，甚至并未和我说一句话。埃皮奈夫人的脸色泛红，为了迫使他修正自己的那种野蛮举动，便打算将她本人的位置让与我。至于他呢，并未对我讲一句话，甚至连看都不看我一下。既然我无法接近火炉，便打算去房中来回走动，等候佣人再为我拿来一套餐具。他便让我在桌子远离火炉的那一侧享用了晚餐，并未对我表现出丝毫的客气。他并未顾及我的身体状况不是很好，同时我要比他年长，与这家人的往来要早于他，而且是我介绍他来到这里的。如今他身为女主人眼前的红人，理应更加对我以礼相待啊。他在其余场所对我表现出的态度与此事完全相同，他不仅彻底将我视为比他低一级的人，他实在是将我视为零。面对如此的态度，我实在无法从中看出那个当年在萨克森-哥特的储君家中以博我一顾而深感荣幸的读书人了。一方面他拥有如此深邃的沉默以

---

① 蒂非埃尔伯爵，德图什的喜剧《自命不凡的人》中的角色。

及这种欺辱人的自负神态，另一方面他却又当着他所知的与我存在友情的人的面，吹嘘他对我抱有多么深厚的友情，这两者如何能和谐共存呢？坦白讲，他之所以显得友善，仅仅是想怜悯我的贫穷，同情我的命途多舛，同时想哀叹几下罢了；至于我本人则是听天由命的，根本不会因为贫穷而有所埋怨。根据他所讲的，他打算友善地照料我，但我却冷酷地谢绝了他。他便是通过如此的手段来让人们称赞他的热心与无私，责备我的以怨报德的愤世情绪，他便是通过如此的手段来让人们在潜移默化之中觉得在像他这样的保护人与像我这般的悲惨者之间，仅仅存在那一边施舍、这一边感谢的关系，完全无法预料到，纵然如此的关系有可能存在的话，在其中间依然存在一种公平的友情。从我的角度而言，无论如何我也无法找出一件事可以让我对这个新任的保护人心存感念。我曾借钱给他，但他却从未借钱给我；他患病之时，我照顾过他，然而我的数次患病，他却几乎没有来探望我一下；我向他引荐了自己的所有朋友，但他却从未向我介绍过他的哪怕是一个朋友；我曾尽我所能地宣传他，至于他呢，倘若他同样宣传过我，只不过并非是如此公开的，并且所采取的方法也截然不同。他从未对我有丝毫的帮助，以至于并未对我讲过打算帮助我。他怎可能会是我的麦西那斯呢？我怎可能会是受他保护的人呢？对于这一点，我之前无法想清楚，如今依然无法想清楚。

固然，他对每个人都表现得高傲，只不过是程度方面有所区别罢了，然而他对任何一个人也都没有如同对待我时所表现出的那种高傲到粗鲁的程度。我依然记得曾有一次由于格里姆在一桌子人面前说圣朗拜尔扯谎，粗鲁地告诉他："这并非是真话。"在他这种生而就有的蛮横语气上，他同时增加了一个暴发户的自负，以至于蛮不讲理到令人耻笑的地步，正因如此圣朗拜尔差一点将面前的菜盘子扔到他的脸上。他与富贵之人交往所带来的后果，居然让他丧失心志，唯有最蛮不讲理的富贵之人才可以展现出的架子，他本人同样模仿着摆出来。他呼喊自己的佣人，向来只会喊一声"喂！"便如同佣人非常之多，老爷不晓得是谁在值班似的。他使唤佣人去购物时，始终不会将钱递到他的手中，反而是扔在地上。总而言之，他彻底忽略了佣人同样是人，无论何事，始终将他鄙夷得如此让人尴尬，厌恶得如此厉害，以至于那个不幸的孩子——他的为人非常优秀，是埃皮奈夫人向他推荐的——最终辞职离开了。这个孩子毫无其他任何的埋怨，唯独对如此的待遇有所抱怨，他无法继续加以忍耐：他变成这个新任的"自视清高的人"的拉·弗勒尔①。

---

① 拉·弗勒尔，德图什的喜剧《自命不凡的人》中的角色。

他生来便有两只污浊不清的大眼睛，一副松垮的满是皱纹的面孔，尽管如此却依然热衷于虚荣，同时又妄自菲薄，甚至于依然对女人垂涎三尺呢；自从与菲尔小姐惹出那次闹剧之后，居然在很多女人眼中变成一个多情之人了。从那以后，他开始学习时尚，形成了如同女人一般的洁癖：他将本人视为美男子，梳洗变成了头等大事。所有人都晓得他是涂粉的，对此一开始我并不相信，但是由于我不仅看到他的肌肤变得好看，甚至在他的梳妆台上看到过粉盒，因此便相信了。一天清晨我去他房中，发现他正用一个特意制作的小刷子涂抹指甲，他在我面前看起来非常得意。我在那个时候认定，一个人若是可以每天早上花费两个小时来涂抹指甲，便非常有可能花费一些时间来将肌肤上的沟壑通过粉末加以填充。那位心地善良的果弗古尔并非是尖酸刻薄之人，但却非常滑稽地为他起了一个"粉面霸王"的外号。

　　以上所表述的这一切全都只不过是一些幽默的小事，然而却和我的个性太不相符了。这类事情最终导致我对他的个性有所质疑，我非常难以确信一个昏头昏脑到如此境地的人，竟能将心眼儿摆在正中央的位置。他动不动便会吹捧自己的内心是何其柔软，情感是何其热烈。至于他的那些缺陷全部是弱小的心灵才会具备的，如何能与他所吹捧的这一切相匹配呢？一颗敏锐的心灵始终会因外部事物而激情四射，如何能让他持续不停地忙着为他本人那副弱小的身躯付出如此之多的不值一提的照顾呢？我的上天啊！真正感觉到自己的内心被神圣之火所点燃的人，始终会想方设法地倾诉自己的内心，想要将满腔的内容展示给他人。这种人恨不能将自己的心取出来摆在脸上，他根本不会考虑丝毫的粉饰与装扮。

　　那个时候，我再次记起埃皮奈夫人先前对我说的他的道德准则，同时是他在实际中践行的。这个准则仅有一条：人的唯一任务便是可以在所有事上全都自得其乐。尽管那个时候我依然将如此的道德格言仅仅看作是一种玩笑话，但当我听见时却依然会产生无尽的慨叹。然而没过多久我便发现，这个准则彻彻底底便是他的行为原则，同时之后所遭遇的如此之多的让我吃亏的事情全都能够证实这一点。这同样便是狄德罗不知向我说了多少回的那些神秘教规，然而他从未向我加以说明。

　　我再次记起了很多年以前人们反复告诉我的那些告诫，说此人为人虚荣，说他只知道装模作样，尤其是告诉我他对我没有好感。我记起了若干个从弗朗格耶先生与舍农索夫人那里听来的小故事，这两人全都没有多么看得上他，并且他们理应对他的人品有所了解，这是由于舍农索夫人是早已去世的弗里森伯爵的知己罗什舒阿尔夫人的女儿，而且那个时候弗朗格耶先生与波立尼亚克子爵之间有着极为密切的往来,格里姆打算在王宫区域站稳脚之时,便在那里居住了很长时间。格里姆在弗里森伯爵去世之后所表现出的那种伤心欲绝的样子,整个巴黎全都晓得。这是由于他打算维持自己在遭受菲尔小姐的严苛对待以后所赢得的那些名望,如此的名望,倘若那个时候的我并非如此莽撞的话,必定会将这之中的谎言看得比其他人更为明了。他被人强行拖拽至加斯特利公馆,在那个地方矫揉造作得煞有介事,实在是痛不欲生。每天清晨他会去花园中放声大哭,以被眼泪浸湿的手帕遮挡住双眼,一看见公馆的房屋便止不住地哭泣,然而刚一拐过一道小路,他便立即将手帕塞入口袋,拿出一本书开始阅读。如此的情形出现过很多次,没过多久便在全巴黎传播开来,只是不久便被遗忘了。我本人同样将它遗忘了,然而有一件与我相关的事却刚好让我再次记起它来。当我住在格勒内尔路时,因为病重而躺在床上快要死去,那个时候他待在乡村,某天清晨他气喘吁吁地跑来探望我,并且告诉我他刚刚从乡下赶过来,然而没过多久我便了解到,其实前天晚上他就已经抵达,甚至于有人发现他当天在戏院呢。

我记起了许多诸如此类的事情,然而有一点留给我的印象最为深刻,我本人同样疑惑为何如此之晚才有所察觉。我将自己的全部好友无一例外地介绍给格里姆,他们全都与他成为朋友。那个时候我与他如影随形,实在不愿有哪一户人家是我可以进入但他却无法进入的。唯有克雷基夫人不愿意款待他,于是我便自此不再去探望她了。格里姆本人同样结识了一些其他朋友,有些是依靠他自己的关系,有些则是依靠弗里森伯爵的关系。在这所有朋友中,并未有一人在之后与我成为朋友。他从未对我说过一句,劝说我起码与他们彼此认识一下;同时那些我曾偶尔在他家中碰到的友人中,同样从未有一个人对我展现出任何的好感。甚至是弗里森伯爵亦是如此,而且他在伯爵家中居住,所以倘若我可以与伯爵稍有交往,自然会感到非常开心。弗里森伯爵的那位名叫旭姆堡伯爵的亲戚,同样并未对我表露过好感,而格里姆与旭姆堡伯爵之间交往得更为随意一点。

我的那些朋友在与他结识以前,每个人全都非常坦诚地对待我,然而他们自从与他结识之后便显著地改变了心意。他从未将自己的任何一个朋友介绍给我认识,然而我却将自己的朋友全部介绍给他结识了,但是最终他将我的朋友全部抢走了。倘若这便是友情的结果,那么仇怨的结果又会是怎样的?

狄德罗在一开始曾数次告诫我,说虽然我是如此信赖格里姆,但他却并非是我的朋友。之后当他本人同样不再是我的朋友了,他便不再这样讲了。

之前我并未依靠任何人的帮助,而独自解决我的那些孩子。但是我却将此事对我的朋友们说了,唯一的目标便是想让他们了解此事,以便让他们不要将我看得比实际中更为优秀一些。这里所提及的朋友共有三人:狄德罗、格里姆以及埃皮奈夫人;杜克洛是最有资格聆听我倾吐隐私的人,但却又是唯一一个我并未告知这个隐秘的人。只不过他却知晓了我的这个秘密;是哪个人透露给他的呢?我一无所知。如此忘恩负义的事情几乎不可能是埃皮奈夫人说出去的,这是由于她了解,倘若我是那样的人,同样会模仿她忘恩负义的,如此我便有法子残忍地向她施以报复了,余下的唯有格里姆与狄德罗了,那个时候他们两个人在许多事上全都臭味相投,尤其是针对我,所以非常有可能是他们两个人共同谋划的。由于我并未将自己的秘密告知杜克洛,所以他拥有走漏秘密的自由,然而他却是唯一一个替我保密的人。

当格里姆与狄德罗谋划从我身边将两位女总督拉拢过去时,也曾竭力想要将杜克洛拉下水,然而他自始至终以嫌恶的态度谢绝了。我只是在事后才从他口中了解到他们两人在这个问题上的来龙去脉;然而,我在当时早已从戴莱丝口中略有耳闻,能够让我充分地意识到在这所有的活动之中潜藏着别有用心的密谋,意识到他们是打算控制我,纵然不是违背我的意志,起码也会欺瞒住我;再或者,他们是打算通过这两个女人来达成什么密谋。所有的这一切必定是不正直的,杜克洛的不赞成便无可厚非地证实了这一点。哪个人打算相信那是因为友情,便让他如此相信吧。

无论是在家中还是家外,这种人们口中所说的友情全都让我一样地不幸。因为这些年以来他们与勒·瓦瑟太太之间所反复进行的密会,从而让这个女人对我的态度有了明显的改变,至于如此的变化,自然是不会有益于我的。他们到底会在这种无法捉摸的密会中谈论些什么呢?为何会如此秘而不宣呢?难不成这位老太婆的话语会那样有趣,以至让他们如此喜欢吗?抑或是有如此严重,值得这么严加保密吗?这样的密会持续了三四年之久,一开始我认为这是非常滑稽的,然而此时我再思考一番,便逐渐感觉到惊讶。倘若当时我能知道那个女人在为我谋划着些什么话,这种惊讶便可以发展至惶恐不安的境地的。

虽然格里姆在外吹牛说自己对我有多么热情,如此的热情与他对我所表现出的态度是非常难以共存的,不论从哪个方面,我都未能从他手中获得一丝有益于我的东西;他谎称对我所表现出的那种仁慈之感,几乎并未对我产生好处,反而有害于我。由于他竭尽全力地污蔑我的名声,告诉他人我是一个糟糕的抄缮者,因此我所确定的那个工作的财路被他断绝了:我认可他在这一点上的真实性,只不过他并没有资格来讲这个真话啊。他本人重新找到一位抄缮者,但凡是他可以抢走的顾客,便从我身边一个也不落下地全都抢走了,他便是如此证实他所讲的话并非是玩笑话。实在可谓是他的目的在于让我依赖于他，依赖于他的作用才可以生活，同时打算将我的生活来源断绝得干干净净，不将我逼至他的那条道上，便誓不罢休。

将这所有的一切加以归纳后，最终我的理智让我原本依然为他说情的那一丝自以为是再也无法发声。我觉得起码他的个性是非常值得怀疑的，在我看来，他的友情必然是虚伪的。因此，依据很多毋庸置疑的事实，我决定不再与他见面了，同时将这个决定告诉了埃皮奈夫人；然而如今我将那些事实全部遗忘了。

她竭力反对我所做出的这个决定，然而却不晓得如何应对我所摆出的理由。那个时候她还未与他沟通。然而次日，她并没有亲自向我说明，只是将一封由他们两个人一同草拟的非常绝妙的信交给我，她通过这封信来为他进行辩解，说所有的一切全都是因为他所拥有的那种拘谨的个性，但却对详尽的事实只字不提，同时觉得我质疑他对朋友忘恩负义是一种罪行，督促我与他重归于好。这封信（详见甲札，第四八号）让我有所动摇。之后我们再次进行了交谈，相较于第一次交谈，我认为这一次她略有准备，因此此次谈话中我彻底被她击败了：以至于我相信或许是我判断失误，倘若真是这样，那我便是对一位友人做了极不公平的事情，理应赔罪道歉。简单而言，我便如同之前早已对狄德罗与霍尔巴赫男爵多次所表示过的那样，勉强地做了我原本有资格要求对方做的所有想要和解的表示；我似乎便是另外一个乔治·唐丹[①]，在格里姆身边，为他施加于我的污蔑而请求获得他的宽恕；心中始终存在这样一个荒谬的想法，以为只要你表现得温婉和气，世间便没有无法解开的仇怨，便是这个荒谬想法，让我在这一生中不知在自己的那群虚伪的朋友面前做了多少委曲求全的事。实际上，恰好与此相反，当坏人的怨恨之心越是无法找到怨恨的原因便越发猛烈，越是认为他们本人有错时便越发憎恨对方。我无须脱离我本人的经历，便能从格里姆与特龙香两人身上找出这个结论的极其强劲的证实：他们之所以成为我的两个势不两立的仇人，彻底是因为他们本人的兴致、喜好，完全无法找出我对他们两个人存在任何的有愧之处。[②] 他们的愤怒日益激增，如同猛虎一般，越是易于出气，怒火也便越大。

---

① 乔治·唐丹，莫里哀同名喜剧中的主人公，身为农民的他娶了豪门的女子为妻，妻子和她的情夫总是惹他生气，他还要向他们道歉。

② 直到特龙香公开和我为敌，并在日内瓦和其他地方对我进行迫害之后很久，我才叫他"走江湖的"。不久之后，我看到我已经成了他的牺牲品的时候，就取消了这个绰号。我的心中是不会存在卑鄙的报复和仇恨的。——作者原注。

原本我认为面对我所表现出的如此卑躬屈膝的求和意愿,格里姆会因不好意思而张开两只胳膊,以最诚挚的友谊来迎接我的到来。谁曾想到他便如同罗马皇帝一般迎接我,摆出一副我这一生都未曾看到过的骄横自大的神态。面对如此的迎接,我根本没有丝毫的准备。当我以如此不合适的角色,深感难堪,扭扭捏捏地以只言片语表明来意以后,他不仅并未对我施恩恕罪,反而开始明目张胆地诵读他提前准备好的那个长篇告诫,这篇告诫中列举了无数他所具备的罕见的美好品德,尤其是在结交朋友方面。他花费了很多时间来重点解释一件让我感觉诧异的事,那便是:他的朋友自始至终是不会抛弃他的。他在那个地方说明着,我则在心中暗想:倘若我变成这个规律的唯一一个特例,那才会让我感到心痛不已呢。他一个劲儿道貌岸然地反复说着,难免让我记起,倘若他在这方面果真是合乎心意地办事的话,那么他便不会如此强调这个警句了,其实他仅仅是将这个警句看作是往上攀爬的手段而已。直至那个时候,我也如同他那样,始终维持住全部的朋友;自我童年时期开始,我便没有丢失一位友人,除非他去世,只不过直至那时,我完全没有对此有所重视,也并未将此视作一个用以自律的准则。如此一来,既然这是双方所共有的一个优点,倘若不是事先就打算将我的这一优点掠夺掉的话,他又何须如此乐此不疲地自我吹捧呢?之后他又一门心思地打算让我出丑,摆出一些证据以此证明我们的共同好友全都喜欢他而并不喜欢我。对此,我反而如同他那样了解,朋友们确实存在如此的一种偏爱;关键在于为何他得到了如此的偏爱,是因为德才兼备,还是因为工于心计?是因为提升了本人的名声,还是因为竭尽全力地贬毁我?最终,在他肆意哄抬自己而贬毁我,让我意识到他将施与的宽恕难以到来时,他大方地向我施与一个和解之吻,静静地给了我一个拥抱,便如同君主拥抱新就任的骑士一般。我似乎从云巅跌落下来,瞠目结舌,不晓得该讲些什么。这全部的一幕便如同教师批评小学生,宽恕他免挨鞭子似的。每当我回忆起这一幕,始终会不由自主地觉得:从外形来加以判断是如此轻易便能被欺骗,而平庸之人又是如此看重这种从外形所做出的判断啊!我同样意识到,有罪之人肆无忌惮、骄傲自大,而无辜之人却满面惭愧、惶恐不安,这又是何其普遍的事啊!

　　我们终得以重归于好;由于任何的纠纷反目全都会让我的内心苦不堪言,因此这对我的内心而言,终归是减轻了一个重荷。你们自然可以预料到,类似这样的重归于好是无法让他的态度有所转变的,它只不过是撤销了我对他的态度的控诉权罢了。因此我便决定忍耐所有,不会再有任何言论了。

　　因为如此繁多的苦闷接连出现,所以我终因苦闷而丧失了自控力。圣朗拜尔并未回信,乌德托夫人也与我渐行渐远了,我没有胆量再去对任何一个人坦诚相待,因此便逐渐感到恐惧,担心以友情作为内心的偶像,会将这一生全都耗费在对于一些幻影的无用追逐上。历经此次考验以后,在我全部的知己中,唯独两人依然留有我对他们的全部敬佩,让我的内心依然可以加以信任:一位是杜克洛,当我搬至退隐庐之后,便没有获得有关于他的任何消息;另外一位便是圣朗拜尔。我认为倘若我打算对圣朗拜尔赔罪,最佳的方式莫过于将积压在我心中的事全部毫无隐瞒地告诉他,因此我便决定在不拖累他伴侣的前提下,向他忏悔所有的一切。我并没有质疑我所选定的这个方法依然是旧情所设下的一个圈套,目的在于让我可以与她离得更近一点;然而另外一方面,这同样是我的诚心诚意:我恨不能毫无顾虑地投入她的情人的怀中,彻底地采纳他的建议,将我的坦诚提升至尽可能抵达的境界。正当我写信给他并确信准会获得他的回复时,突然听闻一个消息,从中了解了他之所以并未回复我的第一封信的缘由。原因是他未能承受得住自己在那次战役中的辛劳。埃皮奈夫人对我说,他刚刚染上了瘫痪病,至于乌德托夫人本人同样最终忧郁成疾,无法马上向我写信。两三天过后,她从巴黎——那个时候她身处巴黎——向我发来通知,他早已被送至亚琛去沐浴矿泉浴了。我毫无胆量断言这个悲伤的讯息曾让我如同她一般痛不欲生,然而我不相信我内心的悲伤会逊色于她所拥有的忧虑与悲伤。我为他患病至如此境地而感到伤心,同时担忧他的疾病或许是因为遭受了心神不定的影响,便感到更为悲伤了,如此的心境要比我之前遭遇的所有更加撩动我的内心;同时我悲痛地意识到,我本人预计我简直毫无必需的能量来承受如此之多的烦闷。庆幸的是这个豪爽的朋友并未让我长时间地陷入如此的烦闷中,尽管他患病了,但却并未将我遗忘,没过多久我便从他本人所写的信中得知,我将他的情绪以及病况预估得太过糟糕了。然而如今理应讲述我的命运大转变了,理应表述那次将我的一生划分为两个完全不同的阶段的大灾难了,这个灾难因为一个不值一提的原因,竟然造成了如此恐怖的结果。

让我始料未及的是,埃皮奈夫人于某一天差人过来找我。由于平日里没有谁会比她更加擅长控制自己的脸部神情与举动,因此当我看到她所表现出的与众不同的惶恐神态后,便格外留意。"我的朋友,"她告诉我,"我打算去日内瓦;我的胸部不是很好,身体状况太过糟糕了,不得不将所有的一切全部丢下而去寻找特龙香,请他为我诊治一番。"当时恰值入冬时节,这个打算来得太过突然,让我感到非常诧异,尤其是我与她分离才三十六个钟头,她在当时完全未曾提及此事。我便询问她打算将谁带过去。她告诉我她打算带自己的儿子与里南先生一同前往,接着她便心不在焉地补充了一句话:"同时包括你,我的狗熊,你不打算一同前往吗?"由于她明白在即将来临的这个季节中,我甚至从未出过房门,因此我并不相信她是在一本正经地说话,于是我便开玩笑说道,让患者护送患者并无多少用处。她本人看起来同样并非是真心实意地说出这个提议,因此便不再加以讨论了,我们仅仅探讨了一下她的旅行预备工作。她正忙着收拾,打算半个月后起程。

无须具备太多观察力,我便可以察觉到,在此次旅行中有个背着我进行的秘密目的。这个家中除了我以外其他人全都知道这个秘密;并且次日戴莱丝便察觉了这个秘密,①是那位名叫台歇的总管家透露给她的,而台歇又是从贴身女佣口中获知的。既然这个隐秘并非是埃皮奈夫人亲自对我说的,我便毫无替她保密的责任。尽管这样,然而这与那些将它传入我耳中的人的关联太过深厚了,我无法将它与那些人分割开来,所以,我打算不再提及此事。然而由于埃皮奈夫人社交圈中的所有人全都晓得这个秘密,因此尽管它始终不会从我口中或者是我的笔下泄露出去,但却已经被很多人知道了。

听闻此次旅行的真实目的后,我便意识到其中必定存在一只仇人的手在暗地里操作,让我担任起护送埃皮奈夫人的职责。然而由于她并未强行要求我,因此我便仅仅是暗自发笑,而并未将此看作是一件正经事;倘若我真的如此愚笨,充当了她的护送使者,我便才算是扮演了一个非常出色的角色呢。除此之外,我的谢绝反而让她获得了很多好处,这是由于她居然邀请到她的丈夫本人陪同她前往。

没过几天,我从狄德罗那儿收到一张如下转录的便条。这张便条寄到了埃皮奈夫人家中,委托她儿子的家庭老师、母亲的心腹里南先生转交于我,整个便条被非常随意地对折了一下,其中的内容轻易便能看到。

狄德罗的便条(甲札,第五二号)

命中注定我是会喜欢你同时会为你带来烦恼的。我听闻埃皮奈夫人将要前往日内瓦,但却并未听闻你会陪同她一起去。我的朋友,倘若你对埃皮奈夫人感到满意的话,你便理应陪她一同前去;倘若你对她并不满意的话,那么你更应该前去。你是否承蒙她的恩泽,感恩不尽呢?这刚好是一个机遇,可以让你偿还一部分债务,以此降低你的重荷啊。在你的这一辈子中,你还可以找到另外一个机遇来向她表示谢意吗?她是去往一个人生地不熟的国度了,便会如同从云巅坠落下来一般。她是一个患者,她同样需要具备一些文娱消遣活动。这可是冬季啊!我的朋友,请你自己看一看,你用自己身体不适为借口推辞,这个

---

① 埃皮奈夫人怀上了格里姆的孩子,要去瑞士生产。

借口或许远比我相信的要充实得多。然而你今日的身体状况是否要比一个月之前以及马上入春之后要更加糟糕一点呢？你于三个月以后再去旅游是否就一定会比今日更加舒服一点呢？倘若是我，我实话对你说吧，假如我无法乘车，我也必定会依靠一根棍子跟随着她。况且你不担心人家对你的举动有所误会吗？人家会质疑你要么是背信弃义要么是另有所图。我非常清楚，无论你做何事，你终归是有良心为证的，然而仅凭这一点证明便足够了吗？可以允许将他人的证明无视到如此地步吗？除此之外，我的朋友，我之所以向你写这样一个便条，是因为想要无愧于你，同时也无愧于我本人。倘若你对它没有好感，便用火将它烧毁吧，日后也无须再提及，便如同我从未写过这张便条一般。我向你问安，爱你，给你一个拥抱。

　　我一边看着这张便条，一边愤怒得瑟瑟发抖，两只眼睛犯晕，差不多无法将其看完，然而这却并没有妨碍我察觉出其中的把戏：狄德罗在这封信中隐含着一种语气，要比他在其余信中显得更加温柔、更加亲密、更加和气，在其他信中他顶多会将我称呼为"我心爱的"，差不多始终不屑于为我冠上"朋友"这个称呼。我非常轻易便能发现这张便条是如何迂回曲折地来到我手中的，信封上所写的地址、折叠的形式以及传达的情况早已非常愚笨地揭露出其中的坎坷了：这是他第一次，同时也是唯一一次通过这样的方式与我交流，因为之前我们相互间的书信往来往往都是以邮寄的方式，抑或是委托蒙莫朗西的信差代为转交。

　　等让我感到气愤的最初冲动可以允许我动笔时，我便赶紧向他草拟了如下的这封回信，马上将它从那时我所居住的退隐庐送至舍弗莱特让埃皮奈夫人查阅，同时在我莽撞的气愤之下，我打算将这封回信以及狄德罗寄来的那张便条一同，亲自念给她听。

　　我心爱的朋友，你既无法理解我对埃皮奈夫人的感谢之情是多么充沛，同时无法理解我对如此的感谢之情担负着如何的责任；你并不了解她在旅途之中是不是真的需要我，是不是真的愿意让我陪她一起去，同时你也并不了解我是不是有可能去陪伴她，并不了解我是因为什么缘由而无法陪伴她。我并不会不愿意与你探讨这一切的问题；然而，在开始探讨以前，你需要承认，如此断然地规定我理应做什么而并不在事先进行一番评判问题的准备工作，我敬爱的哲学家啊，这便是以纯粹的迷糊蛋的角色来发表观点。我认为这之中最为糟糕的便是，你的观点并非来自你本人。我的性情并不是很好，不想出现一个第三者或者是第四者谎称你的名义来对我加以控制；除了这些，我从这类迂回曲折之中发现了一些和你的坦诚不相匹配的秘密。在我看来，无论是对你还是对我，自此以后你最好少插手一些。

你担心人家因我的举动而对我有所误解；然而，我觉得像你那样的一颗心灵是不可能对我的心灵有所误解的。倘若我可以多像他们一些的话，那么或许其他人会将我说得更为优秀一点。希望上天庇佑我，无须去渴求他们的赞赏！便让那些恶人去偷窥我、瞎想我好了：我卢梭并非是畏惧恶人的人，你狄德罗同样并非是听信恶人的人。

倘若我不赞赏你的便条，你便想让我用火将它烧毁，自此以后不会再有所提及。你觉得来自你那儿的东西，人家便会如此容易忘却吗？我心爱的，你在向我施与痛楚时丝毫并未怜惜我的泪水，便如同你劝说我采用如此的休养方法时丝毫并未怜惜我的性命与健康一般。倘若你可以将自己的这个缺点加以改正，那么你的友情对我而言便会更加甜蜜一点，而我同样便不会如此不幸了。

当我进入埃皮奈夫人的房间时，我发现格里姆正待在她身边，对此我感到兴奋至极。于是我便将自己的这两封信大声念给他们听，义正词严到甚至是我本人都无法相信的境地，并且在读完以后又补充了若干句，丝毫并不逊色于读信时的架势。一个平日里如此懦弱的人，如今居然会拥有如此出乎意料的胆量。我发现他们两个人看起来全都无精打采，惊讶不已，无法回复一句话，我尤其发现那个趾高气扬的人将双眼望向地面，没有胆量与我闪闪发光的眼神正面相视。然而就在这时，他在内心深处早已起誓将我置于死地，而且我深信他们在分开以前，必定早已商定好将我置于死地的把戏。

几乎便是在此时，乌德托夫人将圣朗拜尔的来信（甲札，第五七号）交给了我，信上依然标明是在沃尔芬毕台尔所写，日期是他患病之后的几天，原来我的信件在路上耽误了这么长时间。由于这封回信满含敬重和友谊，赐予了我胆量与能量，让我可以做到不有愧于他所给予的这种敬重和友谊，因此它给予了我些许此时我所异常渴求的抚慰。从这时开始，我便恪尽职守。然而话又说回来，倘若圣朗拜尔并非如此善解人意，并非如此慷慨大方，并非如此憨厚老实，那我必定早已坠入万念俱灰的境地了。

季节开始变得糟糕起来，所有人全都逐渐远离乡下。乌德托夫人向我告知了她准备过来道别的时间，同时约我在奥博纳相见。这一日恰好便是埃皮奈夫人从舍弗莱特前往巴黎去完成她的旅途预备工作的日子。庆幸的是她是在清晨出发的，我将她送走之后依然还有空闲去和她的小姑子一同享用午饭。我将圣朗拜尔的回信塞在口袋中，一边走一边看了好几次。这封信抑制了我再次出现怯弱症的毛病。我决定自此以后仅将乌德托夫人视为我的朋友以及我的朋友的伴侣，同时我也这样做到了。我与她面面相对地一起共处了四五个钟头，内心感受到一种意味颇丰的宁静，纵然以享受来说，如此的宁静同样要比我直至此时在她身旁所感受到的那一阵阵兴奋要出色无数倍。她深知我的内心并未改变，因此非常能够察觉到我为了控制自己而进行的努力，于是便分外尊敬我，至于我同样欣慰地意识到她对我友谊丝毫并未减弱。她对我说，过不了多久圣朗拜尔便会返回，尽管他的身体早已基本康复，但却毫无力气再去承受战争的苦痛了，因此正在办理复员手续，以便平平淡淡地在她身旁生活着。我们两个人协商了日后我们三人密切共处的完美打算，同时我们期望这个打算可以永久地持续下去，这是由于它的根基是一切可以将多情且耿直的内心结合在一起那类情感，同时我们三个人具备充实的才华与学识，能够自力更生，无须外界的丝毫救助。哎！我陶醉于如此的幸福生活的期望之中，竟然完全并未预料到那正在静候着我的现实世界。

随后我们便提及我在那个时候与埃皮奈夫人交往的情形。我将狄德罗的信与我的回信交给她看，我将这个问题的所有来龙去脉全部详尽地告诉了她，同时向她表达了我准备搬离退隐庐的决定。她竭力表示反对，她所摆出的原因在我心中全都占据了至高无上的威严。她告诉我自己是如此渴望我能够一同前往日内瓦进行此次旅行，原因是她早已料想到，一旦我谢绝，其他人便会同样将她拉入其中。对于这一点，狄德罗似乎早已在心中有所预知了。但是因为她与我本人一样深知我的缘由，于是也就不再继续纠缠；只是她极力督促我要毫无顾虑地避免惹出事情，务必要找到一些可以说得过去的缘由来掩饰我的谢绝，以免让别人胡思乱想，觉得她在这之中有何瓜葛。我告诉她，她对我提出的要求并非如此轻易便能做到，然而，既然我决意不惜将声名作为代价来弥补我的过失，因此只需是在名声所允许的范畴之中，自然会想将她的名誉摆在首位。过不了多久便能发现，我曾经是否践行了这个承诺。

我那倒霉的激情在当时并未有所降低，对此我可以对天起誓，我从未如同那天一般，将我的索菲喜欢得如此炽热，如此亲密。然而，圣朗拜尔的信件、责任心以及对忘恩负义的举动的厌恶给予了我如此深刻的印象，以至在此次见面中，我的感官自始至终可以让我在她身旁维持安宁，从未打算亲吻她的手。分别之时，她便在自己的佣人面前给了我一个拥抱。不同于我之前在树荫下偶尔偷偷给予她的那些亲吻，对我而言，这个亲吻变成了一种可以让我再次恢复自我管控力的担保：倘若我的内心可以有空闲在平静中得以坚定的话，那么我差不多可以说，过不了三个月我便能完全康复。

此处为我与乌德托夫人的个人关系画上了一个句号。对于如此的关系，任何人全都能遵从他本人的心理倾向来从表层加以判断，然而在这个关系中，这个动人的少妇在我身上所产生的那种兴奋,或许任何人都未曾体验到的那种最为猛烈的兴奋,因为双方出于责任、出于荣光、出于爱情、出于友情而付出的少有的悲伤的代价,将会在天与人之间,永久地受到人们的敬仰。我们两个人全都在彼此的眼中将自己看得太过重要了,无法轻易自暴自弃。除非一个人没有资格拥有他人的丝毫敬仰,才愿意丧失如此珍贵的敬意;我们的激烈情感是极有可能让我们犯下罪行的,只不过正是由于它是激烈的,才制止我们去犯下罪行。

便是如此,我与这两位女性——其中一位,我曾与她维持了如此之久的友情,至于另外一位,我曾抱有如此激烈的爱恋——在一天之中全都先后珍重道别了:一位道别之后便终身无法再见面了,另一位道别之后仅仅再见过两回,至于是在如何的状况之下,等下文我再加以说明。

她们离开以后,由于我要承担如此之多迫切而又彼此冲突的责任——这些全都是我之前做事时因为不谨慎而惹出的后果,因此我感到异常难堪。倘若我在合理的情况之下,在此次日内瓦之旅被人提出而又被我谢绝以后,能够尽情地平平稳稳地待下去,便再也无话可说了。然而我早已愚笨地将日内瓦之旅弄成一件无法就此结束的事,除非我搬离退隐庐,不然日后便务必要进行再次说明;然而我又早已和乌德托夫人约好,不会搬离退隐庐,起码暂时不会搬离。并且,她之前又要求我在自己的那些友人面前解释一下我谢绝此次旅行的缘由,免得其他人认为是她教唆的。只不过倘若我讲出真实的缘由,便不得不对埃皮奈夫人有所侮辱了。谈及埃皮奈夫人为我付出的所有,我自然需要对她心存感念。冥思苦想,我意识到我正经受着如此严苛的,但却无法逃避的抉择:要么是有愧于埃皮奈夫人,要么是有愧于乌德托夫人,再不然的话便是有愧于我本人了;我选择了最后这个方法。我以一种无私奉献的精神,果断地、完全地、坚定不移地选择了这个方法,必定要将那些将我逼至如此困境的过失刷洗干净。我的对手曾绝妙地利用如此的付出,而且或许他们早已静候着,最终致使我名誉扫地,同时因为他们所采取的行动,将社会上对我抱有的敬意全部消除干净了;然而它却让我恢复了对自己本人的敬仰,而且让我在自己所遭遇的各种各样的苦难之中获得抚慰。人们将能发现,这并非是我第一次付出如此的代价,同样并非是他人最后一次利用我的付出来攻击我。

从表面上来看,格里姆是唯一一个与此事毫无瓜葛的人,于是我便决定跟他申诉。我写了一封长信寄给他,解释将此次日内瓦之旅看作是我的一种责任,难免过于滑稽,我在整个旅途中不仅会对埃皮奈夫人没有一丝帮助,而且会为她惹来祸事,旅行最终又会为我造成各种各样的不便。在这封信中我还不由自主地想让他意识到，我深知这之中的内幕，人们觉得我理应进行此次旅行，但他本人却从中逃脱，其他人甚至都不愿提及他，这让我感到非常古怪。在这封信中，由于我无法清楚地道出自己的理由，便往往不得不闪烁其词，因此在社会大众的看来，我会存在许多不足之处。然而，这封信对如同格里姆那般理解我的弦外之音同时完全理解我的举动的人而言，是十分委婉的。我并不畏惧再增加一个对我无益的臆想，假设其他朋友也抱有与狄德罗一样的看法，以此示意乌德托夫人也曾抱有如此的看法——这一点反而是千真万确的，只不过我并未提及乌德托夫人在聆听了我的理由之后便改变了看法。我若想让她从中解脱出来，不让别人质疑她曾与我串通，最佳的方式莫过于在这一点上对她表现出愤怒。

最终这封信以对他表现出的莫大信赖画上句号，任何人全都会对这样的信赖为之动容；这是由于我诚挚地恳求格里姆在衡量我的缘由以后将他本人的看法见告，同时清楚地向他表明，无论他给出怎样的建议，我全都会一一遵照。纵然他给出的建议是让我一同前往，我的内心也确实想要遵照他的建议去做；既然埃皮奈先生本人陪同他的夫人一同旅行，倘若我也一同前去，事情的本质便截然不同了，而且在这之前，人家原本就打算将这个任务交给我，只不过是在我谢绝以后才请他过来。

我等待了很长时间，才收到格里姆的回信；这是一封非常古怪的信。我将它（参见甲札，第五九号）附录如下：

埃皮奈夫人出发的日期延后了；由于她的儿子生病了，因此不得不等他康复。对于你的来信，我将慢慢加以权衡，你便在自己的那间退隐庐安心静候吧。我会及时将自己的看法告知你。既然她这几日必然不会启程，则无须焦虑。如今，倘若你觉得恰当的话，可以告诉她你心甘情愿为她效力，然而我认为提与不提并没有太多的差别，这是由于我如同你本人一般非常了解你的状况，毋庸置疑她会对你的提议给出实事求是的回复：我觉得你如此做，唯一的优点便是你能在日后告诉那些督促你前去的人，你之所以并未一同前往，不是由于你并未毛遂自荐。除此之外，我不理解为何你一定要将"哲学家"称之为大家的代言人，为何他执意让你同去，你便就此认为你的全部朋友都抱有相同的看法。倘若你向埃皮奈夫人写一封信，那么你便可以用她的回复来驳斥你的那些朋友，你的内心不是迫切地想要驳斥他们吗？再见了。向勒·瓦瑟夫人与刑事犯①

① 勒·瓦瑟大爷的妻子对他非常严厉，他就称她为"刑事犯检察官"。格里姆将这个名字送给了他们的女儿戴莱丝，还简称为"刑事犯"。——作者原注。

问安。

当我在看这封信的时候,我深感诧异,惶恐不安地琢磨它到底是想表达什么,但却无论如何都研究不出来。为何!他不开门见山地回复我的信,却非要花费时间去加以权衡,如同他所花费的时间还不够一般。以至他同时告知我,让我暂且静候,如同有何深邃难解的问题需要解答一般,再或者,如同他所抱有的某种心思,务必要在透露之前,不让我有丝毫的察觉。如此的提防,如此的搁置,如此的神秘,到底想要表达何意呢?对他人的信赖便是如此回报的吗?如此的行为称得上是公正的、友善的吗?对于如此的行为,我非常渴望找到一个对他有益的说明,但却始终无法找到。无论他的企图是怎样的,倘若这个企图与我截然相反的话,他所在的位置是有利于他去达成的,而我所在的位置却让我根本无法进行制止。在一个显赫的亲王家中,他是个当红之人,同时社交圈广泛,在我们同在的交际圈中又有风行草从的趋势,所说的话便如同圣旨一般,按照他平日里的那种敏锐,极易发动他的所有机器。至于我呢,孤身一人待在我的退隐庐中,与世隔绝,毫无一人会替我出谋划策,我也毫无其他方法,只能静静等待,只能安安稳稳地住下去。然而,我写了一封极其委婉的信寄给埃皮奈夫人,同时提及她儿子的病况,只不过我并未落入他人的圈套,并未提议想与她一同前往。

那个心狠手辣的人将我扔入如此痛苦不堪的忐忑状态中,我似乎等了数百年之久。八天或者十天过后,我听闻埃皮奈夫人早已离开,同时我收到了他寄来的第二封信。这封信仅有七八行,我并未看完……这是一封断交信,只不过唯有心怀势不两立的人才可以写出如此的措辞,然而正是由于要极尽玷污之所能,遣词造句反倒显得愚笨了。但凡是他抵达的地方,他便不允许我前去,如同那里全都是他的诸侯国,一律不准我进入。对于他所写的这封信,只需在看的时候略微镇定一些,便难免会忍俊不禁。我并未将它收录,以至并未看完,便立即将它退回,同时另附了如下的信:

虽然这种疑虑是合理的,但我原本并不愿意对你有所疑虑。如今我将你彻底看穿了,遗憾的是为时太晚。

原来这便是你淡定从容加以权衡的那封信:由于它并非是为我而写,因此我将它退还于你。至于我的信,你完全能将它拿出来让全世界观摩,同时公开地憎恨我,如此做便会为你削减一种虚假的举动。

我告诉他能将我的上一封信公布出来,是用来针对他在信中的一段话,依照这段话,人们便能发现他在这一整个事件中采取了何其绝妙的诡计。

对不知来龙去脉的人来说,我早已讲过我的那封信的很多内容会让人抓住话柄。虽然他意识到这一点会非常兴奋,然而如何能将如此的一个有利之点加以利用而不使自己受到牵连呢?他将我所写的那封信公布出来,便会遭受肆意挥霍朋友信赖的指责。

为了能从如此的困境中得以逃脱,他便想出了用极其刻薄的方法来与我断交,同时在信中提到,他是怎样恩惠地保全我,并未将我的那封信拿给他人查看。我处于愤怒之中必定不会接纳他所假装出来的那种小心翼翼,必定会同意他公布我的信,对此他很早便已料到:这便正落入了他的圈套,所有的一切也便按照他所预设的那样达成了。他将我的信向全巴黎公开,任由他肆无忌惮地进行说明,但是,这类说明并未取得他所预料的全部成功。人们并没有觉得,他诱骗了我的一句话,容许他将我的信加以公开,他便可以免受众人的非议,不让人们谴责他如此草率地揪着我的一句话而加害于我。人们终归是要质问一番,从私人关系的角度上来说,我到底在什么地方有愧于他,竟可以让他抱有如此猛烈的怨恨。最终,人们依然认为,纵然我曾经做过有愧于他的事,让他不得不与我断交,只不过朋友之情虽然结束了,但他依然不得不对我所拥有的些许权利表示敬意。然而极其遗憾的是,由于巴黎人全都是浮躁的,因此当时所存在的各种各样的观点被遗忘了,并不在场的不幸之人同样被忽略了,至于在场的幸运之人,则让人心存敬畏。凶险的阴谋持续进行着,屡见不鲜,它那推陈出新的效果不久便让之前的所有全都消磨殆尽了。

以上便说明了此人如何在将我哄骗了这么长时间以后,由于他坚信,他早已将事情做到如此境地,便毫无必要再以假面示人,因此最终向我卸下了自己的假面。原本我还担心会对这个坏人不够公平,如今早已毫无如此的担忧,内心感觉畅快,便让他本人去反躬自省,自此以后也不愿再见到他了。我收到此信的一个礼拜以后,又收到了一封来自日内瓦的信,是埃皮奈夫人用来回复我的上一封信的(乙札,第一〇号)。看到她平生之中首次在信里采用那种语气,我便明白他们两个人确信自己所使用的计策是十拿九稳的,是彼此搭配在一起进行的,并且,既然他们觉得早已将我推入山穷水尽之地,自此以后便能肆无忌惮地享受幸灾乐祸的快感了。

我的处境的确是最为凄惨的。当我发现自己的全部好友都离我而去,既无从知晓是如何渐行渐远的,又无从知晓是因何而渐行渐远。狄德罗依然自诩为我的朋友,而且是我所仅有的一个朋友,三个月前便承诺会来探望我,然而始终不见其身影。冬日逐渐让人有所感觉了。伴随冬季的降临,我的那些旧疾再次发作。尽管我的身体素质不错,但却无法承受如此之多的悲欢离合的打击,我已经精疲力竭,无法容许我再有丝毫的力量、再有丝毫的胆量去抵御任何事物。

纵然我有言在前，纵然狄德罗与乌德托夫人同样劝我在这个时候搬离退隐庐，然而我却不晓得搬去何处，不晓得如何能徒步走到将要搬去的地方。我在那个地方纹丝不动，无动于衷，既无法有所成就，又无法有所顾虑。一旦想起需要走路，需要写信，需要说话，我的内心便感到惶恐。只不过，除非我认可自己理应遭受她及其友人攻击我的各种各样的狠招，否则我无法不对埃皮奈夫人的信进行辩驳。我打算将自己的心情与决定告知她，丝毫并未有一刻质疑她会不因为人道、无私、礼仪以及我始终觉得她身上所具备的那些真心实意——尽管同样存在虚情假意，而急忙加以首肯的。我的信件内容如下：

一七五七年十一月二十三日，写于退隐庐

假如忧虑可以加害于人，我早已离世了。然而，最终我总算是下定了决心。我们之间的友情早已消失，夫人！只不过，早已消失的友情同样依然保留着些许的权利，我明白哪些理应是加以尊敬的。我绝对未将你施与我的那些恩泽遗忘，所以，你大可放心，我依然抱有对一个不应再去喜欢的人所能感受到的全部热情。其余的任何说明全都于事无补：我拥有自己的良心，也请你问询下自己的良心吧。

我曾打算搬离退隐庐，我原本理应如此。然而有人觉得我务必要待在此处，直至春天再搬离；既然我的朋友向我提出了如此的要求，我便在这个地方待到春天降临——倘若你赞成的话。

将这封信写好并寄出去以后，我便只打算在退隐庐平稳地居住下去，休养生息，竭力恢复体力，同时提早准备，以便在春天降临时悄无声息地搬走，不会看上去是因为彼此断交。但是，格里姆先生与埃皮奈夫人并不是这样计划的，用不了多久便能看到。

几日过后，我终于有幸获得了狄德罗的屡次约定而又屡次爽约的探望了。他是我结识最久的朋友，同时差不多是我所仅有的一位朋友，所以此次造访出现得再合适不过了。人们自然能够想象得出我在如此的处境之下看见他所感受到的那种欣喜之情，我有一肚子的话想要对他纵情宣泄。人们在他眼前所隐瞒的、掩藏的、编造的所有事实，我全都向他解释明白。过往的所有，但凡是我能够告诉他的，我全都对他说了。一场懵懂且倒霉的爱情成为让我名誉扫地的导火索，对此他已经有所耳闻，同时我也根本并未打算对他有所隐瞒；然而我却一直并未承认乌德托夫人领会到了我的这份爱意，抑或是，起码我并未承认我曾告诉她我喜欢她。我向他讲述了埃皮奈夫人为了找出她的小姑子所写的那些天真无邪的信而采用的卑劣手段，我让他直接从她打算收买的那两个女人口中详尽地听一下。戴莱丝原原本本地告诉了他，然而轮到母亲时，她一口咬定自己对这所有的一切全然不知。我的内心感到如此诧异啊！她便是如此讲的，自始至终不愿意改口。殊不知她在三四天之前，还一五一十地将所有情况向我说了一遍，如今她居然当着我朋友的面加以否认！对于这一点，此时我才深刻地体会到，我往日太过粗心大意，居然让如此的一个女人在自己身边待了这么长时间。我并未花费口舌去将她痛斥一顿，甚至并未对她说几句鄙夷的话。由于女儿的刚正不阿刚好与母亲的卑劣怯弱形成鲜明对比，因此我觉得我理应感谢她女儿。然而从那个时候开始，我便对这个老太婆下定了决心，只需伺机而行。

这个机会远比我预料中出现得早。十二月十日我收到了埃皮奈夫人寄来的用以回复我前函的一封信（乙札，第一一号）。具体内容如下：

一七五七年十二月一日，写于日内瓦

我向你施以所有可能的友情以及关怀，早已很多年了，如今余下的我所应做的，仅仅是同情你。你实在是不幸。唯愿你的良心也会如同我的良心那样宁静。这或许对我们生活的安稳来说是必不可少的。

既然你曾打算从退隐庐搬走，并且原本理应如此，我非常诧异你的朋友们竟然会将你挽留下来。倘若是我，因为责任使然，我便不会向我的朋友们加以讨教了，所以，对于你的责任，我便再也无话可说了。

面对这样一条如此始料未及但却又是如此清楚明了的逐客令，我无法再做丝毫的踟躇了。无论天气怎样，无论我的处境怎样，纵然是在树林中、在被大雪覆盖的土地上留宿，也无论乌德托夫人会说些什么，干些什么，我都务必要马上搬出去。虽然我非常乐意任何事情都向乌德托夫人妥协，但却绝不可妥协到让我没脸做人的境地。

我坠入了生平之中唯一的最为严峻的困境中；然而我却早已下定决心：我就此立誓，不管怎样，等到第八日的时候便不在退隐庐留宿了。由于我迫切地想要在人们可以将信寄到日内瓦以及我可以收到回信以前将所有的事宜全部办妥，因此我便开始践行我的责任，将我的衣物挑出来，宁愿将它们扔入野地，也不愿等到第八日后依然不交还钥匙。我拥有了始终不曾感受到的胆量，浑身上下的精力再次恢复了。因为光荣和愤怒，我再次拥有了埃皮奈夫人所未料到的那种精力。时运再次来辅助我的勇敢了。由于孔代亲王的那位名叫马达斯的财务总管从其他人口中了解到我的困境，因此便命人将他自己的那间位于蒙莫朗西的小房子为我准备好，这间房坐落在路易山花园中。我赶忙以无限的感激之情接受了。没过多久条件便谈妥了；除了我早已拥有的家具，为了方便戴莱丝与我居住使用，我又着急忙慌地让人购置了若干家具。与此同时我找人利用手车非常艰难地将衣物全部搬上去了,这期间再次耗费了很多精力;虽然是寒冬腊月,但我仅用两天时间便搬好家。十二月十五日我便交还了退隐庐的钥匙,同时提前结算了园丁的薪资——房租我是无法担负的。

我告诉勒·瓦瑟太太,这一次我们务必要分开;一开始她的女儿还打算劝服我,但我却丝毫不为之所动。我让她带着自己以及她与女儿所共有的衣服与家具,乘坐邮车去往巴黎了。我留了一些钱给她,与此同时向她承诺,无论她是在自己的儿女家中或是其他地方居住,我都会负担她的房费,而且未来我会竭尽全力地为她提供生活费,只要我本人有口饭吃,便绝对不会让她饿肚子。

抵达路易山的第三日,我将如下的这封信寄给了埃皮奈夫人:

一七五七年十二月十七日,写于蒙莫朗西

夫人,在你并不同意我继续住下去时,丝毫没有比从你家的房子搬出来更为容易、更为要紧的事情了。我刚一得知你不赞成我在退隐庐度过余下的日子,便在十二月十五日搬离了。我的命途便是如此,搬进去并不由我掌控,搬出来同样如此。我非常感激你邀请我过去居住;倘若我为此付出的代价不是太大的话,我还会向你表示更多的谢意呢。除此之外,你认为我非常不幸,这是毋庸置疑的;世间再也没有谁比你更加了解我是何其不幸了。结识错误的朋友自然是非常不幸的,从如此幸福的一个失误中清醒过来又会是另外一种不幸,它的残忍程度,完全是有过之而无不及。

以上内容,如实地描述了我搬至退隐庐以及让我从那里搬离的各种各样的缘由。由于我生平中的这个时期曾对我日后的生活产生了一定的影响,而且如此的影响依然会持续到我的最后一口气,因此将这段经历非常准确地记叙下来是极为必要的,同时我也无法中途停止。

第十章

凭着一时的激愤给我的非凡力量,我离开了退隐庐;我刚一离开退隐庐,这种力量就烟消云散了。我刚刚在新家里安顿好,我的尿闭症又卷土重来了,疼痛反复发作,再加上已经折腾了我一段时间可是我却不知道它是一种病的疝气又来添乱,我实在是痛苦不堪。我的老朋友蒂埃里医生来为我看病,并向我挑明了病情。于是,探条、捻子、绷带等一系列风烛残年的人所需要的器械都环绕着我。这些残酷的事实让我明白,如果人已经不再年轻,却非要要强,一定要吃很大的苦头的。虽然春光明媚,但我并没有恢复,一七五八年这一整年,我都感觉自己奄奄一息,这让我确信我的生命已经要走到尽头了。我怀着一种十分迫切的心情看待生命尽头的来临。我已经从友谊的幻象中清醒过来,也没有什么让我觉得需要珍惜生命的东西,我的生命中只充斥着病痛和苦难,似乎没有任何欢乐可言。对于让我自由、使我摆脱仇敌的那一刻的到来,我满怀期待。不过,我还是按照事态的发展来进行叙述吧。

对于我迁居蒙莫朗西,埃皮奈夫人似乎有些手足无措,这应该是完全出乎了她的预料。我病得这么严重,又是寒冬腊月,而且还被所有的朋友弃之不顾,所有的这一切都让格里姆和她相信,我已经走上了绝路,一定会开口向他们求饶,做出和我的身份不符的举动:开口乞求他们把我留在这座我的尊严迫使我离开的房子。我的迁居非常突然,让他们猝不及防,于是他们只能孤注一掷,要么彻底把我毁掉,要么想办法再将我拉回去。格里姆选择的是前者,但是在我看来,埃皮奈夫人更愿意选择后者。至于我得出这个结论的根据,就是她写给我的最后一封回信,在这封回信中,她的语气比起之前的几封信要婉转了不少,似乎为消除之前的嫌隙敞开了大门。我等了整整一个月才收到她的这封回信,拖延这么久,说明她为了给这封信找到合适的措辞而绞尽脑汁,而且回信之前经过了深思熟虑。她无法说太多好话,否则会连累自己,但是在她之前写完那些信之后，以及我突然从她家搬走之后，人们会发现，她为了让这封信里没有难听的话，是有多么小心翼翼。我把这封信抄录下来，便于大家进行判断（乙札，第二三号）：

一七五八年一月十七日，写于日内瓦

先生，我昨天才收到你写于十二月十七日的信。它是被放在一口大箱子里送来的，箱子里装满了各种零散的东西，一路上走了这么久。我能回答的，只有你的附注，因为我无法全部理解信本身的内容。要是情况允许，我们可以面对面交谈，我非常愿意将这一切都看作是误会。还是说说附注吧。先生，你应该还没有忘记，我们早就约定，由你把退隐庐园丁的工资支付给他，好让他更能体会到他是仰仗你的，避免他和之前的那个园丁一样，跟你闹出不成体统的笑话。实际上，我早就把他头几个季度的工资交到了你手上，而且在我走之前的前几天还跟你约定，你垫付给他的工资，我都会还给你。我知道，你一开始是推辞的，不过那笔工钱是让你垫付的，自然要还给你，这是我们事先约定好的。卡乌埃告诉我，你拒绝接受这笔钱，我想其中肯定有什么误会。现在，我让人把这笔钱给你带过去。我不明白，你为什么会违背我们的约定，想要支付我的园丁的工资，甚至还支付到了你搬出退隐庐之后。所以，先生，我希望你记住我有幸对你说的这番话，不要拒绝你出于善意而为我垫付的工资。

有了之前的所有经历，我自然不会再信赖埃皮奈夫人，也就不会想跟她重修旧好了。我没有给她回信，我们的通信就此终结。她看到我决心已定，就也下了决心，此时，她就完全支持格里姆和霍尔巴赫一伙的意见，准备一起努力把我给彻底搞垮。他们在巴黎活动，她在日内瓦和他们遥相呼应。之后，格里姆前来日内瓦与她会合，她就完成了她所开始的工作。他们毫不费力地就把特龙香拉到了他们那边，于是，他们多了一个得力助手。特龙香成了最疯狂的迫害者，可是他和格里姆一样，根本找不出能够抱怨我的地方。他们仨相互配合，暗地里在日内瓦撒下种子，四年后，人们就能看到这些种子的萌芽了。

在巴黎，他们的难度大一些。因为我在巴黎有一定的知名度，而且巴黎人本性就不爱结仇，他们想影响巴黎人就比较困难。为了便于更加巧妙地打击我，他们便宣称，是我要离开他们的（见德莱尔的信，乙札，第三〇号）。此时，他们还假装是我的朋友，巧妙地对我进行中伤，而让人们看起来是因为我对朋友不仁不义而引起了他们的抱怨。

这样，人们心里就会放下防备，更容易听信他们的话，随着他们谴责我。他们暗中指责我背信弃义，忘恩负义，而且进行得非常谨慎，效果也就更加明显。我知道他们在抹黑我，但是我不知道他们到底说了些什么。从外面流传的流言蜚语中,我推测出,他们所传播的就是这四大罪状:一、我退隐乡间;二、我爱上了乌德托夫人;三、我拒绝陪同埃皮奈夫人前往日内瓦;四、我搬出了退隐庐。如果他们还有这之外的指责的话,那他们的措施就太周密了,我根本就无从得知指责了我什么。

我觉得,那些支配我的命运的人就是在这个时候制订出了日后对付我的计谋。这套计谋进展神速,见效很快。如果一个人不知道所有助纣为虐的人都非常容易办到,一定会觉得这是一个奇迹。现在,我必须简单地概括一些我在这个阴险隐秘的计谋中能够看清的部分。

虽然我在欧洲已经十分知名,但是我依然保留着最初的淳朴的志趣。对于各种党派之争和钩心斗角,我都厌恶至极,这种厌恶让我保持了自由和独立,让我除了心灵的各种依恋之外就不受任何束缚。我孤身一人羁旅他乡,离群索居,无依无靠,也没有家庭,只坚持我的原则和义务,坚定地走着正直的道路,不会因为为了向别人献媚或者敷衍别人而损害正义和真理。而且,我最近两年都在乡间隐居,对外界的一切都毫不知情,也不觉得好奇。虽然我住的地方距离巴黎只有四法里,但是由于我两耳不闻窗外事,所以我就好像置身于被大海阻隔的提尼安岛①。

而格里姆、狄德罗和霍尔巴赫三人则与我相反,他们一直置身于旋涡中心,在最上流的社会游走,交际广泛,几乎瓜分了上流社会的所有部门。不管是达官显贵还是才子文人,不管是律师还是女人,他们都可以串通一气,让这些人听命于他们。显而易见,这种地位让这三个人联合起来对付我这个处于劣势的第四人,是非常有优势的。的确,狄德罗和霍尔巴赫并非(至少我不相信)是能策划什么阴谋诡计的人,一个没有这种险恶,另一个没有这种狡猾,但是也正是这个原因,让他们俩配合得更加默契。格里姆一个人出谋划策,并把其他几个人需要知道以便付诸行动的部分告诉他们。他在他们几人中有很高的威信,自然能够轻易获得他们的配合,而且,所有的计谋也都十分契合他过人的才能。

正是凭借这种过人的才能,他才感到了他从我们各自的不同地位中能够获得的优势,并谋划着要毁掉我的名声,给我带来一种截然不同的名声,同时还不让自己受到连累。他们先在我身边筑起一道黑墙,让我无法看到他们的阴谋,揭开他的假面具。

这项工作很有难度,因为要让那些协助他们的人无法看到他们的不义行径,还要欺骗正直的人们,将所有人都从我身边拉走,一个朋友都不给我留,不

---

① 提尼安岛,在太平洋中,位于新几内亚东北方。

管这个朋友是否有地位。不管怎么说，都不能让我听到一句真话。如果有一个仗义执言的人告诉我："你还假装什么正人君子？人家都这么对待你了，而且大家都是根据这个对你做出判断的，你还有什么话可说？"那么，真理就获胜了，格里姆就大败了。对于这一点，他心知肚明，可是他知道自己的心，也把人的能耐估算清楚了。我为人类的荣誉而愤怒不已：他估计得实在太准了。

他在地道中行走，想要稳重，就要放慢脚步。他从十二年前开始就已经依计行事了，如今，已经到了完成最困难部分的时候了，也就是要欺骗整个社会。社会上有很多双眼睛正比他预想的还要紧地盯着他。他对这一点还是有所畏惧的，所以还不敢把自己的阴谋完全暴露出来。[①] 可是，他已经找到了一个比较简单的方法，就是将可以支配我的强大势力拉到他的阴谋中。有了这些势力，他往前走的风险就会小很多。既然他的喽啰们通常都不自诩正直，也不是什么正大光明的人，那么他就不必担心会有人走漏风声了。因为他特别需要的就是让我蒙在鼓里，不让我知道他的阴谋，因为他心知肚明，不管他如何绞尽脑汁设计机关，我都能一眼看穿。他最狡猾的手段就是一边中伤我，一边假装爱护我，将他的背信弃义伪装在仗义的外衣之下。

从霍尔巴赫那些人的暗中指责，我能够感觉到这个阴谋已经有了一定的效果，却不知道，也无法推断出他们到底在指责我什么。德莱尔每次都会在信中告诉我，别人给我嫁祸了很多罪名；狄德罗也神神秘秘地跟我说过这些话。可是每次我向他们俩追问，他们都只告诉我上面提到的那些罪状。从乌德托夫人写给我的一封封来信中，我感觉到她对我日渐冷淡，可是，我不能把她的冷淡怪罪到圣朗拜尔头上，因为他还在以同样的友情给我写信，在远行归来之后还专门来拜访我。但是我也不能怪罪我自己，因为我们分手的时候还好好的，而且分手之后，我只不过是搬出了退隐庐，并没有任何过错，而且，她自己也觉得我有必要搬出退隐庐。因此，这种冷淡——虽然她不愿意承认，但我的心是无法欺骗的——我不知道因何而起，所以对所有事情都感觉不安。我知道她的嫂子和格里姆都是她的顾虑，因为他们两个和圣朗拜尔关系不错，我担心他们暗中捣鬼。这种不安又揭开了我的伤疤，让我的信中总是充满了牢骚，导致她对我的信厌恶起来。我隐隐约约看到了很多残酷的事情，可是又看得不透彻。对于我这种善于胡思乱想的人来说，我陷入的是非常难熬的境地。如果我自始至终都是孤独的，如果我对外界的事情一无所知，也许我会平静些。可是我的心里

[①] 我写下这句话之后，他就用最圆满的、出人意料的成功跨过了这一步。我想，他跨过这一步的勇气和方法应该是来自特龙香。——作者原注。

总是念着旧情，而我的仇敌们就抓住了这一点，对我大肆攻击。而透进我退隐之所的微弱的光亮，也只能让我知道人们正在背着我干一些卑鄙的勾当。

我这个人开朗坦诚，不善于掩饰自己的感情，也非常害怕别人向我隐瞒感情。对于像我这种性格的人来说，这种痛苦实在是难以承受。幸好，我侥幸地遇到了一些别的事情，让我的心不由自主地被牵挂住，我得到了一种有益的排遣，不然我一定会苦恼无比。狄德罗上一次到退隐庐来看我的时候，曾经谈到了达朗贝在《百科全书》里写的一篇题为《日内瓦》的文字。他说，这篇文章是和上层的日内瓦人士商量好之后才写的，目的是在日内瓦建一座戏剧院，相关的准备都已经做好了，很快就可以着手修建。狄德罗觉得一切都很好，对它的成功深信不疑。当时我还有别的要与他讨论，所以没有与他就此争辩，而且一言不发。不过，我对别人在我的祖国所耍的这些诱惑的花招极为愤慨，所以我迫切地等待着包含这篇文章的《百科全书》的出版，看看是不是能想办法写一篇答复，以消除这不好的影响。我搬到路易山后不久，就收到了这本书，发现这篇文章确实写得非常有水平，不愧是大家之作。不过，我并没有因此放弃想要驳斥的念头，虽然我当时非常沮丧，而且气候寒冷，也不适应新居，还有很多需要布置的地方，但是还是靠着我的热情克服了重重困难，开始动笔。

在寒冷的冬季，在二月里，在我上面描述的这种状态之下，我每天早晚都会跑到园子尽头的那个四面透风的碉楼里，每次待上两个小时。这座碉楼矗立在台坡路的尽头，从上面可以鸟瞰蒙莫朗西的山谷和池塘，远处可以看到贤德的加狄拿①退隐的地方，也就是圣格拉田城堡。这里没有东西可以抵挡风雪，如同地窖一样寒冷，唯一能够给我取暖的就是我心头的热情。我花了三个星期的时间，完成了《给达朗贝论戏剧的信》，这是第一部写作的时候给我带来乐趣的作品（当时《朱丽》写了还不到一半）。在此之前，我的阿波罗②都是来自道德的激愤，而这一次，则是心灵的温柔多情做了我的阿波罗。在此之前，都是我作为旁观者见到的不平使我觉得恼怒，而现在，却是以我自己为目标的不平让我觉得悲哀，这种悲哀里并不包含愤怒，只是一颗原本多情而又软弱的心，在被它误以为与它相同的心欺骗之后被迫缩回去的那种悲哀。当时我的心里充斥着最近发生的一切，还在为那些激烈的动荡而激动，所以我把自己痛苦的感情和思考主题时产生的想法全都混合到了一起，而且这种混合不自觉地体现在了我的作品中。我无意中把我当时的处境写到了作品中，还在里面描绘了格里姆、埃皮

---

① 加狄拿（1637～1712），路易十四时期的法国名将。
② 阿波罗，希腊神话里司诗歌和音乐的神，也就是赋予灵感的人。

奈夫人、乌德托夫人、圣朗拜尔和我自己。在写这部作品的时候,我曾经流下了多少甜美的泪水啊!哎,人们会轻而易举地从里面感觉到爱情,我努力医治的致命的爱情,还留存于我的心中。此外,这里面还夹杂着我对自己的怜悯,因为我已经奄奄一息,觉得要向公众最后告别了。我并不畏惧死亡,看到死亡日益临近,我反而觉得快乐。可是我就要离开世人了,世人却尚未了解我全部的价值,还不知道如果他们可以深入了解我,就会发现我多么值得他们爱戴。这就是我的作品里弥漫着特殊笔调的原因,这种笔调与前一部作品①的笔调有着天壤之别。

我把这封信润色了一番,誊清之后,准备付印,没想到乌德托夫人在久无音讯之后突然给我写来了一封信,这封信让我陷入了新的,前所未有的悲痛。在这封信(乙札,第三四号)中,她告诉我:现在整个巴黎都知道了我对她的爱恋,肯定是因为我告诉了什么人,才走漏了风声;她的情人也听说了这件事,他差点为此送命;最后他总算了解了她,二人重归于好。但是,为了他和她自己以及自己的名声,她以后不会再跟我有任何往来。不过她也向我保证,以后他们还会继续关心我,会在公众中为我辩护,还会隔三岔五地派人来打探我的消息。

“狄德罗,你也算一个,你这个所谓的朋友!……”我忍不住叫起来了。但是我还是狠不下心来谴责他。也有别人知道我的这个弱点,也许是他们让他说的。我原本不想相信……但我很快就不得不信了。没过多久,圣朗拜尔就做出了一件和他的慷慨大度非常相符的事情。他深知我心,知道有的朋友背叛了我,有的朋友抛弃了我,就推断出了我的处境。他前来探望我。第一次,他没有多少时间和我谈话,第二次他又来了。遗憾的是,我事先不知道他要来,所以没在家。戴莱丝在家,他们交谈了两个多小时,彼此谈到了很多事实,这些事实对他对我来说都是应该知道的。他说,社会上居然没有人怀疑我和埃皮奈夫人的关系像如今格里姆与他的关系那样,我听到这番话的惊讶,并不亚于他自己听说这个毫无根据的流言时的惊讶。圣朗拜尔也曾经让那位夫人非常不快,所以他在这方面和我有着同样的遭遇。我从这次谈话中得知了一些真相,和她绝交时产生的遗憾也完全消失殆尽。他还对戴莱丝说明了几个关于乌德托夫人的情况,这些情况连乌德托夫人本人都不知情。唯一知道这些情况的就是狄德罗,我只告诉了他一个人,并让他重视我们的友谊,不要把这些告诉别人。而他却偏偏又把这些情况告诉了圣朗拜尔,于是,我就决定和狄德罗绝交。下定决心之后,我就开始思考,该如何跟他绝交,因为我早就发现,私下绝交对我毫无

---

① 　指的是《论人类不平等的起源》。——作者原注。

益处,因为这样会把友谊的假面具留给那些内心险恶的仇人。

在绝交这件事情上,社会上的那些确定的礼仪准则似乎是以欺骗和背信精神为依据制定出来的。已经不再是某个人的朋友,却还要做出一副是其好友的样子,就是给自己留下余地,欺骗正派的人,以便坑害他。我记得,声名显赫的孟德斯鸠在和杜尔纳明神父绝交的时候,每见到一个人都要公开声明:"不管杜尔纳明神父说我什么,或者我说杜尔纳明神父什么,你们都不要信,因为我们已经绝交了。"大家都对这个举动表示赞赏,夸奖孟德斯鸠这种行为非常坦率。我决定在和狄德罗绝交的时候也这样做,可是,我怎么才能做到在我的隐居之地正式公开这个绝交的决定,而不会引得满城风雨呢?我想到的办法是,在我的作品中,以附注的形式,插进《教士书》①中的一段话,用它来宣布绝交,就连原因都说明了,凡是知道这件事的人,一看就非常明白,可是局外人却根本看不懂。另外,在这部作品中,我还时刻注意,每次谈到这位我要绝交的朋友,我都有一种虽然友情已经逝去,但依然怀有对老朋友的尊敬。在阅读这部作品的时候,大家可以清楚地看到这一点。

普天之下既有幸运的事,也有不幸的事。人一旦倒霉,就连勇敢的行动都会被视为罪状。孟德斯鸠这么做就会受到赞美,而我这么做,引起的只有指责和呵斥。我的作品印出来之后,我拿到第一批样书,就给圣朗拜尔寄去了一本。前一天晚上,他还以乌德托夫人和他自己的名义给我写了一封情真意切的信(乙札,第三八号)。以下是他把作品退还给我的时候写的信(乙札,第三七号):

一七五八年十月十日,写于奥博纳

先生,说实话,我无法接受你寄给我的这个赠品。当我看到序言中你为狄德罗引用的那段《传道书》②(他弄错了,是《教士书》),我失手把书掉到了地上。在经过今夏的几次交谈之后,我感觉你似乎已经确信狄德罗是无辜的,所以你怪罪他的泄密的事情就与他没什么关系了。他可能是有对不起你的地方:我对此并不清楚,但是我知道这些并没有赋予你侮辱他的权利。对于他目前所受到的种种迫害,你应该心知肚明,可是你作为他的老朋友,居然要和那些嫉妒者一起鼓噪。说实话,对于你这种残忍的行为,我感觉十分不满。我跟狄德罗算不上至交,但是我很尊敬他,你只在我面前抱怨过他的软弱,而你现在竟然给他造成了如此大的苦恼。先生,你和我在待人接物上有着极大的不同,道不同不相

---

① 《教士书》,是《经外书》的一篇,全名为《教士书,或西拉的儿子耶稣的智慧》。
② 《传道书》,《圣经·旧约》中的一篇。

为谋。从此以后，请你忘记我，想必这对你来说并不困难。我对别人也从来没有做过让人刻骨铭心的好事或者坏事。先生，我会忘记你这个人，只把你的才华铭记于心。

读完这封信，我的愤恨超过了伤心。当我的痛苦到了极限，我的自豪感又回来了。于是，我给他写了如下的回信：

一七五八年十月十一日，写于蒙莫朗西

先生，在读你的来信时，我居然对你怀有敬意，对它感到惊讶，并且居然傻到为之激动，但是现在我觉得这封信根本不值得我回复。

我不想再为乌德托夫人继续誊抄了。如果她觉得已经誊抄的部分没有保留的必要，完全可以退还给我，我也把钱退还给她。如果她想保留，也可以派人来取走剩下的纸和钱。同时，我请求她将我寄存在她手中的大纲还给我。再见了，先生。

人在倒霉的时候所表现出来的勇气可以激怒卑怯的心灵，却能让高尚的心灵感到欣喜。也许圣朗拜尔在收到我的信之后有所醒悟，对于自己做下的事情后悔不迭，可是他太过骄傲，无法公开表示自己的后悔，就抓住了或者说是制造了一个可以缓和对我的打击的机会。过了两个星期，我收到了埃皮奈先生的回信（乙札，第一〇号），内容如下：

二十六日，星期日

先生，我已经收到了你送的书，我非常高兴地把它读完了。凡是出自你的笔下的作品，我读起来总是非常高兴。请接受我衷心的感谢。要不是诸事缠身，不能在你附近多住一段时间，我一定会亲自登门致谢的，可是不巧，我今年住在舍弗莱特的时间不多。杜宾先生和夫人让我下星期日在舍弗莱特邀请他们一起用餐。我还打算请圣朗拜尔先生、弗兰格耶先生和乌德托夫人一同前来。如果你也肯赏脸的话，我一定会觉得无比荣幸。我的客人们都希望你也可以屈尊前来，如果他们有幸在那天和你共度一段时光，一定会像我一样感到无比荣幸。顺致敬意。

看了这封信，我的心狂跳不止。最近这一年，我已经成了巴黎的新闻人物，我一想到要和乌德托夫人面对面，让别人看到我们，我就忍不住瑟瑟发抖，根本没有足够的勇气去接受这一考验。可是，既然她和圣朗拜尔执意如此，既然埃皮奈是代表所有的客人向我发出了邀请，既然他请到的客人中没有一个是我不想见的，我就觉得，去参加一场我受到了所有人的邀请的宴会，应该不会有什么不便，于是我就答应了。星期日的天气不太好。埃皮奈先生派车前来接我，我就去了。

我的到来引起了轰动，这是我此生受到过的最热烈的接待。看来，在场的所有宾客都感觉到我迫切地需要鼓舞和安慰。只有法国人的心才有这种细微的感情。不过，我见到的宾客多得超出了我的预料，有我素未谋面的乌德托伯爵，以及我不太想见到的他的妹妹伯兰维尔夫人。去年她曾经来过奥博纳多次，她嫂子在和我单独散步的时候，经常把她晾在一边，让她等得不耐烦，她早就对我心怀不满，这次在饭桌上总算可以痛快地出一口气了。不难想象，有乌德托伯爵和圣朗拜尔在，嘲笑者是绝对不会站到我这边的。而且，对于我这样一个在最随意的谈话中都觉得不安的人，在这样的谈话中更加无法随意。我从来没有这么受罪，这么不知所措，受到这么多奚落。吃完饭后，我赶紧离那个泼妇远远的。看到圣朗拜尔和乌德托夫人向我走来，我觉得非常高兴。这个下午的一部分时间，我们都聚在一起聊天，虽然谈的都是无关紧要的东西，但是跟我误入歧途之前一样，无拘无束的。我深受这种态度的感动，如果圣朗拜尔可以看出我的心思，一定会觉得很满意。我发誓，我刚一看到乌德托夫人的时候，心跳确实加速了，可是我走的时候，就几乎不再想她了，我想的都是圣朗拜尔。

虽然这次宴会上有伯兰维尔夫人的挖苦，但对我还是好处多多，我很庆幸没有拒绝这次邀请。我从这次宴会可以看出，虽然格里姆和霍尔巴赫搞了很多阴谋诡计，但是并没有成功离间我和我的老朋友们；[1]更让我高兴的是，我发现乌德托夫人和圣朗拜尔之间的关系并没有发生如我想象的那么大的变化。后来我才知道，圣朗拜尔之所以要求乌德托夫人疏远我，不是因为鄙夷，而是因为吃醋。我因此感到安慰，也十分安心。既然我已经知道，我敬仰的人们并不蔑视我，我就更加有勇气，更能够克制自己内心的情感。虽然我心中那有罪的、不幸的痴情还没有完全被扑灭，但我至少成功地控制住了余下的情火，从那之后，这余下的情火就不会让我再犯错误了。乌德托夫人让我继续誊写稿子，而我每次拿到新出版的作品都会寄给她。由此，我隔三岔五便能够从她那里收到一些口信和短笺，虽然都是些无谓的事，却十分殷勤。在下文中，大家还能看到她进一步的表示。我们三个在绝交之后的相处，可以成为正直的、分手后不宜再见的人的楷模。

这次宴会还有另一个好处：引起了巴黎人的议论，为我提供了一个绝佳的破除谣言的机会。一开始，我的仇敌都说我和参加宴会的那些人，特别是埃皮奈先生，早就闹得不可开交。事实上，我在离开退隐庐的时候，曾经给埃皮奈先生写了一封言辞恳切的感谢信，他也非常客气地给我写了回信，我们一直都非

---

[1]　由于我比较纯朴，我在写《忏悔录》的时候还是这么想的。——作者原注。

常尊敬对方。他的哥哥拉利夫还前来蒙莫朗西探望我，并给我寄了他的版画。我跟这个家庭中的人相处得不错，当然除了乌德托夫人的小姑子和嫂子。

我的《给达朗贝的信》极为成功。① 我的每一部作品都很成功，但是这次的成功对我更有好处。它告诉公众，霍尔巴赫一伙人散布的谣言根本就是无稽之谈。我刚搬到退隐庐的时候，他们就以那种习惯性的自以为是的态度断言，我在那里绝对住不过三个月。可是当他们看到，我居然在退隐庐住了二十个月，而且在不得不离开那里之后，又去了乡间定居，就说我完全是因为执拗。他们说，其实我在乡间的生活非常苦闷，但是由于我太过骄傲，宁愿执拗地在乡下闷死，也不愿意流露出后悔的意思，重返巴黎。《给达朗贝的信》通篇都弥漫着一种温馨，大家都觉得这不是装出来的。如果我真的在乡间愤怒无比，那我的笔调一定能够体现出这一点。我在巴黎的所有作品都充斥着各种牢骚，而我回到乡间的第一篇作品中，这些情绪就荡然无存。对于一些有敏锐观察力的人来说，这一点极为重要。大家都能看到，我在乡下简直是如鱼得水。

不过，虽然这篇作品十分温馨，但是由于我的愚蠢和一贯的倒霉，我又在文坛为自己树立了一个新的敌人。在波普利尼埃尔先生家，我有幸结识了马蒙泰尔，之后，在男爵家里，我们的友谊有所加深。当时，马蒙泰尔是《法兰西信使》杂志的主编。我一向自视清高，不想将自己的作品寄给期刊的撰稿者，可我这次偏偏寄了，却又不想让他认为我是把他当成期刊撰稿人才寄给他的，更不想他在《法兰西信使》提到这篇作品。为此，我特别在送给他的那一份上注明，我的这篇作品是送给马蒙泰尔先生的，而不是送给《法兰西信使》的主编的。我自以为巧妙地恭维了他，没想到他却以为我极大地侮辱了他，就和我成了势同水火的敌人。他写了一篇很长的文章来驳斥我的作品，虽然看起来彬彬有礼，却充斥着极大的怨气，而且自那之后，他就会抓住任何机会在社会上贬损我，并在作品中抨击我。可见，文人那敏感的自尊心是非常难以应付的，因此，你在恭维他们的时候要千万小心，不能说出任何模棱两可的字眼儿。

等到我的各方面都平静下来之后，我就利用闲暇和当时的独立生活，非常有耐心地对我的作品进行重新整理。这年冬天，我写完了《朱丽》，并把它寄给了雷伊，他就在第二年把它印出来了。可是，这件工作还被一件微不足道的、令人不快的事情给打断了一次。我听说，有人想把《乡村卜师》重新搬上了舞台。对于那些人毫无顾忌地支配我的东西，我感到无比愤怒。我以前曾经给达让森

①　一七五八年十月二十日发表。由于这封信的发表，在日内瓦建立剧院的计划被阻止了，这标志着卢梭和哲学家们彻底决裂。

先生写过一份备忘录，却石沉大海，由于我又把它找了出来，简单修改之后，交给了日内瓦代办塞隆先生，让他替我转交给达让森先生的继任者——如今掌管歌剧院的圣弗罗兰丹伯爵先生，还附带着一封信。圣佛罗兰丹伯爵说会给我回复，却迟迟没有下文。于是，我把我写信的事情告诉了杜克洛，杜克洛又读给了"小小提琴手"们。不过，他们并没有把我的歌剧还给我，却只是说把长期免费入场券还给我，但事实上长期免费入场券对我来说根本派不上用场了。我发现，我无论从哪方面都不会得到公平，就把这件事搁置一旁了。而且，剧院的主管并不回复我的申诉，也不听听我的理由，就好像使用自己的东西一样利用《乡村卜师》赚钱。但实际上，这个歌剧毫无疑问是我一个人的。①

自从从那些暴君的桎梏中脱离出来，我的生活就变得平静而愉快。虽然我无法尝到强烈的依恋之情的趣味，却也因此摆脱了这些依恋之情的枷锁。我那些所谓的朋友想要充当我的保护人，将我的命运置于他们的支配之下，让我受到他们的恩惠的奴役，实在让我厌恶之极。我已经下定决心，今后只保持善意相待的交往。这种交往不会对我的自由产生任何妨碍，只会增添我生命的乐趣，而且还建立在平等的基础上。我当时有很多这样的交往，既可以让我品尝自由交往的甘美，又免于受人支配。自从我尝试到这种生活之后，我就感觉它对我这把年纪的人来说是非常适合的，可以让我的晚年过得十分平静，让我远离之前差一点让我遭受灭顶之灾的风暴、争吵和烦恼。

在我住在退隐庐和后来搬到蒙莫朗西之后，我结识了几个邻居，他们让我觉得十分开心，又不会束缚我。在这些人中，首推的要数年轻的洛瓦索·德·莫勒翁。当时他刚刚涉足律师这一行业，并不清楚以后会有怎样一番作为。我跟他不一样，我并不怀疑他以后会成就自己的事业，并把这一点告诉他。事实证明，我说得没错。我对他预言，如果他可以让人家选择自己经手的案子，永远做正义与道德的卫士，那他的天才就会受到这种崇高精神的培育，他会与最伟大的雄辩家的天才比肩。他听从了我的忠告，而且觉得我的这个忠告颇为有效。他为波尔特先生做的辩护，简直不逊色于狄摩西尼②。每年他都会到距离退隐庐四分之一法里的圣伯利斯村度假，那是莫勒翁的封地，归他母亲所有。以前，伟大的博叙埃也在这里住过。这块封地上出过很多这样的大师，让它高贵的名声难乎为继。

就是在圣伯利斯村，我结识了书商盖兰，他很有才华，饱读诗书，非常可爱，

---

① 现在，歌剧院跟我签了合同，所以它属于歌剧院了。——作者原注。
② 狄摩西尼（公元前383～322），古希腊十大演说家之一。

在他的那一行独占鳌头。他还介绍了他的一个朋友，也就是阿姆斯特丹的书商让·内奥姆给我认识，他们两个经常互通书信，这个人后来为我印刷了《爱弥儿》。

在比圣伯利斯村近一些的地方，我还结识了格罗斯来村的司铎马尔陶先生。如果我们能够根据才能安排职位，那他不应该做司铎，而是应该做政治家和大臣，至少也要管理一个大教区。他曾经担任过吕克伯爵的秘书，是让-巴迪斯特·卢梭的莫逆之交。他不但满怀敬意地缅怀那位知名的放逐者，还对陷害他的那个骗子梭朗恨得咬牙切齿。他知道关于这两个人的很多奇闻逸事，这些在色圭那本即将复印的卢梭传中并没有记载。他经常向我保证，吕克伯爵对于他的所作所为无可挑剔，临终之前都保持着对他热烈的友情。主人死后，凡蒂米尔先生就把这个绝佳的养老之所送给了他。马尔陶先生曾经办过很多差事，虽然现在年事已高，却还记得十分清楚，而且评论得头头是道。他说话幽默风趣，但是非常有教益，并没有沾染他司铎的气息，因为他把混迹社交场的人的口吻和读书人的知识结合到了一起。在和我交往时间比较长的邻居中，我觉得和他交往最愉快，离开他之后最感到遗憾。

在蒙莫朗西，我还结识了一些奥拉托利会的教士，物理学教授贝蒂埃神父就是其中一位，虽然他有点学究气，却不影响我对他的喜欢，因为我觉得他是一个好好先生。可是，虽然他极为纯朴，却总是想要往大人物、女人、信徒、哲学家那里钻，而且非常擅长这种本领。他非常善于见风使舵。我喜欢和他在一起，不管是对谁我都会这么说，显然，他从别人那里听到了我说的话。有一天，他面带微笑地感谢我夸他是一个好好先生。从他的笑容里，我感到了一种难以言喻的嘲讽，于是，他在我眼中的形象发生了翻天覆地的改变，从那之后，他那嘲讽的神态还会经常出现在我的脑海中。他的那种笑容，与巴努奇买下丹德诺的羊时的微笑非常类似①，我几乎找不到比这更恰当的比喻了。我搬到退隐庐之后不久，就与他结识了，他还经常前来退隐庐看望我。我搬到蒙莫朗西之后，他却离开了那里，回了巴黎。在巴黎，他经常和勒·瓦瑟太太碰面。出乎我意料的是，有一天，他代替这个女人给我写了一封信，目的是让我知道，格里姆先生主动提出要赡养她，并让我同意她接受对方的好意。我听说，他要支付三百利勿尔的年金，但是有一个条件，就是勒·瓦瑟太太要搬到德耶，这个地方位于舍弗

---

① 法国作家拉伯雷的《巨人传》中有这样一个故事。狡诈的巴努奇坐船渡海，绵羊商人丹德诺也在船上，而且不小心得罪了他。巴努奇故意装作不在乎，却买下了丹德诺的一只羊，推进了海里。之后，其他的羊也跟着跳海了。丹德诺非常心急，想要把羊拖住，却被羊群拖进了海里。

莱特和蒙莫朗西之间。对于我对这个消息有怎样的印象，我不想多说；如果格里姆有多达一万利勿尔的年金，或者他和这个女人之间有什么比较容易理解的关系，如果当时我将她带到乡下，别人并没有给我扣上如此严重的罪名，而现在他又要将她带到乡下，似乎从那之后她又恢复了青春的话，我对这个消息应该不会那么吃惊。我知道，那个老太婆征求我允许的原因，只不过是不想失去我给她的那一份接济，就算是我说不同意，她也会接受格里姆的那一笔馈赠的。我当时对格里姆的这份善意觉得非常意外，但是后来感到的却是震惊。不过，就算我能够预料到以后会发生什么，我也得表示同意。我当时就表示了同意，而且我只能这样做，要是我表示不同意，就有和格里姆先生讨价还价的嫌疑了。那之后，我对贝蒂埃神父的好好先生的看法发生了改变，他一度觉得我的这个看法非常好笑，而我居然这么轻易就对他产生了这种看法。

贝蒂埃神父有两个朋友，绞尽脑汁都想认识我，对此，我十分不明白，因为我和他们根本没有共同的爱好。他们是麦尔基色代克①的子孙，对于他们的籍贯和家世，人们一无所知，甚至有可能连名字都不知道。他们都是冉森教派的，人们普遍认为他们是化装的教士。我想，这是由于他们佩带那把一直随身携带的长剑的方式非常可笑。他们的行为举止都有一种难以言喻的神秘，让他们看起来好像教派领袖，而我却坚信他们是办《教会日报》的。他们俩一个高大和善，巧舌如簧，名叫费朗先生；另一个又矮又胖，皮笑肉不笑的，喜欢和人吵架，名叫蜜拿尔先生。这俩人称呼对方为表兄弟。原本，这两位先生是在巴黎的，跟达朗贝一起，在他的奶娘卢梭太太家借住。夏天的时候，他们还在蒙莫朗西租下了一套公寓。他们凡事都亲力亲为，既没有仆人，也没有人替他们跑腿。他们俩每人一个星期轮流出去采购、做饭和收拾屋子。他们安排得井井有条，有时候他们来我家吃饭，有时候我去他们家吃饭。我不知道他们为何会对我产生兴趣，而我之所以会对他们产生兴趣，是因为他们会下棋。而我为了下一盘棋，要干等四个钟头。这两个人到处乱钻，不管什么事都想插手，所以戴莱丝为他们起了个"长舌妇"的外号，之后，这个外号就在蒙莫朗西广为流传。

我的房东马达斯先生——这是一个好好先生，再加上上面提到的这些人，就是我在乡下的主要熟人。我在巴黎也有一些熟人，只要我愿意，我完全可以在那里过得非常舒适。这些熟人都不是混迹文坛的；在文坛中，我的朋友只有一个，就是杜克洛。至于德莱尔，他太过年轻，而且，虽然他在看清楚那些哲学家对我要的计谋之后已经完全脱离了他们，可是我无法忘记他曾经轻易地做了

---

① 这里指代来历不明的人。

那帮人的代言人来对付我的事情。

　　我的朋友中，首先是最可敬的罗甘先生，他是我的老朋友。我和他结识在我的幸福时代，而且不是因为我的作品出名，而是因为我的为人。因此，这份友情一直保留至今。还有我的同乡、好好先生勒涅普和他的女儿，当时尚在人世的朗拜尔夫人。还有一个叫库安德的人，他非常年轻，来自日内瓦，我一直觉得他人不错，细心、勤快、热情，但是无知，自信心爆棚，好吃懒做，觉得自己非常了不起。我搬进退隐庐之后，他马上就来看我了，不久之后，他在没有任何人介绍的情况下，也不管我是否愿意，就搬来我家了。他对绘画很有兴趣，还认识一些艺术家。在《朱丽》的版画方面，他帮了我不少忙。他负责指导插画和刻版，还把任务完成得不错。

　　还有杜宾先生一家。虽然比起杜宾夫人风头无二的时候，现在已经没有那么风光了，但是由于主人们德高望重，而且来参加聚会的宾客都经过了严格挑选，他们还是巴黎最好的门庭之一。因为我没有舍弃他们另攀高枝，也因为我离开他们的原因是过上自由的生活，所以他们一直像朋友一样对待我，不管什么时候去杜宾夫人家，我想我都会受到友好的接待。自从他们在克利什买下了一栋别墅，杜宾夫人就可以说是我的乡邻之一了。有时候，我也会去这栋别墅里小住一两天。而且，如果杜宾夫人和舍农索夫人的关系好一点，也许我去的次数会更多。但是，同一屋檐下的两个女人关系不融洽，是让人非常为难的，这让我觉得在克利什非常拘束。我和舍农索夫人的关系更加平等和亲密，因此我更喜欢在德耶自由地看到她。德耶几乎就在我的门口，她在那里租了一间小屋。由于她总是来看我，我也经常在家中看到她。

　　还有克雷基夫人，自从她虔诚地信奉宗教，就断绝了和达朗贝、马蒙泰尔和大部分文人的往来。不过，我觉得她会见特吕布莱神父，因为后者是一个半吊子信徒。不过，她还是很讨厌他。而我是她之前一直想要结识的，所以她一直非常关注我，我们还经常通信。有一次过年的时候，她送了我几只芒斯鸡，还打算开春来看我，没想到此行被卢森堡公爵夫人的一次旅行给打断了。我在这里要特别提到她，她会永远在我的记忆中占据一个特殊地位。

　　还有一个人，他应该放在除了罗甘先生之外的第一位，也就是我的老同事、老朋友卡利约。他以前是西班牙驻威尼斯大使馆的秘书，之后被宫廷委派到了瑞典处理外交事务，最后担任了驻巴黎的大使馆秘书。在我绝对意想不到的时候，他来到了蒙莫朗西看我。他来的时候佩戴了一枚我不记得名字的西班牙勋章，上面有一个用宝石镶成的十字架。在提供证件时，他被迫将"卡利约"改成了"卡利荣"，现在是卡利荣骑士。他还是老样子，心地善良，越来越可爱。要不是库安德按照往日的做派在我们俩之间横插一脚，由于我距离巴黎比较远就全权代表我，取得了他的信任，并因为热情地为我效劳而顶替了我，我想我跟他是可以像以前一样亲密无间的。

想到卡利荣，我不由得想起了另外一个乡邻。如果不提到他，我就会十分愧对他，因为我曾经对他做下了一件十恶不赦的事情，不得不坦白。这个人就是正直的勒·布隆先生，在威尼斯的时候，他曾经帮过我。他带着全家来法国旅行时，在拉布利什村租了一所别墅，这个地方距离蒙莫朗西不远。① 听说他成了我的邻居，我非常高兴，觉得前去看望他不仅是一种义务，也是一件十分愉快的事情。我第二天就去看他，可是路上遇到了来拜访我的人，我只好跟着他们一起回家了。两天后我又去看他，可是他带着全家去了巴黎，中午都没有回来。我第三次去的时候，虽然他在家，可是我听到了很多女人的声音，还看到门口停着一辆非常豪华的马车，我对此感到畏惧。我觉得，我和他第一次见面的时候，应该能够从容地叙叙旧情。总之，我把我拜访他的时间一拖再拖，直到最后觉得，这个时候尽这个义务为时已晚，感到十分羞愧，居然再也没有拜访他。我有胆量一天天地拖着不去见他，却没有胆量见他。对于我的这种怠慢，勒·布隆先生自然大为光火，而且他觉得我这不是懒惰，而是忘恩负义。可是，我真的是问心无愧的，如果我能做点什么让勒·布隆先生觉得开心，就算他不知情，我也确信他不会认为我懒惰。不过，懒惰、疏忽和在小事上的拖延，对我造成的危害比大的恶习更大。我最严重的错误就是疏忽：不该做的事情我做了，而该做的事情却没做。

既然说到了在威尼斯的老朋友，就不该忘记与此相关的一位。他也跟其他人一样，跟我中断了联系，但是比起其他人的时间要晚一些。这个人是戎维尔先生，他从热那亚回来之后，对我非常友好。他喜欢见我，和我谈谈意大利的事和蒙太居先生的糗事。他有很多朋友是外交部的，所以可以从那里听到很多有关蒙太居的故事。在他的家里，我还遇到了我的老朋友杜邦，他在他们省里买了一个官职，有时候会到巴黎来处理公务。戎维尔先生慢慢变得太过热情，总是请我去他家吃饭，让我觉得很不自在。我们两个住得并不近，可是如果我一个星期不去他家吃饭，我们就会发生口角。他每次前往戎维尔封地，都想带我同去，可是有一次在那里一住就是一星期，让我觉得十分煎熬，就再也不想去了。戎维尔先生非常好客，又很正直，有些方面可以说非常可爱，但是他算不上

---

① 我写下这段话的时候，心里充斥的是往昔的那种盲目的信任，根本没有怀疑他这次到巴黎来的动机和结果。——作者原注。

聪明。他外表俊朗，有点类似纳尔西斯孤芳自赏的感觉，这一点让人不喜。他有一套独特的收藏，也许全世界仅此一份，他非常欣赏，还经常拿出来给客人观赏，但是客人却不像他那样兴致勃勃。那是五十年来宫廷和巴黎流行的所有滑稽歌舞剧的完整剧集，在别的地方根本找不到。这是法国历史实录，别的国家的人根本想不到要这么做。

就在我们的关系很不错的时候，突然有一天，他对我冷淡至极，跟往日的态度截然不同。我让他给我解释，甚至是请求他给我解释，之后，我就走出了他的家门，下定决心不会再踏进这个门半步。之后，我也一直坚定着这个决心。不管在哪里，只要我受到一次冷遇，就绝对不会再在那里露面，而且这里也没有狄德罗为戒维尔先生辩护。我当时思来想去，想知道自己有哪里对不起他，最后也没想出个结果。我坚信，每当谈到他和他的家人，我总是赞誉有加，因为我发自肺腑地喜欢他。而且，除了我找不到可以说他坏话的地方，我还有一条固定的准则：我对我光顾的所有人家都十分恭敬。

经过了一段时间的思考，我终于想清楚了是怎么回事。我们最后一次见面的时候，他邀请我去他的几个女性朋友家吃晚饭，当时同去的还有几个外交部的职员，这些人都十分和善，绝对没有放浪形骸。而且我可以发誓，我当晚一直在思考那些可怜的人悲惨的命运。我没有掏聚餐费，因为是戒维尔先生请我吃饭的；我也没有给那几个女性朋友钱，因为我没有像跟帕多瓦姑娘一样，让她们有机会从我这里赚钱。出门的时候，大家都非常高兴，趣味相投。这次晚宴之后，我再也没有去过那几个女性朋友家里，也没有见戒维尔先生。三四天之后，我再到戒维尔先生家，他就像我上面提到的那样对待我了。我想，应该是这次晚餐有点误会，除此之外我想不到别的原因。而且，我看到他不愿给出解释，就决定再也不与他见面。不过，我的作品出版之后，我还是会寄给他，有时候他也会托人向我问好。有一次我和他在戏剧院的烤火间碰面了，他还客气地责怪我不去看他，但是也没有再邀请我前去。看来，这件事不像是绝交，倒像是怄气。从那之后，我再也没有见过他，也没有从别人那里听到他的消息。时隔几年之后再次去他家，显得有些为时已晚了。所以，现在我没有把戒维尔先生列到我的朋友名单里，虽然我曾经有一段时间频繁地去他家。

为了不让这份名单变得太过冗长，我就不再往上加别的熟人了。这些熟人跟我的关系比较生疏，或者是因为我离开了巴黎就变得生疏了。有时候，我也会在乡下遇到他们，不是在我自己家，就是在我邻居家里。这些人包括孔狄亚克神父和马布利神父、梅朗、拉利夫、波瓦热鲁、瓦特莱、安斯莱等，还有别的人，要是全都列出来就太长了。在这里，我要顺便说一说和马尔让西先生的交往。

他是国王的内侍，曾经和霍尔巴赫一伙，后来跟我一样脱离了他们。以前，他和埃皮奈夫人是朋友，后来跟我一样与她分手了；我还认识的他的朋友德马西先生，在这里也要顺便提一下。这位先生写下了喜剧《冒失鬼》，一时间风头无二，但很快就归于平静。马尔让西先生也是我的乡邻之一，因为他的马尔让西地产距离蒙莫朗西不远。我们早就相识，由于做了邻居，或者说由于某些相似的阅历，我们的关系更加亲近。德马西先生不久就过世了。他极富能力和才华，与自己喜剧中的人物有一些共同之处，虽然在女人面前比较自负，但是女人们对他的死并没有感到非常惋惜。

　　这一时期有一个新的通信关系对我后来的生活起到了非常大的影响，所以我不能把开始的情况忽略掉。我在这里要说的是拉穆瓦尼翁·德·马勒赛尔卜先生，担任税务法庭首席庭长的职务，负责出版发行；他的领导方法非常开明，而且非常温和，让文人们都觉得十分满意。我在巴黎的时候从来没有拜访过他，但是我知道他在审查我作品的时候总是非常宽松，还多次训斥写文章反对我的人。在刊印《朱丽》的时候，我再次发现他对我照顾有加。把这样的大部头作品的校样从阿姆斯特丹寄过来需要花费昂贵的邮费，而他享有免费邮递权。因此，他就让先把校样寄给他，再用他父亲的掌玺大臣关防免费给我寄过来。作品付印的时候，他没有征得我的同意就让人另外印了一版，版税归我，等到这一版卖完了之后，才允许另外那版在法兰西王国发行。因为这个手稿已经被雷伊买下了，这笔收入就相当于从雷伊那里盗窃的。所以，我在没有收到批文之前，不想接受这笔钱，没想到他非常迅速地给了我批文。拿到这笔钱之后，我想把这笔收入——一百个皮斯托尔和他平分，没想到他分文不要。不过，这一百个皮斯托尔却让我觉得非常不快，因为马勒赛尔卜先生擅自对我的作品进行了删减，而且在这个坏版本售完之后，不允许好的版本售卖。

　　我一直都把马勒赛尔卜先生视为一个经得起考验的正直的人。不管我遇到什么事，我都没有对他的正直产生丝毫怀疑。可是，他的软弱比起他的厚道毫不逊色。有时候，他费尽心思想要保全关心的人，反而对他们造成了伤害。他不但让人把我的巴黎版删掉了一百多页，还在他送给蓬巴杜尔夫人的那个好版本里进行了删减，让人觉得非常不真实。我在这部作品中提到，一个烧炭人的妻子比一个王爷的情妇更应该受到尊敬。我写这句话的时候，完全是兴之所至一挥而就，我可以发誓，绝对没有想影射任何人。可是，我这个人有一条非常不谨慎的原则：如果我觉得我在写文章的时候没有想影射任何人，就不会因为别人会说它影射而进行删减，所以，我不愿意把这句话删去，只是将原本写的"国王"改成了"王爷"。不过，马勒赛尔卜先生觉得这么做还不够，他不但删除了整句话,还特意让人重新印了一页,尽量整齐地贴在了送给蓬巴杜尔夫人的书里。可是,蓬巴杜尔夫人知道了这一手偷天换日,因为有的好心人告知了她这件事。而我自己,则是在这件事发生了很久之后,在我感受到这件事的后果的时候才知道的。

另一位贵妇人①的情况也差不多,但是我对此一无所知,因为我在写下那段文章的时候根本不认识她,可是她却暗地里对我愤恨不已。其最初的起因也是这样。书出版之后,我就认识了她,心里觉得惴惴不安。我对罗伦齐骑士说了这件事,他却说我多心了,说那位贵妇人并不会觉得这是对她的冒犯,甚至根本没有注意到。也许是我太过轻率,我相信了他的话,而且大大咧咧地放下了心。

入冬的时候,我又得到了马勒赛尔卜先生的一次好心的表示,虽然我觉得我不应该接受,心里却是感动不已。当时《学者报》有一个空位,马尔让西先生就给我写了一封信,仿佛是他个人建议我去应聘。但是我从他的信(丙札,第三三号)上看出,他是受到了别人的授意和指派。后来他又写信(丙札,第四七号)告诉我,确实有人拜托他这样做。这个职位非常闲散,每个月写两篇摘要就可以了,还会有专人把原书送来,我不必亲自去巴黎,也不必拜谒主管官员。由此,我就能够跻身梅朗、克莱罗、德·几尼等先生和巴泰勒米神父等上流文人圈中。在这些人中,前两个我早就认识,如果能够结识后面两个,自然也是不错的。此外,如果我可以做这份毫无难度的工资,还能拿到八百法郎的薪金。在做出决定之前,我考虑了好几个小时,我发誓,我考虑的原因就是不想让马尔让西生气,让马勒赛尔卜先生不快。不过,我感觉如果我接受了这个职位,就会打乱我工作的时间,我无法接受按期交稿的束缚,而且,我觉得我无法胜任即将承担的任务,有了这两个理由,我就决定不接受任何一个不适合我的职位。我知道,我的才气的唯一来源就是我对于要处理的题材的热爱,我的天才都来自对伟大、真实和美好的热爱。那些需要我写摘要的大部分书籍的主题,以及那些书籍本身,跟我毫无关系。既然我对这些东西毫无兴趣,自然不会有热情,思维也会变得迟钝。别人也许会把我和其他文人归为一类,认为我写作是为了谋生,但事实上我向来都是凭借热情写作的。这肯定不符合《学者报》的需要。于是,我给马尔让西写了一封措辞非常委婉的感谢信,详尽地叙述了我拒绝的理由,让他和马勒赛尔卜先生不会误会我是因为生气或者骄傲才拒绝的。所以,他们俩都同意了我的拒绝,并没有表示任何不满,而这个秘密一直保守得非常严密,没有让社会公众听到任何风声。

---

① 指孔蒂亲王的情妇布弗莱伯爵夫人。

我没有接受这个建议，是因为它来得不合时宜。因为我从之前的一段时间就开始谋划，要抛弃文学，尤其是抛弃作家这个职业。我最近的所有遭遇，都让我十分痛恨那些文人，而且我意识到，如果想要和他们在同一行业，就不得不有某些交集。对于那些社交界人士，我也是深恶痛绝，而且，总而言之，我对自己最近的这种一半属于自己、一半属于不适合我的社交圈的混合生活也非常痛恨。根据我往常的经验，我那时尤其感觉到，在任何地位不平等的交际中，弱者是一定会吃亏的。和一些同我所选定的身份完全不同的富豪们在一起生活，虽然我不需要像他们那样摆阔，却也不能不在很多事情上学着他们的做法；这些人对小费并不在意，可是对我来说，小费无法避免，又很有压力。别人到朋友的乡间别墅小住的时候，不管是吃饭还是睡觉都有仆人贴身伺候，想要什么，就派仆人去拿，根本不用和主人家的仆人发生关系，甚至连面都不会见，所以他可以看心情给他们赏钱，什么时候给都可以，怎么给都可以。而我却孑然一身，没有仆人，什么事都得麻烦主人家的仆人，因此我必须讨他们欢心，免得吃苦头。我被看作与他们的主人有同等地位的人，因此我也应该把他们当成仆人，还要比别人多给他们一些赏钱，因为我确实比别人更需要他们。如果这家没有很多仆人还好说，可是我去的那些人家总是有着很多仆人，他们每一个都非常傲慢、狡猾、警觉，当然，我的意思是说他们为了利益而警觉。那些坏蛋很有手段，让我不得不用到他们。虽然巴黎的女人十分聪明，在这一点上却没有什么正确的概念，她们想尽办法为我省钱，却把我弄得身无分文。如果我去离家稍远的城里吃饭，女主人不肯让我派人去雇马车，非要派自己家的马车去接我——她觉得为我省下了二十四个苏的车费，非常高兴，却想不到我要给仆人和车夫赏一个埃居。如果一位夫人从巴黎往退隐庐或者蒙莫朗西给我写信，为了让我不用支付四个苏的邮资，她就派仆人跑步送信来。仆人到的时候已经是大汗淋漓，我还得请他吃饭，再赏给他一个埃居，当然，他拿这笔钱是理所应当的。如果她建议我去她的乡间别墅小住几天，就会总是想："我这是在帮这个穷小子省钱，至少他能省下伙食费。"她却想不到，我在这段时间根本无法工作，而我的家用、房租、内衣、服装却一分钱都不少花，理发钱也要多付一倍。总而言之，在她家住的花费远远超出了我在自己家住的花费。虽然我只给我经常去的那几家的仆人赏钱，但是这对我来说也是一笔不小的负担。我可以确定，我在奥博纳乌德托夫人家住了只不过四五次，却已经花掉了二十五个埃居。在我常常去埃皮奈和舍弗莱特的那五六年间，我足足花掉了一百多皮斯托尔。像我这种脾气的人，什么都不会做，而且做事非常实诚，又看不得一个仆人小声嘀咕、不乐意服侍你，自然免不了要花这笔钱。即便是在杜宾夫人家里，我都是她的家人了，也帮过仆人们不少忙，可是也要花钱请他们服侍我。后来，我的经济条件不允许我再给赏钱了，这时候，他们让我更加深刻地体会到，跟地位高于自己的人来往是非常不合适的。

如果这样的生活适合我的口味，那我付出大量的钱财去买快乐，也能聊以自慰，可是我倾尽家财去自讨苦吃，这我就难以接受了。我觉得这种生活给我带来了沉重的压力，就想利用当时所处的自由，下定决心永远过上自由的生活，放弃上流社会和写书工作，放弃文学，余生都在这种我为之而生的狭小、平静的天地中隐居。

《给达朗贝的信》和《新爱洛伊丝》这两本书给我带来了一些收入，让我的经济不再那么捉襟见肘，在住到退隐庐之前，我的钱财几乎都花光了。现在，我大概可以拿到一千埃居。写完《爱洛伊丝》之后，我就着手写《爱弥儿》，现在已经接近尾声，稿酬差不多是上面提到的那个数字的两倍。我准备把这笔钱存起来，当作自己的终身年金，再加上我誊抄的收入，我的生活就有了来源，不必完全靠着写作了。现在我正在写的还有两部作品。一部是《政治制度论》，我看了看进度，至少还得几年才能把它写完。我没有勇气写下去了，没有勇气等写完它之后再开始执行我的决定。于是，我打算放弃这部作品，将能够独立成篇的部分抽出来，剩下的全都烧毁。我一边进行这项工作，一边写《爱弥儿》，还不到两年，我就写好了《社会契约论》。

另外一部是《音乐辞典》。这项工作是机动的，什么时候做都可以，我只是想赚几个钱而已。我可以选择放弃它，也可以选择完成它，关键就是我要把别的收入加起来算一算，看看还有没有赚这笔钱的必要。至于《感性伦理学》，它现在还只是一个提纲，我准备把它放弃。

我还有最后一个计划，如果我可以完全放弃誊抄，我就要搬到一个远离巴黎的地方，因为我住在巴黎就经常会有不速之客前来拜访，不但大大增加了我的日常开支，还耽误我赚钱。因为我有这样一个最后的计划，也因为别人都说作家一旦搁笔就会陷入苦闷，所以我保留了一项填补我的寂寞空虚的工作，不过在我有生之年我不想把它印出来。我不知道雷伊是如何产生了这个念头，他从很久之前就开始催促我写回忆录。虽然迄今为止我的生活中都没有什么值得回忆的趣事，但是我觉得，单凭我问心无愧的那种坦率，就可以为回忆录增趣不少。于是，我决定以前无古人的真实性把这本回忆录写成一本无出其右的作品，好让人们至少有一次看到一个人的内心世界的机会。对于蒙田[①]的那种假

[①] 蒙田（1533～1592），《随笔集》的作者，法国文艺复兴时期的大师之一，现代科学、哲学、文学的先驱。

天真,我总是付诸一笑,他一面假装承认自己的缺点,一面小心地把它们都描写成可爱的小缺点。而我却向来都认为,并且直到现在都认为,我从总体来看是一个最好的人。我还认为,不管一个人的内心有多么纯洁,都会或多或少地包藏着一点恶念。我知道,社会上的人们将我描述得脱离了本来面貌,甚至已经歪曲得不成样子。所以,虽然我不想隐瞒自己的毛病,但是如果我亮出本来面目,也只会有所得。而且,如果我要写回忆录,就不得不揭示出某些人的真实面目。因此,只有在我和许多别的人死后,这本书才能发表,这样我就更有勇气写《忏悔录》了,我永远不必在任何人面前觉得脸红。因此,我决定把我的空闲时间都用来好好地写作《忏悔录》。我开始搜集可以引导或者唤醒我的回忆的所有信件和资料,并为我之前撕毁、焚烧和丢失的东西感到惋惜。

在我平生所做的所有计划中,这个绝对隐遁的计划是最合情合理的一个。它深深地刻在我的脑海中,我已经着手准备实行这个计划了,可是万万没想到,上天又为我安排了另外一种命运,让我陷入了新的旋涡。

蒙莫朗西原本是以此为姓氏的那个大家族的一片美丽的产业,在被没收后,就不归这个家族所有了。后来,它由亨利公爵的妹妹带到了孔代家族,名字也被孔代家族改为了昂吉安。现在,这片公爵采地上已经没有什么城堡,只有一座盛放档案文件的老碉堡,以供接受附庸的朝拜。不过,在蒙莫朗西或者说昂吉安,有一座由绰号“穷人”的克鲁瓦泽盖的私人房屋。这座房屋非常豪华,比起最华贵的府第也毫不逊色,所以称其为府第并不夸张,而且它也确实被称为府第。这座府第巍峨的外观,它身下的平台,它那世间独此一份的景色,它那大厅里出自名家之手的绘画,它那由著名的勒·诺特尔①设计的花园,这一切构成了一个整体,在巍峨之中又透露出一丝简朴,让人赞不绝口。当时,卢森堡公爵元帅就在这所房子里居住。他每年都会到曾经属于他祖辈的这片采地上来两次,一共住五六个星期。虽然他是作为普通居民来此居住的,但是其排场绝对不减昔日的风光。我搬到蒙莫朗西来住之后,元帅第一次前来旅行,就和夫人派了侍从来代表他们向我问好,并说随时欢迎我去他家吃晚饭。后来他们每次到这里来,都会发出同样的问候和邀请。由此,我不由得回忆起了伯藏瓦尔夫人打发我去下房吃饭的往事。虽然时代变了,可我还是那个我。我既不想被赶去下房吃饭,也不想跟大人物同桌共饮。我希望他们能让我依然故我,不要把我捧上天,也不要把我踩在脚下。对于卢森堡先生和夫人出于善意的问候,我客客气气、恭恭敬敬地回复了,但是没有应邀前往。我疾病缠身,行动不便,

---

① 勒·诺特尔(1613~1700),法国园林设计家,设计了凡尔赛等处的花园。

本性羞涩，笨嘴拙舌，每当想到要和宫廷要人周旋，就浑身发抖，所以我都不敢去登门拜谢，虽然我知道，他们非常愿意我登门拜谢，而且他们之所以几次三番地邀请我，并不是因为对我青眼有加，只是出于好奇。

然而，友好的表示接二连三地到来，而且有愈演愈烈的架势。布弗莱伯爵夫人和元帅夫人私交不错，她刚抵达蒙莫朗西，就派人前来打听我的消息，还问能不能来看我。我非常有礼貌地回答了她，但是并没有松口。第二年（一七五九年）复活节，罗伦齐骑士前来拜访我，我们就此结识了。他是孔蒂亲王王府里的人，也是卢森堡夫人那个圈子里的人。他几次三番催促我去府里，但是我都没有同意。最后，有一天下午，出乎我预料的是，卢森堡元帅先生带着五六个仆从亲自来了。如此一来，我实在是推脱不掉了，除非是一个傲慢无礼、毫无教养的人，否则就只能去回访，还要向元帅夫人致意，因为他曾经代表元帅夫人向我表示了最诚挚的问候。于是，在凶多吉少的征兆之下，我们开始了交往，这种交往是我想尽办法都无法推脱的。但是在我同意交往之前，我就有一种非常确凿的不祥的预感，让我只想回避。

我对卢森堡夫人有一种畏惧之情。我知道她非常和蔼，在十几二十年前，她还不是卢森堡夫人，还是布莱弗公爵夫人，正是明艳照人的年纪，我曾经在戏院和杜宾夫人家多次遇到她。不过，别人都说她心肠歹毒，她地位如此高贵却有这样的恶名，我自然会觉得害怕。可是我第一眼看到她，就拜倒在她的石榴裙下了。我觉得她动人心魄，而且具有一种经得起时间考验的风韵，足以让我的心田为之颤动。我原本以为她的谈吐一定是咄咄逼人、充满讥讽的，但事实并非如此，她十分有趣。卢森堡夫人说话虽然不是充满趣味，也不是含义隽永，甚至严格说起来也没有什么深刻的寓意，却蕴含着一种意味深长的细腻，语不惊人，却让人十分愉快。她的恭维话十分质朴，听起来就更让人觉得沉醉，她的恭维话似乎没有经过深思熟虑，都是脱口而出的，是她内心真实想法的自然流露，因为她的内心中洋溢着很多热情。我第一次见到她的时候就发现，虽然我笨嘴拙舌，但是她并不厌倦我。只要那些宫廷贵妇愿意，不管是真是假，她们都会让你产生这种感觉。但是并不是所有的宫廷贵妇都能做到像卢森堡夫人这样，让你对自己充满信心，不会对她的话产生丝毫怀疑。要不是她的儿媳妇儿蒙莫朗西公爵夫人——这个刁钻古怪，我想还喜欢撩拨别人的女人——想要拉拢我，在她的婆婆对我极尽溢美之词的时候，插进来说一些虚情假意的话，让我怀疑她们在嘲弄我，也许我从第一天开始就对卢森堡夫人满怀信任了。

如果不是元帅先生的极端善良向我证明她们俩的美意全都是出自真心，也许我想要摆脱在她们面前的恐惧是很难的。我的性格如此腼腆,却只凭卢森堡先生的三言两语就相信他想平等待我,这个速度着实有些惊人;而他却只凭我的三言两语就相信我想过自由的生活,这个速度就更惊人了。他们夫妻俩都相信我有理由安于现状,不愿发生改变,所以他们俩谁都没有过问过我的钱财和命运,虽然我确切地知道他们俩都对我非常关心,但是他们从来都没有说过为我谋个一官半职,或者说要提携我。只有一次,卢森堡夫人似乎流露出想让我进法兰西学士院做院士的想法。我以宗教信仰为借口,拒绝了她的提议;她说这根本不算问题,就算真的是问题,她也会帮我解决。我又说,虽然成为这样著名的学术机关的一员对我来说是无上的荣耀,可是我之前已经拒绝了特莱桑先生,也可以说拒绝了波兰国王,不想进南锡学士院当院士,那如果我想再进别的学士院,难免会得罪别人。卢森堡夫人没有坚持,这件事就此搁置了。卢森堡先生地位显赫,几乎可以为我一力促成任何事情,因为他毕竟是,而且不愧是国王的知己,但是他与我的交往居然如此朴实。这让我回想起我刚抛开的那些所谓保护人的朋友,他们不但不会想办法帮我,还会绞尽脑汁地贬低我,他们那种不断的、惺惺作态又惹人厌烦的关怀,与卢森堡先生的朴实真是对比鲜明。

当元帅先生带着随从前来路易山看我的时候,我十分窘迫地在我那唯一的卧室里接待了他们,并不是因为我必须请他在我那些破烂的碟子和罐子中就座,而是因为地板已经破烂不堪,已经开始下陷,我担心他的仆从太多,把它给踩塌了。我担忧的不是我自己的安全,而是这位忠厚的大人物因为其和善而遭遇危险,所以我赶紧把他请出了卧室,也顾不上天气寒冷,就领他去了我那座四面透风、没有壁炉的碉楼里。

他刚踏进碉楼,我就向他解释了为什么不得不把他带到这里。他又把这个原因告诉了他的夫人,于是这夫妻俩都敦促我在修理房间的地板期间,搬到他们的府中小住几日,或者如果我愿意,还可以搬到园林中间的一座名叫"小府第"的独立住宅中。这座住所非常迷人,值得我们谈上一谈。

舍弗莱特园林是修在平地上的,而蒙莫朗西园林的地势则高低不平,还夹杂着小丘和洼地,那些独具匠心的艺术家就利用它们变化出各种丛林、水流、装饰和景色,利用巧妙的艺术手法把原本狭小的空间进行了扩大。园子的高处是平台和府第,底部形成一个隘口,延伸向山谷,拐角处有一个池塘。池塘四面环山,在树丛和大树的装点下,显得美妙无比。在隘口的宽阔处,有一个柑橘园,小府第就位于柑橘园和池塘中间。这座建筑物和周围的土地原本的主人是闻名遐迩的勒·布伦①，这位大画师用他过人的建筑与装饰的美感，建筑了这座房屋，并对它进行了装饰。虽然这个府第经过了一次重建，却还保持着原来的样子。虽然房间不大，装饰简单，但非常雅致。因为它位于谷底，在柑橘园和池塘中间，容易受潮，所以就在上下两层圆柱之中开辟了一个列柱廊，方便空气在整个房间流通。因此，虽然这里地势低洼，却也能保持干燥。如果站在被人们当成这座府第的远景的对面高处往这边看，它似乎被水包围了，让人产生它是一个小岛的错觉，甚至会以为自己看到了马约尔湖里三个波罗美岛中被人们称为 Isola bella② 的那座小岛，它是这三座岛中最美丽的。

这座幽静的建筑一层有舞厅、弹子房和厨房，楼上有四套房间，他们允许我随便挑一套。我挑的是厨房上面最小、最简单的那一套，这样连厨房都归我了。这套房间非常干净，用的都是白色和蓝色的家具。在这个幽静的环境中，我面对着树木和池水，听着鸟儿的啁啾，呼吸着柑橘的香味，悠然自得地写下了《爱弥儿》的第五卷。当时的环境给我留下了十分深刻的印象，因此这一卷的色彩尤为清新。

每天日出时分，我都迫不及待地想要到列柱廊上去呼吸弥漫着芬芳的空气。我在那里和戴莱丝一起喝的牛奶和咖啡是多么美味啊！我们把猫和狗也带来陪着我们。有了它们的陪伴，我感觉非常满足，永远不会觉得厌烦。这里就像是人间天堂，我像生活在天堂一样纯真，享受着和天堂里一样的幸福。

我是七月份到小府第借住的，在此期间，卢森堡先生和夫人对我关怀备至。由于我是借住在他们家，又受到了他们细致入微的照顾，于是，为了回报他们的盛情款待，我只好经常去看望他们。我几乎和他们如影随形：我每天早上去向元帅夫人问安，在那里吃午饭；每天下午，我会和元帅一起去散步，不过我不会留下吃晚饭，因为他们家的宾客太多，而且吃晚饭的时间比较晚。直到现在为止，一切都还是非常顺利的，要是我懂得适可而止，简直一点坏处都没有。但是在友情这方面，我从来不懂得保持中庸，不知道左右逢源。我对待别人不是掏心掏肺就是形同路人。很快，我就掏心掏肺的了。看到这些身份高贵的人如此热情地款待我，宠爱我，我就有点昏头了，对他们产生了一种只有能够和他们有着同等地位的人才能产生的友谊。我的言行举止都表现得十分亲近，而他们对待我时，那种习惯的礼貌却一丝一毫都未曾减少。不过，我和元帅夫人在一起

---

① 勒·布伦(1619—1690)，路易十四时代的宫廷画师，著名画家，对法国的绘画艺术产生了极大的影响。

② 意大利文，意思是"美丽的岛"。

时总是十分拘束。虽然我还拿不准她的性格，但是相比之下，我更害怕她的才智。正是由于这一点，我对她十分恭敬。我知道她喜欢在谈话的时候挑毛病，也知道她有这样做的权利。我知道女人们，尤其是贵妇们，都是喜欢别人的取悦，知道宁可冒犯她们也不要让她们心生厌恶。因此，根据客人离开之后她对客人们的话有何反应，我就能判断出她对我的笨嘴拙舌有着怎样的想法。为了避免我在她面前说话时的尴尬，我想到了一个好办法：念书给她听。她曾听别人谈起过《朱丽》这本书，也听说它已经付印，就说想尽快看到这本书。于是，我就主动提出要念给她听，她也没有表示反对。每天上午十点钟，我都会去她的房间，卢森堡先生也一起过来，我们就把门关好，我坐在她的床边念给他们听。我事先做好了精心的安排，就算他们这次小住没有提前结束①，也够他们在此居住的期间读了。我虽然是无奈之下才采取了这个办法，但是成效非常显著。卢森堡夫人对《朱丽》和它的作者深深地着迷，她开口谈到的就是我，心心念念的也是我，每天都会对我说一些甜言蜜语，一天要拥抱我不下十次。在餐桌上吃饭的时候，她要求我坐在她身边，要是有别的贵宾想占我的位子，她就会告诉他们，那个位子是属于我的，让他们去别的位子上就座。我这个人只要一感受到一点亲切就会深陷其中，不难想象她的这种态度对我会有什么样的影响。我陷入了对她深深的迷恋，她也一样。我看到她如此迷恋我，又觉得自己不够风趣，无法永远让她保持这种迷恋，所以，我十分担心总有一天她的迷恋会变成厌恶。不幸的是，这种担心是有一定的根据的。

我与她的气质有一种天然的对立，因为除了我在谈话甚至书信中时不时地冒出的蠢话，即便是我们相处最融洽的时候，我也会做出让她不高兴的事，而我却不知道到底是什么原因。在这里，我只举一个例子，其实我完全能举出二十个这样的例子。她得知我在为乌德托夫人抄一份《爱洛伊丝》，按页计算报酬，就想让我按照同样的条件给她也弄一份。我同意了。之后，我就将她视为我的主顾，并用非常客气的语气写了一封感谢信。至少我本人是这么想的。以下是她给我的回信（丙札，第四三号），我看到之后，如坠云端。

星期二，写于凡尔赛

我非常高兴，觉得很满意，你的信让我觉得无比快乐，所以我赶快给你写信告诉你，并向你表示感谢。

你在信中说："虽然你是一个非常可靠的主顾，可是我很难接受你的钱，按理说，我应该为我为你干活所得到的乐趣支付报酬。"对此，我也不想多说什么

---

① 由于打了一次败仗，国王十分苦恼，就催着卢森堡先生早点回去了。——作者原注。

了。你总是对你的健康状况绝口不提,这让我觉得很遗憾,我最关心的就是你的健康。我是发自内心地喜欢你,我还可以向你保证,对于给你写信告诉你这件事,我觉得很难过,如果可以亲口告诉你,我会觉得无比快乐。卢森堡先生爱你,向你致以诚挚的敬意。

收到她的信之后,我顾不上仔细思索就迅速写了一封回信,说明不能对我的话产生什么令人不快的联想。之后,我怀着可想而知的忐忑不安的心情,思考了好几天,最终还是没什么头绪。于是,我写下了下面这最后一封信:

一七五九年十二月八日,写于蒙莫朗西

把上一封信发出去之后,我又反复琢磨了我说的话。我照着它原本的、自然的意思做了理解,又思考了别人可能理解的意义,但是说实话,元帅夫人,我现在已经不知道到底是应该我向你致歉,还是你向我致歉。

虽然这几封信写于十年之前,但是从那时候开始,我时不时地还会想起它。直到现在,我还想没有想明白这个问题:她到底在信中发现了什么冒犯她或者让她觉得不快的地方。

我需要在这里说明一下,卢森堡夫人想要的那本《爱洛伊丝》手抄本比起别的手抄本到底有什么明显的长处。我还写过一篇《爱德华爵士奇遇记》,对于要不要把它全部或者部分放到这本书中,我考虑了很久,但是最终由于觉得不合适而把它删除了。因为我觉得它的格调不符合这本书,会对全书的淳朴风格有所损害。自从与卢森堡夫人结识,我就有了一个更加有力的理由:我在这篇奇遇记中写了一个罗马的侯爵夫人,性格可憎,这种性格虽然不能和卢森堡夫人扯上关系,但是对于听过这个名字的人来说,有可能说我是在影射她。所以,我非常庆幸决定删除它,并付诸行动了。但是,我又非常想在给她的这份手抄本里加一些别的版本里没有的东西,于是,我又想起了那篇不幸的奇遇记,打算写一个缩写版加进去。不得不说,这个主意简直糟透了。也许,唯一能够解释我会想出这么个荒唐的主意的,就是一直将我拖向绝路的宿命。

Quos vult perdere Jupiter dementat. [1]

我傻乎乎地绞尽脑汁、费尽心思写成了这个缩写版,并当成宝贝一样送给了她。不过我已经提前向她声明,我已经将原稿付之一炬,只有她一个人有这份缩写版,如果她不拿给别人看,别人根本无法看到。可是,这番话并没有达到我预想的效果——让她感觉到我的谨慎小心,反而让她觉得我早就预感到会有影射的嫌疑,会冒犯她。然而,我居然愚蠢到认为她会对我的做法感到无比满

---

[1] 拉丁文,意思是"朱庇特决定毁灭谁,就先让他失去理智"。——引自欧里庇得斯的作品。

意。她并没有如我预期的那样对我大加赞赏,让我惊讶的是,她甚至对我给她的那份缩写版只字未提。而我却一直觉得自己这件事办得非常巧妙,忍不住窃喜,直到很久之后,我才根据别的迹象推断出它带来的是什么后果。

为了她的这份手抄本,我还有过别的合理的想法,但是后果虽然很久之后才出现,却仍然对我有害。可能我命中注定要受苦,各种倒霉事总是层出不穷。我想起要用《朱丽》里的木刻画的原稿来装饰这个手抄本,因为那些原稿和这个手抄本有着相同的大小。于是,我找库安德要原稿,因为不论是出于什么名义,原稿都是我的,况且我还把销量很大的版画的收入让给了他。可是我太过蠢笨,而库安德又太过狡猾。我三番五次地找他要原稿,他就知道了我的用途。他以要在画稿上加一点装饰为借口,把画稿扣留在他那里,最后亲自去送画稿。

Ego versiculos feci, tulit alter honores. ①

这样,库安德就有了正当的理由进入卢森堡公馆。自从我搬到小府第居住,他隔三岔五就会来看我,而且每次都是一早就来。于是,我不得不陪他一整天,就无法去大府第了。主人就责怪我为什么老是不过去,我就告诉了他们原因。于是,他们催促我带着库安德一起去,这正好合了那个滑头的心意。于是,由于别人对我的友善,泰吕松先生的一个职员——如果没有别人同桌,主人有时候也会让他同席——突然就应邀与法兰西的元帅同席,与亲王、公爵夫人和宫廷里的达官显贵坐在了一起。我始终记得,有一天他想早点返回巴黎,元帅先生就在饭后告诉所有在座的人:"我们到圣德尼那条路去散步吧,顺便送库安德先生一程。"这个可怜的小伙子突然受到这么大的恩宠,根本就手足无措。而我也十分感动,连话都说不出来了。我在后面跟随着,如同孩童一样哭泣,忍不住要亲吻这位仁慈的元帅的脚印。这个手抄本的故事让我提前讲述了以后发生的很多事情,还是按照我的记忆,按照时间顺序来说吧。

路易山的房子刚刚完成修葺,我就让人收拾干净,简单地布置了一下,搬回去住了。在我离开退隐庐之前,我就立下了规矩:我要有属于我的长期住所。我不能破坏这个规矩,可是又对我在小府第的那套房间恋恋不舍。于是,我留下了房间的钥匙。同时,我非常贪恋在列柱廊上享用具有独特风味的早餐,所以我就经常去过夜,有时候一住就是两三天,仿佛是去住别墅。在欧洲所有的平民百姓里,也许我是住得最好、最舒服的一个了。我的房东马达斯先生是天底下最好的人,他让我全权负责路易山房子的修理工作,由我亲自指挥工匠,他从不干涉。所以,我把二楼的一个大房间改造成了包括卧室、套间和藏衣室的

---

① 拉丁文,意思是"我作诗歌,让别人享名"。

小房间。厨房和戴莱丝的卧室都位于一楼。我在碉楼装上了好的玻璃隔板和一个壁炉，把它当成我的卧室。我入住之后，又找到了一个好的消遣：装饰平台。原本平台上已经有两行菩提树遮阴，我又添了两行，做成了一个绿树环绕的书斋。我在平台上放了一张石桌和几个石凳，又在平台四周种上了一些丁香、山梅、忍冬，还做了一个跟两排树平行的花坛。比起大府第的平台，这个平台要稍高一点，景色也至少是一样漂亮。在平台上，我又养了很多鸟雀，把它当成客厅，接待卢森堡先生和夫人、维尔罗瓦公爵先生、唐格利亲王先生、阿尔曼蒂尔侯爵先生、蒙莫朗西公爵夫人、布弗莱公爵夫人、瓦兰蒂诺瓦伯爵夫人、布弗莱伯爵夫人，以及一些地位与他们相当的大人物。他们甘愿走一段累人的坡道，从大府第跑到路易山来朝拜。他们之所以愿意来拜访我，都是仰仗了卢森堡先生和夫人对我的厚爱。对于这一点，我心知肚明，所以十分感激他们。出于这种感激，有一次我拥抱了卢森堡先生，对他说："元帅先生，在与您结识之前，我对大人物痛恨不已。可是自从您让我认识到他们是如此容易受到人们的爱戴，我对他们的恨意又加深了。"

另外，我想问在这一时期见过我的所有人，他们有没有看到这样的荣耀曾有任何一刻让我觉得忘乎所以？他们有没有看到这样的香气曾有任何一刻冲昏我的头脑？他们有没有看到我曾经任何一刻举止前后不一，态度不再单纯，对百姓不再亲切，对邻居不再随意？在我能够帮助别人时，我有没有因为讨厌别人给我增加无数的、无理的麻烦而不痛快地答应下来？虽然出于对蒙莫朗西府第的主人的依恋，我的心经常把我拉到他们身边，可是它也会经常把我拉回我的邻居身边，让我体会到对我而言的唯一幸福——平淡而简单的生活。我有一个邻居，名叫皮约，戴莱丝跟他的女儿成了朋友，我自然就和他成了朋友。为了取悦元帅府人，我上午会在府第里拘束地享用午餐。吃完午餐之后，我就着急地赶回家和老好人皮约以及他的家人一起吃晚饭，当然有时候是在我家，有时候是在他家。

除了这两处住所，我很快又在卢森堡公馆里有了第三处住所。有时候，公馆主人会邀请我去探望他们，我被逼得没有办法，所以即便我对巴黎深恶痛绝，也要做出让步——自从我搬到退隐庐隐居，我只去了巴黎两次，就是我前面提到过的那两次。不过，我现在只会在约好的日子前往巴黎，只在那里吃晚饭，第二天一早就赶回来。我进出巴黎都是从面对大马路的花园经过，所以确切地说，我并没有踏足巴黎的街道。

我这段红运当头的日子持续得并不长，预示着其结束的一场灾祸早已在酝酿之中。回到路易山之后不久，和以往一样，我又不由自主地结识了一个新朋友。这个新朋友在我这一生中具有划时代的意义，读到下面的文字，人们就可以判断出我与这个人的结识到底是福是祸。这个人就是我的邻居韦尔德兰侯爵夫人，她的丈夫刚在蒙莫朗西附近的索瓦西购买了一座别墅。她的父亲是达尔斯伯爵，所以她原本是达尔斯小姐。伯爵虽然地位很高，手头却没什么钱，就将女儿嫁给了韦尔德兰先生。这位先生又老又丑，耳朵是聋的，而且脾气粗暴，喜欢吃醋，脸上有刀疤，还只有一只眼睛。不过，要是能顺着他的脾气，他还算是个不错的人。他的年金有一万五千到两万利勿尔，她就是看在这笔年金的份儿上和他结婚的。这个活宝每天都在咒骂、吼叫、大发脾气，让他的妻子每天以泪洗面。最后，他还是以服从妻子的指令收场，可是他的妻子还是生气，因为她非要让他承认是他自愿服从指令的不可。前文中提到的马尔让西原本是这位妻子的朋友，后来又成了这位丈夫的朋友。几年前，他就把自己位于奥博纳和昂蒂里附近的马尔让西府出租给了他们，我与乌德托夫人柔情蜜意的时候，他们就住在那里。乌德托夫人和韦尔德兰夫人是经由她们两个共同的朋友多伯台尔夫人认识的。乌德托夫人对奥林匹斯山情有独钟，就总喜欢去散步，不得不从马尔让西园林穿过去。为了方便，韦尔德兰夫人就给了她一把园门钥匙。有了这把钥匙，有时候我也会和她一起穿过园林，但是我不喜欢遇到什么不速之客，所以有时候偶遇韦尔德兰夫人，我就会留下她们俩单独聊，自己一言不发地继续往前走。对于我这种毫无风度的态度，她自然不会产生什么好印象。不过，她住到索瓦西的时候，还会到我这来。她来路易山看了我几次，都没有见到我，见我老不去回访，就送了我几盆用于装饰平台的花，这样我就不得不去拜访她了，就这样，我们熟悉起来了。

　　跟我别的被迫结识的人一样，与她的结识一开始就风波不断，可以说，我与她的交往从来没有消停过。韦尔德兰夫人的气质与我的气质根本无法融合。她随口就能说出俏皮话和讽刺语，你必须时刻小心，否则一不留神就会被她嘲弄，这让我觉得劳神费力。现在，我可以用我回想起的一件小事来证明这一点。她的哥哥刚刚奉命指挥一艘驱逐舰，去追击英国人，我就谈到了如何装备这艘战舰而又不会有损它的轻快。她却淡淡地说："没错，只需要装上足够打仗使用的大炮就行了。"我很少听到她在背后不带挖苦地说朋友的好话。她凡事都喜欢往坏处想，或者往滑稽的地方看，就连她的朋友马尔让西也不例外。她还有一点让人特别无法接受，就是隔三岔五就让人给你带口信，或者送你礼物，或者捎个便条，我还得花费时间和精力去回复她，收下也不是，拒绝也不是。可是，由于我经常和她碰面，居然对她产生了感情。我和她都有彼此的苦处，我们互诉衷肠，让单独相处的时间变得十分有趣。两个人一起伤心落泪的感觉能让心灵更加接近。我们俩会想办法见面,安慰对方,这种需求就让我原谅了她的很多事情。我对她坦诚的时候有时也十分粗暴,很不尊重她的性格,为了获得她的原谅,我又要表现出对她极大的尊重。有时候,我也会给她写信,下面就是其中的一封。在写给我这些信的回信中,她从来没有流露出一点不快。

一七六〇年十一月五日,写于蒙莫朗西

夫人,你对我说你没有把话说清楚,这么做只不过是想让我知道我说话词不达意。你说你自己愚蠢,只不过是让我知道我有多愚蠢。你说自己是个老实人,就好像害怕别人会因此真的相信你是个老实人。你向我道歉,就是为了让我知道我该向你道歉。夫人,我很明白,我是愚蠢的人,我是个老实人,如果有可能,比这还要糟糕。我不善于斟酌字眼,无法让一个像你这样注意言辞又善于言辞的人满意。但是你也要想一想,我都是按照语言通常意思来组织的,不懂得巴黎那些道德高尚的社交团体采用的高雅的用法,我也不想学习。如果有时候我语焉不详,我会用我的举止尽量确定它的含义……

信的其他部分与这一部分的口吻类似。大家可以看看她给我的回信(丁札,第四一号),看看女人的心是有多么委婉,居然没有对这样的一封信产生任何反感,不但没有在这封信中体现出来,在面对面的时候也没有任何表现。库安德精于投机取巧,而且胆子极大,脸皮极厚,凡是我的朋友他都会往人家家里钻,很快就打着我的旗号钻进了韦尔德兰夫人家,而且很快就比我跟她更熟络了,而我对这一切毫不知情。这个库安德非常奇怪。他以我的名义到我所有的朋友家,一屁股坐下就开始吃吃喝喝。他谈起我的时候总是满怀热情,泪眼汪汪,可是他到我家来看我的时候,却对我可能感兴趣的人或者事情只字不提。他听到的、说到的或者看到的跟我有关的事情,他从来都不会告诉我,只是听我说话,还会从我的嘴里套话。他对于巴黎的事情,得知的唯一途径就是我。总之,虽然大家都会跟我谈起他,他在我面前却不会谈到任何人:他只对我这个朋友保持神秘。不过,还是先不说库安德和韦尔德兰夫人了,后面再说。

我回到路易山不久,画家拉图尔就带着为我画的色粉肖像画过来了。前几年,他曾经把画放在沙龙里进行展览。他想把这幅画赠送给我,被我拒绝了。但是埃皮奈夫人曾经向我赠送了她的画像,又想要我的这张肖像画,就撺掇我找他要回来。他又花了一部分时间,对画像进行了修改。可是在此期间,我和埃皮奈夫人绝交了,我就把她的画像还了回去,既然我不用再把我的画像送给她了,我就把它挂在了小府第的房间里。卢森堡先生觉得这幅画像不错,我就说愿意送给他,他欣然接受了,我就派人给他送了过去。他和夫人都知道,如果可以得到他们的肖像,我会非常高兴。于是,他们派人绘制了两张袖珍肖像,镶嵌在一个用整块水晶石制成的镶金糖果盒上送给了我，我觉得非常雅致，兴奋不已。卢森堡夫人不同意把自己的肖像镶嵌在盒子上。她还多次对我抱怨，我对卢森堡先生的爱超过了对她的爱；这是事实，所以我从不否认。她用放肖像画的方式委婉却明确地告诉我，她一直记得我这种偏爱。

几乎与此同时，我做了一件蠢事，对于保持她对我的恩宠殊无益处。虽然我与西鲁埃特①先生素不相识，也不喜欢他，却为他的行政措施深深折服。他刚开始对金融家下手，我就觉得他选的时机不对，但是并没有因此而不衷心祝愿他能获得成功。听说他离任了，我就凭着我那股莽撞的劲头写下了下面这封信，当然，我现在不想为这封信做任何辩解。

一七五九年十二月二日，写于蒙莫朗西

先生，请接受一个隐居者向您表示的敬意。虽然你不认识这个隐居者，可是他非常佩服你的才能，敬仰你的施政，他因为十分仰慕你，觉得你在位的时间不会很长。你只有舍弃这误国的京都才能救国，所以你对唯利是图者的叫嚣充耳不闻。原本我看到你狠狠地处置那些坏蛋，对你手握大权艳羡不已。现在，我看到你虽然离职了，却矢志不渝，真是忍不住要赞美你。先生，你完全可以对自己十分满意，因为这个官职为你留下了美名，无人可以与你比肩。小人们的诅咒正是正直人的荣耀。

我写这封信的事，卢森堡夫人是知道的，于是她在复活节前来的时候跟我谈到了这件事。我把信拿出来给她看了，她提出要一份抄稿，我也照办了。可是，我给她的时候并不知道她也是关心包税分局并让西鲁埃特离任的唯利是图者中的一员。就我做下的这些蠢事来看，我简直就是在激起一位可爱的、可亲的、大权在握的女人的仇恨，而说实话，我对这个女人日益迷恋，根本不想失去她的恩宠，可是我却做了无数的让我失宠的蠢事。我想此处不用我赘言，在第一部中，我曾经谈到了特龙香先生鸦片制剂的事情，这件事就与她有关，涉事的另一个女人就是米尔普瓦夫人。后来，她们二位谁都没有再对我提过这件事，也没有表现出还记得这件事的样子。可是，要说卢森堡夫人真把这件事忘了个一干二净，就算你不知道后续的事情，我也觉得难以置信。而我自己当时则忙于为自己做的蠢事可能产生的后果而宽慰自己，因为我知道，虽然我做了很多蠢事，却没有一件是有意为之的。而我却不知道，女人就算知道这些蠢事并不是有意为之，也不会原谅的。

---

① 西鲁埃特，时任财政总监，但是只在职九个月就离职了，后来人们用他的名字来指代官场短命者。

然而，虽然她假装没看到什么，也没感觉到什么，虽然我还没有发现她的热情不复往昔，她的态度也产生了变化，可是我有一种持续而且不断增强的预感，我担心她对我的感情用不了多久就会转变为厌恶。我怎么能够期待一位贵妇人能够长久地善待我这个经常笨手笨脚地考验她的人呢？我甚至都不会对她隐瞒这种掩藏在心里、让我六神无主、忧心忡忡的预感。从下面的这封信读者就能发现，里面有一个非常奇特的预言。

　　这封信在草稿上并没有写日期，最迟应该是写于一七六〇年十月。

　　……你们的善意太过残忍，为什么要来扰乱一个放弃生活的乐趣，远离人间苦恼的隐居者的清净呢？我这一辈子都在寻找牢固的情谊，最终却一无所获。这样的情谊在我以前可以取得的社会地位中都没有，难道我还应该在你们这样高贵的人中寻找？我对权和利毫无兴趣，我没有野心，也无所畏惧；除了爱抚，我可以抵抗任何东西。为什么你们两个都在进攻我这个必须克服的弱点呢？我们的地位如此悬殊，难道只靠柔情的表露就可以让我们的心灵联系在一起吗？对于一颗只能感受到友谊而不知道别的交心方式的心灵，单是感激是不够的。元帅夫人，友情正是我的不幸啊！元帅先生，友谊这个词是非常美丽的，可是如果我把它当成真的，就太可笑了。你们只不过是在游戏，而我却情根深种，等到游戏画上句号，等待我的又是一些新的怅惘。对于你们拥有的那么多的头衔，我既感到痛恨，又感到惋惜。你们实在是太配领略生活的乐趣了。你们为什么不是住在克拉兰斯①呢？那样的话，我就可以去那里寻觅我人生的幸福。可是，难道人们应该在蒙莫朗西府和卢森堡公馆看到让-雅克吗？一个人热爱平等，拥有一颗多情的心，对于别人的敬意，他都用爱来报答，以为已经完全报答了他受到的爱。你善良而又多情，这一点我早就知道，也已经看到了。遗憾的是，我没有在更早的时间相信这一点，不过，你所处的地位和生活方式都无法给人留下深刻的印象。而且，那么多的新鲜事物都在互相抵消，其中的任何一个都无法留存下来。夫人，你在使我不能再效仿你之后，一定会把我抛到脑后。是你造成了我大部分的不幸，所以我不会原谅你。

　　我之所以要在信中把卢森堡先生也牵扯进来，是为了不让她觉得我这番话太过严峻；而且，我对卢森堡先生十分放心，从来不曾怀疑他友谊的持久性。虽然卢森堡夫人让我觉得害怕，但是这种害怕从没有波及他身上。我知道，虽然他性格软弱，但是为人十分可靠，所以我从未对他产生任何怀疑。我并不担心他会变得十分冷漠，就像我不会指望他有一种类似英雄的感情。从我们相处时

　　───────────

　　① 克拉兰斯，日内瓦湖上的一个小村庄，有着十分优美的风景。

的朴实和热络，就能看出我们有多么信赖对方。我们这样做是对的：我这一生都会永远尊敬和爱戴这个伟大的人物，而且，就算别人处心积虑地想要让我们心生嫌隙，我也坚信他在离开这个世界之前都是我的朋友，就如同我听到了他的临终遗言。

一七六○年，等他们再次来到蒙莫朗西的时候，我已经把《朱丽》给他们读完了，我就开始读《爱弥儿》，好让自己能够继续待在卢森堡夫人身边，可是，这一次的朗读并不是很成功，可能是因为题材与她的口味不符，也可能是我读得太多，她终于感到厌倦了。可是，她总是责怪我被书商们坑了，就提出把这本书交由她付印，好让我能多赚点钱。我同意了，不过我特别提出了一个条件：这本书不能在法国印刷。关于这一点，我们理论了很久。我的观点是：不可能得到默许，就连请求默许都不谨慎，我又不愿意在没有得到默许的情况下让它在法国印刷。她的立场是：在政府现行的制度下，通过审查并不是什么难事。她居然想出办法，让马勒赛尔卜先生认同了她的观点，后者还亲自提笔给我写了一封长信，告诉我《萨瓦助理司铎的信仰自白》是一部无论在何处都会得到赞许的作品，以当前的情况来说，就连宫廷都会赞许。我看到，这位向来胆小怕事的官员居然会在这件事情上变得如此随和，实在是难掩惊讶。通常如果一本书可以得到他的赞许，印刷就合法了，所以我不再反对这本书的印刷。可是，出于某种特别的考虑，我还是决定这本书拿到荷兰出版，并指定了书商内奥姆，还直接通知了他。不过，我还是同意由一位法国书商来发行这本书，等书印刷出来之后，在巴黎或者任何地方销售都行，因为我和这种销售没有关系。我和卢森堡夫人这样约定好之后，就把书稿交给了她。

这次小住，她是带着她的孙女布弗莱小姐——如今的洛赞公爵夫人——一起来的。当时她叫阿美丽，非常可爱。她有着处女的容貌、温柔和娇羞。她的面孔十分可爱、有趣，让人感觉非常温馨、纯洁。没错，当时她只是一个不到十一岁的小姑娘。元帅夫人总是觉得她太过胆怯，就想尽各种办法鼓励她。有好几次，元帅夫人都允许我亲吻她的孙女，我就带着往日的那种寡淡的神情亲吻了她。换成别人，就会说很多好听的话，而我却如同一个哑巴，感到无比窘迫。我自己都不知道，最害羞的到底是那个小姑娘还是我。有一天，我在小府第的楼梯上与她相遇了：她刚刚去看过戴莱丝，她的保姆正在和戴莱丝交谈。我不知道该说些什么，就提出亲吻她一下，她十分天真，并没有拒绝我，因为当天早上她还接受了祖母的命令，在祖母面前接受了我的亲吻。第二天，我在元帅夫人的床边朗读《爱弥儿》的时候，正好读到我不无道理地批评自己在头一天做的事的那一段。她觉得我这个想法很有道理，并就此说了一些入情入理的话，让我羞愧得脸都红了。对于我这种不可思议的愚蠢,我真是忍不住要咒骂一番。这种愚蠢让我表现得非常下流,身负罪孽,但事实上我只是蠢笨和尴尬而已。在一个众所周知的笨人身上,这样的愚蠢会被视为一种虚假的辩解。我可以发誓,在这个备受指责的吻和其他的吻中,阿美丽小姐的心灵和感官也不会比我更加纯洁。我还可以发誓,要是我当时可以避开她,我一定会这么做。这倒不是我不想见到她,只是我一时半会儿想不出一句恭维她的话,觉得非常窘迫。一个不会被国王的权力吓倒的人,难道会被一个小孩子吓倒吗?究竟该怎么办呢?一点都学不会见机行事,怎么办呢?如果强迫我去跟遇到的人攀谈,我肯定会说出傻话。如果我一言不发,我又会被人们视为愤世嫉俗的人、充满野性的禽兽、一只狗熊。如果我真的愚蠢之极,也许对我更加有利;可是我在交际方面欠缺的才能,反倒成了损毁我具有的才能的工具。

在这次小住接近尾声的时候,卢森堡夫人做了一件好事,我也参与其中。由于狄德罗非常不谨慎,开罪了卢森堡先生的女儿罗拜克王妃。于是,受到罗拜克王妃保护的巴利索就通过喜剧《哲学家们》来为她出这口气。我在这部喜剧中受到了嘲讽,而狄德罗被嘲讽得更为严重。作者对我稍稍留情了一些,我觉得倒不是因为他记着我的情分,而是因为他不想得罪他的保护人的父亲,因为后者非常喜欢我。我当时还不认识的书商迪舍纳在剧本出版时候寄给我一本,我怀疑是巴利索指使他这样做的。也许在巴利索看来,我看到一个与我绝交的人被如此猛烈地抨击,内心一定十分高兴,但是他这种想法是完全错误的。我相信狄德罗主要是喜欢多嘴多舌,而且生性软弱,并不是存心害人,虽然在我们绝交之后,我心中还残存着对他的一丝留恋。甚至可以说,我还敬佩他,对于我们过去的情谊还非常重视。因为我知道,从我们双方来说,过去的这份情谊都是非常真挚的。格里姆则截然不同,他是一个虚伪的人,从来没有爱过我,甚至可以说他从来没有爱过人。他没有任何值得抱怨的事情,他之所以戴上假面具,成为我最凶狠的污蔑者,只是为了满足他的忌妒心。从此以后,我会对格里姆视若无物,可是对于狄德罗,我还会把他视为我的老朋友。看到这个可恶的剧本,我十分难受,读了一部分就将它退给了迪舍纳,还附带了一封信:

一七六〇年五月二十一日,写于蒙莫朗西

先生,我翻阅了你寄送给我的剧本,看到里面称赞了我,简直是无比惶恐。这个礼物非常可憎,我拒绝接受。我确信,你赠送给我的本意不是为了侮辱我,可是你不知道,也可能是忘了,我曾经有一个值得尊敬的朋友,在这个剧本中他受到了诽谤和污蔑。

迪舍纳把这封信拿出去给别人看了。原本狄德罗应该被它感动的,可是他居然大为光火。他的自尊心很强，对于我通过这种豪迈显得高他一筹的做法实在是无法忍受。我还知道，他的妻子到处辱骂我，言辞犀利，不过我并不生气，因为我知道她是个人尽皆知的泼妇。

狄德罗开始报复了，他找到了莫尔莱神父①——他觉得这是一个不错的报仇人；莫尔莱神父模仿《小先知书》，写了一篇名为《梦呓》的短文来攻击巴利索。没想到他不够谨慎，在文章中得罪了罗拜克夫人，被她的朋友们想办法投进了巴士底狱。罗拜克夫人并不是一个喜欢记仇的人，而且当时已经气息奄奄，我觉得这件事里没有她的份儿。

达朗贝和莫尔莱神父的关系不错，就给我写了一封信，让我拜托卢森堡夫人把他从牢里搭救出来，作为感谢，会在《百科全书》里褒奖她。我的回信如下：

先生，在你给我写信之前，我就已经向卢森堡夫人表达了我由于莫尔莱神父的被捕而感受到的痛苦。她知道我关注这件事，也会知道你对此事的关注，而且等她知道莫尔莱神父有多么优秀，她自己也会对这件事十分上心的。不过，虽然她和元帅先生对我青眼有加，让我感到十分欣慰，虽然他们久闻你的朋友的大名，会对莫尔莱神父伸出援手，但是至于他们会如何运用自己的地位和人品产生的影响来操作这件事，我并不清楚。我甚至不相信这次的报复事件会如你所想象的那样，与罗拜克王妃扯上关系。就算真的有关系，你也不应该认为只有哲学家才能独享复仇的快乐。哲学家想当女人，女人也会想当哲学家。

我把你的信拿给卢森堡夫人过目之后，再写信告诉你她会说什么。以我目前对她的了解，我可以提前向你保证，就算她愿意搭救莫尔莱神父，也不会同意你在《百科全书》中对她表示感谢。虽然她会觉得这是一种荣耀，但是她行善不是为了获得赞美，而是为了满足自己的善良之心。

我想尽一切办法激发卢森堡夫人的热情和善心，来搭救那个可怜的囚犯，并最终取得了成功。她专门去了凡尔赛一趟，看望圣佛罗兰丹伯爵。由于这一趟旅程，她在蒙莫朗西居住的时间就大大缩短了。同时，由于卢昂的议会有些骚动，元帅先生也不得不亲自前往，因为国王任命他去那里当诺曼底的总督，好控制局势。卢森堡夫人走后的第三天，就给我写了一封信，内容如下（丁札，第二三号）：

星期三，写于凡尔赛

昨天早晨六点钟，卢森堡先生就走了。至于我去不去，目前还不知道。我现在要等他从那里给我写信，因为他自己也无法确定要在那里待多久。我已经

---

① 莫尔莱神父(1727～1819)，哲学家，著名作家，《百科全书》的编辑人之一。

见到了圣佛罗兰丹先生，他非常愿意帮助莫尔莱神父，却遭遇了一些障碍。不过，他希望可以在下周见到国王的时候扫清所有的障碍。我也请求过，不要流放他，因为人们正在讨论要将他流放到南锡。先生，上面说的就是我得到的结果，但是我答应你，这件事如果得不到你想要的那个结果，我就绝对不让圣佛罗兰丹先生安宁。现在我要告诉你，我早早地离开了你，内心十分惆怅，我想你是猜不到我这种惆怅的。我衷心地爱着你，此生不渝。

几天后，我收到了达朗贝写来的信，并为此感到十分高兴（丁札，第二六号）：

亲爱的哲学家，多亏有你帮忙，神父已经脱离了巴士底狱，他被捕这件事就到此为止了。明天他会去乡下，并跟我一起向你致以崇高的感谢和敬意。Vale, et me ama. ①

过了几天，神父也写了一封感谢信给我（丁札，第二九号），可是我觉得这封信中并没有什么感激之情，而且似乎在贬低我对他的帮助。过了不久，我就发现，达朗贝和他在卢森堡夫人面前可以说——我不能说是顶替了——但是继承了我的位置。我在她心目中失去的位置，都被他们给夺去了。不过，我并不认为我的失宠是莫尔莱神父造成的，我十分尊敬他，绝对不会产生这样的猜疑。至于达朗贝先生，暂时按下不表，后文再谈。

与此同时，我还遭遇了另外一件事，使我给伏尔泰先生写下了最后一封信。见到信后，他大吵大闹，似乎遭受了很大的侮辱，不过，他从未将这封信示人。在这里，我就要补充一下他不想做的事情。

虽然我认识特吕布莱神父，但是并没有见过几次面。一七六〇年六月十三日，他给我写了一封信（丁札，第一一号），信上说，他的朋友兼信友福尔梅在他的报纸上刊登了我写给伏尔泰先生的论里斯本灾难的信。特吕布莱神父很想知道这封信是如何印出来的，而且还以他那市侩的伎俩问我对于重印这封信有什么意见，却绝口不提自己的意见。我对于这种奸诈的人无比痛恨，就表达了应该表示的谢意，口气却非常严厉。他感受到了我的这种严厉，却又花言巧语地给我写了两三封信，直到他弄明白自己想要知道的一切。

不管特吕布莱神父说什么，我都知道福尔梅找到的根本不是那封印出来的信，那封信的第一处印刷就是经过他的手。我知道他是一个不知羞耻的剽窃者，毫不迟疑地用别人的作品敛财，虽然他还没有无耻到极点，把已经出版的书

---

① 意大利文，意思是"望您珍重并爱我"。

的作者的姓名抹去,放上自己的姓名,再卖出去赚钱①。可是他是怎么得到原稿的呢?这就是问题的关键。其实想要解决这个问题并不难,但是我头脑简单,竟然被这个问题难住了。虽然我在这封信中非常推崇伏尔泰,可是如果我未经他的许可就把这封信印出来,虽然他的手法不太正派,却还是有充足的理由抱怨。所以,我决定就这个问题写一封信给他。下面就是我写的第二封信的内容,他没有给我回复,但是,为了更加随意地大发脾气,他还假装因为这封信而气疯了。

一七六〇年六月十七日,写于蒙莫朗西

先生,我原以为再也不会与你通信,但是我最近得知我在一七五六年给你写的那封信在柏林印刷出来了,对于这一点,我要对你进行说明,并真诚地完成这一义务。

我那封信确实是写给你的,所以目的并不是为了印刷出来。我在要求他们保密的前提下,把这封信抄给了三个人,我是由于友谊而不得不这么做的,同样也是因为友谊,这三个人也不能背弃诺言,随便利用保存在手里的手抄稿。这三个人分别是杜宾夫人的儿媳舍农索夫人、乌德托伯爵夫人和格里姆先生,他是德国人。舍农索夫人一直希望能将这封信印刷出来,并为此询问过我,我说这件事的决定权在你。于是她又找你征求意见,但是你拒绝了,于是事情就不了了之。

可是,与我素无瓜葛的特吕布莱神父最近却给我写了一封信,满怀真诚地告诉我,他收到了福尔梅先生的几份报纸,并在上面读到了那封信,还附有编者按,日期是一七五九年十月二十三日,说明这封信是在几个星期前从柏林的书商那里得到的,是印在活页纸上的,一旦散佚就再难得到,因此他觉得应该刊登在他的报纸上。

先生,对于这件事,我只知道这么多。有一点可以肯定,此前巴黎人从未听说过这封信的存在。还有一点可以肯定,就是福尔梅先生手中的那一份稿子,不管是手抄版还是印刷版,只能是从你这里(可能性不大),或者我前面提到的三个人之中的一个手中流传出去的。最后还有一件事可以肯定,就是那两位夫人是绝对干不出这样背信弃义的事情的。现在我正过着隐居生活,关于这件事只能知道这么多。你的通讯网十分广阔,如果你觉得有调查的价值,就可以轻易地利用这个通讯网查清事情的真相。

特吕布莱神父在来信中还告诉我,他已经收藏好了那份报纸,没有我的同

---

① 后来他就是用这样的手段侵占了《爱弥儿》。——作者原注。

意,绝对不会借出去。我当然不会同意,可是巴黎并不是只有这一份报纸。先生,我希望那封信不会在巴黎印刷,并将竭尽全力去阻止。可是,如果我实在无力阻止,如果我及时得知我有优先印行权,我会果断地亲自付印。我觉得这是十分公正、十分合理的事情。

关于你针对那封信的回信,我从来没有给别人看过,这一点你可以放心。如果你不同意,它绝对不会被印出来①。当然,我也不会冒昧地请求你的同意。因为我深刻地知道一个人写信给另一个人,并不是为了让社会上的人看到。但是如果你愿意再给我写一封回信用来发表,我一定会一字不差地把它附在我的信后面,不做一点反驳。

先生,我根本不喜欢你。对于我这个门生和热烈的拥护者,你给我造成了锥心的苦难。你曾经在日内瓦被收留,可是你的报答却是断送了日内瓦。我曾经在同胞面前竭力为你捧场,可是你的报答却是离间我跟我的同胞。你让我在我的祖国毫无立锥之地,让我客死他乡,失去即将撒手人寰的人所应得到的安慰,获得被扔进垃圾堆的荣耀。而你呢,却在我的祖国享受一个人能够享受到的所有荣耀。总而言之,我非常痛恨你,因为是你让我这么做的;但是我是以一个更配爱你的人的身份在恨你——如果你愿意接受我的爱的话。过去,我的心灵充斥的都是对你的好感,而现在只剩下对你的天才的无法抗拒的赞美和对你作品的喜爱。如果你只有才气值得我尊崇,我想这并不是我的错。我将永远保持对你才能的敬意,以及保持这种敬意要求的礼貌。再见了,先生。②

在这些让我的决心越来越坚定的文学上的小麻烦中,我居然得到了文学为我带来的最大荣耀,让我感动不已。这荣耀就是孔蒂亲王的两次前来拜访,一次是到小府第,另外一次是去路易山。他选择的时机都是卢森堡先生和夫人不在蒙莫朗西的时候,好让我知道他此行是专门来拜访我的。我一直确信,亲王之所以会光临寒舍,首先是卢森堡夫人和布弗莱夫人促成的,但是我也确信,亲王之后给我的荣宠都是出于他自己的情感,也是由于我个人的努力。③

由于路易山的房屋太小,而碉楼的景色优美,我就带着亲王去了碉楼。亲

---

① 换言之,是在他和我尚在人世的时候;毫无疑问,对于一个粗暴地践踏所有审慎行为的人,就算最审慎的行为也不能有更多要求。——作者原注。

② 人们会注意到,我写完这封信之后将近七年,我都没有对任何人提过它,也没有拿出来给人看过。去年夏天休谟先生迫使我写的那两封信也是这样,大家都知道,直到他为此大吵大嚷的时候为止。如果我想说敌人的坏话,我总是私下里直接告诉他们本人;如果我想说好话,我总是心甘情愿地开诚布公地说。——作者原注。

③ 看我这种信任有多么盲目,多么愚蠢啊!因为这种信任,我在受到最后那种足够让我觉醒的对待时还不死心。不过,在我一七七〇年回到巴黎之后,这种信任就不复存在了。——作者原注。

王对我恩宠有加,居然邀请我陪他下棋。我知道罗伦齐骑士是他的手下败将,而我比起罗伦齐骑士还要稍逊一筹。可是,不管骑士和围观者怎么给我使眼色和做鬼脸,我都假装没有看见。我们一共下了两局,而我两局都赢了。下完之后,我恭敬又庄重地说:"大人,我对尊贵的殿下太过崇敬,所以一心想着要赢了你。"这位亲王才华横溢,见识广博,至少我觉得他已经切实感受到我把他当成了一个普通人,我可以确信,他对这一点感到无比满意。

就算他感到不满,我也不会因为自己没有欺骗他而责怪自己,当然,我内心对他的仁爱充满了感激之情,这一点我无须自责。不过,有时候我报答他的盛情的态度不是很好,而他却总是采取十分雅致的态度表达对我的盛情。过了几天,他就派人给我送来了一篮子野味,我接受了。几天后,他又派人送来了一篮子,他的一位随猎武将按照他的意思给我写了一封信,说那是殿下打猎的成果,是他亲自打到的。这一次,我又接受了。但是我给布弗莱夫人写了一封信,说如果再送我就不会接受了。这封信招致了众口一词的责骂,而且也确实该骂。一位宗室的亲王如此客气地给我送来野味,我却粗鲁地予以拒绝,这并不是一个高傲的人想保持独立人格时的细心,而是一个不知好歹的人的粗鄙。每次我在函稿集中读到这封信,都会忍不住脸红,后悔写了这封信。不过,我写《忏悔录》的目的不是为了隐瞒我愚蠢的行为,而且,这次的愚蠢行为让我对自己痛恨不已,让我根本无法隐瞒。

我差一点又做了另外一件蠢事,变成他的情敌,当然也只是差一点。当时,布弗莱夫人是他的情妇,可是我对此毫不知情,她经常和罗伦齐骑士一起来看我。当时她很年轻,容貌美丽,有一副古罗马人的派头,而我比较浪漫,这一点我们就有点志同道合。我几乎迷上了她,我想她看出了这一点,罗伦齐骑士也看出来了,至少他曾经跟我谈论过这件事,并且没有让我泄气。不过,这次我已经学乖了,我都五十岁了,也该学乖了。在《给达朗贝的信中》,我刚刚训斥了那些人老心不老的人,现在要是我不接受教训,实在是让人羞愧。而且,得知我原本不知道的情况,再去跟这样的大人物争风吃醋,我一定是昏了头了。最后一点就是,我对于乌德托夫人还没有完全死心,我觉得在我心中她是无可替代的,这一生我都不会再陷入爱情了。在我写下这几行字的时候,我还被一位少妇看中,她非常危险地挑逗我,美目流转,让我方寸大失。可是,如果她假装忘记了我是个年逾六十的老人,我自己却没有忘记。既然我这一步都没陷下去,就不必再害怕失足,这一生都安全了。

布弗莱夫人既然看到我钟情于她,也就看出我把这份感情压了下去。我没有那么傻,也没有那么狂妄,会觉得她对我这把年纪的人产生兴趣。但是从她对戴莱丝所说的话来看，我确定她也对我产生了好奇。如果果真如此，而她又因为没有满足自己的好奇心而不肯原谅我，那就不得不承认，由于我生来就喜欢动情，我肯定会成为这个弱点的受害者。因为如果我败给了爱情，我就会很倒霉。如果爱情败给了我，我就更加倒霉。

在这两年中充当我指南的函件集，到此就结束了。以后，我只能凭借着记忆的踪迹继续往下写。在这个残酷的时期，我的记忆非常清晰，留下的印象非常深刻，所以，虽然我在自己种种灾难的汪洋中迷失，我也无法忘记第一次沉船的悲惨遭遇，虽然我对沉船的后果已经记不太清了。所以，在这一章里，我可以继续自信前行，如果想要走得更远，就只能摸索着前进了。

第十一章

很早之前便已付印的《朱丽》虽然在一七六〇年年末还没有出版,但却早已名噪一时。卢森堡夫人曾在王宫中提到它,乌德托夫人也在巴黎对它有所提及。以至后者在我的许可之下,拜托圣朗拜尔为波兰国王朗读手抄本,那位国王无比喜欢。我也曾让杜克洛朗读过,同时他在法兰西学士院中提到过它。整个巴黎全都迫切地想要看到这本小说:位于圣雅克路以及王宫广场的书商全都被打探消息的人围堵起来。最终,它终得以出版面世,不同于以往,它所获得的成功并未辜负人们对它抱有的迫切期待。最早看到这本书的人之中,太子妃算一个,她认为这是一部精彩绝伦的作品,之前也曾向卢森堡先生提到过它。至于文学界的观后感却相当不统一。然而在社会上却仅有一种看法;尤其是在妇女群体中,无论是对于作品,还是对于作者,她们全都痴迷到如此的地步,倘若我当真动手的话,纵然是在上层阶级的妇女之中,也很少会有人不为我而折服。对于这一点,我掌握了很多证据,只是并不想写出来,而这类证据无须进行试验,便可以对我的这个结论加以证明。说起来也怪,尽管不论是男是女,法国人全都并未在这本书中获得相对较好的待遇,然而此书却在法国获得了比欧洲其余国家更为巨大的成功。与我预期的截然不同,它在瑞士所获得的成功最为微弱,而在巴黎却获得了极大的成功。友情、爱情、道德在巴黎是否会比在其他地方具备更多优势呢?毋庸置疑,并非如此;只不过在巴黎依然存在那种精致的感觉,它让人对友情、爱情、道德的形象心向往之,让我们对自身早已丧失但却在他人身上看到的那种圣洁、缱绻、忠厚的情感倍加珍视。如今,四处呈现一片腐朽,风俗与道德早已在欧洲销声匿迹了。然而,假如说对风俗与道德仍然抱有些许的钦慕之情,则务必要来巴黎才可以发现。①

---

① 这些话写于一七六九年。——作者原注。

倘若想透过如此之多的偏见与虚伪的热情,而分辨出人类内心的真情实感,则务必要擅长洞悉人心。若是想——假如我敢如此表达——感受到弥漫在这部小说中的那些各种各样的精细情感,则务必要具备细致入微的分寸感,至于这个分寸感则仅能从高级社会的教导中获得。我并不畏惧将此书的第四部分与《克莱芙王妃》①进行对比,同时我确定,倘若这两本书的读者全是外地人的话,那么他们便永远无法体会到书中所包含的价值。正因如此,倘若我的这部作品是在王宫中取得了最大成功,那便也不足为怪了。这是由于王宫里的人全都接受过一定的训练,较易领悟言外之意,因此书中所包含的那些形象而婉转的神来之笔,仅能在王宫中获得赏识。然而此处仍需加以区分,有一类聪明人非常不适宜阅读此书,这是因为他们的细致仅仅体现在对恶事的观察之上,而对仅能发现善事的地方却没有丝毫的察觉了。举例而言吧,倘若《朱丽》是于我心目中的某个国家出版的话,我敢肯定它刚一问世便会触礁,因为没有一人可以将它看完。

我收到了人们针对这本书的很多来信,我将其中的大多数全都收藏在了一起,同时编辑为一札,如今保存在那达雅克夫人手中。倘若这个函件集得以发表的话,人们便会从中发现意见是怎样出现分歧的,以及与社会上的人有所交往到底是怎么回事,同时也能发现很多千奇百怪的言论。题材的简洁与趣味的衔接是人们在这本书中最容易忽视的一点,同时也是永久地让这本书变成绝无仅有的作品的一点。所有的趣味皆集中在三个角色之上,连接了六卷,毫无穿插,也毫无如同传奇一般的际遇,同时不管是角色还是情节,全都没有丝毫的凶险之处。狄德罗曾大肆吹捧理查生②,认为他所塑造的场景变幻莫测,角色层出不穷。固然,理查生具备其自身的优势,他可以将一切场景以及角色的特征全都非常出色地描写出来,然而他和最无趣的小说家大同小异,这是由于从场景以及角色数量来看,他们始终通过繁多的角色与稀奇际遇来填补他们思想的贫乏。通过不停地展现从未听闻的事以及如同走马灯一般的瞬间闪现的新角色,会比较容易吸引读者的注意力,然而要让如此的注意力时常保持在同一个目标物上,同时并不依靠奇怪的际遇,便明显相对不易了;假如在其余一切全都相等的情形下,题材的简洁更能让作品异彩纷呈的话,则理查生的作品尽管在很多方面都出类拔萃,但却无法在这一方面与我的这部作品相提并论。但我却明白

---

① 《克莱芙王妃》(1678 年),言情小说,作者是法国女作家拉法耶特夫人,以细腻入微的心理描写著称。

② 理查生(1689~1761),英国作家,作品有《帕米拉》等,对狄德罗、卢梭都有影响。

自己的这部作品如今夭折了，同时我也清楚致使它夭折的缘由所在，只不过日后它必定是要复活的。

由于我担心自己不足以将趣味持续到底，因此我的所有担忧便是因为渴求简洁而使故事的走向逐渐沉闷起来。有这样一个事实将我的这类担忧统统消除了，而且仅凭这一个事实，便比这本小说所带给我的任何奖赏都令我开心。

这本小说是在狂欢节开始面世的。有一天，歌剧院正准备筹办大型舞会，一个书贩将这本书送至达尔蒙王妃①手中。晚餐结束后，她命人为她换装，以便参加舞会，而后一边等待，一边开始阅读这本新小说。深夜，她下令套车，而后再次接着往下读。有人进来禀告马车已经套好，她并未回应。她的仆人发现她已经读到了忘我的境界，于是前来提醒她早已两点了。她回答道："时间还早。"继续读了下去。过了一会儿，由于她的表不走了，于是揿铃询问时间，人们告诉她四点了。"既然这样，"她回答道，"去舞会已经为时太晚，将套在车上的马卸了吧。"她命人为她卸下装扮，而后继续读至天亮。

当我从人们口中得知此事后，我始终想要与这位达尔蒙夫人见一见，不仅是想从她口中确认此事是不是属实，同时也是由于我总是会这样思考：一个人能够对《爱洛伊丝》产生如此炽烈的热情，必定是由于具备所谓的第六感，也就是所谓的道德感，然而这世间拥有第六感的灵魂太过稀少，不具备这种第六感，任何人都无法理解我的内心。

由于女人们全都坚信这是我为本人的经历而创作的，我本人便是这部作品的主人公，因此她们全都对我抱有好感。如此的看法太过坚不可摧了，甚至波立尼亚克夫人居然会向韦尔德兰夫人写信，委托她恳请我让她看一眼朱丽的画像。所有人都对此坚信不疑，一个人绝对不会将自身并未经历过的情感刻画得如此形象生动，同时仅有遵循自己的心灵才可以将爱情的疯狂热烈刻画出来。对于这一点，人们的想法是正确的，诚然，我的这部作品确实是在最为热烈的心神迷醉中创作出来的；然而人们觉得务必要存在真实的对象才可以出现如此心神迷醉的情形，如此的想法便是错误的：人们根本无法想象出我的内心可以为幻想之中的角色燃烧到如何的地步。若不是因为有些许青年时期的久远记忆以及乌德托夫人的话，我所体验到的以及刻画出的那类爱情仅能以神话中的女精灵为创作原型了。我既不想肯定，又不想反驳一个对我有益的失误。从那篇我单印出来的对话体的前言中，人们便能发现我是如何在这个问题上让社会去自行探索的。条件严苛的德育家们认为我理应将事实干干脆脆地讲出来。至

---

① 不是她，而是另外一位我不知道名字的贵妇，但是这件事是真的。——作者原注。

于我呢，我则无法看出有丝毫的理由非要如此不可，而且我坚信，倘若毫无必要去做这样的声明，那便并非是坦诚而是愚笨了。

《永久和平》几乎也是在此时出版的。第一年我将稿件交给那位名叫巴斯提德的《世界报》的主编辑，并且无论我情愿与否，他执意要将我的所有手稿全部投到那家报社。他是杜克洛先生的老相识，于是便以杜洛克之名来强迫我帮他填充《世界报》的内容。他听人提及《朱丽》，于是便让我将它发表在他的报纸上，同时他也要求我将《爱弥儿》发表在他的报纸上，倘若他听探到《社会契约论》的一丝消息，同样会要求我拿去在他的报纸上发表出来。最终，我实在无法忍受他的叨扰，于是决定将我为《永久和平》所写的纲要以十二个金路易的价格出售给他。原本我们商定仅仅在他的报纸上加以刊出，然而稿件刚一落入他手，他便认为单行本更为适宜——单行本应审核官的要求而进行了些许删减。倘若我同时加上自己对这部作品的评述，那又该审核得如何了呢？极为幸运，我并未向巴斯提德先生提及我所写的那篇评述，它并不属于我们的协议范畴。这篇评述如今依然是手稿，与我所写的其余文稿放在一起。倘若有一天它可以被公开发表出来，人们便会发现，伏尔泰针对这个问题而讲过的那些玩笑及其所抱有的那种狂妄语气，如何不让我忍俊不禁！这位不幸之人在他插话乱说的那类政治问题上到底抱有怎样的看法，我知道得再清楚不过了。

就在我从社会上获得成功，从女人那里博得宠爱时，我觉得自己在卢森堡公馆的处境日渐衰败，由于元帅先生给予我的热情与友情依然似乎在日益增加，因此并非是他面前，而是在他的夫人面前。当我不再有任何东西能够念给她听后，她所居住的那间房便不怎么为我打开了；尽管我依然十分频繁地在她前来蒙莫朗西暂住时探望她，然而除了在餐桌以外便几乎无法看到她了。以至在她身旁同样不会再标注我的座位了。既然她不愿意再将这个位置留给我，既然她不再愿意与我交谈，既然我和她同样无话可说，那么我宁肯坐在另外的一个位置上，尤其是在夜晚，如此还会相对惬意一点，于是我便在悄无声息中慢慢习惯于坐在距离元帅先生相对近一些的位置。

说起晚上，我记得早已讲过我并没有在府第中享用晚饭，这在我们初识时的确是事实；然而，由于卢森堡先生并不吃午饭，以至都不在餐桌旁坐一下，最终我在他家待了好几个月，已经非常熟识了，但却依然未能与他一同就餐。承蒙他的善意，尤其将这一点讲出来，这便让我决意在访客较少时，时不时也在那个地方享用一顿晚餐。由于他们差不多是在露天环境下享用午餐，而且正如俗语所讲的，屁股都不挨一下椅子，至于晚餐却由于进行了长久的散步返回家中，人们非常乐意利用吃饭的间隙来小憩一下，因此吃饭所耗费的时间非常之久，在我看来这同样非常不错；加之卢森堡先生非常贪恋口欲，因此非常精美；此外由于卢森堡夫人的热情款待，因而非常惬意。若不是进行这般说明，人们就会非常难以理解卢森堡先生在某一封信的尾声所写的那几句话（丙札，第三六号），他说自己回忆起我们在一起的散步，始终感觉韵味无穷，他再次补充道，尤其是当晚上重回院中，我们无法看见高车大马的车轮印迹——由于每日清晨都有人会用耙将院中的沙弄平整，同时清除车轮印迹；因此，下午的访客人数可以通过沙面上的印迹的多少加以判定。

当我有幸看到这位忠厚的贵人之后，他曾持续不断地遭遇丧事。他的悲惨在一七六一年达到了巅峰：便如同命运为我预备的苦难必定会从我最为迷恋、与此同时是最让我有所留恋的人开始一般。头一年他失去了妹妹，也就是维尔罗瓦夫人；次年失去了女儿，也就是罗拜克夫人；接着在第三年便失去了他的独子蒙莫朗西公爵以及他的孙子卢森堡伯爵，如此一来也便丧失了他的宗支以及姓氏所仅有的子嗣了。他用一种从表面上感受得到的坚强忍耐着这一切的丧事，然而他的内心却始终在暗暗流血，一生都不会消失，于是他的身体日益变得衰弱。由于国王在当时刚刚降恩于他的儿子，同时预先许可让他的孙子来继承他的近卫军司令的职位，因此他儿子的意外离世让他格外地伤心不已。然而这个让他最富期待的孙子，却再次让他痛心不已地看着他逐渐枯槁而死。这完全归咎于母亲对那个将药当作饭来让他服用的医生的盲目信赖，最终便让这个不幸的孩子由于营养不良而去世了。哎！倘若他们能够听我的，你们祖孙两人时至今日还依然健康地活着呢。母亲盲目信任医生，对儿子的餐饮忌讳太过繁多，对于这种太过严苛的餐饮制度，我还有怎样的言辞并未当着元帅的面或者向他写信道明啊，又有怎样的建议并未跟蒙莫朗西夫人讲过啊！卢森堡夫人的看法反而与我一样，只不过并不想挑战母亲的威严；卢森堡先生的为人温柔且懦弱，根本不乐于违背他人的意志。蒙莫朗西夫人将波尔德供奉为神灵，最终却将儿子的性命葬送了。当这个不幸的孩子被准许与布弗莱夫人一起去路易山跟戴莱丝要甜点享用，往他那长时间处于饥肠辘辘的小胃中投置些食物时，他该有多么开心啊！虽然这是一位出身于拥有如此富足的财产、如此优越的家世、如此繁多的头衔与官爵的仅有的继承人，但是当我看见他居然会如同乞丐一般疯狂地吞食一小块面包时，我的内心对荣华富贵的虚妄感到无比慨叹啊！但是医生最终获胜了，孩子最终因饥饿而死，因此我就算是讲了依然只是白讲，就算是做了依然只是白做。

孙子的性命因对江湖医生的盲目信赖而断送了，而后又为祖父挖好了坟坑；此处除了对医生的盲目信任以外，另外包括了一种忌讳讨论年老残疾的胆怯心情。原本卢森堡先生的大脚趾每隔一段时间便会感觉有些疼痛，他曾在蒙莫朗西犯过一次病，导致他整夜无法入睡同时稍有些高烧。我果敢地讲出了痛风一词，卢森堡夫人还痛斥我一番。元帅先生的那位随身外科大夫并不认为这是痛风，同时用止痛膏对患处进行包扎。极为不幸的是疼痛果真有所缓解，于是当疼痛再次发作时，自然会照旧使用这个曾抑制过疼痛的老方法；身体素质下降了，病痛猛烈了，于是药量也便随之增加了。卢森堡夫人最终意识到，这的确是痛风，于是抵抗这种妄图出现疗效的治疗方式。然而人家却背着她照旧医治下去，若干年以后，卢森堡先生因为自身的失误，因为他执意想将自己医好而去世了。只是不要将很多悲惨的事预先讲得太过提前吧：在这个惨事发生以前我还有多少别的惨事需要讲啊！

说起来也怪，但凡是我可以讲可以做的所有事情，纵然是在我极为谨慎地想要维持她的好感时，也全都似乎注定是要惹卢森堡夫人感到不悦的。卢森堡先生持续不断地感受到的那些疼痛仅能让我更为迷恋他，因此也便更为迷恋卢森堡夫人：这是由于我一直认为他们夫妻两人是如此真挚地相结合，甚至你对其中一人的情感必定会扩展到另外一个人。元帅先生慢慢衰老了。由于他往往驻守在宫中，因此便需要时时刻刻地操劳着，同时要不停地狩猎，尤其是他的司令部中的公事的烦劳，所有的这一切全都需具备年轻人的体力才能实现，而我早已无法看出他有何必要持续花费如此之多的体力来保全他的岗位。他的职位未来全都会分配出去，当他去世后他的宗支便会就此断绝，他所付出的那些辛劳，核心目的原本在于维持国王的恩宠，恩泽惠及子孙，然而如今还有何必要继续下去呢？有一天，唯有我们三人待在一起时，他讲述着王宫生活的辛劳，俨然摆出一副亲人逝去的心灰意冷的模样，于是我便斗胆向他提及退休问题，跟他提到西尼阿斯当年给予皮洛斯的那个规谏。他嗟叹了一下，不置一词。然而当卢森堡夫人与我单独碰面时，便咄咄逼人地否决了我的这个规谏，由此可见我的这个规谏曾经让她大感惊慌。她再次补充了一个在我看来是相当正确的理由，让我永久地不再重提这个建议了；她告诉我，在王宫中的长时间生活早已习以为常为一种真实的需求，以至在此时，对卢森堡先生而言依然是一种排忧解愁的方法，我规劝他退休，这对他而言并非是休息，反而是一种流放，在这种流放的生活里，无所事事、苦恼愁闷，用不了多久便会让他精疲力竭。尽管她理应发现自己早已让我为之信服，尽管她理应相信我，我既已承诺不再重提退休之事，便肯定会言出必行，只不过我感觉她自始至终依然不是很确信；我记得便是从那个时候开始，我与元帅先生单独交谈的时间减少了，而且几乎始终会有人来插话。

从一个角度来看,我的愚笨与我的倒霉便如此结合在一起来当着她的面加害于我,而从另外一个角度,她经常会面的同时是她最为欣赏的人们在这一方面同样对我毫无用处。尤其是布弗莱神父,我从未在这个风姿绰约的年轻人身上看出他对我抱有多大的友善之情;他不仅是元帅夫人交际圈中的唯一一个对我毫不关心的人,同时我仿佛意识到,每次他来到蒙莫朗西,我便会在元帅夫人面前遭受一些损失。坦白讲,纵然他并不想对我造成损害,然而只需他在场便已足够,这是由于在他那精巧言行的风姿与趣味的对比之下,我的 spropositi(愚笨言行)看起来尤为突兀。前两年他几乎并未来过蒙莫朗西;我承蒙元帅夫人的厚遇,依然凑合维持得有模有样,然而当他出现的次数增多一些,我便无能为力地被比下去了。我反而非常乐意钻入他的卵翼下,力求让他对我抱有好感,然而,笨脾气让我在需要讨他欢心之时反倒阻碍了我,让我无法实现这个目标;我为了博得他的好感而愚昧做出的事,最终让我在元帅夫人面前完全丧失地位,然而在他面前却对我没有丝毫的好处。按照他所具备的聪慧,原本是干什么都能够获得成功的;然而他既不会潜心研究,又乐于游玩,这便仅能让他在各个领域都孤陋寡闻。然而,优势也便在于他的孤陋寡闻很多,若想在上层社会崭露头角,所需的也仅仅是这些罢了。他的小诗写得非常不错,信同样写得非常不错,同时还能胡乱弹奏几下西斯特尔琴,以及会画几笔彩铅画。他突生一念打算为卢森堡夫人创作一幅画像:这幅画像着实画得非常恐怖。她觉得这幅画像丝毫也不像她,这反而是真实的。然而这个奸诈的神父却非要问我;于是我这个笨蛋,谎称画得非常相像。我本来是想博得神父的欢心,然而如此便无法博得元帅夫人的欢心了,于是她在她的记过本上为我再添一笔;至于神父呢,如此玩弄我一通后,便开始讥笑我。我同样是在年迈之时才学会卖乖的,经历此事之后,便就此领悟不要再不顾自身是否具备如此的本事而妄图肆意吹捧了。

我的才华便是向人们讲述一些有益但却逆耳的真理,同时讲得非常有分量,非常有胆量;我原本理应为此而感到心满意足。我自从生下来便不懂得阿谀奉承,甚至都不会称赞他人,我准备称赞他人时的那股愚笨劲要比我指责他人时的那种刻薄劲更加让我遭罪。此处我可以列举一个骇人的事例,它所带来的后果不仅对我余下的人生产生了影响,或许还会决定我死后的声名。

当卢森堡夫妇暂时居住在蒙莫朗西的那段时间,舒瓦瑟尔[①]先生偶尔也会前来府第享用晚饭。有一天他抵达府第,刚好碰上我从府第外出。他们便开始

---

①　舒瓦瑟尔(1719~1785),一七五八年时担任外交大臣,后来成为陆海军大臣。

谈论我:卢森堡先生向他讲述了那段我与蒙太居先生在威尼斯一起做事的经历。舒瓦瑟尔先生认为我舍弃这个工作非常可惜,倘若我还想回去的话,他相当乐意替我进行安排。卢森堡先生将这些话告诉了我,由于我还不习惯于接纳大臣的垂爱,因而对此极为感动;虽然我早已三番两次地下定决心,然而倘若我的身体条件可以允许我权衡此事的话,我本人同样不敢保证真的可以不再做出那样的蠢事。当毫无任何其他的激情能够霸占我的内心时,豪情壮志在我心中也仅能昙花一现,然而即使只有这一瞬也足够让我去旧梦重温了。既然舒瓦瑟尔先生的这番善意让我对他产生了情感,同样便增加了我对他的仰慕之情,这是由于自从他担任大臣之后的若干举措已经让我对他的才华产生了敬佩之情,尤其是那个《家族协定》①,我认为这刚好证明他是一位首屈一指的政治家。他在我的意识中依然占据了另外一个便宜,那便是我始终看不上在他之前的历任大臣,甚至连蓬巴杜尔夫人也包括在内,这是由于我一直将她视为首相。在传闻说她或者他之间必定会有一位淘汰掉另一位时,我觉得祈祷舒瓦瑟尔先生获得胜利便是在为法国的荣耀而祈祷。我始终对蓬巴杜尔夫人抱有厌恶之情,以至于早在她发迹以前,我曾于波普利尼埃尔夫人家中遇到她,而她依然被称之为埃蒂奥尔夫人时便是这样。自从那个时候开始,我便对她在狄德罗问题上的默不作声感到不满,同时包括她对和我相关的《拉米尔的庆祝会》《风流诗神》与《乡村卜师》等问题的态度。无论是何种类型的收入,这部名叫《乡村卜师》的歌剧都未能给予我和它所获得的成功相匹配的收益;并且不管是在怎样的场合,我始终察觉她非常不乐意帮助我,然而罗伦齐骑士依然向我提议,规劝我为这个贵妇人写些溢美之词,并示意如此会对我产生好处。这个提议让我愤怒至极,尤其是因为我了解得非常透彻,他的这个提议并不是出自本意;我清楚他这个人本身毫无有在感,仅仅是在他人的鼓动下才可以想些什么,做些什么。由于我太不善于控制自己,因此我对这个提议的蔑视并未瞒住他。我对那个宠妃没有丝毫的好感,同样无法瞒过任何一个人;我心中非常清楚,她本人晓得我对她并无好感,而这一切同样便将我的切实利益与我的自然性情融合在我为舒瓦瑟尔先生所做的祷告中了。我很早就已对他的才华(我所了解的仅仅是他的才华)产生敬仰之情,同时对他的善意满怀感谢之意,除此之外,由于我在自己的归隐生活中全然不知他拥有怎样的喜好、怎样的生活方式,因此我在事先便将他视为社会大众与我本人的报仇者了。那个时候我正在为《社会契约论》进行

---

① 《家族协定》是舒瓦瑟尔为了对付英国的海军势力,于一七六一年发动法国、西班牙和那不勒斯订立的同盟条约。

最后的修改动，便是在这本书中我仅用一句话表达了对之前历任大臣以及对现任这位超越前人的大臣的看法。这一次我便违背了自己始终坚守的箴言了；并且，我在那时并未料到，当你想要在相同的一篇文章中猛烈地称赞或是指责，而又不指名道姓时，你便务必要让自己的称赞之词符合你所要颂扬的对象，让最为多疑善妒人也无法从中发现丝毫的含糊不清的地方。对于这一点，当时的我太过愚昧，以为全然不会出错，以至做梦都未曾料到会有人加以曲解。用不了多久大家便能明白我到底是对还是错了。

我的不幸之一便是始终要与一些女作家有所往来。我觉得起码在大人物中，我总能摆脱这种晦气。然而事实并非如此：晦气依然紧紧盯着我。根据我所了解的，卢森堡夫人始终没有这样的毛病。然而布弗莱伯爵夫人却拥有如此的毛病，她创作了一篇散文悲剧，率先在孔蒂亲王先生的交际圈中朗诵、流传以及吹捧，然而即使拥有如此之多的称赞，她却始终无法感到满足，依然跑来询问我的看法，目的是想获得我的称赞。她获得了我的称赞，只不过显得相当温柔，正好如同作品理应得到的那样。除此之外，由于她所写的那本《豪迈的奴隶》的剧本非常类似于一个译名为《奥罗诺哥》的英国剧本，虽然这个剧本并不是很有名，但我依然觉得务必要提醒她。布弗莱夫人向我的建议表示了感谢，但同时却又对我承诺道，她所写的剧本与那另一个剧本之间没有丝毫的相似之处。我除了她之外从未将这个抄袭告诉其他人，至于我会告诉她的原因，也仅仅是完成了她迫使我完成的义务而已；自那个时候开始，我便往往会记起吉尔·布拉斯在布道的大主教面前尽职尽责的结局了。①

不仅是布弗莱神父——他对我完全没有好感，不仅是布弗莱夫人——我当着她的面犯下了女人与作家全都永远无法宽恕的失误，我始终认为元帅夫人的其余友人全都不是非常乐意与我结识。这之中便有埃诺议长，在他进入作家行列以后便难免会染上作家的毛病，同时还有迪德芳夫人与莱斯彼纳斯小姐，她们两个人全都与伏尔泰私交甚密，同时是达朗贝的知心挚友，以至后者最终便与达朗贝住在一起了——当然啦，他们两人同居全都极其中规中矩且又堂而皇之，完全无法进行其他的说明。由于迪德芳夫人双目失明，成为我眼中的怜悯对象，因而一开始我便非常关心她。然而她的生活习性与我的截然相反，彼此的起床与睡觉时间几乎颠倒。她对略有才华的人又是如此毫无止境的钟爱，随意刊行一本破书，便视为一件了不得的大事或加以追捧或肆意辱骂。她所讲的

---

① 格拉纳达大主教问吉尔·布拉斯，自己最后那篇讲道词写得怎么样，吉尔·布拉斯说比起以前的逊色一些，就被辞退了。

话便是圣旨，而且讲得如此果断，如此粗鲁；无论对任何事，赞同也罢，反驳也罢，全都如此固执，一旦提及便总会青筋暴起，全身战栗。她所抱有的那些匪夷所思的偏见，那些无法抑制的执拗，那些缺乏理性的判断的倔强性所形成的无缘无故的热诚——没过多久这所有的一切便让我感到厌倦，不愿继续照料她了。我逐渐远离她，她同样意识到了这一点：这便足以让她怒气冲天。尽管我深刻地意识到，一个拥有如此个性的女人是何等恐怖，然而我却依然宁肯挨她怨恨的大棒，也不想遭受她友情的灾害。

　　我不仅在卢森堡夫人的交际圈中显得孤立无助，同时又在她家中结下了冤家。虽然这个冤家仅有一个，然而，以我目前的状况来说，仅仅这一个便比得上一百个了。这个冤家自然并非是她的兄弟，也就是维尔罗瓦公爵，他不仅曾来探望我，而且还数次邀请我前往维尔罗瓦；因为我回复得过于礼貌，他便将这种模棱两可的回复视为同意，所以便邀请卢森堡先生与夫人一同前去暂住半个月，同时建议我与他们一起前行。由于当时我的身体情况并不允许我外出走动，因此我便拜托卢森堡先生费心替我婉拒了。人们可以从他的回信（丁札，第三号）中发现他确实是十分真诚热情的，维尔罗瓦公爵先生同样并未因此而不再如同往日一般宠爱我。他的侄儿兼继承人，也就是那位年纪轻轻的维尔罗瓦侯爵对待我并不如同他的叔父一般饱含善意了，与此同时，我坦白，我对他同样并未抱有如同对待他叔父一般的钦佩。我无法忍受他所持有的那种轻佻态度，而我的冷漠同样惹来了他的嫌恶。以至有天夜里他在饭桌上戏耍了我一下，但却因为我愚笨，无法耐住脾气，处理得非常糟糕，而且一旦当我感到愤怒，我所仅有的那一点机警不仅毫无增加，反倒逃离得无影无踪了。我养了一只名叫"公爵"的狗，是其他人在它年幼之时，几乎便是我刚刚搬至退隐庐时赠送给我的。虽然这只狗并没有多么漂亮，然而在它所属的种类中依然相当稀少，我将它视为自己的伴侣与朋友，而且毋庸置疑，它要比大多数自诩为朋友的人更有资格称之为朋友。因为它生性对人友好，同时富有情感，我们彼此之间又相依为命，于是它在蒙莫朗西府中有了名气；只不过因为一种非常愚昧的忌讳心态，我再次将它改称为"土耳其人"，实际上有非常之多的狗全都称之为"侯爵"，也并未看到哪个侯爵会因此而愤怒。维尔罗瓦侯爵得知改名一事，于是穷追不舍地对我发问，致使我不得不当场将自己所做的事情表述一遍。在这个故事中，"公爵"的称呼之所以含有玷污的意思，并非是将这个姓名安在了狗身上，而是因为它改换了姓名。最为倒霉的是那个时候还有若干位公爵在场：卢森堡先生是一位公爵，他的儿子同样是公爵。维尔罗瓦侯爵日后将会成为公爵——今日他已是公爵了。他用一种落井下石的兴奋，在他为我惹来的窘境及其所形成的后果中自得其乐。次日有人告诉我,他的伯母因为此事将他痛骂一番;你们可以加以判定,假如果真有这一番痛骂,是否会对改善他与我之间的关系有所帮助。

不管是在卢森堡公馆或是在老圣堂区,唯有罗伦齐骑士一人愿意替我应付如此之多的仇敌。罗伦齐骑士自诩为我的朋友,然而他却和达朗贝私交甚密,他正是依靠达朗贝的庇护才可以在女人面前充当大几何学家。除此之外他对布弗莱伯爵夫人阿谀奉承,抑或倒不如说是心甘情愿地任由她摆弄,而伯爵夫人正好是达朗贝的好友;罗伦齐骑士唯有依赖她才可以存在,同时也仅听从她一人。因此,我不仅在外界毫无依靠来消除我的愚笨,保全我在卢森堡夫人面前的关系,同时但凡是她身边的所有似乎全都相互加以配合,想要在她心中贬毁我。但是,除了之前表示想承担《爱弥儿》的出版事宜以外,她在当时还向我表现了另外一种关怀与情感,让我坚信,纵然她对我有所厌烦,但却始终维持着,而且还会长久地维持着她反反复复跟我承诺的至死不渝的友情。

既然拥有了能从她那里渴求这种友谊的信心,于是为了渴求获得良心上的安稳,我便当着她的面将自己的所有过失全都坦诚公布。我有一个坚不可摧的交友准则,那便是在他们眼中准确地反映出我的本来面目,不要看起来比实际中更优秀一点或者更糟糕一点。我跟她坦白了自己与戴莱丝之间的关系,包括因这种关系而出现的所有后果,甚至是毫不避讳我对待自己孩子的方式。她聆听了我所忏悔的这所有事情,所表现出的态度非常不错,甚至过于温和了,免除了我理应遭受的指责;尤其让我为之动容的便是看见她向戴莱丝所表现出的各种各样的热情款待,赠送一些小礼品啊,差人寻找她啊,催促她去探望她啊,用百般的宠爱去款待她啊,多次在大家面前给予她拥抱啊等。那个不幸的女子确实大喜过望,感激不尽,至于我自然也抱有相同的感受。卢森堡先生与夫人如此恩厚地将对我的宠爱延伸到她身上,这让我所感觉到的感动远比他们直接施与我的爱意更为深厚。

在非常漫长的一段时期中,事情便进展到如此的地步,然而元帅夫人之后又宽厚到想要领回我的一个孩子。她晓得我曾在第一个孩子的襁褓中放了一个号码,便向我询问这个号码底子,我便给了她。为了此次领养,她指派自己的贴身佣人同时也是她的亲信拉·罗什前去。尽管事件发生才仅有十二年或者十四年,但拉·罗什徒然地展开了很多调查,最终全都一无所获;假如育婴堂的档案保留完整的话,假如调查是仔细展开的话,那个号码绝对不会无法找出。无论如何,此次领养的失败并没有让我感到多么不悦,假如我自这个孩子诞生之时起便关注着他的命运,我反而会感到更加不悦呢。并且倘若人们依照线索,随意找来一个孩子便当作是我的,我必定会在心中发问:这当真是我的孩子吗,还是人们找来用以冒充的呢。如此的质疑会让我因无法做出判定而感到痛苦,我也便无法体会到真实的自然情感的所有美好;若想延续这样一种情感,双方务必要彼此朝夕共处,起码是在孩子的幼年时期。你无法认出孩子,而且长时间没有待在身边,如此便会减弱直至最后摧毁你身为父母的情感,你始终不会对在其他人家中养大的孩子给予如同在自己身边长大的孩子一样的宠爱。从过失的后果来看,我在此处所进行的思考可以减轻我的过失,然而从过失的动机来看,却再次加剧了我的过失。

或许有一件事在此处提及并非是无益的:因为有戴莱丝的引荐,这位拉·罗什结识了勒·瓦瑟太太。勒·瓦瑟太太依然待在德耶由格里姆赡养,毗邻舍弗莱特,和蒙莫朗西相距得非常之近。当我从蒙莫朗西离开以后,便委托拉·罗什先生将钱交给这个女人,始终未从停止过,而且我坚信,他同样时常代替元帅夫人给她带些礼品;所以她虽然往往会诉苦,但处境却根本不会困难。而对于格里姆,由于我根本不喜欢提及我理应感到怨恨的人,因此我在卢森堡夫人面前仅仅是在万不得已之时才提及他;然而她有好几次诱导我提及他,但却又不会向我告知她对此人抱有怎样的看法,同样一直不会让我猜出此人与她之间是否认识。你所喜欢的人对你丝毫没有隐瞒,而你却对他们采取了保留态度,尤其是在和他们相关的这件事上,如此的保留态度是不符合我的喜好的,因此我自那时开始便会偶尔难免回忆起她对我所采取的保留态度,然而那也仅仅是在其他事情让我顺其自然地形成这样的念头之时才会如此。

当我将《爱弥儿》的稿件拿给卢森堡夫人以后,便有很长时间并未听人提及了;最终我总算了解到,这场交易是在巴黎与那个名叫迪舍纳的书商谈好的,又是因为迪舍纳,与那位名叫内奥姆的阿姆斯特丹书商谈成了。卢森堡夫人向我寄来了那个一式两份的需要我和迪舍纳签订的合同,让我签字。我刚一看到字迹,便认出了这是为马勒赛尔卜先生代笔的那个人的字迹。我坚信我的这份合同是由这位官员进行核准的,同时是由他本人监督确立的,这便让我无比信任地签了字。迪舍纳需为这本稿件向我支付六千法郎的稿酬,他提前支付一半,此外,我记得仿佛是一百或者两百部书。我签字以后,便按照卢森堡夫人所期望的将这个一式两份的合同寄给了她。她将其中一份拿给迪舍纳,另外一份自己保留,并未寄还给我,之后我便始终再也未见到过。

我结识了卢森堡先生与夫人,这或多或少对我的归隐计划产生了些许的牵制作用,但却并未让我舍弃这个打算。即使是我在元帅夫人面前最受宠爱时,我也一直明白,唯有我对元帅先生与夫人的真挚情感才可以让我忍耐得住他们周围的种种人事关系;我所体会到的所有艰难,便是如何才可以将这种情感与一种相对符合我的喜好、相对不违背我的健康需求的生活习性相互调和在一起。虽然他们想方设法地照料我的身体,然而那种约束以及晚宴依然让我的身体素质每况愈下。在这一层面,他们的关照实在是到了细致入微的境地;比如说,每日晚餐结束以后,元帅先生需要早点休息,始终不顾好坏便将我一同带走,让我也去就寝。仅仅是在我大难临头的不久前,他不知为何终止了如此的关照。

实际上早在察觉到元帅夫人的冷漠以前,我便打算施行自己原本的那个计划,以免落入如此的境地。然而我却不能这么干,我不得不等《爱弥儿》的合同签订下来;在这段等待的时间,我对《社会契约论》进行了最后的修改,而且以一千法郎的价格将它寄给雷伊,他按价支付了。或许我不该将与这本稿件相关的一件小事忽视掉。我将这本稿件密封好以后交给那位偶尔会来探望我的迪瓦赞,他是伏沃当地的牧师,同时兼任荷兰教堂的祷告师,由于他和雷伊之间存在联系,因此便帮忙将稿件带过去交给雷伊。这份稿件是以小字体写出来的,并没有很多,因此还未塞满他的口袋。但是从关卡经过时,他带的那包稿件不知为何竟然落入关卡工作人员的手中,这位关吏将包裹打开并检查了一番,当他以大使之名讨要时,便交还于他,如此一来他本人便有可能看到这份稿件,他之前纯真无邪地对我说他的确如此做了,同时竭力夸奖这本书,并未讲半句指责或是批评的话,毋庸置疑,内心是打算等这部作品面世以后再替基督教报仇。他将稿件封装好,并寄给雷伊。他在信中大概便是如此向我表述当时的经过的,而我对此事所了解的情况也便仅仅是这样罢了。

除过这两部作品以及我的那本《音乐辞典》(我始终是偶尔整理下这本书的)之外,我另有其他好几部次要的作品,全都准备妥当随时都能加以出版,我打算将它们刊印出来,或者是使用单行本的方式,抑或是倘若有一日我可以出版全集的话,便将其置于我的全集之中。这类作品的大多数如今依然是手稿的形式,保存在佩鲁手中,最主要的是那部《语言起源论》,我拜托马勒赛尔卜先生读过这份稿件,也拜托罗伦齐骑士读过,他认为写得非常不错。我大致计算了一下,这所有的收入加在一起起码能让我拥有一笔八千至一万法郎的收入,除去一些必要的花销,我打算以我与戴莱丝的名义将这笔钱存下来以当作终身年金;而后,如同我之前早已提及的,我们两个人一起去外省的偏远地带定居,不想再让众人为我操劳,我本人也不愿再操劳其余事宜,仅想平平淡淡地过完这一生,同时接着在我周边做些力所能及的好事,淡定自如地创作我构思很久的回忆录。

我的打算便是这样,而雷伊的无私大方——这是我不应忽略的——让这个打算更加易于实行。虽然人们在巴黎向我讲了有关这个书商的很多坏话,但是在我所接触过的全部书商中,他却是唯一一位可以让我永久感到庆幸的人①。当然,我们往往会因我的作品的印行而产生争执;他非常漫不经心,而我又喜欢闹脾气。虽然我从未与他在钱财方面以及和钱财相关的问题上签订过怎样的正式协议,但我一直认为他是非常严肃、非常公平的。以至也仅有他一个人曾对我坦诚相告,他与我一起合作,业务干得非常不错;而且他时常会告诉我,多亏有了我,他才可以发达,并且愿意分给我一部分收益。他无法直接对我进行答谢,于是就将对我的报答全都体现在了我的那位女总督身上:他向她赠予了三百法郎的终身年金,并在合约上注明是为了答谢我帮他获得的利益的。这是我们两个人完成的事情,毫无显摆,毫无自傲,毫无张扬;若不是我逢人就说此事,根本无人知晓。像他那样的态度实在让我感动不已,因此从那个时候开始我便对雷伊萌生了一种真正意义上的友谊。不久以后,他又邀请我担任他的一个孩子的教父,我欣然答应;如今,当人们将我逼至如此境地,我便丧失了让自己的情感对我的教女及其父母产生些许好处的机会,这是让我感到惋惜的一点。为何我会对这个书商的纯朴的无私举动抱有如此的感激之情,而对无数土豪的嘈杂的深厚情谊却置若罔闻呢?他们声势浩大地宣扬他们施与了我怎样的恩泽,将天都震塌了,然而我却始终不动声色,这是他们的失误呢,还是我的失误呢?是他们只晓得虚伪自吹呢,还是我只知道背信弃义呢?聪颖的读者啊,请你加以权衡吧,请你加以决断吧;至于我呢,我便不再多说了。

　　对于戴莱丝的生活来说,这笔年金是非常庞大的资源,而对我的重负而言是一个极大的缓解。然而,我却并未因我本人而直接动用这笔年金,但凡是别人赠送她的礼物,我全都不会碰一下,始终让她本人自由分配。当我帮她打理银钱时,一直老实本分地替她记账,从未取出半文钱来当作彼此的共有花销,纵然是在她比我更为富足之时亦是如此。"我所拥有的便是我们两个人共有的,"我告诉她,"你所拥有的便是你自己一个人的。"我时常将这个准则告诉她,同时始终依照这个准则做事。竟然会有如此卑劣的人,说我通过她的双手来接纳我本人所谢绝的东西,毋庸置疑,他们全都是以升量石、以己度人,他们实在是太不了解我了。倘若是她辛苦换来的面包,我愿意与她一起享用,然而我却绝对不乐意与她一起享用别人赠予她的面包。至于这一点,此刻我便能让她为我作

---

① 我写下这段话的时候,我还没有预料到后来他在印行我的作品时的舞弊行为,后来他自己也承认了。——作者原注。

证,即使是在未来,依照自然规则,我在她之前去世,她依然能为我作证。极为遗憾的是,她在各个方面都不是非常节俭,不是非常认真,特别会花钱,反倒并非是出于虚荣,也并非是出于贪吃,仅有的缘由便是心不在焉。处于这样一个俗世之中,没有任何一个人算得上是完人;既然她所具备的出色的优点不得不加以消除,那么我便宁肯她拥有一些不足,而不想让她产生恶习,即使这类不足或许会为我们两个人带来更多的灾害。如同当年对待妈妈一般,我对她耗费了很多心力,打算为她留存一些积蓄,以便在日后充当她的生活资源。我所耗费的这些心力实在是常人所无法想象的,然而这些熬心熬力最终是一番枉然。她们两个人自始至终从未加以计算;虽然我竭尽全力,但却终究是有多少收入便有多少支出。无论戴莱丝的穿着打扮如何朴素,雷伊所赐予的年金始终抵不过她所穿戴的,每一年我还需用自己的钱来补助她。不管是她或是我,我们两个人生来便不是做有钱人的命,我自然同样不会将这一点包括在我们的各种各样的苦难之中。

《社会契约论》印刷得非常迅速。而《爱弥儿》却并非如此了,我是打算等《爱弥儿》面世以后再实行我所思考的归隐计划的。迪舍纳偶尔会寄来些许模板让我加以挑选;我挑选好了,他依然并未开始印制,再次向我寄来一些其他的模板。当我们最终对版本尺寸、字体全都彻底商议好了,并且早已印了若干页时,我在校样上做了些许改动,他再次将所有校样拿过来重新开始。六个月过去了,进展还比不上第一天。在过往的多次试印中,我清楚地意识到,作品一边在荷兰印刷,另一边同时在法国印刷,两个版本同时展开。我还能有何方法呢?我早已不再拥有我的稿件的所有权。我不仅并未干涉法国版,并且还依然不同意在法国出版;然而既然这一版本无论我愿意与否依然在持续进行,既然它为另外的那一版标榜,我便务必要格外留意它并且认真查看样张,绝不让其他人将我的书整得支离破碎,毫无样子。并且,作品彻底是在主办官员的许可之下刊印的,几乎便是他本人在指导工作,同时他往往会向我写信,以至因为这个问题还特意来探望我。是在如何的状况之下,我稍后再讲。

这一方面迪舍纳如同乌龟一般缓慢爬行,另一方面内奥姆遭受他的约束,进展得更为缓慢,人们并非十分忠诚地将样张随时印完随时寄给他。他在迪舍纳的举止之中,也即在居伊的举止之中(这是由于居伊代替迪舍纳进行印刷)看出他的心怀叵测;他发现人们并不依照合约行事,便左一封、右一封地向我写信倾诉,我本人满腹苦楚全都毫无对策,对他则更加无能为力了。内奥姆的那位名叫盖兰的朋友在当时往往会与我碰面,不停地与我谈论此书,然而一直抱有最大的保留态度。他既晓得又不晓得此书会在法国进行印刷,他既晓得又不晓得主办官员同样有所干预。对于此书即将为我惹来的麻烦，虽然他会对我示以怜悯，然而与此同时似乎又在责怪我过于松懈，同时绝不肯向我指明到底松懈在何处。他一个劲拐弯抹角地讲话，遮遮掩掩，仿佛仅仅是想从我口中套话而开口。由于我在当时认为自己过于保险，因此还嘲笑他对此事所采用的世故而又神秘的语气呢，觉得这是一种从大臣与官员身上模仿而来的癖好，这是由于他常常会去他们的办公室。我个人觉得这本书在各个方面全都符合标准，因此便非常放心，与此同时又坚信它不仅取得了主办官员的许可和庇护，以至于还有资格接受而且事实上也同样接受了主办部门的照料，因此我在心中庆幸自己有胆量将事情处理好，并且还对我的那些似乎是在为我忧虑的怯弱的朋友感到可笑。杜克洛便是其中一个；倘若我并非如此确信作品自身的好处以及它的那些保护人的公正的话，或许我对他的耿直和谋略的信赖，有可能会让我如同他一般感到惶恐。当《爱弥儿》正处于印刷之中时，他从巴伊先生家中出发前来探望我，与我讨论起这部作品。我便将《萨瓦助理司铎的信仰自白》读给他听，他非常安静地聆听了，仿佛还非常赞赏。我刚一念完，他便告诉我：“为何！公民！这便是在巴黎印刷的那一版书中的一部分吗？”“对啊，”我告诉他，“人们几乎能以国王的指令在卢浮宫中印刷呢。”“我赞成你的这个看法，”他告诉我，“只不过拜托你照料我一点，不要对任何人讲你曾将这篇文章念给我听。”如此惊人的措辞让我万分诧异，但却并未让我惶恐不安。我清楚杜克洛时常与马勒赛尔卜先生碰面，我非常难以想象他们两人为何会对同一个问题抱有如此不同的想法。

　　我早已在蒙莫朗西居住了四年之久，然而身体却从未有一日是舒服的。尽管那个地方的空气非常不错，但水质却非常糟糕，这极有可能便是导致我那频发的疾病日益严重的缘由之一。即将步入一七六一年秋季尾声之时，我彻底病倒了，一整个冬季都是在痛苦之中度过的，差不多就毫无一阵的轻松。身体上的疼痛被无数的担忧加重了，接着又让这类担忧在我心中变得更为沉重。许久以来，一些模糊且昏暗的预感侵扰着我的心神，但却又不明白到底为什么。我接到一些非常稀奇古怪的匿名信，以至依然有一些署名的信件也一样稀奇古怪。我接到过一封来自巴黎议院的某位参议员的信，他对现在所实行的社会制度感到不满，预测到最终结局全然不会好，于是便拜托我为他指出一条退路，是前去日内瓦还是瑞士，以便让他的一家人全都归隐。我同时接到一封来自某个议院的司法院长的信，他提议我为这间司法院——它在那个时候和王宫存在矛盾——拟定一些备忘录以及谏言书，并且乐意向我提供所需的全部文件与资料。我身体抱恙之时极易发怒。我在接到这些信件时脾气便不是非常好，因此便在回信中加以发泄了,索性谢绝了人家的请求。固然,我感到自责的并非是这个谢绝本身,这是由于那些来信或许全都是我的对手为我设下的圈套①,并且人家对我提出的请求全都违背了我绝不肯背弃的准则,然而原本我能委婉地谢绝,但却声色俱厉地谢绝了,这便是我的过错所在。

人们依然可以从我的文件中发现我刚才所提及的那两封信。由于我如同他一般,同时与其他许多人一样,觉得那些迂腐的制度对法兰西形成威胁,从而让它用不了多久便会毁灭,因此那封来自参议员的信并没有让我感到诧异。因为政府举措失误而惹来的一场艰难战争②所导致的种种灾难;财政上出现了始料未及的混乱;行政领域的持续不停地排挤——行政权在那个时候被分别掌握在两三位彼此公开进行抨击的大臣手中,他们为了你加害于我,我加害于你,不惜让国家走向灭亡;人民群众以及整个国家的所有阶级全都表现出不满;此外仍有一个执拗的女人③,倘若她稍有些头脑的话,便同样将这一丝头脑运用在个人的喜好之上了:她几乎总会将最具才能的人从工作职位之上排挤出去,以此来将她最喜欢的人安顿在这个位置上——这所有的一切聚集在一块便可以证实那个参议员、社会民众以及我本人的预料全都是合理的。这个预料同样让我本人出现数次的踟蹰不已,不晓得是不是也应赶在那些仿佛对国家形成威胁的动荡爆发以前,跑去国家之外的地方寻找一个栖身之地;只不过由于我认为自己是孤身一人,同时又生性温和,坚信在我所乐意经历的这种孤寂生活中,丝毫的风暴全都无法落到我的脑袋上。在如此的情形之下,卢森堡先生承担了一些会让他在政府中丧失名望的工作,这便是我所唯一感到惋惜的。我反而非常乐意他在这些领域为自己留出些许的退路,以便当这个巨大的机器一旦如同当时让人担忧的那样垮下来时可以有所防备;我在此刻依然认为,倘若政权最终不是落入一人之手的话,法国的专制体制必定是已经坠入绝境之中了。

我的身体状况日益糟糕,与此同时《爱弥儿》的印刷速度日益缓慢,最终彻底停了下来,而我却无法打探出这之中的缘由,居伊再也不愿意向我写信,同时不愿意回复我的信,由于马勒赛尔卜先生在那时正待在乡下,我无从获知任何的讯息,也无从了解当时的情形。无论是如何倒霉的事情,我只需了解它是怎么一回事,我便不会感到惶恐,不会感到挫败;然而我自从生下来便惧怕黑暗,我惧怕而且痛恨黑暗所呈现出的那种阴沉沉的状态,神秘永远会让我感到惶恐

---

① 比如,我知道某院长和百科全书派及霍尔巴赫团伙都有很深的交情。——作者原注。

② 指的是"七年战争"。

③ 指的是蓬巴杜尔夫人。

不安。我秉性坦诚到不够审慎的地步，神秘和我的本性便如同水与火一般无法相容。我认为，在白天即使是最为恐怖的怪物形象也都无法让我感到多么惶恐；然而倘若我在夜间发现一个用白布遮住头部的人，便会感到畏惧。正因如此，我的幻想力便被这个长久的默不作声给点燃了，于是我眼前出现了无数的鬼影。我越是关注我的这本最终且是最出色的作品的出版情况，我便越想绞尽脑汁地去寻找出那些可能对出版产生妨碍的原因；由于我对任何事情全都走极端，因此我便认为这本书之所以被停印是由于它被作废了。但是，我既无法想出为何会被作废，又无法想出是如何被作废的，因此我便落入了最为窘迫的惶惶不安之中。我频繁地向居伊、向马勒赛尔卜先生、向卢森堡夫人写信；却无法收到回信，抑或是并未按照我所期待的时间送达，我便会彻底惶恐与发疯了。极为不幸的是，便是在此时听闻那位名叫格里非神父的耶稣会教士之前提及了《爱弥儿》，还对其中的若干段进行过引用。我的幻想力立即便如同闪电似的狂奔起来，将那不义的神秘为我全部掀开了：当我见到那神秘的进程，便如同神灵赐予我启发一般，既清晰，又准确。我幻想当那群耶稣会教士发现我在论中学时所采取的鄙夷的口吻便会大发雷霆，将我的作品抢了过去；妨碍这本书出版的便是他们这些人；他们从那位名叫盖兰的朋友那儿获知了我当时的病况，预估我离去世已经不远了——我本人在那个时候对此同样毫无质疑——因此要将印刷拖延至我去世之时，故意地想要删减、改动我的作品，为我编造一些和我的看法存在差别的看法，以便达成他们的目标。说起来倒也惊人，有多少真相与情节全都跑入我脑中来证实这种猖狂的念头，从而让它看起来惟妙惟肖。啊！何止是惟妙惟肖呢！实在是让我的那些念头看起来有理有据，如同明摆着一般。我早已料到盖兰已彻底投靠耶稣会教士。如此一来他之前对我所表现出的想要往来的渴望，在我看来全都是在耶稣会教士的教唆下进行的，我坚信他一开始催促我与内奥姆签订合同，便是受到那些教士的鼓动的，他们便是经由内奥姆而取得了我的作品的前几页，之后他们又想方设法将迪舍纳那边的印刷工作也加以阻止了，或许还抢走了我的稿件，以此来淡定自如地耍些花招，待我去世以后，以便让他们无拘无束地肆意篡改我的作品而后进行发表。无论贝蒂埃神父如何花言巧语，我始终认为耶稣会教士全都对我没有好感，这不仅是由于我属于百科全书派，同时也是由于与我的那些不信神的同行相比，我的所有看法显得更加有悖于他们的教义与威严，此外还由于无神的亢奋与有神的亢奋会因为彼此间共同的不相容忍的态度而彼此挨近，以至于还可以结合在一起。往日他们在中国便是如此，如今一同来反抗我同样是如此；与之相反，符合常理的、有道德的宗教便会将所有人对宗教信仰的管理权加以撤销，因此便不会让那些拥有如此权力的独断者再享有容身之地。我明白大臣①先生对耶稣会教士同样是非常友善的，我唯恐儿子②会因惧怕父亲的权威，便在胁迫之下将他本人之前收藏的作品交给他们。以至于我在人们从前两卷中给我找出的那些各色各样的麻烦中，发现了这种撒手的结局，这是由于在前两卷中，人们会因为一点不值一提的问题便提出重新改版的要求，至于另外的两卷，人们并非不晓得，全都充斥着十分厉害的言辞，倘若都会经历如同前两卷那般的审核，便务必要全篇进行修改。除此之外我还晓得，同时也是马勒赛尔卜先生本人亲口对我说的，他委派格拉夫神父照管这部作品的出版工作，然而格拉夫神父同时是耶稣会的拥护者。我在各个地方都仅能看见耶稣会教士，但却当真并未料想到他们早已自身难保，怎么还会与一本跟他们毫无干系的图书的印刷问题而惹是生非。这里我所讲的"当真并未料想到"是不恰当的，这是由于我确确实实预料到了，以至于这便是马勒赛尔卜先生刚一察觉我抱有如此的胡思乱想时便特地为我摆出的一个反对理由。但是一个人若是想在他归隐的深处，对他毫不知情的国家大事之中的奥妙加以判定的话，一定会是荒诞不经的；我的另外一个荒诞之见便是如何也不愿相信耶稣会教士当真陷入了危险的环境中，在我看来将如此的流言传播出来恰好是他们所采取的一种障眼法，以便麻痹他们的对手。他们在往日相当成功，从未有一丝迹象可以表明他们将会遭受挫败，如此便让我对他们的势力形成了一种相当恐怖的印象，居然会因议院立即垮台而感到悲伤。我晓得舒瓦瑟尔先生之前在耶稣会教士那边读过书，蓬巴杜尔夫人与他们相处得也非常不错，他们与王宫宠幸以及大臣们所组成的联盟，从应付共有的对手来说，对双方而言始终看起来是有益的。王宫仿佛是何事都不愿干涉。我坚信，倘若有朝一日耶稣会遭受重创，则拥有十足的力量来攻击它的并非是议院，因此我从王宫所采取的这种隔岸观火的态度便可以判定出耶稣会的自信是有依据的，他们的获胜是有征兆的。总而言之，从那个时候的所有流言中仅能发现他们的奸诈手段与他们所设下的圈套，我觉得他们相安无事，多得是时间，无论是什么全都可以干预；因此我深信不疑地认为他们用不了多久便会击垮冉森派，击垮议院，击垮百科全书派，击垮不受他们控制的所有势力。直至最终，倘若他们允许我的作品面世，那也仅仅是在将它篡改为能够充当他们武器的境地以后，才会以我的名义去欺瞒读者。

我意识到自己实在是奄奄一息了；我此刻依然无法明白，为何我的如此念

---

① 指拉穆瓦尼翁。
② 指马勒赛尔卜。

头在当时居然并未让我因为忧愤而去世。这本最有前途、最为出色的作品反倒让我在去世以后身败名裂，我一想起便觉得太过恐怖。我从未如此惧怕死亡，并且我坚信，倘若我果真是在那样的状况下去世，我必定会抱恨黄泉。即使是今日，由于我坚信在我的很多作品中早已预留了有益于我的证据，它早晚会攻克人们的诡计，因此当我发现一个为了让某人在离世以后声名扫地而设下的极其凶险、极其卑鄙的诡计正在畅行无阻地付诸实践，我必然会比当时死得怡然很多。

马勒赛尔卜先生察觉到我如此惶恐不安，加之聆听了我的诉苦，于是绞尽脑汁地想要将我的情绪稳定下来，他的这种心思刚好可以证实他所拥有的那种毫无止境的好善之心。卢森堡夫人同样好几次去往迪舍纳那里，查看出版工作到底发展到如何的地步了。最终，印刷工作总算是再次展开了，同时开展得相当顺利，然而我一直无法获知它在往日是因何缘由而被耽搁了。马勒赛尔卜先生依然不厌其烦地前往蒙莫朗西来安慰我，最终，我的内心得以安定。我完全信赖他为人耿直，如此的信赖便攻克了我这颗不幸的脑袋中的茫然，因此他为了督促我清醒过来而付出的所有努力全都奏效了。他发现我如此焦躁、如此忐忑的模样，自然会以为我的境况是值得同情的。他再次记起了那个围着他的哲学家团体持续不断地向他输送的那些言论。我早已讲过，当我搬至退隐庐时，他们便对外宣布我绝不可能会在那个地方长久居住。当他们发现我得以坚持下去时，他们再次认为这是由于我固执，我自负，没有颜面进行反悔，认为事实上我在乡村闭塞得要死，生活过得非常艰难。马勒赛尔卜先生对此深信不疑，同时写信规劝我；我在内心慨叹一个让我万般钦佩的人，竟然会有如此错误的想法，于是向他寄去了四封信，对他道明我的举动的真实目的。我在这四封信中原原本本地表述了自己的喜好、兴趣、个性以及所有心事。这四封信全都毫无草稿，执笔纵情书写，以至于写完以后都未再看一遍，它们或许是我这一生之中唯一一部一挥而就的作品；在我那时所处的各种各样的悲伤与过分沮丧之中可以做到这样，简直让人诧异。我感到自己早已日益衰微，一旦记起我在正派人士心中所留下的这样一个对我有失公允的想法，就会有一种撕心裂肺的感觉，因此我竭力用自己在这四封信中匆忙草拟的那个提纲来多多少少取代我规划之中的那部回忆录。马勒赛尔卜先生对这几封信颇为满意，便在巴黎拿给其他人观看，它们可谓是我在此处详尽表述的内容的提要，是值得被留存下来的。我之前拜托他找人为我抄写一份，若干年以后他将那份抄稿寄给了我，如今收录在我的文件之中。

当我的死期马上临近之时，唯一让我感到悲伤的便是没有一个拥有文学涵养的亲信之人,可以将我的稿件全部加以保存,待我去世以后进行梳理。当我去日内瓦旅游之后,便与穆尔杜结识了;我十分欣赏这位年轻人,反而非常期望他可以为我送终。我坚信倘若他的工作与他的家庭能够包容他前来,他必定会非常乐意前来完成如此人道的义务,因此我将个期望告诉了他。既然我无法获得如此的抚慰,起码我要对他展示出我的信赖,于是便将我的那本《萨瓦助理司铎的信仰自白》在面世以前寄给他。虽然他对这篇作品非常满意,然而从他的回信中,我认为他仿佛并不如同我当时等候《信仰自白》的效果时那般放心。他再次期望能从我手中获得若干篇其他人并未见过的文章。于是我便将《故奥尔良公爵悼词》寄给他,这篇悼词是我替达尔蒂神父创作的,神父并未拿过去进行宣读,这是由于让他始料未及的是,指派去朗读悼词的并非是他。

　　印刷工作再次开始以后,便始终持续下去,以至于非常安然无恙地完成了;我意识到一个古怪的状况,那便是人们严格要求对前两卷进行改版,然而至于后两卷并未讲任何话便放过了,这两卷的内容并未给出版工作带来丝毫的麻烦。但是,我依然有些放心不下,理应在此处有所提及。我在对耶稣会教士感到惧怕以后,再次对冉森派与哲学家们感到惧怕。我对一切所谓的党、派、系感到痛恨,我从未乞求那些隶属党、派、系的人会对我有所喜欢。前段时间那两位"好进谗言的妇人"搬离他们原本的住处,跑过来在紧挨着我的位置住了下来:在他们的房中便能听见我房中与平台上所讲的全部内容,至于那面将他们的园子与我的碉楼相隔开的小墙,非常轻易便能从他们的园中一跃而过。由于我之前将这栋碉楼视为我的工作室,因此里边摆放了一张桌子,上面堆满了《爱弥儿》与《社会契约论》的校样以及印刷出来的散页;人们将这类散页寄给我,于是我便一面接受一面装订,因此在我的作品还未面世之前,这张桌子上便摆满了我的所有成书。我的草率、我的粗陋与我对马达斯先生的信赖(我所居住的位置是在他的花园中圈出来的),往往会让我在夜里忘了锁上碉楼的门,这反而并不会让我多么忐忑。我无数次有所察觉后便变得相对谨慎一些,于是将碉楼的房门给锁上了,然而门锁并不是很好,钥匙插进去仅能转动半圈。我相对留心了一些,便察觉我的稿件要比我让房门大敞着时被翻阅得更加凌乱。最终,有一本我已经装订成册的图书消失不见了,整整花费了一天两夜的时间都无法找到,直至第三天清晨才在那张桌子上看到。由于我晓得马达斯先生与他的那位名叫迪穆朗的外甥全都对我抱有好感,我对他们充满了信任,因此那个时候以及之后我都从未质疑过他们。然而我逐渐对那两位"好进谗言的妇人"不再怀有信任了。我明白尽管他们属于冉森派,但却与达朗贝存在些许的关系,而且同住一间房。

这便让我略微感到忐忑，而且变得比之前还要更为谨慎。由于我晓得他们之前拿着我因一时疏忽而暂借给他们的《爱弥儿》的第一卷向好几个人炫耀，因此我便将自己的所有稿件带回房中，彻底不再与那两个人碰面。尽管直至我从那个地方搬走，他们自始至终都是我的邻居，然而我自那个时候开始便不再与他们有丝毫的交往了。

在《爱弥儿》面世以前的一两个月，《社会契约论》终得以出版。我始终要求雷伊绝对不要将我的任何作品偷偷运输至法国，因此他便正式上报主办官员许可他将这部作品沿海路运输至卢昂的进口。只不过雷伊并未获得丝毫的批复：他的包裹在卢昂耽搁了好几个月，原本是要被扣留的，但却由于他声势浩大地闹腾起来，便只能再次发还给他。部分好事之人在阿姆斯特丹购买了若干部，于是便在法国悄无声息地传播起来。莫勒翁之前听到过这部作品，以至还读过一点，他向我提及时的那种神神秘秘的语气，着实令我感到诧异，倘若不是我坚信在各个层面全都合乎规定，自认为无可厚非，便以我那种超然的信念将自己的内心彻底安定下来的话，以至如此的语气会让我忐忑起来。由于我对舒瓦瑟尔先生的钦佩，使得我再次在这部作品中对他加以称赞，他的内心必定早已有所感知，因此才会在如此的场合下支持我，并以此对抗蓬巴杜尔夫人的不怀好意，毋庸置疑，舒瓦瑟尔先生已经对我青睐有加。

由于卢森堡先生在此时给予我的友善要比其他时候更为频繁、更迷人，因此相较于其他时候，此时此刻我自然更有理由期待卢森堡先生的热情，期待他可以在关键时刻为我做主。当他于复活节前来旅游的那段时间，我由于身体素质太糟糕，无法前去探望他，他便几乎每天都过来看我；最终，他发现我疼痛难耐，于是竭力劝说我让科姆修士前来诊断；他命人前去寻找科姆，亲自将他带回来，而且竟然有胆量——对于一位达官显贵而言，如此的胆量确实是少有而值得钦佩的——待在我家中观看手术，然而那一次手术既让我痛不堪言，又耗费了很长时间。但是，所谓的手术仅仅是探测罢了；然而我始终并未被探测过，纵然是莫朗，他尝试了好几次也都并未获得成功。科姆修士的手法非常轻快而又很巧妙，独一无二，他让我剧烈疼痛了两个多钟头以后，总算是将一根非常细小的探条插了进去——我在这两个多钟头中竭力忍耐不发出呻吟，免得让那位善良而又敏锐的元帅因我而心碎不已。首次探测，科姆修士发现找到了一大块结石，同时对我说了这个结果；第二次探测，他却并未发现那块大结石。他反反复复地认真而又精确地试探着，让我感觉时间过得非常漫长，而后他宣称仅仅是前列腺患了硬性肿瘤，其实并没有所谓的结石，并且要比普通人的粗大，他通过看到的膀胱大小判定情况还算不错，最后告诉我日后将会吃很多苦，活得也会非常长久。倘若他预测的第二条也会如同第一条那样得以实现的话,我的苦痛在一时之间还无法告一段落呢。

我前前后后就医这么多年,被告知的疾病超过二十多种,但实际上我却并未患上其中任何一种,最终我总算是清楚了自己所患的是绝症,但却并非是死症,它将会持续得如同我的性命一般长久。自此我的幻想力便被束缚在这个范畴之中,不会再展望我将在结石的苦痛中悲惨而死,也不会再惧怕很早前于尿道中折断的那一小段探条会成为结石的核心了。对我而言,那些幻想之中的病痛要比现实之中的病痛更加难以忍受,如今排除了幻想之中的病痛,我便可以对现实之中的病痛更能相对安静地忍耐了。自那个时候开始,我从自己的这个病痛之上所感受到的苦痛便较之以往变得更少了,事实上也始终如此,每当我记起自己的病痛是因卢森堡先生而有所缓解,便不得不为缅怀逝者而有所动容了。

我只需等《爱弥儿》一经面世便可以去实行自己安享余生的那个计划了,如今我可谓是重获精力,因此也便越加向往这个计划了。那个时候我回忆起之前去过的都兰地区,那里不仅气候温暖,而且居民全都非常温柔,颇合我的喜好。

La terra molle lieta e dilettosa
Simili a segli abitator produce. ①

我早已将自己的这个打算对卢森堡先生说了,他劝说我不要前去;此次我重新向他提及,告诉他我心意已决,无法改变。由于他觉得那个距离巴黎十五法里的美尔鲁府对我而言或许是一个非常适宜的住所,因此便向我提议搬去那里,与此同时他们夫妻两人全都非常乐意将我安排到那个地方。这个提议让我感动不已,同时也颇合我的心意。当务之急,便是务必要对那个地方进行一番考察,于是我们定好日期,由元帅先生指派他的贴身随从驾车带我前去。等到那一天来临,我刚好感到非常不舒服,便不得不将此事延后,随后又发生了一些不赶巧的事,因此压根儿就并未前去。之后我听闻美尔鲁的那块土地并非是元帅先生所有,反而是归元帅夫人所有,我之所以并未去成,也便相对容易释怀了。

最终,《爱弥儿》终得以面世了,我并未听闻有何改版,也并未听闻有何难处。在出版之前,元帅先生跟我要去了马勒赛尔卜先生有关于这部作品的所有

① 意思是
"土地宜人、肥沃,让人十分喜爱,
培养出的居民也跟它一样美。"

信件。对于要回信件一事，我并不觉得存在任何让人惶恐的原因，这是因为我对他们两个人充满了信任，同时觉得非常安全。除了一两封我在不经意间塞入其他书中的信，其余的信件我全都交给了他。在这稍早前，马勒赛尔卜先生曾告诉我，他打算将那些我因耶稣会教士而惶惶不安寄给迪舍纳的信件全部要回；不得不承认，这类信件全都不会让人们对我的理智有何钦佩可言。然而我对他说，由于对任何一件事，我都不想在表面上看起来要比实际中更为出色，所以他尽可以将那类信件留在迪舍纳手中。之后到底如何了，我便无从知晓。

这部作品的面世，并未形成如同我的其余作品在出版时所获得的那种声势浩大的喝彩声。从未有一部作品曾得到如此之多的私下的称赞，也从未有一部作品曾得到如此之少的公开称赞。最有水平对我的这部作品加以评述的人们告诉我的话，向我寄来的信，全都证明这是我所创作的最为出色的一部作品，与此同时也是最举足轻重的一部作品。然而这全部的看法，全都是以最为古怪的审慎态度说出来的，便如同是要说这部作品非常出色，务必要加以保密。布弗莱夫人对我说，理应要为这部作品的作者树立铜像，值得接受所有人的敬仰，然而却在信件尾声绝不客气地让我将原信交还于她；达朗贝向我写信告知，这部作品为我赢得了优势，理应将我置于所有文学家的领袖位置，但却并未在信末署名，尽管他之前寄给我的很多封信并未有一封不是署了名的；杜克洛是一位值得信赖的朋友，为人坦诚，但却非常圆滑，他相当看重这部作品，但却避免通过书信的方式告诉我；拉·孔达米纳[1]揪着《信仰自白》东扯西拽；克莱罗[2]也仅在他的书信中提及那一篇；只不过他敢于将自己在阅读这篇文章时所收获的感动加以表达，而且清清楚楚地告诉我此次阅读对他那颗年老的心灵给予了温暖：在所有收到我的这本赠书的人之中，他是唯一一个高声地、无拘无束地向众人告知了他对此书的所有好评的人。

在这部作品公开发售以前，我同样向马达斯赠送了一本，他又将此书暂借给那位名叫布莱尔的参议员，也就是斯特拉斯堡总督的父亲。布莱尔先生在圣格拉田拥有一栋别墅，马达斯是他的老相识，偶尔有空便会去那个地方探望他。他让他在《爱弥儿》一书公开发售以前便率先看到这部作品。当布莱尔先生将此书交还他时向他讲了这么一句话，这句话在当日便传入我耳中，"马达斯先生，这是一部非常出色的作品，然而用不了多久便会众口喧哗，超出作者所预期的程度。"当他对我转述此话时，我仅仅是笑了一下，认为那便是一个身居文官

---

① 　拉·孔达米纳(1701～1774)，著名数学家。
② 　克莱罗(1713～1765)，著名天文学家，数学家。

之位的人的骄傲自满的性情,无论讲什么全都夹杂着一丝神秘色调。各种各样的让人感到惶恐的言论,但凡是传入我耳中的,全都并未如同这一句话留给我的印象深刻。我根本并未意识到自己早已处于灾难的边缘位置,但却始终确信我的作品既然存在好处,同时写得如此优秀,确信我在各个层面全都符合规定,确信——正如我在那个时候有十足把握的那般——我得到了卢森堡夫人的竭力支持,以至于还获得了主管部门的庇护,因此我暗自庆幸自己是从节节胜利之中得以脱身,在打败所有嫉妒者之时便撤退,甚至依然觉得自己的这个打算相当绝妙呢。

出于良心的安宁而并非是自身的安危,我在这部作品面世以后仅顾虑一件事。我曾近距离且愤怒地在退隐庐以及蒙莫朗西发现,人们为保全王爷们的消遣,便不惜让那些悲惨的农民遭受灾害。农民因为无可奈何,便只能任由那些用来捕猎的猛兽践踏他们的农田,除了用响声将这些猛兽吓跑以外,并没有胆量使用任何别的手段来用以自保;他们迫不得已要在自己的豌豆与蚕豆地中留宿,拿着铁锅、鼓、铃铛以吓跑猛兽。我亲眼看见了夏洛伊瓦伯爵对付那些贫穷之人的蛮横残忍的手法,于是就在《爱弥儿》的尾声将这种暴力行径痛骂了几句,如此一来便违背了我的处世准则,同时让我在日后因此而吃亏。那个时候我听闻孔蒂亲王先生的侍从在亲王的土地上也是一样的残忍无情;我对这位亲王抱有深刻的钦佩与感激之情,唯恐他将我因为人道遭受刺激而辱骂他叔父的那些话误以为是对他的辱骂而有所怪罪。但是,我的良心让我觉得此事完全可以淡然对之,我凭着这一丝良知也便将心安定下来了。我如此做是正确的。起码,我从未听闻这位亲王曾略微留意到这个段落——原本这个段落是在我有幸结识他以前很早便创作出来的。

在我的作品面世以前或者以后的若干天(我记得不是非常确切了),曾出现过另外一本题材相同的书,一字一句全都筛选自我的第一卷,此外增加了些许无谓之词,贯穿于这篇摘录中。这部作品的署名是一个名叫巴勒克赛尔的日内瓦人;题下标明了之前得过哈莱姆学院的奖金。较易理解,这间学院以及这项奖金全都是新的创造,目的在于想在社会群体的眼中将抄袭行为加以遮掩,然而我同样发现此处有我当时还未察觉的阴谋:我既想不通自己的原稿是如何被流传出去的——原稿没有被传出去便不会出现抄袭,同时想不通为何要编造出这个奖金的故事,这是由于若想编造,务必要为它提供一些依据。然而许多年之后,我才从狄维尔诺瓦说漏的一句话中看穿了这个隐秘,大概了解了那些窃取巴勒克赛尔姓名的人们。

对于我的作品以及我的书和我本人,有一个阴谋正在酝酿,用不了多久便会爆发出来,暴风雨来临之前的隐隐雷声早已逐渐听得到了,但凡是略有眼光的人全都观察得非常明白。至于我呢,我的安危意识、我的愚笨无知居然到了如此地步:我丝毫并未预测到自己的苦难,以至于体会到了苦难但却依然无法猜透苦难出现的缘由。人们事先非常绝妙地放出风声,在对耶稣会教士严苛相待之时,同时也绝对不会对抨击宗教的作品以及作者有所袒护。如同我往日并未在其余作品上署名但却没有看到任何人有过半句闲言碎语一般,人们怪罪我不应在《爱弥儿》一书上署名。众人担忧从目前的这个状态来看,形势终将会逼迫人们采用一些原本不打算采纳的措施,然而我办事不够谨慎,同时留出了可乘之机。虽然这类蜚语传入我耳中,但却并未让我感到惶恐。以至我完全意识不到这之中会与我本人存在丝毫的关联,由于我本人认为这过于无可非议了,过于有依靠了,同时在各个层面又过于符合规定。同时我根本不害怕卢森堡夫人会让我由于某一个过错而落入困境,然而倘若这一过错存在的话,也彻底是她一手造成的。况且,我了解在办理这类案件时,往往总会严厉惩罚书商而曲全作者,因此我依然难免会为那个不幸的迪舍纳而担惊受怕呢——倘若马勒赛尔卜先生将他丢弃不管的话。

　　我悄无声息地待着。流言日益猖狂,没过多久便变换调门了。社会群体仿佛发现我依然悄无声息,便越加愤怒,这之中以议院最为突出。若干天以后,来势便更为凶猛了;恐吓变更了对象,径直指向了我。人们听见议员们对外公开宣称,只焚烧书籍是毫无用处的,务必要将作者烧死。而书商呢,他们甚至都不提及。如此的言论,实在是如同果阿宗教审判员的语气而并非是一位参议员的语气。当它第一次传入我耳中时,我根本就没有怀疑这全都是霍尔巴赫派的一项新创造,目的在于竭力恐吓我,催促我逃离。我对如此天真的诡计而感到可笑,内心一边嘲讽他们,一边告诉自己,倘若他们了解内幕的话,他们必定会另外寻找其他方式来威胁我。但是流言最终变得太过真切了,显而易见,人们当真是要如此做了。这一年中卢森堡先生与夫人是第二次来到蒙莫朗西,他们来得非常之早,在六月伊始便抵达了。尽管我的那两本新作早已在巴黎闹得乱七八糟,然而此处却极少有人提及,至于这家的两位主人则更是绝口不提。但是,某日清晨当我独自与卢森堡先生共处时,他告诉我:"你在《社会契约论》中讲了舒瓦瑟尔先生的坏话吧?""我?"我回答道,吓得朝后退了一步,"并不是啊,我能够对你发誓;与之相反,我凭着一支不随意许人的笔,为他创作出一位大臣从未拥有过的最美好的称赞。"我马上将那一段文字念给他听。"那在《爱弥儿》一书中呢?"他再次发问。"并无一句话,"我告诉他,"并无一句话和他相关。""啊!"他以比往日更为亢奋的情绪回答道,"你原本不应在那本书中提及他啊,抑或是如果要提及便讲得清楚一点！"我确信自己是讲清楚了，"我接着回应道，"我确信他可以看明白的。"他还打算讲话；我发现他正打算将心里话全都讲出来，然而他却再次退缩了，一声不响了。悲惨的朝臣花招啊，在最为宽厚的内心之中友谊同样会被它欺压下去！

尽管此次交谈为时非常短暂，但却起码让我在某一层面清楚地意识到自己的处境；它让我明白，人们痛恨的的确是我这个人。我唯有责怪那从未听闻的命运，它将我所说的好话、干的好事全都变为我的灾祸。但是，我认为对于此事依然有卢森堡夫人与马勒赛尔卜先生帮忙抵挡，也便无法看出人们会有何方法可以丢开他们而径直地攻击我，这是由于，从那个时候开始我便早已明显地意识到，这早已不是什么公正与否、法理与否的问题了，人们绝不会费神劳力地去查看我在现实中做的是对是错。就在此时，雷声响得更为猛烈，以至于内奥姆也难免会在他那说东道西的闲聊中向我示意，他悔恨不应牵连至这部作品中，而且他仿佛觉得恐吓作品以及作者的那种宿命早已是在所难免的了。但是却有一事一直让我感到放心：我发现卢森堡夫人依然如此安静，如此开心，以至于依然是如此乐呵呵的，必定是她对自己所干的事抱有十足的把握，才不会替我感到任何的惶恐，才不会向我讲出半句怜悯或是内疚的言论，才可以如此淡定地观察事态变化，便如同她完全并未参与，便如同她对我始终是漠不关心一般。让我感到惊讶的是她不会告诉我任何事情，我始终认为她理应向我说点什么才对。布弗莱夫人看起来便没有如此安静了。她时而出现，时而离去，表现出一副焦虑的状态，忙得不可开交，同时对我承诺道，孔蒂亲王先生此刻同样忙得不可开交，打算挡住人们为我设下报复；她始终觉得这个报复是因目前的形势而形成的，议院在那个时候有不让耶稣会教士辱骂它毫不关注宗教的必要性。但是她对亲王以及她本人的活动，仿佛又并未抱有多大的成功期待。她的数次交谈，让人惊慌失措的成分较多，让人心安的成分较少，全都倾向于促使我逃离，她还始终劝说我前往英国，乐意向我介绍那里的许多友人，这之中便有她的那位多年老友——知名的休谟。她见我执意要悄无声息地待下去，于是换了一个相对可以说服我的话头。她让我意识到，倘若我被逮捕并遭受审问，我便会因迫不得已而将卢森堡夫人供认出来，然而她向我施与的友情非常值得我不要将她也牵扯进去。我回复道，在如此的情形之下她大可安心，我必然不会拖累她的。她再次驳斥道，这个决定下得容易，但做起来却非常不容易；对于这一点，她说得并没有错，特别是对像我这样的人，这是由于无论讲真话会出现多大的风险，我根本不会当着审判员的面背誓或者撒谎的。

她意识到自己的这个念头对我产生了些许影响，但却依然无法让我决意逃离，加之议院无权管理国事犯人，于是她便提起了巴士底狱，认为可以暂时将我关在那个地方好几个星期，以此来摆脱议院裁决权。我丝毫并未反对如此古怪的恩惠，只需它并非是以我的名义而获得的。然而之后她不再向我提及此事了，因此我在事后断定，她为我提出这个建议仅仅是想试探试探我，人们之前并不乐意接受这个一劳永逸的不得已而为之的方法。

若干天以后，元帅先生从一位身处德耶教区的神父那儿接到一封来信，这位神父是格里姆与埃皮奈夫人的好友，信中有一个说是从可信渠道获知的通知：议院将十分严苛地向我发起诉讼，同时标明某日会下令抓捕我。我推断这个通知来自霍尔巴赫派；我晓得议院十分看重手续，在目前的状况之下，事先不通过司法手段来了解我是不是认可了这部作品，了解我是不是真的是这部作品的作者，便劈头盖脸地下达逮捕指令，如此一来便违背了所有的手续。"唯有，"我告诉布弗莱夫人，"唯有对治安造成危害的罪责，才可以依照一点犯罪痕迹便下令进行抓捕，这是由于担心嫌疑人逃之夭夭。然而对我这种理应获得荣耀与奖赏的举动进行惩处，始终只对作品发起诉讼而竭力不牵连作者的。"对于这一点，她向我道明了一种非常微妙的差异，我如今早已遗忘，目的在于向我加以证实，没有率先发布传讯便下达逮捕的命令，如此对我而言依然是一种厚遇呢。次日我接到居伊寄来的一封信，信中告知我，那天他去检察长家中时，曾在他的书桌上发现了对《爱弥儿》以及作者的起诉书的草稿。这个居伊负责这部作品的印刷工作，同时也是迪舍纳的经营搭档，他本人对此事表现得如此淡定，并且大发善心地向作者传达如此的通告。人们能够判定，此类事在我眼中可以包含多少可信的成分吧！仅仅是一位书商由检察长先生约见，居然可以如此悄无声息地在这位官员的桌上看到散落的手稿与底稿，这实在是太过简单、太过自然了！布弗莱夫人与其他很多人全都向我证实了此事。听着人们持续不停地朝我耳中输入如此之多的荒诞不经的话，我实在觉得所有人全都发狂了。

我深刻地体会到这之中存在一些怎样的人们不想让我知道的秘密，于是便悄无声息地静候事件的发展，反正我本人在此事上是刚直不阿的、无辜的，与此同时，无论是怎样的陷害在等候着我，我可以拥有为真理而遭罪的殊荣，也便太值得庆幸了。我丝毫不会惧怕，并且不会有所遮掩，仍旧每天前往府第，每日下午照例散步。六月八日，逮捕令颁布之前，我与阿拉曼尼神父与曼达尔神父一起去郊游，他们两人全都是奥拉托利会的老师。我们拿着点心去尚波吃得非常开心，因为忘记拿酒杯，每个人都选取最为粗壮的麦秆塞入瓶中，争着多喝一些，以此来相互炫耀。我这一生从未如此开心过。

我早已描述过我年轻的时候是如何失眠的。自那个时候开始我便习惯于每天夜里在床上躺着阅读，感到眼皮变得沉重后，我便吹熄蜡烛，勉强小憩一阵儿，始终无法持续太长时间。我常常会在晚上阅读《圣经》，我便如此将它循环往复地阅读，起码连续读了五六遍。那天夜里，我较之平时更加毫无困意，于是便将阅读的时间延长了，我将由以法莲山的利未人当作结尾的那卷《圣经》全部看完了，倘若我并未记错的话，那卷便是《士师记》；由于自那之后我便再也没有看过这卷书了。这卷书留给我非常深刻的印象，我正于恍惚之中思索着，却猛地被响声与亮光吓清醒了。戴莱丝拿着灯，为拉·罗什先生照亮，拉·罗什先生发现我猛地坐起，便告诉我："别慌张，是元帅夫人命我前来的，她向你写了封信，同时也将孔蒂亲王先生的一封信捎带过来了。"果不其然，我在卢森堡夫人的信中发现了这位亲王方才指派快差寄给她的一封信，从信中得知，虽然他竭尽全力了，但人们依然决意采取最为严苛的方法来向我发起诉讼。"事态严紧至极，"他告诉她，"无论如何也阻挡不了了；政府交办，议院准备办理；上午七点便会颁布逮捕令，马上便会派人去抓捕他；人家总算是向我承诺，倘若他离开了，便不会再去追捕；然而倘若他执意想让人家逮捕他的话，他便必定会被抓住的。"拉·罗什转达了元帅夫人的意思，催促我动身去与她一起商议。时值下午两点钟，她方才睡下。"她正在等你到来，"他再次补充道，"无法看见你便不愿意入睡。"我马上穿好衣服便出发了。

她看起来惶恐不安，这算得上是史无前例呢。她的惶恐让我为之动容。在这种深更半夜的意外时间点，我本人难免会有些亢奋，然而刚一看到她，我便唯独想到倘若我被抓捕了，她将要承担悲惨的角色，至于自己则全然遗忘了。这是由于，尽管我有十足的胆量永远只讲真话，即使讲真话对我存在危害，将我摧毁，然而我却意识到自己毫无充分的镇静与睿智，或许同样毫无充分的坚强在被逼迫得极其厉害时可以避免拖累她。这便让我下定决心为了她的安稳而丧失我的荣耀，下定决心在如此的场合中做出我无论如何也不会为自己做的事。我刚一下定决心，便马上告诉了她，根本不想让她付出代价来减少我这一损失的价值。我坚信她绝对不会误会我动机，但是她却并未向我说半句感谢之词，我对如此不以为然的态度感到非常不悦，以至有所犹豫，非常想将前言撤销掉。只不过元帅先生出现了，没过多久布弗莱夫人同样从巴黎赶来。他们完成了理应由卢森堡夫人做的事情。我被阿谀奉承了一通，因为羞愧而难以改口，从此以后，问题便仅仅在于逃去什么地方以及什么时间出发了。卢森堡先生提议我先在他家隐姓埋名躲藏几日，以便商议采取更为冷静的手段，我并未答应，也并未接纳让我偷偷跑至老圣堂区的提议。我执意当天便出发，不想去任何地方隐藏起来。

我意识到在法兰西王国中存在一些秘密的、强劲的对手,因此我觉得,虽然我对法兰西仍有迷恋,但我依然理应走出国境,以此保全我的安危。一开始我的打算是去日内瓦归隐,然而仅仅花费片刻的思考,便取消了我去干这类傻事的想法。我清楚法国内阁在日内瓦会比在巴黎更有权力,倘若它执意干扰我,便必然不会让我在日内瓦比在巴黎过得更为安宁一点。我清楚我所写的那篇《论人类不平等的起源》之前在日内瓦议会中形成了怨恨心理,如此的怨恨越是不敢加以表露便越具风险性。近日我才晓得,在特龙香大医师的催促之下,日内瓦议会曾仓促制止《新爱洛伊丝》的发行,然而一发现甚至巴黎都无人响应,它便因莽撞而感到羞惭,于是便将这项禁令撤销了。我深信不疑,既然它认为此次机会更加有利,便必定会竭力加以利用。我晓得虽然全部的日内瓦人在表面上做得如此好看,然而内心却暗自对我抱有一种忌妒感,一旦时机出现便会发泄出来。然而爱国的热情呼唤我重回祖国,倘若我可以期望在祖国安安稳稳地生活下去,我便会毫无顾虑地去这么干。只不过,既然荣耀和理性全都不允许我以逃亡之人的身份重回祖国逃难,我便唯有做出如此的决定:在临近祖国的地方居住,去瑞士等待着,以便查看日内瓦将会对我做出如何的裁决。用不了多久人们便能发现,如此的犹豫并未延续太长时间。

　　对于我的这个打算,布弗莱夫人表现出强烈的反对,同时竭力劝我渡海前往英国。只不过她并没有让我有所动摇。一直以来我便对英国没有好感,同时对英国人也无好感;布弗莱夫人的所有辩才远远并未打败我的憎恨,反而仿佛将如此的憎恨增强了,我也不知为何如此。

　　既然我已经打算在当日离开,他们一大早便对外宣称,我早已启程了;拉·罗什是受我委托去取回我的那些稿件的,他甚至都不愿告诉戴莱丝我是否当真启程了。当我决意有朝一日要创作我的回忆录之后,我便收集了许多书信以及别的文件,务必要来回跑好几次才可以取完。这类文件中的早已选好的一部分全都放在一旁,我便利用上午的空闲时间赶紧筛选剩余的部分,以此将可能有价值的全都拿走,余下的便烧毁。卢森堡先生非常愿意替我完成这个工作,谁料到花费的时间太多,上午并未解决完,怎会有工夫去烧毁呢。元帅先生挺身而出,主动承担筛选余下文件的工作,将不需要的亲手烧毁,不会拿给任何一个人,同时将筛选出来的部分寄给我。我欣然接纳了这番美意,非常乐意从这件苦差事中解脱,以便与我最心爱的、即将永久分离的人们一同度过我所剩余的那短暂的几个钟头。他带着我用来储存这类文件的那间房子的钥匙,同时在我恳求下差人找到了我的那位不幸的“姨妈”——那个时候她正焦急得要死,既无从知晓我到底如何了,又无从知晓她日后会如何,她每时每刻都在等候法院的人出现，但却不知如何是好，如何答复他们。拉·罗什将她带至府中，并未向她说任何话，原本她觉得我早已离开了，然而刚一看见我，她便失声尖叫，扑入我怀中。啊！友谊，灵魂的契合，习以为常，亲密无间！在这幸福而又悲伤的一瞬间，我们一同经历的那些甜蜜、温馨、安静的时刻全部涌上心头，让我在这十七年差不多没有一日不形影不离的生活以后，更加深刻地体会到首次离别的钻心之痛。元帅看着我们如此拥抱着彼此同样忍不住落泪，他离开了。戴莱丝不想再与我分离。我向她表明倘若此时她与我一同离去将会何其不便，与此同时她又有何等的必要性留在这里，帮我整理衣物、催收账款。按照惯例，每当下令抓捕一个人，便会将他的文稿带走，收缴他的衣物或是列出衣物详单，同时指派一个管理人。正因如此她务必要留在这里加以善后，竭尽全力对所有的一切做出最为稳妥的处置。我承诺用不了多久她便会与我相聚，元帅先生同样辅证了我的承诺，然而我却一直不愿告诉她我将去往何处，以便日后前来抓捕我的人在逼问她时，她能坦白自己一无所知。我在分别之际拥抱她的时候，心中同样感到一种极不寻常的亢奋，在一阵亢奋之中——哎！这种亢奋拥有怎样的预言意味啊！我告诉她："孩子，要以勇气武装自己。你曾在我快乐的时候与我一同享受，从今往后，既然你想如此，那便要与我一同遭受苦难了。自此之后，等候你的仅仅是跟在我身后遭受玷污、遭受灾祸。这个不幸的日子为我选定的宿命是打算将我逼迫至最后一口气的。"

如今我所要考虑的便是启程的事宜了。原本法院的人理应在十点前来，我启程时早已是下午四点了，但他们却依然并未出现。我们之前便已商定好了，我将租借驿马前行。我并没有轿车，元帅先生便向我赠送了一辆三轮的小篷车，同时向我暂借了两匹马与一位车夫，将我送至首个驿站。因为他的提前吩咐，抵达驿站后人家便毫不犹豫地将驿马租给了我。

由于我并未在席间进餐，也并未在府第中现身，于是夫人们便来到我整日都未离开的那层底楼来与我道别。元帅夫人给了我好几个拥抱，神态非常悲伤，然而在这几个拥抱中，我并未感受到那种她在两三年前时不时拥抱我时所体会的亲热之感。布弗莱夫人同样拥抱了我，而且向我讲了一些非常亲密的话语。有一人的拥抱让我颇为诧异，那便是当时也在场的米尔普瓦夫人。米尔普瓦元帅夫人是一个极其冷漠、优雅且高傲的人，我认为她依然并未彻底摆脱洛林家族生而就有的那种傲气。她从未向我表露出过多的关心。或许是由于我受宠若惊，便特意为自己提升此次恩宠的价值，或许是由于她的确在此次拥抱中放入了一丝但凡是高贵灵魂都会生而具备的同情心，总之我从她的举止与眼神中察觉到一种无法捉摸的强劲的东西，径直地沁入我的内心。之后当我再次回忆起此事,往往会做如此的猜想:既然她清楚我于命中注定将会步入一条如何的末路,便必定是不由自主地对我的宿命起了一瞬间的同情心。

　　元帅先生面色惨白得如同死人似的,始终并未开口。车子在饮马池旁边停着等我,他执意要将我送上车。我们两个人穿过花园但却并未讲一句话。我随身携带着花园的钥匙,于是便用这把钥匙打开了园门,接着我并未将钥匙塞入口袋,而是默不作声地交给他。他拿过钥匙,亢奋的神情让人感到诧异,自那之后,我往往会不由自主地回想起他的这种神情。我这一生再也没有碰到比此次分离更加悲伤的时刻了。拥抱是持久的、默不作声的:彼此全都觉得此次拥抱便是最终的离别。

　　我曾在巴尔和蒙莫朗西之间碰到过一辆租来的马车,车内坐着四个身穿黑衣的人,微笑着朝我问好。依照之后戴莱丝向我描述的法院派来的人的相貌、抵达时间以及他们呈现出的神态,我毫不怀疑他们便是那四个人;尤其是之后我再次听闻,我的抓捕令并非如同人们所预告的是在七点颁布,反而是在中午才颁布的。我务必要径直地穿过巴黎。一个坐在敞篷车中的人自然不会掩藏得多么严密,我在大街上遇到好几个看起来仿佛非常熟悉的人对我问好,然而我却一个也不认识。那天晚上,我便绕路由维尔罗瓦领地经过。里昂驿站中的来客往往全都会被带去拜见城防司令。这对一个既不想撒谎又不想变名易姓的人而言,或许是非常窘迫的。我便拿着卢森堡夫人的一封信前去探望维尔罗瓦先生,拜托他想方设法为我取消这份苦差。维尔罗瓦先生递给我一封信,由于我并未从里昂经过,因此最终并未派上用场。如今这封信依然封存得完好无缺并保存在我的文件中。公爵先生竭力规劝我留宿在维尔罗瓦,然而我却宁肯重回大路,因此那一日又前进了两站地的路程。

　　我的车座非常坚硬,加之我的身体不适,因此无法走太多路程。除此以外,我的模样又不够威严,因此无法让人家尽心尽力地伺候我,然而人们全都晓得,在法国若想让驿马感觉到皮鞭,便不得不经由车夫的肩膀。我认为向那个执缰人多给些钱财,便能弥补我语不惊人、貌不出众的不足,谁曾料想结果却更加糟糕。他们将我误认为是当差的佣人,生平头一次乘坐驿站的马车。自此以后我便仅能获得一些驽马,本人也便成为车夫的笑谈。最终我只能耐住脾性,一言不发,任由他们兴高采烈地赶路——实际上起初我便理应如此。

　　我排解旅途孤寂的方法便是对近来这所有遭遇的一番思考,想要真相大白!然而我既不具备如此的个性,又不具备如此的心境。说起来倒也确实怪异,无论那些早已远去的苦难离得有多近,我依然非常容易遗忘。当苦难还未降临时,略加思考便会让我惶恐得不知如何是好,然而苦难一旦出现,对它的追忆也便异常稀薄，并且极易消失得无影无踪。我的这个于人无益的幻想力持续不停地让我感到苦闷，让我总是想对还未出现的苦难加以防御，并且让我的记忆无法专注，不允许我将早已过去的苦难再次记起。对于已成定局的事情便无须再加以防御了，并且再去思考它也是枉然无益的。我的不幸可谓是在出现之前便早已让我备受折磨，在等候的这段时间，我越发觉到悲伤，便越加容易遗忘；然而与之截然相反，我始终不停地回忆起我往日的甜蜜，我追忆它，回味它，可谓是何时愿意便会在何时再体验一番。我意识到，我便是多亏拥有了如此巧妙的天赋，因此从不知道何为记仇。因为对遭受的玷污念念不忘，所以这种记仇的脾性时常会在一颗喜欢报复的心中发芽，它迫切地希望让仇人受尽折磨，但是自己却预先遭受了折磨。我本性浮躁，在情感亢奋之时曾备感愤怒，以至于感到怒不可遏，然而报仇的想法从未在我心中生根发芽。我较少想起自己所遭受的侵犯，于是便不会如何频繁地记起那些侵犯我的人。仅仅是由于我担心他会再次为我惹来祸害，因此我才会记起他为我带来的灾害，倘若我坚信他不会再次加害于我，则他给予我的苦痛便会马上消失得无影无踪。人们往往会对我们进行说教，让我们宽容他人对我们所犯下的祸事，这自然是一种美德，然而却对我毫无用处。由于它从未感受到怨恨，与此同时，我也很少会记起我的仇人，因而不会拥有宽容他们的美德，因此我不确定自己的心灵是否可以抑制怨恨。我的那些仇人为了让我感到苦闷而率先自行苦闷至如何的程度，对此我无法说明。我任由他们控制；他们拥有绝对的权威，同时他们也会利用这个绝对权威。唯有一事是超出他们的权威之外，而且我确信他们也无法达成：他们为了加害于我而绞尽脑汁，但却从未强制我同样为加害于他们而伤脑费神。

在启程的次日开始，我便将方才发生的所有全都忘得干干净净了，除去那些迫不得已需要时刻留心的事情以外，我在整个旅行之中甚至都不愿想起议院、蓬巴杜尔夫人、舒瓦瑟尔先生、格里姆、达朗贝，以及他们的诡计与同伙。只不过取代这所有的一切而翻涌至我心头的，便是我在出发之前阅读的那一卷图书。我同样记起了格斯耐尔①创作的《牧歌》——这是稍早前他的译者从贝尔寄来赠予我的。这两个想法始终如此清楚并且夹杂在一起，不断地在我的脑海中闪现，以至于我打算尝试一番，将两者合二为一，仿效格斯耐尔的诗体，将"以法莲山的利未人"作为主题进行创作。这类歌颂田园的质朴风格仿佛并不适合创作出如此悲惨的题材，而且我目前的处境同样无法给予我多少快乐的思想来将这个题材创作得更加活泼一点。但我依然竭尽全力，唯一目的便是用来打发

---

① 格斯耐尔，瑞士田园诗人。

我在车内度过的时间，根本就没有抱着成功的期望。我刚一尝试便诧异地发现，我的思想是如此温柔，而且表述的时候又是如此游刃有余。仅用三天时间便将这个小诗的前三章完成了，而后又在莫蒂埃写完了整部作品。我敢断言，我这一生从未创作过丝毫的作品可以比这首诗更具迷人的质朴风尚，更具绚丽的色调，更具朴实无华的表述，更具准确的个性描绘，更具原汁原味的淳朴；然而这所有的一切，并未遭受那令人憎恶的可怕的题材的影响，所以，除去其余的优势，我依然具备战胜苦难的优势。倘若《以法莲山的利未人》并非是我的最出色的作品，也将永远会是我最为心爱的一部作品。我从未，也始终没有在重新阅读此诗时而不会体会到一种来自内心的无怨无悔的快乐——这颗心灵绝对不会因为自身所遭受的苦难而愤恨不已，但却可以自行宽慰，从自身寻找到一种东西来对它所遭受的苦难加以弥补。请你将那些在作品中对他们从未遭遇的困境表现得如此宽宏大量的大哲学家全部聚集在一起，将他们置于如同我所处的这类环境中，让他们在察觉荣耀遭受玷污所产生的那一阵最初的愤怒中去创作这样一个著作吧，到那个时候你便会明白他们将如何处理这个作品了。

由于我的那位仁慈的老相识罗甘先生曾邀请我去探望他，他已经退休并在依弗东住了好些年了，因此当我由蒙莫朗西启程前往瑞士时，曾打算去依弗东拜访他。途中我听闻去里昂需要绕远路，如此便免得我从里昂经过了。然而，不从里昂经过便需要从贝藏松经过，这个地方同样是一个要塞，因此便具备相同的不便了。由于杜宾先生的侄儿梅郎先生在萨兰的盐场上班，同时他之前曾数次邀请我去探望他，因此我便打算以此为借口多绕些路从萨兰经过。这个方法大获成功；我并未见到梅郎先生，也便无须再做停留，对此我感到非常开心，接着前行，丝毫没有人向我询问一句。

刚一抵达伯尔尼邦境内，我便叫停马车并从车上走下来，趴下来亲吻着大地，同时在情感亢奋中大声喊道："上天啊！你是道德的庇佑人，我歌颂你，我终得以步入自由的大地了！"一旦抱有希望，我的双眼便无法看见，满怀信赖，总是会对那些成为我苦难的事物施以相同的喜爱。我的车夫无比惊讶，觉得我是发疯了。我再次坐到车中，没过几个钟头便紧紧投入那位值得敬仰的罗甘的双臂中，获得了那种既猛烈而又纯洁的欢乐。啊！允许我在这位仁贤的主人家中歇息片刻吧！我需在这个地方重获胆量与体力，用不了多久我便会找出这些胆量与体力的用武之地。

在上述的内容中，对于那些我可以回想起来的情节，我全都因为某种缘由而详尽地描写出来。尽管这类情节本身并不一定非常清晰，然而一旦你掌握了那个诡计的线索，这类情节便可以照亮那个诡计的进程；举例来说吧，它们自然无法对我即将提出的问题提供基本概念，但却对这个问题的作答极为有益。

假如人们为了实行那个将我作为目标的诡计，而强行逼迫我离开，则所有经过几乎理应如同现实中发生的一般，才可以迫使我离开。然而倘若我并未受到卢森堡夫人于半夜三更派人前来的惊吓，并未因她的惶恐神色而为之动容，反而依然坚定不移，倘若我并未留在府第中，而是躺回床上悄无声息地睡到天明，我也会被下令抓捕吗？这可是一个大问题，很多其他问题的解决全都是以这个大问题为媒介的，然而要对这个大问题加以分析，则那些恐吓的抓捕令的颁布日期以及那些现实中的抓捕令的颁布时间全都不是毫无留意价值的。这是个浅显的但却显而易见的实例，通过它可以证明在事实的表述中，倘若你打算对事实的隐含缘由加以探讨，那些最不值一提的细节同样不容忽视，能指引你通过归纳法将隐含的缘由揭示出来。

第十二章

　　从此暗黑的时刻终于来临了，八年以来，我被长久地束缚在这个牢笼中，用尽一切方式也未能摆脱那可怕的阴影。我陷入其中无法自拔，我觉得别人一点一点地打压我，我可以见到直接攻击我的工具，却无法抓住那只无形的黑手，更无法看到那双黑手所采取的手段。灾祸和羞辱，似乎都向我席卷而来，从表象上看却又不动声色。在我那支离破碎的心灵实在支撑不下去的时候，我不禁叫唤起来，这时的我好像有些装腔作势了。那些使我声名狼藉的人们，居然找到了一种让人难以想象的方法，蒙蔽了社会大众的眼睛，让公众顺理成章地站在了他们的阵营，还无法看透他们的诡计所带来的结果。因此如今我在描述和我相关的很多事情、我深陷其中的那各种折磨和我曾经所遭遇的种种的时候，我都理不清头绪，去揪出那个罪魁祸首，在把事情真相讲清楚的同时，又找出根源。在前面三章，我写到了这些最初的缘由。所有与我息息相关的事情，所有秘密的企图都暴露出来了。可是，无论如何我都想不通也猜不透各种不同缘由到底是怎样联系在一起，而且产生了我生活中那很多诡异的事件。要是我的读者里有谁想对这些秘密一探究竟，发现真理的话，那就让他们把前三章认真地再读一遍。之后，让他们以后只要读到一个实情，就运用他们所了解的资料进行查验，由一个诡计追溯到另一个诡计，由一个缘由追溯到另一个缘由，直至最终追溯到全盘阴谋的掌控者。我自然清楚他们的调查会有怎样的结局，不过指引他们走向结局的那些过程中将充满荆棘与风暴，即使是我自身都难以理清。

　　我在依弗东居住的那段时间内，结识了罗甘先生的全家人，包括他的甥女波瓦·德·拉·杜尔夫人和她的女儿们。我好像提过，从前在里昂的时候我就和她们的父亲相识了。波瓦·德·拉·杜尔夫人是到依弗东来探望他的舅父和姐妹的。她的大女儿大约十五岁，特别聪慧，脾气特别温和，我非常喜欢她。我用最密切的友情眷顾着母女二人。原本罗甘先生做主把她婚配给了他做上校的侄儿，上校的年龄已不小了，也非常仰慕我，可是，尽管伯父热切希望这桩婚事可以成，侄儿也很满意这桩婚事，我也非常盼望他们能够喜结连理，然而因为年龄的差异，女孩的极度厌烦让我跟她的母亲一起联手阻止了这门亲事，可想而知这桩姻缘就此作罢。之后上校和他的亲戚狄安小姐结了婚，那个女子的相貌及脾性在我看来都极其优秀，因此他变成了最幸运的丈夫和父亲。尽管这样，罗甘先生依然无法忘却在这件事上我违背了他的意志。我内心却十分镇定，因为我坚信对他及他的家庭，我都尽到了好友的本分，这个本分就是事事都做最有利的建议，而不是事事遵从。

要是我去到日内瓦，我到底会遭遇什么呢？对于这个疑问我没有做过太多的思考。在日内瓦我的书被焚毁了，而且在六月十八日，也就是在巴黎被通缉的第九天，我又在这个地方被抓了。在第二次的通缉令里，用了太多荒诞无稽的辞令，也非常明显地违背了教会法，以至于我刚得到讯息还有点怀疑呢。在彻底验证消息后，我特别害怕如此肆无忌惮、危言耸听的一个作恶行为，会彻底摧毁起源于良善法则的所有法则，更会让日内瓦不得安宁。之后我放下了我那不安的心，因为一切都风平浪静。若那些愚蠢的小民口无遮拦，那也是针对我的，所有狂人、学者们一起在公众面前向我发难，就像是在惩治一个未能准确背出入门教理的小学生，所有人都向他挥起鞭子。

这两份通缉令就是开端，整个欧洲都来辱骂我，那种愤慨之情亘古未有。所有的报纸、杂志及小册子，都响起了最恐怖的警告。尤其是法国人，原本这个民族是最温柔、最讲礼节、最豪爽，平日里又极其自负，最能包容可怜之人，顾及大是大非，此刻却忽然转了性子，遗忘了他们最喜爱的那些品质，竞相来攻击我，用责骂的密度和凶狠来彰显他们的高高在上。我变成了一个反叛者、一个无神论者、一个神经病、一个狂妄之人、一个异类了。接手《特勒夫日报》①的主编说我有狼人病，不过他的胡言乱语反倒说明有狼人病的是他自己。总而言之，完全可以说，在当时的巴黎，无论什么人只要有文章发表，都会捎带辱骂我几句，好像不这样做就是罪过似的。我对此种全部倒戈相向的愤怒实在难以理解，以至于我差不多觉得所有人都疯了。实在是太诡异了！引起争论的居然是《永久和平》的编者，《萨瓦助理司铎的信仰自白》的刊印者居然是反教派，《新爱洛伊丝》的撰写者居然是一只猛兽，《爱弥儿》的作者居然是一个疯狂之人！

① 特勒夫，法国东部的一个小城，为耶稣会的一个根据地，《特勒夫日报》的主办人就是该会，反对当时的进步哲学家。

哦,我的主啊! 若是我的《精神论》①或相同类型的著作发表了,那我会被冠以何种称号呢? 不过,在反对《精神论》作者的那次争论中,公众并未与压迫者同流合污,反倒利用对作者的极口赞颂为他泄了愤。我恳请大家把我的作品和他的书比较一下,再将这些书籍所受到的不公平待遇,两个著作在欧洲各国所遭遇的境况也比较一下,请大家为这各种不公平的待遇寻求出一个足以让人理解并信服的理由吧。我的请求很简单,别的我也不多说了。

在依弗东居住的那段时间,我过得很愉快,因此承蒙罗甘先生及家人的盛情邀约,我决心就留在那里。那里的大法官莫瓦利·德·让让先生又极其诚恳地要求我就在他的治下居住。上校家中有座在花园与庭院之间的小楼,他就催促我住在那儿。他的心意非常诚恳,因此我就应允了,然后他赶紧帮我购置家具及所有生活必需品。在我身旁殷勤的众多人中,罗甘先生是最热情的,他常常一整天都待在我身边。对于这样的抬爱我的内心还是很感激的,不过有时也会感到厌烦。搬家的日期已经定好了,我又给戴莱丝写了一封信,让她来和我会合。就在这个时候我听到了一个消息,就是伯尔尼邦发起了攻击我的浪潮,好像说是那些忠实的教徒动员的,不过我自始至终都未能猜到它爆发的缘由。也不知是谁说动了参议院,好像不愿让我安静地退隐。法官先生一得到这个消息就马上写信给几位政府要员,为我平反,指责他们不应该武断地采取不宽容的政策,说在他们的治下还容留了很多的匪徒,却不能宽恕一个受到压制的有才之人,这样太过无耻了。按一些聪慧之人的理解,他的指责过于露骨,也过于激烈,反倒还激怒了那些人。先不说这样的猜测正不正确,反正他的名誉和才能都未能制止这一切。他一听到要对我下达命令,就提前告知了我,我觉得我不能坐以待毙,就准备次日启程。可是该往哪里去呢,法国和日内瓦是没有可能了,我猜想无论哪个国家见到邻邦对这件事的处置都会争相效仿的。

波瓦·德·拉·杜尔夫人提议我去住一所陈设齐全的空房子,那是他儿子的房子,在讷沙泰尔邦②的特拉维尔山谷里的莫蒂埃村,到那儿只需翻越一座山。这份情谊来得非常及时,因为在普鲁士国王的治理下,我必定会得到很好的庇佑,最起码在那里宗教不会成为理由。可是我心中却有个不方便讲的难处,让我有所迟疑。我天生钟爱公理,这样的钟爱长久地在我内心缠绕,而且我对法国有着特别的情愫,因此我很不喜欢普鲁士国王,我觉得他的行事作风,践

---

① 这是百科全书派哲学家爱尔维修(1715～1771)的重要著作,于一七五八年出版,很快就被法国政府禁止了,并当众赞烧了。

② 整个十八世纪,讷沙泰尔邦都由普鲁士统治。

踏了所有自然的准则及对人类义务的尊严。我记得那时在布置蒙莫朗西碉楼时，我运用了很多配框版画，那中间就有一幅这个国王的肖像画，我在下面写了一首双行诗，最后一句是：

他思想是哲学家，行为却是君王。

无论在谁的笔下，这句诗都会是一句特别优美的赞词，可是我却将它写出了另一种寓意，很清晰，并且前一句将它诠释得非常明显。这首双行诗，只要是来过我这里的人都曾见过，并且来我这的人还很多。罗伦齐骑士还将它誊写下来并送给达朗贝，我确信达朗贝一定会将它呈给国王，把它当成我献给国王的礼物。这头一个失误，我又用《爱弥儿》中的一段文章将它加深了，在这段文章中，从多尼安人的国王阿德拉斯特①身上，人们可以很明显地知道我所说的到底是谁。很多挑剔者很容易就看出文章里的隐射，有很多次布弗莱夫人都和我说起过。所以，我确定我在普鲁士国王的记录册里是用红笔标注的。还有，如果他的行事作风正如我所预料的那样，那么，他一定不会喜欢我的著作及它们的作者。因为人人都明白，暴躁的君王和坏人们都对我恨之入骨，就算他们从未见过我，只是读到我的作品就会如此。

不过，我还是鼓起勇气任由他们安排，而且我觉得不会有太大的危险。我明白，只有无能之人才会被拙劣的好恶之情主宰，但之于个性坚毅的人——我一直觉得他属于这类人——是很难起到什么作用的。我推测，根据他以往的统治方式，碰到这样的情况，他会在人前表现出宽容大度的模样，并且以他的个性若要做到这样也是很容易的。我确定，他对光荣的追求定会胜过卑劣的复仇心理。并且，站在他的立场去分析，我认为他有可能会借用这个机会，用他的宽容大度来让一个胆敢非议他的人臣服在他的脚下。因此，我就带着无比信任的心情住到了莫蒂埃，我想他是可以看到这种信任的价值的。我心想，如果让-雅克能把自己提升到与高力奥兰②相同的水准，那么腓特烈还能输给弗尔斯克人的领袖吗？

罗甘上校坚持要陪我过山，并且要去莫蒂埃帮我张罗。吉拉尔迭夫人是波瓦·德·拉·杜尔夫人的小姑子，我要住的那所房子原本是被她使用的，见我过去住心中难免不快，但还是笑意盈盈地接纳了我，而且在我布置小家庭和等待戴莱丝到来的期间，我都是在她家吃饭。

---

① 阿德拉斯特，希腊传说中阿尔戈斯城邦的国王。
② 高力奥兰，公元前五世纪的罗马名将，和邻族弗尔斯克人交战，屡战屡胜，后遭到谗言，被罗马政府放逐，后投奔弗尔斯克族，弗尔斯克族的首领不仅不记仇，还非常信任他。

自从我从蒙莫朗西离开之后，我觉得以后的我将会在世界上颠沛流离了，因此我犹豫不决，害怕戴莱丝来和我相会后，会过上那种我觉得已经无法逆转的流浪的日子。我深深地觉得，因为这次灾难将会改变我们的关系；以前是我对她的恩情，现在却反过来了。若是我们的情感可以经受得住困难的洗礼，那么她一定会因为我的灾难而心痛，而她的伤心更会加重我的痛苦。如果她因我所承受的困难而远离我，那么她将会在我的面前炫耀她的坚贞之德，它会被视作一种奉献，并且她也无法体会到当我只有最后一块面包还愿和她分享的快乐，只能感受到她在困难面前愿意无条件追随我的那种品德。

　　我必须表明我的立场：我并不忌讳我自身的以及我那可怜的母亲的短处，我更不应该对戴莱丝留有特别的情面。无论我如何喜欢这个女人，我都不能掩盖她的过错——若是心理层面上情不自禁转变的情感可以被视为过错的话。很久以来我就察觉到了她逐渐冷却的心灵。我觉察到，她对我的感情已不像我们黄金时代一样了。并且，我越对她死心塌地，就越感觉到这一点。我似乎又陷进了我在母亲身边感到后果的那种难堪的境地，而这样的感觉也同样表现在戴莱丝身上。我们不必去寻找自然界里未曾出现的完美境界，此种后果不管在人间任何一个女人身上都是相同的。我对我的几个孩子所做出的决定，无论我那时考虑得有多么完善，都无法使我问心无愧。我默默地思索着我的《论教育》，就发现我曾经漏掉了一些所有解释都无法让我免除的义务。因此，我的悔恨之心变得异常猛烈，以至于它差不多在逼迫我在《爱弥儿》的开头就公开承认我的失误，并且说得如此明了。若是有人读了我的著作以后还有责备我失误的勇气，那就很诡异了。但是我那时的境遇依旧和以往一样，而那些一心想要找到我的漏洞的敌人也更加猖獗。我害怕过去的错误重演，不想再遭遇这样的险境，宁可忍耐制欲之苦也不想让戴莱丝再次承受那样的困境。再有我还留意到，我的身体状况因为房事之苦也每况愈下。这两个理由让我暗下决心，可有时也没有坚持下来，但近三四年来我倒有些长进，可以坚持下来了。也就是从那时开始，我就感觉到戴莱丝对我比从前冷漠了。从职责感上来说，她对我的情感依旧，但从爱情层面来说就无法和以往相比了。我们的生活中就缺少了一些趣味，所以我想，既然无论在任何地方我都可以照顾她，也许她情愿待在巴黎也不愿跟我这样颠沛流离。可是，在我们分离的时候，她竟然会那样难过，她极力要求我一定要遵守后会有期的誓言，我离开以后，她还在孔蒂亲王及卢森堡先生面前强烈地表示了要和我重新会合的愿望，致使我既无勇气和她说彼此分离的事，更没有勇气思考这件事。当我从内心深处觉得她在我的生活中不可或缺时，我就只想着赶紧把她唤回来。我写信让她启程，她就来了。我们的分离还不足两月呢,可是那么多年以来,这还是我们第一次的分离呢!我们互相都深切地体会到了分离的痛苦。我们彼此拥抱时,心情无比激动。啊!怜惜和高兴的眼泪好美啊!我的心又是多么渴望饮这种眼泪啊!像这样的眼泪,人们为什么竟让我流得那么少呢!

我刚到莫蒂埃,就给讷沙泰尔总督、苏格兰元帅吉斯勋爵写信,告诉他我退隐于国王陛下的领土了,而且要求他庇护我。他以众所周知的,而且也是我想要的那种大度之情给了我答复。他邀请我去拜访他,于是,我就和马蒂内先生一块去拜访他了——特拉维尔谷地的领主就是马蒂内先生。在总督阁下面前,他也是一个很受宠的人。我的心深深地被这位年高德劭的苏格兰人的那种令人尊崇的风度所打动了,我们互相之间马上就拥有了一种炽烈的感情,从我这方面来说,这种炽烈的感情一直都没有变。可是在他那方面,因为那帮害我失去所有人生抚慰的奸佞小人趁我远离他时,就抓住他年老的弱势,在他的面前毁坏我的形象,导致他后来也离我远去。

乔治·吉斯是苏格兰的世袭元帅,也就是那位生得光荣、死得壮烈的名将吉斯的兄弟。年轻时,他就从故乡离开了。因为他曾经效劳于斯图亚特王室,所以他的祖国没有接纳他。可是后来没过多久,他就对斯图亚特王室心生厌恶,因为他发现了它那无情而残暴的精神,而这个王室的主要特点就是这种精神。他在西班牙住了挺长时间,那里的气候他很喜欢。最后他和他的老兄一样,也在普鲁士国王手底下效力。普鲁士国王很擅长用人,会给予他们相应的待遇。因为这种待遇,国王收到的回馈也不错。因为吉斯元帅给他提供了不少的帮助,而难能可贵的是元帅勋爵也很欣赏他。这位令人尊敬的人物的伟大灵魂是完全共和主义的、崇高的,只能在友谊的召唤下才能屈服,可是它又是那么真心实意地在友谊面前屈服,以致虽然两人拥有不同的思想,他一旦归属在腓特烈脚下,就会忠于腓特烈。国王曾把一些重大事务交给他办,派他去巴黎,到西班牙。最后,看他一大把年纪了,该退休了,于是让他担任讷沙泰尔总督一职,以便让他安享晚年并一直服务于这个小邦之民。

讷沙泰尔人爱慕虚荣,看不到具有真才实学的人,听到高谈阔论,便惊讶这人才气过人,看到一个人淡定而不拘一格,便把他的纯朴视为清高,将他的坦荡视为粗鲁,将他的缄默视为愚钝。对于他好心的照顾,他们并不接受,因为他只愿意服务于人民而不愿意阿谀奉承,因此他不会赢得那些他不敬仰的人们的喜爱。珀蒂皮埃尔牧师被赶出了同行,因为他不想看到他的同行们一直在地狱里待着。在这个荒谬的事件中,因为不支持牧师们抢夺行政权,勋爵竟遭到全邦所有人的反对,而事实上,他的出发点是为了全邦。当我抵达该邦时,还存在这种愚不可及的愤恨声。人们说他最起码是一个让人对他持有成见的人，在他所遭受到的所有非议中，这恐怕是比较对的。看到这位令人敬仰的老人①，我先是对他的身体表示同情。在岁月的侵蚀下，他身上的肌肉已经消失殆尽了，可是看到他那副充满生机、尊贵的面容，我便马上从心里升腾起一股敬意，并对他表示充分的信任，其他所有感觉都被这种敬仰之情打败了。在我跟他打了招呼以后，他竟然跟我说到了其他事情，好像我已经在那待了很长时间了。他没有让我坐下来，而那位局促的领主也就笔直地站着。从勋爵那双英明而犀利的眼神中，我看到了和蔼的表情，马上放松下来，并直接挨着他坐在了沙发椅上。听到他马上采用的那种和蔼的口气，马上觉得他很喜欢我这种随意的态度，他肯定在心里说："这人和讷沙泰尔人倒是很不一样。"

真是脾性一致的惊人效果啊！一般人到了那样的年龄，心都已经失去了活力，而这位和蔼可亲的老人的心却因为我再次被激活了，使得大家都为之震惊。他竟然到莫蒂埃来看我，打着打鹌鹑的幌子，在这待了两天，却根本没有摸过枪。我们之间形成了一种实实在在的友谊，两人开始形影不离。他夏天在科隆比埃府住，和莫蒂埃之间有六法里的路程，我最多隔两个星期就去住一天一夜，之后又像一个朝圣人一样走回来，心里只想着他。当年，我从退隐庐到奥博纳去住时，内心的感觉当然与此很不一样。可是，相比我走近科隆比埃府所品尝到的滋味，它不会更甘美。只要想到这位令人敬仰的老人那种慈父一样的温情、那高尚的品德、那敦厚的哲学，我时常都会在路上流下激动的泪水。我叫他父亲，他叫我孩子。从这两个亲密的称呼中，可以窥见一部分我们之间的深情厚谊，可是还看不出来我们互相有所求的那种需要和时常彼此靠近的心愿。他非要我到科隆比埃府去住，曾反复要求我定居在我临时去住的那套房间里。最后我跟他说，我在自己家里住自由一些，甘愿一直这样跑过去看他。对于我的这种真诚，他非常欣赏，自此以后这件事就不再提了。善良的勋爵啊，我那令人尊崇的父亲啊，我现在想到你，心里还激动无比啊！那群野蛮人，他们挑拨我们之间的关系，让我遭受了莫大的打击。可是，不，不，伟大的人哪，我们俩的关系是不会变的，不管是现在还是将来。他们用谎话骗了你，可是你却没有因为他们而发生改变。

元帅勋爵当然也是有不足之处的，他富有学识，可是他毕竟是个人。他有最通达的智慧、最灵活的辨识力，他擅长看人，可是他有时也会被人欺骗，而且沉迷其中。他的脾气很古怪，想法有点不同寻常。他好像忘记了每天都会看到

---

① 当时吉斯已经七十多岁了。

的人,可是他又会在出人意料时突然想到他们。他关注人好像总是不到位,他的回馈都看他的心情,不询问是否合适,他一时冲动要送你什么,就会马上送给你,他根本不在乎价值的高低。有一个日内瓦青年想为普鲁士国王效力,跑来找他,勋爵给了他一个装满蚕豆的小布袋,而不是给了他一封信,叫他交给国王。国王把这个怪异的介绍信拿到手上以后,马上就给送袋的人安排了一个工作。普通人永远不能理解杰出的天才互相之间的另一种语言。这些小嗜好,就像美妇人的矫揉造作,会增添元帅勋爵的趣味性。我相信,而且后来我也深有体会,这些小嗜好并不会对他的感情产生影响,也不会对友情在关键时候所要求于他的那种对别人的照顾产生影响。可是有一点也是毋庸置疑的,在给他人提供帮助的方式上,他还是表现出了和他对人的态度上一样的怪异。我只举一个无关紧要的小事来进行说明。从莫蒂埃到科隆比埃得花一天的时间,我真的无法坚持,因此一直都是分两天走,吃过午饭以后启程,半路在布洛特住一晚上。居停主人叫桑托兹,他需要柏林同意他一个对于他来说非常重要的要求,便拜托我请总督阁下帮他要求。我当然很乐意提供帮助,便携同他一起前往,我请他先待在套间,自己跑去跟勋爵说了他的事,可是勋爵一个字都没有说。一上午的时间转瞬即逝,中午我从套间经过去吃午饭时,我看到可怜的桑托兹等得心烦气躁,还以为勋爵已经不记得他的事了,于是在吃饭时又重申了一次,他依然一个字都没说。我觉得,他是在告诉我,他是多么讨厌我,可是这样难免让人难以忍受,便也沉默下来,暗暗替桑托兹叫道不好。第二天回来时,他对我连声道谢,我惊讶得目瞪口呆,因为在总督阁下家里,他受到了热情的款待,午餐吃得很好,而且,他的呈文还被总督阁下接受了。三个星期后,勋爵就派人把他所请求的诏令给他送去了,诏令是国王签署以后,由大臣发出去的。他都办好了,可是却始终没有对我或桑托兹本人透露只言片语。我原本以为他是不愿意做的。

我好想一直说乔治·吉斯啊,留在我脑子里的最后的快乐都来自他,而我生活的其他部分则充满了烦恼和痛苦。一想到这些事,我就非常难过,越想越糟糕,因此叙述时难免会失去条理。今后我只能对我的陈述进行随意安排了,跟着思想走了。

我原本是怀着紧张的情绪在这里避难的。没过多长时间,国王给元帅勋爵回的信就解救了我,我在元帅身上找到了一个很杰出的辩护律师。国王陛下不仅答应他已经做过的事,而且还拜托他——我必须毫无保留地说出来——给我送来十二个路易。因为这样一个任务,那仁慈的勋爵觉得很棘手,不知所措,生怕完成得不到位。他尽可能让这个羞辱减轻一点,将这笔钱换成实物,告诉我说,他在国王的要求下,给我提供薪炭,好让我成立我的小家庭。他甚至还接着说,这可能是他自己的意愿①,国王特别想根据我的意思,给我建一所小房子,只要我把地点定下来。后面这个赠送让我激动不已,而且也让之前赠送的小气烟消云散。我把这两个赠送都拒绝了,可是腓特烈被我看成我的恩人和保护者了,而且我是真心实意地喜欢他,没过多久,我就开始关心他的荣耀,就好像我过去愤愤不平于他的成绩一样。我用一个非常优雅的灯彩对他不久后签订的和约②表示欢迎,那是一套用来对我的房子进行装饰的花环。我确实在这套花环上倾注了我那报复性的豪爽心情,因为我几乎花掉了他准备送给我的那么多钱。签署合约以后,我原本觉得他已经在军事和政治方面的荣耀达到了顶峰。接下来,他会放弃战争,发展农业和商业,把更多荒地开垦出来用来安置居民,和所有邻邦和睦相处,从欧洲的恶魔一跃变成欧洲的仲裁者,以实现另一种荣耀。他完全可以不冒任何风险地放下屠刀,因为没有人可以强迫他再拿起屠刀。我看他依然全副武装,担心他不会把这个于他有利的条件利用好,无法成为一个真正的伟人。我鼓起勇气就这个问题给他写了一封信,而且是用的像他那样的人所爱好的那种平常的语气,让他听到这个神圣的真理之声——极少有国王配听到这样的真理之声。这件事我是偷偷做的,没有让第三个人知道,即使是元帅勋爵也不知道。我把写给国王的信函封好了交给他,勋爵也充当了这个信使,没有询问我写的是什么。国王没有回复这封信,没过多久,元帅去了柏林,国王只跟他说,我曾经严厉地教训了他一番。对此我就明白了,我的信所带来的结果并不太好,我那深情款款的直白被看作是学究先生的才气了。事实上这有很大的可能性,可能我说了一些不合适的话,我用的语气也不太合适。我只能确保我是好心写这封信的。

　　我在莫蒂埃-特拉维尔住了没多久以后,就得到了所有可能的保证,我觉得我想在这风平浪静地住下去,人家是会允许的,因此我就换成了一副亚美尼亚的装束。这个想法并不新鲜。在我一生中,我已经不止一次产生过这个想法,在蒙莫朗西时我就有过这个想法,因为那时我时常用探条,必须留在卧室里,这时我觉得穿长袍有很多优势。刚好有一个亚美尼亚的裁缝经常到蒙莫朗西来看望一个亲戚,在这种方便的诱导下,我特别想借此这样打扮,无论人家议论什么——我从来不在乎别人的闲话。可是,在换上这种新装束以前,我还是愿意听听卢森堡夫人是怎么看的。她是持完全的同意态度的,于是我就添置了一小

---

①　卢梭错了。腓特烈在信中确实是这样写的。
②　指一七六三年结束的"七年战争"的和约。

箱亚美尼亚衣服。可是，一场针对我的风暴拉开了序幕，这又使得我必须等到风平浪静了以后再这样打扮。只是又过了几个月以后，因为我的身体再次抱恙，只能求助于探条，我才觉得我完全可以在不冒任何风险的情况下采取这种新的装扮。事前，我还向当地的牧师请教过，他的意见是，我就算打扮成这样去教堂也不会带来人们惊讶的目光。因此我就把长袍穿在了身上，把皮斗篷也披上了，还戴了皮圆帽，系了大腰带。我以这身打扮去参加了圣事以后，就觉得穿成这样去勋爵家也无所谓了。总督阁下看到我如此打扮以后，只说了这样一句客气话："萨拉姆阿勒基"①，自此以后，我就没有再穿过其他的衣服了。

　　既然我已经不再染指文学，就只想自己给自己做主，过一种安稳而美好的生活。我单独一人待着时，一直都觉得很惬意，就算是在百无聊赖时也是如此。我的想象力可以填补所有空缺，仅仅是它，我就闲不下来。我一辈子最无法忍受的就是几个人当面聊天，专门打嘴仗。走路、溜达，倒还好一些，最起码眼睛和脚还不会闲着，可是双手环抱在胸前坐在那里，不停地谈论天气啊，苍蝇啊，是会让我窒息的，而更让我无法忍受的则是互相奉承。为了过现代人的生活，我就开始学着编带子。我把我的坐垫带上，去别人家拜访，或者像女人一样，到门口坐着去干点什么，和从这经过的人聊聊天。这也可以让我忍下那些枯燥的废话，让我可以在一些女邻居家里安然地度过一些时间。我那些女邻居有好几个都很讨人喜欢，也很有才学，其中有个很让我钦佩的叫作伊萨贝尔·狄维尔诺瓦的女邻居，她是讷沙泰尔检察长的女儿，我们之间形成了一种很特别的友谊。在这段友谊中，她是颇不吃亏的，因为我曾经给她提过很多中肯的意见，在关键时刻还拉了她一把。因此，如今已为成贤妻良母的她，可能正是因为我，她才有那样的智慧、那样的丈夫、那样的美好生活。从我这方面来说，也是要感谢她，亏了有她我才得到了甘甜的抚慰。尤其是在一个悲凉的冬天，那时，我的病情越发严重，生活越发困苦，她时常过来，和戴莱丝一块陪着我聊天。她知道用她那卓越的才华来和我们聊天，让我们觉得晚上并不难熬。我们以父女相称，直到现在依然如此，希望我们彼此都能因为这两个称呼而留下动人的念想。为了让我编的那些带子派上用场，当我那些年轻的女朋友嫁人时，我就送给她们当作结婚礼物，唯一的要求是她们将来的孩子，她们要自己亲自带。伊萨贝尔的姐姐就因为结婚，收到了一副带子，而且深刻领会了这份礼物的用意。伊萨贝尔也同样有一副，从主观层面来看，她也领会了这副带子的用意，可是她并没有得到心心念念的幸福。送带子的时候，每个人都得到了我的一封亲笔信，第

---

① 阿拉伯语，意思是"你好"，是见面时的问候语。

一封信曾经一度非常流行，可是第二封信就安静多了，原本友谊是应该实事求是的。

我就不一一描述我在附近和更多人的交往了，可是对于我和皮利上校的关系，我还是应该提一下的。皮利上校夏天会住在山上的一所房子里，因为我知道他在朝廷上和元帅勋爵的关系都比较恶劣，他根本就看不到勋爵，所以我也没有那么迫切地想结识他。可是，因为他非常客气地看我，我也只能去看看他。持续这么交往下去以后，我们有时还互相请对方来家里吃饭。在他家，我和贝鲁先生①相识了，后来我和贝鲁先生来往很频繁，所以在这里我必须提一下他。

贝鲁先生是个美洲人，父亲是苏里南的一个司令官。司令官离世以后，司令官的遗孀就嫁给了继任者讷沙泰尔籍的尚伯里埃先生。这位遗孀重新恢复单身生活以后，就带儿子定居在后夫的故乡。贝鲁家中只有这么一个儿子，非常有钱，母亲对其疼爱不已，耐心细致地照顾他，他也因此受到了很好的教育。很多知识，他都略懂皮毛，也比较喜欢艺术，尤其喜欢自称自己擅长推理，他那冷淡又如同哲学家的荷兰人的趾高气扬、内敛的个性、黝黑的肤色，说他是个思想家，没有人会不信。尽管他年纪不大，可是却又聋又闹痛风，这就让他的所有动作都看起来那么严肃、踏实。而且，尽管他也喜欢争论，甚至有时会争论很久，可是通常情况下，他还是一个比较沉默的人，因为他耳朵是聋的。他的整个外表都让人不由得心生敬佩，我想："这是位思想家，是个很哲学的人，我很幸福拥有这样一个朋友。"为了让我完全臣服在他的脚下，他经常找我聊天，话里话外都没有任何奉承的意思。他很少提及我、我的书，也很少把他自己作为话题进行讨论。他不是没有个人主张，相反，他的观点通常非常对。我被这种正确和精准吸引了。尽管他思想上不像元帅勋爵那么精准，可是质朴也是共通的。从这一点来说，他代表了勋爵。我并没有被他深深吸引，可是因为敬仰他，我慢慢对他有了感情，时间长了，友谊自然滋生了。我和他在一起，把之前不同意和霍尔巴赫男爵交往的那句话都忘记了，那就是他太有钱了，我现在相信我当时错得很离谱。我始终因为经验质疑所有拥有巨额财富的人，对于我那些原则和这些原则的拟订人都会由衷地喜欢。

有一段时间，我极少和贝鲁见面，因为我不去讷沙泰尔，而他每年又只到皮利上校的山上来一次。为什么我不去讷沙泰尔？这是一种孩子气，应该拿出来说一下。

---

① 这位贝鲁先生之后经常和让-雅克一起在散步时进行植物研究，让-雅克还拜托给他一些手稿。一七八二年，《忏悔录》第一部出版时，他就是其中一个编辑人。

尽管普鲁士国王和元帅勋爵都给我提供了庇护,让我免遭迫害,可是大众的、市政官吏的和牧师们的窃窃私语,我却是避免不了的。自从法国开始攻击我以来,每个人都会侮辱我一番,要不然就会显得自己是个孬种。人们担心如果不效仿那些迫害我的人,就会被理解成是反对那种做法的。讷沙泰尔的上层阶级,即该城的牧师集团,先对我发动攻击,想要鼓动邦议会来攻击我。这个阴谋未能实现,牧师们就去找行政长官,行政长官马上把我的书给封了。他是会抓住所有机会毫不客气地对待我的,他放出话来,甚至直截了当地说,假如我还和原来一样住在城里,人们是会对我不客气的。在由牧师们创办的《信使》杂志里,荒诞不经的言论和最乏善可陈的伪善之谈充斥其中,虽然拥有理智的人会觉得这些言论很可笑,可是却也鼓动民众对我群起而攻之。不过,听了他们那些话,我反倒还要感谢他们呢,因为我可以住在莫蒂埃,也称得上一种格外的开恩了——事实上,莫蒂埃属于他们的管辖范围。他们很想我出高价来购买空气。他们要我对他们的保护感激涕零,而这种保护,是国王力排众议赐予我的,也是他们竭尽全力要从我手中掠夺走的。最后,因为他们做不到这一点,便在不遗余力地诽谤我以后,在我面前夸耀他们可以做到的那一点事情,显示他们是多么善良,竟然可以宽容我住在他们的国家。原本我应该瞧不起他们的,可是我太笨了,竟然还对他们生起气来,而且还可笑地下决心再也不去讷沙泰尔城,这一坚持就是两年。事实上他们的态度好不好,完全不是出自于他们的本心,而是受到别人的驱使。假如我把注意力放在他们的态度上,我就未免太把他们放在眼里了。更何况,那些不仅没有知识更没有素养的人,只把金钱、权力放在眼里的人,根本不会想到要尊重有才之人,更想不到谁让有才之人蒙羞了就是让自己脸面尽失。

　　有一个曾经因为贪污被撤职的村长,当着我那伊萨贝尔的丈夫、特拉维尔谷地的警官的面这样说:"人家都称赞那个卢梭极其聪明,你把他带来我看看真假。"当然,遭遇这种不满的人是不会对说这种话的人的不满多么生气的。

　　鉴于我在巴黎、日内瓦、伯尔尼甚至讷沙泰尔的经历,对于当地的牧师,我完全不抱任何希望。可是,我的介绍人是波瓦·德·拉·杜尔夫人,所以他也曾经欢迎过我。可是在这里,不管对象是谁,人们都是一副讨好的态度,友好的表示就没有任何意义了。既然那时的我已经正式宣布要重新信仰新教,又在一个新教国家生活,我就必须加入到我所信奉的宗教活动中,要不然我就会和我的誓愿和我作为公民的义务背道而驰,因此我必须去参加圣事。此外,我又担心人们会拒绝我走到圣体前,从而让我下不来台。看起来,日内瓦的议会,讷沙泰尔的宗教界都已经掀起了惊涛骇浪,我要想平静地到教堂里去领圣餐,是不可能得到这里牧师的同意的。因此我看圣餐礼快到时,我就决定给蒙莫朗先生(就是那个牧师的名字)写封信,把我的心愿袒露出来,而且告诉他,我一直都是忠于新教教会的。而且,我还告诉他,为了不引起有关信条的纷争,我不想解释某个单一的信条。这个手续办好以后,我就不用再担心了,觉得我去一定会遭到蒙莫朗先生的拒绝,因为他不会同意我在没有进行任何个别解释的情况下,就跑去领圣餐,而我又不会同意这样做,如此一来,事情也就搁置下来了,而且责任根本不在于我。谁知道事情根本不是这样:出乎我意料,蒙莫朗先生来了,不仅告诉我,他同意我在坚持自己的条件下去领圣餐,还说,他和老教友们都很高兴能拥有我这样一个信徒。我的惊诧和欣慰都无以复加,我觉得一直孤独地存活是一件特别悲凉的事,尤其是境况不佳时。在遭到如此多的通缉和摧残时,我可以告诉自己:"最起码,我的身边还有教友们。"这可真是太美了,因此我就去把圣餐领了,人们在领圣餐时最让上帝满意的精神状态可能就是我内心的激动和感激的泪水。

没过多久,勋爵派人把布弗莱夫人的一封信送给我,我猜想,这封信最起码是经由达朗贝的手转来的,因为他和元帅勋爵相识。自从我从蒙莫朗西离开以后,这是这位夫人头一次给我写信。在这封信里,她无比痛心地指责我不应该给蒙莫朗先生写那封信,特别是不应该去领圣餐。我很疑惑她到底是跟谁发这么大脾气,尤其是因为,自从我那次到日内瓦去后,我一直都在大庭广众下宣称自己是新教徒,还当着众人的面去过荷兰教堂,没有人认为我这样做不妥。布弗莱伯爵夫人竟然想从宗教层面对我的信仰加以指导,我觉得这实在是荒诞无稽。可是,我相信她的用心很好——尽管我完全不知道她有什么用心,因此对于这奇妙的遭遇,我一点都不生气,很平静地回复了她,把我的理由给她解释清楚了。

这时,各种印刷品都还在极尽可能地羞辱我,它们那些心地善良的作者还要埋怨权力机关的力度太轻了。主谋者持续在幕后操控的这种盲目的大合唱,笼罩着恐怖的阴影。我呢,就任由他们嚼舌根,始终稳如泰山。有人告诉我,索尔朋神学院给我发出过一个谴责书,我压根儿不信。在这件事情上,索尔朋干涉什么呢?它想对世人宣称我不是天主教徒吗?这是人所共知的事。它想要对我不是一名合格的喀尔文派教徒进行验证吗?这和它又有什么关系?担心这个实在是让人匪夷所思,完全要把我们的牧师顶下去了。在还没有看到这个文件时,我觉得这是别人为了嘲笑索尔朋,打着索尔朋的旗号对它进行宣扬,在看到那个文件以后,我更加坚定了我的想法。最后,当我必须确信那个文件的真实性时,我挖空心思都只想到这一点:整个索尔朋的人都应该被送去疯人院。

让我更加伤心的还有另外一份文件的公布，因为它的拟订者是我一直以来都很尊敬的一个人。我敬仰这个人的个性坚毅，却对他如此冲动的行为表示可惜。我是说巴黎总主教对我进行反对的训谕。

我觉得我理所应当给予回复。我可以非常体面地回复他，就如同我当年回复波兰国王的情形一样。对于伏尔泰式的粗鲁的争吵，我一点兴趣都没有。我只清楚和人家争论时要维持自身的尊严，只有当我确定进攻我的人不会有辱我的进攻时，我才会奋起反击。我相信那篇训诚肯定是由耶稣会教士写的，尽管当时他们自己已经虎落平阳，可是在这份训诚里，我依然可以看到他们想欺负老虎的那个老信仰。所以，我也就遵循我的老信仰办事，在敬重名义上的作者的同时，也坚决打击作品。我就是这样做的，而且自信做得不错。

我觉得在莫蒂埃住很是舒适，想要在这养老，现在只是生活来源还没有着落。这地方生活水准不低，因为我原来的家不在了，现在又有了一个新家，家具卖了一部分，也丢了一部分，再加上我从蒙莫朗西离开以后所必需的费用，我原来的计划实行不了了。眼看我手里所掌握的资金日益减少，只够维持两三年的开销了，而我除了写书，找不出其他办法再积攒这样一笔小资金，而写书这个职业不太吉利，我又早就放弃了。

我相信，要不了多长时间，形势就会朝有利于我的方向发展，社会大众不会再沉浸在他们的痴迷中，会让权力者也羞愧于自己的疯狂。因此我只想想办法让自己的生活维持到幸运来临的时候，一旦这种转变到来，我就可以在各种生活资源中进行抉择。为此，我又把那部《音乐辞典》拿了起来。我用了十年时间才完成了这部辞典，现在只需要进行最后的修订和誊清工作就可以了。前不久，别人把我的书籍给我寄来了，我完成这个工作所需的材料也齐全了，同时还把我那些文件寄过来了，我又可以开始写《回忆录》了。自此以后，我的全部精神就都放在这部著作上了。我先在一个集子里誊抄这些信件，以便调动我的记忆力，把事情真相和时间顺序搞清楚。我早已选择好了我要保存下来的信件，几乎十年间都保持着顺序的衔接。可是，当我对誊抄进行清理时，看到里面有个不足之处，我惊诧万分。这个不足之处存在了将近半年，从一七五六年十月持续到第二年的三月。我印象很深，狄德罗、德莱尔、埃皮奈夫人、舍农索夫人等人的很多信件，我都挑选出来了，这些信正好弥补了这个不足之处，而如今却找不到了。都去哪儿了呢？我的稿件在卢森堡公馆里保存期间，有人染指过吗？这是难以想象的事。我曾经看到元帅把我保存稿件的那个房间的钥匙拿走了。因为有好几封夫人的信和所有狄德罗的信都没有日期，再加上我曾经无奈之下依靠记忆力勉强填上日期，专门把没有日期的信和我事后补填日期的信都找了出来,逐个进行检查,看看是不是确实无法找到可以对这个不足之处进行弥补的信件。这个试验失败了。我发现,不足之处真的存在,那些信真的被偷走了。被谁偷了呢?为什么要偷呢?这是最让我疑惑的地方。那些信写于那几场大争论之前,在我起初沉醉在《朱丽》中时,没有关系到谁的利益。内容最多也只是德莱尔的一些嘲笑、狄德罗的一些纷扰、舍农索夫人和埃皮奈夫人的——那时我和埃皮奈夫人相处得很融洽——一些友谊的表示。这种信会对谁有用呢?拿去有什么用呢?七年以后,我才推测出来这一偷盗有什么不可告人的目的。

查验了这个不足之处以后,我就对文稿进行了检查,看看是不是还有其他不足之处。我又看到了几个,而因为我有很严重的健忘症,这几个不足之处让我假设在我那一大摞文件中还存在其他的不足之处。我发现《感性伦理学》《爱德华爵士奇遇记》的草稿都不见了。我承认这后一部草稿有可能是被卢森堡夫人拿走的。这些文件的寄件人是她的随身侍从拉·罗什,我想这点废纸也只入得了她的眼,可是另外一部草稿,还有那些被拿走的信,跟她又有什么关系呢?即便一个人不怀好意,也不能用那些信来加害于我,除非是想仿造。而我知道,卢森堡先生一直都是个正派人士,对我的友谊也毫无虚假的成分,我不能对他有一丝一毫的怀疑,甚至也不能怀疑元帅夫人。为了寻找这个盗窃犯,我一度劳心费神,最后觉得比较说得过去的观点只有一个,就是达朗贝实施了这个盗窃行为。那时,他已经躲到了卢森堡夫人家里,也许想了个办法去看这些文件,把他想要的东西拿走了。不论是手稿还是信件,他也许是想让我受到一点困扰,又或者是把也许合适于他的东西拿走。我想,他被《感性伦理学》这个名字给误导了,他还以为找到了一部真正的论唯物主义的著作的提纲。大家很容易就可以想象出来,他会如何把这种提纲派上用场,对我加以攻击。我相信他认真地把草稿读过以后,很快会发现自己大错特错了,而且既然我已经打定主意不再涉足文坛,因此对于这次偷窃,也就不在乎了——这次的偷盗已经不是一个人犯的第一次错误,过去我一直选择忍,从来没有抱怨过什么。① 没过多久,我就把这种虚伪的事情抛诸脑后了,就如同这种事从来没有发生过一样。我开始对余下的那些资料进行整理,好一门心思地完成我的《忏悔录》。

很长一段时间,我都觉得,日内瓦的宗教界,或者,最起码是公民和市民,都

---

① 从他的《音乐概论》中,我看出很多都是我为《百科全书》写的有关这门艺术的文章里抽出来的。早在《概论》出版之前的几年,我就把这些文章交给了他。我不知道他为《美术辞典》做了多少工作,但是我发现有很多条目都是抄袭我的条目,而且发生在我的条目收入《百科全书》很久之前。——作者原注。

会反抗通缉我的那道指示中对教会法有所违背的地方。可是没有发生任何波澜，最起码表面上是这样，而事实上却存在一种广泛的抗议，只等时机一成熟就会表现出来。我的很多朋友，或者自诩是我的朋友的人们，接连不断地给我写信，催促我去做他们的领导，确保公众会对议会的错误加以修正。我害怕我一到场就会引发动乱，因此拒绝了他们的要求。我一直坚守着过去的誓言，对国内的任何暴乱都袖手旁观，因此宁愿继续承受侮辱，在外国流亡，也不愿冒着风险回到祖国。当然，之前对于一个极大的关系到他们的利害关系的违法行为，我希望市民会合法、平静地表示一下，可实际上什么都没有发生。对市民阶级进行领导的人所尽力追求的不是真正的仗义执言，而是寻找机会标榜自己是重要人物。他们私底下做小动作，却一声不吭，让那些滔滔不绝的人们、表面忠诚和自称忠诚的人们不停地打口水仗，这些人都是议会推出来作为先锋部队的，目的就是让愚昧的小民觉得我特别丑陋，而将他们的肆意妄为理解成宗教热情。

我原以为有人会反击这种不合法的裁决程序，可是整整一年多的时间，没有任何动静。最后，我决定：我看我自己的同胞已经不理我了，就打定主意不再回到我那背信弃义的祖国。原本我就从来没在祖国生活过，祖国也没有给我带来什么好处，给我提供什么帮助，而作为我辛苦给它增光添彩的回报，我竟然受到如此卑劣的对待，而且全国一致如此对待我。那些应该发声的人缄口不言。所以，我就给法弗尔先生，也就是那一年的首席执行委员写信，正式宣布把我的市民权舍弃掉。可是在这封信里，我还是考虑到了礼仪，保持着隐忍。我深陷囹圄时，时常会因为敌人的残酷折磨而举止豪迈，而我在做出豪迈的举动时，一直把礼仪和隐忍放在心里。

公民们终于因为我的做法而拨开了迷雾，他们觉得，他们在考虑到自身利益时，也应该保护我，所以他们就起来为我提供保护了，可是已经来不及了。他们还有其他的一些不满，都和这项不满糅合到一块，多次意见书的内容因此形成，提得很是合理。议会自以为有法国政府作为靠山，便于他们冷酷而决绝地拒绝别人，如此一来，他们越发觉得他们要受到议会的驱使，因此把意见书的范围扩大了，意见书的分量也因此加重了。这种反复讨论曾经产生出过很多小册子，始终没有什么决定性的成效，直到《乡间来信》忽然被刊载出来。《乡间来信》这部精彩绝伦的作品是偏袒议会的，国民代表这一派一时间无话可说，一时算是被击败了。这个文件显示出了作者少有的才干，是由检察长特龙香写的。特龙香是个智慧而有学识的人，对法律尤其擅长，又对共和国的政体很是了解。

Siluit terra。[①]

经过一阵子的灰心丧气以后，国民代表派又重整旗鼓了，便想写一篇答辩。他们花费了很多精力，写得差强人意。可是大家都更加喜欢我，觉得可以和这样一个对手相抗衡的，只有我这样一个对手。我承认，我当时的想法也是这样的。我的旧同胞们觉得他们这个困难是因为我才出现的，我有义务用自己手中的笔来给他们提供帮助。在他们的反复催促下，我便开始对《乡间来信》进行辩驳。原作的名称被我戏改为《山中来信》，我的作品就以此命名。对于这项工作的计划和实施，我都是在非常秘密的状态下进行的，以致我在托农和国民代表派的首领会面时，专门就他们的问题进行交谈时，他们给我看了他们的答辩提纲，我都没有提及我的答辩。这时我已经把我的答辩写好了，害怕稍微泄露一点消息出去，不管是被官吏，还是被我的私人仇敌知道了，都会给付印带来困扰。可是，在这部作品出版前，法国人还是看到了，可是人们宁愿让它出版，也不想让我弄明白我的秘密是如何被发现的。有关这一点，我所知有限，但我会知无不言。可是如果没有事实依据，我会缄口不言的。

在莫蒂埃，几乎有和我在退隐庐和蒙莫朗西的时候一样多的访客，可是来访的性质却完全不一样。在这以前，来拜访我的人和我多多少少有些关联，像才能上、兴趣上或信仰上，因此他们就打着这些关系的旗号来拜访我，让我可以直截了当地和他们谈事。在莫蒂埃情况就变了，特别是从法国方面来的人。他们都是些军官，或者是其他根本不喜欢文学的人，甚至大部分都从来没有读过我的作品，可是他们自己却声称，他们是不远万里跑来看我的，就想看看我这个名人、伟人、闻人长什么样。从那时开始，人们就把一些卑劣的逢迎之词加诸在我的身上，而在这以前，来接触我的人对我的尊重不会让我受这种罪。因为那些来历不明的客人都不愿把姓名告诉我，甚至连身份都不想挑明，再加上他们的知识和我的知识无法落到同一个对象上，还因为他们从来没有读过，甚至都没有翻过我的著作，因此我也不知道要跟他们交谈些什么。我等他们自己开口说话，因为他们为什么到这来，只有他们自己知道，应该由他们来告诉我他们为什么来。显而易见，我是不会对这种交谈感兴趣的，他们可能会有兴趣，这就取决于他们想知道什么了。我这个人很单纯，对于他们向我提出的适合我的问题，我会毫无保留地给出答案。一般情况下，他们回去的时候，都会非常了解我现在的处境。

譬如，对于王后的侍从兼王后卫队的骑兵队长——范斯先生，我就是这样

---

① 拉丁文，意思是"大地安静下来了"。

接待的。他的耐性竟然那么好,在莫蒂埃待了好几天,甚至把他的马牵着,一直和我徒步到拉·费里埃尔,而我们两人的共同之处仅有:都和菲尔小姐相识、都会玩小转球。在范斯先生前后,我还接受了一次更加神奇的拜访。两个人是徒步来的,一个人手里牵着一头上面驮着他的小行李的骡子。他们住在小客栈里,自己给骡子洗了澡,然后就要来拜访我。这两个骡夫刚一出现在人们面前,人们都从心底里认为他们是走私犯,消息迅速传播开去,说我接待了走私犯。可是他们靠近我的那种神气让我知道,他们根本不是那种人。可是,尽管他们不是走私犯,冒险家的可能性还是蛮大的,这个怀疑让我一时间有所防备。可是他们很快就让我不再担心,原本一个是杜尔·迪·班伯爵,名叫蒙多邦先生,是多斐内省的一个绅士;还有一个是卡尔邦特拉人,名叫达斯蒂埃先生,曾在军中任职,他将圣路易勋章藏在口袋里,以免被人发现。这两位先生极富才华,也很和蔼,他们的谈话幽默又优雅,我很喜欢他们的旅行方式,可是和法国绅士的习俗不太相符,因此我就对他们产生了感情,而他们的气度又只能加强这种感情。我和他们的结识并不止步于此,如今依然持续着。后来,他们又来看过我好几次,可是就不再是徒步来的了——用徒步开个头倒也不错。可是我越是盯着这两位先生看,就越是觉得他们的爱好极少和我的爱好一样,越觉得他们的信条和我不一样,越觉得他们对我的作品并不了解,在他们和我之间不存在真正的情感相同点。那么,他们要求我什么呢?为什么打扮成那样来看我呢?为什么待了好几天呢?为什么又多次来呢?为什么那么渴望我去他们那里拜访呢?我当时并没有想到这些问题。可是自那以后,我时常把这些问题抛出来问自己。

他们热情的表现感动了我,我就毫不迟疑地交出了我的心,尤其是交给了达斯蒂埃先生,因为他的态度更加明智,更让我欢喜。甚至后来,我还一直和他保持联系。而且,当我要印《中山来信》时,我还想请他助我一臂之力,好把那群去荷兰的路上偷窥我文稿包裹的人们蒙骗过去。他曾多次跟我提及,而且可能是专门说到,在阿维尼翁,出版事业有多么不受约束,他又曾经毛遂自荐,假如我要去那里印东西,他很乐意帮助我。因此我就借由他的能力,将我的手稿的前几分册断断续续给他寄了过去。他保存了一段时间以后,又寄回给了我,说找不到书商印。无奈之下,我只好找到雷伊,将我那些分册战战兢兢地给他寄了过去,前册已经收到的通知没有发过来,后册就先留在手里。在这本书还没有出版前,我知道有人在大臣们的办公室里看到过。讷沙泰尔人埃斯什尔尼在我面前提到了一本书,名字叫《山中人》,说霍尔巴赫曾经跟他说过,这本书的作者是我。我再三向他说明,这个名字的书我从来没有写过,因为事实也是这样。

《山中来信》出版时，他非常生气，骂我没有说真话，尽管我跟他说的都是实情。以上足以说明，我是如何真的了解到别人看过我的稿子。我相信雷伊的为人，所以我就必须在其他方面进行猜测，而我觉得最有可能的猜测，就是在邮寄途中，有人拆封了我的那些文稿包裹。

拉利奥先生是几乎同时认识的，可是一开始是书信往来。他是尼姆人，在巴黎给我写信，请我把我的侧面剪影像寄给他，因为他准备把这张像拿给勒·穆瓦纳，请他给我雕一个我的大理石半身像，好在他的图书室存放起来。假如这种讨好办法是为了让我屈服，那绝对是成功的。我推断，一个人想要在自己的图书室里放我的大理石半身像，一定对我的著作进行过仔细的阅读，对我的学说也是信服的，他肯定爱我，因为我们的心意相通。当然，这种想法会对我产生影响。后来，我和拉利奥先生见面了，我发现他特别急切要给我提供一点小小的帮助，要干涉我的很多小事。可是，从另一方面来说，对于他生平所读的那几本书里，是否有一本是我的，我表示深切的怀疑。而那座半身像，只是一个拙劣的黏土制品，雕刻人是勒·穆瓦纳，而且还雕了一个非常丑的人像在上面。他打着我的名号四处宣扬，似乎这个像很像我本人一样。

我觉得真正是因为喜欢我的观点和著作来拜访我的法国人，好像只有塞吉埃·德·圣布里松先生一人，他是利穆赞团队的一个青年军官，曾经在巴黎社交界，他因为非常令人敬仰的才华和妄自尊大鹤立鸡群，可能如今依然如此。在我灾难降临前的那个冬天，他曾经到蒙莫朗西来看过我，我觉得他热情外向，我很喜欢。后来他又把信写到了莫蒂埃，而且，可能是想奉承我，可能是读《爱弥儿》发晕了，他跟我说，他要离开部队单独生活。而且他还告诉我，他正在潜心学习木匠技能。他有个在同一团队里当上尉的哥哥，是母亲唯一喜爱的一个孩子。他的母亲是一个非常忠诚的信徒，不知道是深受一个什么伪善的神父的引导，极其不喜欢小儿子，原因就是他不信宗教，而特别不可饶恕的是他和我有关联。上面就是他的埋怨，他因此要和母亲划清界限，走上我适才所说的那条路，就是为了做个小"爱弥儿"。

看到他那么浮躁，我开始紧张，抓紧时间给他写了一封信，让他迷途知返。在我耐心地劝说下，他总算把我的话听进去了。他又开始对母亲尽到儿子的责任，并且从他的上校手里拿回了辞呈。他把这份辞呈递交上去以后，上校总算没有因为一时冲动，马上进行处理，给他留了足够的思考时间。圣布里松刚从那些愚不可及的念头中清醒，又有了一个尽管不那么荒诞，可是却和我的口味不相符的念头，要做一名作家。他一连出了两三本小册子，彰显出作者并不是个没有才能的人，可是我并没有激励他继续搞下去，因此我没有什么好愧疚的。

没多过久，他来看我了，我们一起到圣皮埃尔岛去游玩。在这次旅行中，我发现他明显不同于在蒙莫朗西。他有一种难以言说的矫揉造作，一开始，我还不觉得多么扎眼，可是以后我经常在脑海中浮现那个场景。在我从巴黎经过去英国时，他又到圣西蒙旅馆来看过我一次。我在那里听说——他并没有跟我说——他在上层社会中生活，而且去看卢森堡夫人的频率很高。我在特利时，他就杳无音信了，也没有拜托他的亲戚塞吉埃小姐（塞吉埃小姐是我的邻居，好像不太喜欢我）带消息给我。总的来说，圣布里松先生对我的仰慕，就如同范斯先生的那段关系一样，戛然而止了。可是范斯没有从我这得到任何好处，而他却受到了我一点恩惠，除非我没让他做的那些傻事都只是他开的玩笑，事实上也确实有很大的可能。

有越来越多的人从日内瓦来看我。德吕克父子就前后选我照顾他们。在路上，父亲就病了，而儿子更是一出发就病了，二人都在我家调养身体。从日内瓦和瑞士来了形形色色的人，牧师、亲戚、伪善的教徒等等，他们和从法国来的那些人不一样，他们是为了责骂我而来的，而不是因为敬仰我或讥笑我。穆尔杜是仅有的一个让我欢喜的人，我们在一起待了三四天，我很想他能多停留一些时间。在所有那些人中，狄维尔诺瓦先生是最顽固、最有耐性、非要让我听他指挥的人。他是日内瓦的商人、法国难民，讷沙泰尔的检察长是他的亲戚。这位狄维尔诺瓦先生每年专门从日内瓦过来看我两次，连续好几天都待在我家里，和我一起出去溜达，给我带来各种小礼物，不露痕迹地把我的心里话套出来。只要是和我有关的事情，他都要打听，而在我们之间却找不到任何相同的理念、倾向、情感和知识。我觉得他一辈子都没有完整读完过一本，甚至都不知道我的书讲的是什么内容。我开始收集植物标本时，他也和我同去，可是他并不喜欢这种打发时间的方式，一路上不发一言，我也没说话。他甚至有胆量整整三天都在古穆安地方的一个小酒店里跟我这样坐着，我一度以为这样会使他觉得无聊，从而明白我有多么厌恶他，让他能自觉离开这里。但是出乎我意料的是，他竟然很有耐心，真不知道他坚持的耐心来自哪里。

我每段这样的人际往来都是在我不情愿下开始并维持下去的，在这些人际关系中，我和一位匈牙利青年的过往不得不提一下，他是唯一一个曾让我真正关切并觉得与他待在一起很舒适的人。这个来自匈牙利的青年住在了讷沙泰尔，在我定居于莫蒂埃几个月后，他也来到了莫蒂埃。当地人都叫他索特恩男爵，他就是以这个名字被从苏黎世介绍来的。从外表看，他一表人才，身材高大，待人态度诚恳，和蔼可亲。他一直都对人说他之所以来到讷沙泰尔，完全是因为我，而我也这么认为了，他是想趁着年轻同我一起交谈、旅游，来提高他的个人修养。他的容貌和言谈举止，正符合他所说的话。这样一位可敬又可爱的年轻人，让我不得不从内心接纳了他，若是拒绝他，我会内心有愧的。我们来往没多久，我就视他为朋友了，并完全信任他。我与人交心一向如此，从没想过对人有所保留。我们几乎一直都在一起，还常常一起徒步旅行，这也成了他的爱好。我带他去了元帅勋爵的家，元帅也很喜欢他。他的法语还无法流利使用，所以我们交流的时候，他都是用拉丁文说话或写信，而我用法语回复他。虽然是两种不同的语言混合在一起使用，但这并不妨碍我们的交流，我们依然可以流畅、生动地交谈。他的家庭、事业和遭遇，他都会跟我谈起，有时也会说起维也纳的宫廷，好像他对那里的内幕还挺熟悉的。总的来说，在我们亲密相处的那快两年的时间中，他给我的印象就是性格温和、品行端正、品位高雅、穿着整洁、谈吐优雅、有礼貌，拥有一切世家子弟的优点，经得起任何考验，让我对他刮目相看，也更加喜欢他了。

就在我们关系交往密切的时候，远在日内瓦的狄维尔诺瓦写信给我，让我对这个匈牙利青年要有所提防。他告诉我说，有人说这个年轻人是法国政府的密探，专门来监视我的。这种警告让我不安，因为经常会有人这样对我说，尤其是我现在住的地方，大家都让我小心，有人在想方设法地骗我去法国境内，要对我不利。

我实在是不想再听这些警告了，为了让他们闭嘴，我索性和索特恩建议徒步旅行去蓬达里埃，事先什么也没告诉他。等到了蓬达里埃①，我立刻给他看了狄维尔诺瓦的信，接着热情地抱住他，说道："我不需要向世人们证明我对索特恩的信任，但是我一定要证明给他们看，我看人的眼光是很精准的。"这个拥抱是美好的，是那些压迫者们体会不到的，也无法从被压迫者们手里夺走的一种精神享受。

我相信索特恩不是密探，也不会出卖我，但是我却没有想到他竟然欺骗了我。在我对他敞开心扉无所不谈的时候，他竟然关闭心门，用谎言来欺骗我。他告诉我他要回国，并编了个故事骗得我的信任。我劝他早点出发，他便立刻就走了，然而在我认为他应该到达匈牙利的时候，却得知他在斯特拉斯堡。他以前也去过那里，还曾经扰乱了人家的家庭，那家人的丈夫得知我和他关系匪浅，还写信给我。我也尽力劝说索特恩和那位妻子回归正途、端正自己的行为。本以为这两人已经分开了，谁曾想他们又到一起了，那位丈夫竟然还请索特恩去他家住下，这样一来，我也就无话可说了。索特恩并不是真正的男爵，他用一

---

① 法国和瑞士边境上的一个小镇。

堆谎话骗了我,他的名字也不是索特恩,而是索特斯海姆。男爵这个称谓是在瑞士时人们对他的称呼,他在我面前也从来没有以男爵的身份自居,所以这点我并不怪他。不过我相信他的小贵族的身份应该是真的,元帅勋爵一直把他作贵族来看待,他看人的眼光不会错,而且还曾去过匈牙利。

他前脚刚走,一个小客栈的女仆就闹开了,她逢人就说怀上了他的孩子,那家客栈是他在莫蒂埃时经常用餐的地方。但是索特恩在区里因为行为端正、品德优秀而广受人们的尊重和重视,这个女仆却是个邋遢鬼,两人强烈的反差,让大家非常讨厌女仆所说的话。我和大家一样,被女仆的话气得愤慨不已。曾有多少可爱的女人挑逗他,他都不为所动,他怎么可能跟这个女仆鬼混。我极力为他担保,并告诉女仆我愿意给她钱但是请她闭嘴。我写信给索特斯海姆,告诉他我相信他肯定不是搞大那个女仆肚子的人,甚至她可能根本没怀孕,这肯定是他或者我的仇人在搞鬼。我劝他最好能立刻回来,当面和那个女骗子对质,让那个女人身后的唆使者们无话可说。然而他的回信却让我很意外,他在信中的语气很软弱,甚至还给那个邋遢女仆的郊区牧师写信,请求设法压下这件事情。事情这样发展,我也就不再插手过问了。但是我内心始终不明白,他这么放荡的人,在和我密切来往时,怎么就能一直保持着矜持,克制着自己,蒙骗住了我。

索特斯海姆离开斯特拉斯堡后去了巴黎,他想去那里寻找机会,但是除了穷困,他什么也没找到。他给我写信诉说自己的后悔和改过的决心,看在我们昔日友情的份儿上,我给他寄了点钱资助他。再见到他,是第二年我路过巴黎的时候,他还是穷困潦倒的样子,不同的是他和拉利奥先生成了莫逆之交。至于他们是如何变成这么好的朋友的我就不知道了,也许他们是旧识,也许是一见如故的新识。又过了两年,索特斯海姆回到了斯塔拉斯堡,最后在那里去世了,他在那里还给我写过信。以上就是我和他之间来往历程的简述和我所有知道的关于他的事情,这个年轻人的不幸让我感到可惜和怜悯的同时,却依然相信是个世家子弟,他一定是受环境的影响才会行为放荡的。

这些人就是我在莫蒂埃交游时结识的。但是在这段时间里我所遭遇的让我悲痛的损失却不知道有多少这样的交游与结识才能弥补啊!

卢森堡先生的死[①]是第一个损失。他病了,是痛风,但是医生并不这么认为,他们把他的病当作是一种他们能医治好的病来治疗。最终在医生的长期折磨下,他成了牺牲品。

---

① 卢森堡元帅于一七六一年离世。

如果元帅夫人的亲信拉·罗什写给我的报告是真的话，那么我们就应该以此为例，以这件令人备感伤痛又难以忘怀的事件为这位大人物哀悼。

他是位仁慈的贵人，也是我在法国结交的仅有的一个真正的朋友，他温和的性格常常让我忘记他身居高位，总是把他当作平常人那样去依恋，因此他的丧亡让我伤心不已。虽然后来我逃离了法国，但是他依然和以前一样给我写信。不过自从我陷入困境，与他离别之后，我能感觉到我们之间的感情淡了。毕竟我在各国的君主面前都已毫无价值，他还能这样维持着我们之前的感情，已经很不容易了。而且我认为卢森堡夫人也对他产生了巨大的不利于我的影响，趁着我远离法国，她会破坏我在卢森堡心目中的地位。她自己对我的态度变化更是毫不掩饰地表现了出来，虽然她曾经对我有过一些越来越少的友好姿态。她断断续续往瑞士给我写过四五封信，然后就断了联系。这也怪我自己，太先入为主，盲目轻信，才看不出她内心对我并不仅仅是冷淡。

书商居伊写信告诉我，元帅的遗嘱上有我的名字，居伊是迪舍纳的合伙人，在我之后他常去卢森堡公馆。他说的事情我认为是十分自然可信的，所以我并不怀疑这个消息的真实性，我心里想的是该如何对待这份遗赠。经过周全的考虑之后，出于对这位正直的人的尊敬，我决定不论这份遗赠是什么我都欣然接受，因为一般像他这样地位的人是不会顾念什么友谊的，但是他却对我有着真实的友谊之情，值得尊重。后来这个不知真假的遗赠消息就消失了，我也不用尽接受遗产的义务了。平心而论，我是不会违反自己的道德信条，来利用我曾爱戴过的已死之人来使自己受益的，这会使我内心难过。在我们照料卧病在床的朋友缪沙尔的时候，勒涅普曾向我提议，趁着缪沙尔对我们心存感激，委婉地促使他做些对我们有利的事情。我回答说："在他垂死之际照顾他是我们对朋友应尽的义务，请不要用利益来玷污这份神圣的友情。我希望我的名字永远不会出现在任何人的遗嘱上，至少是我任何一个朋友的遗嘱上。"元帅勋爵和我谈起他的遗嘱也大概就是在这段时间，他说他有意把我写进他的遗嘱中，给予我一些遗赠，我怎么回答他的已经写在第一部里了。

让我感到更加伤心、更加无法弥补的第二个损失①，就是我最善良、最慈爱的母亲，她实在是经不起这世间衰老、残疾和穷苦的折磨，终于脱离世间苦海去往了天国。她在世间所做的善事都会在那里生成美好的回忆，作为她永久的善报。善良慈悲又宽厚温柔的灵魂啊，你去往费讷隆、贝尔奈、加狄拿这样的人物身边吧，去往地位不高，但是心灵和他们一样真正慈善的人们身边吧，去享受你

---

① 华伦夫人于一七六二年七月二十九日在尚贝里离世。元帅勋爵于一七六三年离开。

应有的善报,去为你的孩子准备个位置吧,他希望将来也能来到你的身边!你是不幸的,但是也是幸运的,上天把你从人世间带走,也就避免你看到你的孩子不幸悲惨的样子。我害怕她知道我逃难的事情后会为我伤心难过,所以我到了瑞士后,就再也没给她写过信了。但是为了了解她的近况,我常常会给孔济埃先生写信询问,也是他告诉了我,她停止了救助穷苦人们的善行,自己也脱离了困苦。再过不久,我也能脱离苦海了,因为我相信我死后会在另一个世界再遇见她,正是这份微小的想象力支持着我相信另一个世界是理想的、幸福的。

我的第三个损失是元帅勋爵,这也是我的最后一个损失,之所以说最后一个,是因为失去了他之后我再也没有任何朋友可失去的了。他没有离开这个世界,他只是离开了讷沙泰尔,为那些背信弃义的人们服务使他厌倦了,从那以后我就再也没有见过他了。他还活着,我希望他能活得比我长久;他还活着,这才使我对这尘世留有一丝眷恋。至少这世上还有一个人配得到我的友谊,人们口中所说的友谊远远不如身在其中深深感受到的友谊。然而我现在已经失去了他的友谊带给我的美好,我只能把他在我的人际关系中归类为我心有倾慕却再无关系的那类人了。我们分别的时候他是要去往英国接受国王的赦免,拿回曾被没收的财产。我们也曾定下再次相会的计划,对彼此来说一样美好的计划。他有座吉斯府在阿伯丁附近,他准备将来在那里定居,我可以到那里去找他,但是我知道这么美好的计划是难以实现的。最后他也没有留在苏格兰,而是被普鲁士国王诚恳地召唤去了柏林。等一会儿你们就会知道我为什么没去柏林与他再次相会了。

他在出发前就猜测到人们会联合起来声讨我的那场动乱,因此他亲自派人将一份入籍证书送给我,这好像是防范别人将我驱赶出境的最好办法。特拉维尔谷地的古维教会也效仿总督的方式,为我颁发了一份与入籍证书相似的入会证,并且分文未取。所以我在任何层面都变成了本国公民,能够避免所有合法的驱赶,就连君王也没有这个权力了。可是,若想加害一直最遵从律法的人,是不可能通过什么合法的途径的。

我认为马布利神父的去世不能视作是我在这个时期的损失。我曾住过他哥哥家,和他有一些往来,但不算密切。从我比他的名望更甚以后,我坚信他对我的情感就改变了很多。可是我真正意义上见到他的改变,是在我的《山中来信》出版的时期。有一封写给萨拉丹夫人的信件被人们在日内瓦广为传颂,据传这封信出自他的手笔,在这封信中,我的这部作品被他说成是动摇人心的政客发动叛变的挑衅。我对于马布利神父的敬仰及对他学问的敬佩之情,不允许我有一丝一毫的相信，相信这些荒诞无稽的谬论会出自他的手笔。因此，我那直言不讳的个性促使我做了一个决定。我将那封信抄了一份给他寄过去，对他说，别人都说那是出自他的手笔，但是他并未给我任何回复，我惊呆了。可是，请大家仔细想一下，当我从舍农索夫人口中知道这封信是神父的杰作，还说我的信让他非常窘迫时，我的内心该是多么惊诧呀！我想退一万步来说，就算他说的是对的，但他那种既无人强迫又不需要，仅有的一个目的就是将他一直很有好感却又从未愧疚过他的人，在他最困难的时候落井下石置他于死地，并且还做得非常愉快，那又该如何理解呢？没过多久，《弗基昂谈话集》问世了，这部书根本上就是对我的作品进行有恃无恐、恬不知耻的胡乱拼接。我看了这部书就明白作者是故意针对我的，我想这世上不会有比他更可恶的敌人了。我深信，我写出了他力所不能及的《社会契约论》，他是无法释怀的，我写出了《永久和平》，就更是不可饶恕的罪过。他只希望我去做圣皮埃尔神父著作的抄录工作，就不会有如此大的作为了。

我越接着写，就越发难以维持事件的顺序，前后越发脱节了。我剩下的日子里所受到的干扰，不允许我有时间在我的脑海中将那些事联系起来，这些事情太过复杂，太过让人郁闷，而且数量大得惊人，很难有条理地加以叙述。唯一在我心中驻足的就是遮掩事情原因的那种可怕的神秘感，以及事情本身将我逼迫到如此可怜的地步。我的表述开始进入错乱的状态，脑海里出现什么就写下什么。我还记得就在我说的这个时间段里，我正在创作我的《忏悔录》，并且很草率地向很多人说了这件事。我万万没有预料到，还会有人关注这件事，会有人在这件事上对我施以压力及威胁，以达到阻拦我的目的。就算我能想到会这样，我觉得我依然会这样做的，我天生就无法隐瞒我所预知的和所想到的事情。根据我的推断，别人一知晓这项工作，就会联合起来发动一场风暴，必须将我从瑞士驱逐出去，把我交给某些可以阻拦我做这项工作的人手中。

我还有个新的规划，也就是编印我的全集，这也是那些惧怕我做前面这个工作的人所不能接受的。我认为一定要做这项工作，因为那些为了败坏我的名誉、贬低我的价值而弄出来的许多伪作品，读者是无法辨识的，我只想在那些冠以我名字的书籍之中，找出真正属于我的作品，让社会大众能够分清。除了这个，编印全集也是我获得面包唯一的、有效的途径，我已经将写作丢弃了，我的回忆录在生前是不可能出版的，而我也没有其他挣钱的本领，开销却如往常，我最后几本书的稿费一用完，我的生活就会陷入绝境。我曾经因为这个理由不得不将我那还不完善的《音乐辞典》拿了出来。这部书回报给我一百个路易的现金及一百个埃居的年金。可是一个人一年最少需要六十个路易，那一百个路易自然撑不了多久,而一百个埃居的年金,之于一个花钱如流水的人来说,和零基本无异。

此时有个叫作讷沙泰尔的商人来到了这里,他要承办我全集的印制工作。还有一个叫作雷基亚的里昂的书商或印刷商也加入其中,并在那些人中间担任主持的工作。拟订的合同非常合理,我的需求也很适合。我的作品,印好的和未印的算在一起的话足够出四开版六卷。除此以外,编印的事情由我负责。因为这个,他们还需付给我一万六千法国利勿尔的年金及一千埃居的赠款。

不过我还未在订好的合同上签字,此时《山中来信》出版了,爆发了一场针对这本万恶的作品以及罪大恶极的作者的战争,那些书商们被吓破了胆儿,因此全集的刊印也就不了了之了。我竟然特别想对比一下《论法国音乐的信》和这部作品的效果,但是那封论音乐的信,在我最危险,最难过的时期,带给我一些尊重与倾慕。那么当《山中来信》在凡尔赛和日内瓦发表后,人们好像非常讶异,为何还让我这样的怪物活在世上。在法国代办的怂恿下,在检察长的唆使下,小议会针对我的文章用最毒辣的词语发布了一篇宣言,宣言中说我的作品必须拿去焚毁,并用一种非常可笑的语气说,人们绝对不会回复,就算提起这个作品都会感到羞耻。其实我非常想让这篇奇妙的文章公之于世,很遗憾的是我手上没有,而且全部忘记了。我殷切地希望我的读者群里有人能够敢于追求正义及真理,将我的《山中来信》细细地从头到尾再阅读一遍。我可以自信地说,他在人们加诸在作者的那些让人灰心的、残暴的羞辱以外,必定会感受到隐含在这本著作里的那种斯多噶派的克制功夫的。可是,他们无法回应咒骂——因为咒骂本身就不存在,也无法反驳观点——因为我的那些观点都没有漏洞,因此他们就只能做出十分愤怒的模样,不想做出回应。不过有一点还是很肯定的,若是他们将没法反驳的观点视为侮辱之词,他们也会被视作是遭受到了猛烈的侮辱了。

对于这个无比丑陋的宣言,那些愚钝的国民代表们不仅没有什么异议,还沿着宣言指给他们的道路前进。他们不仅未将《山中来信》拿出来当成得胜的旗帜,反倒还藏起来了,将它视作自己手中的后盾。他们竟然是如此懦弱,对于这部既维护了他们又顺应了他们心意的作品,不仅没有任何尊敬之意,更不曾说过一句公道之词,不仅不采用也不提起,尽管他们偷偷地从这部著作里获得了他们需要的所有论据,尽管他们一直遵守的这部著作结尾的那个忠告是他们得到胜利仅有的一个缘由。我做到了他们需要我尽的责任,为了国家、为了他们的事业我曾经服务到最后。我恳请他们只从自己的角度出发,把我的问题从他们的争斗中剥离。他们果然按我说的做了,那我为何要去插手他们的事情,只因为我希望他们可以寻找到平和的方式。毋庸置疑，若是他们始终坚持的话，他们必定会被法国打击得体无完肤。为何没有发展到后一种状态，这中间的缘由我完全理解，可是此时我就不说了。

《山中来信》发表以后，最先在讷沙泰尔产生的影响是微乎其微的。我给蒙莫朗先生赠送了一本，他接受时表现得很客气，读过以后也未发表什么意见。那时他也像我一样在病中，痊愈以后来探望我也未说什么。可是，暴风雨开始了，不知我的那本书在何地①被烧毁了。之后暴风雨的中心就从日内瓦、从伯尔尼，或许还从凡尔赛转移到了讷沙泰尔，更重要的是转移到了特拉维尔谷地。在特拉维尔，就连宗教方面都还未有动静之前，人家就暗中利用各种方式来怂恿民众了。我坚信就像我住过的其他地方的民众一样，这个地方的人们应该是无比敬仰我的，因为我乐善好施，让我周围贫苦的人们都能得到救助，对于所有人我都尽我所能地资助他们，和所有人和睦相处。与此同时我还尽量公平公正，以免造成任何能够招来嫉妒的隐患。但这一切仍然未能阻挡那些愚钝的小民，不知在什么人的怂恿下，他们慢慢地站在了我的对立面，他们非常愤怒，后来一度发展到无法掌控的疯狂局面。他们在光天化日之下对我进行人身攻击，不只在乡间、在路上，就连大街上也是这样。那些反应最为强烈的人恰恰就是得到我恩惠最多的人，就连那些仍受着我恩惠的人们，他们不方便亲自出面，也暗暗怂恿其他人，似乎要用这样的方式来洗刷他们对我感恩戴德的耻辱。蒙莫朗假装不知，他并未出面。可是有一天快到圣餐礼的时候，他来到我家跟我说要我不要去领圣餐，还跟我发誓他绝不恨我，也绝对不会影响我的。他的这些话让我觉得很惊异，他还向我提及布弗莱夫人的那封信，我实在想不明白，我领不领圣餐到底会损害到谁的利益。所以，我想我如果在这件事情上妥协了，就会显得很懦弱，并且我不想让人们又一次抓到我的把柄，说我不相信宗教。因此我直接回绝了牧师的劝说，他回去的时候很气愤，提示我说，我一定会悔不当初。

他一人是无权阻止我去领圣餐的，只有之前同意我领圣餐的那个教务会议才有这个权利，若教务会议没有发话，我自然是可以大大方方地去领圣餐的。宗教界给蒙莫朗委派了一个任务，叫他将我带到教务会议席上去表明信仰，若我回绝就把我驱逐出教会。此种驱逐出教的事情必须经过大部分人的同意，再由教务会议执行即可。可是由老教友名义组成的这个议会的那些民众是以牧师为主席的，大家都清楚，他们是在牧师的掌控下，肯定跟他的意见一致，尤其

---

① 是在巴黎，根据一七六五年三月十九日的命令，一起烧毁的还有伏尔泰的《哲学辞典》。

是在神学层面,他们所知晓的东西必定不会比他多。所以我被传唤了,我决定去参加。

若我能言善辩,若我的嘴巴如我的笔尖一样睿智,那么此刻定是一个绝好的机遇,之于我定会大获全胜的,我会以绝对的优势轻轻松松地赢过那个可恶的牧师。控制的欲望让新教的牧师们几乎遗忘了宗教变革的准则,为了让他们记起这些准则,堵上他们那恶毒的嘴巴,我只需将《山中来信》的前几封信解释清楚就可以了。可是他们却如此愚钝,还准备用那几封信来击垮我呢!我有现成的文章,我只需要对他们进行一点点的改动就可以使那些坏蛋们颜面无存。我绝不会傻傻地采用防守战术的,我会运用进攻的方式,绝对不会惊动他们,或者让他们难以预防。愚蠢却又草率的宗教界的末流教士,他们将我推到了最有利于我的地位,我不费吹灰之力就能击败他们。但是很遗憾!必须能够说这些话才能成功呀,而且还必须在当场及时地说出,在遇到紧急的情况时要能够随机应变,适时想到对策,找到适合的词句,找到适合的字眼儿,时刻保持警醒、镇定自若,不能有一丝一毫的慌张才行啊!我恨我自己缺少随机应变的才能,我还能指望自己什么呢?那年我在日内瓦的时候,在一个全都维护我、已经准备同意一切的会议面前,我竟然无言以对,颜面尽失。那这次的状况就截然相反了:我遇到的对手是一个狡猾的人,他用狡诈替代了学问,他给我布下了很多个陷阱,我却浑然不知,他这是准备不惜一切代价也要整垮我。我越是思考这样的状况,就越发感觉到我处境的危险。由于我觉得我无法应对,因此我想到了一个逼不得已的方法。我事先写好了一篇演讲稿,完全对它的处理权进行否决,这样我就不用回答了。这件事做起来很简单:我认真地撰写这篇演讲稿,特别有感情地读熟它。当戴莱丝看到我一直拿着这篇稿子读着,一直不停地说着那几句相同的话,要让我的脑子记住时,便取笑我。我想我必须将我的演讲稿背下来,我清楚领主作为国王的官员,必定会来参加教务会议。我也明白无论蒙莫朗做什么样的手脚,大多数的老教友还是看好我的,并且我有理,有强烈的正义感,有真理,有国王的庇佑,还有邦议会的威望,更有与这种宗教裁判制度的确立有利害关系的仁慈爱国者的意愿做我的支撑———一切都在联合起来给我信心,给我勇气。

教务会议的前夕,我已经能够完整地将我的演讲词背下来了。那个晚上,我在我的脑子里默默地背诵,我觉得我没有问题了,但是到了早上我却怎么也背不下来了。我感觉我已经站在了那个名声显赫的会议席上了,我心慌意乱,说话结结巴巴,并且头晕眼花。最后,在即将参加会议的时候,我的勇气和决心消失得无影无踪了。我就留在了家中,准备给教务会议写一封信,并随意编排了一个借口,我就拿身体说事——在当时我的身体状况的确不太好,恐怕也很难坚持到会议结束。

牧师收到我的信之后,深感为难,就将这件事延迟到下次会议。在这段时间里,他和他的手下们四处活动,想让老教友中间那些坚持原则不愿违背良心与他们为伍,让不愿按照宗教界及他们的意愿提出主张的人们能够改变心意,加入他们的阵营。无论他以酒肉诱惑后所得到的结论对那些人如何有作用,但是依然只有那几个已经站在他那边的人,其他任何一个老教友都不为所动。那位国王的官员及皮利上校——上校在这件事中积极地表衷心——将其他的老教友都控制住了,让他们尽忠职守。在蒙莫朗要进行投票开除我的时候,教务会议就用多数票径直回绝了他。所以,他就放弃了那釜底抽薪的方式来怂恿愚钝的民众了。他和他的朋友们及其他一些人明目张胆地四处活动,而且还做得非常有效。就算国王多次颁布严厉的诏书,就算邦会议也曾三番五次地申明,我还是不得不远离那个地方,因为我不希望那个国王的官员由于维护我而被他们残害。

对于这件公案,我早已记不清楚了,想到一些,却没有任何头绪,无法将它们串联起来,只能按照它们呈现在我脑海中的记忆,独立地、零乱地记录下来。我依稀记得我曾和宗教界有过一次谈判,中间人是蒙莫朗。他狡诈地宣称人们是惧怕我用写作来危害这个地方的平静,害怕我的自由言论会影响这个地方的风气。他曾向我暗示,只要我愿意放下我手中的笔,过去的一切将会一笔勾销。我原本已经决定这样做了,因此当机立断地对宗教界也这样承诺了,可是有个前提,那就是不能涉及宗教问题。他要求我适当修改一下,并写下字据为证,字据一式两份。后来,宗教界没有答应我的条件,我就要求他们把我的字据还回来,他只还了一份给我,说是另一份不见了,找理由扣了下来。从此以后,在牧师们公开的鼓动下,民众极其轻视国王的诏书和邦议会的指示。我在宣教的讲坛上被宣称是和基督唱反调的人;在民间,人们觉得我是狼精①,要把我驱逐出去。在无知小民看来,我身穿亚美尼亚服装太好辨别了,我悲哀地觉得极其不便,可是身处这种环境下,把这种服装换掉好像又显得我太懦弱了,于是我依然身穿长外套,戴着皮圆帽,保持原样装束,在当地旁若无人地溜达,周围充斥着流氓的叫骂声,有时还会有小石头朝我扔过来。有好几次,我经过人家屋前,里面都传来人们的说话声:"把我的枪给我,让我朝他开一枪。"这时我并未加快脚步,而他们却气急败坏。可是他们也只是恐吓我而已,最起码是不敢朝我开

---

① 狼精,欧洲传说中的一种妖巫,晚上化为豺狼,到处乱窜。

枪的。

在这场动乱中，有两件事让我觉得很高兴。第一件是通过元帅勋爵的关系，会让别人对我表示感谢。对于我所受到的粗鲁对待和针对我的那些阴谋诡计，讷沙泰尔所有正派人士都愤慨不已。他们对那些牧师都讨厌不已，很明显感觉到是别人摆布了他们，做了那些人的狗腿子，害怕我这件事会带来极其糟糕的影响，使得真正宗教裁判所因此成立。地方官员们，尤其是在狄维尔诺瓦先生后面担任检察长的默龙先生，都想尽了办法护我周全。尽管皮利上校只是个普通的小老百姓，却出了最大的力，所取得的成果也最丰硕。因为他有名声在外，所以他尽可能把这种名望派上用场，来预防暴动的发生，可是，要想抗衡财富和酒肉的势力，他所能运用的手段只有法律、正义和公理。双方力量悬殊，因此从这个方面来说，蒙莫朗就占了上风。可是，我还是很感谢他的照顾和关心的，很想采取什么方式来好好地回报他。我明白他渴望做一个邦议员，可是他在珀蒂皮埃尔牧师的案件里的表现并不被宫廷看好，国王和总督已经不再器重他了。尽管是这样，我还是大着胆子给元帅勋爵写了信，给他求情，甚至鼓起勇气说到了他渴望得到的那个职位。真是太幸运了，出乎所有人的预料，国王几乎马上同意了。命运往往就是如此，在把我抛得高高的同时，又极力踩低我，这会儿又让我在两个极端间徘徊。在让无知小民尽情踩踏我的同时，又还让我有能力帮人当上邦议员。

还有一件让我愉快的事情就是韦尔德兰夫人和她的女儿来看我。她是带女儿到布尔朋矿泉疗养去的，专门跑到莫蒂埃来看我，在我家待了两三天。原本一直以来我是不喜欢她的，可是她对我的关心，让我打消了这种想法。她的心征服了我的心，对于她一直以来对我释放的善意，我也给予了热烈的回报。我非常感动，她能到这里来旅行，尤其是我还处在这种环境下，此时的我特别渴求友谊的抚慰。我不想她因为我受到的欺侮而有所触动，不愿意让她看到那种不好的场景，以免她因我而难过，可是我根本做不到。尽管我们一起出去溜达时，那些蛮不讲理的人会因为她在场而不那么横行无忌，可是这一切还是逃不过她的眼睛，她完全可以推断出平常会是一副什么样的场景。甚至就在她住在我这里的时期，晚上我的住宅都遭到了攻击，她的侍女第二天早上发现我的窗台上全部是人家晚上扔过来的石块。在街上靠我的门边，原本摆着一张非常沉的桌子，而且是和底座固定在一起的，竟然都被人拆了，搬过来靠我的门上。假如不是有人看到了，谁先推门出去，谁就会死于非命。韦尔德兰夫人知道这里所有的情况，因为她不仅自己用眼睛看，而且她还有一个很信任的在村子里交游甚广的仆人，和他打交道的人甚多，他甚至还和蒙莫朗有过交谈。可是对于我所遭遇的所有不幸，她好像一点都不在乎，她不仅不和我说蒙莫朗，也不和我说其他任何人，我有时主动提起，她也极少搭腔。可是，她好像相信我去英国住是最好的，要好过任何其他地方，因此她时常在我面前提起休谟先生[①]——休谟当时在巴黎——说他很喜欢我，特别渴望可以在英国给我提供帮助。现在是时候说说这位休谟先生了。

休谟先生曾经在法国名声斐然，尤其是在百科全书派中间，因为一些论商业和政治的著述都是出自他的手。最近，他还写了《斯图亚特家族史》，我所读过的他的仅有的一部作品就是这部由普列伏神父翻译的作品。他的其他作品我没有读过，只能从别人的口中得知。在我看来，他是一位把完全的共和主义精神和英国人致力奢靡的这种相互冲突的现象很好地关联到一起的人。又是基于这个想法，在我看来，他给查理一世写的那套辩护词是抚平精神的奇迹[②]。不论是他的道德，还是他的才能，我都佩服之至。休谟先生的好朋友布弗莱夫人很早就恳请我去英国。和这位极少见的人物相识，和他交好的愿望极大地促进了我想去英国的想法。我去了瑞士以后，这位夫人就把他的一封信转交给我，信中全部都是对我的溢美之词，不仅夸奖了我的天才，还非常真诚地邀请我去英国，他愿意动用他所有的关系，引荐他所有的朋友给我认识，好让我舒适地待在英国。而且，休谟先生的同乡兼朋友——元帅勋爵告诉我，我猜想的休谟的所有长处都是对的，而且他还跟我说了一件休谟的文学轶事，这则轶事曾让他印象颇深，也让我记忆犹新。华莱士曾经在古代人口问题这方面著书对休谟进行攻击，他付印他的作品时，他人不在，帮他看校样，并监管印行的就是休谟。这种行为正好和我的志趣相吻合。我也是如此，有人曾经用一首歌来攻击我，我就帮人家把这首歌卖出去，一份六个苏。所以，当韦尔德兰夫人在我面前提到休谟时，我原本是对他心存好感的。她有声有色地向我描绘，休谟对我饱含多么大的善意，多么渴望我能去英国让他招待我——她的原话就是这样的。她使劲劝我把休谟先生对我的满腔热情利用起来，给他写信。我因为天生不怎么喜欢英国，不到万般无奈时不会这么做，因此不想写信，也不想承诺什么。可是我让她自己拿主意，她觉得哪种方法合适就去做，以便维持休谟先生的这番好意。因为她这样跟我说了这位大名人的所有事情，因此她从莫蒂埃离开的时

[①] 也就是英国哲学家大卫·休谟。毋庸置疑，休谟并没有被法国哲学家们利用，可是他监视卢梭，让卢梭一直深受其扰。

[②] 查理一世（1600～1649），英格兰和苏格兰王，属斯图亚特家族，他的专制政体，让国内爆发了动乱，后沦为保卫共和政体的克伦威尔派的俘虏，被押上了断头台。休谟可以完全的共和主义的精神给查理一世申辩，因此叫作持平之论。

候,我就已经相信,他已经是我的朋友了,而她更是如此。

她离开以后,蒙莫朗私底下的活动就愈演愈烈了,而那些无知小民也就更加肆无忌惮了。我仍然旁若无人地在叫骂声中溜达,和狄维尔诺瓦博士在一起时,我就开始对植物学感兴趣了,我的溜达也因此多了一个爱好,我不管走到哪里,都会收集植物标本,完全不在意那些无聊之人的叫骂,而我如此淡定,只会让他们更加生气。最让我觉得难过的一件事是,我的很多朋友①或者自称是我的朋友的人们的家属,竟然也在那些人的队伍中,像狄维尔诺瓦氏一门,我那伊萨贝尔的父兄,还有我那位女友(我在她家住)的亲戚波瓦·德·拉·杜尔和她的小姑子吉拉尔迭夫人。那个皮埃尔·波瓦完全就是个笨蛋,做事又非常粗鲁。为了不让自己气大伤肝,我只好把他当作玩笑的主角,用《小先知书》的文体,写了一本名为《号称通天眼的山中皮埃尔梦呓录》的小册子,只有几页。在这个小册子里,我向当时被人当作主要理由来侵害我的那些奇迹幽默地发动攻击。贝鲁叫人在日内瓦把这篇稿子印出来了。这篇文章在当地没有取得多大的成功,因为即便是最睿智的讷沙泰尔人,也无法领会雅典式的幽默和风趣,他们体会不到稍微精妙一点的玩笑。

我还更用心地写了另外一篇作品,手稿还在我的文件中保存着,我应该在这里对这篇作品的缘由进行一下叙述。

在通缉令和迫害达到最高峰时,日内瓦人显得特别明显,拼命地大叫。在这些人中,我的朋友凡尔纳怀着神学的情义,刚巧在这时用一些信件来反对我,想验证我是伪基督徒。尽管那些信写得气宇轩昂,可是却很是低劣,尽管其中还有博物学家博内的影子。尽管这位博内是唯物主义者,可是在说到我时,却依然是狭隘的正教思想。当然,对于这样的作品,我是不屑于回复的,可是既然可以在《山中来信》中讲话,我就在里面写了一个极尽嘲讽的小注,凡尔纳因此暴跳如雷。他在日内瓦狂叫不止,后来听狄维尔诺瓦说,他已经被气得找不到方向了。没过多久,就有一张无头帖子冒了出来,好像是用沸勒热腾河水②写的,而不是用墨水。这张帖子上说,我丢下我的几个孩子不顾,带着一个随营娟

---

① 早在我住在伊弗东的时候,这种命运就已经开始了。我离开这个城市后的一两年,罗甘骑士就去世了。正直的罗甘老伯痛心疾首地告诉我,他在侄子的文件中发现了一些能够证明他参与到了把我驱逐出伊弗东和伯尔尼邦的阴谋的证据。这说明,这个阴谋并不是别人想让大家相信的那样,属于宗教信仰事件,因为罗甘骑士并非虔诚的信徒,唯物主义和怀疑主义已经被他发展到了偏激的地步。此外,我在伊弗东最信任的就是这位骑士,我也给了他最多的爱抚和赞扬,但是他却忠实地执行了迫害我的人们的方案。——作者原注。

② 沸勒热腾河,古希腊神话中的地狱里的一条河流,流的是火焰而不是水。用这种水写的文章当然是充满非常恶毒的了。

妓四处转，说我沉醉于酒色中，生了杨梅大疮，还有其他像这种难听至极的话。我当然知道这话出自于谁的手，看到这个诽谤书时，我眼睁睁看着一个从来都没有去过娼寮的人，他最大的不足之处就是一直羞愧、懦弱，而如今却被人冠以跑娼寮的能手称号。我眼睁睁看着人家捏造我生了杨梅大疮，而我不仅一辈子都没有得过这种病，甚至还有内行人说，我的体质和这种病根本无缘。这时我的第一个想法就是追问，世间所有的什么名誉、名声到底有多大的意义。经过再三思量以后，我觉得要把这个诽谤书打倒，最好的办法就是在我住得时间最长的那个城市里，把这封诽谤书印刷出来，于是我就给迪舍纳寄了过去，叫他就这样印出来，还加了一个按语和几则短注，在按语里面，我点出了凡尔纳先生的名字，而短注则用来对事实真相进行说明。我还不满足于只是把帖子印出来，还给好几个人看了，其中有符腾堡邦的路易亲王先生——他一直对我还算友善，当时和我有书信往来。这位亲王、贝鲁，还有其他一些人好像都觉得这个诽谤书的作者就是凡尔纳，责怪我把他点出来太鲁莽了。经由他们一说，我的内心开始忐忑起来，就给迪舍纳写信，请他取消这个印刷品。居伊来信告诉我，已经取消了。我不清楚他是不是确实照做了，我发现他不止一次说谎，再多说一次也很正常。而且从那以后，我就沉入了深深的黑暗中，不可能再去辨别什么真相了。

凡尔纳先生非常温和地容忍了这个控诉，假如他是被冤枉的，而且之前那么生气，现在竟然可以做到这么宽容，实在是让人大跌眼镜。他还写了两三封很克制的信给我，好像是想从我的回复中打探到我手里掌握多少材料，有没有掌控对他进行反对的材料。他的两封短信，我都用非常隐忍的态度回了，内容很是严酷。对于这两封信，他的态度很温和。他给我写第三封信时，很明显，他想和我一直通信下去，我就没有再回复了，于是他恳求狄维尔诺瓦向我说明。克拉美夫人给贝鲁写信说，她确信那封谤书不是出自于凡尔纳的手。这所有一切都不会让我动摇，可是，我搞错的可能性也不是没有，假如确实是我搞错了，我就应该亲自向凡尔纳道歉，因此我请狄维尔诺瓦跟他说，假如他可以告诉我诽谤书的真正作者是谁，或者最起码他能证明诽谤书的作者并不是他，我一定真诚地向他表示歉意，让他称心如意。我还更进一步说，因为我的确意识到，假如到了最后，他确实是被冤枉的话，我是没有资格要求他进行任何证明的，因此我又打算写一个长长的备忘录，里面写上我为什么觉得是他的原因，请一个凡尔纳必须接受的公断人来进行评判。人们绝对想象不到我请的那个公断人是谁——他就是日内瓦议会。我在备忘录的最后说，假如议会在看过备忘录以后，并进行了必要的调查以后，判定诽谤书的作者不是凡尔纳先生，我便马上诚意十足地相信,诽谤书的作者并不是他,我会马上跑去跪在他面前,请他原谅我,直到最终他真的原谅我为止。可以说,在这份迷人又合理的备忘录里,我将我追求正义的热情、我灵魂的豪放和耿直、我对人天生就有的那种相信正义的心表现得特别明显。因为在这份备忘录里,我果断地把我那些最冷酷的敌人都拿来做诋毁者和我之间的公断人。我把这份备忘录读给贝鲁听,他建议我撤销,我就撤销了。他说,既然凡尔纳同意提交证据,劝我再等等,我就依言等了,可是直到现在我都没有等到。他劝我在等候期间最好保持沉默,我就一个字都不说,我将一生都保持沉默,让人家骂我给凡尔纳扣上一个严重的、虚假的、没有切实证据的罪状,可是我从内心深处相信,诽谤书的作者就是他,就像我相信我自身的存在一样。如今,我的备忘录还在贝鲁先生那里放着。如果有一天,它可以再次出现在人们眼前,我所列举出来的那些理由就会被人们看到。而且,我希望,人们也会从中了解让-雅克的灵魂,我同时期的人一向都不想了解这个。

如今该对我的那场莫蒂埃之灾进行叙述了,说说我是如何在特拉维尔谷地住了两年半之久以后,又以坚忍不拔的意志忍受了长达八个月的痛苦折磨以后,又从特拉维尔谷地离开了。这段痛苦时期的具体情况,我已无法回忆具体的细节方面了,但是在贝鲁发表的那篇记事文里记录了整件事情的大致情形,下面我还会说到这篇记事文。

韦尔德兰夫人离开后,骚动越演越烈,群众依然认定我就是反基督的人,虽然国王多次发布诏令,邦议会三番五次地重申,还有当地领主及行政官员的数次警告,对他们来说都是没有意义的。当他们发现语言的攻击对我无效后,便逐渐演变为人身攻击了。他们开始在我走在路上的时候向我扔石头,还好他们扔得不够远,那些石头只是在我的周围滚落,没砸到我。直到九月初——莫蒂埃集市期的那一夜,他们进攻了我的住宅,包括我在内,住宅里的所有人的生命都受到了威胁。

那天半夜,我听见屋后的长廊那里传来哐啷一声响,像冰雹一样的石头从长廊的门窗那里砸进了长廊,走廊上原先还睡着的狗惊醒后汪汪地叫了两声,接着便被吓得不敢叫了,跑到一边的角落里,扒住板壁拼命地抓咬着想逃出去。我一听到响声就起身往外走,刚要开门走向厨房时,又有一块石头被用力地扔了过来,石头一路砸破窗户,经过厨房,撞开房门,一直滚落到我的床脚下。幸好我走慢了一秒钟,不然再快一秒那块石头就不是落在地上,而是落在我的肚子上了。我想一开始的那声响声就是为了吸引我过去,好给我迎面一击。我刚跨步走进厨房,就看到吓得浑身颤抖的戴莱丝向我跑了过来。我们一边立刻靠紧墙壁，避开砸进石头的窗户，一边商量着怎么能应对当下的困境，如果贸然出去求救只会落得被砸死的下场。幸运的是住在楼下的老头家的女仆，一听到动静就跑出找领主先生了——领主先生就住在我对面。领主先生立刻穿着睡衣起身，集市期的巡逻警卫队正好就在附近，于是他很快就带着警卫队赶来了。住宅的破坏程度，让领主先生不禁面容失色，走廊里堆满的石头更是让他惊叹不已："我的天啊，这儿都快成采石场了！"经过一番查看，我们发现有人试图从走廊钻进屋子里来，下面小院子的门已经被冲开了。大家奇怪为什么警卫队没能及时发现和制止这场暴乱，经过一番讨论研究后得知本该是别村接手执行的巡逻任务，莫蒂埃的警卫队却非要执行。第二天，领主先生将今晚发生的事情向邦议会递交了报告。议会两天后下令，由他负责调查此事，检举者有赏，并答应为检举者保密。与此同时，还设置了卫兵在我和领主的房子的外面，费用由国王的公费出。紧接着地方上所有的有头有脸的人都跑来看望我，有皮利上校、默龙检察长、马蒂内领主、居约内税务官，还有司库员狄维尔诺瓦和他父亲等等。他们一致劝我，这个地方已经不适合我再住下去了，我应该离开这里，最起码暂时离开这里躲避一下。尤其是那位领主，我明显感觉到，他非常希望我赶紧离开，他已经被暴民们的愤怒吓坏了，保护我的任务实在是太艰难了，说不定暴民还会迁怒于他，他甚至也想离开这里——事实上我走后他也真的离开了。民众对我的愤怒让我内心难过不已，我也不想再忍受了，最后我做出了让步。

其实离开这里，我还有很多退路可选。韦尔德兰夫人到巴黎后给我写了好几封信，信中提到一位华尔浦尔先生[①]，这位先生十分热情地欢迎我去他的一份产业地上去居住。她在信中详细地讲述了怎么在那里居住和生活，把那里描述得令人神往，可见她与华尔浦尔爵士就这件事情认真详细地商讨过。另一方面，元帅勋爵则一直邀请我去英格兰或者是苏格兰住，他在那里也有产业，可以供我居住。后来，他又提到了离他最近的地方波茨坦，能在他身边对我来说更有诱惑力。他最近还把国王与他谈到我的话都转述给我，这就是暗示邀请我前去，萨克森－哥特公爵夫人甚至写信给我，要我出发时顺便去她那里住一段时间，看望一下她，因为她觉得这次旅行我是势在必行了。然而我并不舍得离开瑞士，我太留恋这里了，只要有万分之一的可能，我都想留在这里，趁机实现我考虑了好几个月的一个计划，我怕贸然提起这个计划会打断我的叙事，所以从

---

① 指荷拉斯·华尔蒲尔（1717～1797），英国作家，"哥特式小说"的创始人，和法国文学界和百科全书派来往很频繁。

没说起过。

　　居住在圣皮埃尔岛,这就是我的计划。圣皮埃尔岛位于比埃纳湖中心,是伯尔尼医院的产业。去年夏天我和贝鲁徒步旅行时经过这里,我一下子就迷上了这里,从此我心里就有了来这里定居的念头。但这个计划实行起来最大的阻碍就是这个岛的主人是伯尔尼人,我仍记得三年前他们是多么凶恶地将我驱赶出境;如果我再回到他们中间,不说他们是否会让我安静地居住在岛上,就是他们对我的厌恶,我的自豪感也会受伤的,说不定他们对我的反感会比在伊弗东时遭遇的更加厉害。有关这件事我也和元帅勋爵讨论过,他和我看法一致。他认为,伯尔尼人大概会为了防止我将来写他们不喜欢的东西而非常乐于把我作为人质囚禁在岛上。为了保险起见,他提前拜托斯图尔勒先生——他的科隆比埃府的邻居,去试探了伯尔尼人们的态度。得到的回答是,他们为过去的行为感到惭愧,他们现在非常欢迎我去圣皮埃尔岛定居,而且保证不会再来骚扰我。为了更加保险,我又拜托夏耶上校去打听,夏耶上校给我的回答也是这样的。医院出纳员住在岛上,我进岛居住的事情得到了他上司的允许,于是我想,既然伯尔尼邦的最高领导和岛主都默许了我在岛上定居,那么在出纳员家里住应该是安全的。我这里之所以说是默许,那是因为我从不指望他们会违背一切掌权者最不可侵犯的原则,来公开承认他们过去对我做过的事是多么的不应该和不公平。

　　比埃纳湖中心及周围约半法里就是整个圣皮埃尔岛了,在讷沙泰尔人们也称它为土块岛,岛上空间不大,但是生活必需品这里都能提供。这里的田地、果园、草场、树林和葡萄园在起伏多变的丘陵地形上显现出格外令人神往的景象,岛上的每一片风景之间都互相映衬又互相遮掩着,让人一眼望不到尽头,总会给人这个岛比实际要大很多的错觉。在岛的西部正对着格勒莱斯和包纳维尔这两个镇的地方有一片很高的平台,平台上栽了长长的一排树,一个"大沙龙"留在正中间。到了葡萄收获的季节,每个星期天附近的人们都会来这里唱歌、跳舞。出纳员居住的房子是岛上唯一的一所房子,位于一片低洼地段,风刮不着,而且又大又方便。

　　再往南五六百米也有一个岛,不过这个岛面积小,没人住,也没有田地,看上去像是很久以前因自然环境变化从这座大岛上分离出去的。岛上生长的只有些柳树和春蓼,唯有个高墩上长满了细草,绿油油一片,看着十分可人。整个湖面形似一个完整的椭圆形,湖岸上的风景虽然及不上日内瓦湖和讷沙泰尔,但是也非常美丽的,尤其是人烟密集的西岸,虽然生产的葡萄酒味道不如科特-

罗蒂①的，但是山脚的葡萄园景色倒是与其颇有几分相像。从湖西由南向北而行到尽头，经过的城镇有圣约翰司法区、包纳维尔镇、比埃纳、尼多，城镇间还零星有一些小村庄，形成一道靓丽的风景。

这里就是我一早就计划要来的地方，这个计划从我离开特拉维尔谷地的时候②就拟订好了。定居在这里是我发自内心的一个美丽梦想。住在这个岛上，会让我感觉到与世隔绝，那些痛恨和辱骂我的人们会渐渐地遗忘我，我也不会再遭受他们的侮辱了。总而言之，隔绝了尘世间的扰乱，我就能完全地沉浸于闲散和沉思的美好生活之中。我甚至想彻底地隔绝与世人的来往，将自己完全封闭在岛上，而且我也在为实现这个目标采取所有我能想到的措施，避开所有与外人不必要的接触。

既然要在岛上住下，那么生活的问题就来了。岛上运输困难，所以粮食和生活费用都格外高。除此之外，和出纳员住在岛上，我的生活自然要完全听从他的安排和支配。不过在和贝鲁商谈之后，这个问题算是解决了，经过我们一番商量做出了一些安排，决定由他取代那些言而无信的书商承揽了我的全集。由我亲自整理好全集，安排好材料之后，把要出版全集的所有资料都交给他。同时还承诺他，我将来写作的回忆录也全权交给他，他将是我所有文稿的保管者。但是我这么做还有个前提条件，那就是我所有的文稿必须在我死后才能用于出版售卖，因为我不想再被社会上的人想起，我只想安安静静地度过余生。贝鲁将会因此付我一笔终身年金，这笔钱足够维持我的生活了。贝鲁那里现在还有一笔元帅勋爵给我的本金，元帅勋爵收回了全部产业后，便要送一千二百法郎的年金给我，我把金额减半后才肯接受下来。因为难以存放，我委婉地拒绝了他直接给我本金的安排，因此这笔本金便被他交给了贝鲁，由贝鲁按他们商定的年金标准支付给我。贝鲁付给我的年金、元帅勋爵的年金（其中三分之二留在我死后付给戴莱丝），再加上迪舍纳应给我的三百法郎年金，我觉得我应该能过上不错的日子。就算是我死了，雷伊和元帅的年金加起来有七百法郎，这也足够戴莱丝生活用了，我不用担心她将来会饿肚子，我也不用担心我自己会吃不饱。可是，命中注定了，我到死都跟在活着时一样穷困，为了荣誉我不得不拒绝劳动和幸运送到手上的财富。请你试想一下，我怎么可能因为别人给我

① 法国特别知名的一个葡萄产地，和里昂相距二十多公里。
② 有一件事也许最好在这里声明一下：我在特拉维尔还有一个私人仇敌，就是维利埃尔村的村长泰罗先生，当地几乎没有人尊重他。但是他有一个受人尊敬的弟弟，效命于圣佛罗兰丹先生。在我这次遭难之前不久，村长曾去探望他的兄弟。本来这种小事是没有什么意义的，但是日后也许有助于帮助发现一些见不得人的勾当。——作者原注。

屈辱,断绝我生活来源,就听任他们安排去做让我觉得丢脸的事情呢?我怎么可能让自己成为那么无耻的人呢?然而他们总是用他们自己的心思来揣测我的想法,所以他们怎么都想不到我在生存和荣誉二者矛盾之时会做出怎样的选择。

生活问题解决之后,我也就没什么可担忧的了。外面的世界就让我的仇人们去为所欲为吧,我会为我的心灵留下证据,这个证据贯穿在我创作的高贵激情中和永恒的思想原则中,我发自天性的所有行为完全符合这个证据。那些污蔑我的人,我不需要和他们争辩什么,我也不在乎他们怎么描绘出一个挂着我名字的人,那样的谎言只能骗到那些甘愿被骗的人。我愿意让他们从头到脚地评论我,我相信,人们总会在我过去的那些过失、软弱和忍受不了任何羁绊的本性中,看到一个正直且善良的人。那个人从不自怨自艾、从不憎恨、从不嫉妒,敢于承认自己对别人犯下的错误,也容易忘记别人对自己造成的伤害,他的所有幸福都只在温润深厚又缠绵悱恻的感情之中,他对人和事都真诚到让人不可置信的盲目忘我的程度。

我的时代、和我同时代的人们,再见了,就这样告别吧,我以后都要待在这个岛上,直到死去,这就是我的决心。直到这个时候,我用尽了上天赐予我的所有活动能力都没能实现的散漫生活计划,终于有机会实现了。现在,我就要在这个岛上实行我的伟大计划了,我要让它成为我的巴比玛尼岛——一个可以安心酣睡的幸福家园:

这里还要更深入一些,这里可以百无聊赖。

对于我来说,这个"更深入一些"已经足够了,因为我从来都不可惜无法入睡,我可以百无聊赖就行了。只要我百无聊赖,我甘愿醒着做梦,也不愿睡着做梦。我已经过了浪漫计算的年龄,我曾经因为奢华的生活而头晕,并没有觉得很高兴。现在我只希望可以自由自在地生活在永久的闲适中。从此以后,我要将这里天国幸福之人的生活视为我在人间享受的至高幸福。

批评我矛盾缠身的人们看到这里,肯定要责怪我自我冲突了。我曾经说过,我无法容忍社交场合的安逸和闲散,而如今,我却反倒要以这种闲散而孤立的生活为追求了。可是,我就是这样的,假如中间有什么冲突,责任也在于大自然,而不在于我。事实上不仅没有什么冲突,而且也刚好基于这个原因,我才能一直做我自己。我不喜欢社交场合中的闲散,因为那不是我自愿的。我喜欢孤立生活中的闲散,因为它不受拘束,而且是我自愿的。高朋满座时,我会因为百无聊赖而痛苦不堪,因为我不是自愿百无聊赖的。我必须像个哨兵一样待在那里,像被固定在一张椅子上,手脚都不敢动,也不敢跑跳,不敢欢唱,也不敢随意评论什么,甚至都不敢做梦。闲散的无聊之极和被束缚的极度痛苦让我必须把注意力放在所有愚不可及的话和奉承话中,并挖空心思,以免丢掉机会,轮到我时也说说我的哑谜、谎言。这个却被你们叫作闲散,这完全就是苦刑犯的劳动啊!

　　一个无所事事之人的闲散并不是我所喜欢的闲散,无所事事的人是事不关己地站在那里,不管是体力还是脑力,都属于放空状态。我所喜欢的闲散是小孩子的闲散,他们持续运动着,却又不做什么;是想入非非者的闲散,痴心妄想,而身体却原地不动。我喜欢做一些无关紧要的小事,任何事都插一杠子,却半途而废。我喜欢随心所欲,喜欢时刻变更计划。我喜欢一直将注意力放在一只苍蝇身上,很想把岩石搬起来,看看底下究竟藏着什么。我喜欢怀着满腔的热情做一项耗时良久的工作,却在十分钟以后又丝毫都不心疼地扔掉。总的来说,我喜欢到处摸索,既没有常性,也没有什么顺序,只凭那一瞬间的兴致。

　　我内心深处的植物学开始变成我爱好的植物学,刚好是一种属于闲散之人的学识,对于充实我的空闲时间很适合,不仅不会让想象力癫狂,也不会有可能产生百无聊赖的愁苦。我心不在焉地在树林里和田野里晃悠,下意识地摘一朵花、折一个枝,几乎碰到什么,就放到嘴里咀嚼一下,一样的东西即便观察无数遍也兴致盎然,因为我过目就忘——这就足够让我就算看过千百遍也不会觉得腻味。即便植物的构成再细致、再神奇、再多样,都不可能吸引一个无知者长时间地观察。只有对植物界有所认知的人,才能对植物的组织上所展现出来的那种变化多端感兴趣。看到大自然所蕴藏的无限宝藏,其他人只会乏味地夸赞,仔细看就发现不了什么了,因为他们根本不知道该看些什么。他们又无法看到整体,因为他们完全不知道各种关系和组合之间的联系,而观察家是会惊讶于这种联系的无穷奥秘的。因为我比较健忘,时常处于这种神奇的状态。我头脑里所储存的知识,让我可以感知到这一切。尽管那个岛不大,土壤却分成很多种,而我面前的草木也就品种繁多了,足够我这一辈子进行钻研和娱乐了。我想要研究岛上所有的草,我已经打算好用若干有意思的观察来编辑一部《圣皮埃尔岛植物志》了。

　　我叫戴莱丝带来了我的衣物和书籍。我们就在岛上的出纳员家住着,他的妻子有几个住在尼多的姊妹,她们会轮换着来看她,让戴莱丝不至于孤单。我在那里试着过一种甜美的生活,真想一辈子就在这里度过,而我所感兴趣的这种生活,又只会让我更清醒地意识到,生活的苦难马上就要降临到我的身上。

　　我一直都很喜欢水,一看到水,就会陷入有趣的沉思,尽管有时很盲目。天空万里无云时,我刚从床上爬起来,就会跑到平台上去畅快地呼吸,远望美丽的湖对岸的天际,湖岸和湖边的山岭组成一片让人心旷神怡的景色。我觉得敬仰神最合适的方式就是静寂无声地赞扬神的功绩,这种赞美不是具体的行动所能表达出来的。城市里的居民为什么没有什么宗教信仰,我是了解的,因为映入他们眼帘的只有墙壁、街道和罪恶。可是农村里的人,尤其是与世隔绝的人,为什么也没有宗教信仰,我就很纳闷了。他们看到了无穷尽的奥妙,为什么他们的灵魂不向往这些奇妙的创造者呢?而我,尤其是从床上爬起来以后,因为失眠而精神不济,可是因为一直以来的习惯却可以这样沉醉其中,是完全不需要思考的。可是,我必须要看到大自然的那种迷人的景象才能做到这一点。尤其在我的房间里,我就极少做祷告,很乏味。可是眼前出现了如此漂亮的景致,我会不由自主地感触颇深。有本书上这样说过,一个明智的主教对他的教区进行巡查时,看到一个老太婆祈祷时只会说声"呵!"他就对她说:"好大娘,你就一直这样祈祷吧,你的祈祷要好过我们所有人。"这个最好的祈祷也就是我的祈祷。

吃过早饭以后,我就眉头紧锁地赶着写几封不幸的信,向往着哪天可以不用写信。我又在我的书籍和文稿周围打了会转,是想要整理一下,而不是想看它们。在我这方面,这种整理工作已经变成珀涅罗珀织的布①,让我享受到时间飞逝的快乐。可是,我不喜欢了,就把这工作扔了,用早晨余下的三四个小时来潜心钻研植物学,尤其是对林内乌斯②的系统加以分析,我开始对这个系统产生难以割舍的爱好,就算是觉得它空虚无聊以后都没有变。在我看来,这个杰出的观察家是迄今为止仅有的一个——还有路德维希③——用博物学家和哲学家的眼光来对待植物学的人,可是他过多地把研究地点放在了标本室和植物园,而极少在大自然中研究。我呢,却将整个岛视为一个植物园,需要对一个植物进行考察或证明时,就直接到树林或草地上去。我夹了一本书在胳膊底下,到了那里,就躺在那个要研究的植物旁边,以便可以安心地去观察它在地上是如何生长的。这个方法让我受益匪浅,让我可以认识到在没有经过人工培育或改变性质以前的最自然情况下的植物。有人说,路易十四的首席御医法贡对御花园里的所有植物都了如指掌,而且熟知每一种植物的名字,可是一到乡间就变成了白痴,一无所知。我刚好和他相反,我还是比较了解大自然的作物,可是对于园丁培育的作物,我却什么都不知道。

---

① 奥德修斯远征特洛亚后,在海上漂泊十年。在此期间,有很多人向他的妻子珀涅罗珀求婚。珀涅罗珀同意了,但前提是她要织完手中的布。她白天织布,晚上拆毁,奥德修斯回来的时候她还没有织完。

② 林内乌斯,瑞典植物学家林内(1707—1778)的拉丁名。

③ 路德维希(1709~1773),德国植物学家。

到了下午，我就完全归于懒散了，一时兴起想干什么就干什么，一点规律都没有。没什么大风大浪时，我时常一吃完饭就一个人跑到一只小船上，一直划到湖中心，单桨划还是出纳员教我的。到了可以随波逐流的时刻，我就高兴得全身颤抖，我也不清楚我为什么这么高兴，可能是高兴我就这样从恶人们的魔掌中逃出来了吧。之后，我就一个人在湖上晃悠，有时也靠近湖边，可是不会到岸上去。我经常任由风吹动我的船，自己则沉浸在漫无目的的想象中，虽然这种想象很难猜透，可是却非常美好。有时我心里荡起一阵涟漪，会情不自禁地喊道："啊，大自然啊，我的母亲啊！如今你只守护着我一人，你我之间再也不会有什么狡诈的人了。"就这样，我一直在远离陆地半法里的湖面漂浮着，我真想把这个湖变成一片大海。可是，我的狗可跟我不一样，长时间停留在水上，它可是不乐意的。为了讨我那只狗的欢心，我时常会到一个地方去游览，就是到那个小岛上靠岸，在那里停留一两个小时，或者在土墩顶上的那片绿草地上面躺着，尽情欣赏湖内外的风光，对我手边的各种植物进行观察和研究，像是又一个鲁滨逊一样，给自己在这座小岛上打造一个理想的住所。我对这个小山丘怀有深切的好感，我很骄傲地带戴莱丝和出纳员的太太以及她的姊妹们一起到这里来溜达，允当她们的导游和桨手。我们非常严肃地运了一些兔子过来，这又是让-雅克的一个隆重的节日。我觉得这个小岛因为这群小居民而变得更有意思，自那以后，我就时常去那里，兴致更高了，目的就是对那些居民发展的特点进行分析。

　　我不仅有这些娱乐，在相应的季节，我还有其他的娱乐方式，它会让我联想到在沙尔麦特经历的那段美好的日子，那就是采摘水果和蔬菜。戴莱丝和我都非常高兴可以和出纳员的太太以及全家人一起劳动。我印象中有一次来了一个伯尔尼人，名叫基什贝尔格。他来看我时发现我正在一棵大树上跨坐着，腰带上还绑着一个大口袋，里面已经装满了苹果，我根本就不能动了。对于这次碰面和其他相似的几次碰面，我一点都不觉得尴尬。我期待伯尔尼人亲眼看看我的闲暇时间是如何度过的，不要再来扰我清净，让我在寂寥中好好地活下去。我真的心甘情愿被他们困在这种寂寥的生活里，好过我自己主动申请，那样，我的安全系数会更高，不担心再受到别人的打扰了。

　　这里又是我提前想到的会引起读者质疑的那种自白了。尽管在我整个生活经历中，读者已经看到了我变化万千的内心感受完全不同于他们，却总是坚持要把自己的想法安在我的身上。更让人匪夷所思的是，既然他们不愿意承认他们所不具备的好的或适中的情感会在我身上找到，他们又时常打算将一些极坏的，不可能出现在人的心里的情感安在我的头上。他们觉得最直接的办法就是让我和大自然对立,让我变成一种完全无法存在的生物。他们想在我身上拉屎的时候,就觉得不管多么荒诞无稽的话都可以让人相信。只要他们开始念我的好,就认为所有非比寻常的事都是不存在的。

可是,无论他们相信与否,无论他们会如何说,我依然要把真实的让-雅克·卢梭展现在人们面前,他的品行、事迹以及想法。我只会把他思想感情中的怪异之处一五一十地表述出来,没有解释,没有辩护,也没有研究。我对圣皮埃尔岛太有好感了,我非常想就在岛屿上住下去,我所有的欲念都被排除出去了,痛下决心一直留在这里。我只要一想到要去周边地区拜访——去讷沙泰尔、比埃纳、伊弗东、尼多等地,我就觉得很厌烦。我觉得我在岛外生活一天,就相当于我又少了一天的幸福,出了湖就好像鱼离开水一样。而且,我已经很害怕过去的经验,只要是我喜欢的称心如意的某样好东西,我就得赶紧做好失去它的思想准备。因此,我特别想在岛上度过余生的想法,是和害怕被驱逐出去的恐惧感密不可分的。我已经形成了习惯,每天到沙滩边坐一会儿,尤其是惊涛拍岸时,看着我脚前的波涛迅速化作泡沫,我便觉得特别有趣。它让我觉得这刚好代表了人世的波折和我所在地的安宁,有时想到这里我就会觉得心底里有个柔软的东西受到了触动,眼泪奔涌而出。我深爱并乐在其中的这种安宁,只受到了害怕失去的那种忐忑心情的搅扰,可是这种忐忑的心情过分浓烈,竟然对它的醇美造成了影响。我觉得我的处境实在是岌岌可危,太不靠谱了。"啊!"我在心里想,"我非常乐意一直生活在岛上,即便要拿离开岛的自由来交换都在所不惜。我根本上连想都不愿意想这个自由。我多么想被迫留在这里,而不是被宽容和蒙受恩惠留在这里啊!如果只是因为被宽容我才能留在这里,人们会随时把我赶走的,我不可能期待那些侵害我的人看到我在这里幸福地生活,就一直让我幸福地生活下去。啊!如果我只是得到人们的宽容而住在这里是远远不够的,我真想人们强制性要求我留在这里,我真想不是因为我主动地留在这里,以免又要被强制性搬走。"我羡慕地看着那好运的米舍利·杜克莱,他旁若无人地在阿尔贝的城堡里待着,他的幸福全凭他自愿。最后,因为我时常产生这样的想法,总是会有不祥的预感,觉得我时刻要面临新的风暴,因此我竟然期待,而且用一种极其热诚的心情期待,我宁愿被他们判决永远待在这个岛上,就好像这里是一座监狱一样,而不是只是允许我住在这里。我可以发誓,假如只是出于我的个人意愿就可以被判决住在这里的话,我会非常高兴这样做的,因为我无比愿意被胁迫地住在这里,不想承受被驱逐出去的危险。

没过多久,这种担心就变成了事实。出乎我意料,尼多的法官先生(圣皮埃尔岛属于他的司法区)给我写了一封信。在这封信中,他把邦议会诸公的命令传达给我了,要我从这个岛搬出去,而且不能再待在他们的辖区范围内。看到这封信时,我都不敢相信这是真的,这是我所接受到的一个最不合理、最让人难以想象的命令。因为,我原本产生的那些预感,一直以为我都觉得只是一种紧张的感觉,而没有觉得是一种有根据的预测。为了得到管辖机关的首肯,我曾经采取了各种办法,我又得到人们的允许,快快乐乐地搬到岛上来居住,我还接待过好几个伯尔尼邦的人,包括法官自己。而且法官对我非常好,更何况现在的季节又太严酷了,而我又是一个年老体衰的人,这时要我出境,实在是太惨无人道了。我和很多人都觉得,这道命令里肯定存在什么误会,一定是那些居心叵测的人专门趁参议院休会、葡萄成熟的时期,突然这样打击一下我。

假如我一时冲动的话,我肯定当时就卷铺盖走人了。可是往哪走呢?冬天快要来了,我不仅没有目标,而且也没有做好丝毫的准备;不仅没有车夫,也没有车辆,我有什么办法呢?除非扔掉所有物件,包括衣服、书籍等等,要不然我就必须有点时间,而对于有没有时间限制的话,命令里并没有提到。我的勇气已经因为这连续不断的不幸而减退了不少。平生第一次,我觉得我与生俱来的那种豪迈之气已经臣服于那困窘的压力下,尽管我心里压抑着满腔怒火,还必须低三下四地请求一个期限。命令的传达人是格拉芬列先生,我就烦请格拉芬列先生给我一个解释。他的信显示出他也是反对这项命令的,他只是非常内疚地给我传达命令。我觉得,信里所有痛苦的表示,似乎都是在亲切地督促我和他说说知心话,于是我就这样做了。我甚至没有丝毫的怀疑,我这封信肯定会让那群奸诈之人亲眼看到他们自己的粗鲁。就算不把这样一个残酷的命令收回去,最起码也要给我一个合情合理的时间期限,可能会许诺我用一个冬天的时间来准备,选择一个地点搬出去。

我在等候回信的同时,开始思考我现在的处境,思考我到底应该怎么做。我看到困难随处可见,我的心又被忧思所烦扰,这时我的身体状况也每况愈下,因此我竟然情不自禁地极端沮丧,而沮丧的结果就是,我脑子里最后一点智慧也消失殆尽了,不可能针对眼前的处境做一个最好的打算了。显而易见,不管我逃去哪里,我都难以逃脱以下两种人们驱逐我的方式中的一种:一种是用私底下活动的办法来激发无知小民对我的反抗;还有一种是采取公开胁迫的办法把我赶出去,而不给我任何解释。所以我不能期望能够安全撤退,除非是到我的力量和当时的季节好像都不能允许我跑得那么远的地方去找。我又回到了刚才那些想法上,因此我就鼓起勇气去期盼、去提议,宁愿被人把我禁锢住,一辈子不要释放,也不要让我到处去流浪,反复把我从那些我选择的避难之处驱逐出去。我接连给格拉芬列先生写了两封信,中间只间隔了两天,请他给当政诸公这样建议。伯尔尼邦用最清晰、最残暴的措辞写成的一道命令，就是对我那两封信的回复，责令我在二十四小时内搬离岛屿和该共和国的所有直接和间接的领土，一辈子不允许再回来，要不然就会受到严厉的惩处。

这个时刻是极其恐怖的。虽然我曾经感受过比这更严重的焦灼，可是却没有碰到过比这更大的难题。可是，被强制性要求放弃那个在岛上过冬的计划是最让我难过的。现在时机合适，应该对这件命中注定的遗憾的事情进行叙述了。我的灾难因为这件事达到了顶峰，而且连累一个倒霉的民族和我一起倒台——而这个民族很多起初就有的美德原本就已经彰显出终有一天，它会给斯巴达和罗马增光添彩。

之前在《社会契约论》中，我曾经说到过科西嘉人，觉得他们是一个新兴的民族，是欧洲仅有的一个从来没有衰败的民族，可以励精图治。我还解释说，人们应该在这个民族身上寄予厚望，假如它可以幸运地找到一个明哲的导师的话。有几个科西嘉人看到了我这部作品，他们深切地赞同我在说到他们时的称赞态度。当时，他们正潜心打造他们的共和国，这就使得他们的领导们想要就这项重要工作来询问我的意见。有位布塔弗哥先生，是在当地出生的一个贵族，当时在法国的王家意大利团队担任上尉，曾经专门就这个问题给我写了信，而且还提供了好几种文件给我，这些都是我向他要来的，目的就是想对该民族的历史和当地境况有所了解。保利先生也写过好几封信给我。尽管我觉得这项工作已经不在我的能力范围内，可是我依然坚信，将来我把所需的所有材料都掌握在手中以后，我就必须答应为了共建这一伟大帝国而把我的力量都奉献出去。我在回复这两人的信件时，都是遵照这一意思，这种书信往来一直延续到我从圣皮埃尔岛离开。

正在这时，我听说科西嘉岛进驻了法国部队，和热那亚人签署了一个条约。这个条约和这次派兵都让我开始紧张，当时我并没有想到这一切会扯上我。可是我已经意识到，创建一个民族的法制必须在完全安静的环境下进行，而在这个民族就快要沦陷时进行这项工作，当然是荒诞而不可能实现的。我将我的这种忐忑不安的想法告诉给了布塔弗哥先生，而他却劝我放宽心，在我面前信誓旦旦地说，假如那个条约里的规定有会给他的民族的自由造成伤害的，像他那样一个好公民是不可能继续效力于法国军队的。实际上，他满怀热情地为科西嘉人励精图治，以及他和保利先生之间的亲密关系，都不允许我怀疑他分毫。当我听说，他经常去凡尔赛宫和枫丹白露，还和舒瓦瑟尔先生保持着联系，我就归纳不出其他的结论来，只有相信他确实了解法兰西宫廷的真实想法，而他只让我意会，而不愿公开写在信上。

我总算因为这一切稍微放宽了心。可是,对于法国这次派兵,我百思不得其解,不知道为什么法国要派兵去那里保卫科西嘉人,因为科西嘉人不需要借助外人的力量就可以对热那亚人发起反击。因此我依然不能彻底放心,也不能在没有真凭实据、明白那一切并不是人家在开我玩笑以前,就真的去干涉那个拟议中的立法工作。我倒很想见见布塔弗哥先生,只有这样,我才能真正了解我所想要了解的情况,他也会让我觉得会面是值得期待的,因此我非常焦急地等他前来。站在他的立场上,他是不是确实想来和我见面,我不知道。可是,就算他有这样的想法,我那些不幸也会阻止我从他那里探听消息的。

　　我越是对这项拟议中的工作进行思考,越进一步研究手里所掌握的资料,就越是觉得,准备立法的那个民族,他们所居住的土地,还有法制应该与之相协调的各种关系,都需要加以研究。我越来越觉得,已经无法从远处得到对我的一切进行指引的知识了。我写信给布塔弗哥,跟他说了这个意见,他也深表赞同。假如说我还没有想好要去科西嘉岛,可是对于这次旅行的办法,我却很是费了一番心思。我跟达斯蒂埃先生说了这件事,他对这个岛上的情况是比较了解的,因为之前,他曾经身为马耶布瓦先生的部下在那里干过活。他反复劝我不要有这样的想法,我承认,在他的描述中,科西嘉人和他们的乡土都极其恐怖,让我一想到要和他们生活在一起,就会觉得脊背直冒冷汗。

　　可是当我在莫蒂埃遭遇不幸,想要从瑞士离开时,我脑海里又出现了这个想法,因为我期待最后可以在岛国之民中间找到人家处处都与我为难的那种安宁。可是有一件事让我害怕这次旅行,就是我必须过一种不安的生活,而我一直都无法适应,而且也非常厌恶这种生活。我天生就是想要独自一人在空闲时冥思,而不想在公开场合发表演讲、处理事情和行动。大自然把第一种才能给我了,就收回了第二种才能。我觉得,将来我要是去了科西嘉岛,虽然我不直接参与公务,依然要加入到人民的热忱活动中,并时常和领导们开会、商量问题。我这次旅行的目标原本就要求我不是去过一种隐居生活,而是深入那个民族去找我想要了解的知识。显而易见,我自己将不能再由自己做主了,既然我已经不知不觉地被裹挟到了我天生就无法适应的那种事务中,就会在这种事务中过一种完全背离我兴趣的生活,而且我在这种事务中的表现将只会不利于我自己。我猜测,我的著作也许曾经让科西嘉人觉得我多少具备一定的能力,等我到那里以后,他们就会觉得见面不如传闻,所以科西嘉人就会对我失望,而且也不会再相信我。不管是对于我,还是对于他们,这都是一项损失。因为他们不再相信我,我就无法在他们希望我做的工作上面有所成就。我坚信,我如此做了超出自己能力范围以内的事,不仅不利于他们,也会让我自己蒙受灾难。

很多年以来，我都因为各种风暴的打压而到处流浪，筋疲力尽，我深刻地觉得要好好休息一下，可是我那些粗鲁的敌人却非要看到我这么奔忙，他们才高兴。我向往过一种我一直以来都无比倾慕的那种休闲、宁静的生活，自从我从爱情和友谊的幻觉中清醒过来以后，我一直都觉得这种休闲、宁静的生活才是我的最高追求。我无比紧张地仰望我马上就要履行的那些任务和马上要开始的那种嘈杂的生活，虽然宏伟、美好的目标会让我勇气倍增，可是一想到我历经风险却无法修成正果，我的勇气就消失不见了。假如从我耗费的精力角度来看，我一个人冥思苦想长达二十年的时间，还比不上我在人事纠纷中紧张地生活半年，而且还一定是在做无用功。

我想到了一个我觉得可以非常周全的权宜之计。既然我不管逃到哪里，都逃不过那些暗中想要加害于我的那些阴谋，既然如今我只发现一个到了老年可以享受安宁的科西嘉岛，那么，我就打算根据布塔弗哥的指示，当时机成熟时，我就去那个岛。可是，为了可以宁静地生活在那里，我又打算好了，最起码要从表面上放弃那立法的工作，而只是在当地把科西嘉人的历史写一写，以回报他们的热情好客。可是，假如我发现有希望成功的话，我也会安静地进行一些必要的考察，以便我能给他们提供更大的帮助。如此一来，我不仅不需要背负任何义务，还可以默默地、更无拘无束地想出一个和他们相符的办法，而且我没有必要放弃我一心想过的孤立生活，也没有必要让我无奈接受一种我不仅无法忍受也无法应对的生活方式。

可是从我当时的境况出发，这次旅行很难办到。根据达斯蒂埃先生跟我所说的那种科西嘉岛的情况，我只能把自己的东西带过去，像内外衣、锅碗瓢盆、书籍、纸张等等，在那里是找不到这些的。我要把我的女总督带过去，就必须从阿尔卑斯山翻过，而且在后面拖一大套行李，连续走长达二百法里的路程，还必须从好几个统治者的国境穿过。而且，纵观当时整个欧洲的风气，我还必须考虑到我承受了这种不幸以后还会遇到的各种阻碍，会看到所有人都对我落井下石，对我做出有违所有国际法和人道准则的行为。我还必须提前考虑到这样一次旅行的大额支出和各种凶险、疲惫。像我到了现在这个岁数，最后却变得形单影只、举目无亲、毫无办法，把命交给这个像达斯蒂埃先生所描述的那种粗鲁而凶猛的民族，这些场景，使得我当然要在实施我的计划之前先好好思考一番。我衷心期待着和布塔弗哥见面，等待会谈的结果，以便最后敲定我的计划。

正当我还在左右摇摆时，莫蒂埃的侵害降临到了我的身上，我不得不出逃。那时我还没有准备好长途旅行，尤其是去科西嘉岛。我是在等布塔弗哥消息的同时，出逃到了圣皮埃尔岛。冬天来临时，我又像上文所说，不允许再待在岛上了。这时,阿尔卑斯山上白雪皑皑,根本没办法进行搬迁,而且限期又那么短。说实在话,像这样的一道荒谬的命令,原本就无法执行。因为,要搬离这个四面都是水的偏僻之区的中心,从下发命令开始,准备的时间只有二十四小时,要找船,要找车从岛屿和整个国境离开,我即便是飞鸟,也无法如期完成。我写信给尼多的法官先生,跟他说了实情,作为对他的来信的回复,紧接着我就从这个无义之邦离开了。以上是解释我是如何在万般无奈的情况下放弃了我那心爱的计划,如何在沮丧的时候没有求得人家对我实行当地管制,就答应了元帅勋爵的邀约,打算去一趟柏林,让戴莱丝留在圣皮埃尔岛上过冬,陪着我的衣物、书籍一起,而且将我的文稿都交给贝鲁。我快速处理好这些事,次日一早就启程了,到比埃纳还不到中午。因为一个意外事件,我差点在比埃纳就终止了旅行,这个意外事件也是应该提一下的。

我接到命令,从避难所离开的消息刚被外界知道,周边地区就有无数人过来拜访我,尤其是伯尔尼邦人,他们以最让人痛恨的假惺惺来讨好我、搪塞我,并信誓旦旦地说,这道命令的拟订是人家利用放假的时间和参议院休会的时间完成的。他们还说,二百个议会的成员都为之愤慨不已。在这所有安慰者里面,有几个来自比埃纳市——比埃纳市是个小自由邦,属于伯尔尼邦,其中有个叫韦尔得勒迈的年轻人,他的家庭是上层望族,在这个小城市里具有至高无上的威望。韦尔得勒迈作为该邦公民的代表,真诚地劝我住到他们那里去,到那里去选一个躲避灾祸的地方,说他们很期待可以在那里和我相见,将非常荣幸地让我去那里居住,并把过去的各种灾难给忘掉,还把这当作一种义不容辞的责任。还说我如果在他们那里住下来,就不用担心伯尔尼邦人的任何势力,说比埃纳是个不受约束的城市,任何人的法令在那都不管用,所有公民都痛下决心,不会答应任何不利于我的请求。

韦尔得勒迈看我不为所动,就找了好几个人过来帮忙说服我。这些人有的来自比埃纳市和周边地区,有的来自伯尔尼邦,其中就有我曾经说到过的那个基什贝尔格。从我住在瑞士以后,他就一直想跟我结交,而我也觉得他的才能和思想挺有趣。可是,更让我没想到的,而且也比较重要的,是法国大使馆秘书巴尔泰斯先生的规劝,他和韦尔得勒迈共同来看我,拼命鼓动我答应韦尔得勒迈的邀约,我很吃惊他在我面前表现出的那种热情而善意的关心。原本我都不认识巴尔泰斯先生,可是,看他说得那么诚恳,我觉得他是真诚地邀请我住在比埃纳市的。他极力鼓吹这个城市和居民的好,他表示他和他们的关系太融洽了,导致他多次在我面前称呼他们为他的恩主、他的父老。

我之前的所有猜测因为巴尔泰斯的这番说辞有点迷糊了。我在瑞士所遭遇的所有迫害，我一直觉得背后的策划者是舒瓦瑟尔先生。驻日内瓦的法国代办的行为，驻索勒尔的法国大使的行为，只能对我的这种质疑加以验证。我发现，我在伯尔尼邦、日内瓦、讷沙泰尔所遭遇的所有不幸，都有法国在私底下影响，而且我觉得我在法国只有舒瓦瑟尔公爵这一个有实力的仇人。那么，对于巴尔泰斯的造访和他关心我命运的做法，我要如何想呢？尽管我历经了那么多次磨难，却依然发自内心地相信人。尽管我有过丰富的经验，却依然没有学会在温柔中看到圈套。我无比惊讶地猜度巴尔泰斯为什么要这么做，我倒不至于那么笨，觉得他是主动来和我攀谈的。从他和我的对话中，我发现他是故意宣扬，甚至是做作，这刚好说明他居心叵测。在这种小幕僚的身上，我还的确没有看到过我当年在相似的岗位上经常会让我激情澎湃的那种挺身而出的精神。

之前在卢森堡先生家里，我和波特维尔骑士见过几面，他也曾对我表示过友好。从他出任大使以后，他还说过他对我还有印象，甚至还邀请我去索勒尔去看他。尽管我没有接受这个邀请，可是却很为之动容，因为如此身居高位的人如此礼貌地对待我，我还真不适应。因此我猜测，在有关日内瓦的事件上，波特维尔先生必须遵照上级的指令办事，可是他心里却是很同情我的，因此他专门给我找了比埃纳市这个逃难的地方，好让我可以在他的庇护下享受宁静的生活。我非常感谢这种照顾，可是并没有想着加以运用，我已经打算好去柏林旅行。因此，我只热切地渴望着和元帅勋爵会面，相信自此以后，只有在他身边，我才能得到永久的幸福和真正的宁静。

我从岛上启程时，基什贝尔格一路把我护送到比埃纳，韦尔得勒迈和其他几个比埃纳人正在那里等候我下船。我们一起在小客栈里吃了午餐，我抵达后的第一件事就是请人帮我找辆轿车，想次日一早就离开。共进午餐时，那些先生们又再次重复了自己的邀约，非常热情地邀请我住在他们那里，而且给的保证很诱人，导致我这颗从来在爱抚面前都会败下阵来的心虽然已最后下了决心，最终还是受到了触动。他们看我有蠢蠢欲动的意思，便越加努力，终于说服了我，我答应留在比埃纳，最起码待到明年春天。

韦尔得勒迈见状马上帮我找房子，一个破旧不已的小房子在他嘴里马上变成了一个惊喜。这个小房子位于四层楼后面，前面有一个院子，院子里有一个麂皮商人的一汪臭水供我观赏。我的房东是个一脸贱相的矮子，一看就是个奸诈之人。次日我就听见人跟我说，他是个嗜赌成性的人，还是个荡子，在地方上提起他，人们都只摇头。他不仅没有妻室，更没有儿女，仆役就更不用说了。我无比悲戚地把自己锁在那个寂寥的房间里，完全可以说置身于风景优美的胜地，可是住的却是沉闷的小屋。让我印象最深刻的是，虽然人家告诉我当地居民多么热情,要邀请我到他们家做客,可是我经过街上时,却从他们的态度上丝毫看不到任何客气,从他们的眼神中也发现不了一点点关切的神情。可是,我已经打算好就住在那里了,就在这时,我看到了,也听到了,还觉察到了该市正在策划一场恐怖的动乱,而且针对的对象是我。有好几个讨好我的人过来谄媚地告诉我,明天我会收到一条最严厉的指令,限我马上从国境离开,即从市境离开。我没有可以相信的人了,所有挽留我的人都不见了,韦尔得勒迈也不见了踪影,也没有人谈论巴尔泰斯了,而且他当着我的面提到的那众多恩主和父老,好像也并没有因为他的嘱咐而对我好一点。有个名叫什么伏·特拉维尔的先生,来自伯尔尼邦,在离本市不远的地方有座很美的房子,他反倒邀请我先去那里躲一会儿,他的说法是,以免我死于乱石中。这个优点好像不足以吸引我继续留在这个好客之邦。

可是 这一耽误就是三天,伯尔尼邦人给了我二十四个小时的时间从他们的领土离开,现在看来已经远远超出这个期限了。我对他们的决绝已经有所领悟,当然会觉得焦虑不安,不知道他们要如何让我从他们的国境离开。这时,尼多的法官先生来了,正好给我化解了难题。他公开反对当政诸公那种残暴的做法,因此,他用大度仗义的精神觉得应该公开跟我说明一下,他完全没有参与这件事,而且甘愿从他的司法区跑到比埃纳来拜访我。他到这里来时,刚好是我出发的前一天,不仅不是私自出访,而且还要有意宣扬一下:坐着专车,带着秘书,in fiocchi(打扮得很隆重)而来,而且把一份以他自己的名义签发的护照送给我,意思是为了让我没有任何负担地从伯尔尼邦的边境离开,不担心有人故意给我出难题。相比那份护照,他的出访更让我受到触动,就算他出访的是别人,我也会非常感恩的。在我看来,为了帮助一个饱受欺侮的弱者而适时英勇出击给我留下的印象是最深刻的。

最后,我费尽周折才找到一辆轿车,次日一早就从这个杀人的领土离开了,没有等到那个派来奉承我的代表团,甚至都没有等到戴莱丝——原本我以为我要住在比埃纳的,因此知会她过来和我会合,这时却没来得及用只言片语跟她说我的新灾难,叫她不要过来了。假如我还有力气把第三部写完的话,人们会在那里发现,我原本是多么渴望去柏林,而最后却去了英国,一门心思想要驾驭我的那两位夫人又如何绞尽脑汁把我从瑞士(我在瑞士还不算被她们掌控)赶出去以后,终于达成所愿,让我落到了她们朋友的手里。

在我当着埃格蒙伯爵先生和夫人、皮尼亚泰利亲王先生、梅姆侯爵夫人和朱伊涅侯爵先生的面,把这部作品读出来时,我把下面这段话补充进去了:

"我说的都是实情，假如有人知道和我刚刚所叙述的事情相反的事实，即便那些事情被一千次验证过了，他知道的也只是虚假的话。假如他不愿意在我还活着时，和我一块对这些事实进行剖析和验证，他就是不喜欢真理和正义的人。我呢，就大声地、英勇地宣称：将来不管是谁，即便对我的作品一无所知，可是他可以用眼睛对我的个性、品行、爱好、兴趣和习惯进行审视。假如在这以后，他依然觉得我不是什么好人，那么他自己就是一个当之无愧的坏人。"

　　我的朗读到这里就结束了，大家都不发一言。只有埃格蒙夫人一人，似乎有所触动。她的身体剧烈抖动了一会儿，不过很快就平静下来了，和在场的其他人一样静默无声。从这次朗读和我的声明中，我就是得到了这样的结果。